PORTRAITS

CONTEMPORAINS

II

CALMANN LÉVY, ÉDITEUR

OUVRAGES

DE

C.-A. SAINTE-BEUVE

DE L'ACADÉMIE FRANÇAISE

Format grand in-18

POÉSIES COMPLÈTES

NOUVELLE ÉDITION REVUE ET TRÈS AUGMENTÉE

Deux beaux volumes in-8°

Coulommiers. — Typ. P. BRODARD et GALLOIS.

PORTRAITS
CONTEMPORAINS

PAR

C.-A. SAINTE-BEUVE

« Nous sommes mobiles, et nous jugeons
des êtres mobiles..... »
SÉNAC DE MEILHAN.

TOME DEUXIÈME

NOUVELLE EDITION
REVUE, CORRIGÉE ET TRÈS-AUGMENTÉE

PARIS
CALMANN LÉVY, ÉDITEUR
ANCIENNE MAISON MICHEL LÉVY FRÈRES
3, RUE AUBER, 3

1889

PORTRAITS

CONTEMPORAINS

M. BALLANCHE.

1834.

1814 fut une grande année, d'une influence décisive sur beaucoup d'activités et d'intelligences. Pour ceux dont le fléau de la Terreur avait ravagé la famille et contristé l'enfance ; sur qui Fructidor avait passé comme un dernier nuage sombre ; qui s'étaient émus aux récits de Sinnamari et avaient salué avec espérance le rétablissement du culte et des lois ; pour ceux qui avaient épousé le Consulat, mais non pas l'Empire, et que cette dictature militaire comprimait comme un poids de plus en plus étouffant, pour ceux-là 1814 fut une joie bien légitime, une délivrance. Ce qu'il y avait d'inouï et de particulièrement merveilleux dans ces retours de royales destinées et dans ces péripéties qui, pour peu qu'on n'y opposât pas de prévention très-contraire, semblaient aisément une indication de la Providence, ce qu'il en sortait de dramatiques et irré-

sistibles effets ajoutait encore à l'explosion des sentiments et leur donnait un caractère d'enthousiasme.
Tandis qu'une moitié de la France se méfiait déjà et
se voilait dans ses blessures, l'autre moitié était saisie
d'une véritable ivresse; et aujourd'hui, quand, après
des années, on se raconte mutuellement ses impressions d'alors, il semble, à la contradiction des témoignages, qu'on n'ait vécu ni dans le même pays ni dans
le même temps.

M. Ballanche est remarquable entre tous ceux qui
saluèrent la Restauration comme une ère nouvelle. Il
avait trente-huit ans en 1814, ayant vécu jusque-là
dans l'étude, dans la rêverie, dans les affections et les
souffrances individuelles, s'étant élevé naturellement
à une moralité générale, douce, pieuse, plaintive,
chrétienne, mais n'ayant pas approprié sa pensée à son
siècle, n'ayant pas trouvé la loi, la formule de sa philosophie, n'ayant pas deviné l'énigme. Cette énigme,
dont il était malade, depuis plus de dix ans, à son insu,
s'éclaircit pour lui dans l'agitation universelle. Le
sphinx redoutable de 1815, en proposant de nouveau
la ténébreuse question, acheva de confirmer la réponse
dans l'esprit du sage. 1814 ou 1815 fut véritablement
pour M. Ballanche l'année décisive, la grande année
climatérique de sa vie, le moment effectif de l'*initiation,* selon son langage; ce fut l'heure où, sortant de
la limite des sentiments individuels et de la divagation
aimable des rêveries, il embrassa la sphère du développement humain et tout un ordre de pensées sociales
dont il devint l'hiérophante harmonieux et doux. Il y

a une telle unité dans la carrière de M. Ballanche, l'évolution de ce beau et difficile génie est tellement spontanée dans sa lenteur, que c'est un charme infini de le suivre à travers les essais et les préparations, tandis qu'il s'ignorait encore lui-même. Son imagination, d'abord nourrie de religieuses et sentimentales lectures, et tempérant Pascal par Fénelon et par Virgile, se plaisait aux fables grecques, au monde de Pythagore, d'Orphée et d'Homère. Les initiations égyptiennes, auxquelles il n'attachait pas tout le sens que plus tard il y a vu, l'attiraient vaguement à leurs profondeurs. La noble figure d'Antigone lui souriait depuis longtemps comme une compagne d'enfance. La sensibilité du jeune homme se portait de préférence vers ce qui était triste et pur, expiatoire et clément. Quand l'idée philosophique vint à naître chez M. Ballanche, elle trouva donc toutes ces belles formes éparses, ces antiques images déjà préparées ; quand le Dieu parut, il y avait des marbres et des statues pour un temple. Au souffle immense sorti des événements, ces marbres remuèrent comme au son d'une lyre ; la philosophie de M. Ballanche se mit à se construire et à s'ordonner d'elle-même, comme les philosophies antiques, comme les murs des Thèbes sacrées. — Mais tout ceci mérite d'être repris avec détail.

Pierre-Simon Ballanche est né à Lyon en 1776. Son enfance et sa première jeunesse furent souffrantes, valétudinaires et casanières. Vers l'âge de dix-huit ans, il resta trois années entières sans sortir ; il n'était pas seul pourtant, et avait toujours nombreuse compagnie de

jeunes gens et de jeunes personnes. Il lisait, et surtout
écrivait dès lors beaucoup. Vers l'âge de vingt ans, il
écrivit ces pages *du Sentiment* qui furent publiées en
1801. Mais avant ce livre, et durant ses années les plus
valétudinaires qui correspondent au temps du siége de
Lyon, il s'était fort occupé de l'Épopée lyonnaise, grand
poëme en prose, dont parle la *Préface générale*, et qui
ne fut jamais imprimé. Grâce à cette poétique conception et à un sentiment d'espérance qu'il nourrissait, la
durée du siége se passa pour lui assez heureusement;
mais la terreur qui suivit n'en fut que plus accablante;
il s'enfuit à la campagne avec sa mère, et y souffrit de
toutes les privations. Il tenait de son père pour la
constitution physique; mais, comme tant d'hommes
célèbres, pour le dedans et la manière de sentir, il tenait étroitement de sa mère.

De retour à Lyon après le 9 thermidor, le jeune Ballanche eut à subir une convalescence très-longue,
très-pénible, plus orageuse que ne l'avait été la maladie même. Une partie des os de la face et du crâne
étaient altérés ou atteints de mort : il fallut appliquer
le trépan. La force de caractère du malade était si
grande que, tandis que l'instrument opérait sur sa
tête, des dames qui causaient près de la cheminée à
l'autre bout de la chambre ne s'en aperçurent pas.
Vico, dit-on, éprouva dans son enfance une maladie du
même genre. Malebranche aussi avait sa maladie de la
moelle épinière. Toujours le dur marteau de Vulcain
doit-il aider à l'enfantement de la pensée difficile, à la
sortie de la Minerve immortelle?

Pauvres hommes, infirmes dans vos grandeurs; grands parce que vous êtes infirmes, et infirmes parce que vous êtes grands! philosophes ou poëtes, penseurs ou chantres, ne vous mettez pas les uns au-dessus des autres, ne vous exceptez pas, ne vous vantez pas! Je lis dans un témoin oculaire qu'après la confection de cette machine arithmétique si bien montée et qui lui coûta tant d'application et d'efforts, Pascal eut lui-même la tête presque démontée pendant trois ans. Newton au milieu de l'âge ressentit, pendant des années, ce qu'il appelait son *embrouillement* de cerveau. A défaut de dérangements physiques, ce sont les douleurs morales qui arrivent comme une condition de la haute pensée, du sentiment profond et du génie. Pour peu qu'on chante, c'est parce qu'on a pleuré. Des fibres saignantes furent à l'origine les premières cordes de la lyre; elles seront encore les dernières. C'est parce que la statue de Memnon était brisée, qu'elle rendait un son à l'aurore.

M. Ballanche a peint plus tard, au début de la *Vision d'Hébal,* son état psychologique en cette douloureuse convalescence : « Des souffrances vives et continuelles avaient rempli toute la première partie de sa vie. Des accidents nerveux d'un genre très-extraordinaire avaient produit en lui les phénomènes les plus singuliers du somnambulisme et de la catalepsie.... Plus d'une fois il eut de ces hallucinations qui restituent un instant la forme et l'existence à des personnes dont on pleure la mort, ou qui rendent présentes celles dont on regrette l'absence.... » C'est ainsi qu'ayant perdu sa mère en

1802, M. Ballanche la crut voir deux jours de suite, au matin, entrer dans sa chambre et lui demander comment il avait passé la nuit : tant était prédominante en son organisation la puissance intérieure, tant elle était indépendante du moment, du lieu, de la réalité actuelle! Le souvenir représentatif du temps où, si soigneuse de lui, sa mère entrait toujours la première dans sa chambre, suffisait pour créer invinciblement l'illusion.

Nous assistons à la formation lente et mystérieuse de cette nature singulière qui, s'affermissant à travers tant de crises, eut bien le droit de croire à la vertu des épreuves. Ce qui la caractérise particulièrement, c'est cette lenteur, cette spontanéité qui tirera presque tout d'elle-même, et aussi cette incubation sommeillante qui attend son heure. M. Ballanche, quoique né à Lyon, et malgré ses inclinations mystiques et ses dispositions magnétiques, resta étranger, et à l'école mystique qui avait dû laisser quelques traditions depuis Martinez Pasqualis, et à l'école magnétique que l'exaltation des esprits, pendant le siége, enrichissait d'observations extraordinaires. Sa nourriture habituelle était Pascal, Fénelon, Jean-Jacques, Bernardin, Virgile, Delille, tout ce que l'éducation classique indiquait alors ; à quoi s'ajoutaient les facilités précieuses de lectures diverses que la librairie de son père lui fournissait. Le livre du *Sentiment* atteste à chaque page cette indécision d'un talent qui s'essaye, ce naïf empressement de l'âme vers tout rayon qui la colore. Il lut des fragments de cet ouvrage, le soir même du 18 fructidor, au sein

d'une société littéraire de très-jeunes gens, dont
MM. Dugas-Montbel et Ampère faisaient partie. Camille
Jordan, sitôt célèbre, et qu'atteignirent les événements
de fructidor, bien que l'aîné de M. Ballanche, était dès
lors son ami. Cette âme ardente, dévouée, religieuse,
de Camille, avait deviné les trésors de l'autre âme sous
l'enveloppe obscure (1).

Dans la *Vision d'Hébal,* de ce jeune Écossais que je
crois être tout à fait à M. Ballanche ce qu'*Oberman,
Adolphe* et *René* sont à leurs auteurs, il est dit : « Vers
l'âge de vingt et un ans, sa santé se raffermit.... Il ne
lui resta plus, pendant quelques années, qu'un ébranlement de nerfs et une sensibilité très-facile à émouvoir. Les notions qu'il s'était faites du temps et de l'espace subsistaient; ses méditations sur l'homme collectif
avaient la même suite et la même intensité.... On le
croyait distrait lorsqu'il était occupé à gravir les hauteurs de la pensée, à descendre dans les abîmes des
origines, etc. » Dans ce portrait idéal, tracé à distance
et au point de vue des années condensées, il ne faudrait pas chercher un renseignement biographique
précis. Il se passa entre l'affermissement de la santé
du véritable Hébal et son éclosion philosophique quinze
années d'études, de rêveries, d'affections, une longue
phase individuelle, depuis le livre du *Sentiment* jusqu'au poëme d'*Antigone* qui est à la limite et qui con-

_____

(1) Sur la liaison avec M. Ampère, de laquelle je parle trop peu
ici, il faut voir l'article que j'ai consacré à M. Ampère lui-même,
au tome Ier des *Portraits littéraires :* on y trouvera des lettres intéressantes de M. Ballanche.

fine aux secondes perspectives. Durant ces quinze années, si on y porte son attention, plusieurs des idées futures de M. Ballanche se retrouvent, il est vrai, dans ses rares écrits d'alors, mais éparses, isolées, en germe et à l'ombre, et comme il l'a dit souvent, s'ignorant elles-mêmes.

Le livre sur le *Sentiment* est composé en entier, non pas de chapitres, mais d'une suite de digressions ; l'auteur a voulu faire un *jardin anglais,* et il promène son lecteur à travers les rochers, les cascades, les groupes de statues sentimentales et autres pareils accidents. C'est une perpétuelle exclamation ; cette âme expansive aime, admire, adore ; si dès lors elle avait su chanter, elle aurait exprimé plus d'un des sentiments dont la poésie de M. de Lamartine fut plus tard l'organe. Ce rapport qui existe entre les sentiments de M. Ballanche à leur premier état de spontanéité et ceux qu'a consacrés la lyre des *Méditations* nous a singulièrement frappé ; nous le retrouverons bientôt dans les *Fragments.* C'est la même matière religieuse, littéraire, le même fonds d'inspiration mélancolique ; c'est quelque chose d'harmonieux, de lyrique, d'élégiaque. « Retournons donc, s'écrie le jeune auteur, retournons, il en est temps, aux idées religieuses ; les littérateurs et les artistes ne peuvent rien sans elles. » Et ce sont çà et là, en accompagnement de cette croyance, des couleurs de mythologie grecque, des essais de peintures homériques, évandriennes, pastorales ; Antigone, Eurydice, tous ces noms favoris y ont des autels. *Neuilly,* nom symbolique, lui représente ses amis

morts durant le siége, et il les invoque comme un seul
être. Fénelon, Pascal, Racine, sainte Thérèse, Job et
Virgile s'entremêlent sans cesse; il est vrai que tout à
côté l'auteur compare avec délectation Delille et Saint-
Lambert, qu'il groupe ensemble Léonard, Florian et
Berquin, comme ne formant à eux trois qu'un seul
génie; Goethe, par son *Werther,* lui paraît pourtant
supérieur. Il parle de l'*Éliza* de Sterne et de Raynal
en amant transporté qui cherche une Béatrix et qui
l'aura. La beauté des campagnes, les coteaux qui en-
cadrent Lyon, Grigny où se passèrent les années cachées de la Terreur, lui sont aussi doux à la pensée
que la terre de Milly à Lamartine. Mais rien de tout
cela n'a la composition ni la forme, ni même l'originalité de détail, et M. Ballanche a pu retrancher le livre
du *Sentiment* de son œuvre complète sans se montrer
trop sévère. Toutefois, indépendamment des accents de
vive sensibilité qui recommandent certaines pages, il
convient de remarquer, comme un délinéament d'a-
venir, l'opinion que le jeune auteur exprimait au sujet
des *chartres,* ainsi qu'on disait alors. En face de cette
école des *constitutionnistes* dont Sieyès était le grand
prêtre et qui pensait qu'une bonne constitution écrite
pouvait s'appliquer immédiatement à un peuple quelconque, l'auteur du *Sentiment* réclamait pour le caractère profond, historique et presque divin, de toute
institution sociale ayant racine dans une nation. M. Ballanche avait lu, dès cette époque, les *Considérations
sur la Révolution française,* par de Maistre, et, tout en
ignorant le nom de l'écrivain, il citait des passages de

1.

cet opuscule étonnant. Enfin, à travers le manque de direction du livre du *Sentiment,* et quoiqu'en somme l'espérance y domine, on y voit trace encore d'une pensée lugubre qui est commune à Jean-Jacques et à certains de ses disciples, à M. de Sénancour en particulier : c'est que la civilisation européenne et les cités dont elle s'honore, destinées à périr, feront place à des déserts, et que les voyageurs futurs s'y viendront asseoir avec mélancolie comme aux ruines de Palmyre et de Babylone. L'Épopée lyonnaise de M. Ballanche était fondée sur cette donnée de calamité et de tristesse. Dans les entretiens du *Vieillard* et du *Jeune Homme,* publiés en 1819, le vieillard qui, par un gracieux renversement d'idées (1), est pour l'avenir, tandis que le jeune homme est pour le passé, le vieillard tâchant de vaincre les pressentiments sinistres de ce désespoir de vingt ans, dit en un endroit : « Voilà donc ce que je vous entends répéter chaque jour et à chaque instant du jour. Eh bien! moi aussi, j'ai cru quelque temps que tout était fini pour notre vieille Europe. Oui, lorsqu'aux premiers orages de la Révolution française, qui ont grondé sur vous à votre insu, car vous n'étiez qu'un enfant, je voyais tous les liens de la société se dissoudre, toutes les institutions nager dans le sang, ah! ce fut alors qu'il fut permis de croire à la fin de toutes choses. » Mais cette perspective funèbre ne dura pas longtemps pour M. Ballanche. Dans le récit qu'il a donné d'un voyage à la grande

_____

(1) Selon l'expression de M. Barchou, dans l'article qu'il a consacré à M. Ballanche (*Revue des Deux Mondes,* avril 1831).

Chartreuse fait en 1804 avec monsieur et madame de Chateaubriand, il est question, comme dans *le Vieillard et le Jeune Homme,* d'une conversation entre un jeune mélancolique qui repousse toute science, toute tentative humaine, et un prêtre tolérant qui maintient la science et la croit conciliable avec une religion élevée. « Comment, s'écrie en finissant le narrateur, comment un jeune homme paraît-il détrompé à ce point de toutes les choses de la vie?... Voyez, il ne sait accueillir aujourd'hui que l'ironie terrible de Pascal ; demain peut-être il sera dompté par le puissant génie de Bossuet : heureux si, le jour suivant, il vient à prendre goût aux chants mélodieux de Fénelon, lorsqu'il charme notre exil par les plus douces paroles qui se soient trouvées jamais sur les lèvres d'un habitant de la terre ! » L'Ombre de Fénelon prit donc de bonne heure par la main M. Ballanche et le tira de la crainte, et le préserva de l'obstination dans des ruines ; il espéra ; et, plus tard, devenu prêtre à son tour, prêtre à demi voilé du plébéianisme grandissant, aimant à voir dans Fénelon *le véritable fondateur de l'ère actuelle,* le voilà qui marche et continuera, à travers tout, de marcher vers l'avenir, comme un de ces tranquilles vieillards de son maître, comme un Aristonoüs serein et patient, souriant de loin sous ses bandelettes à quelque ami qui s'avance, le long du sable fin des mers.

Le livre du *Sentiment,* publié en 1801, ne passa point sans être remarqué de quelques-uns ; les journaux de Paris s'en occupèrent. J'ai sous les yeux trois articles favorables et fort judicieux du *Journal de Paris* (de germinal an x); ils sont écrits au point de vue du christianisme pratique, et l'usage tout poétique et sentimental qu'on fait de la religion y est indiqué comme un danger ou du moins comme un affaiblissement d'une chose auguste et sévère. « Au reste, dit en finissant le critique anonyme, on nous annonce depuis longtemps, et je crois même qu'on publie déjà un ouvrage plus considérable ayant, dit-on, pour titre : *Des Beautés poétiques*, ou seulement *Des Beautés du Christianisme*, et dont ce livre-ci paraît être l'avant-coureur ; semblables à ces petits aérostats qu'on a coutume de faire partir avant les grands pour juger des courants de l'atmosphère. Puissent-ils tous les deux, et tous ceux qui seront remplis du même esprit, avoir assez de force ascendante pour élever tout ce qui s'y attachera vers une sphère plus heureuse ! » Le *Journal des Débats* montra moins d'indulgence (1) ; ce journal, dans son premier brillant, avec son état-major critique au complet, était alors en tête de la réaction classique, et contribuait à réduire à l'ordre le mouvement d'insurrection littéraire qui s'essayait à la suite des révolutions politiques. Grenville, Bonneville, Sénancour, Nodier (2), et d'autres restés inconnus dans cette géné-

---

(1) Ce fut l'article de début de M. de Feletz ; on peut le trouver recueilli dans ses *Jugements historiques et littéraires* (1840).

(2) Nodier a de bonne heure connu les premiers essais de M. Ballanche, par la promptitude de cet instinct qui fait deviner de loin aux jeunes âmes les émanations fraternelles. Il s'écrie dans la préface des *Tristes* (1803) : « Lisez les belles pages de Gleïzès et de Ballanche, et ne dédaignez pas une ébauche de Michel-Ange parce que ce n'est qu'une *ébauche,* etc. » — Plus tard Nodier fit

ration intermédiaire, furent ajournés ou interceptés ; les meilleurs ne s'en relevèrent, après quinze ans, qu'à demi. Seuls, les génies hors de ligne de M. de Chateaubriand et de madame de Staël ne ressentirent nulle atteinte et ne subirent pas de déviation.

M. Ballanche, qui, de compagnie avec son père, s'occupait de réimpressions d'ouvrages classiques et religieux, d'une édition de la *Poésie sacrée des Hébreux* de Lowth, vint à Paris en 1801 ou 1802, quelques mois après la publication du *Sentiment*. Il alla voir tout aussitôt M. de Chateaubriand dont le *Génie du Christianisme* avait paru, et il lui proposa de donner une Bible française avec des discours. Les discours devaient être de M. de Chateaubriand, et dans le texte français, qui aurait été en gros celui de M. de Saci, M. Ballanche aurait infusé tous les passages des Écritures qui se trouvaient traduits par Bossuet et autres grands écrivains sacrés : « Car, ainsi qu'il l'a remarqué depuis dans les *Institutions sociales,* Bossuet, ce dernier Père de l'Église, a une merveilleuse facilité à s'approprier les textes sacrés et à les fondre tout à fait dans son discours qui n'en éprouve aucune espèce de trouble, tant il paraît dominé par la même inspiration. » Ce projet n'eut pas de suite, quoique M. de Chateaubriand ait commencé quelque chose des discours ; mais il se forma du moins à ce sujet, entre le grand poëte et M. Ballanche, une première liaison qui ne fit plus tard

des articles sur *Antigone* (voir au tome Ier de ses *Mélanges de Littérature et de Critique,* page 267).

que se resserrer. M. Ballanche fit avec lui le voyage de
la grande Chartreuse et des glaciers en 1804, et, au
moment du départ pour Jérusalem, il l'alla rejoindre à
Venise d'où il ramena en France madame de Chateaubriand. Pendant son premier séjour à Paris, M. Ballanche vit aussi M. de La Harpe, alors exilé à Corbeil
par ordre du Consul, et lui proposa de donner ses
soins à une édition choisie et purifiée de Voltaire : la
mort de La Harpe, qui survint l'année suivante, coupa
court à cette pensée. La Harpe avait été fort frappé
que, dans le livre du *Sentiment,* l'auteur eût appelé
l'Élysée du *Télémaque* un véritable paradis chrétien; il
lui enviait cette idée : « Moi qui ai fait un éloge de
Fénelon, je n'ai pas songé à cela, s'écriait-il, et voilà
qu'un jeune homme a mieux trouvé : *le Seigneur est
avec ceux qui font le bien!* » La Harpe, devenu dévot,
aimait à citer les Psaumes.

M. Ballanche avait accueilli le Consulat avec transport; l'organisation officielle du culte lui donna une
première impression de crainte; il trouvait la religion
plus belle dans la persécution que dans une reconnaissance pompeuse, et il eût préféré pour elle la liberté à
cette forme de suprématie. Le charme toutefois fut
grand, et son émotion sans égale, lors du double passage solennel de Pie VII à Lyon, avant et après le Couronnement. Une petite brochure, publiée sous le titre
de *Lettres d'un jeune Lyonnais à un de ses amis* (1),

(1) De l'imprimerie de Ballanche père et fils, aux Halles de la
Grenette, 1805.

témoigne de cette sensibilité attendrie, enivrée et presque en idolâtrie à l'aspect du Père des fidèles. Il n'est qu'à peine question dans ces lettres de *Sa Majesté l'Empereur*. Le meurtre du duc d'Enghien avait tout à fait séparé ce jeune cœur religieux d'un pouvoir impudemment despotique, et, à partir de ce jour, il n'éprouva plus que le sentiment graduel d'une oppression croissante. Mais déjà des affections privées, des espérances bientôt entrecoupées de douleurs, se joignaient à cette souffrance de gêne politique, pour détourner la pensée de M. Ballanche et retarder son essor. Plus d'une fois, en ces années, il se dirigea vers Montpellier à travers les Cévennes ; il vit dans l'un de ces trajets M. de Bonald, le gentilhomme de l'Aveyron, à Milhau ; mais ce n'était pas le philosophe profond dont il partageait volontiers la doctrine sur la parole, qu'il allait surtout visiter ; lui-même, dans un neuvième et dernier fragment daté de 1830, il nous a laissé entrevoir son pieux et triste secret : « Le 14 août 1825, dit-il, une belle et noble créature qui m'était jadis apparue et qui habitait loin des lieux où j'habitais moi-même, une belle et noble créature, jeune fille alors, jeune fille à qui j'avais demandé toutes les promesses d'un si riche avenir ; en ce jour, cette femme est allée visiter, à mon insu, les régions de la vie réelle et immuable, après avoir refusé de parcourir avec moi celles de la vie des illusions et des changements. Hélas ! je dis qu'elle avait refusé ; mais il y a là un mystère de malheur que je ne saurai jamais sur cette terre. » Les huit autres fragments écrits en 1808 ne sont que des élégies en

prose qui peignent avec discrétion et douceur les
vicissitudes de ce noble attachement. C'est déjà la
manière littéraire d'*Antigone*; aux divagations perpétuelles du livre du *Sentiment* a succédé une mesure
grave, sobre, solennelle à la fois et charmante de mélodie, un écho retrouvé *du mode virgilien*. Si ces huit
fragments étaient *en vers ce qu'ils sont en* prose,
M. Ballanche *aurait ravi* à M. de Lamartine la création
de *l'élégie méditative*. La philosophie, qui en est simplement *religieuse et chrétienne*, n'a rien de cette
nouveauté un peu étrange et de cette phraséologie
essentielle à une doctrine, et que la poésie ne réclame
pas. Les plaintes du poëte sont celles de toute âme
humaine contristée, depuis Job : « Nous serions bien
moins étonnés de souffrir, si nous savions combien la
douleur est plus adaptée à notre nature que le plaisir.
L'homme à qui tout succède selon ses vœux oublie de
vivre. La douleur seule compte dans la vie, et il n'y a
de réel que les larmes. » Et ailleurs : « Montrez-moi
celui qui a pu arriver à trente ans sans être détrompé.
Montrez-le-moi, ce mortel privilégié : son imagination
a tenu toutes ses promesses; *l'amour l'a conduit par la*
main ; heureux époux, père *plus heureux encore*, il n'a
acheté par aucun *tourment le charme des affections du*
cœur; *il a connu les agréments* de la société sans
ignorer *les plaisirs de la solitude*; il n'a rencontré sur
sa *route que des hommes bons* et généreux, et lui-
même n'a jamais vu au fond de son âme que des pensées douces et calmes qu'il s'est plu à entretenir ; il a
joui de ses souvenirs comme il avait joui de ses espé-

rances; il a trouvé dans le passé le gage de l'avenir :
montrez-le-moi!... Vous riez en gémissant! Vous ne
savez où trouver cette créature exceptée de la commune loi; c'est qu'en effet elle n'existe point, elle n'a
jamais existé. Un déluge de maux couvre la terre; une
arche flotte au-dessus des eaux, comme jadis celle qui
portait la famille du Juste; mais cette arche-ci est de-
meurée vide, nul n'a été jugé digne d'y entrer! »

Un hasard heureux a mis entre nos mains une petite
relation d'un pèlerinage au Mont-Cindre près Lyon,
relation écrite par une jeune Languedocienne de seize
ans. Cette personne distinguée, la même que celle qui
mourut le 14 août 1825, fit ce pèlerinage, vers 1808,
avec un guide jeune et prudent, qui était l'un des amis
de son père et qu'elle désigne sous le nom de M. Pierre
Simon. En s'élevant sur la montagne, la jeune personne à l'imagination sensible et pieuse remarque que
les fleurs y sont la plupart d'un bleu pâle comme le
ciel de cette contrée, qu'elles ne penchent point sur la
terre comme celles de nos plaines : « Presque toutes
celles que nous vîmes, ajoute-t-elle, étaient de petites
cloches. N'est-ce point parce qu'étant privées d'eau
sur les lieux élevés et exposées à l'ardeur du soleil,
cette divine Providence, qui donne sa parure aux lis
des champs, a voulu que leur calice pût retenir la
rosée du matin, et que la fleur épanouie rendît à sa
tige le bienfait qu'elle en avait reçu avant d'éclore? »
Arrivés à l'ermitage même, les deux voyageurs virent
les murs d'un petit corridor tout couverts de passages
qui avaient rapport à la puissance ou à la bonté de

Dieu. La jeune fille pria M. Pierre Simon d'écrire aussi quelque chose; il ne le voulait point; elle le pressa, il écrivit : « Cet ermitage rappelle assez bien les destinées humaines : resserré dans des bornes étroites, on y jouit d'une étendue immense. »

N'est-ce point peu après ce pèlerinage au Mont-Cindre, que M. Ballanche, redescendu dans les obstacles de la vie, traça ce sixième fragment sur Orphée perdant Eurydice que tout à l'heure il guidait sans oser la voir, et cet autre fragment où il nous montre la rencontre pudique d'Hermann et de Dorothée près du ruisseau, et de si aimables présages n'aboutissant qu'à des larmes?

Un poëme qui n'a pas été connu autant qu'il méritait de l'être, et qui rentre assez par quelques tons dans la couleur des débuts de M. Ballanche, *la Parthénéide* de Baggesen, publiée en français vers ce même temps (1), n'a d'autre sujet et d'autre action qu'un pèlerinage à la *Iung Frau* entrepris par un jeune Suisse Norfrank, et par trois jeunes filles à lui confiées, trois charmantes sœurs auxquelles il sert de guide et dont il aime la dernière. Mais les divinités de l'Olympe grec, en intervenant, même avec un art relevé d'espièglerie, refroidissent ces riantes peintures, et Norfrank, bienvenu et sage en dépit des embûches de Mercure et de Cupidon, Norfrank dans l'heureux chalet nuptial me touche moins que l'honnête Pierre Simon, devisant dans l'ermitage étroit sur l'étendue des destinées hu-

(1) En 1810, traduit de l'allemand par M. Fauriel.

maines, et laisant quelque timide espoir qu'aucune récompense terrestre ne doit couronner.

Le premier effort que fit M. Ballanche pour sortir du découragement profond où il était tombé, fut la conception d'*Antigone*. Il y songea dès 1811, et il est à croire que, dans sa pensée primitive, l'amour sans bonheur de la pieuse Antigone et du généreux Hémon devait consacrer sous une forme idéale et antique les sentiments dont il était plein : « L'amour et le malheur ont été une même chose pour eux : pour eux la mort et l'hymen devaient aussi être une même chose. » Mais peu à peu, et quoiqu'à le bien entendre ce fonds personnel soit encore ce qui anime le reste, la pensée du poëte se généralisa, s'agrandit, et, chemin faisant, recueillit des impressions successives. Sur les pas des chœurs de Sophocle, et inspiré par la muse de la douleur, le poëte s'attachait à peindre l'histoire même de l'homme, de cet être qui, aux termes de l'énigme, n'a qu'une voix et n'est debout qu'un instant, l'histoire de ses misères, de ses faiblesses, de ses félicités trompeuses, suivies d'amers retours. La moralité qu'il tirait de ces tableaux était toute de soumission, de devoir et de sacrifice, de clémence et d'espoir à travers les pleurs. Sous ces grands et magnifiques noms royaux, il figurait l'épopée domestique de la foule des hommes : la tentative d'épopée sociale devait venir plus tard dans l'*Orphée*. Quelques juges clairvoyants, éveillés à ces idées d'expiation, de solidarité, de sacrifice, distinguèrent dès l'abord dans *Antigone* plus de choses que n'en voyait l'auteur lui-même. Un de ses amis lui disait : « Vous ne savez pas ce que vous avez fait? Un poëme martiniste. » M. de Maistre, à qui M. Ballanche avait envoyé son livre, lui écrivait une lettre qui ne lui parvint pas, mais c'était aussi en un sens plus que pathétique et poétique, en un sens théosophique, qu'il avait entendu *Antigone.* Quant au personnage même de l'héroïne, quelques circonstances précieuses et consolantes dans la vie du poëte avaient rehaussé encore et achevé de perfectionner les traits. Il avait vu pour la première fois à Lyon, en 1812, une noble exilée (1) à laquelle son ami Camille Jordan le présenta, et qui eut depuis une influence si sereine sur sa destinée apaisée. Il lui avait lu les chants commencés d'*Antigone,* et quelques impressions nouvelles, dues à un sourire compatissant, se retrouvèrent bientôt dans le portrait intime de la fille d'Œdipe : ainsi les paroles de la consécration d'Antigone par son père mourant sont une inspiration de ces premières rencontres : « Ame sublime d'Antigone, que t'importe le bonheur ou le malheur? N'auras-tu pas toujours la paix de la conscience, les louanges des hommes et l'amour des Dieux? » En 1813, M. Ballanche courut à Rome retrouver celle que plus tard il nomma du nom de Béatrix; il lut au sein de cette petite société romaine la fin d'*Antigone,* la scène des funérailles. Quand le poëme parut l'année suivante, dans les pompes de la Restauration, un sentiment général y voulut reconnaître une princesse orpheline, la fille des rois. Ainsi

(1) Mme Récamier.

vont se modifiant en perspectives diverses les œuvres du poële. Lui-même il a changé sa pensée en la continuant, et, quand il croit l'avoir achevée, ceux qui le lisent la changent et l'achèvent encore.

Nous voici revenus au point que nous avons marqué comme décisif dans l'initiation sociale de M. Ballanche. La conduite de la Restauration, durant la première année, lui révéla tout un ordre historique dont il n'avait pas eu clairement conscience jusque-là. Il comprit ce que c'est que la vie d'une nation, l'âme de cet être collectif qui garde son unité à travers ses âges et sous ses continuels développements, la mission départie à chaque peuple en particulier sur la scène du monde; que les institutions vraies sont filles du temps, qu'elles plongent dans les mœurs et les souvenirs comme un arbre en pleine terre; que les constitutions rédigées d'après des théories plus ou moins savantes ne sont qu'une juxtaposition provisoire qui peut aider le corps social à refaire sa vie, mais qui n'a pas vie en soi; qu'ainsi la Charte n'était, à proprement parler, qu'une formule pour dégager l'*inconnue,* une méthode pour résoudre le grand problème des institutions nouvelles, un appareil fixe sous lequel les os brisés et les chairs divisées auraient le temps de se rejoindre et de se raffermir. Le 20 mars, rechute terrible, dernier et violent assaut des forces antisociales, ne parut à M. Ballanche que récapituler, à vrai dire, les faits antérieurs dans une unité dramatique, sans rien changer aux termes fondamentaux de la question. Pourtant, les passions exaspérées en divers sens ne l'entendaient pas ainsi, et la guérison sociale au moyen de la Charte en était très-compromise. C'est alors que M. Ballanche, désormais fixé à Paris, tout solitaire et pensif au milieu d'un monde d'élite, eut l'idée de se porter pour conciliateur, pour interprète pacifique des difficultés flagrantes, et l'*Essai sur les Institutions sociales* dut paraître avant l'ouverture des Chambres de 1817, dans le but louable, bien que certainement illusoire, de les éclairer. Quelques obstacles retardèrent d'un an cette publication. L'*Essai* est donc à la fois un livre de théorie, et je dirai presque, une brochure de circonstance. Mais si l'on regrette fréquemment que cette application à des conjonctures trop spéciales préoccupe l'auteur, s'il se détourne à tout moment pour s'inquiéter des opinions trop particulières d'alors, s'il se retranche une foule de précieux développements, de peur que l'ouvrage ne soit hors de proportion avec le but, le caractère général l'emporte suffisamment, et la doctrine philosophique y obtient une belle part. Dans la pensée de M. Ballanche, l'*Essai,* en même temps qu'il répondait aux difficultés politiques du moment, devait servir comme de prolégomènes au poëme d'*Orphée* déjà conçu en 1816. Ainsi que dans les autres *Prolégomènes* qui sont en tête de la *Palingénésie,* et en général ainsi que dans tous les écrits de M. Ballanche qui n'ont pas revêtu la forme poétique, la composition n'est pas très-distinctement établie. Ce n'est pas à l'aide d'un lien logique évident, que l'on peut serrer de près l'auteur en ses chapitres et discours; il procède d'habitude par des analogies cachées dont quelquefois

le rapport échappe et qui ont l'air de digressions ; il
avance par cercles et circuits. Il y a chez lui un grand
effort de tout dire à la fois, un embarras de choisir et
comme un bégayement entre des pensées qui sont
toutes pour lui coexistantes et contemporaines, ou
plutôt qui ne sont qu'une seule et indivisible pensée.
Cela tient à son mode de conception, d'intuition syn-
thétique ; c'est toujours plus ou moins comme pour
Hébal : « Et il n'avait pu raconter tout ce qu'il avait
vu, et il n'avait pu dire tout ce qu'il avait senti ; car la
parole successive est impuissante pour une telle instan-
tanéité. — Et même il n'était pas certain de l'exactitude de son langage ; il avait passé trop brusquement
de la région de l'esprit à la région de la forme. »
Je lis dans l'excellente *Histoire de la Philosophie en
France au* XIXᵉ *siècle,* par M. Damiron, à côté d'une
analyse parfaitement nette et logique des idées de
M. Ballanche, l'expression d'un vif regret de ce que
notre philosophe a presque toujours préféré l'exposition
poétique à l'exposition scientifique, la figure à la dé-
monstration, la couleur à l'évidence : « Car, ajoute
M. Damiron, comme au fond sa pensée, nourrie d'histoire et de psychologie, exercée à de fortes études,
n'en est plus à la simple foi, mais à la conception systématique, il faut, pour qu'il puisse l'accommoder aux
formes de la poésie, qu'il la ramène par artifice à une
inspiration qui n'est point naïve.... M. Ballanche n'a
été conduit là, au moins à ce qu'il me semble, que par
suite d'une erreur de goût qui l'a porté à convertir et
à traduire en poésie une opinion créée par la réflexion.

et l'analyse. » Nous croyons qu'il ressort de la biographie psychologique de M. Ballanche, telle que nous avons essayé de la tracer, que ce n'est point par voie d'analyse ou de logique qu'il a composé l'ensemble de son système. L'œuvre en lui s'est édifiée autrement. Il n'a pas été d'abord philosophe et métaphysicien, et ensuite poëte; sa conception et sa forme se tiennent de plus près et ont une bien réelle harmonie. Il ne lui a pas été loisible d'éviter ces figures sacrées qui, même avant que l'idée philosophique s'en mêlât, le poursuivaient dès l'enfance : Orphée et Eurydice furent la fable de toute sa vie. Il avait naturellement l'âme musicale et sensible jusqu'à la chimère, et cela était poussé au point que dans un temps il ne pouvait prononcer le simple nom de *Cymodocée* sans répandre des larmes. Les philosophies primitives de l'antiquité furent sans contredit intuitives, et se produisirent sous les voiles de la poésie, avec les accents de la muse : refuserait-on entièrement aux époques de transformation où le sens antique se réveille, et où aboutissent tous les échos du passé, de reconstruire à leur manière quelque chose de ces mystérieux monuments? Sans doute il y a bien de la combinaison savante et de l'obscurité alexandrine dans les poëmes de M. Ballanche; mais cet effort lui plaît, ce vêtement lui est naturel. Quand il le dépouille et qu'il s'avance sans personnages et sans symboles, est-il plus à l'aise? sa marche est-elle beaucoup plus svelte et dégagée? gagne-t-il évidemment en rigueur philosophique? Pour moi, le plus complet, le plus fidèle et satisfaisant résumé de sa doctrine est encore la

Vision d'Hébal où le prisme poétique réfracte pourtant chaque idée. Dans tout autre résumé, même dans les pages si nettement lucides de M. Damiron, il manque l'atmosphère où baignent ces idées qui ne sont quelquefois que des sentiments, il manque toute une portion, intraduisible en langue abstraite, de leur profondeur, de leurs horizons, de leur lumière ou de leur crépuscule, en un mot de leur vie. Sachons donc consentir à voir dans M. Ballanche un philosophe non didactique, qui nous introduit à travers des enceintes compliquées et par détours gracieux ou obscurs jusqu'à un sanctuaire profond : le poëme d'*Antigone* est comme une symphonie attrayante que nous avons entendue au parvis.

L'*Essai sur les Institutions sociales* exprimait la théorie fondamentale du langage, selon M. Ballanche. Plus tard, en 1825, il retrouva dans une malle, à Lyon, de vieux papiers oubliés où cette théorie était déjà ébauchée en entier ; ce travail ancien, qui le frappa comme une découverte, se rapportait probablement à l'époque de sa jeunesse où il avait tenté une réfutation du *Contrat Social :* tant il y avait eu antériorité instinctive et prédestination, pour ainsi dire, dans les idées de M. Ballanche, tant cette théorie, capitale dans son œuvre, était née en quelque sorte avec lui ! La question de l'origine de la société se ramène exactement à celle de l'origine du langage. En voyant aux prises les deux partis acharnés, les libéraux et les ultra-royalistes, chacun croyant à son droit et pouvant produire également des hommes de vertu et d'intelligence, M. Bal-

lanche en était venu à comprendre qu'indépendamment
des passions et des intérêts contraires, il y avait chez
les uns et les autres une doctrine radicalement contraire aussi sur la fondation de la société, et par conséquent (qu'ils s'en rendissent compte ou non) sur
l'origine du langage. Les ultra-royalistes ou illibéraux
devaient croire à la société instituée divinement, au
langage révélé, à l'autorité de la tradition ; et les libéraux, à la société formée par contrat, au langage inventé
par l'homme, à l'émancipation graduelle et au progrès.
En examinant cette double prétention si opposée et si
ferme, M. Ballanche ne put croire que le droit fût exclusivement d'un côté, et au lieu de prendre parti avec
MM. de Bonald et de Maistre pour l'antique tutelle, ou
avec Condorcet et Saint-Simon pour l'émancipation
purement humaine, il s'avança, un rameau de paix à
la main, pour expliquer comment chacun avait tort et
avait raison, pour accorder aux uns la vérité dans le
passé, aux autres le règne dans l'avenir. Il montra avec
M. de Bonald et les catholiques que la parole n'a pu
être inventée primordialement, qu'elle a été nécessaire et préexistante à la pensée, qu'elle a été donnée
par Dieu à l'homme naturellement social ; mais, en
arrivant aux temps de la parole écrite et imprimée, il
montrait avec les autres philosophes la pensée humaine
s'affranchissant peu à peu du joug de cette parole devenue plus matérielle et plus pesante, brisant l'enveloppe, acquérant des ailes, et dès lors s'élançant librement à de nouvelles croyances sociales, à de nouvelles
interprétations religieuses. Toutefois, M. Ballanche ne

portait pas l'horizon le plus lointain de cette émancipation moderne au delà des limites du Christianisme
lui-même; il proclamait la perfection de celui-ci en
tant qu'institution spirituelle et divine, et s'il croyait
que les sociétés humaines dussent se gouverner désormais selon une loi de liberté, le résultat de cette action
immense ne lui semblait pouvoir être autre chose que
l'introduction de plus en plus profonde du Christianisme dans la sphère politique et civile. Une doctrine
de conciliation si haute en des instants si irrités ne fut
que peu saisie, comme bien l'on pense, et, auprès du
petit nombre de ceux qui la comprirent, elle ne fut
accueillie ni dans un camp ni dans un autre. Les vues
très-avancées et d'une sagacité presque divinatoire que
l'auteur exprimait sur l'avenir littéraire et poétique de
la France, ses éloquents et ingénieux présages à ce sujet, un an avant l'apparition de M. de Lamartine,
compliquaient encore la question de succès, en cho-
quant des préjugés non moins irritables en tout temps
que les passions politiques. M. Lemontey, dans *le Constitutionnel* (alors *Journal du Commerce*), lui fit la faveur, en qualité de compatriote sans doute, de parler
longuement de lui, et, pour conclusion, il le définissait
le libéral à son insu, et le classique malgré lui. M. de
Maistre écrivait à l'auteur de l'*Essai*, sans le connaître
personnellement, une lettre honorable, dans laquelle
la vigueur de ce hautain et ironique génie éclate
comme partout. On y lit ces passages : « Votre livre,
monsieur, est excellent en détail : en gros, c'est autre
chose. L'esprit révolutionnaire, en pénétrant un esprit

très-bien fait et un cœur excellent, a produit un ouvrage *hybride* qui ne saurait contenter en général les
hommes décidés d'un parti ou de l'autre. J'ai *profondément* souri en voyant votre colère contre les châteaux (1) et contre les couvents que vous voulez convertir en prisons, et contre la langue catholique (2) que
vous prétendez abolir, par la jolie raison que *les Latins
n'ont plus rien à nous apprendre.* C'est encore une
chose excessivement curieuse que l'illusion que vous a
faite cet esprit que je nommais tout à l'heure, au point
de vous faire prendre l'agonie pour une phase de la
santé; car c'est ce que signifie au fond votre théorie de
l'*émancipation de la pensée,* etc. Si vous trouviez quelque chose de malsonnant dans l'expression *Esprit révolutionnaire,* vous seriez dans une grande erreur; car
nous en tenons tous : il y a du plus, il y a du moins
sans doute; mais il y a bien peu d'esprits que l'in-

(1) Il fallait les préoccupations de M. de Maistre pour avoir vu
M. Ballanche en colère contre les châteaux; c'est au chapitre III
de l'*Essai* qu'il en est question : « Ces noires tours couronnées de
« créneaux doivent tomber; ces longs cloîtres silencieux doivent
« être transformés en prisons ou en vastes ateliers pour les ma-
« nufactures, etc. » M. Ballanche dénonce tristement un fait inexorable.

(2) M. Ballanche, au chapitre XI de l'*Essai,* parlait, il est vrai,
d'éliminer dorénavant le latin de la première éducation, et ce qu'il
avançait à ce propos est assurément contestable, dans les termes
surtout dont il usait; mais il n'entendait aucunement abolir cette
langue catholique. La langue et les traditions latines étant péné-
trées maintenant par les esprits, il demandait qu'on se portât vers
les langues de l'Orient, et qu'on ouvrît de nouveaux sillons de
linguistique et de nouvelles formes intellectuelles.

fluence n'ait pas atteints d'une manière ou d'une autre;
et moi-même qui vous prêche, je me suis souvent demandé si je n'en tenais point…. Tout ce que vous avez
dit sur les langues et tout ce qui en dépend est excellent. Enfin, monsieur, je ne saurais trop vous exhorter
à continuer vos études et vos travaux. Je ne crois pas,
comme je vous l'ai dit franchement, que vous soyez
tout à fait dans la bonne voie, mais vous y tenez un
pied, et vous marcherez gauchement jusqu'à ce qu'ils
y soient tous les deux. Avez-vous vu une feuille du
Courrier du Commerce (*c'était l'article de M. Lemontey*),
qui m'appelle *le vaporeux Piémontais,* qui me compare
à Zwingle, M. de Bonald à Luther, et vous, monsieur,
au doux Mélanchthon? Si vous voulez examiner ce beau
jugement et le confronter au mien, vous y verrez la
preuve évidente de ce caractère *hybride* que je vous
reprochais tout à l'heure. Le sans-culotte vous attend
dans son camp ; moi, je vous attends dans le mien :
nous verrons qui aura deviné. Si je vis encore cinq
ou six ans, je ne doute pas d'avoir le plaisir de rire
avec vous de l'*émancipation de la pensée.* »

Non, si M. de Maistre avait rencontré après des années M. Ballanche, il n'aurait pas ri avec lui de cette
émancipation de la pensée, ou c'est qu'alors il aurait
ri de ce mauvais et diabolique sourire qu'il a lui-même
tant reproché à la lèvre stridente de Voltaire. Tout in-
vincible qu'il était, il aurait fini par comprendre qu'il
y avait quelque chose de jugé sans retour et qui, d'a-
gonie en agonie, achevait d'expirer. M. Ballanche a
magnifiquement et pieusement répondu à la lettre de

2.

l'illustre contradicteur, lorsque apprenant sa mort, il ouvre la troisième partie des *Prolégomènes* par cette sorte d'hymne funéraire : « L'homme des doctrines anciennes, le prophète du passé vient de mourir.... Paix à la cendre de ce grand homme de bien!... » Tout ce morceau est d'une haute vigueur de pensée et d'une belle effusion de cœur : je me figure le geste clément de Fénelon s'il avait béni le cercueil de Bossuet et proféré son oraison funèbre.

Dans l'*Essai sur les Institutions* et dans les écrits qui suivirent, dans *le Vieillard et le Jeune Homme*, publié en 1819 (1), dans *l'Homme sans nom,* publié en 1820, dans *l'Élégie*, les formes, les locutions du style monarchique et bourbonien abondent; mais elle ont toujours un sens particulier à l'auteur. Lorsque M. Ballanche parle de la légitimité dans l'*Essai*, il s'agit, non point du droit divin tel qu'on l'entend vulgairement, mais d'une légitimité historique que nul publiciste spiritualiste ne conteste aujourd'hui. Une dynastie restaurée lui paraissait un arbre sacré qu'on replante après qu'il a été déraciné par l'orage, et auquel il est accordé un temps pour reprendre racine; passé ce temps, l'arbre, s'il n'a pas repris la séve et la vie, n'est qu'un morceau de bois mort digne d'être rejeté. La dynastie restaurée des Bourbons, arbre ainsi replanté, ne vécut jamais

(1) Cette expression *publié* est inexacte pour les écrits de M. Ballanche qui suivirent l'*Essai sur les Institutions;* il faudrait dire *imprimé aux frais de l'auteur, et distribué à quelques amis et à quelques juges.* La publication véritable ne date que de ces dernières années.

qu'à l'extérieur et par l'écorce, ayant dédaigné d'enfoncer ses racines dans la vraie terre. M. Ballanche le savait bien. Aussi la conviait-il incessamment, cette race antique, à s'identifier avec les destinées de la nation, afin de représenter exactement le principe social, comme c'est le propre et la condition de toute dynastie légitime. Il croyait que la Restauration pouvait et devait être l'incarnation politique et civile du Christianisme; l'instrument bourbonien lui paraissait nécessaire à son idée, bien qu'il le sentît rebelle; simple erreur de moyen et de circonstance! Dans l'effervescence de la réaction qui suivit la mort du duc de Berry, il terminait son élégie commémorative en s'écriant : « Dynastie glorieuse, illustre maison, hâtez-vous de vous identifier avec nos destinées qui vous réclament; hâtez-vous, car il est de la nature de nos destinées d'être immortelles! » Après le 8 août 1829 (1), il écrivait : « Maintenant, tournons nos regards vers le trône de Charles X, et conjurons le roi qui jura la Charte de faire enfin cesser la perturbation du 8 août. Nulle puissance ne serait en état de résoudre le problème posé ce jour-là. Il faut anéantir la pensée de ce jour néfaste; car cette pensée n'eut ni cause, ni motif; elle fut une pensée stérile, incapable d'arriver à l'acte. » Quand toutefois l'absurdité s'obstina et que la foudre populaire se mêla du problème, M. Ballanche était préparé et détaché. Il fut de ceux qui, sans la désirer ni la faire, comprirent et admirent la révolution de Juillet

---

(1) Date de l'avénement du ministère Polignac.

dès sa première heure (1). Il arriva alors à la pensée
de M. Ballanche ce qu'il a dit de la pensée humaine
en général ; son idée s'émancipa de cette forme de la
Restauration où elle avait voulu trouver asile, et, devenue plus libre, elle plana dans des cercles indéfinis.
C'est même à partir de 1830 que les doctrines de
M. Ballanche ont fait le plus de chemin par le monde,
et qu'elles ont remué le plus d'esprits religieux et penseurs dans la jeunesse.

Entre l'*Essai* et l'*Homme sans nom*, M. Ballanche
publia, en 1819, *le Vieillard et le Jeune Homme*, en-

---

(1) Pendant les journées de Juillet 1830, un hasard assez singulier me fit rencontrer M. Ballanche. A la nouvelle des Orde-
nances, j'étais parti en toute hâte de Honfleur, où je me trouvais
chez mon ami Ulric Guttinguer, pour revenir à Paris : de son côté,
M. Ballanche était parti de Dieppe, où il était avec Mme Récamier,
pour rentrer également dans la capitale. Nous nous trouvâmes à
Rouen et fûmes ensemble dans la même diligence de retour. Le
voyage était fort lent, fort interrompu à chaque relais par toutes
sortes d'incidents. Durant la route, les voyageurs montaient et
descendaient sans cesse. M. Ballanche, je dois le reconnaître, avait
l'air des plus dégagés et des plus désintéressés sur les nouvelles qui
arrivaient à chaque instant de Paris, et dont le résultat n'était plus
douteux. « Je crois bien, lui dis-je, que pour le coup nous allons
franchir deux degrés d'initiation à la fois. » Et il se prit à rire. A
la montée d'une côte aux environs de Rosny, comme nous devisions
en cheminant, il me montra ce doux pays d'alentour, ces beaux
ombrages historiques, et me dit, en figurant par son geste un baiser
d'adieu : « Et voilà pourtant, monsieur, ce dont les Bourbons n'ont
plus voulu ! » — Je n'ai jamais mieux compris qu'en le voyant à
ce moment décisif combien les dynasties, à force de fautes accumulées et de sottises, parviennent finalement à dégoûter et à délier
ceux qui furent pendant des années leurs plus sincères et dévoués
zélateurs.

seignement philosophique plein d'autorité et de grâce.
Un critique d'un bon sens spirituel, M. Saint-Marc
Girardin, citait récemment les consolations de Jean
Chrysostome à son jeune ami Stagyre, comme s'appliquant à bien des âmes d'aujourd'hui. Le *Jeune Homme*
de M. Ballanche est atteint d'un mal tout à fait semblable; il désespère de la société et de lui-même; il
voit des ruines en lui, autour de lui, et il les aime, et
il ne veut pas s'en arracher. C'est une généreuse passion de la mort, le culte sombre des idées vaincues,
une abjuration stoïque de l'avenir. Il y a beaucoup de
ces nobles âmes; mais il y en a encore plus qui pè-
chent et souffrent par excès d'espérances, par antici-
pation dévorante et immodérée, par immersion éperdue
dans la grande souffrance sociale. Ce mal est si beau
dans de tendres jeunesses, il tient de si près au dévouement et à l'amour des hommes, il est, pour ainsi
dire, si sacré, qu'on est tenté de l'envier pour soi, bien
loin d'essayer chez d'autres de le guérir. Et pourtant,
comme il aboutit en d'âpres mécomptes, comme il
vous use à des réalisations impossibles ici-bas, comme
il vous jette à la merci des systèmes universels, qui
n'ont en eux ni la vraie morale dont ils se passent, ni
le bonheur délirant dont ils vous leurrent, il est bon
d'y opposer l'avertissement; et ce que M. Ballanche
disait à son jeune désespéré de 1819 pourrait s'adresser
fructueusement à beaucoup des jeunes néophytes qui
embrassent les siècles et l'univers : « Je veux essayer,
mon fils, de guérir en vous une si triste maladie, état
fâcheux de l'âme qui intervertit les saisons de la vie et

place l'hiver dans un printemps privé de fleurs. » — La destinée de l'homme se compose, en effet, de deux destinées qu'il doit simultanément accomplir, une destinée *individuelle proportionnée* à son temps de passage *sur cette terre*, une destinée *sociale* par laquelle il concourt pour sa part à l'œuvre incessante de l'humanité. Ainsi, notre terre a son double mouvement, et elle tourne à la fois sur elle-même et autour du soleil. Mais faites que ce mouvement sur elle-même soit supprimé, et qu'elle regarde toujours fixement l'astre : voilà que vous avez une terre à moitié torréfiée, sans saisons, sans rosée et sans lune. Ainsi pour l'homme (à part de très-rares exceptions), quand il supprime le cours individuel de sa destinée. Le danger, dira-t-on peut-être, n'est pas là aujourd'hui, et c'est plutôt le concours au mouvement social que l'on incline à s'épargner. Oui, dans le gros de la société constituée et jouissante, cela se passe ainsi ; mais l'élite de la jeunesse, par une sorte de dévouement expiatoire, *tombe dans l'excès contraire, et pour elle le danger existe là où nous disons.*

« Allez, croyez-moi, dit le vieillard au jeune homme par la bouche de M. Ballanche, l'homme peut faire sa destinée ; mais il ne peut rien sur les destinées du genre humain ; Dieu, dans ses conseils éternels, saura bien se passer de vos pensées mûries avant le temps. Croyez-moi, la société a été imposée à l'homme, non comme un moyen de parvenir au bonheur, mais comme un moyen de développer ses facultés. » Nous tenons surtout à cette dernière pensée, et M. Ballanche y revient souvent dans son écrit; il le conclut en ces termes mémorables : « Ce qui a toujours troublé la raison des fabricateurs de systèmes, c'est qu'ils ont toujours voulu faire tendre l'espèce humaine au bonheur, comme si l'homme était sans avenir, comme si tout finissait avec la vie, comme si, enfin, on pouvait être d'accord sur les appréciations du bonheur. » M. Ballanche protestait ainsi à l'avance contre les âges d'or terrestres de Saint-Simon et de Fourier, contre ces pays de Cocagne que les doctrines matérialistes de progrès font voyager devant nous à l'horizon; il ne protestait pas moins en ces paroles contre l'absorption dernière de l'individu dans la vie confuse de l'humanité, autre excès où vont les doctrines progressives panthéistiques : lui, il était et il est distinctement spiritualiste et chrétien.

M. Ballanche est chrétien, ceci mérite pourtant quelques mots. Il est chrétien, c'est-à-dire il croit à la révélation apportée au monde une fois pour toutes par Jésus, à l'excellence divine de son précepte, à la destinée humaine qui se dirige à cette seule clarté au travers d'une vallée d'épreuve et d'exil; il croit même au dogme *un,* à la lettre sacrée qui n'est pas à remanier. Mais il est néo-chrétien en ce qu'il croit à l'interprétation successive de ce dogme, et aux découvertes de plus en plus étendues que la pénétration humaine doit faire sous l'antique lettre par degrés transfigurée : il croit que les sept sceaux, dont il est parlé dans la prophétie, sont destinés à tomber l'un après l'autre à de certains temps révolus.

Dans *l'Homme sans nom* et dans l'*Élégie*, il règne
une grande préoccupation des catastrophes du 20 mars
et du 13 février; l'immolation de Louis XVI, le retour
de l'île d'Elbe, l'assassinat du duc de Berry se répon-
daient à distance comme un triple tonnerre : il se fit
alors en M. Ballanche un réveil du dogme de la fatalité
antique. Suivant lui, le principe nouveau qui agite le
monde, ou qui rôde à l'entour pour y pénétrer, s'in-
carne quelquefois prématurément en certains individus, les exalte, les égare et les pousse en automates à
des forfaits : ainsi Louvel, ainsi l'Homme sans nom, le
régicide. Il voit presque en eux, dans le dernier du
moins, des Œdipes coupables sans avoir failli librement, coupables par solidarité, par surcroît d'épreuve,
des espèces de victimes eux-mêmes. Cette manière de
consacrer l'homme par l'idée, et de l'ériger en représentant mystérieux, va mieux, on le sent, aux personnages lointains qu'à des individus qu'on peut coudoyer.
Aussi, comme l'a remarqué judicieusement M. Magnin,
les symboliques réminiscences et les instinctifs pressentiments de l'auteur d'*Orphée* ont-ils un degré de
vraisemblance que nous ne retrouvons pas dans
l'Homme sans nom : « Dans ce dernier poëme, ajoute
le même critique, la proximité de l'objet nous paraît
déjouer l'œil profond du mystique interprète : la
double vue ne s'applique bien qu'à l'invisible. »

Et pourtant, chose remarquable! il y a un fonds
effrayant de réalité dans une partie de *l'Homme sans
nom*, un fonds d'autant plus extraordinaire que M. Ballanche l'ignorait tout à fait lorsqu'il bâtissait idéale-

ment son poëme. Un conventionnel régicide, Lecointe-Puyraveau des Deux-Sèvres, aurait pu raconter la séance du vote exactement comme l'Homme sans nom la raconte. Comme celui-ci, Lecointe-Puyraveau assistait en frémissant aux votes qui précédaient le sien ; il s'agitait sur son banc avec angoisse, et à chaque suffrage de mort qu'accueillaient les applaudissements des tribunes, son voisin, de qui je tiens l'histoire (1), le voyait pâlir et s'indigner. Il appelait impatiemment son tour et avait hâte de dire une parole de justice. Son tour arriva ; il s'élança à la tribune, des murmures accueillirent ses premiers mots , puis des menaces ; il se troubla, et par degrés ses paroles changèrent de sens, jusqu'à ce qu'enfin, comme à l'Homme sans nom, une parole inconnue, une parole qui n'était pas la sienne, vint se placer sur ses lèvres. Il s'en retourna égaré à son banc, ayant voté la mort. — Ce qui est vrai de l'*Homme sans nom* l'est aussi à quelque degré, j'en suis certain, des personnages introduits ailleurs par M. Ballanche. Jusque dans ses conceptions en apparence les plus arbitraires, il y a des divinations historiques pénétrantes.

En 1820, M. Ballanche fit une grande maladie pendant laquelle plusieurs des symptômes antérieurs, tels qu'ils sont décrits dans *Hébal,* se reproduisirent ; mais, au sortir de cette nouvelle crise, son organisation fut comme un instrument plus complet et plus monté aux vastes œuvres ; il mit encore davantage son âme et sa

(1) M. Daunou.

substance intime dans chacune de ses pensées. Durant un séjour qu'il fit à Rome en 1824, dans la même compagnie d'élite qu'autrefois, il eut conscience de l'antique cité latine, du droit patricien et de cette époque incertaine dont il a cherché, dans la *Formule générale,* à reconquérir le sens sur Tite-Live. Ses projets de travaux s'élargirent, se fixèrent et prirent, par leur structure imposante, quelque chose de ces grandes lignes romaines des monuments et des horizons. Le plan, dès lors arrêté, de sa *Palingénésie* consista en trois poëmes ou épopées : 1° il résolut de faire pénétrer le génie historique, tel qu'il le sentait, dans la région qui précède l'histoire. Son *Orphée* dut résumer les quinze siècles de l'humanité, qui, en dehors du cercle de nos traditions religieuses, sont placés en avant des temps historiques : *Orphée* dut être une espèce de Genèse du haut paganisme. 2° Si M. Ballanche enfermait toute l'humanité, extérieure aux Hébreux et antérieure à l'histoire, dans cette composition mythique d'*Orphée,* il songeait en même temps à enfermer l'histoire positive dans une *Formule générale :* les cinq premiers siècles de l'histoire romaine lui parurent se prêter excellemment à ce dessein, en ce qu'historiques par la gloire des noms, ils sont couverts de vapeurs transparentes et crépusculaires, et en ce que l'évolution s'y accomplit dans une gradation distincte et toute dramatique. Le plébéien romain, type, pour M. Ballanche, de l'homme qui se fait lui-même, lui représentait par les trois *sécessions* la masse de l'humanité conquérant successivement la conscience ou le

sentiment de soi, la pudicité ou le mariage légal, et
enfin la dignité ou l'aptitude aux magistratures dans
les divers ordres. 3° Quant à l'avenir qui suit cette
émancipation et à la perspective future et finale des
destinées humaines sur la terre, ce devait être un des
objets, un des pressentiments de la *Ville des Expia-*
tions : M. Ballanche concevait, dès 1824, la *Vision*
d'Hébal qui n'en est qu'un épisode et qu'il écrivit en
1829. — Des trois grands poëmes philosophiques,
Orphée seul a paru au complet; mais, outre la *Vision*
d'Hébal, on a des fragments et chapitres des deux
autres ouvrages que les *Prolégomines* nombreux et
féconds, en entier publiés, déterminent suffisamment.
Toutefois, si, malgré quelques lacunes, la pensée de
ces parties inédites est déjà saisissable, on ne peut
également en apprécier la forme et l'art; l'ensemble du
monument est en souffrance : nous aimons à espérer
que l'auteur ne tardera pas à y donner l'harmonie de
son premier dessin.

Ce serait ici le lieu, si nous le voulions, d'offrir une
exposition générale de la doctrine de M. Ballanche;
mais assez d'autres l'ont fait plus ou moins, M. de
Givré, l'un des premiers, au *Journal des Débats*,
M. d'Ekstein dans *le Catholique*, M. de Chateaubriand
dans la préface de son beau livre des *Études*, M. Barchou de Penhoën dans la *Revue des Deux Mondes*,
M. de Lavergne à Toulouse (1). — Nous dirons quelques
mots de l'*Orphée*.

(1) Il faut ajouter la notice, composée depuis, qui fait partie de

L'*Orphée* n'est pas une tentative qui aille à recomposer une antique réalité ; ce n'est pas une restitution poétique , et poétiquement aussi vraisemblable que possible, d'une époque évanouie. Le poëte ne s'est inquiété que d'évoquer l'esprit général de ces temps, de le faire circuler abondamment çà et là ; quant aux détails, il n'a pas cherché à les mettre en rapport exact avec les débris qui se sont conservés. Ce n'est pas en étudiant, par exemple, les fragments attribués à Orphée, qu'il s'est préparé à faire parler son personnage : de même dans les peintures qu'il nous donne de cet ancien monde, il n'a pas visé à retrouver en géologue l'aspect réel, persuadé que ce serait toujours un paysage très-aventuré. Il n'a donc tenu qu'à se faire l'organe d'un certain esprit général et intime avec lequel il se sentait en communication, et il a pris d'avance son parti sur l'invraisemblance (je parle de l'invraisemblance poétique) du langage et de beaucoup de peintures. Évandre et Thamyris discourent entre eux de cosmogonie, de patriciat et de plébéianisme, presque comme auraient pu faire Niebuhr et M. Ballanche ; les vieilles expressions latines, les étymologies essentielles de Vico ont passé intégralement dans leur langage ; et tout à côté de ces paroles anticipées, ce sont des chants qui appartiennent à la lyre antique, des expressions orphéennes tirées comme avec un plectre d'or.

la *Galerie des Contemporains illustres par un Homme de rien* (M. de Loménie). — Enfin M. Ampère a donné sur Ballanche, au lendemain de sa mort, une Étude étendue (1848).

En un mot, l'*Orphée* n'est pas un poëme qui, avec plus de profondeur, offre l'unité et l'harmonie du ton, comme le *Télémaque* ou l'*Antigone*; l'invraisemblance n'y est pas généralement étendue et adoucie de manière à se faire peu sentir : mais l'anachronisme entre la forme et le fond éclate et crie en maint endroit, le poëte ayant désespéré de jamais rapprocher assez à son gré cette forme du fond. *Orphée* est un singulier poëme où le chant, émané d'une muse antique, a été commenté avec science par un néoplatonicien ou un éclectique alexandrin ; mais le copiste, par mégarde, a fait confusion ; le commentaire est entré dans le texte, Servius a passé dans Virgile et l'interrompt çà et là ; les bordures du cadre sont bigarrées et blasonnées de triangles, de chiffres, de racines en toutes langues, bien que le milieu du tableau se maintienne aimable et pur autant que profond (1).

C'est ce milieu du tableau que j'aime et que j'admire dans l'*Orphée*; c'est là que circule le sentiment des temps incertains, cette musique du passé dont M. Ballanche est la harpe éolienne, et dont il sait nous renvoyer un sympathique et merveilleux écho. L'heureux séjour d'Orphée en Samothrace, son chaste hymen

---

(1) Cet anachronisme et cette discordance, qui n'appartiennent pas à la manière des *Fragments* et d'*Antigone,* et que nous signalons en grand dans l'*Orphée*, ont pénétré quelquefois jusque dans la diction, d'ordinaire si pure, de M. Ballanche. Ainsi Hébal, décrivant en deux traits la guerre du Péloponèse, montre Sparte essayant de *stéréotyper* la civilisation héroïque. Il y a aussi trop *d'intussusceptions,* d'*assimilations.*

avec Eurydice, ses entretiens avec la Sibylle mourante,
son intervention au milieu des farouches combats, son
refus de l'amour d'Érigone, ses bienfaits partout pré-
sents, sa personne toujours lointaine ou passagère,
suffiraient à justifier les naïves paroles dans lesquelles
le poëte se rend témoignage à lui-même: « Qu'il me
soit permis d'affirmer que l'inspiration à laquelle
j'obéis est plus près que celle de Virgile des inspirations primitives... Oui, j'ai plus que Virgile, incomparablement plus, le sentiment de ces choses que
j'oserai appeler divines. » — « N'y a-t-il pas une voix
dans les choses? » s'écrie dans l'*Orphée* notre poëte
théosophe; or, cette voix, M. Ballanche l'a fréquemment entendue (1). Dans les mêmes morceaux d'*Orphée*
que j'admire pour le sens antique et primitif qu'ils
respirent, je n'aime pas moins à retrouver les sources
secrètes des affections, des anciennes larmes et du
génie de M. Ballanche, cette pensée éternelle d'un
hymen à la fois accordé et impossible, cette initiation
au vrai et au bien par la chasteté et par la douleur:
« La douleur, dit Orphée, sera le second génie qui

---

(1) Il semble véritablement à de certaines heures qu'il soit de
la race de ceux dont Homère a parlé dans l'*Hymne à Cérès*, de la
race de ces Triptolème, Polyxène et Dioclès, auxquels Cérès,
avant de remonter au ciel, enseigna les choses sacrées, les chastes
orgies et les mystères :

Σεμνὰ, τά τ' οὔπως ἔστι παρεξίμεν, οὔτε πυθέσθαι,
Οὔτε χανεῖν. ,

ces choses augustes qu'il fut si longtemps interdit d'enfreindre,
d'interroger et de proférer.

m'expliquera les destinées humaines. » Chaque page
nous offre des pensées de tous les temps, dans la ma-
jnificence de leur expression : « Souvenez-vous que les
Dieux immortels couvrent de leurs regards l'homme
voyageur, comme le ciel inonde la nature de sa bienfaisante lumière. » Et encore: « Toutes les pensées
d'avenir se tiennent ; pour croire à la vie qui doit suivre celle-ci, il faut commencer par croire à cette vie
elle-même, à cette vie passagère. » Enfin, les approches de la mort d'Orphée, les troubles et l'agonie orageuse de cette grande âme qui, comme toutes les âmes
divines au terme, se croit un moment délaissée, ont
une sublimité égale aux plus belles scènes des épopées
modernes. Et voilà pourquoi M. Ballanche a bien fait
de rester poëte.

L'influence des écrits de M. Ballanche a été lente,
mais réelle, croissante, et très-active même dans une
certaine classe d'esprits distingués. Pour n'en citer que
le plus remarquable exemple, la lecture de ses *Prolégomènes,* vers 1828, contribua fortement à inspirer le
souffle religieux à l'école, encore matérialiste alors, de
Saint-Simon. Témoin de l'effet produit par cette lecture
sur quelques-uns des plus vigoureux esprits de l'école,
je puis affirmer combien cela fut direct et prompt.
L'influence, du reste, n'alla pas au delà de cette espèce
d'insufflation religieuse. Historiquement, l'école saint-
simonienne partit toujours de ce que M. Ballanche appelle l'erreur du dix-huitième siècle, erreur admise
par Benjamin Constant lui-même; elle persista à voir
le commencement de la société dans le sauvagisme,

comme lui, Benjamin Constant, commençait la religion par le fétichisme.

M. Ballanche est peut-être l'homme de ce temps-ci qui a eu à la fois le plus d'unité et de spontanéité dans son développement. Sans varier jamais autrement que pour s'élargir autour du même centre, il a touché de côté beaucoup de systèmes contemporains et, pour ainsi dire, collatéraux du sien; il en a été informé plutôt qu'affecté, il a continué de tirer tout de lui-même. La doctrine de Saint-Martin semble assurément très-voisine de lui, et pourtant, au lieu d'en être aussi imbu qu'on pourrait croire, il ne l'a que peu goûtée et connue. Je remarque seulement dans les *Prolégomènes* le *magisme de la parole*, le *magisme de l'homme sur la nature*, expressions qui doivent être empruntées au mystérieux théosophe. Il a emprunté davantage à Charles Bonnet, à savoir le nom même et l'idée de la *palingénésie*, de cette interminable et ascendante échelle des existences progressives; mais il s'en est approprié la vue en la transportant dans l'histoire, tandis que l'illustre Genevois ne l'avait que pour l'ordre purement naturel. M. Ballanche connut de bonne heure à Lyon Fourier, auteur des *Quatre Mouvements*; mais il entra peu dans les théories et les promesses de ce singulier ouvrage, publié en 1808; aujourd'hui il se contente d'accorder à l'auteur une grande importance critique en économie industrielle, et de penser avec lui en des termes généraux que l'homme a pour mission terrestre d'*achever* le globe. Il lut *les Neuf Livres* de Coëssin dès 1809, et dans un voyage qu'il fit à Paris, il visita ce prophète d'une époque pontificale ; mais l'esprit envahissant du sectaire le mit d'abord sur ses gardes : M. Ballanche voulait avant tout rester lui-même. Il vit une fois Hoëné Wronski, lequel, dans son *Prodrome,* revendique l'honneur d'avoir le premier émis, en 1818, une vue politique que l'*Essai sur les Institutions* exprimait en même temps que lui. M. Ballanche vit plus d'une fois, bien que rarement, Fabre d'Olivet dont les idées l'attiraient assez, s'il ne les avait senties toujours retranchées derrière une science peu vérifiable et gardées par une morgue qui ne livre jamais son dernier mot. Il a profité pourtant des écrits originaux de ce philosophe qui aurait pu se passer d'être charlatan ; l'idée d'Adam, l'homme universel, et d'Ève qui est la faculté volitive d'Adam, lui a probablement été suggérée par Fabre. Les hommes qui ont le plus agi sur M. Ballanche, mais par contradiction surtout, sont MM. de Bonald, de Maistre et de La Mennais. Ce dernier, ainsi que l'abbé Gerbet, est devenu son ami, et la contradiction première a cessé bientôt dans une conciliation que le Christianisme qui leur est commun rend solide et naturelle.

Pour nous qui n'approchons qu'avec respect de tous ces noms, et qui ne les quittons qu'à regret, il faut nous arrêter pourtant. Heureux si, à défaut d'une exposition complète de système, cette étude de biographie psychologique a insinué à quelques-uns la connaissance, ou du moins l'avant-goût, d'un homme dont la noble ingénuité égale la profondeur, et si cette explication intérieure et continue que nous avons cher-

3.

ché à démêler en lui peut servir de prolégomènes en
quelque sorte à ses prolégomènes! Préparer à la lecture
de notre auteur, c'est là en général dans les essais que
nous esquissons, et ce serait dans celui-ci en particulier, notre plus entière récompense.

Septembre 1834.

(M. Ballanche est mort le 12 juin 1847.)

Cet article sur M. Ballanche a été une sorte d'événement
dans ma vie littéraire, et il a contribué à m'apprendre bien
des choses, de celles qu'on ne sait jamais mieux que par son
expérience personnelle. J'en ai déjà dit un mot dans une note
de l'appendice sur Béranger (t. Ier, p. 137). En écrivant cet article et pour être plus sûr de comprendre comme il le fallait un
auteur éminent, mais très-particulier et assez difficile, j'avais
songé avant tout à me placer au point de vue de cet auteur
et à le considérer, comme on dit aujourd'hui, dans son milieu. Je m'étais, pour le moment, transporté avec lui dans
son monde, dans les régions d'idées ou d'opinions qu'il avait
traversées, et je m'étais comme transformé en lui. Ç'a été
volontiers de tout temps mon habitude et ma méthode de
critique : je cherchais à m'effacer, à m'oublier; je n'étais plus
chez moi, j'étais chez un autre pour une quinzaine, ou mieux,
j'étais cet autre même et l'on m'aurait pu prendre pour son
second. Or, en faisant ainsi pour Ballanche, je me trouvai,
sans y songer, avoir violemment choqué les hommes qui
jugeaient 1815 et les Bourbons, la Convention et le régicide,
à un tout autre point de vue que le sien et avec des sentiments contraires. Comme, à cette date, j'appartenais encore
à la rédaction du *National,* la colère fut d'autant plus grande
que les purs virent en moi un renégat. Ceux qui se récriaient

si fort à mon sujet, ce n'étaient certes ni l'excellent Paulin,
de tout temps mon ami, ni les rédacteurs habituels, Cham-
bolle, Littré, etc.; c'étaient les causeurs-amateurs, les inutiles et les bruyants, les flâneurs de haute hâblerie républicaine, Thibaudeau en tête. Cependant comme j'allais très-peu
au bureau du journal, excepté dans les grands jours, et que
je vivais d'une vie toute de pensée, de rêverie et d'étude,
je ne fus d'abord informé de rien. Mais il se trouva que
M. Coëssin, auquel j'avais en passant appliqué le nom de
sectaire, adressa une lettre à la *Revue des Deux Mondes,* où
l'article avait été inséré, pour protester contre cette qualifi-
cation. Il prétendait être orthodoxe et non *sectaire,* au sens
catholique. La lettre ayant soulevé des objections à cause du
peu de convenance et de mesure de certains termes, je vis
arriver, au nom de M. Coëssin, un de ses disciples alors fervent, depuis brouillé avec lui, un galant homme d'ailleurs
autant que peut l'être un fanatique pur, alliant dans un singulier mélange le jacobinisme, le mysticisme et le catholicisme : ce personnage n'était autre que le chevalier de Beauterne, un cerveau brûlé, comme on dit, et qui avait même eu
dans un temps des accès de fièvre chaude et de démence. Je
l'avais rencontré quelquefois chez Mme de Souza, et il se prévalait de cette circonstance pour obtenir de moi haut la main
l'insertion de la lettre dans la *Revue.* M. Coëssin, en souverain
pontife, ne paraissait pas et se dérobait derrière son nuage.
La résistance de la *Revue* à l'insertion de la lettre fut longue,
et on ne consentit point à l'imprimer sans qu'elle eût été
modifiée en quelques-uns de ses termes. Mais ce point devint
presque aussitôt l'affaire secondaire. M. de Beauterne, croyant
rendre sa cause et celle de M. Coëssin meilleure, avait obtenu,
je ne sais comment, des chefs du parti républicain d'alors,
MM. Jules Bastide et Raspail, une lettre écrite tout entière
de la main de M. Jules Bastide et signée de tous deux, dans
laquelle il m'était signifié que tous les *hommes de cœur*
avaient vu avec étonnement et indignation cet article sur
Ballanche. Si l'on veut bien songer que M. Coëssin, l'homme

d'une petite église, et qui avait intérêt pourtant à ne pas
rompre avec la grande, se plaignait surtout de moi sous prétexte que, depuis que je l'avais qualifié de *sectaire,* on ne le
recevait plus comme avant ni sur le même pied dans sa paroisse, et qu'il risquait de ne plus être admis à la sainte table
en l'église des Petits-Pères, on comprendra toute l'énormité et
le ridicule du procédé par lequel des hommes du parti politique avancé se faisaient les tenants de M. Coëssin contre
moi. L'affaire traîna près d'une année : à chaque changement
de saison, par les grands chauds ou par les grands froids, le
chevalier de Beauterne recommençait ses instances périodiques, accompagnées parfois de menaces, et d'autres fois
brusquement assaisonnées d'amitiés, et ce fut même sur des
amitiés très-vives, quand il se fut brouillé avec M. Coëssin,
que tout cela se termina de sa part ; c'était au point d'en
devenir incommode dans un autre sens. Laissons ce qui n'est
que ridicule. Mais le sérieux et l'odieux de l'affaire était dans
cette sorte de main-forte que des hommes politiques n'avaient
pas craint de prêter à des intrigants mystiques ou à des
extravagants. J'acquis dans cette circonstance des lumières
qui me furent très-utiles, sur l'esprit de parti, sur le peu de
profit que tirent les vrais littérateurs et les esprits critiques à
se mêler à des groupes politiques toujours plus ou moins
intolérants ; car il faut, d'un côté ou d'un autre, se fermer
des vues et consentir absolument à condamner des jours à
son intelligence. L'attitude d'Armand Carrel pris perpétuellement à témoin et invoqué pour arbitre par mes adversaires,
son silence obstiné (je m'étais, il est vrai, abstenu soigneusement de le voir, mais M. Buloz l'avait vu et avait essayé de
le faire parler), ses refus calculés de prononcer une seule
parole qui donnât tort aux violents, m'apprirent qu'il n'avait
lui-même qu'à un assez faible degré, nonobstant son renom
de générosité, le sens spontané de la justice (1). Je me déliai,

---

(1) Béranger l'avait, ce sens-là, et il n'était pas homme à se taire ni à
s'envelopper comme Carrel ; bien que je fusse à ce moment un peu en

et cherchai plus que jamais mon refuge dans l'étude et dans
la poésie intérieure, charme et consolation de ma jeunesse.
Ceux qui seraient curieux de savoir dans quel courant d'idées
morales et de sentiments intimes je vivais alors, trouveraient
une allusion à cette récente blessure dans une pièce de vers
des *Pensées d'août* adressée à M. Du Clésieux et datée de
Précy-sur-Oise (12 octobre 1834) :

. . . .
Tel je vous sens, ami, — surtout quand, seul aux champs,
Par ce *déclin d'automne où s'endort la nature*,
Un peu froissé du monde et fuyant son injure,
J'ouvre à quelques absents mon cœur qui se souvient... .

Si, parmi mes lecteurs des dernières années, il en est qui
se sont plu à relever chez moi des sentiments de méfiance et
de scepticisme habituel, ils ne sauront jamais ce qu'il m'en a
coûté et ce que j'ai eu secrètement à souffrir pour avoir porté
dès l'abord toute ma sincérité et ma tendresse d'âme dans
mes relations politiques et littéraires.

Je ne voudrais pourtant pas que cette Étude sur Ballanche
finît sur un incident tout personnel, et pour laisser de l'éminent écrivain une idée plus précise encore et plus réelle que
je ne pouvais la donner de son vivant, je crois ne pouvoir
mieux faire que de traduire de l'anglais une ou deux pages
qui le concernent dans un Essai intitulé *Madame Récamier.*

froid avec lui, il m'écrivait à la date du 9 décembre 1834 : « ... Quant à
ce que vous me dites que je me serais vanté de n'avoir pas pris parti contre vous, je ne sais trop à quoi vous faites allusion, à moins que vous
ne parliez de la querelle d'Allemand qui vous a été faite au sujet d'un article sur M. Ballanche. Alors je vous dirai que ce n'est pas votre parti que
j'ai pris, mais celui du bon sens contre l'absurdité, de la liberté de la
pensée contre la tyrannie des fanatiques. » (*Correspondance* de Béranger,
recueillie par M. Paul Boiteau, t. II, p. 195.)

dû à la plume spirituelle et juste de Mme Mohl. C'est une parfaite esquisse et qui a le charme de la vérité même :

« Mme Récamier partit pour l'Italie avec sa femme de chambre et sa petite-nièce, depuis Mme Lenormant, au commencement de 1813. Elle n'avait plus une grande fortune, et elle voyageait en voiturin. Pour rendre le voyage moins ennuyeux, elles emportaient une petite bibliothèque choisie par M. Ballanche, qui en ce temps-là devint un élément essentiel de sa vie. Cet ami dévoué lui avait été présenté à Lyon; il était fils d'un imprimeur et l'ami intime de Camille Jordan, le grand orateur, lequel, jaloux de lui assurer la bienveillance de sa belle amie, avait raconté son histoire qui était celle d'un cœur déçu. Son visage avait été défiguré par une opération, mais n'était point du tout laid pour cela; ses yeux étaient brillants, larges et intelligents; la joue était enflée d'un côté comme par une fluxion; l'aspect général était simple, peut-être un peu trop; mais la plus remarquable bienveillance dans toute sa personne, sa voix et ses manières, donnaient la plus agréable impression à tous ceux qui avaient quelque discernement. L'histoire de sa générosité et de son sacrifice racontée à Mme Récamier, qui avait toujours l'âme ouverte à l'admiration pour tous les nobles sentiments, fit qu'elle se prit à lui avec toute l'affabilité et la tendresse de sa nature, et il s'épanouit lui-même en sa présence comme une plante languissante qui renaît aux rayons du soleil. Depuis ce moment, il fut sa propriété. Jamais il n'eut une parole ni une pensée pour rien demander en retour de son entier dévouement : le plaisir de regarder et d'écouter lui suffisait. Ceux qui se souviennent de leur première soirée chez Mme Récamier dans les jours de l'Abbaye-au-Bois après 1830, ceux qui se rappellent comment, effrayés par la réputation de ses habitués, ils se tenaient timidement dans leur coin, et comment le doux et bienveillant regard de Ballanche venait les rassurer, ne peuvent comprendre qu'on lui pût trouver de la laideur. Son élocution était lente; toutes ses idées pures, choisies et nobles; son goût exquis. Il ne connaissait aucune des littératures étrangères, excepté les poëtes italiens et le philosophe Vico; mais sa familiarité avec toutes les délicatesses et les finesses de la littérature française était complète, et le ton de sa conversation avait la saveur que donnent l'habitude et la contemplation du beau et du parfait dans l'art. Ses lettres sont un miroir fidèle de sa singulière nature, et, avec celles de Mathieu de Montmorency, elles font la partie la plus originale du livre (1); mais elles ont surtout de la valeur par l'ensemble, et plutôt comme expression du beau naturel dont elles sont le témoignage que par le détail des anecdotes et des événements. M. Fauriel parlait toujours de Mᵐᵉ Récamier comme étant la Béatrice de Ballanche, car son adoration pour elle rappelait l'amour de Dante pour la divine Béatrice : *il devait y avoir eu une semblable étincelle d'amour céleste dans ces deux âmes.* »

Et plus loin, à une période bien plus avancée de la vie de Mᵐᵉ Récamier :

« Le premier objet de son intérêt était M. de Chateaubriand; mais elle avait d'autres amis, et M. Ballanche était une source d'inquiétude pour elle. A la mort de son père, il avait hérité d'une modeste indépendance; il vint à Paris pour pouvoir la contempler chaque jour à son aise jusqu'à son dernier soupir. Depuis ce temps, il avait vécu sur son capital dix-sept années durant, sans prendre jamais souci du lendemain. Il avait fini par tout dépenser, et il commençait à emprunter. Il ne lui avait jamais parlé de cela, mais comme les prêteurs étaient des amis communs, elle savait tout. Il est impossible de dire à quel degré de gêne il en serait venu si une sœur ne lui était morte peu après qu'il eut épuisé ses ressources, et ne lui avait laissé de quoi payer ses dettes et subsister. Une petite pension littéraire avait été aussi obtenue pour lui en 1837. Ses habitudes étaient simples, et il semblait aussi heureux que jamais, même au bord de sa ruine. »

Un de nos amis, de modeste et douce mémoire, feu d'Ortigues, a dit un beau mot sur Ballanche : « C'était un innocent, mais parfois un innocent sublime. » — Et un mot de M. de Barante : « Il vivait dans un nuage, mais le nuage s'entr'ouvrait quelquefois. »

(1) Le livre de Mᵐᵉ Lenorman *Souvenirs et Correspondance de Mᵐᵉ Récamier.*

M. DE VIGNY.

1835.

(Servitude et Grandeur militaires.)

Autrefois dans les temps antiques, ou même en tout temps, à un certain état de société commençante, la poésie, loin d'être une espèce de rêverie singulière et de noble maladie, comme on le voit dans les sociétés avancées, a été une faculté humaine, générale, populaire, aussi peu individuelle que possible, une œuvre sentie par tous, chantée par tous, inventée par quelques-uns sans doute, mais inspirée d'abord et bien vite possédée et remaniée par la masse de la tribu, de la nation. A mesure que la civilisation gagne, que la société s'organise et se raffine, la poésie, primitivement éparse, se concentre sur quelques têtes et s'individualise de plus en plus. Il y a un admirable moment où l'élite, sinon l'ensemble d'une société, demeurant capable de participer encore à l'œuvre de la poésie, mais seulement par l'intérêt commun qu'elle y apporte, cette œuvre tout accomplie, tout élaborée, lui est offerte par d'illustres individus privilégiés qui

seuls ont acquis et mûri l'art de charmer avec profondeur, d'enseigner avec enchantement. Passé ces glorieuses époques qu'enfante un concours de circonstances, ménagées souvent durant des siècles, l'intérêt
général et social se dissémine, se retire de plus en
plus des œuvres distinguées de poésie, que multiplient
pourtant l'éducation, l'exemple, le caprice des imaginations précoces et surexcitées. Les hasards de :
vogue, la mobilité des systèmes et des goûts, rempla-
cent les droites et sûres consécrations de la gloire
L'artiste souffre; il arrive dès l'abord, sous le poids
des siècles qui ont précédé, mais aussi sous leur aiguillon, dans un monde où les premiers rôles de la poésie
et de l'art sont pris et, en quelque sorte, usurpés par les
ancêtres. Cette difficulté, comme c'est l'ordinaire des
natures généreuses, ne fait que l'enhardir; il s'ingénie,
il repousse, il détrône pour se faire jour ; par moments
il tâche d'ignorer, ou de restaurer à d'autres moments.
Il demande au ciel et à la terre des espaces non explorés
encore, un coin où mettre sa statue comme dans un
cimetière encombré. Il sonde les souterrains, il tente
les nuages. Chaque génération de jeunesse prodigue
ainsi sa fleur la plus délicate à ces entreprises anxieu-
ses, contradictoires, toujours interrompues et renouvelées. Le nombre des poëtes, des artistes *in petto*,
malgré la société et à son insu, augmente dans une
progression effrayante, en même temps que les larges
routes et les issues possibles semblent diminuer. Dans
la première forme de société, chez les Klephtes, chez
les montagnards des Asturies, par exemple, chacun

plus ou moins était poëte, chacun exhalait au ciel sa
romance ou sa chanson, et n'en vivait que mieux et
plus allègrement de toutes les saines et énergiques
facultés de l'âme et du corps : ici, à cette autre phase
extrême de la société, il se crée une situation inverse ;
la faculté poétique qui, aux époques intermédiaires,
s'était successivement amortie et calmée dans beaucoup
d'organisations occupées ailleurs, et s'était tenue à part
et distincte en quelques hautes organisations couronnées, cette faculté revient avec une sorte de recrudes-
cence, et se remue, se loge dans un nombre croissant
de jeunes âmes. Elle y revient, non plus comme faculté
heureuse et naturelle, mais comme une maladie pénétrante, subtile, une affliction plutôt qu'un don, une rosée
amère à des tempes douloureuses. La finesse naïve de ces
âmes sensibles, passionnées, saintement ambitieuses,
en opposition avec l'atmosphère inclémente où elles
vivent, s'altère bientôt et contracte presque immanquablement une irritation, une âcreté cachée qui passe
dans l'art, et que la sérénité des belles œuvres précédentes ne connaissait pas. Les œuvres nouvelles qui
sortent de ces luttes infinies, de ces mondes intérieurs
de souffrances, d'analyses, de pointillements, peuvent
être belles encore, belles comme des filles engendrées
et portées dans les angoisses, belles de la blancheur
des marbres, de complexion bleuâtre, veinées, perlées
et nacrées, mais sans une certaine vie primitive et
saine.

Si les œuvres de la poésie primitive, non encore
arrivées à une culture régulière, peuvent se comparer à

des fruits sauvages, assez âpres ou quelquefois fort
doux, produits par des arbres francs et détachés au
hasard sous la brise ; si, au milieu de cette nature
agreste, quelques grands poëmes divins, formés on ne
sait d'où, semblent tomber des jardins fabuleux des
Hespérides ; si les œuvres de la poésie régulièrement
cultivée sont comme ces magnifiques fruits savoureux,
mûris et récoltés dans les vergers des nations puissantes et des rois, on peut prétendre que les œuvres
de cette poésie des époques encombrées et déjà grêlées
ne sont pas des *fruits,* à vrai dire ; ce sont des produits
rares, précieux peut-être, mais non pas nourrissants. Il
y a dans les fleurs des couleurs brillantes et des beautés
qui sont de véritables dégénérations déguisées. La
perle, si chère aux poëtes, n'est rien autre chose, dit-
on, qu'une production maladive d'un habitant des co-
quilles sous-marines, qui répare, comme il peut, son
enveloppe entamée. L'encens, non moins cher à la
poésie, et qui par son parfum rappelle si bien celui de
quelques œuvres mystiquement exquises dont nous
aurons à parler, l'encens lui-même n'est guère qu'une
aberration de la vraie séve, un trésor lent sorti d'une
blessure, et douloureux sans doute au tronc qui le
distille. Si l'art, la poésie, se doivent jamais appeler le
produit précieux d'un mal caché, ce n'est pas de l'art,
de la poésie d'Homère et de Sophocle, ni de celle de
Dante, ni de celle de Shakspeare, de Molière et de
Racine, qu'on peut dire cela : ces sortes de poésies,
quelque travaillées qu'elles semblent, demeurent toujours le riche et heureux couronnement de la nature,

ramis felicibus arbos ; mais c'est bien de la poésie de
Jean-Jacques, de Cowper, de Chatterton, du Tasse déjà,
de Gilbert, de Werther, d'Hoffmann, et de son musicien Kreisler, et de son peintre Berthold de *l'Église des
Jésuites,* et de son peintre Traugott de *la Cour d'Ar-
thus,* c'est de toutes ces poésies, et c'est aussi de celle
de Stello, qu'on peut à bon droit le dire.

M. de Vigny n'a pas été seulement, dans *Stello* et
dans *Chatterton,* le plus fin, le plus délié, le plus
émouvant monographe et peintre de cette incurable
maladie de l'artiste aux époques comme la nôtre, il a
été et il est poëte. Il a commencé par être poëte pur,
enthousiaste, confiant, poëte d'une poésie blonde et
ingénue. Ce scalpel qu'il tient si bien, qu'il dirige si
sûrement le long des moindres nervures du cœur ou
du front, il l'a pris tard, après l'épée, après la harpe ;
il a tenté d'être, entre tous ceux de son âge, poëte
antique, barde biblique, chevalier-trouvère. Quelle
blessure profonde l'a donc fait se détourner ? Comment
l'affection, le mal sacré de l'art, la science successive
de la vie et ses mécomptes, ont-ils par degrés amené en
lui cette transformation ou du moins ce dédoublement
du poëte en savant, de celui qui chante en celui qui
analyse ? Quel réseau d'intimes et inexplicables douleurs
a d'abord longuement dessiné en lui toutes ces fibres
ramifiées et déliées du poëte souffrant, qu'il devait plus
tard mettre à nu ? Pour nous, qui l'admirons sous ces
deux formes et qui espérons que l'une n'a pas irrévoca-
blement remplacé l'autre, nous essayerons de le suivre
dans sa belle vie de poëte recouverte et compliquée,

de le conduire du point de départ jusqu'à son œuvre nouvelle d'aujourd'hui.

Le comte Alfred de Vigny est né à Loches en Touraine, le 27 mars 1799 (1), d'un père ancien officier de cavalerie, qui avait fait la guerre de Sept Ans, et avait même rapporté dans ses blessures une balle opiniâtrément logée qui pliait sa taille, spirituel d'ailleurs et ami des lettres, en un mot *Alfred gai,* comme me disait quelqu'un qui l'a connu. Sa mère, Mlle de Baraudin, fille d'un amiral de ce nom, est aussi de Touraine ; son père était de Beauce : des deux côtés, comme on le voit, notre poëte a racine en plein au meilleur terroir de la France. Il commença ses études à Paris dans l'institution de M. Hix, et fut ensuite sous un précepteur. A la première Restauration, âgé d'environ seize ans, on le fit entrer dans une des compagnies rouges de la maison du roi ; et lors de la suppression de ces compagnies, en 1816, il passa dans la garde royale à pied. Le goût de la guerre et celui des lettres se disputaient et se mariaient en lui : les unes gagnèrent constamment du terrain à défaut de l'autre. Une des connaissances intimes de son père était l'aimable et spirituel M. Deschamps, père des deux poëtes de ce nom, et lui-même un des derniers liens de la société littéraire de son temps. Les jeunes Émile et Alfred s'étaient connus de bonne heure, avec quelque inéga-

---

(1) Cette date n'est pas la bonne. M. de Vigny est né le 27 mars 1797. Je le rajeunissais, et il se laissa rajeunir sans mot dire. Très-susceptible sur d'autres points, il ne jugea pas à propos de me rectifier dans le temps sur ce point-là.

lité d'âge, l'un tout jeune homme, l'autre enfant ; ils se retrouvèrent après un intervalle, en 1814 ou 1815, dans un bal : quelques mots rapides, communicatifs, les remirent vite au fait de leurs goûts, de leurs rêves et de leurs essais durant l'absence, et le lendemain ils eurent rendez-vous, dans la matinée, pour se confier leurs vers. Ceux du poëte qui nous occupe n'étaient et ne pouvaient être encore qu'un tâtonnement : quelques vers gracieux, mélancoliques, très-roses ou très-sombres, une ébauche de tragédie des *Maures de Grenade,* mais déjà des idées d'art inquiètes, lointaines et hors du commun. L'*Ode au Malheur* (1) était faite ; la pièce du *Bal,* qui indique toute une nouvelle manière, allait venir bientôt. Des morceaux d'André Chénier, publiés par M. de Chateaubriand dans le *Génie du Christianisme,* et par Millevoye à la suite de ses poésies, donnaient déjà beaucoup à réfléchir à cet esprit avide de l'antique, qui cherchait une forme, et que le faire de Delille n'amorçait pas : Myrto *la Jeune Tarentine,* et la blanche Néère, faisaient éclore à leur souffle cette autre vierge enfantine, la Lesbienne *Symétha.* Une société choisie et lettrée se rassemblait chez M. Deschamps ; écoutons l'auteur des *Dernières Paroles* (2) nous la peindre au complet dans une de ses pièces les plus touchantes :

(1) Supprimée à tort dans le volume des *Poëmes.* (Voir l'édition de 1822.) Je regrette aussi que des changements importants aient été faits à certaines pièces, *à la Femme adultère,* dans l'édition de 1829.

(2) M. Antoni Deschamps.

C'était là mon bon temps, c'était mon âge d'or,
Où, pour se faire aimer, Pichald vivait encor,
Cygne du paradis, qui traversa le monde
Sans s'abattre un moment sur cette fange immonde.
Soumet, Alfred, Victor, Parseval, vous enfin
Qui dans ces jours heureux vous teniez par la main,
Rappelez-vous comment au fauteuil de mon père
Vous veniez le matin, sur les pas de mon frère,
Du feu de poésie échauffer ses vieux ans,
Et sous les fleurs de mai cacher ses cheveux blancs.
Les plus jeunes vantaient Byron et Lamartine,
Et frémissaient d'amour à leur muse divine ;
Les autres, avant eux amis de la maison,
Calmaient cette chaleur par leur froide raison,
Et savaient, chaque jour, tirer de leur mémoire,
Sur Voltaire et Lekain, quelque nouvelle histoire.

Pichald, MM. Soumet, Guiraud, Jules Lefèvre, faisaient donc partie de ce premier *cénacle* qui a devancé l'autre de presque dix ans, et qui s'est prolongé en expirant jusque dans *la Muse française*. M. de Vigny, alors officier dans la garde, tantôt à Courbevoie, tantôt à Vincennes, mais toujours à portée de Paris et le plus souvent à la ville, essayait et caressait dans ce cercle ami ses prédilections poétiques. J'insiste sur ce point, parce qu'un très-spirituel article, inséré dans la *Revue des Deux Mondes* (1), et aussi recommandable par les jugements que peu exact quant aux faits, a représenté M. de Vigny comme entièrement isolé et soustrait aux relations littéraires d'alors, grâce à sa vie de camp et de garnison jusqu'en 1828. M. de Vigny

(1) 1er août 1832. C'est un article de M. Planche.

ne quitta véritablement Paris et ne dut interromp*e* ses habitudes du faubourg Saint-Honoré, sa seconde patrie depuis son enfance, que lorsqu'il passa dans l'infanterie de ligne ; sa plus forte absence, entrecoupée de retours, fut de 1823 à 1826. A cette époque il se maria, et désespérant de voir une guerre, n'ayant pu même assister à l'expédition d'Espagne que du haut des Pyrénées qu'il ne franchit pas, capitaine d'infanterie, comme Vauvenargues, et aussi étranger que lui à toute faveur, il se retira du service actif ; un an après, il donnait définitivement sa démission. Le pouvoir qu'il avait servi avec dévouement, auquel il tenait par ses opinions de famille et par ses affections, négligea toujours de le distinguer en rien, et M. de Vigny ne fit jamais rien de son côté pour se rappeler aux hommes de ce pouvoir. *Héléna* et d'autres poëmes recueillis en 1822, *Éloa* en 1824, avaient paru ; le roman de *Cinq-Mars* paraissait en 1826 et faisait éclat. La nouvelle carrière de M. de Vigny était donc toute tracée et par lui seul ; il s'y voua sans partage, avec toute la fierté d'une haute indépendance, enveloppée sous les formes parfaites de l'élégance et de l'urbanité.

Quand j'ai insisté, pour rectifier une erreur, sur les premières relations littéraires et les accointances poétiques de M. de Vigny, ce n'est pas du moins que je prétende diminuer aucunement son caractère d'originalité et l'idée qu'on se doit faire de la puissance solitaire et méditative empreinte dans ses poëmes. Entre tous ceux de son âge, et comme le dit le vieil Étienne Pasquier à propos de la pléiade du règne d'Henri II, entre ceux de sa *volée,* il n'en est aucun qui semble plus imprévu, plus étrange même, provenu d'une source mieux recélée, d'une filiation moins commode à saisir. Contemporain par ses débuts de MM. de Lamartine et Victor Hugo, sa manière entièrement distincte de la leur, comme poëte, est notoire. Eux, du moins, par quelque côté, par certaines analogies, on peut les rattacher à la poésie française antérieure. La méditation de M. de Lamartine, intitulée *la Retraite,* ressemble assez bien à quelque belle épître de Voltaire; Millevoye plus fort aurait écrit quelques-unes des plus légères pièces de ce premier recueil; Fontanes aurait pu faire pressentir quelques tons de ces accords. Les premières odes de M. Hugo ont le dessin singulièrement correct et classique; il n'y a pas rupture tout d'abord entre lui et les devanciers lyriques qu'il doit surpasser. Chez M. de Vigny, à part les imitations évidentes d'André Chénier, qui sont une étude en dehors, on cherche vainement union et parenté avec ce qui précède en poésie française. D'où sont sortis en effet *Moïse, Éloa, Dolorida?* Forme de composition, forme de style, d'où cela est-il inspiré? Si les poëtes de la pléiade de la Restauration ont pu sembler à quelques-uns être nés d'eux-mêmes, sans tradition prochaine dans le passé littéraire, déconcertant les habitudes du goût et la routine, c'est bien sur M. de Vigny que tombe en plein la remarque. Ces poëtes, à en juger par lui, étaient, en effet, des âmes orphelines, sans parents directs en littérature française. Hormis M. de Chateaubriand, qui encore ne les reconnaissait pas bien authentiquement,

je n'en vois guère de qui ils se seraient réclamés. Oui,
dans cette muse si neuve qui m'occupe, je crois voir,
à la Restauration, un orphelin de bonne famille qui a
des oncles et des grands-oncles à l'étranger (Dante,
Shakspeare, Klopstock, Byron) : l'orphelin, rentré dans
sa patrie, parle avec un très-bon accent, avec une
exquise élégance, mais non sans quelque embarras et
lenteur, la plus noble langue française qui se puisse
imaginer; quelque chose d'inaccoutumé, d'étrange
souvent, arrête, soit dans la nature des conceptions
qu'il déploie, soit dans les pensées choisies qu'il exprime. Les sources extérieures du talent poétique de
M. de Vigny, si on les recherche bien, furent la Bible,
Homère, du moins Homère vu par le miroir d'André
Chénier, Dante peut-être, Milton, Klopstock, Ossian,
Thomas Moore lui-même, mais tout cela plus ou moins
lointain et croisé, tout cela surtout fondu et absorbé
goutte à goutte dans une organisation concentrée, fine
et puissante.

Les trois plus beaux poëmes de M. de Vigny, au jugement de M. Magnin (1) et au nôtre, *Dolorida, Moïse,
Éloa,* assignent à sa noble muse des traits qui, dus-
sent-ils ne plus se renouveler et se varier, sont ceux
d'une immortelle. Son talent réfléchi et très-intérieur
n'est pas de ceux qui épanchent directement par la
poésie leurs larmes, leurs impressions, leurs pensées;
il n'est pas de ceux non plus chez qui des formes nombreuses, faciles, vivantes, sortent à tout instant et

(1) *Globe,* octobre 1829; et aussi dans le tome I des *Causeries et
Méditations.*

créent un monde au sein duquel eux-mêmes disparaissent : mais il part de sa sensation profonde, et lentement, douloureusement, à force d'incubation nocturne sous la lampe bleuâtre, et durant *le calme adoré des heures noires,* il arrive à la revêtir d'une forme dramatique, transparente pourtant, intime encore. Dans le poëme d'*Éloa,* cette *vierge-archange* est née d'une larme que Jésus a versée sur Lazare mort, larme recueillie par l'urne de diamant des séraphins et portée aux pieds de l'Éternel, dont un regard y fait éclore la forme blanche et grandissante. Or, suivant nous, toute poésie de M. de Vigny est engendrée par un procédé assez semblable, par un mode de transfiguration aussi merveilleuse, bien que plus douloureuse. Il ne donne jamais dans ses vers ses larmes à l'état de larmes; il les métamorphose, il en fait éclore des êtres comme Dolorida, Symétha, Éloa. S'il veut exhaler les angoisses du génie et le veuvage de cœur du poëte, il ne s'en décharge pas directement par une effusion toute lyrique, comme le ferait M. de Lamartine, mais il prend un détour épique, il crée *Moïse.* *Éloa* elle-même peut ne sembler autre chose, en y levant un voile, qu'une adorable et plaintive élégie d'une séduction d'amour divinisée. Pour arriver à ce vêtement complet et chaste et transparent, que de veilles, on le conçoit! que de tissus essayés! que de broderies quittées et reprises! Oh! non, jamais le vieillard que Térence appelle *Celui qui se tourmente lui-même* ne se rongeait d'autant de soucis et de pâleur que, dans ses efforts silencieux vers le beau, cette pudique et jalouse muse. En maint endroit, la poésie de M. de Vigny a quelque chose de grand, de large, de calme, de lent; le vers est comme une onde immense, au bord d'une nappe, et avançant sur toute sa longueur sans se briser. Le mouvement est souvent comme celui d'une eau, non pas d'une eau qui coule et descend, mais d'une eau qui s'élève et s'amoncelle avec murmure, comme l'eau du déluge, comme Moïse qui monte. Quelquefois c'est comme un cygne immobile qui plane, ailes étendues :

> Dans un fluide d'or il nage puissamment,

ou comme une large pluie de lis qui abonde avec lenteur. Au milieu de ce calme général, solennel, il se passe en un clin d'œil des mouvements prodigieux qui mesurent deux fois l'infini, comme dans ce vers sur l'aigle blessé :

> Monte aussi vite **au ciel** que l'éclair en descend.

Presque toutes les belles comparaisons, qui à chaque pas émaillent le poéme d'*Éloa,* pourraient se détourner sans effort et s'appliquer à la muse de M. de Vigny elle-même, — et la villageoise qui se mire au puits de la montagne et s'y voit couronnée d'étoiles, — et la forme ossianesque sous laquelle apparaît vaguement d'abord l'archange ténébreux, — et la vierge voltigeante qui n'ose redescendre, comme une perdrix en peine sur les blés où l'œil du chien d'arrêt flamboie, — et la nageuse surprise, fuyant à reculons dans les roseaux; **mais surtout rien ne peindrait mieux cette muse dans** ce qu'elle a de joli, de coquet, comme dans ce qu'elle a de grand, que l'image du colibri étincelant et fin au milieu des lianes gigantesques ou dans les vastes savanes sous l'azur illimité. M. Brizeux, dans un article du *Mercure* (1) à propos d'*Éloa,* rapprochait du nom du poëte ceux de Westall et du Primatice. Ce rapport, juste et délicat, se trouvera plus vrai encore pour Kitty Bell, pour Mᶫᶫᵉ de Coigny et Mᵐᵉ de Saint-Aignan, ces sœurs humaines d'Éloa, à mesure que nous avancerons dans les dédales d'ivoire que le père de *Stello* aime à construire et où il dispose ses blanches figures. On pourrait naturellement rappeler aussi, à côté d'*Éloa,* l'*Endymion* de Girodet, de ce peintre ami de notre poëte, et comme lui de la race de ceux qui se tourmentent eux-mêmes.

Le point de départ de M. de Vigny en poésie a été le contraire du convenu, du commun, au prix quelquefois d'un certain naturel et d'une certaine simplicité, au prix de la verve de *prime-saut* et *droicturière,* comme dirait Montaigne. Il commence une de ses plus jolies pièces par ce vers compliqué, obscur, gracieux pourtant sans qu'on sache trop pourquoi, et qui ne s'explique qu'ensuite :

Ils sont petits et seuls ces deux pieds dans la neige.

Le début de cette pièce me représente à merveille le début de sa muse ; elle fit ses premiers pas aussi péniblement que la belle Emma, portant son amant sur la

(1) Mai 1829.

neige : mais, dans la pièce, Charlemagne regarde et
pardonne; et le public, qui n'est pas un Charlemagne,
comprit peu, regarda peu, et ne se soucia guère ni de
pardonner ni d'autre chose. Les poëmes recueillis en
1822, *Éloa* publiée en 1824, eurent peu de succès, et,
sans la prose de *Cinq-Mars,* en 1826, le nom de l'auteur restait longtemps encore inconnu. Ce fut une première et forte blessure pour le poëte, blessure fièrement cachée, mais profondément ressentie. M. de Vigny
semblait peu fait d'abord pour écrire en prose; il avait
déjà écrit *Éloa* et *Dolorida,* c'est-à-dire des chefs-
d'œuvre, qu'il savait à peine construire une phrase de
prose pour les articles de critique ou de complaisance
qu'il insérait dans *la Muse française.* On peut y voir un
article sur M. de Sorsum, et quelques autres pages
d'une inexpérience et d'une gaucherie évidentes. Il ré-
para vite ce désaccord, j'oserai dire cette belle ignorance, plus regrettable, à mon sens, qu'on ne croit :
en écrivant *Cinq-Mars,* un peu au hasard d'abord, il
s'accoutuma vite à cette autre forme de développement
qui, à partir de *Stello,* est devenue pour lui un art, un
rhythme, un tissu mi-parti d'analyse et de poésie, mais
dans lequel beaucoup trop de cette précédente et pure
poésie a passé. Un de nos habiles prosateurs, M. Planche, parlant de *Stello,* a loué ingénieusement « *bien
des pensées qui s'enchatonnent à merveille dans le triple
récit, bien des rêveries qui se trouvent ser*t*es entre les
épisodes de la narration comme un rubis entre les plis
d'une feuille d'argent.* » C'est qu'en effet il y a toujours
du métier, de l'orfévrerie dans la plus belle prose; il n'y

en avait pas dans *Éloa*. *Cinq-Mars*, par son intérêt dramatique, par la grandeur ou la grâce des personnages, par ses vives et curieuses couleurs, eut un beau succès, contre lequel les critiques minutieuses ne purent rien. Nous avons à nous reprocher nous-même d'avoir, dans *le Globe* d'alors (1), relevé soigneusement les taches de ce roman, plutôt que d'en avoir fait valoir les beautés supérieures. Mais le public, les femmes surtout, lisaient, étaient émues, pleuraient. « Oh! faites-nous des *Cinq-Mars*, disait-on de toutes parts à l'auteur, c'est là votre genre. » Succès injurieux! enthousiasme des salons, qui ne sait pas approcher du poëte ni l'effleurer! Et le chantre d'*Éloa*, de *Moïse*, inclinant son vaste front moite et douloureux, souriait à l'éloge avec une gracieuse amertume; sa lèvre polie contractait dès lors cette raillerie indélébile qui dit que le fond du breuvage a passé.

Le mouvement poétique, qui redoubla de concert et de retentissement à partir de 1828, vint pourtant classer M. de Vigny à son rang dans les jeunes admirations; une auréole mystique et secrète l'entoura peu à peu au seuil de sa solitude. Après les épanchements lyriques et les confidences qui avaient resserré l'union des poëtes, après les feux des *Orientales*, entremêlés du trépas de *Madame de Soubise* et des jeux de *la Frégate*

(1) Juillet 1826. — Parlons tout à fait franchement : quoique nous nous reprochions un peu cela, nous ne nous en repentons pas positivement; et, pour mettre en lumière tous les côtés de notre opinion, nous reproduisons dans l'*Appendice* du présent volume l'article du *Globe* dont il s'agit.

la Sérieuse, les plus forts songèrent au théâtre, à cette
arène où la poésie peut arriver au public face à face,
en le prenant par ses sensations, en le domptant. M. de
Vigny crut toutefois qu'un détour était encore nécessaire, et il s'adressa à l'*Othello* de Shakspeare pour une
première initiation du public, tandis que M. Hugo
abordait à nu la question par *Hernani.* Sans nous constituer juge ici entre les idées dramatiques des deux
amis devenus rivaux, notons que c'est à dater de ce
jour que M. de Vigny, de nouveau refoulé, dessina de
plus en plus distinctement sa position, et entra dans
cette seconde phase de son talent qui aboutit à *Stello,*
à *Chatterton,* et qui le rapproche de Sterne et d'Hoffmann, comme la première l'avait rapproché de Klopstock. Le poëte méconnu, étouffé, ulcéré, que les gouvernements haïssent ou dédaignent, et que la foule ne
couronne pas, devint pour M. de Vigny un héros favori, dont il revendiqua les douleurs et dont il vengea
l'angoisse. Le succès de sa *Maréchale d'Ancre* (1831),
lent, modéré, et de plus d'estime que de retentissement, confirma en lui sa pensée de représailles. Son
plus beau triomphe dans cette voie fut la soirée de
Chatterton, où, après quatre ans d'efforts silencieux et
pénibles, il força la foule assemblée, les salons, les critiques eux-mêmes à applaudir et à frémir au spectacle
déchirant d'une douleur que la plupart méconnaissent
ou enveniment. D'autres circonstances préliminaires,
bonnes à relever, ont influé encore sur cette dernière
phase du talent de l'auteur. Des liaisons philosophiques
très-empressées, qui essayèrent de se nouer autour de

M. de Vigny vers 1829, et qui se rattachaient au remarquable mouvement d'idées représenté par M. Buchez, contribuèrent à l'éclairer et à le désabuser sur l'esprit envahissant des systèmes, et sur la prétention des philosophes et savants qui voudraient faire de l'art un serviteur. Plaçant donc tour à tour l'art, ou du moins la poésie, en présence des gouvernements, en présence du public et des salons, en présence des critiques et des gens de lettres, enfin en présence des philosophes, il la vit de toutes parts entourée ou d'indifférents, ou d'ennemis et d'oppresseurs; il s'attacha d'autant plus étroitement à la noble idée en détresse; il y reporta tout son dévouement. Ses autres convictions et croyances illusoires s'étaient usées une à une, comme il arrive trop souvent aux âmes même des plus poëtes. Il avait chanté (bien rarement, il est vrai, — une seule fois dans *le Trappiste*) la légitimité, et il se demandait pourquoi. Il avait, en chantant, adopté les croyances catholiques; mais son cœur n'était que peu gagné à leur onction tendre, et leur côté sombre, dans de Maistre, le rebutait, lui faisait presque horreur. Il les appréciait un peu (moins la raillerie) en gentilhomme issu du xviiie siècle; il se reprochait devant sa conscience, comme Chatterton, d'avoir menti en affichant la foi dans ses vers. Il en était venu aussi à croire médiocrement à tant de grands hommes, qui sont l'idole de la foule moutonnière et la pâture des imaginations inassouvies; l'injustice l'avait de bonne heure aguerri sur la gloire. En un mot, il était bien des rêves ardents, prolongés, que son sourire ne permettait plus à son front. De tous ces éléments négatifs, hélas! de ces observations fines et âcres, et d'un reste immortel de fraîcheur naïve et de passion adorable, naquit *Stello.*

Le défaut le plus capital de *Stello,* qu'on retrouve également dans *Cinq-Mars* et dans tous les ouvrages en prose de M. de Vigny, c'est un certain manque de réalité, une certaine apparence de poétique chimère, qui tient moins encore à l'arrangement et à la symétrie qu'à un jour mystique, glissant on ne sait d'où, au milieu même des plus vrais et des plus étudiés tableaux. La scène a beau être disposée historiquement avec toute la science et l'application dont le poëte est capable ; ce jour fantastique et prestigieux, qui tombe d'en haut comme dans un souterrain, nous avertit toujours que nous avons affaire à l'idéal amant des régions supérieures. C'est l'impression que cause, par exemple, dans *le Capitaine Renaud,* la belle scène du pape et de l'empereur ; on n'ose s'y confier comme à la vérité même, malgré l'émotion qu'on en reçoit. Shakspeare et Scott ne sont pas ainsi dans les scènes historiques qu'ils nous offrent, et rien n'avertit chez eux que le magicien est là. M. Mérimée, parmi nous, dans ses cadres restreints, s'est montré irréprochable sur ce point de la réalité : sa peinture serrée et fidèle, toute confinée à l'objet qu'elle exprime, laisserait percer plutôt une aversion, une méfiance trop contraires à ce qui est un faible chez M. de Vigny. Puisque Stello, au milieu de ses émotions les plus pénétrantes, sait fort bien s'arrêter à d'ingénieuses vétilles, remarquer au **plus fort** de ses douleurs que le nom de *Raphaël* signifie un *ange*, et que *Rubens* veut dire *rougissant;* puisque, le *sentiment* allant son train avec Stello, le *raisonnement* avec le docteur noir peut l'accompagner de ses hargneuses chicanes, je demande qu'on me pardonne si, dans l'admirable histoire du capitaine Renaud, qui faisait naître mes larmes, j'ai noté, chemin faisant, de petits désaccords, pour me rendre compte de ce manque de complète vraisemblance chez M. de Vigny. Eh bien, le capitaine Renaud nous dit, par exemple, qu'il n'a pas mangé depuis vingt-quatre heures et que cela éclaircit les idées pour un récit, ce qui est difficile à admettre; une obscurité absolue règne, nous dit-on, dans les rues, sur les boulevards, et tout d'un coup, à un moment où, dans l'intérêt du récit, on a besoin de lire une lettre, il se trouve qu'un café est éclairé à propos et que cette lettre peut se lire : le capitaine Renaud aurait bien pu, ce me semble, prendre dans ce café quelque chose. A un endroit, nous le voyons entrer, par abnégation, dans cette obscure infanterie de ligne, où les rangs se pressent et aussi se fauchent comme les épis de Beauce en été : exacte et saisissante image! avant la fin du paragraphe, il se trouve être lieutenant, non pas dans la ligne, mais dans la garde, et par conséquent très-sujet à être vu et reconnu de Napoléon. A un autre endroit, il cite Grotius, ce qui sent fortement son érudit; passe encore quand il ne citait qu'Ossian! Mais le vieil adjudant-sous-officier, dans *la Veillée de Vincennes,* ne décrivait-il pas lui-même bien mignonnement la dame rose du parc de Montreuil? Encore une fois, pardon de noter de semblables baga-

telles! c'est que le principe d'où partent ces inadvertances légères s'étend insensiblement à tout le récit
et lui ôte un air de réalité, au milieu de beautés philosophiques et pathétiques du premier ordre. Quelques
petites exagérations de couleur vont jusqu'à affecter la
simple et probe figure de Collingwood. Qu'y faire?
Supposez le portrait d'un Washington par un Lawrence,
et vous aurez des défauts approchants. Dans *Stello,*
l'histoire d'André Chénier serait parfaite à mon sens
et de poésie et de vérité, sans la scène arrangée chez
Robespierre, où mille petites invraisemblances accumulées composent une impossibilité énorme. Mais ce
qui est beau sans mélange, c'est la prison, le réfec-
toire, c'est cette galanterie refleurissant à Saint-Lazare,
comme une île de verdure sur un marais croupissant ;
c'est le noble André, brusque et tendre, Mlle de Coigny
et sa coquetterie boudeuse, Mme de Saint-Aignan et sa
passion décente, ensevelie, et la destinée mélancolique
du portrait. Pour emprunter des paroles à l'auteur
lui-même, je dirai aussi : *Tout cela est très-bien, très-
pur, très-délicat ;* d'un vrai idéal, et à ravir (1). On a

(1) Cette histoire d'André Chénier, par le mélange fantastique
que le poëte y a introduit, a provoqué une réfutation énergique et
rude de M. Gabriel de Chénier dans une brochure qui avait pour
objet de rétablir *la Vérité sur Marie-Joseph.* La prison de Saint-
Lazare, telle que M. de Vigny nous l'a peinte et idéalisée, a également provoqué, à ma connaissance, une autre rectification (inédite) de la part d'un des témoins et des prisonniers qui y furent
alors détenus (M. Pasquier). Ce qui frappe, ce qui irrite presque
les personnes qui ont vu ce que M. de Vigny raconte, c'est, selon
elles, la manière non-seulement fictive, mais *impossible,* dont il

trop présent le grave et sublime caractère du capitaine Renaud et tout ce qu'il y a, sous cette mâle infortune, de philosophie humaine, d'abnégation stoïque attendrissante, de sagesse contristée et néanmoins incorruptible, pour que je fasse autre chose que d'y renvoyer Chez M. de Vigny, les grands sentiments de la pitié de l'amour, de l'honneur, de l'indépendance, se trouvent comme une liqueur généreuse enfermée dans des vases et des aiguières élégamment ciselées, avec des tubes, avec des longueurs de cou qui serpentent et qui ne la laissent arriver que goutte à goutte à notre lèvre : une source courante, à laquelle on puiserait dans le creux de la main, aurait son avantage ; mais la liqueur aussi a gagné en éclat et en saveur à ces retards ménagés, à ces filtrations successives.

L'espèce de lenteur difficultueuse, qu'on peut remarquer dans l'auteur, tient plutôt même à ce procédé scrupuleux et à la qualité de l'exécution qu'à l'enfantement de l'idée; car chez lui la conception est de longtemps préexistante; la composition, l'ordonnance se dessine d'abord, et il réserve en portefeuille bien des plans *tout tracés d'ouvrages et de poëmes*, pour le détail desquels le temps avare devra souvent manquer.

Le succès de *Chatterton,* dans lequel il a été si merveilleusement aidé par une Kitty (1) digne du pinceau

romance tout cela. Les éloges qu'il mérite pour ses teintes délicates se trouvent par là un peu balancés. Il ne faut pas que l'idéal fasse jamais l'effet de la chimère : or il se glisse du chimérique dans l'idéal de M. de Vigny.

(1) Mme Dorval, à qui il en eut tant de reconnaissance et qu'il s'obstina à voir longtemps sous cette figure idéale. Tous les échos

de Westall, a conféré à M. de Vigny un rôle plus extérieur et plus actif qu'il ne semblait appelé à l'exercer
sur la jeunesse poétique, lui, artiste avant tout distingué et superfin, enveloppé de mystère. Un écrivain qui
accroît chaque jour sa place dans notre littérature par
des études consciencieuses, savantes, et qui cherche à
réhabiliter *l'homme de lettres* dans l'antique acception
du mot, M. Nisard a dit récemment , en parlant d'É-
rasme : « Dans ce temps-là on ne connaissait pas le
poëte, cet être tombé du ciel et qui meurt sans enfants,
et pour qui le monde contemporain n'est qu'un piédestal d'où il s'élance, et où il vient replier de temps
en temps ses ailes fatiguées. » Or c'est précisément
ce *poëte,* contesté par *l'homme de lettres* et par le mondain, que M. de Vigny a voulu, non pas justifier dans
des actes de frénésie (1), mais plaindre, expliquer et

en ont parlé, tous les témoins en ont souri. Il ne s'est réveillé
que tard de son rêve, et pour maudire Dalila.

(1) On lit dans l'*Histoire de l'Académie des Inscriptions* que
Boivin l'aîné, savant original, disputeur et processif, avait dans sa
jeunesse la fureur des vers français; il en montra un jour à Cha-
pelain, qui, de meilleur goût dans ses jugements que dans ses
œuvres, lui conseilla de les *mettre au cabinet.* Ce fut pour Boivin
un coup de foudre, il faillit en mourir. Il écrivit, en rentrant chez
lui, le détail de ses impressions et une espèce de *psychologie* personnelle comme on dirait aujourd'hui. Cette pièce singulière, intitulée *Flux de mélancolie,* commence de la sorte : « Dans l'état
où je suis, il n'y a que Dieu qui puisse me consoler... Je suis si
ennuyé du monde que, si ce chagrin me continue, j'espère au
moins qu'il m'en tirera bientôt. Il me semble que j'écris mon tes-
tament, etc. » Ce sont les premiers indices au XVIIe siècle de la
maladie des Gilbert et des Chatterton. Cela n'allait pas encore au
suicide; on ne se tuait pas, on priait Dieu qu'il vous fît mourir.

venger aussi d'une oppression que peut-être la défense
exagère. La spirituelle préface qu'il a ajoutée à sa pièce
a nettement défini la catégorie des *poëtes,* à part et en
dehors des écrivains plus ou moins *philosophes* ou *gens
de lettres,* qui sont deux classes différentes et inférieures.
Le poëte des époques encombrées, tel que nous l'avons
décrit en commençant, n'a jamais eu plus pathétique
avocat, apologiste plus fervent et mieux engagé dans la
cause (1). Aussi, tandis que M. de Lamartine, avec sa
noble négligence, demeure, en public et sous le soleil,
le prince aisé des poëtes, l'auteur de *Chatterton,* dans
son cercle à part et du fond de ce sanctuaire à demi
voilé, en est devenu le patron réel, le discret consolateur par son élégante et riche parole, attentif qu'on l'a
vu, et dévoué et compatissant à toute poésie. Et si cela
donnait idée de comparer aujourd'hui les deux poëtes
dans leur forme actuelle de talent, on trouverait, ce
me semble, que quand l'un, comme aux approches de
l'embouchure, prolonge à nappes de plus en plus dé-
bordées une onde vaste, épanouie, inondante parfois,

(1) Dans une lettre écrite au lendemain de la première représentation de *Chatterton,* je lis ce jugement familier qui, sans y
viser, touche assez à fond : « De Vigny a eu un vrai succès; son
drame de *Chatterton* est touchant, dramatique même, vers la fin;
mais, au lieu de peindre la nature humaine en plein, il a décrit
une maladie littéraire, un vice littéraire, celui de tant de poëtes
ambitieux, froissés et plus ou moins impuissants. *Chatterton* est
un ouvrage émouvant, mais pointilleux, vaniteux, douloureux; de
la souffrance au lieu de passion; cela sent des pieds jusqu'à la tête
le *rhumatisme littéraire...* » J'ai aussi entendu nommer très-spi-
rituellement cette maladie d'espèce nouvelle dont sont atteints de
jeunes talents, la *chlorose littéraire.*

l'autre au contraire distille de près une eau à qualités
rares, chargée de sels précieux, et aussitôt cristallisée
dans la fraîcheur de la grotte en aiguilles multiples,
bigarrées, ingénieuses, étincelantes. Quant aux différences de situation ou de talent qui séparent présentement M. de Vigny de M. Hugo, elles sont assez marquées
d'après ce qui précède, pour que je croie inutile de les
particulariser.

Dans son récent volume, qui est un retour de souvenir vers le passé, M. de Vigny a laissé le poëte pour
s'occuper du soldat, cet autre paria, dit-il, des sociétés
modernes. Trois histoires successives, *Laurette, la Veillée de Vincennes* et *le Capitaine Renaud,* nous amènent,
à travers un savant labyrinthe concentrique et par de
délicieux méandres, à un but philosophique et social
élevé. L'auteur énonce, sur l'état arriéré des armées,
sur leur transformation nécessaire, des idées miséri-
cordieuses et équitables, les vues d'un philosophe militaire qui a profité de toutes les lumières de son temps
et qui s'est souvenu de Catinat. Ce qu'il dit de la responsabilité, de l'abnégation, est d'une belle et sombre
profondeur; il a touché, en sceptique respectueux, en
artiste pathétique, à des mystères de morale qui ont
par moments troublé sans doute bien des cœurs guerriers. Ses conclusions sur l'honneur, seule vertu humaine
encore debout, seule religion, dit-il, sans symbole
et sans image au milieu de tant de croyances tombées;
les espérances qu'il fonde sur ce seul appui fixe de
l'homme intérieur, sur cette *île escarpée* (disait Boileau),
solide encore, selon M. de Vigny, dans la mer de scep-

ticisme où nous nageons; cet acte de foi en désespoir de cause sied à notre poëte. Il s'est peint en personne plus qu'il n'imagine dans cette invocation à un culte qu'on garde inviolable, même sans savoir d'où il vient ni où il va, même sans l'idée d'un regard céleste et d'une palme future. Mais ce débris d'une antique vertu chevaleresque, auquel le poëte-chevalier se rattache dans la perte de ses premières étoiles, est-ce donc, comme il le veut croire, une planche de salut pour une société tout entière? Est-ce autre chose qu'un rocher nu, à pic, bon pour quelques-uns, mais stérile et de peu de refuge dans la submersion universelle? Pour moi, sans généraliser autant que M. de Vigny mes espérances, je me contente de dire: Jamais une société ne sera si désespérée pour la morale, si ingrate pour l'art, que cela ne vaille encore la peine d'y vivre, d'y souffrir, d'y tenter ou d'y mépriser la gloire, quand on peut rencontrer en dédommagement sur sa route des hommes d'exception comme le capitaine Renaud, des poëtes d'élite comme celui qui nous l'a retracé.

Octobre 1835.

(Nous n'avons rien à ajouter au précédent portrait; le poëte s'est tenu depuis lors dans un silence à peine interrompu par de rares productions. On peut remarquer qu'avec les années les traits indiqués ici ont été plutôt en s'exagérant, c'est-à-dire en se raffinant. Je ne sais quelle ironie s'est infiltrée de plus en plus, comme une goutte d'acide, dans ce talent pur. C'est toujours de l'albâtre, disait quelqu'un, mais c'est de l'albâtre légèrement *chagriné*. — On peut dire encore de la manière et du ton du poëte ce que Reynolds a écrit de certains peintres : « J'ai rencontré une fois N... depuis votre départ; j'ai bien reconnu cette conversation que vous

m'indiquiez, toute fine et pointillée; tout parle en lui quand il
vous décrit quelque objet : son geste, son ongle élégant, sa paupière soyeuse qui se plisse, sa lèvre discrète qui sourit en s'amin-
cissant. Chaque mot est un trait qui s'ajoute au précédent, et cela
ne cesse pas jusqu'à ce qu'il ait fini. Ainsi de ses œuvres. Ce sont,
vous le dites bien, des miniatures, — des miniatures par un grand
peintre, et qui pourtant ne fera peut-être jamais que des miniatures. D'où vient cela? Comment ce qui en lui est orage et spectacle grandiose va-t-il ainsi s'adoucissant, s'estompant, se glaçant
à l'extérieur? Pourquoi l'éclair même a-t-il un vernis?... ») — Cette
prétendue citation de Reynolds n'était qu'une manière d'insinuer
mes critiques.

(M. de Vigny est mort le 17 septembre 1863.)

Cet article sur De Vigny demande plus d'une explication et
non-seulement permet, mais exige un commentaire. Il a eu,
en effet, cette rare fortune d'être contesté et refuté par l'auteur lui-même. M. de Vigny, en mourant, avait désigné
M. Louis Ratisbonne pour son exécuteur testamentaire et
pour son héritier littéraire M. Ratisbonne, en possession
d'une suite de cahiers dans lesquels De Vigny notait ses
pensées et remarques quotidiennes, en a tiré le volume intitulé : *Journal d'un Poëte*. Il y avait là, dans le manuscrit,
bien des noms contemporains traités avec plus ou moins de
liberté et selon l'impression des lectures. J'en puis parler
sciemment, ayant lu moi-même certaines de ces observations
critiques que De Vigny nous laissait voir à la rencontre;
mais il n'en est pas resté trace dans le *Journal* imprimé.
C'est à mon égard seulement que l'éditeur a cru devoir dé-
roger à cette réserve et faire une honorable exception.
J'avais en effet, depuis la mort de De Vigny, écrit sur lui
dans la *Revue des Deux Mondes* un article qui, par son
caractère de vérité, n'avait contenté qu'à demi le petit cénacle de ses fidèles des dernières années (Voir *Nouveaux
Lundis*, tome VI). C'est par manière de représailles et comme

pour me punir que M. Ratisbonne, devenu l'évangéliste posthume de De Vigny et son vengeur, a tiré des cahiers
intimes qui lui avaient été légués la page que voici, et qu'il
m'est imposé aujourd'hui de discuter :

« Sainte-Beuve fait un long article sur moi. Trop préoccupé du
Cénacle qu'il avait chanté autrefois, il lui a donné dans ma vie
littéraire plus d'importance qu'il n'en eut, dans le temps de *ces
réunions rares et légères*. Sainte-Beuve m'aime et m'estime, mais
me connaît à peine et s'est trompé en voulant entrer dans les secrets de ma manière de produire. Je conçois tout à coup un plan :
je perfectionne longtemps le moule de la statue, je l'oublie, et,
quand je me mets à l'œuvre après de longs repos, je ne laisse pas
refroidir la lave un moment. C'est après de longs intervalles que
j'écris, et je reste plusieurs mois de suite occupé de ma vie, sans
lire ni écrire.

« Sur les détails de ma vie, il s'est trompé en beaucoup de
points. Jamais je ne comptai sur la popularité d'*Éloa*, et je voulais l'imprimer à vingt exemplaires. En faisant *Cinq-Mars*, je dis
à mes amis : « *C'est un ouvrage à public*. Celui-là *fera lire les autres*. » Je ne me trompais pas.

« Il ne faut disséquer que les morts : cette manière de chercher à ouvrir le cerveau d'un vivant est *fausse et mauvaise*. Dieu
seul et le poëte savent comment naît et se forme la pensée. *Les
hommes ne peuvent ouvrir ce fruit divin et y chercher l'amande.*
Quand ils veulent le faire, ils la retaillent et la gâtent. »

Je n'ai garde, on le conçoit, de prétendre avoir atteint du
premier coup la ressemblance sur De Vigny ; c'était une
nature des plus compliquées dans sa finesse et qui, par ses
qualités et ses défauts, ses supériorités et ses ridicules, fait
encore problème pour moi aujourd'hui ; mais, quoique le
poëte en sût probablement plus long que personne sur ses
secrets de composition, on va voir que, juge et partie comme
il était, il n'a pas tout à fait raison contre son critique.

Et d'abord il est bon de savoir que depuis la rivalité dramatique qui s'était introduite dès 1830 entre De Vigny et
Hugo, rivalité qui n'exista jamais que dans l'esprit du pre-

mier, la prétention de De Vigny était d'avoir eu son développement unique, indépendant, isolé même, en dehors de
tous les autres poëtes de sa génération, et cette prétention à
une lignée à part et à une originalité sans pareille, il l'avait
fait accepter par Planche qui, déjà brouillé avec Victor Hugo,
avait dans un article de la *Revue des Deux Mondes* caressé
en ce sens la susceptibilité du chantre d'*Éloa*. Lorsque j'eus
à mon tour un article à écrire, je me gardai bien d'aller
consulter De Vigny ni de l'interroger sur ses antécédents :
j'eusse été obligé, sous peine de le froisser directement, de
suivre sa version et de prêter les mains à une genèse poétique par trop complaisante. Le directeur de la *Revue* et moi,
nous profitâmes donc d'un moment où il était absent de
Paris pour brusquer en apparence et faire passer l'article,
dont il n'aurait ensuite qu'à prendre son parti. C'est ce qui
arriva. L'article, au milieu des éloges, portait sa dose de
vérité. Quant aux erreurs de fait dont parle De Vigny, elles
étaient insignifiantes au point de vue littéraire : qu'il eût
avec l'amiral Baraudin tel ou tel degré de parenté et de descendance, cela importait peu, et il a suffi d'un trait de
plume pour rectifier la méprise , mais ce qui lui fit une impression légèrement désagréable, quoiqu'il le dissimulât
dans le temps, ce fut d'avoir été rattaché au groupe de 1828
dont pourtant il avait bien réellement été, et j'en vais donner
les preuves. Il est un autre point sur lequel je ne le laisserai
pas non plus triompher : c'est quand il dit que, pour parler
de lui, *je le connaissais à peine*. Cette assertion serait inex-
plicable, si je ne me rappelais que De Vigny était l'homme
qui avait le moins conscience de la réalité et des choses
existantes; dès qu'il avait le moins du monde intérêt, — un
intérêt d'amour-propre ou d'imagination, — à ne pas voir
un fait, il ne le voyait pas.

J'avais d'assez bonne heure étudié le talent de **M.** de
Vigny. En 1826, j'avais écrit sur *Cinq-Mars* un article inséré
dans *le Globe* du 8 juillet (Voir l'*Appendice* à la fin du présent volume) ; mais ce fut Victor Hugo qui le premier me

fit distinguer et sentir les parties élevées du poëte, négligées par moi jusqu'alors : à ne consulter que mon goût naturel, il m'avait toujours paru trop superfin et trop séraphique. Je regagnai vite le temps perdu, et j'avais hâte de réparer envers un homme de ce talent sinon l'injustice, du moins l'excessive sévérité de ma première critique. Comme je n'ai en ce moment à cœur que de montrer l'inexactitude du mot de De Vigny m'accusant d'avoir, en 1835, parlé de lui à la légère et d'avoir porté l'analyse dans les procédés de son talent, *en le connaissant à peine,* je lui laisserai le soin de prouver jusqu'où allait notre connaissance et notre presque intimité (le mot n'est pas trop fort) depuis plusieurs années déjà.

Nous n'en étions qu'au commencement de notre liaison et de la période de 1828, lorsqu'il m'écrivait :

« Eh bien! monsieur, puisque vous êtes de ceux qui se rappellent les Poëmes que le public oublie si parfaitement, je veux faire un grand acte d'humilité en vous les offrant. Les voici tels qu'ils sont venus au monde, avec toutes les souillures baptismales : leur date d· naissance est leur unique mérite et ma seule excuse. Il me restait encore un de ces livres, je ne pouvais le mieux placer que dans vos mains; j'aurais voulu y joindre *Éloa,* mais elle n'existe plus, même chez moi.

« Serez-vous assez bon pour dire à mon cher Victor, votre voisin, je crois, qu'il invite M. de Sainte-Beuve à l'accompagner, lorsqu'il pourra passer un quart d'heure chez moi à parler de tout et de rien comme nous faisons? J'irai vous en prier chez vous encore comme je fais ici, en vous assurant de ma haute estime.

« ALFRED DE VIGNY.

« 14 mars 1828. »

Quelques mois après, lorsque j'eus publié mon *Tableau de la Poésie française au* XVIᵉ *siècle* et mon Choix de Ronsard dont les inventions et les innovations rhythmiques m'avaient paru avoir plus d'un rapport avec celles de la

5.

jeune école, héritière d'André Chénier, De Vigny, nommé à
plus d'une reprise dans ces volumes, m'écrivait :

« Je ne résiste pas à ce besoin que j'ai de vous parler de votre
beau livre, et en vérité, comme je ne cesse de causer avec vous
tous les jours depuis que je suis à la campagne, je puis aussi bien
continuer par écrit cette douce conversation. Oui vraiment, je ne
peux quitter votre ouvrage que pour en parler et aller dire à tout
le monde : *Avez-vous lu Baruch?* et ensuite je m'enferme avec
vous ou bien je vous emporte sous une allée où je marche tout
seul, et je frappe sur le livre et je jette des cris de plaisir à me
faire passer pour fou. C'est une chose certaine, que *le vrai,* quand
je le vois, me transporte hors de moi ; je le rencontre comme un
ami intime, et, dans tout ce que vous dites, il n'y a rien qui ne
soit d'une admirable justesse. Je m'étonne souvent que lorsqu'il
paraît de ces sortes de livres, il ne se fasse pas entendre un grand
cri de toute la France, comme d'un seul homme qui dirait : *Ah!
c'est cela! enfin!* ou quelque chose de ce genre... »

Et moi, en songeant que ceci s'adressait à moi-même et à
un livre de critique assez neuf sur un point, mais d'un intérêt très-circonscrit, je suis tenté de m'écrier à mon tour :
Assez! assez! c'est trop... L'inconvénient des lettres de
De Vigny est là. On est embarrassé à les citer, tant elles sont
flatteuses et d'une flatterie prolongée, d'une louange lentement et soyeusement filée. C'est spirituel, mais interminable :
il ne fait pas grâce à une pensée dès qu'il la tient. On ne peut
s'empêcher, en le lisant même dans ce style familier et de
tous les jours, de se reporter à l'hôtel Rambouillet en son
plus beau temps; nous sommes dans la préciosité jusqu'au
cou. Et, en effet, dussé-je me montrer encore une fois sacrilége et au risque de profaner le *fruit d'or* en voulant y chercher *l'amande,* je dirai que, si la pensée de M. de Vigny est
souvent élevée et grande, son développement est presque
toujours précieux, à tel point que plusieurs des pièces es-
quissées dans ses albums sont certainement plus belles à

l'état de projet qu'elles ne l'eussent été après exécution; elles laissent d'elles une plus grande idée. — Je reviens à la lettre interrompue : je saute des lignes, des phrases élogieuses, et je donne ce qui revient à mon propos, lequel est encore une fois de montrer qu'en me permettant d'essayer de juger M. de Vigny et sa manière, je n'étais point tout à fait sans le connaître (autant du moins qu'il pouvait être connu) et sans avoir été initié et introduit de longue main par lui-même au sanctuaire de sa pensée, si riche en dédales et en mystères.

C'est donc lui qui continue de parler :

« Après la douce et forte et grave Étude que l'on suit avec vous dans le premier volume, je ne sais rien de plus attachant que de lire les vers de Ronsard et vos réflexions qui les suivent : cela fait qu'on trouve tout de suite à qui parler du plaisir qu'on vient d'avoir. Et que de fois vous me dites ce que j'allais dire ! Quel autre plaisir que de se rencontrer ainsi, jetant en même temps la même exclamation prononcée à la fois avec l'ensemble des sorcières de *Macbeth !* Dès que je cesse de lire votre prose rêveuse et si spirituelle, je voudrais en causer aussi avec Ronsard lorsqu'il arrive à son tour, et ceci me gêne un peu. Je lui en veux de ne pas parler de vous, comme s'il devait vous sentir à son côté. — Quel service vous rendez aux Lettres en relevant et rattachant ces anneaux perdus ou rouillés de la chaîne des poëtes! Je ne puis croire que vous résistiez à nous donner un choix semblable de la Pléiade et de sa queue, ainsi entrelacé de prose et de poésie de vous-même; je le souhaite de toute mon âme,... Au reste, ne vous fiez pas trop à mon amour pour nos devanciers ; c'est peut-être une ruse pour avoir encore à lire des pages aussi belles que celles où vous définissiez *le vers* comme un poëte seul le pouvait faire, et des vues aussssi larges que celles de vos conclusions auxquelles on ne fera qu'un reproche juste s'il tombe sur l'illusion que vous vous faites à mon égard. Vous ne pouvez du moins vous en faire aucune sur mon amitié vive comme mon estime pour vous et votre ouvrage; je ne puis me consoler de l'avoir fini qu'en le recommençant, ce que je vais faire.

« Votre ami dévoué.

« ALFRED DE VIGNY.

« Savez-vous bien que depuis peu j'ai une médaille de Victor qui me ravit (1), et que j'ai vu Émile à Morfontaine? Je suis presque avec vous tous; bientôt j'y serai mieux encore. »

Avec vous tous, cela indiquait précisément ce commencement d'union plus étroite et ces rapports plus fréquents où De Vigny, plus tard, affectait de ne voir que des rencontres *rares et légères.* Il nous conviait à venir entendre un drame de Shakspeare, traduit en vers français par lui et par Émile Deschamps :

« 28 mars 1829.

« Je suis très-décidé à vous faire subir une certaine quantité de vers anglo-français, si vous voulez venir lundi soir à huit heures précises chez votre ami bien sincère. Je vous répéterai le ravissement où m'a mis la vue de mon *Éloa* passée comme en proverbe dans vos vers plus beaux qu'elle. Quand verrons-nous votre beau petit mort (2)? Il est bien heureux, celui-là; nous allons être sa postérité tout de suite, et il aura son immortalité sur-le-champ, et il peut dire tout ce qui lui passe par la tête, et on aura mille égards pour lui par humanité. Mon Dieu! la bonne chose que d'être mort de cette manière! que je vous en félicite, et que je m'applaudis de penser que je tiendrai gaiement un des coins du drap mortuaire de ce pauvre garçon

« Votre ami,

« ALFRED DE VIGNY. »

Puis, le *Joseph Delorme* à peine paru, ce sont des effusions, des épanchements sans fin et que j'abrége :

« 3 avril 1829.

« Il m'empêche d'écrire, il m'empêche de sortir et de penser à autre chose qu'à ses vers: il faut bien que je vous parle de lui. Que d'impressions douloureuses, sombres et tendres! Quel plaisir et quel chagrin que de le lire ! Pauvre jeune homme ! souffrir et ne pas croire et être poëte ! Triple douleur et triple doute ! — Le

(1) La médaille que David (d'Angers) avait faite de Victor Hugo.
(2) Il s'agissait du *oseph Delorme* qui allait paraitre.

Suicide! les *Rayons jaunes* (1)! que c'est beau! Il y a là plus qu'un grand talent, une âme blessée qui se montre tout éplorée et avec laquelle on vit. Il m'arrive à chaque instant d'être emporté par elle et d'aller jusqu'à la fin en soupirant et en gémissant de ses maux... Dans ce moment encore, en vous écrivant, mon ami, je suis forcé de m'interrompre pour lire *la Demoiselle infortunée.* — Que j'aime cela encore! Toutes les tristesses de la vie, il les a senties; il en a joui pleinement... Ce jeune homme, ce Joseph... Ah! ma foi, bon soir, ce masque me gêne; vos vers, votre prose, vos élégies, vos sonnets m'enchantent, etc., etc. »

Je ne puis décemment donner toute la lettre, tant elle est particulière et intime, quoique d'un homme qui ait écrit, à six ans de là, que je le connaissais à peine. J'en ai plus de dix autres pareilles, sans compter celles qui se sont perdues. Et par exemple encore, en réponse à quelque démarche que j'avais faite soit auprès de M. Magnin, du *Globe,* soit auprès de Paul Lacroix, le *bibliophile,* pour qu'ils parlassent des *Poëmes* dont une nouvelle édition venait de paraître :

« Vous êtes le plus aimable des hommes. — Quoi ! vous avez pensé à cette misère! Vous en avez même parlé! Un autre s'en est occupé aussi, il en pense quelque chose, il en écrira! Tout cela est en vérité de bien bon augure pour ces pauvres Poëmes ressuscités d'entre les morts. Je ferai très-exactement tout ce que dit votre consigne. Je vous remercie dix fois de me la vouloir bien donner, et d'agir en ami avec un des hommes qui savent le mieux vous aimer et vous apprécier. Chargez-vous, si cela ne vous déplait pas, de mes remerciements pour M. Lacroix qui veut bien perdre une minute de ses *soirées* si dignes de Walter Scott (2). — Adieu, mon ami, si vous n'avez pas embrassé mon Victor sur les deux joues, j'irai vous chercher querelle.

« ALFRED DE VIGNY.

« 7 mai 1829 »

(1) Longtemps harcelé et raillé pour cette pièce de vers bonne ou mauvaise, mais sincère, qui a paru à quelques-uns une laideur et une énormité, il ne me déplait pas que De Vigny, le noble et le pur, l'ait précisément choisie exprès pour la distinguer.

(2) Paul Lacroix était auteur d'un volume intitulé *les Soirées de Walter Scott.*

Cependant les réunions qui se rapportaient à cette période dite du Cénacle continuaient, et, à chaque ouvrage nouveau, qu'il s'agît de *Roméo*, d'*Othello*, de *Mme de Soubise*, ou de *la Frégate la Sérieuse*, De Vigny nous conviait à ses lectures, de vraies agapes de poésie .

« Mercredi, 17, à sept heures et demie précises du soir, le More de Venise vivra et mourra par-devant vous, mon ami; si vous voulez faire asseoir l'Ombre de Joseph Delorme à ce banquet funèbre, sa place est réservée comme celle de Banquo.

« Êtes-vous assez bon pour vous charger d'inviter de ma part nos deux amis, Boulanger et Devéria, et les prier d'être d'une exactitude militaire, s'ils ne veulent revenir chez eux à quatre heures du matin ?

« Tout à vous,

« 14 juillet 1829. »　　　　　« ALFRED DE VIGNY.

La lettre suivante a plus d'importance, puisqu'elle roule tout entière sur cette méthode même de critique que j'essayais alors pour la première fois avec quelque étendue dans mes articles de la *Revue de Paris* : De Vigny qui en parlait de la sorte au début, et avec une complaisance infiniment trop marquée pour être mise sur le compte de la simple politesse, était certes bien loin d'estimer cette façon d'analyse *fausse* et *mauvaise* en soi, et, peu s'en faut, impie dans son application aux poëtes : il a attendu pour cela qu'elle le prît lui-même au vif pour sujet et qu'elle n'entrât pas absolument dans le joint de son amour-propre :

« 29 décembre 1829.

« Je suis distrait, et, outre cela, il m'arrive presque toujours d'être en présence de mes amis ce qu'est un amant devant sa maîtresse, si aise de la voir qu'il oublie tout ce qu'il avait à lui dire. Je ris encore en pensant que j'ai passé il y a quelque temps deux heures avec vous sans vous rien dire de votre bel article sur Racine, et je venais d'en parler toute la matinée à quatre personnes de différentes opinions, à qui je disais ce que j'en pense. J'ai besoin de le répéter, parce que je viens de le relire : vous avez vraiment créé une critique haute qui vous appartient en propre, et votre manière de passer de l'homme à l'œuvre et de chercher dans ses entrailles le germe de ses productions est une source intarissable d'aperçus nouveaux et de vues profondes. Votre division des deux familles de poëtes est d'une justesse parfaite, ainsi que cette double comparaison du palais de Versailles et de la grande montagne avec sa tour escarpée. La vie de Racine est racontée avec une originalité et une finesse qui me font un plaisir infini, et il me semble qu'on doit vous savoir gré du soin que vous prenez de faire ressortir l'innovation de ses personnages moins surhumains. Vous avez été juste en le montrant gardant *le milieu de la chaussée* entre les qualités extrêmes des originaux. J'aime la grandeur de votre tableau d'un autre *Britannicus* et d'une autre *Athalie* : cependant, c'est avoir eu du génie que les avoir faits à cette époque tels qu'ils sont : Shakspeare seul aurait pu les faire tout à coup tels que vous les esquissez, et si *Athalie* ne fut pas comprise alors, que fût-il arrivé à une poésie plus grande? — Vos dernières pages sont pleines d'une onction et d'une sensibilité qui m'enchantent. Cet article est composé comme une vie de ce temps-là même, finissant par une retraite pieuse après une gloire pleine de gravité. — On dit que vous avez été souffrant ces jours-ci, je serais allé vous voir sans ce temps affreux et le désordre du jour de l'an. Je vous ferai porter, quand vous les voudrez, vos beaux vers qui sont miens, et j'ai le projet de vous adresser la douzième de mes *Élévations* qui pourront un jour former un recueil. En voulez-vous? — Ce ne sera pas un échange, car je vous devrais trop de retour. — Notre pauvre Victor, que fait-il dans ce théâtre? Que je le plains! Sait-il et savez-vous que les baladins de l'Académie et des théâtres font des parades sur nous? En vérité, je ne puis réussir à m'en fâcher, c'est par trop bas. Adieu, mon bon ami, plût à Dieu que je pusse vous voir aussi souvent qu'on le croit!

« ALFRED DE VIGNY. »

Il en est de la lettre suivante, écrite par De Vigny à l'occasion de mon Recueil *les Consolations,* comme de celle qu'il m'écrivit après *Joseph Delorme :* je n'oserai au plus qu'en donner la note et le ton, car je ne crois pas qu'on puisse aller au delà dans l'effusion et l'illusion de l'intimité :

« 2'1 mars 1830.

« Merci cent fois, cher ami! — Consolateur, puissiez-vous être
consolé! Je vous écris les larmes aux yeux, et ne sais vraiment
quel éloge littéraire vous donner. Tout mon cœur est pris par
votre émotion profonde, vous êtes un poëte et cependant un
homme, etc. »

Mais je donnerai une partie du *post-scriptum* parce qu'il
est d'un ton différent, toujours affectueux, mais non approba-
teur. En effet, dès ce temps-là et vers ces dernières saisons
de la Restauration, j'avais pressenti dans ce coin de notre
école romantique des germes de division déjà, des principes
de refroidissement ou de rivalité, nés surtout des ambitions
dramatiques, et dans la Préface des *Consolations* j'avais, sous
forme voilée, exprimé mes craintes et mes regrets. Alfred de
Vigny, en ceci et ce jour-là supérieur par le cœur (je me
plais à le reconnaître), m'écrivait :

« Je rentre ce soir : j'étais sorti après avoir lu et relu votre
poëme tout haut... Je viens de lire votre préface : elle m'a profondément affligé pour vous. Quand j'ai le malheur d'analyser
ainsi les cœurs de ceux qui m'entourent, je me sens prêt à mourir
de désespoir; l'effroi me prend comme si j'étais seul au monde,
comme le dernier homme; et c'est donc là ce que vous souffrez et
ce que nous vous faisons souffrir? Nous qui vous aimons tant!
nous qui parlons sans cesse de vous! qui vous admirons, qui
vivons en votre pensée comme dans la nôtre! Si vous aviez pu
nous entendre ce matin! Ils étaient tous là, ceux dont les noms
baptisent vos élégies, et ils ne cessaient d'écouter, de sentir, d'aimer, d'adorer, d'applaudir, en même temps que je vous lisais,
ingrat que vous êtes! — Je veux que vous ayez des remords
comme j'en ai lorsque me prend cette mauvaise pensée. Oui,
lorsque j'ai eu le malheur de faire cette analyse funeste, je m'en
confesse à moi-même comme d'un péché, d'un crime véritable, et
je ne m'absous pas, et il faut que je retrouve un de mes amis
avant la fin du jour pour réparer ma faute en lui faisant quelque
amitié. Quel est leur crime? D'être des hommes? Et que suis-je
donc? Je suis distrait, mais j'aime; la pensée est mobile, et le cœur

ne l'est pas. Eh bien! voilà que je vous gronde, cher Sainte-Beuve, moi qui voulais seulement vous parler du bonheur de..., etc., etc. »

L'intimité est constatée, ce me semble : j'étais, en 1835, parfaitement en mesure de risquer une théorie du talent de M. de Vigny autant que d'aucun autre talent contemporain; s'il y avait embarras pour moi à son égard, c'était par excès de liaison bien plutôt que par insuffisance; j'avais à ressaisir mon libre jugement, à le ravoir de dessous un monceau de fleurs : là était la difficulté, pas ailleurs; c'est ce que je tenais avant tout à établir. Les nouveaux venus sont si nouveaux, les héritiers de la dernière heure sont si mal informés de tout le contenu et des précédents de l'héritage, la vie du passé est tellement prompte à s'évanouir ou à ne laisser que de vagues traces d'elle-même, que j'ai cru bon et nécessaire, en présence d'une dénégation étrange, d'insister ici sur une de ces traces et de réveiller quelque idée d'un groupe et d'un moment si chèrement mémorables à ceux qui en firent partie, et à jamais dissipés. — Deux lettres seulement encore :

« Avril 1830.

« Voilà huit jours, mon ami, que j'ai dans ma poche cette lettre de M. de Bois-le-Comte (1) avec un numéro du feuilleton qui vous regarde. Je vous ai cherché d'*Hernani* en *Christine* avec tout cela et n'ai pu vous découvrir. Prenez et lisez. Ne m'oubliez pas tout à fait, et croyez à ma profonde amitié.

« ALFRED DE VIGNY. »

Et enfin cette dernière lettre qui, par sa date, est précisément de quelques jours après l'article incriminé :

« Comment se voit-on si peu, quand on s'estime et que l'on s'aime beaucoup? Voilà ce qui me révolte. Aussi soyez sûr que je serai chez vous samedi prochain, 7 novembre 1835, à *quatre heures*, si cela ne vous est pas trop désagréable, mon ami.

« Vous voyez que je m'y prends de loin. Mais sans cela on se poursuit toujours inutilement. Faites-moi savoir par un mot si

(1) Un disciple de Buchez.

vous préférez un autre jour; si vous ne me répondez pas, j'irai
causer une heure avec vous ce jour-là.

« Mille amitiés bien tendres,

« ALFRED DE VIGNY.

« 3 novembre 1835. »

J'aurais mieux aimé qu'au lieu de s'enfermer dans des
réticences et de les confier au papier pour lui seul, De Vigny
me fît part de son désaccord avec moi à son propre sujet et
me mît à même de le discuter. J'avais produit ma manière
de voir à son égard ; j'eusse été heureux d'être rectifié, s'il
y avait lieu, et de m'éclairer. Au lieu de cela, il s'enveloppa
de plus en plus, se fit de plus en plus rare de communications et d'œuvres, et se retrancha, en vieillissant, dans son
inviolabilité d'ange et de poëte : il y semblait véritablement
confit. D'autre part, au contraire, redevenu moi-même d'humeur et d'habitude de plus en plus libre et jugeuse, le froid
avec les années se mit entre nous.

Mme DESBORDES-VALMORE.

1833.

(Les Pleurs, poésies nouvelles. — Une Raillerie de
l'Amour, roman.)

C'est une chose bien remarquable, comme, en avançant dans la vie et en se laissant faire avec simplicité,
on apprécie à mesure davantage un plus grand nombre
d'êtres et d'objets, d'individus et d'œuvres, qui nous
avaient semblé d'abord manquer à certaines conditions,
proclamées par nous indispensables, dans la ferveur
des premiers systèmes. Les ressources de la création,
que ce soit Dieu qui crée dans la nature, ou l'homme
qui crée dans l'art, sont si complexes et si mystérieuses, que toujours, en cherchant bien, quelque
composé nouveau vient déjouer nos formules et troubler nos méthodiques arrangements. C'est une fleur,
une plante qui ne rentre pas dans les familles décrites;
c'est un poëte que nos poétiques n'admettaient pas.
Le jour où l'on comprend enfin ce poëte, cette fleur
de plus, où elle existe pour nous dans le monde envi-
ronnant, où l'on saisit sa convenance, son harmonie

avec les choses, sa beauté que l'inattention légère ou
je ne sais quelle prévention nous avait voilée jusque-
là, ce jour est doux et fructueux; ce n'est pas un jour
perdu entre nos jours; ce qui s'étend ainsi de notre
part en estime mieux distribuée n'est pas nécessairement ravi pour cela à ce que les admirations anciennes ont de supérieur et d'inaccessible. Les statues
qu'on adorait ne sont pas moins hautes, parce que des
rosiers qui embaument, et des touffes épanouies dont
l'odeur fait rêver, nous en déroberont la base.

Depuis trois années le champ de la poésie est libre
d'écoles; celles qui s'étaient formées plus ou moins
naturellement sous la Restauration ayant pris fin, il ne
s'en est pas reformé d'autres, et l'on ne voit pas que,
dans ces trois ans, le champ soit devenu moins fertile,
ni qu'au milieu de tant de distractions puissantes les
belles et douces œuvres aient moins sûrement cheminé
vers leur public choisi, bien qu'avec moins d'éclat
peut-être et de bruit alentour. Aussi, nous qui regrettons personnellement, et regretterons jusqu'au bout,
comme y ayant le plus gagné à cet âge de notre meilleure jeunesse, les commencements lyriques où un
groupe uni de poëtes se fit jour dans le siècle étonné,
— pour nous, qui de l'illusion exagérée de ces orages
littéraires, à défaut d'orages plus dévorants, empor-
tions alors au fond du cœur quelque impression presque grandiose et solennelle, comme le jeune Riouffe
de sa nuit passée avec les Girondins (car les sentiments
réels que l'âme recueille sont moins en raison des
choses elles-mêmes qu'en proportion de l'enthousiasme

qu'elle y a semé); nous donc, qui avons eu surtout à
souffrir de l'isolement qui s'est fait en poésie, nous
reconnaissons volontiers combien l'entière diffusion
d'aujourd'hui est plus favorable au développement ul-
térieur de chacun, et combien, à certains égards, cette
sorte d'anarchie assez pacifique, qui a succédé au
groupe militant, exprime avec plus de vérité l'état poétique de l'époque. Dans cette jeune école, en effet, au
sein de laquelle fut un moment le centre actif de la
poésie d'alors, il y avait des exclusions et des absences
qui devaient embarrasser. En fait de hauts talents,
Lamartine n'en était que parce qu'on l'y introduisait
religieusement en effigie; Béranger n'en était pas. En
fait de charmantes muses, on n'y rattachait qu'à peine
Mᵐᵉ Tastu, on y oubliait trop Mᵐᵉ Valmore. M. Mérimée
serait toujours demeuré à côté; M. Alexandre Dumas
avait pris rang plus au large. D'autres encore allaient
surgir. Enfin, parmi ceux qui étaient jusque-là du
groupe, les plus forts n'en auraient bientôt plus été,
par le progrès même de la marche; ils s'y sentaient à
la gêne en avançant; plus d'un méditait déjà son éva-
sion de cette nef trop étroite, son éruption de ce cheval de Troie. Le flot politique vint donc très à propos
pour couvrir l'instant de séparation et délier ce qui
déjà s'écartait. On a demandé quelquefois si ce qu'on
appelait *romantisme* en 1828 avait finalement triomphé,
ou si, la tempête de Juillet survenant, il n'y avait eu
de victoire littéraire pour personne? Voici comment on
peut se figurer l'événement, selon moi. Au moment où
ce navire Argo qui portait les poëtes, après maint ef-

fort, maint combat durant la traversée contre les pra-
mes et pataches classiques qui encombraient les mers
et en gardaient le monopole, — au moment où ce beau
navire fut en vue de terre, l'équipage avait cessé d'être
parfaitement d'accord; l'expédition semblait sur le
point de réussir, mais on n'apercevait guère en face de
lieu de débarquement; les principaux ouvraient des
avis différents, ou couvaient des arrière-pensées contraires. La vieille flotte .classique, radoubée de son
mieux, prolongeait à grand'peine des harcèlements
inutiles. On en était là, quand le brusque ouragan de
Juillet bouleversa tout. Ce qu'il y a de très-certain,
c'est que le peu de classiques qui tenaient encore la
mer y périrent corps et biens; les récits qu'on a faits
depuis de MM. Viennet (1) et autres, qu'on prétend avoir

(1) Voilà M. Viennet déclaré mort, et on dit pourtant qu'il a
longtemps encore survécu. En réalité, je n'ai jamais pu me repentir
de ce mot, dit une fois pour toutes, sur cet auteur qui n'avait que
des boutades sans talent, sans style, et qui était surtout poëte par
la vanité. — Mais il a eu du piquant dans ses Fables, dira-t-on.
— Oui, peut-être, comme le chardon a des piquants. — Si j'avais
à écrire un article sur lui, je ne pourrais m'empêcher de le commencer en ces termes : « Il faut avoir quelque esprit pour être parfaitement sot : Töpffer l'a dit et Viennet l'a prouvé. » Vers la fin
sa vie, il me disait en me parlant des poëtes : « Je n'en reconnais que *huit* avant moi. — Et lesquels? — Malherbe, Corneille,
Racine, Molière, La Fontaine, Boileau, Regnard et Voltaire. » — Il
faisait cette énumération sans rire. Il ne choquait plus, on s'y était
accoutumé, et personne ne le prenait au sérieux, si ce n'est l'Institut en corps à la séance annuelle des quatre Académies. Avec
son air rogue, sa voix rouillée, sa mèche en l'air, ses coups de
boutoir usés et ses épigrammes communes, il avait le don de dé-
rider dès les premiers mots la grave assemblée. La fête n'était pas
complète sans lui. Tel maréchal-académicien lui écrivait le lende-

rencontrés et ouïs, ne se rapportent qu'à leurs Ombres inhonorées qui se démènent sur le rivage. Quant au navire Argo, tout divin qu'il semblait être, il ne tint pas, mais l'équipage fut sauvé. Je crois bien que deux ou trois des moindres héros se noyèrent avant d'atteindre le rivage; mais le reste, les plus vaillants, y arrivèrent sans trop d'efforts, la plupart à la nage, et l'un même sans presque avoir besoin de nager. Or, depuis ce moment, l'expédition collective fut manquée ou accomplie, selon qu'on veut l'entendre, et chaque chef, poussant individuellement de son côté, poursuit à travers le siècle, par des voies plus ou moins larges, sa destinée, ses projets, la conquête de la glorieuse Toison.

Les deux sentiments les plus opposés qui se développèrent au sein de la fraternité première peuvent se rapporter au lyrique d'une part et au dramatique de l'autre. La pensée lyrique, et surtout la portion la plus molle, la plus délicate de celle-ci, la pensée élégiaque, intime, craignait un peu le moment de la victoire à cause du bruit et de l'invasion des profanes; elle insistait avec une sorte de timidité superstitieuse sur cette interdiction quasi pythagoricienne : *Odi profanum vulgus et arceo.* Elle se serait trouvée satisfaite de fonder en quelque golfe abrité, sur la côte la moins populeuse, une petite colonie brillante et cultivée; pour elle la conquête de la Toison d'or était là : c'était manquer

main de la séance : « Mon cher Viennet, j'ai hier usé mes deux mains à vous applaudir. » A la bonne heure! c'est une nation éminemment poétique que la France!

de foi en soi-même et d'audace. La pensée dramatique
au contraire, qui, en passant par le lyrique, n'y voyait
qu'un début et un prélude, ne se sentait pas satisfaite
à si peu de frais; elle croyait, elle, énergiquement à
la *poétisation* possible du siècle; et, plus vaste en désirs, moins effarouchée du bruit des profanes, elle insistait plutôt sur l'autre devise confiante et conqué-
rante : *L'avenir est à nous!* La portion la plus ardente
et la plus ferme de cette pensée dramatique ne se pré-
occupait même pas d'une initiation graduelle et indirecte de la foule à l'œuvre moderne, moyennant d'habiles *reproductions* d'œuvres antérieures; elle était
pour une application immédiate et franche, pour une
mêlée décisive, pour une descente et un assaut au
cœur du siècle. Surtout elle ne prenait pas, comme la
pensée élégiaque, les langueurs de la traversée pour le
but de ses espérances. C'était accepter la question tout
entière comme on l'avait posée, c'était ne l'éluder en
rien et la soutenir dans sa complète importance, dans
la hardiesse du premier défi. Du moment en effet qu'il
s'agissait de fonder, non pas une poésie dans le
xixe siècle, mais la poésie du xixe siècle lui-même; du
moment qu'on s'était mis en marche, non pour jeter
quelque part une colonie furtive, mais pour faire une
révolution réelle dans l'art, la pensée dramatique avait
toute raison de prévaloir; l'épreuve décisive était et
elle est encore dans cette arène; quiconque ne l'y met
pas désespère plus ou moins de cette aimantation poétique du siècle en masse, qui a été le rêve des avant-
dernières années. Celui à qui est dû l'honneur d'avoir

le moins désespéré assurément, et qui persévère, sans indice de fatigue ni de mollesse, dans sa ligne d'alors, est M. Victor Hugo. La pensée dramatique à laquelle nous faisions allusion plus haut, et qui est la sienne, préexistait déjà à sa pensée lyrique; elle a traversé elle-ci sans s'y attiédir, et en est sortie impétueuse, inflexible, comme d'un lac où, à sa source, elle était tombée.

Mais la pensée intime, élégiaque, mélancolique, que fera-t-elle? Séparée de l'autre qui fut sa sœur, privée désormais du mouvement qu'elle reçut d'elle au temps de leur union, où cherchera-t-elle à s'enfuir et à s'écouler? Y a-t-il lieu, en ces temps plus graves, de songer à reconstituer quelque école artificiellement paisible et rêveuse, de tenter encore à l'horizon cette petite colonie qui nous apparut dans un mirage du matin? Ces naïves chimères ne sont séduisantes qu'une fois; il y a mieux à faire. Vivre, puisqu'il le faut, de la vie de tous, subir les hasards, les nécessités du grand chemin, y recueillir les enseignements qui s'offrent, y fournir au besoin sa tâche de pionnier; puis se dédoubler soi-même, et dans une part plus secrète réserver ce qui ne doit pas tarir; l'employer, l'entretenir, s'il se peut, à l'amour, à la religion, à la poésie; cultiver surtout sa faculté de concevoir, de sentir et d'admirer : n'est-ce pas là une manière d'aller décemment ici-bas, après même que le but grandiose a disparu, et de supporter la défaite de sa première espérance?

En lisant Mme Valmore, ces pensées nous revenaient. Elle est un poëte si instinctif, si tendre, si éploré, si

prompt à toutes les larmes et à tous les transports, si
brisé et battu par tous les vents, si inspiré par l'âme
seule, si étranger aux écoles et à l'art, qu'il est impossible
près d'elle de ne pas considérer la poésie comme indépendante de tout but, comme un simple don de pleurer, de s'écrier, de se plaindre, d'envelopper de mélodie
sa souffrance. C'est dans la vie réelle, à travers les passions et les épreuves, que ce cœur de femme, sans autre
maître que la voix secrète et la douleur, a dès l'abord
modulé ses sanglots. Il y a deux sortes de poëtes : ceux
qui sont capables d'invention, d'art à proprement parler, doués d'imagination, de conception en sus de leur
sensibilité ; qui possèdent cet organe applicable à divers sujets, qu'on nomme le *talent* : et il y a ceux en
qui ce talent n'est nullement distinct de la sensibilité
personnelle, et qui, par une confusion un peu débile
mais touchante, ne sont poëtes qu'en tant qu'amants
et présentement affectés. M. Ulric Guttinguer, dans
une épître adressée à M. Hugo, a dit avec bonheur :

> Il est aussi, Victor, une race bénie
> Qui cherche dans le monde un mot mystérieux,
> Un secret que du ciel arrache le génie,
> Mais qu'aux yeux d'une amante ont demandé mes yeux.

Mme Desbordes-Valmore aussi est toute poëte par l'a-
mour. Son talent est lié à sa passion comme l'écho à la
vague du rivage, comme la vague au lac désolé. Si ce
talent n'a pas cessé de gémir et de grandir, c'est que
l'âme elle-même, après tant de flots versés, s'est trouvée inépuisable :

Car je suis une faible femme;
Je n'ai su qu'aimer et souffrir;
Ma pauvre lyre, c'est mon âme...

Tout enfant, aux environs de Douai où elle est née, sur les rives de cette Scarpe, accoutumée, ce semble, à moins de rêverie, la jeune Hélène aimait déjà (1).

(1) A cette biographie un peu fabuleuse, tracée par conjecture, d'après les seules poésies, nous joignons la lettre suivante, où Mme Valmore a bien voulu répondre elle-même à des questions plus précises :

« Mon père m'a mise au monde à Douai son pays natal (20 juin « 1786). J'ai été son dernier et son seul enfant blond. J'ai été « reçue et baptisée en triomphe, à cause de la couleur de mes « cheveux, qu'on adorait dans ma mère. — Elle était belle comme « une vierge, on espérait que je lui ressemblerais tout à fait, mais « je ne lui ai ressemblé qu'un peu : et si l'on m'a aimée, c'était « pour autre chose qu'une grande beauté.

« Mon père était peintre en armoiries; il peignait des équi- « pages, des ornements d'église. — Sa maison tenait au cimetière « de l'humble paroisse Notre-Dame, à Douai. Je la croyais grande, « cette chère maison, l'ayant quittée à sept ans. Depuis je l'ai « revue, et c'est une des plus pauvres de la ville. C'est pourtant « ce que j'aime le plus au monde, au fond de ce beau temps pleuré. « — Je n'ai vu la paix et le bonheur que là. — Puis une grande « et profonde misère quand mon père n'eut plus à peindre d'équi- « pages ni d'armoiries.

« J'avais quatre ans à l'époque de ce grand trouble en France. « — Les grands-oncles de mon père, exilés autrefois en Hollande « à la révocation de l'Édit de Nantes, offrirent à ma famille leur « immense succession, si l'on voulait nous rendre à la religion « protestante. Ces deux oncles étaient centenaires; ils vivaient « dans le célibat à Amsterdam, où ils avaient transporté et fondé « une librairie. — J'ai des livres imprimés par eux.

« On fit une assemblée dans la maison. — Ma mère pleura beau- « coup. Mon père était indécis et nous embrassait. — Enfin on « refusa la succession dans la peur de vendre notre âme, et nous « restâmes dans une misère qui s'accrut de mois en mois, jusqu'à

Comme elle nous le dit en vraie fille de La Fontaine, *à quelque chère idole en tout temps asservie,* elle aimait

« causer un déchirement d'intérieur où j'ai puisé toutes les tris-
« tesses de mon caractère.

« Ma mère, imprudente et courageuse, se laissa envahir par
« l'espérance de rétablir sa maison en allant en Amérique trouver
« une parente qui était devenue riche. De ses quatre enfants qui
« tremblaient de ce voyage, elle n'emmena que moi. — Je l'avais
« bien voulu, mais je n'eus plus de gaieté après ce sacrifice. J'ado-
« rais mon père comme le bon Dieu même. Les rues, les villes,
« les ports de mer, où il n'était pas, me causaient de l'épouvante;
« et je me serrais contre les vêtements de ma mère comme dans
« mon seul asile.

« Arrivées en Amérique, elle trouva sa cousine veuve, chassée
« par les nègres de son habitation; — la colonie révoltée, la fièvre
« jaune dans toute son horreur. Elle ne porta pas ce coup. —
« Son réveil, ce fut de mourir à quarante et un ans! Moi j'expirais
« auprès d'elle, on m'emmena en deuil hors de cette île dépeuplée
« à demi par la mort, et, de vaisseau en vaisseau, je fus rapportée
« au milieu de mes parents devenus tout à fait pauvres.

« C'est alors que le théâtre offrit, pour eux et pour moi, une
« sorte de refuge; — on m'apprit à chanter, — je tâchai de devenir
« gaie, — mais j'étais mieux dans les rôles de mélancolie et de
« passion. — C'est tout à peu près de mon sort.

« Je vivais souvent seule par goût. — On m'appela au théâtre
« Feydeau. Tout m'y promettait un avenir brillant; à seize ans
« j'étais sociétaire, sans l'avoir demandé ni espéré. Mais ma faible
« part se réduisait alors à quatre-vingts francs par mois, et je lut-
« tais contre une indigence qui n'est pas à décrire.

« Je fus forcée de sacrifier l'avenir au présent, et, dans l'intérêt
« de mon père, je retournai en province.

« A vingt ans, des peines profondes m'obligèrent de renoncer
« au chant, parce que ma voix me faisait pleurer; mais la mu-
« sique roulait dans ma tête malade, et une mesure toujours égale
« arrangeait mes idées, à l'insu de ma réflexion.

« Je fus forcée de les écrire pour me délivrer de ce frappement
« fiévreux, et l'on me dit que c'était une élégie (*le Pressentiment*).

« M. Alibert, qui soignait ma santé devenue fort frêle, me con-

une fleur, elle adorait quelque arbrisseau; elle lui parlait à genoux, lui confiait ses peines, jouissait des

« scilla d'écrire, comme un moyen de guérison, n'en connaissant
« pas d'autre. — J'ai essayé sans avoir rien lu ni rien appris, ce
« qui me causait une fatigue pénible pour trouver des mots à mes
« pensées. — Voilà sans doute la cause de l'embarras et de l'obscu-
« rité qu'on me reproche, mais que je ne pourrais pas corriger
« moi-même. Je déferais sans pouvoir réparer, et je n'ai jamais eu
« la force de m'arrêter longtemps sur ces espèces de notes des im-
« pressions que je voulais oublier, — j'en ai tant d'autres à subir!
« Je suis, comme tout le monde, à la vie pour souffrir; — c'est
« plutôt apprendre à penser qu'à parler. Le bien parler me jette
« dans le ravissement quand j'écoute, mais je n'entretiens guère
« en moi qu'une délicieuse rêverie, et je n'en suis pas plus savante
« pour connaître mes fautes, etc., etc. »

La lettre est signée *Marceline*, et non pas *Hélène*. — Enfin j'a-
jouterai quelques détails précis concernant sa vie de théâtre, sur
laquelle elle a glissé. Mlle Desbordes (Marceline-Félicité-Josèphe)
débuta au théâtre de Lille, puis fut engagée au Théâtre-des-Arts
à Rouen pour remplir l'emploi des *ingénuités*. Elle y fut remar-
quée par des acteurs de l'Opéra-Comique de Paris, qui y étaient
de passage; ils en parlèrent à Grétry, qui se chargea de l'éducation
musicale de la jeune fille. Il lui portait un intérêt tout paternel,
et, touché de sa noble physionomie tout empreinte de mélancolie,
il l'appelait *un petit roi détrôné*. Elle débuta à l'Opéra-Comique
dans le rôle de *Lisbeth* de l'opéra du même nom et y eut du succès. Peu après elle eut le rôle de *Julie* dans l'opéra de *Julie ou
le Pot de fleurs*, dont la musique était de Spontini. Elle avait la
voix touchante, sympathique. Elleviou, Martin, en l'entendant des
coulisses, avaient des pleurs dans les yeux. Le *Journal des Débats*,
dans son feuilleton du 25 ventôse an XIII (16 mars 1805), disait
d'elle beaucoup de bien. Mais elle dut bientôt s'engager pour
Bruxelles, puis pour Rouen, où elle jouait les *jeunes premières*,
elle y était fort goûtée du public. Elle ne revint à Paris qu'en
1813, où elle débuta à l'Odéon, le 27 mars, dans le rôle de *Claudine* de la pièce de Pigault-Lebrun, la *Claudine de Florian;* elle
avait beaucoup de succès, notamment dans le rôle de *Clary* du
Déserteur, drame de Mercier; dans le rôle d'*Eulalie*, de *Misan-*

6.

mêmes printemps ou souffrait des mêmes vents d'hiver. Jugez quand ce fut *lui,* quand l'idéal un moment
fut trouvé ; alors les orageuses amours commencèrent,
la vie devint errante. Elle pleura son amie d'enfance,
Albertine, qui mourait ; elle eut Délie qui fut une autre
amie pour elle ; mère, elle aima, elle pleura sur un
berceau et fit de charmants récits et des prières. Mais
ce fut *lui* surtout, *lui* fidèle ou infidèle, digne ou in-
digne, qu'elle aima sans cesse, qu'elle suivit, qu'elle
évita : Rouen, Bordeaux, Lyon, vous pûtes montrer à
la trace sa fuite saignante ; elle ne voulut pas guérir.
Sous son masque de *Thalie,* pour parler ici comme elle
ce mythologique langage, elle ne sécha pas une seule
de ses larmes. Son existence heureuse n'avait duré
qu'un éclair, alors, dit-elle avec souffle,

> Alors que dans l'orgueil des amantes aimées
> Je confiais mon âme aux cordes animées.

Mais à partir du jour où le charme se brisa, ce ne fut
plus sur cette figure mélancolique et frappée, sous ces
longs cheveux cendrés, éplorés, qui pendent, ce ne fut
plus qu'une pâleur mortelle. Malgré les diversions inévitables, les sourires donnés à la foule et reçus, le
monde devint comme une plage solitaire de Leucate

---

thropie et Repentir : elle faisait verser d'abondantes larmes. Cette
veine sensible en elle n'excluait pas des accents de gaieté légère
et d'enjouement. En 1815, elle retourna à Bruxelles où elle se
maria, le 4 septembre 1817, à M. Lanchantin *Valmore* qui faisait
partie du même théâtre. En mars 1821, son mari et elle s'enga-
gèrent pour le théâtre de Lyon : ils y restèrent deux ans, et c'est
alors qu'elle quitta définitivement cette carrière.

à cette Sapho désespérée; et sa plainte éternellement
déchirante répète à travers tout :

> Malheur à moi! je ne sais plus lui plaire,
> Je ne suis plus le charme de ses yeux;
> Ma voix n'a plus l'accent qui vient des cieux,
> Pour attendrir sa jalouse colère;
> Il ne vient plus, saisi d'un vague effroi,
> Me demander des serments ou des larmes ·
> Il veille en paix, il s'endort sans alarmes,
> Malheur à moi!

Ou encore, un souvenir obstiné lui crie :

> Quand il pâlit un soir, et que sa voix tremblante
> S'éteignit tout à coup dans un mot commencé;
> Quand ses yeux, soulevant leur paupière brûlante,
> Me blessèrent d'un mal dont je le crus blessé;
> Quand ses traits plus touchants, éclairés d'une flamme
> Qui ne s'éteint jamais,
> S'imprimèrent vivants dans le fond de mon âme,
> Il n aimait pas, j'aimais!

Quiconque, à une heure triste, recueille, en passant
sur la grève, ces accents éperdus, ces notes errantes
et plaintives, se surprend bien des fois, longtemps
après, à les répéter involontairement, à l'infini, sans
suite ni sens, comme ces mots mystérieux que redisait
la folie d'Ophélia.

Les poésies de Mme Desbordes-Valmore, qui, nées
ainsi du cœur, n'ont aucun souci d'art ni d'imitation
convenue, réfléchissent pourtant, surtout à leur source,
la teinte particulière de l'époque où elles ont commencé, et rappellent un certain ensemble d'inspira-

tions environnantes. Dans ces *Idylles* en vers libres,
pleines de moutons à la Des Houlières, d'*agneaux vo-
lages* ou *gémissants* qu'enchaînent des rubans fleuris ;
dans ces premières élégies où voltige l'Amour en bandeau et où il est tant question de *tendres feux,* de *doux
messages* et de *fers imposteurs,* on est, en souriant, re-
porté à cette génération sentimentale nourrie de
Mme Cottin, de Mme Montolieu, que *Misanthropie et Repentir* attendrissait sans réserve, que *Vingt-quatre
Heures d'une Femme sensible* n'exagérait pas, et qui
lors du grand divorce de 1810, s'apitoya avec une exaltation romanesque sur la pauvre châtelaine de la Malmaison. Cette veine lactée s'est prolongée dans la
poésie jusque vers 1820, où nous l'avons vue finir ; nous
tous, en nous en souvenant bien, nous avons eu, ado-
lescents, notre période de Florian et de Gessner ; nous
réciterions avec charme encore *la Pauvre Fille* de Soumet. Pour tout ce qui est paysage, couleur, accompagnement, les premières pièces de Mme Valmore rappellent cette littérature ; Parny et Mme Dufrenoy s'y
joignirent sans doute, mais elle a plus d'abandon, d'a-
bondance et de mollesse que ces deux élégiaques un
peu brefs et concis. Ses paysages, à elle, ont de l'étendue ; un certain goût anglais s'y fait sentir ; c'est quelquefois comme dans Westall, quand il nous peint sous
l'orage l'idéale figure de son berger ; ce sont ainsi des
formes assez disproportionnées, des bergères, des
femmes à longue taille comme dans les tableaux de la
Malmaison, des tombeaux au fond, des statues mythologiques dans la verdure, des bois peuplés d'urnes et

de tourterelles roucoulantes, et d'essaims de grosses
abeilles et d'âmes de tout petits enfants sur les rameaux ; un ton vaporeux, pas de couleur précise, pas
de dessin ; un nuage sentimental, souvent confus et
insaisissable, mais par endroits sillonné de vives
flammes et avec l'éclair de la passion. Des personnifi-
cations allégoriques, l'Espérance, le Malheur, la Mort,
apparaissent au sein de ces bocages. Ainsi dans *le Berceau d'Hélène :*

Mais au fond du tableau, cherchant des yeux sa proie,
J'ai vu... je vois encor s'avancer le Malheur :
Il errait comme une ombre, il attristait ma joie
    Sous les traits d'un vieil oiseleur.

Nous n'insistons sur ces alentours que pour les caractériser, et sans idée de blâme. Qu'importe, après
tout, le costume, le convenu inévitable qu'on revêt à
son insu ! il en faut un toujours. Nous qui avons succédé à ce goût, qui en avons d'abord senti les défauts
et avons réagi contre, nous commençons à discerner
les nôtres ; à force de prétention au vrai et au réel, un
certain factice aussi nous a gagnés ; quel effet produi-
ront bientôt nos couleurs, nos rimes, nos images, nos
étoffes habituelles? Beaucoup de ce qui nous frappe
dans le cadre et le vêtement ne sera pardonné que pour
le génie qui rayonnera, pour l'âme qui palpitera derrière. Les épithètes métaphysiques de Mme Valmore
m'ont remis en idée ce que j'ai eu le tort de trancher
autrefois. Non, l'épithète propre et pittoresque ne rem-
place pas toujours la première avec avantage; non,

toutes les nuances du prisme, en les supposant expri-
mables par des paroles, ne suppléent pas, ne satisfont
pas aux nuances infinies du sentiment; non, le *ciel en
courroux* n'est pas nécessairement détrôné par le *ciel
noir et brumeux;* les *doigts délicats* ne le cèdent pas à
jamais aux *doigts blancs et longs.* Lamartine a dit admirablement :

Assis aux bords déserts des lacs mélancoliques...

Il n'y a pas de *lac bleu* qui équivaille à cela. Les métaphores elles-mêmes, les images prolongées qui ne sont
en jeu que pour traduire une pensée ou une émotion,
n'ont pas toujours besoin d'une rigueur, d'une analogie continue, qui, en les rendant plus irréprochables
aux yeux, les roidit, les matérialise trop, les dépayse
de l'esprit où elles sont nées et auquel, en définitive,
elles s'adressent ; l'esprit souvent se complaît mieux à
les entendre à demi-mot, à les combler dans leurs négligences ; il y met du sien, il les achève. Je ne prétends, au reste, conclure de ce qui précède qu'à une
simple correction, et pas du tout à une réaction : les
réactions ont toujours un côté polémique étranger et
contraire à l'art. Mais c'était le cas de rectifier ce point
à propos de Mme Valmore, comme c'eût été le cas à
propos de Lamartine (1).

Elle et lui, Lamartine et Mme Valmore, ont de grands
rapports d'instinct et de génie naturel ; ce n'est point

(1) J'y suis en effet revenu dans l'article sur *Jocelyn* (voir précédemment, tome J, p. 332).

par simple rencontre, par pure et vague bienveillance,
que l'illustre élégiaque a fait les premiers pas au-devant de la pauvre plaintive ; toute proportion gardée
de force et de sexe, ils sont l'un et l'autre de la même
famille de poëtes. Comme Lamartine, Mme Valmore
n'eut de maître que le cœur et l'amour ; comme lui,
elle ignore l'art, la composition, le plan ; mais elle est
femme, elle est faible, elle n'a rien de l'ampleur ni de
la volée du grand cygne ; elle s'écrie de sa branche
comme la fauvette veuve (*miserabile carmen!*), elle
pousse nuit et jour des chants aigus et saccadés comme
la cigale sur l'épi. A ses heures riantes, ce qui est
rare, quand elle oublie un moment sa peine et qu'elle
se met à décrire et à conter, il lui arrive le défaut
tout contraire à la diffusion éthérée de Lamartine, elle
tombe dans le petit, dans l'imperceptible, dans la
vignette scintillante :

> Un tout petit enfant s'en allait à l'école...
> O mouche, que ton être occupa mon enfance!
> Petite philosophe, on a médit de toi ;
> J'en veux à la fourmi qui t'a cherché querelle...
> Quoi? vous voulez courir, pauvres petits mouillés...
> Cher petit fanfaron..., etc., etc.
> Cher petit oreiller..., etc., etc.

Toutes ces gentilles petitesses, ce joli grasseyement enfantin, ces amours de l'éphémère et du liseron, qui
font le charme de quelques-uns, ne me sont guère ap-
préciables, je l'avoue ; et je me fatigue à tâcher de les
aimer. En ce genre, l'idylle intitulée *le Soir d'Été* est la
seule pièce dont l'adorable simplicité m'enchante.

Mais comme élégies passionnées, comme éclats de cœur et élancements d'amante, les premiers volumes de Mme Valmore ne nous laissent que l'embarras de choisir et de citer. Toutes les pièces *à Délie* respirent la grâce, l'esprit uni au sentiment ; la dernière, *le Retour chez Délie,* déroule l'âme d'Hélène dès l'enfance, et les orages du passé ; la première, encore souriante,

> Du goût des vers pourquoi me faire un crime ?

ressemble à quelque épître amicale et tendre de Voltaire. Dans *le Retour à Bordeaux,* les souvenirs de Montaigne et de *son amour pour l'amitié,* ceux de Mme Cottin et de ses héroïnes touchantes, sont ramenés avec une aimable effusion. Il n'est pas jusqu'à Montesquieu lui-même sur qui ne s'épanche cette tendresse crédule ; lui qui ne savait pas de chagrin dont une demi-heure de lecture ne le consolât, elle se figure qu'il a gémi. Mais surtout, mais à tout moment, soit dans le courant d'une pièce, soit au début, la pensée part subitement du sein de Mme Valmore comme un essaim effaré ; on ne peut rendre l'essor de ces échappées violentes ; ceux qui ont entendu Mme Dorval, en quelques-uns de ses cris sublimes, ont éprouvé une impression également irrésistible. Ainsi, dans la pièce *Peut-être un jour,* etc., le mot final : *Dieu ! s'il ne venait pas !* Ainsi, dans *l'Indiscret,* lorsqu'un de ces colporteurs désœuvrés et gauches, qui remuent sans s'en douter les secrets les plus chers, jase devant elle **au hasard des infidélités de son amant, elle écoute**

d'abord avec patience, elle se contient et se dévore;
puis tout d'un coup :

Ah! j'aurais dû crier : C'est moi... je l'aime... arrête!

Ainsi, dans *l'Attente,* cette ouverture glorieuse et triom-
phale comme un lever de soleil :

Il m'aima. C'est alors que sa voix adorée
M'éveilla tout entière et m'annonça l'amour, etc.,

Je recommande encore la pièce *A mes Enfants, le Pré-
sage,* et tant de romances rêveuses ou délirantes, qui
reviennent, aux heures de mélancolie, comme des
chansons *de saule.* Je suis, en lisant ces épars chefs-
d'œuvre, de l'avis de Mme Tastu, de *celle,* comme la
désigne Mme Valmore, *dont le cœur s'enferme et bat si
vite :* « Qu'importe, a-t-on dit du chanteur Garat, que
ce ne soit pas un musicien, si c'est la musique elle-
même? qu'importe aussi que Mme Valmore ne soit pas
un poëte selon l'art, si elle est la poésie et l'âme ? »
Lamartine a merveilleusement exprimé comment, de
tous ces fragments brisés d'une vie si douloureuse, il
résultait une plus touchante harmonie; ce tendre et
bienfaisant consolateur, que nul désormais ne conso-
lera (1), a dit en s'adressant à Mme Valmore :

Du poëte c'est le mystère :
Le luthier qui crée une voix
Jette son instrument à terre,
Foule aux pieds, brise comme un verre
L'œuvre chantante de ses doigts

(1) Allusion à la mort de sa fille Julia.

> Puis d'une main que l'art inspire,
> Rajustant ces fragments meurtris,
> Réveille le son et l'admire,
> Et trouve une voix à sa lyre
> Plus sonore dans ses débris!...
>
> Ainsi le cœur n'a de murmures
> Que brisé sous les pieds du sort!... etc.

Cette image du violon brisé, puis rajusté et trouvé
plus sonore, cette particularité technique, si difficile,
ce semble, à rencontrer et à exprimer, et qui prouve
que les poëtes savent toujours ce dont ils ont besoin,
s'applique en toute exactitude à Mme Desbordes-Valmore, sauf que le rajustement mystérieux est demeuré
inachevé en quelques points; imperfection, d'ailleurs,
qui nuit peu à l'ensemble et qui est une grâce (1).

(1) Dans une série d'articles insérés au *Publiciste* (pluviose
an xii), Mlle de Meulan (depuis Mme Guizot), examinant le discours prononcé par Garat à l'Institut lors de la réception de Parny,
a recherché ingénieusement les causes qui, en favorisant l'Élégie
à Rome, l'avaient fait négliger chez nous. Elle attribue beaucoup,
pour l'inspiration élégiaque des Latins, aux obstacles que rencontrait l'amant dans la situation sociale de la femme, obstacles qui
ne pouvaient être écartés que par elle; elle ajoutait en finissant :
« S'il se trouvait donc un individu dont le sort, en aimant, dé-
« pendît absolument de la volonté, des désirs, des penchants d'un
« autre, sans qu'il lui fût permis de rien faire pour se le rendre
« favorable; dont tous les sentiments éternellement réprimés se
« consumassent en souhaits inutiles, n'aurait-il pas un grand avan-
« tage pour la peinture des agitations du cœur? Telle est parmi
« nous la situation des femmes, et, malgré l'exception qu'a formée
« le nouveau récipiendaire de l'Académie, je crois que, générale-
« ment parlant, il est vrai de dire que, pour atteindre maintenant
« au degré d'intérêt dont elle est susceptible, l'Élégie doit parler

Les Pleurs, qui viennent de paraître, avec plus de
rhythme et de couleur que les précédents volumes,
offrent aussi, l'avouerai-je? plus d'obscurité par moments et de *manière.* Le paysage, quand il y a un
paysage, est beaucoup plus vif et distinct que celui que
nous avons vu dans les Idylles; tous les objets s'y
dessinent et quelquefois y reluisent trop. Le rhythme
serré a remplacé les vers libres, dont l'usage était
familier à Mme Valmore; enchâssées là dedans, parse-
mées de paillettes étrangères et d'un brillant minutieux,
les ellipses de la pensée échappent, se dérobent
davantage, et de là cette obscurité de sens au milieu
et à cause du plus de couleur. Il y a une ou plusieurs
épigraphes à chaque pièce : en lisant les poëtes dont
les écrits ont eu la vogue dans ces dernières années,
Mme Valmore s'en est affectée et teinte peut-être à son
insu; la blonde et grise fauvette a été prise au miroir,
et les fleurs du nid, comme elle le dit quelque part,
ont lustré son plumage ardé par le soleil. Le vocabulaire habituel de son chant ne lui a plus suffi, et elle a
trouvé plaisir et fraîcheur aux vieux mots rajeunis ou
aux nouveaux hasardés :

Une ceinture noire *endeuille* un jeune enfant.

« par la bouche des femmes, ou du moins en leur nom; elles
« seules, dit-on, savent donner de la grâce aux passions malheu-
« reuses : en vérité, on peut leur laisser cet avantage-là. » Nulle
femme ne se trouva plus que Mme Valmore dans la situation sup-
posée par Mme Guizot, et aucun poëte élégiaque n'a tiré en effet de
son cœur des accents plus plaintifs et plus déchirants.

Les petits enfants, qu'elle aime à peindre, ont été plus précoces et ont parlé un langage plus impossible que jamais. Ils se sont détachés, frêles et angéliques, parmi les étoiles, les rossignols, les fleurs humides de rosée, et comme sur un fond imité des feuillages chatoyants de Lawrence. Moi, j'aurais mieux aimé Mme Valmore fidèle à sa précédente manière, non pas précisément à celle des Idylles, mais à celle des dernières Élégies, avec l'absence du rhythme, comme un ruisseau qui court sans trop savoir, avec l'insouciance et le hasard des teintes, un sentiment borné à peu d'images, et sous le gris de lin de sa parure. Ce n'est pas à dire pourtant que *les Pleurs* ne renferment pas des trésors ; la passion jeune et presque virginale y reparaît dans une auréole nouvelle ; l'amour malheureux y a des transes, des agonies et d'éternels retours, dont Mme Valmore est seule capable entre nos poëtes. Le cri *Malheur à moi !* se trouve dans *les Pleurs. La Jalouse,* qui débute comme une folle gaieté, finit en délire amer. L'idée de l'ancienne élégie de *l'Indiscret* est reprise dans *Réveil,* et le premier mouvement a toute la secousse d'un effroi ressenti :

C'est qu'ils parlaient de toi, quand, loin du cercle assise,
Mon livre trop pesant tomba sur mes genoux ;
C'est qu'ils me regardaient, quand mon âme indécise
Osa braver ton nom qui passait entre nous.

Je ne fais qu'indiquer *Tristesse, Abnégation, l'Impossible, Lucrétia Davidson.* Dans les morceaux intitulés *Pardon* et *la Crainte,* l'idée religieuse se mêle tendre-

ment au poids de la faute, à l'amertume du calice :
Mᵐᵉ Valmore n'a jamais proféré en poésie de plus
hautes paroles. Répondant avec une belle effusion aux
vers de Lamartine, elle a dit, toute noyée, comme
Ruth, dans ses pleurs reconnaissants :

> Je suis l'indigente glaneuse
> Qui d'un peu d'épis oubliés
> A paré sa gerbe épineuse,
> Quand ta charité lumineuse
> Verse du blé pur à mes pieds.

Il n'y a qu'un mot à dire du roman qui a pour titre
Une Raillerie de l'Amour, et que Mᵐᵉ Valmore vient de
publier ; c'est une heure et demie de lecture légère et
gracieuse, qui reporte avec charme au plus beau
temps de l'Empire, à cette société éblouie et pleine de
fêtes, après Wagram. Les amours étourdis, élégants,
et là-dessous profonds peut-être, les jeunes et belles
veuves, les pensionnaires à peine écloses d'Écouen et
de Saint-Denis, les valeureux colonels de vingt-neuf
ans, tout cela y est agréablement touché ; l'exaltation
romanesque pour Joséphine, à propos du grand divorce,
ajoute un trait et fixe une date à ces bouderies jaseuses.
Tout ce petit volume de Mᵐᵉ Valmore est une nuance,
et une nuance bien saisie. « A vingt ans, dit-elle en
un endroit, la souffrance est une grâce, quand elle n'a
pas trop appuyé, et que ses ailes n'ont fait qu'effleurer
une belle femme. » Mᵐᵉ Valmore a fait partout comme
elle dit là si bien ; elle n'a nulle part trop appuyé.

Mais Mᵐᵉ Valmore poëte, celle qui perce et qui déchire, c'est à elle qu'on reviendra ; qui l'a lue une fois, la relira souvent. Il ne nous appartient pas de lui assigner une place parmi les talents de cet âge ; on aime mieux d'ailleurs la goûter en elle-même que la comparer. Son rôle dans la création lui a été donné, cruel et simple : toujours souffrir, chanter toujours ! Elle n'y a pas manqué jusqu'ici ; et si, contre l'usage, ses paroles harmonieuses n'ont pas été guérissantes pour elle, elles n'ont pas du moins été inutiles à d'autres ; elles ont aidé dans l'ombre bien des cœurs de femmes à pleurer. L'avenir, nous le croyons, ne l'oubliera pas ; tout d'elle ne sera pas sauvé sans doute ; mais, dans le recueil définitif des *Poetæ minores* de ce temps-ci, un charmant volume devra contenir sous son nom quelques idylles, quelques romances, beaucoup d'élégies ; toute une gloire modeste et tendre. Ce devra être, même plus tard, dans ce monde éternellement renaissant de la passion, une lecture à jamais vive et pleine de larmes. A part quelques grands poëtes qui soutiendront de l'ensemble de leur œuvre l'assaut du temps, qui de nous oserait en désirer pour lui, en espérer davantage ? En lisant Mᵐᵉ Valmore, on se fait à cette idée que la vie, l'amour, la poésie et la gloire ne s'échappent qu'en débris.

Août 1833.

Mme DESBORDES-VALMORE.

1839.

(Pauvres Fleurs, poésies.)

Il y a quelques années, à propos du volume intitulé *les Pleurs,* on a essayé de caractériser le genre de sensibilité et de talent particulier à Mme Valmore. Elle n'est pas de ces âmes pour qui la poésie n'a qu'un âge, et qui, en avançant dans cette lande de plus en plus dépouillée qu'on appelle la vie, s'enferment, se dérobent désormais, se taisent. Elle est née une lyre harmonieuse, mais une lyre brisée : qu'est-ce donc qui la pourrait briser davantage ? Pour elle chaque souffrance est un chant : c'est dire que, depuis ces cinq années, dans les vicissitudes de sa vie errante, elle n'a pas cessé de chanter. Chaque plainte qui lui venait, chaque sourire passager, chaque tendresse de mère, chaque essai de mélodie heureuse et bientôt interrompue, chaque amer regard vers un passé que les flammes mal éteintes éclairent encore, tout cela jeté successivement, à la hâte, dans un pêle-mêle troublé, tout cela cueilli, amassé, noué à peine, compose ce qu'elle

nomme *Pauvres Fleurs* : c'est là la corbeille de gla-
neuse, bien riche, bien froissée, bien remuée, plus que
pleine de couleurs et de parfums, que l'humble poëte,
comme par lassitude, vient encore moins d'offrir que
de laisser tomber à nos pieds. Relevons-en vite tant de
fleurs charmantes ou gravement sombres.

Il y a des souvenirs d'enfance, *la Maison de ma Mère* :

> Et je ne savais rien à dix ans qu'être heureuse;
> Rien que jeter au ciel ma voix d'oiseau, mes fleurs;
> Rien, durant ma croissance aiguë et douloureuse,
> Que plonger dans ses bras mon sommeil ou mes pleurs;
> Je n'avais rien appris, rien lu que ma prière,
> Quand mon sein se gonfla de chants mystérieux;
> J'écoutais *Notre-Dame* et j'épelais les cieux,
> Et la vague harmonie inondait ma paupière :
> Les mots seuls y manquaient; mais je croyais qu'un jour
> On m'entendrait aimer pour me répondre : Amour!
>
> Et ma mère disait : « C'est une maladie;
> Un mélange de jeux, de pleurs, de mélodie;
> C'est le cœur de mon cœur! Oui, ma fille, plus tard
> Vous trouverez l'amour et la vie... autre part. »

Dans une autre pièce qui a pour titre : *Avant toi !* le
tendre poëte nous remet sur la mort de sa mère, sur
ce legs de sensibilité douloureuse qui lui vient d'elle,
et qui, d'abord obscur, puis trop tôt révélé, n'a cessé
de posséder son cœur :

> Comme le rossignol, qui meurt de mélodie,
> Souffle sur son enfant sa tendre maladie,
> Morte d'aimer, ma mère, à son regard d'adieu .
> Me raconta son âme et me souffla son Dieu :

Triste de me quitter, cette mère charmante,
Me léguant à regret la flamme qui tourmente,
Jeune, à son jeune enfant tendit longtemps sa main,
Comme pour le sauver par le même chemin.
Et je restai longtemps, longtemps sans la comprendre,
Et longtemps à pleurer son secret sans l'apprendre,
A pleurer de sa mort le mystère inconnu,
Le portant tout scellé dans mon cœur ingénu...

Et ce cœur, d'avance voué en proie à l'amour, *où pas un chant mortel n'éveillait une joie,* voilà comme elle nous le peint en son heure d'innocente et muette angoisse :

On eût dit, à sentir ses faibles battements,
Une montre cachée où s'arrêtait le temps ;
On eût dit qu'à plaisir il se retînt de vivre ;
Comme un enfant dormeur qui n'ouvre pas son livre,
Je ne voulais rien lire à mon sort ; j'attendais,
Et tous les jours levés sur moi, je les perdais.
Par ma ceinture noire à la terre arrêtée,
Ma mère était partie et tout m'avait quittée :
Le monde était trop grand, trop défait, trop désert ;
Une voix seule éteinte en changeait le concert !

En lisant de tels vers, on pardonne les défauts qui les achètent. En effet, le tourment de l'âme a passé souvent dans l'accent de la muse. La couleur miroite. Un rayon de soleil, tombant dans une larme, empêche parfois de voir et fait tout scintiller. Plus d'un sens reste inarticulé dans l'habitude du sanglot (1).

_____

(1) Quelques obscurités pourtant sont dues uniquement à des inadvertances typographiques, qui deviennent si communes dans

Tout un roman de cœur traverse ce volume, une passion çà et là voilée, mais bientôt plus forte et ne se contenant pas. Dans sa pièce à Mme Tastu, noble sœur qu'elle envie, notre élégiaque éplorée a pu dire :

> Vous dont la lampe est haute et calme sous l'autan,
>
> . . . .
> Que ne tourmentent pas deux ailes affaiblies
> Pour égarer l'essor de vos mélancolies;
>
> . . . .
> Si votre livre au temps porte une confidence,
> Vous n'en redoutez pas l'amère pénitence;
> Votre vers pur n'a pas comme un tocsin tremblant;
> Votre muse est sans tache, et votre voile est blanc;
> Et vous avez au faible une douceur charmante!

Tout à coup, dans un de ces élans qui ne sont qu'à elle entre les femmes-poëtes de nos jours, elle s'écrie :

> J'ai dit ce que jamais femme ne dit qu'à Dieu.

Sapho devait avoir de ces cris-là ; ou plutôt on sent que cette enfant de Douai, cette fille de la Flandre, y a puisé en naissant des étincelles de la flamme espagnole, en même temps qu'elle ne cesse de croire à la madone comme la Religieuse portugaise.

les publications le plus en vogue, et dont les éditeurs font trop bon marché, au détriment des lecteurs et de l'auteur. Ainsi, page 281, dans la pièce intitulée *les Deux Chiens*, au lieu de : *laissez-leur ce bazar*, il faudrait : *laissez-leur ce hasard;* et page 321, dans *l'Ame en peine*, au lieu de : *je ne peux m'étendre*, il faudrait : *je ne peux m'éteindre.* — Nous avons bien assez de nos métaphores, nous autres poëtes modernes, sans que nos neveux nous comptent **encore celles-là.**

Je voudrais qu'un jour on tirât de ce volume, qu'on dégageât cette suite d'*élégies-romances* dont la forme est si assortie à la manière de Mᵐᵉ Valmore, et dans lesquelles son sentiment soutenu se produit quelquefois jusqu'au bout avec un parfait bonheur, sans les tourments plus ordinaires à l'alexandrin : *Croyance, la Femme aimée, Aveu d'une Femme, Ne fuis pas encore, la Double Image, Fleur d'Enfance.* Je citerai, comme échantillon, celle-ci :

RÊVE D'UNE FEMME.

Veux-tu recommencer la vie,
Femme, dont le front va pâlir;
Veux-tu l'enfance, encor suivie
D'anges enfants pour l'embellir?
Veux-tu les baisers de ta mère,
Échauffant tes jours au berceau
— « Quoi! mon doux Éden éphémère?
Oh! oui, mon Dieu! c'était si beau! »

Sous la paternelle puissance,
Veux-tu reprendre un calme essor,
Et dans des parfums d'innocence
Laisser épanouir ton sort?
Veux-tu remonter le bel âge,
L'aile au vent comme un jeune oiseau?
— « Pourvu qu'il dure davantage.
Oh! oui, mon Dieu! c'était si beau! »

Veux-tu rapprendre l'ignorance,
Dans un livre à peine entr'ouvert?
Veux-tu ta plus vierge espérance,
Oublieuse aussi de l'hiver?

fes frais chemins et tes colombes,
Les veux-tu jeunes comme toi ?
— « Si mes chemins n'ont plus de tombes,
Oh ! oui, mon Dieu ! rendez-les-moi ! »

Reprends donc de ta destinée
L'encens, la musique, les fleurs ;
Et reviens, d'année en année,
Au jour où tout éclate en pleurs !
Va retrouver l'amour, le même !
Lampe orageuse, allume-toi !
— « Retourner au monde où l'on aime...
O mon Sauveur, éteignez-moi ! »

Voilà bien la forme charmante, mélange de la chanson et de l'élégie, pétrie de Béranger et de Boïeldieu, la poétique romance, le cri à la fois harmonieux et impétueux :

Lampe orageuse, allume-toi !

Voilà le cadre à la fois composé et vrai, où depuis qu'elle a laissé sa première manière d'élégie libre, pour se soucier de plus d'art, Mme Valmore nous semble réussir le mieux.

On pourrait multiplier avec bonheur les citations dans cette nuance ; mais il est des tons plus graves à indiquer. Témoin des troubles civils de Lyon en 1834, Mme Valmore a pris part à tous ces malheurs avec le dévouement d'un poëte et d'une femme :

Je me laisse entraîner où l'on entend des chaînes ;
Je juge avec mes pleurs, j'absous avec mes peines ;
J'élève mon cœur veuf au Dieu des malheureux ;
C'est mon seul droit au ciel, et j'y frappe pour eux !

Elle frappa à d'autres portes encore; et son humble
voix, enhardie dès qu'il le fallut, rencontra des cœurs
dignes de l'entendre quand elle parla d'amnistie. Qu'on
lise la pièce qui porte ce titre, et celle encore qu'elle a
adressée, après la guerre civile, à *Adolphe Nourrit à
Lyon,* à ce généreux talent dont la voix, née du cœur
aussi, répond si bien à la sienne : cela s'élève tout à
fait au-dessus des inspirations personnelles de l'élégie.

   Mme Valmore (ce recueil l'attesterait, quand l'amitié
d'ailleurs ne le saurait pas) a elle-même connu une
sorte d'exil, trop peu volontaire, hélas ! sous le ciel
d'Italie. Sa petite pièce, intitulée *Milan,* nous la montre
plus sensible encore aux maux de la grande famille
humaine qu'aux beautés de l'éblouissante nature. Mais
rien ne nous a plus touché, comme grandeur, élévation
et bénédiction au sein de l'amertume, que l'hymne que
voici :

AU SOLEIL.

ITALIE.

Ami de la pâle indigence,
Sourire éternel au malheur;
D'une intarissable indulgence
Aimante et visible chaleur :
Ta flamme, d'orage trempée,
Ne s'éteint jamais sans espoir;
Toi, tu ne m'as jamais trompée
Lorsque tu m'as dit : Au revoir !

Tu nourris le jeune platane
Sous ma fenêtre sans rideau,

Et de sa tête diaphane
A mes pleurs tu fais un bandeau :
Par toute la grande Italie,
Où je passe le front baissé,
De toi seul, lorsque tout m'oublie,
Notre abandon est embrassé !

Donne-nous le baiser sublime
Dardé du ciel dans tes rayons,
Phare entre l'abîme et l'abîme,
Qui fait qu'aveugles nous voyons !
A travers les monts et les nues
Où l'exil se traîne à genoux,
Dans nos épreuves inconnues,
Ame de feu, plane sur nous !

Oh ! lève-toi pur sur la France
Où m'attendent de chers absents ;
A mon fils, ma jeune espérance,
Rappelle mes yeux caressants !
De son âge éclaire les charmes ;
Et s'il me pleure devant toi,
Astre aimé, recueille ses larmes
Pour les faire tomber sur moi !

Je voudrais insister sur cette belle pièce, et auprès
de l'auteur lui-même, parce qu'à la profondeur du sentiment elle unit la largeur et la pureté de l'expression.
Ici aucun tourment. Il n'y a d'image un peu hasardée
que celle de ce jeune platane qui, de sa *tête diaphane,*
fait un *bandeau* à des *pleurs ;* et encore on passe cela
et on le comprend à la faveur de la *fenêtre sans
rideau* qui vous a saisi. Les autres métaphores, si hardies qu'elles soient, y sont vraies, sensibles à la pensée

subsistantes à la réflexion. Oh! que le poëte, dût-il beaucoup souffrir, fasse souvent ainsi! quand l'Italie et son soleil n'auraient valu à la chère famille errante que cette fleur sombre au parfum profond, tant de douleur ne serait pas perdue!

1er janvier 1839.

MME DESBORDES-VALMORE [1].

1842.

C'est un de nos vœux qui s'accomplit aujourd'hui :
nous avions désiré toujours qu'un volume contînt et
rassemblât la fleur, le parfum de cette poésie si passionnée, si tendre, et véritablement unique en notre
temps. Mme Valmore s'est fait une place à part entre
tous nos poëtes lyriques, et sans y songer. Si quelqu'un
a été soi dès le début, c'est bien elle : elle a chanté
comme l'oiseau chante, comme la tourterelle gémit,
sans autre science que l'émotion du cœur, sans autre
moyen que la note naturelle. De là, dans les premiers
chants surtout, qui lui sont échappés avant aucune
lecture, quelque chose de particulier et d'imprévu,
d'une simplicité un peu étrange, élégamment naïve,
d'une passion ardente et ingénue, et quelques-uns de
ces accents inimitables qui vivent et qui s'attachent
pour toujours, dans les mémoires aimantes, à l'expression de certains sentiments, de certaines douleurs.

(1) Ce morceau a été écrit pour servir d'introduction aux *Poésies
choisies* de Mme Valmore, publiées dans la Bibliothèque-Char-
pentier.

Marceline Desbordes est née à Douai le 20 juin 1786, trois ans avant cette révolution qui, par contre-coup, allait ruiner son humble famille. Son père, peintre et doreur en blason et en ornements d'église, fut doublement atteint, comme on le peut croire, par la double suppression qui décolorait l'autel et le trône. La jeune Marceline reçut de ces circonstances premières de naissance et d'enfance toutes sortes d'empreintes et de signes qui décidèrent de sa sensibilité et donnèrent la nuance profonde à son talent. Au-dessus de la porte étroite de la chère maison que ses poésies nous ont tant de fois rouverte, se voyait une petite madone dans une niche. La jeune enfant est née et a vécu sous cette perpétuelle invocation.

La maison touchait au cimetière de la paroisse de Notre-Dame, et prenait de ce voisinage un caractère religieux, austère ; un grand calvaire à côté dominait les humbles croix et les gazons. L'enfant passa ses jeunes années à jouer sous le calvaire et sur les tombes.

Ce furent ses *Feuillantines* à elle ; elle y puisa toutes les crédules et pieuses terreurs, toutes les poétiques superstitions (1). Il est à remarquer qu'elle et Victor Hugo entrèrent sous l'aile de la muse avec je ne sais quelle secrète influence espagnole, l'un né à Besançon, l'autre à Douai, deux cités françaises très-marquées de ce caractère étranger ; mais elle, son talent ne portait

(1) Il faut lire, dans le roman de *l'Atelier d'un Peintre*, le chapitre intitulé *le Nid d'Hirondelles*.

au cœur comme au front que le caractère espagnol attendri.

C'était une Portugaise plutôt, aux yeux bleus, aux cheveux d'or ou de lin (1). Ses sœurs et frères étaient bruns et de traits fortement accentués. Elle naquit la dernière, et toute blonde : la famille en eut une grande joie, car on retrouvait en elle la couleur de sa mère. Le romancier grec a dit que Persina, reine d'Éthiopie, avait mis au monde Chariclée, enfant tout blanc, à cause d'un tableau de Persée et d'Andromède nue qu'elle avait beaucoup considéré. Le Tasse a dit quelque chose de pareil de Clorinde. Dans *Paul et Virginie,* Marguerite, à force de regarder durant sa grossesse le portrait de l'ermite Paul qu'elle porte à son cou, com-

(1) Je lis à ce propos dans une lettre du peintre Coignet à Mme Valmore (Saint-Chamond, 12 août 1843) :

« Nous lisions, il y a quelque temps, un article de Sainte-Beuve, destiné à servir de préface à vos Poésies. Il fait de vous un portrait extérieur auquel Jenny (*Mme Coignet*) n'a pas voulu vous reconnaître. *Des yeux bleus, des cheveux blonds...* ma femme assure que c'est tout le portrait d'Ondine (*fille aînée de Mme Valmore*), et que vous, vous avez de beaux cheveux châtains, avec de grands yeux noirs... Le croirez-vous? je n'ai pas osé, moi, trancher la difficulté. J'en avais presque honte; mais je me suis souvenu à propos de ce que vous m'avez dit un jour, qu'il vous serait difficile de faire le portrait physique de ceux que vous aimez.

« Jenny vous prie de vouloir bien lui donner gain de cause dans votre prochaine lettre, à moins, dit-elle, que vous n'ayez la faculté de changer à votre gré de visage, car elle persiste très-sérieusement à vous croire un peu fée... » — La vérité est que Mme Valmore elle-même, dans sa lettre à moi adressée (précédemment, page 99), s'est dite *blonde.* Les cheveux avaient dû se foncer avec le temps. Pour moi, je ne l'ai jamais vue que déjà cendrée. Quant à la couleur des yeux, il paraît bien qu'ils étaient plutôt bruns que bleus.

munique un peu de sa ressemblance à l'enfant qu'elle
baptise pour cela du nom de Paul. Ici rien de si merveilleux tout à fait, puisque la mère elle-même était
blonde ; pourtant, puisqu'elle n'eut que cet enfant de
sa couleur, c'est, on le crut, qu'elle songea davantage
à la Vierge, à la blonde patronne du logis, en la portant.

Mais voici une étrange et pourtant véridique histoire.
Lors de la révocation de l'Édit de Nantes, une partie
de la famille Desbordes, qui tenait à la religion réformée, avait quitté la France pour la Hollande. Antoine
et Jacques Desbordes devinrent libraires à Amsterdam,
libraires très-riches, très-considérés ; ce sont eux qui
ont donné ces éditions bien connues de Voltaire (1733-
1738). Ces deux mêmes Desbordes, Jacques et Antoine,
enfants lors de la révocation de l'Édit de Nantes,
vivaient encore ; ils ont vécu, l'un cent vingt-quatre
et l'autre cent vingt-cinq ans. Se sentant pourtant près
de mourir, centenaires, millionnaires et célibataires,
voilà qu'un vif regret de la patrie les reprend tout d'un
coup après plus d'un siècle, et ils ont l'idée de rappeler quelque arrière-petit-neveu ou arrière-petite-nièce
pour rentrer dans la religion réformée et dans l'héritage.

Ils écrivent à Douai. La grande lettre en gros caractères à la Louis XIV, et signée du grand-oncle Antoine,
est déployée : il y est mis pour condition expresse que
les enfants seront rendus à la religion des aïeux pour
reprendre droit dans la succession immense. Ceci se
passait vers 91 ; l'humble famille de Douai avait vu tarir,
depuis deux ou trois ans déjà, ses modiques ressources.

et l'avenir se présentait de plus en plus sombre. Une assemblée solennelle de tous les membres eut lieu dans la petite maison, sous la madone.

On lit tout haut la lettre : la mère s'évanouit, le père regarde ses enfants et sort dans une horrible anxiété. Il rentre après quelques pas dans le cimetière, et l'on décide qu'on répondra *non*.

La jeune Marceline avait pour lors quatre ans et demi environ, et les impressions de cette grande scène domestique lui sont demeurées présentes. C'était, je l'ai dit, le moment de la ruine complète. On aima mieux rester pauvre, à la garde de Dieu et de Notre-Dame (1).

Notre-Dame ne passe point pour ingrate. On sait, du moyen âge, plus d'un récit pieux dans lequel la Vierge, saluée et honorée, s'attache désormais, comme protectrice, au destin de l'âme qui, à elle du moins, s'est montrée fidèle. L'âme dévote à Notre-Dame peut avoir ses erreurs dans le long pèlerinage; elle peut faiblir et faillir : la Vierge est là, qui, à une heure donnée, la rappelle et la sauve. Cette touchante religion du moyen âge, et qui est restée entière dans les mœurs méridionales, cette religion que la momerie de Louis XI n'a pu flétrir et qui sied dans son indulgence au sexe aimant, se retrouve tout à fait celle encore de l'âme

---

(1) Il ne serait pourtant pas impossible que toute cette histoire touchante, ressaisie après coup par une imagination de poëte dans une mémoire d'enfant de quatre à cinq ans, eût subi dans l'intervalle quelque chose de la transformation propre aux légendes. L'essentiel est que Mme Valmore y ait cru et se le soit persuadé : je ne suis que le secrétaire.

poétique que nous tâchons d'exprimer. Ses poésies, à chaque page, attestent ce doux culte refleurissant, et dans des stances d'hier, adressées à une amie gracieuse qu'elle appelle la comtesse *Marie* (1), nous en ressaisissons un nouvel écho :

> L'Ange nu du berceau, qui l'appela *Marie,*
> Dit : « Tu vivras d'amère et divine douleur;
> « Puis, tu nous reviendras toute pure et guérie,
> « Si la grâce à genoux désarme le malheur.
>
> « Tu n'entendras longtemps que mes ailes craintives
> « S'ébruiter sur ton sort. . . . .
> « . . . .
> « . . . .
>
> « Je ne m'éloigne pas; je me tiens à distance,
> « Épiant, ô ma sœur, tes pieds blancs et mortels :
> « Quand tu m'appelleras de ta plus vive instance,
> « Je t'aiderai, Marie, au retour des autels! »

Le bon ange est ici faisant fonction pour la Vierge elle-même.

Un cousin pourtant était passé à la Guadeloupe et y avait fait fortune. La mère, voyant la gêne des siens qui se prolongeait sans espoir, conçut un grand dessein et s'embarqua pour l'Amérique avec sa dernière fille, avec Marceline, âgée d'environ treize ans. En mettant le pied sur ce rivage de son espérance, elle trouva la colonie en révolte, le cousin massacré, sa veuve en fuite dans les hautes terres, et l'incendie partout dans les plantations. La fièvre jaune la prit, et sa fille, en

---

(1) La comtesse d'Agoult.

un instant orpheline, n'eut plus qu'à retraverser l'O-
céan. Ce fut une scène déchirante, lorsqu'il fallut
l'emporter seule, sans sa mère, l'embarquer de force,
le soir, dans une pirogue qui allait rejoindre le vaisseau.
Il y eut là comme une épreuve, en un sens, de la scène
finale de Virginie.

Elle accomplit ce lent et cruel retour, que les duretés
du capitaine aggravèrent, toute noyée de larmes, de
mélancolie, et abîmée de silence : elle avait atteint
quatorze ans. Désormais que lui faut-il ? que lui
manque-t-il ? Sa poésie, ce semble, n'a plus qu'à
éclore ; elle est toute formée en elle par le malheur ;
elle a reçu tour à tour le soleil et les larmes. L'horizon
de l'humble cimetière de Douai s'est assez agrandi ;
quand la jeune fille ressaisit enfin le sol natal après
tant de souffrances, on pouvait dire d'elle avec le
poëte, qu'elle portait

> Un cœur jà mûr en un sein verdelet.

Une considération me frappe : c'est combien, vers
la fin du xviiie siècle, il se fit chez nos littérateurs et
nos poëtes comme un complément d'éducation par
les contrées lointaines, par les voyages. Il semblait que
l'inspiration et la couleur françaises ne dussent se
rajeunir qu'à ce prix. André Chénier est né à Byzance ;
Chateaubriand visite les savanes : s'il peut se saluer le
père de l'école moderne, le rôdeur Jean-Jacques en est
à certains égards le grand-père, et Bernardin de Saint-
Pierre l'oncle, et un oncle revenu de l'Inde exprès pour

cela. Bertin et Parny se souviennent trop peu, dans leurs vers, de l'île et de la nature où ils sont nés ; ils en ont pourtant gardé quelque flamme. Le poëte Léonard est né à cette Guadeloupe où la jeune Marceline va tenter la destinée. Je l'ai appelée une Espagnole blonde, une Portugaise : les Antilles même, pour compléter, n'y manquent pas. En grand comme en petit, il y eut là un souffle des tropiques, un arome des savanes.

Revenue au nid, et encore toute brisée de l'orage, elle trouva la famille plus pauvre Son excellent père cependant était devenu inspecteur des prisons à Douai, et elle aimait à lui être une auxiliaire bienfaisante, dans l'exercice de ses fonctions. De là, dit-elle, son goût à elle, de tout temps, pour les prisons et les pauvres prisonniers.

Il fallait vivre et pourvoir à l'avenir, elle chanta. Nous n'avons plus qu'à suivre ses vers (1). Ce furent d'abord quelques romances, quelques idylles, assez dans le goût de Léonard et de Berquin, mais plus neuves et plus senties. Au reste, lorsqu'elle s'échappa à faire des vers, elle n'avait rien lu, rien. Elle avait lu d'aventure *Tom Jones* en français, et peut-être *Gusman d'Alfarache* ; elle avait commencé *Paul et Virginie,* sans oser le finir. Son harmonie, sa mélodie poétique, ne vinrent d'abord que d'elle, et furent tout instinct.

Comme elle apprenait à lire, étant enfant, par les

(1) On a vu dans les articles qui précèdent quelques autres détails biographiques suffisants.

soins de sa sœur aînée, dans Florian, dans *Estelle et Némorin,* on lui faisait épeler surtout le paragraphe où il est dit (c'est le vieux Raimond qui s'adresse à Némorin) : « *Cependant vous aimez ma fille;* » et là-dessus elle se sauvait dans le cimetière pour n'en pas lire davantage, et en répétant ce mot-là durant de longues heures.

Elle était en Belgique, à Bruxelles, quand deux ou trois romances d'elle coururent (1). Elle venait de se marier ; son beau-père, homme de goût, fut surpris de ces essais, et lui demanda si elle en avait encore : elle avait fait, répondit-elle, *quelques autres petites choses, sans savoir.* On s'en chargea pour elle, et on les envoya à Paris, où le libraire Louis les imprima en 1818. Comme il n'y avait pas assez de pièces pour former un volume, on y ajouta la petite nouvelle en prose de *Marie,* qui se retrouva depuis imprimée dans *les Veillées des Antilles* (1821). Mme Valmore poëte parut donc au jour vers le même temps que Casimir Delavigne, que Lamartine, qu'André Chénier ressuscité, et un peu, je crois, avant eux tous : elle fut comme la première hirondelle, toujours empressée, quoique craintive.

Dans une très-belle édition de 1820, plus complète que celle de 1818, et où il n'y a que des vers (2), j'aime à considérer la première et pure forme de son talent,

---

(1) Je trouve déjà de ses premiers vers insérés dans le *Chan-sonnier des Grâces,* années 1815 et 1816, lorsqu'elle n'était encore que Mlle Desbordes.

(2) In-8°, chez François Louis également.

sans complication aucune. Il semble qu'il y ait plus de
facilité pour le coup d'œil, plus de sûreté pour le
jugement, dans ces premières éditions originales, dans
ces sortes de gravures avant la lettre. Il m'est bien
clair, quand je tiens ce volume-là, de cette date, qu'elle
n'avait pu lire encore Lamartine, dont les *Méditations*
ne paraissaient qu'au moment même. Eh bien ! voilà
un génie charmant, léger, plaintif, rêveur, désolé, le
génie de l'élégie et de la romance, qui se fait entendre
sur ces tons pour la première fois : il ne doit rien qu'à
son propre cœur. Que pourriez-vous lui comparer dans
nos poëtes, et surtout dans nos poëtes-femmes d'auparavant ? Plus tard ces lignes simples se chargeront un
peu ; sans imiter les autres, on se répétera soi-même ;
on retombera dans les situations déjà exprimées, dans
les sentiments d'abord produits : c'est inévitable. Si
Malherbe a pu dire de la vie des mortels :

> Tout le plaisir des jours est en leurs matinées ;
> La nuit est déjà proche à qui passe midi,

cela semble surtout vrai de la vie poétique et tendre,
de l'inspiration élégiaque et romanesque. Mme Valmore,
en avançant, aura, par accès peut-être, des cris plus
déchirants, des éclairs plus perçants et plus aigus,
comme aux approches de l'ombre ; mais ici ce sont de
doux éclairs du matin, de jolis rayons d'avril, les lilas
aimés, le réséda dans sa senteur, et déjà s'exhalent
pourtant, à travers des gémissements tout mélodieux,
ces beaux élans de passion désolée oui la mettent tant

au-dessus et à part des autres femmes, de celles même
qui ont osé chanter le mystère. C'est l'*André Chénier
femme*, a-t-on dit. Avec moins d'art incomparablement,
elle a la source de sensibilité plus intime, plus profonde.

Comme Mme Riccoboni, notre tendre auteur d'élégies semble avoir été de bonne heure poursuivi par
l'idée fatale de l'infidélité dont un cœur aimant est
victime. Si l'une exprime cette idée fixe par *Fanny
Butler*, par *le Marquis de Cressy*, par tous ses romans,
l'autre la déplore par toutes ses poésies. Elle s'écrierait
comme Sapho dans l'ode célèbre : « Immortelle Aphro-
dite au trône d'or, fille avisée du roi des dieux, je
t'invoque, épargne-moi, ne me dompte point par trop
d'amères douleurs, ô déesse vénérée! Autrefois dès
que tu entendais ma plainte d'amante (et tu l'entendais
fréquemment), tu venais à moi, quittant aussitôt le
beau palais de ton père. Tu attelais à ton char, pour
coursiers, tes moineaux rapides, et ils descendaient
en agitant coup sur coup leurs ailes noires à travers
l'air immense. Et déjà tu étais auprès de moi. Alors,
ô déesse bienheureuse! tu me souriais de ton sourire
immortel, et tu me demandais ce que j'avais, ce que je
souffrais, et l'objet de ma douce fureur : tu me disais : Qui
donc t'a fait du mal, ô ma Sapho? Va, ne crains rien :
s'il t'a fuie jusqu'ici, bientôt il te poursuivra ; s'il a
refusé tes dons, il va lui-même t'en offrir; l'ingrat,
s'il ne t'aime pas, il va t'aimer à son tour, fusses-tu
pour lui cruelle ! — Voilà ce que tu me disais, ô
déesse ! Oh ! maintenant reviens et descends encore. »

Volontiers aussi notre tendre élégiaque, les mains
levées au ciel, se fût écriée en sa naïve démence, avec
une autre âme aimante, une autre muse voilée, sœur
de la sienne (1), et dont l'écho seul m'a, par hasard,
apporté la voix :

> Secrets du cœur, vaste et profond abime,
> Qui n'a pitié ne connait rien de vous!
> Juste est la peine au front de la victime,
> Sage est le sage, et le vainqueur sublime :
> Que reste-t-il à qui pleure à genoux?

La Religieuse portugaise, si elle avait chanté, aurait
de ces accents-là.

Moins poignantes que certaines élégies, les jolies
romances de Mme Valmore coururent, volèrent du premier jour sur toutes les lèvres de quinze ans, grâce
aussi à la musique des plus grands ou des plus aimables compositeurs d'alors : Garat, Paër, en notèrent
quelques-unes ; mais surtout Mme Pauline Duchambge,
née tout exprès, y trouva ses airs les plus agréables,
les plus chers au cœur et les mieux assortis. Au reste,
comme pour tous les succès un peu populaires en ce
genre, les choses ont vécu plus que les noms. Ces délicieuses romances *Douce chimère,* et *Vous souvient-il de
cette jeune amie?* qui réveillent, pour la génération
d'alors, les plus frais parfums de jeunesse et font
naître une larme en ressouvenir des printemps, sont
encore sues de bien des mémoires fidèles ; on a oublié
qu'on les doit à Mme Valmore.

(1) Mme Caroline Olivier, de Lausanne.

Depuis un certain moment, cette âme, ce talent de tendre poëte a eu peine évidemment à se faire aux saisons décroissantes d'une vie qui va flétrissant, chaque jour, ses premières promesses. Habituée qu'elle était à donner à ses sentiments une forme unique, elle s'est senti plus d'une fois le cœur *aveuvé* ; elle s'est demandé, elle a demandé aux objets muets si c'était bien la loi fatale et dernière ; ainsi, hier encore, en regardant *une horloge arrêtée :*

> Horloge, d'où s'élançait l'heure,
> Vibrante en passant dans l'or pur,
> Comme un oiseau qui chante ou pleure
> Dans un arbre où son nid est sûr,
> Ton haleine égale et sonore
> Sous le froid cadran ne bat plus :
> Tout s'éteint-il comme l'aurore
> Des beaux jours qu'à ton front j'ai lus?

Son champ d'inspirations s'est étendu, et son aile palpitante a tâché d'y suffire. L'avenir du monde, la souffrance de ses semblables, les grandeurs de la nature, l'ont préoccupée. Dans un de ses essors vers l'infini de l'horizon, elle est allée jusqu'à s'écrier :

> . . . .
> Charme des blés mouvants! fleurs des grandes prairies!
> Tumulte harmonieux élevé des champs verts!
> Bruits des nids! flots courants! chantantes rêveries!
> N'êtes-vous qu'une voix parcourant l'univers?...

Ne pressez pas trop le sens : ce sont là de ces vers d'elle, pénétrants et vagues, qui vous poursuivent d'une longue rêverie. Jeune, à vingt ans, les cheveux au vent, le front

au ciel, le bâton d'Oberman ou d'Ahasvérus à la main,
on ferait le tour du monde en les récitant.

Mais elle est mère, mère heureuse : de là surtout des
sources consolantes et renouvelées. Ses derniers vers
nous arrivent toujours remplis d'accents de sollicitude
et d'espérance pour sa jeune couvée. Déjà même, du
bord de ce doux nid, gloire et douceur maternelle,
une jeune voix bien sonore lui répond. Je voudrais
dire, mais je ne me crois pas le droit d'en indiquer
davantage. Je rappellerai seulement, en l'altérant un
peu, la jolie épigramme antique : « La vierge Érinne
était assise, et, tout en remuant le fil de soie et la
broderie légère, elle distillait avec murmure quelques
gouttes du miel de l'abeille d'Hybla. » Puisse l'avenir
tenir du moins les récentes promesses envers celle qui
les a payées assez chèrement ! Puisse-t-elle, suivant
l'expression d'un poëte aimable (1), *se racquitter* en
bonheur pour tout le passé !

　　　12 juin 1842.

Mᵐᵉ Valmore est morte à Paris le 23 juillet 1859, après
deux années d'une maladie cruelle. Elle eut la douleur de
voir mourir sous ses yeux ses deux filles, la plus jeune, Inès,
en décembre 1846, à peine âgée de vingt ans : sa fille aînée,
Ondine, celle même que j'indiquais tout à l'heure en finissant, comme tenant de sa mère le don de poésie, mourut à
trente ans, le 12 février 1853. Elle était mariée depuis peu
à M. Langlais, représentant de la Sarthe, qui fut ensuite

(1) Le poëte Jasmin.

　　　　　　　　　　　　　　　　8.

conseiller d'État, et qui est mort chargé d'une mission près de l'empereur Maximilien au Mexique. Cette charmante Ondine avait des points de ressemblance et de contraste avec sa mère. Petite de taille, d'un visage charmant, elle avait quelque chose d'angélique et de puritain, un caractère sérieux et ferme, une sensibilité pure et élevée. A la différence de sa mère qui se prodiguait à tous et dont toutes les heures étaient envahies, elle sentait le besoin de se recueillir et de se réserver. Elle étudiait beaucoup. Elle passa plusieurs années comme sous-maîtresse et plutôt encore comme amie dans le pensionnat de Mme Bascans, à Chaillot. J'allais quelquefois l'y visiter. Elle s'était mise au latin et était arrivée à entendre les odes d'Horace; elle lisait l'anglais et avait traduit en vers quelques pièces de William Cowper, notamment celle-ci dans les *Olney Hymns : God moves in*... etc.

DANS L'AFFLICTION.

Dans un chemin mystérieux,
  L'Esprit de Dieu voyage,
Sur les flots, dans l'ombre des cieux,
  Tout voilé par l'orage.

Relève-toi, chrétien tremblant!
  Le nuage qui gronde,
Gros de tendresse, en éclatant
  Rafraîchira le monde.

Ah! comment le jugerions-nous?
  En lui l'amour respire :
Sous l'air imposant du courroux
  Il cache son sourire.

Ses projets mûrissent toujours
  Sa graine germe et pousse;
Le bouton, amer quelques jours
  Donne une fleur plus douce.

En vain on veut lever les yeux
  Aux desseins qu'on lui prête :
Il est son seul juge en tous lieux
  Et son seul interprète.

Elle lisait aussi Pascal, dont les *Pensées* occupaient fort
en ces années la critique littéraire. Elle m'écrivait à ce
sujet :

« En rentrant le soir, j'ai trouvé votre lettre et *Pascal* que je
n'ai point quitté depuis. Me voilà occupée et heureuse pour bien
des jours. C'est une douceur profonde que de trouver de pareils
amis dans le passé et de pouvoir vivre encore avec eux malgré la
mort. »

Elle avait fait une pièce de vers sur le Jour des morts, qui
était le jour anniversaire de sa propre naissance; elle y
disait, en s'adressant à ces chers défunts qu'on a connus :

> Vous qui ne pleurez plus, nous aimez-vous toujours?

— J'ai écrit encore sur Mᵐᵉ Desbordes-Valmore, à propos
d'un Recueil posthume publié en 1860, un article qui peut se
lire au tome XIV des *Causeries du Lundi,* et auquel je renvoie
parce que j'y ai cité une lettre fort belle de M. Raspail, où
elle est peinte en quelques expressions frappantes de vérité.
J'ai d'elle, en ce moment, sous les yeux, de véritables trésors épistolaires, des lettres intimes adressées à son frère, à
sa sœur, à sa nièce, à d'autres personnes amies, et dans lesquelles se révèlent à chaque ligne la délicatesse morale, la
piété, la charité naturelle de cette belle âme condamnée à un
travail incessant et à des inquiétudes sans fin pour la subsis-
tance des siens et pour la nourriture de sa chère couvée.
Quelques extraits pris au hasard en donneront mieux l'idée
que tout ce qu'on peut dire : ce sont des souffrances qui
tiennent en partie à la même cause que celles de Sénancour
(*res angusta domi*), mais bien autrement vives et poignantes,
à cause des êtres chers qui y étaient enveloppés, comme aussi
mainte fois consolées et adoucies de tendresse, grâce aux
croyances du berceau et à un rayon d'espérance et de foi qui
luisait toujours. Le frère auquel elle écrivait était un ancien
soldat qui avait servi sous l'Empire dans les guerres d'Espagne et qui avait été ensuite prisonnier en Angleterre sur

les pontons d'Écosse. Vieux, infirme et sans ressources, il avait obtenu, par la protection de M. Martin (du Nord), d'être logé et nourri à l'hôpital général de Douai, presque en face de la maison natale. C'est cet humble frère qu'il s'agissait à tout instant de relever, de réconforter, de secourir même par de rares envois d'argent; mais, en lui servant sa minime obole, cette âme de sœur trouvait moyen de diversifier à l'infini le brume moral qu'elle répandait sur ses blessures.

« (14 janvier 1843)... L'aînée de mes filles est toujours en Angleterre, à ma grande affliction, car cette absence commence à me devenir insupportable. Enfin les beaux jours me la rendront tout à fait rétablie, j'espère, et je ne demande rien plus ardemment à Dieu. Hélas! mon bon Félix, quand nous n'en pouvons plus du fardeau de nos peines, n'oublions pas que sa bonté ne nous a pas tout à fait abandonnés et qu'enfin nous sommes ses enfants. Quelque chose de grand est caché sous nos souffrances. — Allons! plus nous aurons payé d'avance, plus il nous dédommagera de l'avoir aimé et cherché au milieu de toutes nos épreuves. J'ai des moments où je croule, mais je me sens toujours soutenue par cette main divine qui nous a faits frère et sœur pour nous aider et nous chérir, mon bon Félix. Tu sais quel bonheur je trouve à remplir ma mission, et je te remercie d'avoir également rempli la tienne. En m'aimant fidèlement, tu m'as bien souvent consolé des amitiés légères et oublieuses de ce monde : la nôtre sera de tous les mondes. Je t'envoie vingt-cinq francs, ne pouvant pas t'en envoyer davantage. Il y a toujours quelque raison grave pour arrêter l'élan de mon âme. Tu le crois, n'est-ce pas? Va! cela est; car si je n'étais pas pauvre, tu ne le serais pas... »

« (14 avril 1843)... Tu vois, mon bon frère, que c'est toujours avec un petit retard que mon devoir s'exécute. Des obstacles de bien des sortes donnent un démenti à ce mot *toujours*... Mais tu vois aussi que la persévérance dans le bien touche toujours la bonté de Dieu qui semble dire à la fin : « Laissez-la faire. » Donc, si j'avais toujours voulu le bien, avec un si bon père, j'y serais peut-être parvenue! Tu me rends bien heureuse de m'avouer la tendance de ton âme à prier, mon bon frère. Je ne sais s'il y a sur la terre rien de plus utile et de plus doux que de retourner de bonne volonté à la source de notre être et de tout ce que nous avons aimé au monde. Tous les biens se perdent et s'évanouissent : ce but seul est immuable. Rien n'humilie, avec la foi dans ce juge équitable et tendre. Il nous rend tout ce que nous avons cru volé ou perdu. J'aime beaucoup Dieu, ce qui fait que j'aime encore davantage tous les liens qu'il a lui-même attachés à mon cœur de femme. Tu sentiras aussi par degrés toutes les fougues de ton cœur d'homme s'apaiser devant cet immense amour qui purifie tous les autres, et tu seras comme un enfant qu'une fleur contente et rend riche. Juge de quelle considération tu peux t'entourer jusque dans cette retraite qui sera devenue le lazaret de ton âme...

« ... Mme Saudeur, arrivée il y a quatre jours, m'a remis ta lettre et tes manuscrits que je n'ai pas eu le loisir d'ouvrir encore, car je suis comme au pillage de mon temps ; partout le travail, les correspondances, ménage, couture et visites qui remplissent mes journées ; elles sont de huit heures jusqu'à minuit. Plus tard je t'en parlerai. Rappelle-toi ce que je t'ai dit sur les notions qui peuvent t'être restées précises sur notre famille et nos chers père et mère. Je vous ai tous quittés si jeune que je sais peut-être moins que vous de notre origine. Tout ce qui est resté gravé dans ma mémoire, c'est que nous avons été bien heureux et bien malheureux, et qu'il y avait pour nous bien du soleil à Sin (1), bien des fleurs dans les fortifications ; un bien bon père dans notre pauvre maison, une mère bien belle, bien tendre et bien pleurée au milieu de nous ! »

« (24 janvier 1847)... Je t'envoie avec celle-ci quinze francs que tu n'attends pas avec l'impatience que j'ai eue à te les envoyer. Mais nos misères sont loin d'être améliorées. Quand Dieu voudra, Félix ! Il est plus grand que nos cris ! Tu peux continuer à relever l'âme de ta pauvre sœur par la considération dont je sais que tu t'entoures. Ta bonne conduite, ta patiente dignité est comme une croix d'honneur qui ne brille que mieux sur un habit pauvre. Laisse faire le temps et Dieu, et ne cesse pas d'aimer ta triste sœur. »

« (8 mars 1847)... Tu vois, mon ami, que je t'écris seulement

_____

(1) Village près de Douai, où l'on allait les dimanches et jours de fête.

aujourd'hui pour te dire d'*attendre,* et que je n'ai pas voulu retarder ma lettre jusqu'au moment où je pourrai y joindre un envoi d'argent. Je veux avant tout t'épargner l'inquiétude qu'un silence plus long te causerait, sachant bien que ton cœur s'en rapporte au mien de l'empressement que je mettrai à partager avec toi le premier rayon bienfaisant que la Vierge m'enverra. Ce dernier déménagement m'a tout pris. C'est fièrement douloureux d'interrompre ainsi les seules douceurs consolantes de ma vie. A quel point faut-il que je sois pauvre pour te laisser si pauvre !... »

On a diversement parlé du ministre de la justice en ce temps-là, Martin (du Nord) ; je crains que sa fin n'ait nui à ce qu'il pouvait y avoir de bien dans sa vie. Ce qu'il faut dire à la décharge de sa mémoire, c'est qu'il avait de l'humanité ; que Mme Desbordes-Valmore n'avait jamais invoqué en vain en lui le compatriote et le *pays ;* qu'elle lui demandait chaque année des grâces pour étrennes ; qu'elle avait une manière de les lui demander en glissant un mot de patois flamand (*acoutè'm nn peo,* écoutez-moi un peu !), et qu'elle les obtenait toujours.

« (8 mars 1847)... Un chagrin très-grave vient de se mêler à mes malheurs, c'est la maladie dangereuse de M. Martin (du Nord). Il a été parfaitement bon pour moi et d'une humanité profonde pour plusieurs prisonniers dont il m'a accordé la grâce. De plus il a fait donner trois fois le privilége de l'Odéon à des hommes que Valmore croyait ses amis et pour lesquels il avait sollicité le ministre. Jamais je n'oublierai M. Martin (du Nord), ni ne cesserai de prier pour lui. C'est par son crédit que tu as obtenu ton humble place, après l'avoir demandée pour toi aux Invalides. Enfin je n'ai trouvé qu'en lui la grâce et la charité constante du cœur. Le malheur qui le frappe m'atteint très-sensiblement. »

On n'est pas habitué à considérer Mlle Mars par le côté du sentiment : cette femme, d'un talent admirable, passait, dans ses relations de théâtre, pour une personne assez rude, peu indulgente aux camarades et au prochain ; mais, pour ceux qu'elle aimait, elle était amie sûre, loyale, essentielle et positive. Ses lettres à Mᵐᵉ Valmore, d'un ton vif et résolu, presque viril, la font voir sous ce jour, — un fidèle et brave cœur, d'une affection active, et sur qui l'on pouvait compter; et Mᵐᵉ Valmore le lui rendait par un véritable culte de reconnaissance :

« (7 avril 1847)... Cette bonne lettre me trouve au milieu de nouvelles et vives afflictions. — A peine avais-je été frappée de la perte foudroyante de M. Martin (du Nord), que je suis saisie de douleur par celle de Mˡˡᵉ Mars, cette bien-aimée de toute ma vie. Je l'adorais dans son génie et dans sa grâce inimitable : je l'aimais profondément comme amie fidèle que nos infortunes n'ont jamais refroidie. Au milieu de sa fatale maladie, elle était encore agitée du désir de placer mon cher Valmore à Paris. — Mon bon Félix, je t'en prie, dis une prière pour cette femme presque divine. Si tu savais quelle part profonde elle a prise à mon malheur de mère, tu l'aimerais comme on aime un ange; — et c'est comme telle que je la pleure. Je suis donc une femme bien désolée, mon pauvre ami!...

« Ondine est toujours à Chaillot, au milieu d'un troupeau d'enfants qu'elle instruit, ce qui nous prive de sa présence, mais elle supporte avec courage et gaieté la gravité de ses devoirs dont sa santé ne s'altère pas. C'est toujours là ma plus tendre inquiétude sur elle. Hippolyte va bien à son devoir et se fait aimer partout.— C'est un brave enfant, et une intelligence très-distinguée. Il a de plus le charme d'un caractère candide, et les goûts les plus sobres. J'espère que Dieu le bénira toujours (1)...

« Je joins douze pauvres francs à cette lettre, en te serrant bien fraternellement la main. Si la Vierge et Notre-Seigneur me regardent en pitié, ne le sauras-tu pas un des premiers?

« Ils sont tous affreusement malheureux à Rouen (2); — mais tu souffres bien assez sans que je te raconte toutes ces détresses. — Attendons et croyons! »

« (15 juin 1847)... Quant à moi, cher Félix, je suis tellement

_____

(1) Ce fils parfait, digne en tout d'une telle mère, et qui ne lui a donné que des consolations, est devenu l'un des plus utiles et des plus méritants employés du ministère de l'instruction publique.

(2) Les autres sœurs et leurs enfants, qui étaient établis à Rouen.

dénuée encore que je n'ai pu t'écrire plus tôt, ne pouvant même affranchir ma lettre. Tu vois, mon ami, que l'attente d'une place à présent est comme une maladie étouffante. Cependant nous avons quelque espérance : mais si notre bon père et maman peuvent voir d'où ils sont ce que souffrent leurs enfants, je les plains, nous aimant toujours comme ils nous ont aimés ! Ce sont là des idées bien tristes ; bien consolantes aussi pourtant; car la plus douloureuse de toutes serait de penser que nous ne sommes plus rien pour ceux que nous pleurons toujours...

« Je cherche quelque soulagement dans le travail. Mais écrire quoi que ce soit m'est impossible, car toutes mes idées retournent vers ma bien-aimée Inès, mon adorable fille absente.

« J'étudie, je tâche d'étudier, de joindre l'espagnol à la langue anglaise que je sais tolérablement. L'espagnol me plaît par l'idée que notre famille en sort du côté de la mère de papa. Qu'en crois-tu, mon ami? Mon oncle n'avait-il pas en effet une figure tout espagnole? Notre bonne grand'mère aussi, que je me rappelle avec tant d'amour quand nous allions la voir ensemble ?

« J'ai aussi tous les souvenirs de ton séjour en Espagne et de sa terrible conséquence, pauvre frère! Et tout cela me rend l'étude de l'espagnol plus intéressante qu'une autre, parce que je pense que tu as parlé cette langue dans ta jeunesse guerrière. »

Elle ennoblit tant qu'elle peut le passé de ce cher frère pour le relever lui-même à ses propres yeux ; elle y verse de la poésie comme sur toute chose, en croyant n'y mettre que du souvenir.

Cette idée d'une descendance espagnole sourit à son imagination ; elle n'en est pas bien certaine, mais elle tâche de se le persuader, et elle convie son frère à l'aider à y croire :

« Je me suis toujours sentie attirée vers l'étude de la langue espagnole, parce que Douai est tout rempli des vestiges de cette nation. — Nous-mêmes, je crois, mon bon frère, nous en sortons du côté de la mère de mon père. Félix, souviens-toi bien : il est impossible que cette bonne grand'mère, et papa, et mon oncle Constant (le peintre), ne descendent pas de cette ligne dont les **traits sont si différents de la race** *vraie flandre*. »

C'est miracle qu'elle puisse étudier à travers une vie si tiraillée, si morcelée. La poésie, elle du moins, venait toute seule, comme un chant, comme un soupir ou comme un cri. Pendant une nuit d'insomnie, de jour en courant, sur un quai, pendant une pluie, sous une porte cochère, dans les circonstances les plus vulgaires ou les plus tristes de la vie, quelque chose se mettait à chanter en elle, et elle se le rappelait ensuite comme elle pouvait. Mais la réalité, nous la voyons, et la beauté morale de sa nature s'y montre à nu en toute sincérité.

« (8 août 1847)... Mon bon frère, ton ami Devrez, qui va partir pour nos chères Flandres, se charge avec plaisir de nos tendresses et d'un petit paquet pour toi. Les temps ne sont pas venus où je pourrai t'en envoyer plus souvent et de plus gros. Il y a au fond de moi-même une prière incessante qui demande à Dieu du bonheur qui puisse s'envoyer à ceux que j'aime. Pour le moment, Dieu qui nous a éprouvés jusqu'au sang et aux larmes soutient miraculeusement notre vie avec ses blessures inguérissables (1). — Le doux soleil, la croyance, l'amour des miens !... Aussi je vous bénis tous de l'amitié que vous me portez, et qui m'aide à subir ces blessures de l'âme...

« Je comble de vœux et de bénédictions tous ceux qui, dans le passé et dans le présent, ont mis au moins tes chers jours et nuits à l'abri des mauvais hasards du sort. Certes le tien n'est pas brillant, mais les anxiétés poignantes de nos misères actuelles, celles d'Eugénie et de Cécile (2), me font quelquefois acquiescer, en soupirant, à te savoir si humblement abrité devant notre maison paternelle. Elle a été aussi souvent bien orageuse et bien battue à tous les vents d'épreuve. N'oublie jamais de la saluer de ma part et de me rappeler au souvenir de ma grand'mère, de notre bon père et de ma chère et gracieuse maman, poussée au loin dans un si grand naufrage (3).

« Cher Félix, c'est triste et beau de se ressouvenir. C'est véritablement aimer et espérer aussi. »

(1) La mort de sa fille Inès.
(2) Leurs sœurs de Rouen.
(3) Le voyage à la Guadeloupe, où elle alla mourir.

Après soixante ans d'existence comme au premier jour, elle vit en présence des êtres chers qui entouraient et protegeaient son enfance, et dont elle n'a cessé de faire les témoins invisibles, les juges et les surveillants de sa vie :

« (23 septembre 1847)... Tu réalises le pressentiment que j'ai toujours eu qu'un jour, du fond de ton humble malheur, tu entoureras ton nom de considération et d'estime. Je ne sais, après tant de douleurs, ce qui pouvait me toucher davantage. Je t'aime bien, mon bon frère, et je l'ai beaucoup éprouvé depuis que je suis au monde. — Juge si je suis contente et fière aujourd'hui de penser que tu consoles notre bien-aimé père de tout ce qu'il a enduré par un grand concours d'événements désastreux. Je ne doute pas un moment, dans ma croyance profonde, que ce bon père ne soit le témoin le plus intime de tes actions et qu'il n'ait réveillé en toi le germe de la foi religieuse à laquelle il a sacrifié l'immense héritage de nos oncles protestants. — Je l'ai toujours béni de ce courage, comme de la misère qu'il nous a léguée pour avoir donné tout son bien aux pauvres. Il est impossible que la Vierge, qui a présidé à notre naissance dans la rue Notre-Dame, l'ait oublié : oui, Félix, c'est impossible. Elle aime en toi le fils du père des pauvres, et te donne aujourd'hui pour protecteurs ceux qui les jugent et se consacrent à eux...

« ... Mais la politique empoisonne les esprits. — Moi qui pleurais de joie et de respect en traversant enfin Genève, patrie de notre grand-père paternel, on m'y a poursuivie avec ma petite famille en criant contre nous : « A bas les Français ! » C'était un mouvement passager de haine, et j'ai passé à travers avec un grand serrement de cœur. Cette vie terrestre est vraiment un exil, cher frère. Encourageons-nous à la soumission. Pour moi, je t'avoue que j'en passe la moitié à genoux. Juge donc si nous avons le bonheur de revoir ceux que nous avons tant aimés ! C'est grand de penser que nous sommes les maîtres, même dans notre pauvreté, de diriger toutes nos actions du moins pour le mériter. Te relever, te grandir jour par jour; — faire rougir ou du moins attendrir ceux qui nous ont dédaignés, les rendre même fiers d'être nos alliés ou nos anciens amis, il y a encore là de quoi bénir la vie. »

La fleur des sentiments pieux les plus délicats ne s'est

fanée ni ternie un seul instant durant cette vie errante. Et ceci encore :

« Je t'aime bien et te remercie de planter ton nom, comme tu fais, dans l'estime de ce qui t'entoure. — Grain à grain, c'est une moisson qui ne trompe pas. Que peux-tu m'offrir de plus consolant? Aussi je te bénis au nom de mon père et de ma mère ! »

Elle a une modique pension qu'elle touchait d'abord avec une sorte de pudeur ; elle s'en confesse et s'en humilie :

« (26 octobre 1847)... Il y a deux jours enfin, j'ai reçu le trimestre qui me semblait autrefois si pénible à recevoir, par des fiertés longtemps invincibles, et que j'ai vu arriver depuis d'autres temps comme si le Ciel s'ouvrait sur notre infortune...

« Ne nous laissons pas abattre pourtant, il faut moins pour se résigner à l'indigence quand on sent avec passion la vue du soleil, des arbres, de la douce lumière, et la croyance profonde de revoir les aimés que l'on pleure...

« En ce moment, je n'obtiendrais pas vingt francs d'un volume : la musique, la politique, le commerce, l'effroyable misère et l'effroyable luxe absorbent tout...

« Mon bon mari te demande de prier pour lui au nom des pontons d'Écosse. C'est un beau titre devant Dieu. »

« (12 janvier 1848)... Ondine est toujours esclave dans un pensionnat. Quand je veux l'embrasser, il faut que j'y aille. J'y vais tout à l'heure par ce soleil qui luit si rarement, et je t'embrasse pour elle très-travailleuse et très-bonne. C'est un rude métier que le sien : mais, mon bon Félix, nous n'avons pas de dot pour nos anges; et la grâce, l'esprit, la sagesse, qu'est-ce que cela pour l'époque où nous sommes (1) ? »

_____

(1) Je trouve un autre passage sur Ondine dans une lettre de Mme Valmore à M. Richard de Rouen, mari de sa nièce; la date en est de quelques mois auparavant, à l'époque des vacances (22 août 1847) :

« Ondine a donné à notre tendresse vingt-quatre heures de ses vacances après un esclavage qui l'avait *ahurie :* puis elle est partie, il y a trois jours, pour Tarare, afin de dormir, de prendre l'air de la montagne tout son soûl. Je n'ai pas opposé un mot à cette résolution, la voyant très-

La tempête de Février 1848 éclate. Mme Valmore ne peut s'empêcher d'y applaudir; elle ne se raisonne pas, elle suit son élan; elle a l'âme populaire; elle était pour les souffrants, pour les opprimés et les mitraillés à Lyon, en 1834; elle était de tout temps pour les condamnés politiques, sans distinction de parti, que ce fût M. de Peyronnet ou Raspail, pour tous ceux dont elle entendait la plainte à travers les barreaux; elle est pour eux encore le jour où elle se figure que le peuple triomphe et se délivre; elle a son hymne du lendemain :

« (1er mars 1848)... L'orage était trop sublime pour avoir peur; nous ne pensions plus à nous, haletants devant ce peuple qui se faisait tuer pour nous. Non, tu n'as rien vu de plus beau, de plus simple et de plus grand. Mais je suis trop écrasée d'admiration et de larmes pour te rien décrire. — Ce peuple adorable m'aurait tuée en se trompant que je lui aurais dit : « Je vous bénis. » Ne confie cela qu'à la Vierge, car c'est vrai comme mon amour pour elle, — et mon affection pour toi...

« ... Mon cher mari n'a point de place. On dit ma petite pension supprimée, mais je n'ai pas le temps de penser à cela : ce serait interrompre la plus tendre admiration qu'il soit permis à une âme de ressentir. La religion et ses ministres divins se penchent sur les blessés pour les bénir, — sur les morts pour envier leur martyre...

« Ote ton chapeau à mon intention en passant devant l'église Notre-Dame, et mets sur ses pieds les premières fleurs de carême que tu trouveras. »

lasse et n'ayant à lui offrir qu'un espace assez étouffé, et moins que jamais de cette gaieté calme qui convient au bien-être moral et à la santé d'une jeune fille. Je sais par une triste expérience que ces jeunes et tendres âmes ont besoin de bonheur ou de le rêver, et que leur première nourriture doit être une indulgence inaltérable. Vous savez d'ailleurs que tous les rêves de cette aimable Ondine sont *si hauts* et si purs, que l'on peut du moins y sacrifier en toute sûreté la joie de sa présence. En jouir sans qu'elle y trouve du plaisir serait de plus une jouissance bien incomplète, et je ne me sens pas l'énergie d'aimer pour moi-même. Je ne peux, en vérité, mon bon Richard, ressentir le moindre bonheur que celui des autres; le mien **est brisé...** »

Sur cette religion de Mme Valmore qui revient à chaque instant dans sa vie, et qui a conservé les plus naïves superstitions de la première enfance, il est à dire, cependant, que c'était une religion tout à fait à elle, une religion toute de cœur, sans assujettissement à aucun prêtre, ne se puisant et ne se renouvelant qu'à sa source directe et en Dieu même. Souvent dans ses vifs chagrins et ses moments d'abattement, elle entrait dans une église pour prier le Dieu de son cœur; mais c'était toujours aux heures où toute cérémonie était terminée, et la nef déserte et muette. Dans la longue maladie qui précéda sa fin, elle dut prier beaucoup, mais elle observa le silence au dehors, se recueillit absolument en elle-même et ne voulut appeler personne : elle avait toujours été pour qu'on respectât la paix des mourants. Le contraire lui paraissait un sacrilége. Elle avait, en un mot, le catholicisme individuel; elle croyait au divin crucifié, à sa mère, à l'efficacité de son intervention, mais d'un élan direct et sans se sentir le besoin d'aucun intermédiaire auprès d'eux. — Je donnerai quelques passages encore de ses lettres d'après 1848; celles-ci sont adressées à ses parents de Rouen. Une seule circonstance heureuse en rompt la note uniforme et triste, parfois déchirante, le mariage de sa fille Ondine, si tôt suivi d'une fin funeste :

« (24 décembre 1849)... Mon bon Richard, si votre amitié n'est pas sans inquiétude sur nous et notre silence, je suis tout à fait de même sur tout ce qui vous concerne; — et quoique je ne sache de quel côté donner de la tête, je prends sur la nuit pour vous écrire, — la nuit de Noël, mon cher Richard, qui changerait les destinées de ce triste monde et la vôtre, si le Sauveur écoutait son pauvre grillon, humblement à genoux dans la cheminée... où il y a bien peu de feu, sinon celui de mon âme, très-fervente, très en peine!...

« Je vous embrasse tous du fond de mon cœur. Mon cher mari en fait autant. J'ai eu la douleur de le voir fort malade de chagrin. Ondine l'a été gravement : elle est si frêle que je passe une vie d'anxiété avec cette chère créature à qui il faudrait le repos le plus absolu. Pour moi, je travaille comme un manœuvre, et je me repose pour pleurer, pour aimer et prier. »

« (25 février 1850)... C'est une grande lutte que nos existences à tous.

« Mon cher Valmore en est malade. — Plus fort que moi, il est aussi moins pliant au malheur, et quoiqu'il soit ingénieux à se créer des occupations qui raniment un peu sa solitude, cette solitude stérile le dévore, et il a des fièvres accablantes...

« Je ne fais aujourd'hui que vous serrer à tous les mains bien affectueusement, en suspendant l'envoi du petit paquet prêt à partir depuis trois jours.

« La question de l'*humble port* fait que je suspends son départ. Où en sommes-nous arrivés, Seigneur! qu'il faille arrêter les élans d'un pauvre cœur qui bat toujours si vite pour ceux qu'il a aimés et qu'il aimera toujours! »

Sa sœur Eugénie, qui habite Rouen, tombe mortellement malade, et l'on n'attend plus que sa fin ; Mme Valmore écrit à sa nièce, fille d'Eugénie, de respecter ce qui peut lui rester encore d'espérance de guérison :

« (5 septembre 1850)... J'attends une lettre avec la plus grande anxiété, et votre silence me jette dans l'effroi. Ma chère Camille, je vous vois tous auprès de ma sœur comme des enfants et des anges qui consolent une sainte, et je suis tranquille sur les bénédictions du Ciel qui attendent une si belle âme ; mais les tortures de la mienne sont inexprimables, plus cent fois depuis que je suis revenue : la voir m'était encore moins terrible.

« Je n'ai pas, à la vérité, la frayeur que tu commettes l'imprudence, je dirai l'impiété, que tous les cœurs froids commettent, d'avertir ta mère sur ses devoirs, ce qui serait la tuer. Elle a rempli tous ses devoirs envers Dieu, envers nous. — Épargnons-nous ce remords de frapper cet esprit pur et divin. »

Et après la mort :

« (11 septembre 1850)... La volonté du Ciel est terrible, quand elle s'accomplit sur des êtres si faibles et si tendres que nous. »

Mais tout à coup, dans ce ciel si lourd, si chargé, si sombre, un éclair inespéré a lui :

« (14 janvier 1851)... Ondine se marie !

« Elle sera madame avant peu de jours. Tout est sérieux, tendre et honorable dans le choix réciproque. Son mari est avocat à la Cour d'appel et représentant de la Sarthe. C'est le jour de Noël que cet événement *imprévu* a éclaté.

« Je t'en écrirai les détails quand je respirerai du tumulte de tant de soins, et des terribles embarras d'argent où je tourne épouvantée. — L'avenir de notre chère Ondine est assuré et tout à fait convenable ; mais juge de cette époque pour sa pauvre famille si fière, si pauvre ! »

Deux années étaient écoulées à peine que cette joie était changée en un deuil amer, inconsolable. Je n'ai plus qu'à mettre à la suite les plaintes sans trêve, mais toujours humbles et soumises, de celle que j'ose appeler la *Mater dolorosa* de la poésie :

« (1er avril 1853)... Ma bonne Camille, je te remercie de la tendre compassion de ton amitié. — Tu comprends bien ma blessure. — Elle est sanglante. — Je n'ose pas plus que toi-même appuyer sur la terrible épreuve qui est maintenant accomplie sur la terre. En parler est au-dessus de mes forces. Dieu me fera peut-être la grâce de la comprendre. — Ah ! Camille, je suis bien infortunée !...

« Je n'ai aucune force morale en ce moment, et j'ai l'effroi d'écrire surtout à ceux que j'aime ; car, pour ne pas mentir, c'est bien triste à raconter. »

« (13 août 1853)... Enfin, nous n'accomplissons en rien notre volonté ; une force cachée nous soumet à tous les sacrifices, et cette force est irrésistible. »

« (13 août 1853)... Paris, qui a dévoré toutes nos ressources et nos espérances, devient de plus en plus *inhabitable* pour nous, et quelque coin de la province nous paraît déjà souhaitable pour cacher nos ruines et reposer tant de travail inutile. Mais ce parti lui-même est entouré de bien des difficultés; c'est un déchirement, et je suis inerte de douleur. »

« (5 décembre 1853)... J'ai tant de raisons de savoir que le malheur d'*argent* surtout change beaucoup les affections et n'est justifié devant personne! »

« (26 mars 1854)... Nous allons quitter notre cinquième étage; je ne sais cette fois si ce sera pour monter au sixième. On ne peut plus trouver un grenier qu'au prix de douze ou quatorze cents francs... La terre où nous sommes a le vertige (1).

« ... Ce bon M. de J... lui-même, qu'est-il devenu? Ruiné dans toutes ses espérances, c'est encore une de ces existences dissoutes dans le mouvement formidable de ce qu'on appelle la civilisation, qui pour beaucoup ressemble au chaos. »

« (6 septembre 1854)... Le malheur finit par semer l'épouvante même au sein des familles que le bonheur aurait unies. Quand il faut de part et d'autre travailler durement pour ne pas tomber

(1) Dans des lettres à une amie, Mme Derains, elle revient sur cette misère des logements à trouver, et elle exprime en paroles vivantes le trouble moral et le bouleversement de pensées qui résulte de ces déplacements continuels : « Ma bonne amie, vous me dites des paroles qui résument des volumes que j'ai en moi. Ils y restent *inédits*, à l'état de ces graines cachées dans les armoires qui sèchent sans avoir été semées. — Par exemsople, v craintes de vivre entre des habitudes perdues et d'autres à refaire par ce mouvement *incessant* vers des demeures nouvelles, c'est ma vie. Elle finit par être une fièvre qui tend la mémoire, et rend plus douloureuse la fuite des jours qu'on aimait parce qu'on y a beaucoup aimé. — Ne vous ai-je pas dit que souvent je me lève pour aller chercher tel ou tel objet dans telle ou telle chambre où je ne le trouve pas? Alors commence le tourment : « Ah! non, il est dans une armoire... Que je suis « bête! Cette armoire était à Bordeaux... ou bien dans le cabinet de toi « lette à Lyon... » Les *ou bien* se pressent et m'importunent. J'en ai quelquefois pleuré par les mille souvenirs qu'ils réveillent... » — Elle forme le vœu modeste qui, pour elle, ne se réalisera jamais : « Je suis ehnoyée de l'obligation de sortir demain samedi vers une heure, malade ou non. — Si vous alliez venir!... C'est alors que mes cinq ou vingt étages me paraissent des Pyrénées, moins les fleurs. — Loger au *second*, première richesse des ambitions raisonnables; m'est-il à jamais interdit d'y prétendre?... »

dans la dernière indigence, les ailes de l'âme se replient et remettent tous les élans à l'avenir. »

Pour l'anniversaire de la mort de sa sœur Eugénie, elle
écrit à cette même nièce :

« (6 septembre 1854)... Il me serait bien difficile de penser à ton
adorable mère sans te mêler aussi dans les larmes que mon cœur
lui donne, ma pauvre enfant, toi qu'elle a tant aimée ! — Mais,
Camille, si je la regrette avec amertume, je l'espère aussi et d'une
foi profonde. — C'est pourquoi je lui envoie mes prières et ce
tendre *au revoir* des âmes qui se sont vraiment nouées sur cette
terre. Je n'ai rien aimé de plus qu'elle et mon pauvre frère Félix,
dont l'absence et l'abandon me minaient, et aussi ma pauvre
sœur Cécile dont je secours si mal les dernières années. Tout cela
t'explique assez que je vis en pleurs, ma bonne amie, sans avoir
le droit de me plaindre que Dieu ne m'ait pas choisie pour ré-
pàndre ses consolations sur les miens, lui qui m'a faite si tendre
pour eux...

« Pour mettre un peu de baume sur les tristesses que je te
cause, je finis en parlant des consolations divines que nous devons
à mon cher Hippolyte. »

Il lui restait, on vient de le voir, une dernière sœur,
l'aînée, Cécile, qui habitait aussi Rouen ; elle paraît avoir
été d'un esprit plus simple et aussi d'un cœur moins expansif
que les autres membres de la famille, ou peut-être n'était-ce
qu'un effet de l'âge et des malheurs : du moins la correspondance avec elle est plus rare et ne roule guère que sur
d'humbles envois ; mais il est touchant de voir comme
Mme Valmore s'efforce de réveiller son sentiment, d'inté-
resser sa vieillesse, de l'attendrir par l'aveu des misères
communes ou par l'appel à de chers souvenirs (1) :

(1) Je trouve pourtant de cette sœur ainée un passage de lettre qui
montre qu'elle était bien la sœur de Mme Valmore par la sensibilité et par
le cœur ; on croirait lire un bout de légende d'un autre âge : « J'ai été dimanche faire une course pour une dame qui m'est quelquefois utile dans
des moments où je ne sais plus à qui avoir recours ; elle me tend la main

« (9 novembre 1854)... La dame qui m'aide souvent à trouver
l'argent d'emprunt pour passer mon mois, à la condition de le
rendre à la fin de ce mois même, n'a pu venir encore à mon
secours, à travers la pluie et toutes les difficultés de sa propre
vie. Mais tu dois savoir depuis longtemps qu'il n'y a guère que
les malheureux qui se secourent entre eux. Va! c'est bien vrai.
Sans être plus méchants que nous, les riches ne peuvent absolument pas comprendre que l'on n'ait pas toujours assez pour les
besoins les plus humbles de la vie. Ne parlons donc pas des riches,
sinon pour être contents de ne pas les sentir souffrir comme
nous...

« Avant-hier dans la nuit, j'ai eu le bonheur de rêver à *toi*, et
de t'embrasser avec une effusion d'amitié et de joie si vive, que
je m'en suis réveillée. — Nous allions au-devant l'une de l'autre
les bras ouverts. Tu portais un beau châle de laine à palmes,
je portais le pareil en vraie sœur. — Hélas! nous étions bien con
tentes de nous regarder et de nous serrer les mains. Ce bon rêve
résume ce que j'ai senti bien des fois en ma vie, qu'il n'y a rien
de pareil ni de comparable à une amitié de sœur...

« Je n'entends pas parler de tes fils plus que toi, et je te plains
dans tes tristesses de mère. Le siècle est de fer. Le malheur,
luxe, la misère, rendent les hommes effarés. Pour nos cœurs
feu, c'est froid.

« ... Veux-tu des mouchoirs de poche ou des bas? Ne ris pas
de mes offres dans nos misères. Le cœur est inventif. Aimes-tu
rubans? Ah! ma bonne sœur, que je voudrais aller te demander

pour me ranimer un peu. J'allais à Bon-Secours prier la bonne Notre
Dame pour elle. Je l'ai priée aussi pour nous tous; je me suis jetée à sa
miséricorde. Je lui ai demandé qu'elle te récompense de tout le bien que
tu fais, qui est d'autant plus méritoire que ta position est bien difficile. En
revenant, ma bonne sœur, je me suis vue entourée, presque ensevelie dans
des fils de la Vierge. Je ne puis te peindre l'effet que cela m'a fait; je me
suis retracé dans un instant la rue Notre-Dame, le cimetière, qui était nos
galeries; toute notre enfance s'est déroulée devant moi comme si c'était
hier. Je suis rentrée dans ma petite chambre en pleurant de l'isolement où
je me trouve, et de tout ce que souffre notre malheureuse famille. Pourquoi
ne suis-je pas morte dans cette chapelle où je priais pour nous tous la Mère
des affligés!... Espérons... » C'est cette sœur aînée Cécile, qui avait appris
à lire à la jeune Marceline, tout enfant, et l'on trouve en maint passage
des poésies un souvenir esquissé de cette douce figure.

tout cela moi-même et causer tout un jour avec toi! Rien ne se guérit dans mon triste cœur : mais aussi rien n'y sèche, et tout est vivant de mes larmes. »

Cette dernière sœur elle-même mourait; la mesure des deuils était comblée, et il y eut des moments où, dans sa plénitude d'amertume, l'humble cœur sans murmure ne put s'empêcher toutefois d'élever des questions sur la Providence, comme Job, et de se demander le pourquoi de tant de douleurs et d'afflictions réunies en une seule destinée :

« (30 janvier 1855)... J'ai depuis bien longtemps la stricte mesure de mon impuissance; mais tu comprends qu'elle se fait sentir par secousses terribles quand je sonde l'abîme de tout ce qui m'est allié par le cœur et par la détresse. Oui, Camille, c'est très-poignant. Me voilà donc sans frère ni sœurs, toute seule des chères âmes que j'ai tant aimées, sans la consolation de survivre pour accomplir leur vœu qui était toujours et toujours de faire du bien... Que dire devant ces arrêts de la Providence? Si nous les avons mérités, c'est encore plus triste. — Cette réflexion ne regarde que moi, ma bonne amie. Je cherche souvent en moi-même ce qui peut m'avoir fait frapper si durement par notre cher Créateur; car il est impossible que sa justice punisse ainsi sans cause, et cette pensée achève bien souvent de m'accabler... »

Quand on écrit la biographie de certains poëtes, on peut dire que l'on montre l'envers de leur poésie : ici, dans cette longue odyssée domestique, on a simplement vu le fond même et l'étoffe dont la poésie de Mme Valmore est faite, et à quel degré, dans cette vie d'oiseau perpétuellement sur la branche, — sur une branche sèche et dépouillée, — près de son nid en deuil, toute pareille à la Philomèle de Virgile, elle a été un chantre sincère. En extrayant cette douloureuse correspondance, je me suis souvent rappelé celle d'une autre femme-poëte, et dont il a été donné au public des volumes exquis, celle de Mlle Eugénie de Guérin. Mais quelle différence, me disais-je, entre les douleurs de l'une et celles de l'autre : l'une, la noble châtelaine du Cayla, sous son beau

ciel du Midi, dans des lieux aimés, dans une médiocrité ou
une pauvreté rurale qui est encore de l'abondance, avec tous
les choix et toutes les élégances d'un intérieur de vierge :
l'autre, dans la poussière et la boue des cités, sur les grands
chemins, toujours en quête du gîte, montant des cinq étages,
se heurtant à tous les angles, le cœur en lambeaux et s'écriant
par comparaison : « Où sont les paisibles tristesses de la
province? » Et qui a connu Mme Valmore en ces longues
années d'épreuves, qui l'a visitée dans ces humbles et étroits
logements où elle avait tant de peine à rassembler ses débris,
qui l'y a vue polie, aisée, accueillante, hospitalière même,
donnant à tout un air de propreté et d'art, cachant ses pleurs
sous une grâce naturelle et y mêlant des éclairs de gaîté,
brave et vaillante nature entre les plus délicates et les plus
sensitives, qui l'a vue ainsi et qui lira ce qui précède se
prendra encore plus à l'admirer. Puis, quand on vient à songer quel mal infini eut de tout temps à se soutenir et à subsister cette famille d'élite et d'honneur, ce groupe rare d'êtres
distingués et charmants, comptant des amitiés et, ce semble,
des protections sans nombre, chéris, estimés et admirés de
tous, on se demande ce que c'est que notre civilisation si
vantée; on rougit pour elle.

Mme Valmore est morte, je l'ai dit, dans la nuit du 22
au 23 juillet 1859. Elle habitait en dernier lieu, rue de Ri-
voli, au coin de la rue Étienne. Elle venait d'avoir soixante-
treize ans.

Le 4 août suivant, la ville de Douai accomplissait un devoir
douloureux envers son cher poëte, et la population douai-
sienne remplissait l'église Notre-Dame, toute voisine de la
maison de naissance de la défunte, pour assister à la messe
solennelle qui était célébrée en sa mémoire avec le concours
des diverses sociétés musicales du pays.

Alfred de Vigny disait d'elle qu'elle était « le plus grand
esprit féminin de notre temps. » Je me contenterais de l'appeler « l'âme féminine la plus pleine de courage, de tendresse
et de miséricorde. » — Béranger lui écrivait : « Une sensibi-

lité exquise distingue vos productions et se révèle dans toutes vos paroles. » — Brizeux l'a appelée : « Belle âme au timbre d'or. » — Victor Hugo, enfin, lui a écrit, et cette fois sans que la parole sous sa plume dépasse en rien l'idée : « Vous êtes la femme même, vous êtes la poésie même. — Vous êtes un talent charmant, le talent de femme le plus pénétrant que je connaisse. »

MADAME TASTU.

1835.

(Poésies nouvelles.)

Le talent de poésie tel qu'on aime à se le figurer, de poésie lyrique principalement, semble n'être départi à quelques êtres privilégiés que pour rendre avec harmonie les sentiments dont leur âme est émue, l'expression ne faisant que suivre en modération ou en énergie le soupir intérieur, comme la gaze suit les battements du sein, comme la voile se prête au vent. Mais, à observer la réalité, il n'en va pas ainsi. Le talent qui, dans le premier et bel hyménée de la jeunesse, ne fait qu'un d'ordinaire avec les sentiments dont une âme est possédée, s'il est fort, abondant, de trempe durable, s'en sépare bientôt, et devient jusqu'à un certain point distinct du fond même de l'âme. La sensibilité et le talent suivent, chose remarquable, une marche presque inverse : la sensibilité s'émousse, s'attiédit, se désabuse ; elle en vient parfois à se concentrer en des buts fort restreints ; le talent s'affermit, s'assouplit, se

généralise. S'il n'y a pas contradiction entre la sensibilité et le talent, il y a au moins surcroît du talent sur
la sensibilité. Tout ce que celle-ci a dans le cœur et veut
exhaler, l'autre l'exprime; mais quand elle n'a plus
rien à lui inspirer, quand elle sommeille, l'autre veut
exprimer quelque chose encore ; il se propose, il provoque autour de lui des sujets de sentiment, il grossit
à son gré ses émotions légères ; c'est un organe à part
qui réclame son exercice et sa pâture. Quelques génies
heureux, parmi les lyriques, semblent, au contraire,
conserver jusqu'au bout un accord égal, facile, entre
la sensibilité et son expression. Un équilibre naturel,
aux larges ondes, règne à souhait entre la source intérieure et l'expansion du dehors. A chaque flot nouveau
de sentiment qui gonfle la surface, le talent, comme
une nef soulevée, obéit. Aucun son ne meurt en ces
âmes sans avoir son écho harmonieux, aucune vague
sans avoir son écume argentée. Mais, pour ces natures
mêmes, il est vrai de dire qu'il y a du talent, du génie
en plus, disponible encore après l'expression des choses
nties. Même quand le flot de leur sensibilité est calme,
la belle nef du talent a souvent impatience de voyager.
Pour n'aller jamais que jusqu'où l'on sent, pour ne
dire jamais que juste, et non pas au delà, il n'y a qu'un
moyen, c'est de ne pouvoir tout dire. Ces talents inférieurs à leur sensibilité, d'une expression bien souvent
en deçà de l'émotion, ces talents qui ne parviennent
à rendre ce qu'ils veulent que rarement, et une fois
dans leur vie peut-être, ont un charme particulier à
côté des autres plus grands ; ils sont très-sincères.

Combien de germes étouffés en eux au moment de naître ! Combien de vraies larmes retombées dans la voix qu'elles éteignent, dans le cœur qu'elles noient! Si quelque chant difficile, modéré, profond pourtant, s'en élève, écoutez-le ! voyez la réalité qui de près l'inspire. L'art ne fait pas ici jouer les larmes sous toutes les couleurs du prisme : l'harmonie ne multiplie point les sanglots.

Mme Tastu appartient à cette classe de talents dont elle est comme un grave et doux modèle. Elle s'y est rangée elle-même, lorsque, dans son premier recueil, elle adressait à M. Victor Hugo les vers suivants :

Heureux qui, dans l'essor d'une verve facile,
Soumet à ses pensers un langage docile ;
Qui ne sent point sa voix expirer dans son sein,
Ni la lyre impuissante échapper à sa main,
Et, cherchant cet accord où l'âme se révèle,
Jamais n'a dû maudire une note rebelle !...
Hélas! ce n'est pas moi!... D'un cri de liberté
Jamais, comme mon cœur, mon vers n'a palpité ;
Jamais le rhythme heureux, la cadence constante,
N'ont traduit ma pensée au gré de mon attente ;
Jamais les pleurs réels à mes yeux arrachés
N'ont pu mouiller ces chants de ma veine épanchés!

Dans son recueil nouveau, elle parle encore de ce talent, qui n'est, dit-elle, qu'*une lutte intime d'ardents pensers et de frêles accords.* Mais, quoi qu'elle en dise, et malgré l'effort douloureux pour elle, l'accord nous arrive en mainte rencontre bien vibrant et bien pénétrant, et comme il n'est donné qu'à un vrai poëte de le produire. Mᵐᵉ Tastu, par cela même que son talent porte sur une sensibilité toute réelle, doit être prise dès le début de sa vie, et nous la suivrons d'abord pas à pas. Elle est née à Metz de M. Voïart, administrateur général des vivres, et de Mˡˡᵉ Bouchotte, sœur du ministre de la guerre sous la république; c'est déjà dire que la lignée de notre poëte est en plein dans cette bourgeoisie illustrée par la Révolution, et les sentiments patriotiques, que les invasions de 1814 et de 1815 développèrent si fort chez elle, représentent bien ceux de cette vaillante cité, sentinelle de la frontière. Est-il convenable de noter que son père faisait avec une grande facilité ce qu'on appelait des vers de société, bouts-rimés, couplets, etc., bagatelle fort à la mode de son temps, et dans laquelle le beau-frère de Bouchotte égalait peut-être le célèbre ingénieur Carnot? Mais la mère de Mᵐᵉ Tastu, à une faculté poétique naturelle et remarquablement élevée, unissait beaucoup de mérite sérieux et un caractère qui semble avoir eu de l'analogie avec celui de Mᵐᵉ Roland. C'est en elle sans doute que sa fille a puisé, nonobstant ses tendresses de femme-poëte, ce sens judicieux, ferme, suivi, un peu mâle, ce bon esprit instruit, appliqué, ces lignes sûres et correctes, et ce quelque chose d'étranger et même de contraire à toute vapeur aristocratique. Dès l'âge de quatre ans, la jeune Amable faisait preuve d'une grande intelligence et d'une surprenante mémoire; elle avait pour la lecture une véritable passion, et il lui fallait cacher les livres qu'elle dévorait. Elle sentit de bonne heure la mesure du vers, et si quelqu'un faisait un vers faux en lisant, son oreille était blessée. A sept ans et demi, elle perdit sa mère, qui avait voulu aller mourir à Metz au milieu de sa famille; car, atteinte d'une maladie de poitrine incurable, cette femme de vertu ne s'abusa pas un moment sur son état, et se disposa à la mort avec calme, comme pour un voyage. Cette mort jeta une ombre sur tout le reste d'une enfance si sensible. De retour à Paris avec son père, plus de jeux, un redoublement de lecture, ou, par intervalles, une sorte de rêverie nonchalante qui faisait demeurer l'enfant assise, les bras croisés, avec ce grand œil fixe (de Minerve), sans presque aucun mouvement de paupière. L'imagination s'éveillait déjà en elle, une espèce d'imagination qui s'isole en le voulant, pleine de suite en son rêve, compatible avec les qualités de la vie positive, et qui ne fait jamais confusion avec la réalité ; elle-même l'a décrite à merveille dans son conte en prose du *Bracelet maure*. Elle lut et relut l'Homère de Bitaubé à neuf ans; dès cet âge, elle se plaisait à composer des couplets sur des airs qui mesuraient naturellement ses rimes. La vue fréquente des collections de gravures dans le cabinet de son père l'habituait aux lignes précises du dessin. Pourtant, cette vie de rêverie et de lecture altéra sa santé, et vers onze ans elle fit une maladie, dont la guérit le docteur Alibert, mais qui la laissa quelques années chétive. Que d'efforts et quel douloureux acheminement, ô Nature, pour arriver à la puberté du talent ! Une année de pension, le second mariage de son père, qui épousa une jeune personne, douée elle-même du goût et du talent d'écrire (1), apportèrent quelque variété dans l'existence concentrée et casanière de notre poëte. La jeune fille de treize ans s'essaya, non plus à des couplets, mais à de vraies pièces de vers, à des idylles sur les diverses fleurs ; il y avait grand emploi, comme on peut croire, du langage mythologique. La première de ces pièces, *le Réséda*, fut présentée à l'impératrice Joséphine en 1809, et valut à la muse précoce de vifs éloges, que sa modestie sut dès lors réduire. Un des traits du caractère et du talent de Mᵐᵉ Tastu, et qui la distingue entre les femmes-poëtes d'aujourd'hui, c'est cette justesse de sens, une vue constamment nette et non troublée. Elle n'y arriva pas sans effort et dut souvent se vaincre. Enfant, sous son air calme, elle était passionnée, peu flexible, violente même ; elle perdit un jour, à onze ans, son prix de sagesse, pour un soufflet donné. Mais sa volonté plus forte prit l'empire.

Jusqu'à quel point cette discipline morale, régulière, contractée de bonne heure, et toujours observée dans la suite, favorise-t-elle ce qu'on appelle talent poétique, et ce qu'admire le monde sous ce nom ? Je ne veux pas le discuter ici. Mais en suivant la destinée poétique de Mᵐᵉ Tastu, en la voyant cheminer si pure, si attentive et discrète, si comprimée parfois dans sa ligne tracée ; en lui entendant opposer d'autres talents de femmes, plus brûlants, plus passionnés en apparence, et non pas soutenus d'âmes plus profondes, je me suis

_____

(1) Mᵐᵉ Voïart, connue par plusieurs agréables ouvrages.

dit que bien des bonnes et essentielles qualités inter-
disent souvent à des qualités plus spécieuses ou à de
brillants défauts de se produire avec avantage. La
plus célèbre des femmes de ce temps, parlant quelque
part du caractère d'un de ses héros (1), le compare a
une chaîne d'airain; mais il y avait dans cette chaîne,
dit-elle, un anneau d'or qui, à l'occasion, rompait
toujours ; cet anneau d'or, c'était une bonne qualité,
mêlée à d'autres plus énergiques que morales. Les
bonnes qualités, chez la femme-poëte surtout, sont
comme des mères tendres et prévoyantes qui retiennent
à temps l'enfant prodigue près de s'échapper, et cet
enfant prodigue s'en irait sans cela par le monde,
accroissant son renom et gagnant la gloire. Ne perdons
point ceci de vue, en appréciant un talent à demi
voilé, qui n'est allé qu'à une gloire décente sous le
contrôle du devoir.

A seize ans, la lecture de Gessner, d'Ossian, de Bernardin de Saint-Pierre, de M. de Chateaubriand
surtout, la connaissance particulière qu'elle fit de
Mᵐᵉ Dufrenoy, et jusqu'aux conseils qu'elle reçut de
Mollevaut, contribuèrent à fixer la vocation poétique
de Mᵐᵉ Tastu. Une de ses idylles, *le Narcisse,* composée
à dix-sept ans, et insérée à son insu dans *le Mercure,*
amena son mariage en 1816. Elle quitta aussitôt après
Paris pour Perpignan, et ce doux fruit du nord s'en
alla, durant plus de quatre ans, achever de mûrir et
de se colorer sous le soleil du Roussillon. Plusieurs

(1) George Sand, dans *André.*

prix, remportés aux Jeux Floraux, commencèrent dans le midi la réputation de la jeune femme; mais ce qui la fit d'abord remarquer des juges littéraires de Paris, ce fut sa pièce, publiée en 1825, à l'occasion du Sacre. Entre tant de poëmes de circonstance, où le faste des mots et des ornements cachait mal la disette de l'inspiration, *les Oiseaux du Sacre* se distinguaient par leur originalité naïve, touchante, convenable à une délicatesse de femme, d'une femme qui savait aussi faire entendre des accents de liberté. C'était une muse timide et pudique qui s'annonçait dans les rangs libéraux, honorés alors par Casimir Delavigne et Béranger. *Le Globe* salua cette pièce de ses éloges, et quand le premier recueil de Mme Tastu parut l'année suivante (1826), M. Dubois, en citant *l'Ange Gardien,* caractérisa, par quelques lignes bien senties, ce genre nouveau d'élégie domestique. Dans la vie de mérite et de dignité que l'auteur s'est faite, *l'Ange Gardien* a été et a dû rester son chef-d'œuvre. Il y a un moment unique où toutes les pensées, tous les rêves chastes et poétiques à la fois, se rencontrent dans l'âme de la jeune fille, de la jeune femme; c'est à la veille ou au lendemain du jour qu'embaume pour elle la fleur d'oranger. Cet instant passé, si elle est pure, si elle est sévère, si son cœur, même dans les ennuis et les traverses, s'interdit toutes insinuations décevantes, elle n'a plus qu'à regarder parfois en arrière, à regretter, à se soumettre, à ne vivre que dans le bonheur des siens, à espérer au delà de cette vie dans les malheurs. Mais, même heureuse, même comblée ici-bas comme épouse et comme mère, son roman est clos, son poëme s'en est allé; le voilà hors de son atteinte, suspendu au plus obscur de l'alcôve nuptiale, avec la couronne d'oranger près du crucifix. Mme Tastu, dans une belle pièce de son dernier recueil (*le Temps*), montre les mortels partagés en trois classes : les uns, ne vivant qu'au jour le jour, dans le présent; les autres tout entiers à l'avenir et dans l'ambition des espérances; les autres, enfin, tout à l'amour du passé et à la mélancolie du souvenir. Il faut la ranger parmi ces derniers; c'est vers le passé volontiers, vers le moment évanoui, qu'elle se retourne, dès que sa tâche lui en laisse le loisir. Les regrets, que la résignation tempère, sont désormais, et depuis *l'Ange Gardien,* l'inspiration naturelle de son chant. A côté de cette délicieuse composition de *l'Ange,* le premier recueil offrait de gracieux accompagnements, comme *le Dernier Jour de l'Année* et ces *Feuilles de Saule,* où tant de vague tristesse se module sur un rhythme si délicat. Sans entrer dans les questions polémiques, alors commençantes, Mme Tastu se rattachait à l'école nouvelle par un grand sentiment de l'art dans l'exécution. Cette pensée rêveuse et tendre aime à revêtir le rhythme le plus exact, à la façon de Béranger, que par cet endroit elle imite un peu.

Au sortir du succès brillant de son premier recueil, Mme Tastu tenta d'agrandir le domaine de son inspiration, et d'entrer dans la poésie d'action, épique et dramatique. Une remarquable étude en vers sur Shakspeare l'avait préparée à cette excursion hardie, bien digne d'ailleurs d'un esprit aussi grave. Les *Chroniques de*

France, publiées en 1829, furent pourtant jugées, en
général, comme une erreur honorable d'un talent élégiaque et intime, trop docile cette fois aux conseils de
quelque ami, savant historien. On n'y releva pas assez
les belles émotions lyriques du *Prologue,* la fervente et
sérieuse *Introduction* aux *Temps modernes,* et la fin du
chant de *Waterloo.* Il est bien vrai qu'en somme le
poids de l'armure avait trahi l'effort de la courageuse
Herminie.

Le moindre succès des *Chroniques* se perdit bientôt
pour Mme Tastu dans des adversités obscures et poignantes qui vinrent assujettir à des emplois obligés ce
talent si sobre et si choisi. Elle n'hésita pas, mais
elle souffrit. Elle pencha vers la prose son front de
muse, elle détacha de ses mains l'étoile et le bandeau (1).
L'inspiration, profondément découragée, qui remplit
son récent volume, date de ce moment ; c'est à l'une
de ces heures de veille et d'agonie où les poëtes
comme Lamartine écrivent les *Novissima Verba,* où
les poëtes comme Victor Hugo redisent *Ce qu'on entend*

___

(1) Mme Émile de Girardin, exprimant ce même passage pénible
de la poésie à la prose, a dit :

     Et la Muse brisa sa lyre par raison.

Ces deux dames, Mme Émile de Girardin et Mme Tastu, depuis
leur application au réel, ont essayé quelquefois de mettre la poésie
à la portée de l'enfance et de lui faire parler le langage de la
morale ou de la prière. L'âme noble, la raison saine, le goût juste
de Mme Tastu, y ont naturellement réussi : on peut voir les petites
pièces de vers qu'elle a semées dans ses excellents ouvrages d'éducation (librairie de Didier).

sur la Montagne, qu'elle, interrompant un peu **sa**
tâche, elle s'écriait dans une plainte étouffée :

> O Monde! ô Vie! ô Temps! fantômes, ombres vaines,
> Qui lassez à la fin mes pas irrésolus,
> Quand reviendront ces jours où vos mains étaient pleines
> Vos regards caressants, vos promesses certaines?
>   Jamais, ô jamais plus!
>
> L'éclat du jour s'éteint aux pleurs où je me noie,
> Les charmes de la nuit passent inaperçus;
> Nuit, jour, printemps, hiver, est-il rien que je voie?
> Mon cœur peut battre encor de peine, mais de joie
>   Jamais! ô jamais plus!

Lorsqu'on subit à ce degré le poids de la douleur
présente, monotone, effective, on sent trop fort pour
pouvoir beaucoup chanter. Un gémissement si vrai
n'a rien de l'élan des âmes tourmentées à plaisir et
remuées, qui s'enfoncent elles-mêmes l'aiguillon (1).
M. de Lamartine le pensait aussi, lorsqu'à la lecture
de ce dernier volume et sous l'émotion de cet amer sanglot, il écrivait à Mme Tastu les vers suivants, lui, le
consolateur affligé, qui en avait déjà adressé de si
pénétrants à Mme Desbordes-Valmore :

---

(1) Nous devons dire pourtant, de peur de ne rien exagérer, que
ce cri de douleur se trouve imité ou même traduit de la pièce de
Shelley, intitulée *A Lament,* qui commence par ces mots :

> Oh, world! oh, life! oh, time!...

Mais Mme Tastu a rendu si supérieurement les accents de l'original, qu'on sent qu'elle les a retrouvés dans son âme.

Dans le clocher de mon village
Il est un sonore instrument,
Que j'écoutais dans mon jeune âge
Comme une voix du firmament.

Quand, après une longue absence,
Je revenais au toit natal,
J'épiais dans l'air, à distance,
Les doux sons du pieux métal.

Dans sa voix je croyais entendre
La voix joyeuse du vallon,
La voix d'une sœur douce et tendre,
D'une mère émue à mon nom.

Maintenant, quand j'entends encore
Ses sourds tintements sur les flots,
Chaque coup du battant sonore
Me semble jeter des sanglots.

Pourquoi? Dans la tour isolée
C'est le même timbre argentin,
Le même hymne sur la vallée,
Le même salut au matin.

Ah! c'est que, depuis le baptême,
Le mélancolique instrument
A tant sonné pour ceux que j'aime
L'agonie et l'enterrement!

C'est qu'au lieu des jeunes prières,
Ou du *Te Deum* triomphant,
Il fait vibrer les froides pierres
De ma mère et de mon enfant!...

Ainsi quand ta voix si connue
Revint hier me visiter,

Je crus que du haut de la nue
L'ancienne joie allait chanter.

Mais, hélas! du divin volume
Où tes doux chants m'étaient ouverts,
Je ne sais quel flot d'amertume
Coulait en moi dans chaque vers.

C'est toujours le même génie,
La même âme, instrument humain!
Mais, avec la même harmonie,
Comme tout pleure sous ta main!

Ah! pauvre mère! ah! pauvre femme!
On ne trompe pas le malheur;
Les vers sont le timbre de l'âme;
La voix se brise avec le cœur!

Toujours au sort le chant s'accorde;
Tu veux sourire en vain, je vois
Une larme sur chaque corde,
Et des frissons sur tous tes doigts!

A ces vains jeux de l'harmonie
Disons ensemble un long adieu :
Pour sécher les pleurs du génie,
Que peut la lyre?... Il faut un Dieu!

En publiant, il y a trois ans (1833), la cinquième édition de ses premières poésies, Mme Tastu y ajoutait une préface en vers qui est une de ses meilleures pièces. Elle semble y douter pour ses premiers-nés de l'accueil qui les a favorisés jusque-là; cette révolution qui a renouvelé et surtout dispersé tant de choses, qui a dissous les groupes poétiques et littéraires, lui paraît

avoir de beaucoup vieilli ses vers, si heureux à leur
naissance :

> Hélas! combien sont morts de ceux qui m'ont aimée!
> Combien d'autres pour moi le temps aura changés!
> Je n'en murmure pas; j'ai tant changé moi-même!
> . . . .
> . . . . Il est des sympathies
> Qui, muettes un jour, cessent d'être senties;
> Et tel, par qui jadis ces chants étaient fêtés,
> A peine s'avouera qu'il les ait écoutés!

Il a été fait à cette préface craintive une réponse en vers
que nous donnons ici, malgré tout ce qu'il y a de périlleux à rien produire sur un sujet touché par M. de
Lamartine; mais il sera le premier à nous pardonner
en faveur du sentiment commun qui nous attire vers
la même noble douleur. Voici donc cette réponse :

> Non, tous n'ont pas changé, tous n'ont pas, dans leur route,
> Vu fuir ton frais buisson au nid mélodieux;
> Tous ne sont pas si loin; j'en sais un qui t'écoute
>   Et qui te suit des yeux.
>
> Va! plusieurs sont ainsi, plusieurs, je le veux croire,
> De ceux qu'autour de toi charmaient tes anciens vers,
> De ceux qui, dans la course en commun à la gloire,
>   T'offraient leurs rangs ouverts.
>
> Mais plusieurs de ceux-là, mais presque tous, je pense,
> Vois-tu? belle Ame en deuil, depuis ce jour flatteur,
> Victimes comme toi, sous une autre apparence,
>   Ont souffert dans leur cœur.
>
> L'un, dès les premiers tons de sa lyre animée,
> A senti sa voix frêle et son chant rejeté,

Comme une vierge en fleur qui voulait être aimée
            Et qui perd sa beauté.

L'autre, en poussant trop haut jusqu'au char du tonnerre,
S'est dans l'âme allumé quelque rêve étouffant.
L'un s'est creusé, lui seul, son mal imaginaire;...
            L'autre n'a plus d'enfant!

Chacun vite a trouvé son écart ou son piége;
Chacun a sa blessure et son secret ennui,
Et l'Ange a replié la bannière de neige
            Qui dans l'aube avait lui.

Et maintenant, un soir, si le hasard rassemble
Quelques amis encor du groupe dispersé,
Qui donc reconnaîtrait ce que de loin il semble,
            Sur la foi du passé?

Plus de concerts en chœur, d'expansive espérance,
Plus d'enivrants regards! la main glace la main.
Est-ce oubli l'un de l'autre et froide indifférence,
            Envie, orgueil humain?

Oh! c'est surtout fatigue et ride intérieure,
Et sentiment d'un joug difficile à tirer.
Chacun s'en revient seul, rouvre son mal et pleure,
            Heureux s'il peut pleurer!

Ils cachent tous ainsi leurs blessures au foie,
Trop sensibles mortels, éclos des mêmes feux!
Plus jeune, on se disait les chagrins et la joie;
            Plus tard, on se tait mieux.

On se tait même auprès du souvenir qui charme;
On doit paraître ingrat, car on le fuit souvent.
Contre l'émotion qui réveille une larme
            A tort on se défend.

Ainsi l'on fait de toi, chaste Muse plaintive,
Qui de trop doux parfums entouras l'oranger;
Ces bosquets que j'aimais de notre ancienne riva.
            Je n'ose y ressonger.

Puis, à toi, ta blessure est si simple et si belle,
Si belle de motif, et pour un soin si pur,
Toi, chaque jour, laissant quelque part de ton aile
            Au fond du nid obscur,

Que c'est pour nous, souffrant de nos fautes sans nombre,
De vaines passions, d'ambitieux essor,
Que c'est honte pour nous de t'écouter dans l'ombre,
            Et de nous plaindre encor.

Plus d'un, crois-le pourtant, a sa tâche qui l'use,
Et sa roue à tourner et son crible à remplir,
Et ce labeur pesant, meurtrier de la Muse
            Qu'il doit ensevelir.

Sacrifice pénible et méritoire à l'âme,
Non pas sur le haut mont, sous le ciel étoilé,
D'un Isaac chéri, sans autel et sans flamme
            Chaque jour immolé!

L'âme du moins y gagne en douleurs infinies;
Du trésor invisible elle sent mieux le poids.
N'envions point leur gloire aux fortunés génies,
            Que tout orne à la fois!

Sans plus chercher au bout la pelouse rêvée,
Acceptons ce chemin qui se brise au milieu;
Sans murmurer, aidons à l'humaine corvée,
            Car le maître, c'est Dieu!

A analyser rigoureusement le dernier recueil de
Mme Tastu, on y peut faire plusieurs remarques cri-

                                    10.

tiques qu'un esprit aussi judicieux que le sien appré-
ciera. La plus longue pièce du volume est le poëme de
Peau-d'Ane, et *Peau-d'Ane,* dans l'intention du poëte,
tout en conservant bien des charmantes naïvetés premières, relevées dans un rhythme svelte et élégant,
Peau-d'Ane est devenu un *mythe.* Comme les amours
Psyché expriment une métamorphose de l'àme, les
destinées de *Peau-d'Ane* représentent, selon le poëte,
les destinées du siècle, de ce *Siècle-Midas,* de ce *Siècle-
Prose,* lequel, sous son enveloppe matérielle, cache un
germe à demi clos de foi, de poésie et de beauté. *Peau-
d'Ane,* en un mot, est un mythe social, dont la pensée
se produit dans les chants qui terminent chaque journée. Il y a des moments aussi où l'on sent sous l'em-
blème la personne même de l'auteur, et la plainte naturelle de cette muse forcée trop souvent de quitter la
robe d'azur de la poésie pour le rude vêtement de la
prose. Tout cela est plein de combinaison, plein d'un
art ingénieux sans doute; mais on a quelque peine à
saisir l'idée, à la dégager de l'entourage qui l'enchâsse.
La précision même des détails nuit peut-être à une plus
libre intelligence; l'auteur suit trop pas à pas son chemin; on s'aperçoit bien qu'on n'a point avec lui affaire
à une pure fantaisie, mais on ne sait trop où il en veut
venir. Puis, quand arrive par places l'idée du mythe,
elle tranche nettement avec tout le détail enjoué de
narration qui a précédé : on n'était pas suffisamment
averti, rien n'avait transpiré; cet ensemble ne s'annonçait pas environné d'assez de vapeur. Je préfère, en
fait de morceau de quelque étendue, l'*Étude de Dante,*

à bon droit dédiée à M. Fauriel. L'application sérieuse qui s'y découvre sied bien à la dignité du sujet. L'imprécation sur Florence, que le poëte traduit et développe en la détournant à notre patrie, a conservé sa mâle beauté et atteste combien les espérances patriotiques de ce noble cœur ont essuyé d'amertumes aussi et de désabusements. Ces désabusements, avouons-le, lui sont venus surtout de l'excès des impatiences et des appels menaçants à la force ; dans la pièce de *La Fayette,* son vœu et sa prière s'adressent à cette trop vive jeunesse que, dans son inquiétude de mère, elle prend à tâche de modérer. Un côté si sage, **mais nécessairement si raisonneur,** introduit dans le talent, semble par endroits le ralentir. Cette muse, autrefois sortie du même camp libéral que Béranger, n'est pourtant pas tout entière aujourd'hui aux craintifs présages. Son espérance blessée, mais patiente, s'est réfugiée aux perspectives d'un avenir social, terre promise que tant de voix de poëtes aiment à saluer.

Ce qui touche le plus dans le récent volume, ce sont les pièces où, sans détour, sans déguisement de drame ou de mythe, l'âme du poëte a éclaté, ces pièces modestes intitulées *Plainte, Invocation, Découragement, le Temps,* la *Commémoration* funèbre sur la mort de Mᵐᵉ Guizot, *la Passion.* Elles sont courtes, parce que la douleur trop vraie n'a qu'un cri, parce qu'une aile saignante, à peine élancée, retombe, parce qu'il a fallu les quitter vite pour les pages monotones et laborieuses, un moment disparues sous une larme. Elles **sont nées du profond de la réalité, sans la décorer, sans**

l'interrompre, en présence et en continuité des instants
d'angoisse ou d'ennui, sans oubli aucun et sous l'effort
des choses existantes. Après *l'Ange Gardien,* dont la
rayonnante image continuera de planer, aux heures de
rêverie, sur les destinées de toute jeune fille chrétienne
et de toute épouse fidèle, ce volume nouveau, mélange
de souffrance, d'étude et de maturité sensée, a son
charme également béni. Bien qu'il nous reporte vers
un passé plus brillant, bien qu'il s'élève moins haut que
la poétique apparition de la jeunesse, il vient dignement
après, et honore le talent en même temps que la vie de
celle qui peut si fermement se résigner et si délicatement se plaindre.

Février 1835.

(Mon désir d'être exact me fait ajouter un seul mot : ce portrait,
jugé par des personnes qui voient de près l'auteur, leur a paru présenter l'idée d'une personne plus agitée ou plus résignée que ne
l'est, que n'a besoin de l'être une âme si calme, si réglée, si bien
établie dans les affections douces et dans les études solides. Nous
avons pu surprendre le poëte en un moment de plainte; mais il
ne faut rien exagérer, et il n'est pas nécessaire pour l'intérêt du
portrait de trop prolonger ce court moment dans toute l'habitude
d'une vie.) — Depuis que ceci est écrit, Mme Tastu a de plus en
plus persévéré dans cette voie toute de raison et de devoir. Après
la perte de son mari, elle est allée rejoindre jusque dans l'Orient
son fils unique, qui y remplissait des fonctions consulaires : elle
est, après des années, revenue en France, la vue affaiblie, sentant
le poids de l'âge, étrangère aux vains bruits, aux agitations de la
vanité, et ne demandant de consolation qu'à la famille, à l'amitié,
aux choses du cœur et de l'intelligence.

M. ALFRED DE MUSSET.

1833.

Au moment où l'Angleterre et l'Allemagne semblent avoir épuisé le magnifique essor poétique qui les emportait depuis plus de quarante ans, et dans ce double silence qui se fait autour de nous du côté des tombes de Byron et de Gœthe, il est bon de voir le mouvement de la France grandir et s'étendre par des productions multipliées de poëtes, et, au lieu de symptômes de lassitude, d'y découvrir une émulation croissante et d'actives promesses. Il y a bien quelque quarante ans aussi que la rénovation poétique, qui est en pleine vogue à cette heure, a débuté chez nous dans les vers d'André Chénier, et a fait route latéralement dans la prose des *Études*, des *Harmonies de la Nature*, dans celle de Corinne, René, Oberman et des romans de Nodier, tous ces fils des *Rêveries*, toute cette postérité de Jean-Jacques. Mais ce n'est que depuis moins de quinze ans, c'est-à-dire depuis la mise au jour d'André Chénier et l'apparition des premières *Méditations poétiques*, ces deux portes d'ivoire de l'enceinte nouvelle, que notre poésie, à proprement parler, a trouvé sa

langue, sa couleur et sa mélodie, telles que les réclamait l'âge présent, et qu'elle a pu exprimer ses sentiments les plus divers sur son véritable organe. Jusque-
là, cette poésie, en ce qu'elle avait de particulier, et
j'oserai dire d'essentiel, semblait décidément subalterne, inférieure à la prose, incapable dans ses vieilles
entraves d'atteindre à tout un ordre d'idées modernes
et d'inspirations, qui s'élargissait de jour en jour. Jean-
Jacques, M. de Chateaubriand, Benjamin Constant et
Mme de Staël, essayant de s'exprimer en vers, m'ont
toujours fait l'effet de Minerve, qui, voulant jouer de
la flûte au bord d'une fontaine, s'y regarde et se voit
si laide, qu'elle jette de dépit la flûte au fond des eaux.
J'en demande pardon à ces admirables prosateurs qui,
révérant l'art des vers dans Corneille, Racine et La
Fontaine, comme une rareté ensevelie, désespéraient
de le faire renaître. Ils avaient cent autres dons excellents ; un seul, mais qui n'était pas le moindre, leur a
manqué. M. de Musset a cavalièrement raison contre
eux tous dans la stance suivante :

> J'aime surtout les vers, cette langue immortelle.
> C'est peut-être un blasphème et je le dis tout bas ;
> Mais je l'aime à la rage. Elle a cela pour elle,
> Que les sots d'aucun temps (1) n'en ont pu faire cas,
> Qu'elle nous vient de Dieu, — qu'elle est limpide et belle,
> Que le monde l'entend et ne la parle pas.

(1) Le poëte oublie un peu trop que parmi les dépréciateurs de
la rime et des vers sont Pascal, Malebranche, La Motte, et l'abbé
Prévost (voir *le Pour et Contre*, nombres 78, 79, 122, 146 et 147).
Enfin il oublie encore que la manie de versifier a, de tout temps,

Or, depuis 1819, ce qu'on pourrait appeler l'école
poétique française n'a pas cessé de marcher et de produire : son développement non interrompu se partage
assez bien en trois moments distincts; on y compte déjà
trois générations et comme trois rangées de poëtes. De
1819 à 1824, sous la double influence directe d'André
Chénier et des *Méditations,* sous le retentissement des
chefs-d'œuvre de Byron et de Scott, au bruit des cris
de la Grèce, au fort des illusions religieuses et monarchiques de la Restauration, il se forma un ensemble de
préludes, où dominaient une mélancolie vague, idéale,
l'accent chevaleresque, et une grâce de détails curieuse
et souvent exquise. MM. Soumet et Guiraud appartiennent purement à cette phase de notre poésie, et en représentent, dans une espèce de mesure moyenne, les
mérites passagers et les inconvénients. Deux autres
talents plus fermes, qui s'y rapportent également,
quoique issus du libéralisme, MM. Lebrun et de Latouche, l'un dans ses poëmes, l'autre dans ses trop
rares élégies, réfléchissent aussi, avec une fidélité
diverse, l'émotion et la teinte poétique de ce moment
d'initiation, auquel M. Delavigne demeura, lui, complétement insensible. Béranger restait aussi tout à fait
en dehors ; mais il le pouvait, grâce à la maturité originale de son génie, au caractère expressément politique de sa mission, à la spécialité unique de son genre.

été le lot de bien des sots proprement dits, sots fieffés à la Lemierre,
à la Delrieu ou à la Viennet, qui poursuivent les gens de leurs
rimes jusque dans la rue. Il n'est pire fléau qu'un méchant poëte,
ni de plus acharné, sous prétexte qu'il parle la langue des dieux.

Les secondes *Méditations, la Mort de Socrate,* les premières odes de M. Hugo, divers poëmes de M. de Vigny, datent et illustrent la période dont il s'agit; mais, à part M. de Lamartine qui l'avait ouverte, ces autres poëtes, plus jeunes, n'étaient pas arrivés à leur expansion définitive : ce ne fut guère que de 1824 à 1829, dans la seconde phase du mouvement que nous décrivons, qu'ils montèrent à leur rang, groupant autour d'eux et suscitant une génération fervente. Les principaux traits de cet autre moment si bien rempli furent la suprématie, le culte de l'Art considéré en lui-même et d'une façon plus détachée, un grand déploiement d'imagination, la science des peintures, l'histoire entamée dramatiquement, évoquée avec souffle, comme dans le *Cinq-Mars* et le *Cromwell,* la reproduction expressive du Moyen-Age mieux envisagé, de Dante et de Shakspeare compris à fond; on perfectionna, on exerça le style; on trempa le rhythme; la strophe eut des ailes; on se rapprochait en même temps de la vérité franche et réelle dans les tableaux familiers de la vie. Vers la fin, comme cela a été récemment indiqué à propos de M. Antony Deschamps (1), on essayait d'infuser dans cette poésie pittoresque une philosophie platonicienne, dantesque, un peu alexandrine. Les tentatives passionnées du théâtre faisaient seules diversion à ces études intimes et délicieuses du moderne Musée.

Ces tentatives toutefois, en redoublant, commençaient à donner une direction assez divergente à plu-

(1) Par M. Brizeux, *Revue des Deux Mondes,* janvier 1833.

sieurs talents jusqu'alors unis, et l'école poétique était
en plein train de se transformer par la force des choses,
quand la révolution de Juillet, en éclatant brusquement, abrégea l'intervalle de transition, et lança par
contre-coup tout ce qui avait haleine dans une troisième marche dont nous pouvons déjà noter quelques
pas. Jusqu'ici, depuis deux ans passés, il ne paraît plus
qu'il existe aucun centre poétique auquel se rattachent
particulièrement les essais nouveaux d'une certaine valeur. La dispersion est entière; chacun s'introduit et
chemine pour son propre compte, fort chatouilleux
avant tout sur l'indépendance. Les poëtes renommés,
cependant, ont continué de produire. M. de Lamartine,
en moisson dans l'Orient, a chanté de beaux chants de
départ; Béranger va nous donner ses adieux. *Les Feuilles
d'Automne* ont révélé des richesses d'âme imprévues,
là où il semblait que l'imagination eût tout tari de ses
splendeurs. La prose de *Stello* si savante, si déliée, a
fait acte de poésie, autant par les trois épisodes qu'elle
décore, que par cette analyse pénétrante de souffrances
délicates et presque inexprimables qu'il n'est donné
qu'à une sensibilité d'artiste de subir à ce point et de
consacrer. Mais, indépendamment de ces talents établis
qui poursuivent leur œuvre, en la modifiant la plupart,
et avec raison, selon une pensée sociale, voilà qu'il
s'élève et se dresse une troisième génération de poëtes,
dont on peut déjà saisir la physionomie distincte et
payer l'effort généreux. C'est au premier abord quelque
chose de plus varié, de plus épars qu'auparavant, de
plus dégagé des questions d'école, de plus préoccupé

de soi et de l'état de la société tout ensemble. L'art, ou plutôt les vétilles de l'art, la bordure traînante du manteau, qui, chez quelques disciples de la précédente manière, était relevée et troussée en chemin avec un soin superstitieux, fait souvent place ici à un désordre, à une profusion négligente, qui n'est ni sans charme ni sans affectation. L'auteur de *Marie* pourtant a gardé chaste et noué le long vêtement de la Muse; espèce de Bion chrétien, de Synésius artiste, en nos jours troublés; jeune poëte alexandrin qui a maintenant rêvé sous les fresques de Raphaël, et qui mêle sur son front aux plus douces fleurs des landes natales une feuille cueillie au tombeau de Virgile. La philosophie discrète et sereine, qui transpire dans sa poésie, continue peut-être trop celle du moment antérieur; elle est douée toutefois d'un sentiment exquis du présent. Qu'il ose donc, sous de beaux symboles, à l'exemple du chantre de Pollion, toucher quelques points de la transformation profonde qui s'opère! Son ami, l'auteur des *Iambes,* et aujourd'hui du *Pianto,* a osé beaucoup : proférant des paroles ardentes, et d'une main qui n'a pas craint quelque souillure, il a fouillé du premier coup dans les plaies immondes, il les a fait saigner et crier. Son *Iambe,* non pas personnel et vengeur comme celui d'Archiloque ou de Chénier, ressemblait plutôt à l'hyperbole des stoïciens Perse et Juvénal. Chez M. Barbier, artiste, sinon stoïcien, sectateur de Dante et de Michel-Ange, sinon de Chrysippe et de Crantor, il y avait un idéal de beauté et d'élévation qu'il confrontait violemment avec la cohue de vices qu'un brusque orage avait

soulevée. Cet idéal, qu'attestait déjà *la Tentation*, ressort désormais et se compose en plein sous une harmonieuse tristesse dans *le Pianto,* dont l'éclat est trop
voisin de nos pages (1) pour que nous puissions l'y juger. On saisira toute la portée de l'idée dont l'Italie
n'est, à vrai dire, que la plus auguste figure. La religion sans âme, la beauté vénale et souillée, ce n'est
pas seulement Rome ou Venise; le peuple méprisé et
fort, c'est partout *la Terre de labour;* Juliette assoupie
et non pas morte, Juliette au tombeau, appelant le
fiancé, c'est la Vierge palingénésique de Ballanche, la
noble Vierge qui, des ombres du caveau, s'en va nous
apparaître sur la plate-forme de la tour; c'est l'avenir
du siècle et du monde.

On ne devra pas demander de pensée de ce genre à
un *Spectacle dans un Fauteuil,* que M. de Musset vient
de publier, bien que ce livre classe définitivement son
auteur parmi les plus vigoureux artistes de ce temps;
mais l'esprit de l'époque, en ce qu'elle a de brisé et de
blasé, de chaud et de puissant en pure perte, d'inégal,
de contradictoire et de désespérant, s'y produit avec
un jet et un jeu de verve admirables en toute rencontre, et qui effrayent de la part d'un si jeune poëte.
M. Alfred de Musset n'a guère plus de vingt-trois ans,
si encore il les a : il a commencé à versifier dès dix-
huit. Lié d'abord avec les poëtes de la seconde période,
avec ce groupe qu'on a désigné un peu mystiquement

---

(1) Le poëme du *Pianto* paraissait dans le même numéro de la
Revue des Deux Mondes qui contenait l'article sur M. de Musset.

sous le nom de *Cénacle,* il lançait au sein de ce cercle
favorable ses premières études de poésie, quelques pas-
tiches d'André Chénier, des chansons espagnoles d'une
heureuse turbulence de page, mais visiblement chauf-
fées au large soleil couchant des *Orientales.* La forme
dramatique et les petites compositions à la Mérimée le
tentèrent vite. Un Mathurin Regnier, qui lui tomba sous
la main, lui ouvrit une copieuse veine de style franc et
nourrissant qu'il versa sans tarder sur la scène du
corps de garde et du cabaret borgne dans *Don Paez.*
Puis Shakspeare et Byron le saisirent, et ce dernier ne
le lâcha pas. Entre ces deux divins maîtres, Crébillon
fils se glissa en marquis par ses jolies fantaisies liber-
tines, *Ah! quel conte!* et la *Nuit et le Moment;* Clarisse
Harlowe elle-même, plus révérencieuse, eut son tour.
Que dirai-je? de réaction en réaction, ce jeune homme
en vint, chose monstrueuse en 1829, à admirer et à
préconiser les vers de Voltaire. En un mot, M. de Musset, dans toute la crudité de l'adolescence (*proterva
ætas*), se comporta comme un bachelier impétueux qui
brise, chaque matin, ses adorations de la veille, et
talonne, un peu injurieusement peut-être, en le quittant, le degré où il s'accoudait tout à l'heure. Il faut
ajouter que, pour sa peine, il fut quelque temps à débarrasser le seuil de son talent de ce pêle-mêle de statues, et des débris qu'il en avait faits (1).

---

(1) C'est ce qui a fait dire à quelqu'un de plus sévère que nous :
« Musset a un merveilleux talent de pastiche : tout jeune, il faisait
des vers comme Casimir Delavigne, des élégies à l'André Chénier,
des ballades à la Victor Hugo; ensuite il est passé au Crébillon

Les *Contes d'Espagne et d'Italie*, publiés en janvier
1830, annonçaient hautement un poëte. Les bonnes
gens n'y virent que la *Ballade à la Lune,* et n'enten-
dirent pas raillerie sur ce *point* d'invention nouvelle :
ce fut un haro de gros rires. Tous ceux qui avaient un
cœur capable de passion relurent *Portia* et palpitèrent.
Le noble Farcy en raffolait. Ce tableau d'alcôve au
retour du bal, la blancheur de l'aube qui fait pâlir le
croissant et l'ombre, tandis qu'une femme lasse, couchée et à demi sommeillante, livre aux yeux un bras nu
qui pend; le parfum qu'elle exhale, comme une fleur
sous la brise des nuits, ce chant incertain accompagné
de guitare au pied du balcon, toute cette scène mystérieuse qui aboutit au soupçon dans le cœur de l'époux,
forme une ouverture d'un calme inquiétant, assez appro-
chante, pour l'effet, du début de *Parisina.* Après cette
suavité première, succède aussitôt la grandeur : l'entrée
du jeune inconnu dans l'église, sans respect et aussi
sans mépris, son attente agitée, ses pas distraits sous
les voûtes sonores, contrastent avec le génie des soli-
tudes de Dieu. Sa fuite empressée, le soir, quand son
coursier l'emporte au rendez-vous, provoque la bénédiction imprévue et presque tendre que le poëte envoie
à l'amant. Puis, tout à côté, jaillit l'apostrophe outra-

fils. Plus tard, il s'est acquis quelque chose de très-semblable à la
fantaisie shakspearienne; il y a joint des poussées d'essor lyrique
à la Byron, il a surtout refait du Don Juan avec une pointe de
Voltaire. Tout cela constitue bien une espèce d'originalité; *e pure...*
On dirait de la plupart de ses jolies petites pièces ou *saynètes* que
c'est traduit on ne sait d'où, mais cela fait l'effet d'être traduit. »

geante et impie aux vieillards, dérision dure qui les
traîne devant nous par les cheveux, afin qu'ils nous
récitent, un pied dans la tombe, leurs joies de vingt
ans, comme s'il n'y avait de sacré au monde que la
jeunesse, la beauté et l'amour. Ainsi, d'élans en élans,
d'émotion en impiété, tout nous mène à la volupté
enivrante de la nuit, au meurtre de l'époux, à la volupté encore, sur cette mer de Venise, où reparaissent
voguant, pleins d'oubli, le meurtrier aimé et la belle
adultère :

Peut-être que le seuil du vieux palais Luigi
Du pur sang de son maître était encor rougi ;
Que tous les serviteurs, sur les draps funéraires,
N'avaient pas achevé leurs dernières prières ;
Peut-être qu'à l'entour des sinistres apprêts,
Les prieurs, s'agitant comme de noirs cyprès,
Et mêlant leurs soupirs aux cantiques des vierges,
N'avaient pas sur la tombe encore éteint les cierges,
Peut-être de la veille avait-on retrouvé
Le cadavre perdu, le front sous un pavé ;
Son chien pleurait sans doute et le cherchait encore :
Mais, quand Dalti parla, Portia prit sa mandore,
Mêlant sa douce voix, que la brise écartait,
Au murmure moqueur du flot qui l'emportait...

Les deux autres drames de ce volume, *Don Paez* et
la Camargo, renfermaient des beautés du même ordre,
mais moins soutenues, moins enchaînées, et dans un
style trop bigarré d'enjambements, de trivialités et d'ar-
chaïsmes. En somme, il y avait dans ce jeune talent une
connaissance prématurée de la passion humaine, une
joute furieuse avec elle, comme d'un nerveux écuyer

cramponné, à force de jarret et d'ongles, au dos d'une cavale fumante. Le *durus Amor*, l'*Amour, fléau du monde, exécrable folie* (1), n'avait jamais été étreint plus au vif, et, pour ainsi dire, plus au sang. Le poëte de dix-neuf ans remuait l'âme dans ses abîmes, il en arrachait la vase impure à une étrange profondeur; il culbutait du pied le couvercle de la tombe : à lui les femmes en cette vie, et le néant après! La vieillesse était apostrophée, foulée en maint endroit, secouée par le menton, comme décrépite. Sous le masque de son Mardoche, irrécusable bâtard de Cunégonde et de Don Juan dans leur vieillesse, il ricanait quelque part, à voix intelligible, de *ce bon peuple hellène,*

Dont les flots ont rougi la mer Hellespontienne
Et taché de leur sang les marbres, ô Paros!

Quel était donc ce cœur de poëte qui avait tant de pitié de la blancheur des marbres? comment fallait-il l'entendre? était-il sérieux et sincère? car, pour poëte, il l'était manifestement, même au fort de sa débauche. Dans ses plus mauvais chemins, la vérité rayonnante, l'image inespérée, l'éclat facile et prompt, jaillissaient de la poussière de ses pas. Ce que ne donnent ni l'effort, ni l'étude, ni la logique d'un goût attentif et perfectible, il l'atteignait au passage; il avait dans le style cette vertu

---

(1) Ce qui n'a pas été remarqué, c'est que cette apostrophe si admirée à l'Amour n'est autre qu'un passage de la Notice de La-touche sur André Chénier; Latouche y apostrophait déjà en propres termes « ce sentiment *qui tient à la douleur par un lien, par tant d'autres à la volupté.* »

d'ascension merveilleuse qui transporte en un clin d'œil
là où nul n'arrive en gravissant. Ce n'étaient pas des
couleurs combinées, surajoutées par un procédé successif, mais bien le réel se dorant çà et là comme un atome
à un rayon du matin, et s'envolant tout d'un coup au
regard dans une transfiguration divinisée. J'en veux
indiquer deux ou trois exemples frappants pour ceux
qui savent comprendre :

> Ulric, nul œil des mers n'a mesuré l'abîme,
> Ni les hérons plongeurs ni les vieux matelots ;
> Le soleil vient briser ses rayons sur leur cime,
> Comme un guerrier vaincu brise ses javelots !

Dans les vers déjà cités plus haut :

> . . . . . . à l'entour des sinistres apprêts,
> Les prieurs, s'agitant comme de noirs cyprès...

Ailleurs, dans *Mardoche :*

> Heureux un amoureux ! — il ne *s'enquête* pas
> Si c'est pluie ou gravier dont s'attarde son pas.
> On en rit ; c'est hasard s'il n'a heurté personne ;
> Mais sa folie au front lui met une couronne,
> A l'épaule une pourpre, et devant son chemin
> La flûte et les flambeaux, comme au jeune Romain !

Dans *Don Paez* enfin, en parlant de Juana :

> Comme elle est belle au soir ! aux rayons de la lune,
> Peignant sur son col blanc sa chevelure brune !
> Sous la tresse d'ébène on dirait, à la voir,
> Une jeune guerrière avec un casque noir !

Ce sont là, à mon sens, des vers d'une telle qualité poétique, que bien des gens de mérite qui sont arrivés à l'Académie par les leurs (M. Delavigne lui-même, si l'on veut) n'en ont peut-être jamais fait un seul dans ce ton. Ces sortes d'images se trouvent et ne s'élaborent pas. Je donne la moindre en cent à tous faiseurs, copistes, éplucheurs, gens de goût, etc.

Les *Contes d'Espagne et d'Italie,* en mettant hors de ligne la puissance poétique de M. de Musset, posaient donc en même temps une sorte d'énigme sur la nature, les limites et la destinée de ce talent. Quelques fragments imprimés depuis dans *la Revue de Paris,* et un petit drame en prose, représenté sans succès et lu avec plaisir, n'avaient pas contribué à éclaircir l'énigme : aujourd'hui *Un Spectacle dans un Fauteuil* l'a-t-il résolue ?

Ce volume nouveau contient une dédicace à M. Alfred T... (Tattet), très-décousue, mais étincelante, un grand drame sérieux en cinq actes, intitulé *la Coupe et les Lèvres,* une charmante petite comédie en deux actes, *A quoi rêvent les Jeunes Filles,* et enfin un soi-disant conte oriental, *Namouna,* dont le sujet n'est qu'un prétexte de divagation sinueuse, et dans lequel se trouvent, après vingt folles échappées, les deux cents plus beaux vers qu'ait jamais écrits M. de Musset, toute sa poésie en résumé et tout son amour. — Le personnage principal de *la Coupe et les Lèvres,* Charles Frank, n'est pas d'une autre famille que *Manfred, Conrad, le Giaour,* quoiqu'il nous offre une individualité bien retrempée, et que sa médaille soit sortie d'un seul jet. Lui aussi, le plus intrépide et le plus adroit des chasseurs tyroliens, l'orgueil l'égare; l'envie de toute supériorité l'ulcère; il repousse ses joyeux compagnons et la vie simple; il incendie en un jour de frénésie sa chaumière natale, rencontre un palatin avec sa maîtresse en croupe, dans une gorge étroite, se prend de querelle, tue l'un et emmène l'autre, délaissant sa douce fiancée d'enfance, la pure Déidamia. En proie au jeu, à la débauche, à l'épuisement aux bras de l'impure Belcolore, il s'en arrache pour les aventures de la guerre. Victorieux capitaine de hussards, il fait le mort un jour, et simule son enterrement pour assister lui-même à sa renommée. Las de toutes choses, l'image de sa fraîche Déidamia le poursuit cependant; un bouquet d'églantine, qu'elle lui a jeté au départ, ne l'a jamais quitté; il la revoit, il veut redevenir bon, simple, frapper sur l'épaule à tous voisins, et reprendre la vie de gai chasseur. Un baiser, le premier qu'il ait donné à sa *Mamette,* comme il appelle Déidamia, va lui être rendu. Mais Belcolore, l'impure acharnée, cette Sirène au beau corps, *à l'épaule charnue,*

A la gorge superbe et toujours demi-nue,
Sous ses cheveux plaqués le front stupide et fier,
Avec ses deux grands yeux qui sont d'un noir d'enfer,

Belcolore, le brutal génie des sens, la volupté meurtrière, a suivi Frank; elle s'est glissée sur le seuil nuptial, et entre le chaste baiser donné, et pas encore rendu (1), elle trouve place pour un poignard au cœur innocent de Déidamia :

(1) C'est de là que vient ce titre *la Coupe et les Lèvres;* il y avait chez les Grecs un vers devenu proverbe :

Ah! malheur à celui qui laisse la débauche
Planter le premier clou sous sa mamelle gauche.
Le cœur d'un homme vierge est un vase profond :
Lorsque la première eau qu'on y verse est impure,
La mer y passerait sans laver la souillure,
Car l'abîme est immense, et la tache est au fond (1) !

Est-ce là la moralité, la fatalité de ce drame? Je le
crois; il le faut; elle ressort presque forcément, quoique le poëte ne l'ait pas ramenée vers la fin, et qu'il
semble abandonner le dénoûment à un caprice cruel du
hasard. Il est fâcheux toutefois que la conception morale ne soit pas embrassée en entier ni poussée à bout;
que le chœur qui débute si magnifiquement se taise

Πολλὰ μεταξὺ πέλει κύλικος καὶ χείλεος ἄκρου,
Multa cadunt inter calicem supremaque labra:

ce que nos bons aïeux traduisaient bourgeoisement : « *Entre la
bouche et la cuiller* il arrive souvent du détourbier. » Et le vieux
Caton en son temps disait de même : « *Inter os et offam,* » entre
la bouche et le morceau.

(1) Ce trait en rappelle un assez pareil de Shakspeare, lorsque
Macbeth après son crime entend du bruit, et s'effraye, et s'écrie :
« Quelles mains j'ai là! Ah! elles me font sortir les yeux de la
tête. Est-ce que tout l'Océan du grand Neptune pourra laver ce
sang de ma main? Non; cette main que voilà serait plutôt capable
de rougir l'infinité des mers, changeant leur couleur verte en
sang. » (Acte II, scène II.) — Et encore (acte V, scène Ire), lorsque
lady Macbeth se parle dans son délire, en frottant la tache à sa
main : « Il y a ici une odeur de sang toujours; tous les parfums
de l'Arabie ne sauraient purifier cette petite main. » — Et dans
l'*OEdipe-roi,* acte V, scène I, sur les horreurs de la maison de
Cadmus :

Non, les eaux du Danube et du Phase épanchées
Ne laveraient jamais les souillures cachées
Dans cet abominable et sinistre séjour...

bientôt, et nous laisse retomber dans l'incertitude inex
tricable des apparences. Pourtant, dès l'origine, quand
Frank s'était égaré jusqu'à s'écrier :

> Tout nous vient de l'orgueil, même la patience :
> L'orgueil, c'est la pudeur des femmes, la constance
> Du soldat dans le rang, du martyr sur la croix.
> L'orgueil, c'est la vertu, l'honneur et le génie ;
> C'est ce qui reste encor d'un peu beau dans la vie,
> La probité du pauvre et la grandeur des rois ;

quand Frank avait dit cela, le chœur avait su divinement répondre :

> Frank, une ambition terrible te dévore.
> Ta pauvreté superbe elle-même s'abhorre ;
> Tu te hais, vagabond, dans ton orgueil de roi,
> Et tu hais ton voisin d'être semblable à toi. —
> Parle, aimes-tu ton père ? aimes-tu ta patrie ?
> Au souffle du matin sens-tu ton cœur frémir,
> Et t'agenouilles-tu, lorsque tu vas dormir ?
> De quel sang es-tu fait, pour marcher dans la vie
> Comme un homme de bronze, et pour que l'amitié,
> L'amour, la confiance et la douce pitié,
> Viennent toujours glisser sur ton être insensible,
> Comme des gouttes d'eau sur un marbre poli ?
> Ah ! celui-là vit mal qui ne vit que pour lui.
> L'âme, rayon du ciel, prisonnière invisible,
> Souffre dans son cachot de sanglantes douleurs ;
> Du fond de son exil elle cherche ses sœurs ;
> Et les pleurs et les chants sont les voix éternelles
> De ces filles de Dieu qui s'appellent entre elles.

Pourquoi donc cette sublime et triomphante réponse
ne revient-elle nulle part au delà ? Pourquoi ces deux

voix mystérieuses, qui ont parlé à Frank endormi, n'ont-elles plus à retentir à son oreille? Pourquoi, quand la lumière a percé, redonner champ libre au chaos, et livrer le lecteur sans réplique à ce monologue incohérent qui couronne la mystification du cercueil, à ce conflit de beautés aveuglantes et de pensées qui se heurtent,

Telles par l'ouragan les neiges flagellées?

Poëte si jeune d'ans et qui pourriez être si mûr, pourquoi ne pas accomplir un dessein?

M. de Musset ne paraît pas s'être inquiété jusqu'ici d'établir en son talent une force concentrique et régnante : il embrasse beaucoup, il s'élance très-haut et très-avant en tous sens; mais il brise, il bouleverse à plaisir; il se plaît à aller, puis soudain à rebrousser; il accouple exprès les contraires. Bien des talents d'une moindre étendue sont plus sphériques en quelque sorte, et, suivant moi, plus parfaits que le sien. Il suffirait qu'on le louât de préférer et de pratiquer une chose, pour qu'il s'applaudît à l'instant d'aimer également toutes les autres. Sa préface exprime très-vivement ce goût, oserai-je dire cette manie de diversité? qui se retrouve à la fin dans *Hassan,* que *Beppo* avait déjà eue, je crois. L'adorable drôlerie, *A quoi rêvent les Jeunes Filles,* imbroglio malicieux et tendre qu'on peut lire entre *le Songe d'une Nuit d'Été* ou *Comme il vous plaira* et le cinquième acte de *Figaro,* n'est que le gracieux persiflage de cette idée de chaos où il se joue, de même que Frank m'en paraît la personnification sombre, fatiguée et luttante. Le plus beau passage du volume, ces stances du milieu de *Namouna,* que nul ne se chantera sans larmes, ce Don Juan vraiment nouveau, réalisé d'après Mozart, qu'est-ce encore, je le demande, sinon l'amas de tous les dons et de tous les fléaux, de tous les vices et de toutes les grâces; l'éternelle profusion de l'impossible; terres et palais, naissance et beauté; trois mille (1) noms de femmes dans un seul cœur; le paradis de l'enfer, l'amour dans le mal et pour le mal, un amour pieux, attendri, infini, comme celui du *vieux Blondel pour son pauvre roi?* Si j'ai dit que l'œuvre manquait d'unité, je me rétracte; l'insaisissable unité se rassemble ici comme dans un éclair, et tombe magiquement sur ce visage : voilà l'objet d'idolâtrie.

A travers tout le premier drame qui se passe au Tyrol, un air vif des montagnes circule; on entend l'*hallali* des chasseurs qui fait bondir; on croit boire à pleine main la saveur glacée des neiges dont la franche âcreté répare un sang affadi. Mais, dans les jardins du duc Laërte, sous le double bosquet où les deux sœurs soupirent, ce sont de tièdes et languissants parfums, mille Zéphires moqueurs et la mélodie lutine des fées.

Le style du *Spectacle dans un Fauteuil* n'a plus rien du système ni du pastiche, comme certains endroits des *Contes d'Espagne et d'Italie;* mais, en revanche, les incorrections et les négligences n'y sont pas ménagées :

---

(1) *Trois mille,* c'est une traduction libre, et très-libre, du *mille e tre* du Don Juan antérieur.

a plupart meurt, etc., etc. Il y a force obscurités par manque de liaison; ainsi, je n'ai pas compris le duc Laërte disant (page 168):

> Nous voulons la beauté pour avoir la tristesse.

Belcolore dit quelque part à Frank :

> Prétends-tu me prouver que j'aie un cœur de pierre?

Frank lui répond :

> Et ce que je te dis ne te le lève pas!

Les rimes sont partout réduites à leur minimum, *griser* et *lévrier* par exemple, *Danaé* et *tombé :* le poëte en cela a trouvé moyen de renchérir sur Voltaire. De plus, grâce à l'emploi des rimes entre-croisées comme dans *Tancrède,* on croirait de temps à autre lire des vers blancs; on peut trouver en effet quatre vers de suite qui forment un sens complet sans rimer. Il s'en est même glissé un tout à fait blanc, page 55, et, dans l'absence générale de rhythme, j'ai eu quelque peine à l'apercevoir (1).

(1) « Musset, a dit l'un de nos amis déjà cité, a l'affectation et la prétention de la négligence. Il a voulu rompre avec l'école dite de la *forme,* et, en rimant mal exprès, il a cru donner une ruade au Cénacle. Sa ballade *andalouse* était mieux rimée dans le premier jet; il l'a *dérimée* après coup, comme s'il avait craint de montrer le bout de la cocarde. Un aimable esprit qui donnait dans un autre abus, Émile Deschamps, pendant ce temps-là, n'avait pas de cesse qu'il n'eût remis sur de meilleures rimes les ballades de Moncrif. *Sua quemque...* On touche en ces deux exemples les deux excès opposés, et l'un des deux explique l'autre. »

Bien qu'un poëte ne soit pas nécessairement un critique, que mille éléments suspects animent les jugements littéraires qu'il laisse tomber d'un ton d'oracle, et qu'on ne doive pas lui en demander un compte trop scrupuleux, pourtant la préface en vers de M. de Musset renferme, entre autres opinions contestables, un rapprochement entre Mérimée et Calderon, qui m'a semblé dépasser toutes les bornes de la licence poétique en pareille matière :

> L'un, comme Calderon et comme Mérimée,
> Incruste un plomb brûlant sur la réalité, etc.

Nous avons peu pratiqué Calderon ; mais nous en avons assez entrevu pour ne jamais rapprocher ce grand dramatiste catholique, presque canonisé par les Schlegel, du talent fort médiocrement spiritualiste de notre énergique et sobre contemporain. Les comédies de cape et d'épée, par lesquelles il peut coudoyer un moment Mérimée, ne sont qu'une portion secondaire de son œuvre. L'image du *plomb incrusté dans la réalité*, de l'*effigie d'airain emportée d'un coup de ciseau*, cette image si juste quand elle s'applique au père de *Mateo Falcone*, de *Tamango* et de *Catalina*, jure énormément avec la nature tout ailée du génie à qui l'on doit *Psyché, le Lis du Carmel,* et ces *Actes* sans nombre d'où les chants séraphiques s'exhalent comme des bouffées de chauds aromes ou les nuées d'encens dans les sanctuaires (1).

_____

(1) A l'appui de ce jugement sur M. Mérimée, et pour mieux

Mais c'est épiloguer bien longtemps : quoi qu'il en soit des détails, un poëte nouveau, par cette éclatante

distinguer un talent contemporain qu'on n'a pas eu encore l'occasion d'analyser avec plus de détail, on citera ici un passage du *Globe* (janvier 1831); il y faut faire la part de la phraséologie légèrement saint-simonienne : « En relisant le *Théâtre de Clara Gazul*, toutes les autres productions de l'auteur me sont revenues à l'esprit, et je me suis confirmé dans l'idée que c'était l'un des artistes les plus originaux et les plus caractéristiques de cette époque souverainement individuelle. Né, j'imagine, avec une sensibilité profonde, il s'est bientôt aperçu qu'il y aurait duperie à l'épandre au milieu de l'égoïsme et de l'ironie du siècle; il a donc pris soin de la contenir au dedans de lui, de la concentrer le plus possible, et, en quelque sorte, sous le moindre volume; de ne la produire dans l'art qu'à l'état de passion âcre, violente, héroïque, et non pas en son propre nom ni par voie lyrique, mais en drame, en récit, et au moyen de personnages responsables. Ces personnages mêmes, l'artiste les a poussés d'ordinaire au profil le plus vigoureux et le plus simple, au langage le plus bref et le plus fort; dans sa peur de l'épanchement et de ce qui y ressemble, il a mieux aimé s'en tenir à ce qu'il y a de plus certain, de plus saisissable dans le réel; sa sensibilité, grâce à ce détour, s'est produite d'autant plus énergique et fière qu'elle était nativement peut-être plus timide, plus tendre, plus rentrée en elle-même; elle a fait bonne contenance, elle s'est aguerrie et a pris à son tour sa revanche d'ironie sur le siècle : de là une manière à part, à laquelle toutes les autres qualités de l'auteur ont merveilleusement concouru. — Esprit positif, observateur, curieux et studieux des détails, des faits, et de tout ce qui peut se montrer et se préciser, l'auteur s'est de bonne heure affranchi de la métaphysique vague de notre époque critique, en religion, en philosophie, en art, en histoire, et il ne s'est guère soucié d'y rien substituer. Éclectiques, romantiques, doctrinaires, républicains ou monarchistes; systématiques de tout bord et de toute conviction, il les a laissés dire; il n'en a repoussé ni épousé aucun, se taisant, n'écoutant pas toujours, s'abstenant d'avoir là-dessus le moindre avis; mais il relisait de temps à autre *le Prince* de Machiavel, qui lui semblait une œuvre solide à méditer; il relisait l'*Art poétique* d'Horace, pour y retrouver quelques détails sur

récidive, nous est dûment acquis et constaté. Ainsi les
rangs se pressent ; le ciel poétique de la France se

les procédés scéniques des anciens, ou les *Confessions* de saint
Augustin, pour y voir comment un jour le saint prit goût, malgré
lui, aux jeux du cirque. Il s'attachait aux faits, interrogeait les
voyageurs, s'enquérait des coutumes sauvages comme des anecdotes
les plus civilisées ; s'intéressait à la forme d'une dague ou d'une
liane, à la couleur d'un fruit, aux ingrédients d'un breuvage ; il
rétrogradait sans répugnance et avec une nerveuse souplesse d'imagination aux mœurs antérieures, se faisait à volonté Espagnol,
Corse, Illyrien, Africain, et de nos jours choisissait de préférence
les curiosités rares, les singularités de passions, les cas étranges,
débris de ces mœurs premières et qui ressortent avec le plus de
saillie du milieu de notre époque blasée et nivelée ; des adultères,
des duels, des coups de poignard, de bons scandales à notre morale
d'étiquette. En s'appliquant à ces faits, pour leur imprimer le
cachet de son génie, pour les tailler en diamants et les enchâsser
dans un art très-ferme et très-serré, l'auteur n'a jamais songé, ce
semble, à les rapporter aux conceptions générales, soit religieuses,
soit politiques, dont ils n'étaient que des fragments ou des vestiges ; la vue d'ensemble ne lui sied pas ; il est trop positif pour y
croire ; il croit au fait bien défini, bien circonstancié, poursuivi
jusqu'au bout dans sa spécialité de passion et dans son expression
matérielle ; le reste lui paraît fumée et nuage. Sans croyance aux
doctrines générales du passé, sans confiance aux vagues pressentiments d'avenir ni aux inductions d'une critique conjecturale, s'il
abordait des actes et des passions tenant par leur milieu à une
époque *organique,* il les verrait mal et les peindrait incomplète-
ment. S'il s'attaquait au vrai moyen âge, aux siècles de Hildebrand
et de Bernard, il n'accorderait pas assez à l'influence universelle,
à la splendeur du soleil catholique ; les exceptions et les points
obscurs le distrairaient de la vérité d'ensemble. De nos jours, quand
il a abordé certaines parties du règne de Napoléon, ç'a été la critique et l'ironie qui ont prévalu ; il nous a peint des lieutenants
de la vieille armée espions, de jeunes fils de famille bonapartistes
grossiers ; et sa sublime *Prise d'une Redoute* n'est que le côté
lugubre de la gloire militaire : il n'a pas embrassé, dans les peintures détachées qu'il en a données, l'harmonie de ce grand règne.

peuple. A chaque heure, de plus jeunes étoiles lèvent
le front ; d'autres, qui n'étaient que pâles et douteuses

Aussi M. Mérimée, dans le choix de ses sujets, se prend-il de préférence à des époques où les particularités ne sont pas trop commandées par un ordre dominant, ou à des races qui sont demeurées
dans leur sauvagerie primitive. Le xvie siècle lui va à merveille,
parce que le moyen âge, en s'y brisant, le remplit d'éclats, et qu'en
crimes et en vertus l'énergie individuelle, poussée à son comble,
y hérite directement de tout ce qu'avait amassé, durant des siècles, l'organisation féodale et catholique. Son talent d'observation
et son génie de peintre y triomphent dans le choc violent des événements et l'originalité des caractères. De nos jours les histoires
de bandits corses, de peuplades slaves, les aventures de négriers,
lui conviennent encore; il s'y complaît et y excelle. Ou bien c'est
ce que *notre civilisation raffinée* a de plus piquant et de plus
relevé dans son insipidité habituelle : des comédiennes héroïques,
des prêtres amoureux, des retours subtils de jalousie ou de remords.
Le procédé d'exécution répond tout à fait à ce qu'on peut attendre:
une simplicité parfaite, une force continue ; point de *pomposo* ni
de bavardage; point de réflexions ni de digressions; quelque chose
de droit qui va au but, qui ne se détourne ni d'un côté ni de
l'autre, et pousse devant, en marquant chaque pas, comme un
bélier sombre; point de vapeurs à l'horizon ni de demi-teintes,
mais des lignes nettes, des couleurs *fortes dans leur sobriété*, des
ciels un peu crus, des tons graves et bruns; chaque circonstance
essentielle décrite, chaque réalité serrée de près et rendue avec
une exactitude sévère; chaque personnage conséquent à lui-même
de tout point; vrai de geste, de costume, de visage; concentré et
viril dans sa passion, même les femmes; et derrière ces personnages et ces scènes, l'auteur qui s'efface, qu'on n'entend ni ne voit,
dont la sympathie ni l'amour n'éclatent jamais dans le cours du
récit par quelque cri irrésistible, et qui n'intervient au plus que
tout à la fin, sous un faux air d'insouciance et avec un demi-sou-
rire d'ironie. Tel nous semble M. Mérimée. C'est assurément l'artiste le moins chrétien d'aujourd'hui, celui dont le caractère individuel est le plus purgé de toutes réminiscences doctrinales et
sentimentales du passé. » — M. Vinet a défini M. Mérimée un
esprit à la fois exquis et dur.

encore, grossissent, se dégagent ; et, à mesure que l'importance de chacun diminue, la gloire et l'ornement du pays s'augmentent.

Pour nous, critique, chargé d'enregistrer à temps ces choses nouvelles, nous tâcherons de n'y jamais manquer, et nous gardant, s'il se peut, de la précipitation enthousiaste qui prophétise inconsidérément des splendeurs par trop nébuleuses, nous ne serons pas des derniers à signaler les vraies apparitions dignes du regard. Nous ferons l'office de la vigie, et notre cri de découverte sera toujours mêlé d'émotion et de joie. Quand on a soi-même des portions de l'artiste, qu'on l'a été un moment, ou du moins qu'on a désiré de le devenir à quelque degré, la vigilance sur les créations naissantes est extrême ; le clin d'œil est rapide et peu trompeur ; on reconnaît avec un instinct vif, presque jaloux, ces lumières qui pointent à l'horizon et vont à mesure éteindre les anciennes. Il y a quelque chose qui nous parvient vite dans tout ce qui hâte l'oubli qu'on fera de nous, dans tout ce qui rappelle les honneurs et les palmes exclusives auxquelles on avait songé. Qu'y faire? Il faut se répéter chaque matin, quand on ne vit pas dans un âge de barbarie, quand les rivaux abondent et que les rangs se pressent, ce que disait à Dante le peintre Oderic, puni d'orgueil au purgatoire : « Après moi, disait cette âme en rougissant, « après moi, Francesco de Bologne qui déjà m'efface; « après Cimabué, le Giotto; après le premier Guido, le « second! chacun a le cri à son tour. » Tieck, dans une *Vie de Poëte*, a bien fidèlement décrit ce mouvement de tristesse jalouse, quand Marlow se voit d'abord en présence du drame levant de Shakspeare. Mais Marlow se décide à admirer; c'est par là qu'il se sauve de la souffrance; cette première émotion, qui pouvait rentrer en envie, déborde en louange. Rotrou fit de même devant Corneille. — A plus forte raison la critique le doit-elle faire à l'égard des œuvres de prix qui se succèdent. Quand elle a quelque fonds d'artiste en elle, disions-nous, elle est promptement avertie par un tact chatouilleux de ce qui se remue de poétique alentour; qu'elle se réjouisse donc d'avoir à le dire; qu'elle mette sa gloire à saluer la première : sa consolation comme son devoir est de ne se lasser jamais.

Janvier 1833.

M. ALFRED DE MUSSET.

1836.

(La Confession d'un Enfant du siècle.)

De tous les jeunes poëtes qui sont en train de croître, de s'améliorer avec éclat, de se débarrasser avec franchise de l'accoutrement quelque peu bizarre ou scandaleux des débuts, il n'en est aucun de qui l'on ait droit de plus attendre que de M. Alfred de Musset. Depuis trois ans qu'il nous a donné la première partie de son *Spectacle dans un Fauteuil,* de nombreux et vifs témoignages nous l'ont montré toujours en progrès, toujours en action sur lui-même. Son joli essai de fantaisie dramatique, *A quoi rêvent les Jeunes Filles,* s'est continué et diversifié heureusement dans *les Caprices de Marianne,* dans *On ne badine pas avec l'Amour,* dans *la Quenouille de Barberine,* et tout récemment dans *le Chandelier.* Le *Comme il vous plaira* de Shakspeare, cueilli au tronc de ce grand chêne, est devenu, aux mains de M. de Musset, la tige gracieuse et féconde de tout un petit genre de proverbes dramatiques, mêlés d'observation et de folie, de mélancolie et de sourire,

d'imagination et d'*humeur* (1) ; nous avons eu par lui
un aimable essaim de jeunes sœurs françaises de Rosa-
linde. Dans les tentatives plus fortes qu'il a faites,
comme *André del Sarto* et *Lorenzaccio*, M. de Musset a
moins réussi que dans ces courtes et spirituelles es-
quisses, si brillantes, si vivement enlevées, dont les
hasards et le décousu même conviennent de prime
abord aux caprices et, en quelque sorte, aux brisures
de son talent ; mais, jusque dans ces ouvrages de
moindre réussite, on pouvait admirer la séve, bien des
jets d'une superbe vigueur, de riches promesses, et
dire enfin comme, dans son *Lorenzaccio*, Valori dit à
Tebaldeo, le jeune peintre : « Sans compliment, cela
« est beau ; non pas du premier mérite, il est vrai :
« pourquoi flatterais-je un homme qui ne se flatte pas
« lui-même? Mais votre barbe n'est pas poussée, jeune
« homme. » M. de Musset avait aussi le mérite de ne
pas trop se flatter ; le ton sincèrement modeste de ses
dernières préfaces contrastait d'une manière frappante
avec la façon cavalière et presque arrogante de ses débuts, et cette modestie si rare, qui accueillait la critique, s'accordait bien avec le dégagement de moins en
moins contestable de son talent. Quelques *lettres* éloquentes *d'un Voyageur*, lettres signées d'un nom qui a
le pouvoir déjà de répandre de la célébrité sur tout ce
qui s'y associe, avaient ajouté à l'intérêt qui s'attache
naturellement aux productions de M. de Musset. De

(1) Et comme l'a dit, on ne saurait mieux, Théophile Gautier
en parlant de ces pièces et *saynètes* : « ... Quelque fantaisie charmante où la mélancolie cause avec la gaieté. »

beaux vers, *la Nuit de Mai,* où la plainte est comme
étouffée, *la Nuit de Décembre,* où elle éclate, et **de**
laquelle je ne voudrais retrancher que le dernier paragraphe (*Ami, je suis la Solitude*), avaient entretenu cet
intérêt à la fois littéraire et romanesque, que *la Confession d'un Enfant du siècle,* fort vivement attendue,
semble devoir combler.

Le sujet de cette confession est celui-ci : Un jeune
homme qui a dix-neuf ans au commencement du récit
et vingt et un ans à la fin, Octave, né vers 1810, de
cette génération venue trop tard pour l'Empire, trop
tard (malgré sa précocité) pour la Restauration, et qui
achève, en ce moment, son apprentissage dans le conflit de toutes les idées et sur les débris de toutes les
croyances, Octave est amoureux ; il l'est avec naïveté,
confiance, adoration, et, jusque-là, il ressemble aux
amoureux de tous les temps ; mais au plus beau de son
rêve, un soir à souper, étant en face de sa maîtresse,
sa fourchette tombe par hasard, il se baisse pour la
ramasser, et voit... quoi ? le pied de sa maîtresse qui
s'appuie sur le pied de son ami intime. Le réveil est
affreux et soudain : Octave prend à l'instant même la
maladie du siècle, comme on prenait autrefois la petite
vérole après un brusque saisissement. Il quitte sa maîtresse, se bat avec son ami et est blessé ; guéri, il se
jette dans la débauche, dans l'orgie, jusqu'à ce que la
mort de son père l'en tire. Confiné alors aux champs,
il y voit une personne simple, douce, plus âgée que
lui, mais belle encore, un peu dévote, assez mystérieuse, Mme Pierson ; il en vient à l'aimer, à être

aimé d'elle; ici mille détails simples, enchanteurs, des
promenades dans les bois, avec chasteté, puis avec
ivresse. On le croirait guéri, heureux, fixé. Mais la
vieille plaie du libertin se rouvre; elle saigne au sein
de ce bonheur et le corrompt. La manière bizarre, capricieuse, cruelle, dont il défait à plaisir son illusion
et la félicité de son amie, est admirablement décrite ;
cela sent son amère réalité. Après bien des scènes
pénibles, lorsqu'une réconciliation semble à jamais
scellée, lorsque Brigitte Pierson consent à tout oublier,
à tout fuir du passé, à voyager bien loin et pour longtemps avec lui, survient un tiers jusque-là inaperçu,
l'honnête Smith qui aime involontairement Brigitte et
se fait aimer d'elle. Octave s'en aperçoit, les interroge,
découvre la souffrance de Brigitte, reconnaît que tant
de coups qu'il lui a portés ont tué en elle cet amour
où elle ne voit plus qu'un devoir. Il hésite, il est près
de la frapper d'un poignard ; mais le bon sentiment
triomphe. Il se retire, il s'efface avec abnégation, il se
rabat à une amitié sacrée. Smith et Brigitte partent
ensemble en chaise de poste pour l'Italie. Cette conclusion, on le voit, nous ramène à une situation dont les
Lettres d'un Voyageur nous avaient déjà donné l'idée.

Y a-t-il dans ce livre un dessin, une composition?
y a-t-il une intention morale et un but? On ne peut
méconnaître, dès le premier chapitre, que l'auteur n'ait
voulu faire sortir de sa confession une moralité utile
et sévère : il a voulu, ce semble, montrer la plaie hideuse, profonde, longtemps incurable, que laissent au
fond du cœur, et sous l'apparence de guérison, la

débauche et la connaissance affreuse qu'elle donne de
toute chose , et les instincts insatiables et dépravés
qu'elle inocule. D'autres ont essayé de peindre tous les
maux affaiblissants et le relâchement de la volonté,
produits par un abandon tortueux et secret : lui, il s'est
attaché à peindre le mal orgueilleux, ambitieux, d'une
curiosité insatiable, impie, le mal du Don Juan renouvelé : « Il y a, dit-il, de l'assassinat dans le coin des
« bornes et dans l'attente de la nuit, au lieu que dans
« le coureur des orgies bruyantes on croirait presque
« à un guerrier : c'est quelque chose qui sent le com-
« bat, une apparence de lutte superbe : « Tout le
« monde le fait, et s'en cache ; fais-le, et ne t'en cache
« pas. » Ainsi parle l'orgueil, et, une fois cette cuirasse
« endossée, voilà le soleil qui y reluit. » Trois endroits,
sans parler de celui auquel cette citation appartient,
expriment et ramènent à merveille le sujet, le but du
livre, qui disparaît et s'évanouit presque dans une trop
grande partie du récit : ce sont, le discours nocturne de
Desgenais à son ami, la réponse éloquente d'Octave à
quelques mois de là, et, au second volume, certaines
pages sur la curiosité furieuse, dépravée, de certains
hommes pour ces hideuses vérités qui ressemblent à
des noyés livides. Ces trois endroits, d'une effrayante
vigueur, accusent dans l'écrivain de vingt-cinq ans (1)
une observation désespérément profonde ; malgré la
crudité de l'exposition, les aveux y sont si réels et si
sérieux que je n'y blâmerai pas le cynisme, comme en

_____

(1) M. de Musset est de décembre 1810.

d'autres passages où l'auteur ne l'a pas évité. Il y est
tombé tout d'abord, ce me semble, dans le premier
chapitre, où le technique des expressions chirurgicales
repousse et trompe même le lecteur : le reste de l'ouvrage, en effet, ne répond pas exactement à cette préface. Si l'auteur avait écrit ce premier chapitre (comme
il convient aux préfaces) en dernier lieu et après son
livre achevé, nul doute qu'il ne l'eût écrit tout diffé-
remment. L'auteur, en avançant dans son récit, a fait
maintes fois autre chose que ce qu'il avait projeté
d'abord ; la débauche y tient moins de place que dans
le projet primitif, j'imagine. Le second volume, particulièrement, en est tout à fait purgé. Mais ceci tient à
un défaut de composition et à quelque chose de *successif* dans la manière de faire de M. de Musset, sur quoi
je reviendrai.

Pour en finir avec mon premier reproche, je regrette
de trouver en un certain nombre d'endroits, surtout du
premier volume, les noms de Providence, de Dieu,
d'ange, etc., inconsidérément mêlés à des images que
le panthéisme de l'antique et monstrueux Orient y a
seul osé associer. A la page 152 du premier volume,
pourquoi cette phrase qui doit choquer même l'incré-
dule, au moins comme une grave inconvenance ? D'où
vient cette soif dévorante de métaphores qui ne s'arrête pas au calice sacré ? M. de Musset a l'imagination
si naturellement riche et pleine de fleurs, qu'il est
plus impardonnable qu'un autre dans ces excès.

Là où M. de Musset excelle, et là où nous le retrouvons avec tout son charme et son avantage, c'est dans

le récit légèrement dramatique, coupé avec art, svelte
d'allure, brillant de couleur et animé de passion. La
troisième partie de *la Confession,* qui contient les
amours naissantes et les premiers épanchements d'Octave et de Mme Pierson, est d'une fraîcheur d'adolescence, d'une grâce délicate et amoureuse, qui montre
à nu toutes les ressources du jeune talent de M. de
Musset, et combien il lui sied d'ensevelir une certaine
expérience corrompue. Ce quart de *la Confession,* qui
commence à l'arrivée d'Octave à la campagne, aussitôt
après la mort de son père, et qui se termine dans un
hymne de volupté et d'amour, à l'instant de la possession, compose un épisode distinct qui, si on l'impri-
mait séparément, si on l'isolait des autres parties bien
profondes parfois, mais souvent gâtées, aurait son
rang à côté des idylles amoureuses les plus choisies,
de celles même dont *Daphnis et Chloé* nous offre l'antique modèle. Ici, rien ne choque ; tout ce qui sortait
du domaine de l'art littéraire, pour entrer, à proprement parler, dans le domaine de l'art médical, a
disparu ; nulle altération organique maladive, nulle
odeur impure : « Bientôt, dit Octave, je fus connu des
« pauvres ; le dirai-je ? oui, je le dirai hardiment :
« là où le cœur est bon, la douleur est saine. » Un
jour, s'il vient à parler trop gravement à Mme Pierson
de son expérience prématurée, elle l'interrompt, et,
comme ils étaient au sommet d'une petite colline qui
descend dans la vallée, cette femme aimable l'entraîne ;
ils se mettent à courir jusqu'au bas de la pente, sans
se quitter le bras : « Voyez, dit-elle alors, j'étais fati-

« guée tout à l'heure, maintenant je ne le suis plus.
« Et voulez-vous m'en croire? ajouta-t-elle d'un ton
« charmant, traitez un peu votre expérience comme je
« traite ma fatigue ; nous avons fait une bonne course,
« et nous souperons de meilleur appétit. » M. de
Musset se donne ici à lui-même les indications at-
trayantes et sensées suivant lesquelles il aurait pu,
selon moi, mener à bien son livre et guérir véritablement son héros.

Mme Pierson, durant toute cette première situation
attachante, est une personne à part, à la fois campa-
gnarde et dame, qui a été rosière et qui sait le piano,
un peu sœur de charité et dévote, un peu sensible et
tendre autant que Mlle de Liron ou que Caliste : « Elle
« était allée l'hiver à Paris; de temps en temps elle
« effleurait le monde; ce qu'elle en voyait servait de
« thème, et le reste était deviné. » Ou encore : « Je
« ne sais quoi vous disait que la douce sérénité de
« son front n'était pas venue de ce monde, mais qu'elle
« l'avait reçue de Dieu et qu'elle la lui rapporterait
« fidèlement, malgré les hommes, sans en rien perdre ;
« et il y avait des moments où l'on se rappelait la
« ménagère qui, lorsque le vent souffle, met la main
« devant son flambeau (1). »

---

(1)   Comme une lampe d'or dont une vierge sainte
     Protége avec la main, en traversant l'enceinte,
          La tremblante clarté.   LAMARTINE.

C'est la différence, dans une même image, de la poésie lyrique au
roman réel.

Pour bien apprécier et connaître cette charmante Mme Pierson, il faudrait, après avoir lu la veille les deux premières parties de la *Confession,* s'arrêter là exactement, et le lendemain matin, au réveil, commencer à la troisième partie, et s'y arrêter juste sans entamer la quatrième : on aurait ainsi une image bien nuancée et distincte dans sa fraîche légèreté. Plus tard, il y a un moment où tout d'un coup, à propos d'une grande promenade nocturne, nous découvrons que Mme Pierson, pour ces longues courses, prend une blouse bleue et des habits d'homme. Le trait est jeté au passage, comme négligemment; mais l'œil délicat le relève, et toute illusion a disparu. Car l'auteur a beau dissimuler et ne faire semblant de rien; la nouvelle Mme Pierson, fort charmante à son tour, n'est plus la même que la première; celle qui a la blouse bleue n'est plus celle qui, un peu dévote et très-charitable, parcourait à toute heure, en voile blanc, ces campagnes qui l'avaient vu couronner rosière. Il y a eu là une substitution subtile, qui rentre dans le défaut de continuité dont j'ai parlé; le cœur ému du lecteur ne s'y prête pas.

La résistance de Mme Pierson, la tristesse résignée d'Octave, les sons de la voix aimée qui n'éveillent plus en lui ces transports de joie pareils à *des sanglots pleins d'espérance,* sa pâleur, qui réveille au contraire en elle cet instinct compatissant de sœur de charité; puis, au premier baiser, l'évanouissement, suivi d'un si bel effroi, cette *chère maîtresse* éplorée, les mains irritées et tremblantes, les joues couvertes de rougeur

et toutes brillantes de pourpre et de perles ; ce sont là
des traits de naturelle peinture qui permettraient sans
doute de trouver en cet épisode la matière d'une comparaison, souvent heureuse, avec *Manon Lescaut* ou
Adolphe, si une idée simple et un goût harmonieux
avaient ici ménagé l'ensemble, comme dans ces deux
chefs-d'œuvre. L'avant-dernier chapitre de cette troisième partie, *Si j'étais joaillier,* etc., est d'une exquise
et irréprochable volupté ; le dernier a quelques mots
mystiques que je voudrais retrancher ; on peut le comparer à un chapitre d'*Adolphe,* qui est aussi tout en
exclamations passionnées, et à d'enivrantes pages
d'*Oberman.* Cette fin replonge et retrempe l'âme dans
les plus fraîches émotions de la jeunesse ; vous avez
senti par une tiède brise de mai la première bouffée de
lilas.

Je me figure que si le livre de M. de Musset s'arrêtait à cet endroit, si sa *Confession* expirait, en quelque
sorte, en s'exhalant dans cet hymne triomphal et tendre,
il aurait bien plus fait pour le but qu'il semble s'être
proposé que par tout ce qu'il a mis ensuite. Que peut-
il vouloir en effet ? faire toucher du doigt à d'autres
jeunes gens la plaie du libertinage, leur en indiquer
aussi la guérison. Or, à vingt et un ans, l'austérité
d'une fin purement religieuse étant écartée, il n'y a de
guérison à ce vice que dans l'amour. Si l'amour appelé
vertueux, l'amour dans l'ordre et le mariage, lui paraissait peu favorable à son cadre de roman, s'il voulait
l'amour libre et sans engagements consacrés, eh bien,
c'était une conclusion encore satisfaisante et noble,

encore digne d'être proposée de nos jours, non-seulement sans scandale, mais même avec fruit, au commun de la jeunesse; du moins l'art, qui n'est pas si scrupuleux que la morale exacte, y trouvait un but idéal, une terminaison harmonieuse. Qu'a-t-il fait au contraire? Il nous a montré, à partir de là, son héros défaisant à plaisir cet amour par des jalousies, des soupçons, de bizarres inquiétudes, des procédés violents; il a dit : Voilà ce que c'est que d'avoir été débauché; celui qui a été débauché gâte, souille par ses souvenirs, même l'amour pur. La manière dont Octave effeuille dans l'âme de Brigitte et dans la sienne cette fleur tout à l'heure si belle, son art cruel d'en offenser chaque tendre racine est à merveille exprimé; mais si la façon particulière appartient à Octave, cette défaite successive de l'amour, après le triomphe enivrant, n'est-elle pas à peu près l'histoire de tous les cœurs? *Adolphe* n'a-t-il pas été écrit pour représenter en détail cette pénible situation? Faut-il avoir été libertin pour se lasser après avoir aimé, après avoir possédé? et n'y a-t-il pas, au contraire, des exemples de jeunes cœurs, qui, après une première corruption non invétérée, se sont sauvés et rachetés par l'amour? L'exemple d'Octave me semble donc un cas particulier qui ne fait pas loi, et ce qu'il a de plus général dans la dernière partie ne se rattache pas à ce qu'Octave a été libertin, mais à ce qu'il est homme, impatient, excessif, se lassant vite, triste et ennuyé dans le plaisir, habile à exprimer l'amertume du sein des délices : or, cela était vrai du temps de Lucrèce, du temps d'Hippocrate (1), comme du temps d'*Adolphe* et du nôtre.

Dans les dernières scènes entre Octave et Brigitte, après l'arrivée à Paris; dans ce conflit pénible, fatigué, tantôt sourd et tantôt convulsif, d'une jalousie fantasque et d'un amour épuisé, j'ai été frappé d'un inconvénient. Ces pages sont vraies en ce sens qu'elles rendent des scènes qui ont pu se passer entre deux personnages pareils (2), et qu'elles trahissent la confusion des pensées qui ont pu s'agiter dans leur cerveau; mais l'art qui choisit, qui dispose, qui cherche un sommet et un fondement à ce qu'il retrace, avait-il affaire de s'engager dans cette région variable d'accidents et de caprices, où rien n'aboutit? Avec des êtres arrivés à un certain degré d'expérience, de versatilité, de sophisme à la fois et d'imagination dans la passion, on est sur les sables mouvants; il n'y a pas de raison pour qu'un résultat sorte plutôt que l'autre, pas de base où asseoir un intérêt moral, une conclusion à l'usage de tous. Pourquoi Octave ne poignarde-t-il pas Brigitte? Pourquoi le petit crucifix d'ébène aperçu l'arrête-t-il au

(1) Ils ont remarqué chacun à leur manière cet ennui né du plaisir.

(2) Au fond il est bien clair aujourd'hui que cette *Confession* n'est que le récit, un peu voilé et dépaysé, du **roman réel** qui a fourni depuis le sujet de ces autres romans, à peine voilés et déguisés, *Elle et Lui* par George Sand, *Lui et Elle* par M. Paul de Musset, *Lui* par Mme Louise Colet. Il ne reste plus à présent, pour démêler le vrai dans ce conflit de récits passionnés et même envenimés, qu'à attendre la publication des lettres écrites par les deux acteurs en jeu, lettres contemporaines des événements, et dont quelques-unes au moins ont été conservées soit par la personne survivante intéressée, soit par des tiers.

moment de frapper? Accident, pur accident! Le vent
souffle d'un côté ou de l'autre; le tourbillon de sable
mouvant se met à courir dans ce sens : il aurait couru
tout aussi aisément dans le sens contraire. Je le
répète, on est dans la région des phénomènes, où l'art,
cet ennemi de tout chaos, ne doit pas rester. On n'est
pas en face d'une peinture, mais d'un mirage. Qu'a
donc de commun le développement, l'analyse morale
d'une passion, d'une situation, avec ce quelque chose
de fatigué et d'exalté, de factice et de physique? « Tu
« ne t'entends pas trop mal, se dit Octave à lui-même
« en se rendant justice, à exalter une pauvre tête, et
« tu pérores assez chaudement dans tes délires amou-
« reux. » Le dernier chapitre, ce dîner en tête-à-tête
de Brigitte et d'Octave *aux Frères Provençaux,* a du
charme; la résolution d'Octave part d'un noble cœur;
il s'immole, il renonce à Brigitte, il l'accorde à Smith,
et, malgré l'étrangeté du procédé, on n'y sent pas le
manque de délicatesse; mais pour qu'on pût jouir un
peu de cette situation nouvelle et plus reposée, pour
qu'on y crût et qu'elle fût définitive aux yeux du lecteur, il faudrait des garanties dans ce qui précède.
C'est le lendemain même des fantaisies d'Octave que
ce charmant dîner a eu lieu, et que le départ de Smith
et de Brigitte pour l'Italie se décide; qui nous répond
que, l'autre lendemain, tout ne sera pas bouleversé
encore, qu'Octave ne prendra pas des chevaux pour
courir après les deux amants fiancés par lui, que Brigitte elle-même ne raccourra pas à Octave? Il est clair
qu'on ne laisse aucun des personnages ayant pied sur

un sol stable; on n'a, en fermant le livre, la clef finale
de la destinée d'aucun. C'est un défaut essentiel dans
toute œuvre d'art. J'insiste sur cet article de la contex-
ture, parce que les trois quarts des gens jugent un
livre d'après une page, sur une beauté ou un défaut,
sur une impression isolée, et non par une idée recueillie
de l'ensemble. Les très-jeunes gens surtout n'y regardent pas si longtemps, et sans marchander sur leurs
impressions, comme les taureaux ardents qui n'aper-
çoivent que le voile de pourpre, ils s'y précipitent. Or,
voir une chose en se souvenant d'une autre, soutenir,
au sein de sa pensée, des rapports multiples et presque
contraires en les dominant, c'est l'opposé du taureau
ardent, c'est le propre du jugement humain par excellence; et, dans l'exécution des œuvres, c'est la gloire
de l'art. M. de Musset, qui a tant de couleur et de fraîcheur dans l'imagination, tant de nerf dans le trait,
tant de mordantes observations amassées, doit désormais viser à la composition d'un ensemble. *La Confession*
montre qu'il aurait l'haleine; mais il ne s'y est pas
assez donné le temps de la confection.

Si j'ai dit et redit de tant de manières le défaut qui
me semble fondamental, j'ai trop peu loué le charme
fréquent, la grâce, le pittoresque ou la profondeur des
détails. M. de Musset est, de nos jeunes auteurs modernes, celui duquel on tirerait peut-être le plus grand
nombre de vives et saillantes épigraphes, c'est-à-dire
de pensées concises, colorées et comme inscrites sur
un caillou blanc. A ne prendre que les observations
et maximes morales qui abondent dans ce livre, on

ferait un petit recueil de pensées isolées, sans transition, un chapitre à la façon de La Rochefoucauld, qui classerait ce romancier de vingt-cinq ans parmi les moralistes les plus scrutateurs.

Le style de M. de Musset, dans *la Confession,* est, comme il l'est en général dans sa prose, vif, net, court, transparent; le tour aisé et concis, surtout dans les récits du second volume, se ressent de la prédilection que l'auteur affiche pour *Candide* et *Manon Lescaut.* Bien des paillettes pourtant, placées çà et là, annoncent le cousinage de Crébillon fils, de même que des métaphores un peu franches, qui se dressent tout à coup, attestent le culte enflammé du grand Shakspeare. L'auteur, dont la plume devient plus sûre de jour en jour, a quelque chose à faire pour l'entière harmonie de tous ces éléments divers, et volontiers disparates. S'il n'a nulle part atteint à une élévation plus soutenue et plus énergique que dans le discours de Desgenais, il n'a nulle part non plus faussé sa manière plus évidemment que dans le chapitre II de la première partie, où l'histoire et la métaphysique se déguisent sous un incroyable abus de métaphores. L'auteur en commençant, et n'étant pas encore sûr de son effet, a voulu faire, on le sent, un déploiement inaccoutumé; plus tard, à mesure qu'il avançait, sentant que les vraies beautés ne lui manquaient pas, il a osé être simple. J'ai noté, dans ce chapitre II, page 8, une phrase sur Napoléon, sur son arc, sur la fibre humaine qui en est la corde, et sur les flèches que lance ce Nemrod, et qui vont tomber je ne sais où; une pareille phrase, si on la lisait dans la traduction du *Titan* de Jean-Paul, ferait dire : « Cela doit être beau dans l'original, » et ce demi-éloge de la pensée serait, à mes yeux, la plus sensible critique du style et de l'expression.

Avant de laisser le brillant et nouveau témoignage de force et de talent donné par M. de Musset, aux limites et presque en dehors de la critique littéraire sur laquelle nous avons trop insisté peut-être, que l'auteur, que l'ami nous permette un vœu encore. La confession de l'enfant est faite ; l'endroit malade est retranché : Octave l'a dit, et je le crois ; il le faut. L'auteur de l'épisode de Mme Pierson (je m'obstine à isoler et à appeler ainsi la troisième partie) est guéri enfin. Quand il parlera donc de son mal désormais, que ce soit de loin, sans les crudités qui sentent leur objet ; que ce soit en homme tout à fait guéri. Laissons au fond des eaux ou du moins n'étalons pas le noyé livide ; la nature épure et blanchit les ossements. Une expérience secrète qu'on ménage, qu'on dissimule parfois, est plus profonde et plus vraie encore : quand elle s'échappe à distance, par moments, elle impose davantage, et elle se fait croire. A cet âge de séve restante et de jeunesse retrouvée, ce serait puissance et génie de la savoir à propos ensevelir, et d'imiter, Poëte, la nature tant aimée, qui recommence ses printemps sur des ruines et qui revêt chaque année les tombeaux.

Février 1836.

M. ALFRED DE MUSSET.

1840.

La bibliothèque de tous les jeunes gens et de bien
des jeunes femmes va s'enrichir de trois charmants
volumes qui offrent, réunies, toutes les œuvres de
M. Alfred de Musset : 1° la *Confession d'un Enfant du
siècle,* revue et corrigée avec le goût que l'auteur apporte désormais à tout ce qu'il écrit; 2° les *Comédies
et Proverbes* en prose ; 3° les *Poésies complètes.* Ce dernier volume surtout, par ce qu'il reproduit de si
agréablement connu et par ce qu'il ajoute d'inédit, est
un vrai cadeau pour le public. De tous les poëtes qui
se rattachent au mouvement littéraire de 1828,
M. Alfred de Musset fut le plus jeune, le plus hardi et
le plus fringant dès l'abord ; il entra dans le sanctuaire
lyrique tout éperonné, et par la fenêtre, je le crois bien.
Il chantait, comme Chérubin, quelque espiègle chanson,
son *Andalouse* ou sa *Marquise;* il avait fait enrager le
guet avec sa lune *comme un point sur un i.* Le lyrisme
de cette époque était un peu solennel, volontiers religieux, pompeux comme un *Te Deum,* ou sentimental.

M. de Musset lui fit d'emblée quelque déchirure : il osa avoir de l'esprit, même avec un brin de scandale. Depuis Voltaire, on a trop oublié l'esprit, en poésie; M. de Musset lui refit une large part; avec cela, il eut encore ce qu'ont si peu nos poëtes modernes, la passion. De la passion et de l'esprit, voilà donc son double lot dans ses charmants contes, dans ses petits drames pétillants et colorés. Il est sûr de vivre par là entre tous les poëtes ses contemporains ou quelque peu ses aînés. Sa *Nuit de Mai* restera un des plus touchants et des plus sublimes cris d'un jeune cœur qui déborde, un des plus beaux témoignages de la moderne Muse. *Le Lac, Moïse, Ce qu'on entend sur la montagne, La Nuit de Mai,* voilà comme de loin, j'imagine, la Postérité, ce grand pasteur au regard sommaire, et qui ne voit que les cimes, énumérera les princes des poëtes de ce temps. Après ce qu'il a fait, M. de Musset est resté modeste, à le juger du moins sur ses paroles; il ne s'exagère point la grandeur de son œuvre, il s'en dissimule trop peut-être le côté délicieux et captivant; peu soucieux de l'avenir, il dit pour toute préface *au lecteur :*

> Ce livre est toute ma jeunesse;
> Je l'ai fait sans presque y songer.
> Il y paraît, je le confesse,
> Et j'aurais pu le corriger.

> Mais quand l'homme change sans cesse,
> Au passé pourquoi rien changer?
> Va-t'en, pauvre oiseau passager :
> Que Dieu te mène à ton adresse !

Qui que tu sois, qui me liras,
Lis-en le plus que tu pourras,
Et ne me condamne qu'en somme.

Mes premiers vers sont d'un enfant,
Les seconds d'un adolescent,
Les derniers à peine d'un homme.

Ce naturel-là, qui est un charme, ne doit pas aller
pourtant jusqu'au découragement intérieur et à la négligence de si beaux dons. Au moment où les fruits
sont le plus parfaits et le plus savoureux, il ne faut pas
que l'arbre se dégoûte d'en produire. L'idéal suprême,
à l'instant où on le découvre, fait tomber le ciseau des
mains de l'artiste; mais il le reprend bientôt, et poursuit plus lent et plus sûr, ne perdant plus de l'œil la
grande beauté. M. de Musset fera ainsi, nous voulons
le croire; les trésors d'observation et de larmes, qui se
sont amassés dans cette âme jeune encore, en sorti-
ront. Voici, en attendant, et comme signe de bien
gracieuse espérance, deux pièces inédites que nous
empruntons au dernier recueil, l'une plus tendre,
l'autre plus légère, et toutes deux sensibles.

(Et nous citions la pièce inspirée d'Ossian :

Pâle Étoile du soir, messagère lointaine, etc.;

t la chanson :

J'ai dit à mon cœur, à mon faible cœur, etc.)

Juillet 1840.

On voit qu'après les réserves et les critiques nous n'avons pas
hésité à faire une très-large part à M. de Musset. Seulement, dans

ce qui précède, il n'a peut-être pas été assez parlé de sa prose : elle est décidément charmante. Après son *Merle blanc* il n'y a plus qu'à rendre les armes : « C'est, dit Mme de Boigne, qui s'y connaît, de la meilleure plaisanterie d'Hamilton. »

— J'ai encore écrit une dernière fois sur Alfred de Musset au moment de sa mort (voir au tome XIII des *Causeries du Lundi,* article du 11 mai 1857). Après tant de témoignages de constante attention, on ne saurait dire assurément que je l'aie négligé : je crains cependant de n'être pas tout à fait arrivé, à son sujet, au niveau des exigences de quelques-uns, — et je ne parle pas seulement de sa famille, mais des admirateurs enthousiastes qu'il n'a cessé de recruter dans les générations survenantes. Peu s'en faut, à les entendre, qu'il ne soit le premier et l'unique poëte du siècle. Ce n'est pas ici le lieu d'apporter les correctifs à ce qui est devenu un engouement, et je crois que, pour qui sait lire, la double part est suffisamment faite dans ce qui précède.

BRIZEUX ET AUGUSTE BARBIER [1].

1831.

Marie. — Iambes.

Voici deux livres nouveaux, deux œuvres de poésie
éminentes et originales, deux productions bien diverses
et en apparence tout à fait contraires de deux talents
réfléchis et inspirés, de deux sensibilités, on ne saurait
plus antipathiques au premier coup d'œil, et pourtant
parentes au fond et presque sœurs. La cadette, je suppose, est restée recueillie en elle-même et discrète ;
elle s'est rattachée par un retour pieux au foyer domestique, au bourg natal, aux mœurs, au paysage du
lieu, aux amours de sa blonde enfance ; elle a gardé
son culte simple ; elle peut retrouver au besoin son
accent du pays ; elle se rappelle encore tous les noms,

(1) J'introduis dans cette édition quelques articles de date ancienne que je n'avais point recueillis tout d'abord dans les volumes
de *Portraits contemporains* : c'étaient, à proprement parler, des
articles d'annonce, et en partie de citations. Le coup de trompette
y domine, mais aussi on y sent quelque chose du premier entrain et du souffle qui animait toute notre jeune génération au
moment du départ pour la poétique croisade.

et s'enferme souvent pour chanter ses airs anciens et
pleurer plus à l'aise à ses souvenirs. Mais n'allez pas
toutefois accorder à cette nature si fraîche éclose trop
d'ignorance et de simplicité ; elle sait le monde et la
vie, elle a souffert bien des peines et s'est étudiée à
bien des grâces. Son bon goût autant que sa pudeur
l'avertit fréquemment de choisir entre ses émotions,
ou même de se taire et de se voiler. Il y a en elle une
science achevée qui se dissimule, une expérience sans
doute amère qui aime à s'oublier. On sent, à quelques
mots qui lui échappent, à certaines brusqueries presque involontaires, qu'il règne sous cette douceur un
peu sauvage, à laquelle la plus exacte bienséance pré-
side, une énergie puissante de retenue, et capable, si
on la heurtait, de rude défense. Et l'autre sœur, qui,
plus brave et aventurière, émancipée de bonne heure,
s'est ruée dans les hasards du monde, dans le tourbillon et la fange des capitales, qui n'a eu peur ni des
goujats des camps, ni des théâtres obscènes, ni des
rues dépavées, et qui, le front débarrassé de vergogne
et la grosse parole à la bouche, s'est faite honnête
homme cynique, n'espérant plus redevenir une vierge
accomplie, ne la prenez pas trop au mot non plus, je
vous conseille ; ne croyez pas trop qu'elle se plaise à
cette corruption dont elle nous fait honte, à cette nausée éructante qu'elle nous jette à la face pour provoquer
la pareille en nous, à cette lie de *vin bleu* dont elle
barbouille exprès son vers pour qu'il nous tienne lieu
de l'ilote ivre et qu'il nous épouvante ; osez regarder
derrière l'hyperbole étalée et échevelée par laquelle,

égalant la luxure latine, elle divulgue sans relâche et
le plus effrontément la plaie secrète de ce siècle men-
teur, tout plein en effet de prostitutions et d'adultères ;
osez percer au delà de cette monstrueuse orgie qu'elle
déchaîne en mille postures devant nous, — et vous
sentirez dans l'âme de cette muse une intention scrupuleuse, un effort austère, un excès de dégoût né d'une
pudeur trompée, une délicatesse dédaigneuse qui,
violée une fois, s'est tournée en satirique invective,
une nature de finesse et d'élégance, que l'idéal ravî-
rait aisément et qui ne ferait volontiers qu'un pas de
la Curée au monde des anges. Si, laissant le fond,
nous examinons l'art et la forme chez les deux poëtes,
nous les trouvons également habiles, composant chacun leur œuvre avec une gradation savante, consommés
aux procédés techniques et aux détails précieux. On ne
saurait dire tout ce qu'il y a d'ingénieux et de combiné
dans la plus tendre simplicité de l'un, dans la plus
rapide indignation de l'autre ; quelle part d'étude antique détournée à l'innovation actuelle; quels sucs
nombreux et mélangés dans ces fruits tombés d'hier et
de si franche saveur. Mais ce n'est pas un parallèle
que nous faisons; nous n'avons voulu que nous justifier de réunir ici l'un à côté de l'autre deux jeunes
poëtes si divers au premier abord, jumeaux dans leur
apparition, unis d'ailleurs entre eux par une étroite
amitié, et en ce moment même compagnons heureux
de voyage vers la belle et toujours nouvelle Italie.

Marie, roman, est simplement un recueil d'élégies,
parmi lesquelles il s'en trouve huit intitulées *Marie,*

qui, sans se suivre du tout, reviennent par intervalles,
et, au milieu des distractions de l'amant et des caprices
du poëte, renouent le fil de lin flottant de cette première liaison villageoise et printanière. Cet amour
fidèle pour la jeune paysanne bas-bretonne Marie est
comme le son fondamental que divisent d'autres sons
harmoniques, mais qui reparaît d'espace en espace à
certains nœuds. Marie, la gentille brune aux dents
blanches, aux yeux bleus et clairs, l'habitante du
Moustoir, qui tous les dimanches arrivait à l'église du
bourg, qui passait des jours entiers au pont Kerlo,
avec son amoureux de douze ans, à regarder l'eau qui
coule, et les poissons variés, et dans l'air ces nombreuses phalènes dont Nodier sait les mystères ; Marie,
qui sauvait la vie à l'alerte demoiselle abattue sur sa
main ; qui l'hiver suivant avait les fièvres et grandissait
si fort, et mûrissait si vite, qu'après ces six longs
mois elle avait oublié les jeux d'enfant et les alertes
demoiselles, et les poissons du pont Kerlo, et les distractions à l'office pour son amoureux de douze ans,
et qu'elle se mariait avec quelque honnête métayer de
l'endroit : cette Marie que le sensible poëte n'a jamais
oubliée depuis ; qu'il a revue deux ou trois fois au plus
peut-être ; à qui, en dernier lieu, il a acheté à la foire
du bourg une bague de cuivre qu'elle porte sans mystère aux yeux de l'époux sans soupçons ; dont l'image,
comme une bénédiction secrète, l'a suivi au sein de
Paris et du monde ; dont le souvenir et la célébration
silencieuse l'ont rafraîchi dans l'amertume ; dont il
demandait naguère au conscrit Daniel, dans une élégie

qui fait pleurer, une parole, un reflet, un débris, quelque chose qu'elle eût dit ou qu'elle eût touché, une feuille de sa porte, fût-elle sèche déjà : cette Marie belle encore, l'honneur modeste de la vallée inconnue qu'arrosent l'Élé et le Laita, ne lira jamais ce livre qu'elle a dicté, et ne saura même jamais qu'il existe, car elle ne connaît que la langue du pays, et d'ailleurs elle ne le croirait pas. Voilà le roman, l'idée dominante de ce charmant petit livre, et tout ce qui s'y ajoute d'étranger se compose à merveille à l'entour. Ce sont d'autres souvenirs du pays et de la famille, des noces singulières, des retours de vacances, des adieux et de tendres envois d'un fils à sa mère, de calmes et riants intérieurs de félicité domestique; ce sont par endroits des confidences obscures et enflammées d'un autre amour que celui de Marie, d'un amour moins innocent, moins indéterminé et qui peut se montrer sans rivalité dans les intervalles du premier rêve, car il n'était pas du tout de même nature; ce sont enfin les goûts de l'artiste, les choses et les hommes de sa prédilection, le statuaire grec et M. Ingres sectateur de l'antique beauté, des vers à la mémoire de ce Georges Farcy que sa mort a révélé à la France, et qui eût aimé ce livre s'il avait vécu, et qui, en le lisant, eût envié de le faire; partout une nature élégante et gracieuse à laquelle le cœur se confie; partout de bienveillantes images et un pur désir du beau : le doux Virgile en robe traînante et les cheveux négligés, s'appuyant sur le bras de Mécène au seuil du palais d'Octave; un doute tolérant et chaste, la liberté clémente; Jésus *homme ou*

Dieu, dit le poëte, mais qui possède à jamais l'univers moral, et qui, s'il doit mourir, ne mourra que comme le père de famille, après que toute sa race, la race des fils d'Adam, sera pourvue ; — ce sont des vers comme ceux-ci, inspirés par le joli pays de Livry, que Mme de Sévigné chérissait déjà :

> . . . . Sans projets, sans envie,
> Ne cherchons désormais que l'oubli de la vie :
> Que chaque objet qui passe, ou noble ou gracieux,
> Nous attire, et sur lui laissons aller nos yeux ;
> Vivons hors de nous-même ; il est dans la nature,
> Dans tout ce qui se meut, et respire, et murmure,
> Dans les riches trésors de la création,
> Il est des baumes sûrs à toute affliction :
> C'est de s'abandonner à ces beautés naïves,
> D'en observer les lois douces, inoffensives,
> L'arbre qui pousse et meurt où nos mains l'ont planté,
> Et l'oiseau qu'on écoute après qu'il a chanté.
>
> . . . .
> Quand les hommes n'ont plus que des songes moroses,
> Heureux qui sait se prendre au pur amour des choses,
> Parvient à s'émouvoir et trouve hors de lui,
> Hors de toute pensée, un baume à son ennui !

Les comparaisons qui parlent naturellement à l'imagination du poëte appartiennent à la plus jolie et à la plus fraîche nature ; on y voit des chevreuils, des faons timides, qui, les pieds dans le torrent, aspirent les derniers feux du soleil ou boivent la rosée matinale sous le fourré. Si je l'osais dire, je trouverais dans ces comparaisons de l'artiste quelque secret rapport de conformité avec sa propre et intime organisation, avec ses sauvageries bretonnes, sa pureté un peu farouche, et cette ombrageuse vigilance qu'il nous a lui-même si délicatement accusée :

> J'aime dans tout esprit l'orgueil de la pensée
> Qui n'accepte aucun frein, aucune loi tracée,
> Par delà le réel s'élance et cherche à voir,
> Et de rien ne s'effraye, et sait tout concevoir :
> Mais avec cet esprit j'aime une âme ingénue,
> Pleine de bons instincts, de sage retenue,
> Qui s'ombrage de peu, surveille son honneur,
> De scrupules sans fin tourmente son bonheur,
> Suit, même en ses écarts, sa droiture pour guide,
> Et, pour autrui facile, est pour elle timide.

En lisant ce petit livre tout virginal et filial, le *decor,* le *venustus,* le *simplex munditiis* des Latins, reviennent à la pensée pour exprimer le sentiment qu'il inspire dans sa décence continue. Les plus vrais tableaux, les plus vives réalités qu'il nous offre, ont encore un parfum antique qui trahit une instinctive familiarité avec les maîtres de l'âge d'élégance, avec les poëtes du Musée et de l'Anthologie. Quelque chose de ce qu'on éprouve devant l'*Œdipe* d'Ingres, ou à la lecture de l'*Antigone* de Ballanche, se retrouve ici, moins grave, moins direct, et ménagé sous un adorable artifice. L'élégie du pont Kerlo me reporte involontairement à Moschus, à Bion. L'*hymne* à la pitié pourrait être un écho plaintif de Synésius (1). C'est le propre

---

(1) Du Synésius vu au clair de lune par Villemain. Le véritable Synésius est peut-être moins conforme à nos désirs.

des poésies extrêmement civilisées de revenir avec une
curiosité expresse à la nature la plus détaillée, à la
simplicité la plus attentive. Théocrite n'a-t-il pas fait
les *Syracusaines*, et le rhéteur Longus la pastorale de
Daphnis et Chloé? Mais chez l'auteur de *Marie,* tout cela
est si habilement fondu, si intimement élaboré au sein
d'une mélancolie personnelle et d'une originalité indi-
gène, que la critique la plus pénétrante ne saurait
démêler qu'une confuse réminiscence dans ce produit
vivant d'un art achevé, et que si elle voulait marquer
d'un nom ce fruit nouveau, elle serait contrainte d'y
rattacher simplement le nom du poëte; mais nous qui
jugeons combien est sincère la modestie qui nous l'a
caché (1), nous ne prendrons pas sur nous de lui faire
violence; et pour conclure, nous nous bornerons à citer
la plus touchante, à notre gré, des élégies que le nom
de *Marie* décore : *Partout des cris de mort et d'alarme!...*
(Suivait ici l'élégie du conscrit Daniel) (2).

(1) Cette première édition de *Marie* ne portait pas de nom
d'auteur.

(2) En donnant depuis une seconde édition de *Marie* qu'il a
enrichie de pièces nouvelles et dont il a perfectionné plusieurs
détails, le poëte a légèrement atteint la physionomie première et
en a surchargé peut-être sur quelques points la simplicité. M. Fauriel, dans l'ingénieuse préface qu'il a mise à *la Parthénéide* de
Baggesen, remarque quelque chose de pareil pour les perfectionnements apportés par Voss à une seconde édition de sa *Louise,*
de cette *Louise* qui n'est pas sans rapport d'aimable parenté avec
Marie. L'auteur ici a rétabli les noms celtiques dans leur pure
orthographe, il les a multipliés : au lieu de chanter désormais sa
Bretagne du point de vue adouci du *Cénacle* et du *Musée,* il
semble vouloir la venger au point de vue de sa nationalité propre.
Celui que nous appelions Bion est devenu plus sauvage, il désire

— Trois *Iambes* de M. Auguste Barbier sont déjà connus : *la Curée, la Popularité, l'Idole,* lui ont fait un nom. Chacun a admiré en lui cette audace et cette puissance de tout fouiller et de tout peindre, d'égaler sa voix qui gourmande au mugissement de la clameur publique, de monter son harmonie sifflante au diapason des barricades ou de l'émeute, de manière à être entendu. C'est, à vrai dire, le seul poëte que nous ait donné la révolution de Juillet. Barthélemy, qui se surpasse tous les jours dans la satire spirituelle et éclatante, n'a fait que poursuivre un rôle où lui et son ami Méry étaient depuis longtemps des maîtres. Un autre poëte, trop rare au gré de ceux qui apprécient le talent sévère, M. Antony Deschamps, a publié trois satires dans un sens opposé, et empreintes d'une teinte de cette verdeur gibeline qu'il a comme puisée au commerce de Dante; mais M. Antony Deschamps avait pris rang avant ce temps-là. M. Barbier, au contraire, est bien véritablement un enfant du soleil de Juillet. Jusqu'à ce moment ses palettes incertaines se chargeaient de couleurs, ses imaginations se heurtaient sans prendre corps, sa muse ne trouvait pas jour; il attendait. Le tonnerre serein de la grande semaine et quelques vers d'André Chénier, dont le rhythme lui est revenu à l'oreille, ont décidé de sa vocation, et tout cet amas de verve et de peinture a débordé. Le jet a été violent, gigantesque, exagéré, mais de cette exagération en

presque d'être pâtre comme l'était en Écosse *le Berger d'Ettrick* Mais il a beau vouloir, l'art grec s'attache à lui, et se trahit en parfum sous cette âpreté (1833).

partie voulue que comporte la satire, — sinon la satire
d'Horace, du moins celle de Juvénal, et qui pousse au-
delà du réel dans certains cas pour mieux pouvoir y
atteindre dans beaucoup d'autres. Il nous a semblé
qu'en lisant les vers de M. Barbier plusieurs personnes,
qui pourtant les admirent, n'y cherchent guère qu'un
plaisir étrange, un tour de force inouï jusqu'à présent,
des exploits pour les yeux, l'intrépidité extraordinaire
dans les plus périlleuses images que jamais poëte ait
tentées. D'autres personnes, au contraire, d'un goût
plus féminin, se sont révoltées à ces mêmes images, à
ces abus de parole où se délectent les audacieux. Des
deux côtés il y a méprise, ce nous semble, et jugement
superficiel. Et pour répondre d'abord aux timorés qui
vous diront avec Boileau qu'ils *fuient un effronté qui
prêche la pudeur*, nous maintenons qu'il est dans la
société actuelle, et derrière le vernis fragile de nos
mœurs, des vices, des désordres, une corruption radi-
cale qu'on peut ignorer à toute force, et, par là même,
éluder avec bon goût dans la satire littéraire, mais qui,
du moment qu'on y pénètre et qu'on les remue, sa-
lissent inévitablement le vers comme la plaie hideuse
qu'il sonde salit le doigt de l'opérateur. Tout homme
de notre âge, dont la vie n'a pas été celle d'une jeune
fille de province, tout homme que ses passions ou les
circonstances ont mêlé aux diverses classes de notre
civilisation si vantée, et qui ne les a pas envisagées,
comme trop souvent, avec des yeux cupides et un cœur
endurci, celui-là sait fort bien ce qu'il y a de trop mi-
sérablement vrai au fond de cette lie où M. Barbier a

osé plonger pour en jeter des poignées vers le ciel. Ce qu'il dit de l'infection, de la lubricité des théâtres, de l'enfant vicieux et flétri des grandes villes, de la populace des ateliers et de celle des antichambres, n'a rien que d'exact, et, tant que les maux ne seront pas guéris, tant qu'ils seront méconnus et niés, une sorte de convenance supérieure commandera à qui les sent de les révéler au vif et de ne les enjoliver en rien. Mais pour que cette convenance soit rigoureuse et se fonde sur un devoir, il est besoin que le poëte ne se complaise pas aux misères qu'il décrit, qu'il ne joue pas avec l'infamie qu'il étale, comme font certains chirurgiens sans humanité (1), et que ce dégoût vertueux qu'il veut exciter dans le lecteur réside continuellement sur sa lèvre et palpite dans son accent. Or, M. Barbier, selon nous, a eu presque toujours présent à l'esprit ce sentiment élevé de la mission dont il s'est fait le poétique organe, et c'est un mérite que ne lui ont pas assez attribué beaucoup des admirateurs de sa forme et de ses tableaux. Il faut en conclure seulement, peut-être, que par moments, dans le détail de l'expression, il s'est laissé aller en pur artiste à un caprice d'énergie exorbitante qui distrait et donne le change sur l'ensemble de sa pensée ; mais l'intention générale, la philosophique moralité de son inspiration n'est pas douteuse ; elle

---

(1) A propos de Juvénal effrayant la vertu dans ses invectives contre le vice, on a dit dans un vers latin moderne qui rappelle heureusement celui de Boileau :

Dum furit in vitium, pavet ipsa innoxia virtus,

ressort manifestement de ses compositions les plus
importantes, de *la Curée*, de *la Popularité*, de *l'Idole*,
de *Melpoméne* ; elle est écrite en termes magnifiques,
au début et à la fin du volume, dans les pièces intitulées *Tentation* et *Desperatio* ; car ce livre, né de la révolution de Juillet, pour plus grande analogie avec elle,
entr'ouvre le ciel d'abord et nous leurre des plus ra-
dieuses merveilles ; puis de mécompte en mécompte,
il tourne au désespoir amer et *crève sur le flanc comme
un chien.* M. Barbier a voulu nous montrer à quelles
conséquences dernières, en politique, en morale, en
art, descend, malgré quelques élans brisés, une société
sans croyances, une terre qui n'a pas de cieux ; il
pousse à l'extrémité cette idée de néant, il décharne
son squelette, il le traîne encore saignant au milieu de
la salle du festin, et l'inaugure dans les blasphèmes
pour nous mieux effrayer. Cette impiété, outrée à dessein, est, on le conçoit, un rappel violent, et provoque
au retour ; elle gît tout entière dans la logique du
poëte, nullement dans son cœur. Lui, poëte, il aime le
beau et le saint, la pitié et l'harmonie, la noblesse et
la blancheur, Sophocle, Dante et Raphaël ; il s'écrierait
volontiers avec l'esprit qui le tente, et serait heureux
de répéter toujours :

> Quel bonheur d'être un ange, et, comme l'hirondelle,
> De se rouler par l'air au caprice de l'aile,
> De monter, de descendre, et de voiler son front,
> Quand parfois, au détour d'un nuage profond,
> Comme un maître le soir qui parcourt son domaine
> On voit le pied de Dieu qui traverse la plaine !

Quel bonheur ineffable et quelle volupté
D'être un rayon vivant de la divinité;
De voir du haut du ciel et de ses voûtes rondes
Reluire sous ses pieds la poussière des mondes,
D'entendre à chaque instant de leurs brillants réveils
Chanter comme un oiseau des milliers de soleils!
Oh! quel bonheur de vivre avec de belles choses!
Qu'il est doux d'être heureux sans remonter aux causes!
Qu'il est doux d'être bien sans désirer le mieux,
Et de n'avoir jamais à se lasser des cieux!

AUGUSTE BARBIER.

1833.

Il Pianto, poëme, 2ᵉ édition

Ce poëme, dont la *Revue des Deux Mondes* a publié
la première édition, et qui ne va pas à moins de douze
cents vers, a été conçu par l'auteur des *Iambes*, durant
un voyage qu'il a fait récemment en Italie. C'est l'Italie
tout entière, sa tristesse de servitude et de tombeau,
la magnificence de ses peintures aux murailles des palais et des temples que rien autre de grand ne remplit,
sa foi en ruine, ses mains aux fers, sa noble mamelle
que l'oisiveté flétrit ou que souille l'étranger, — c'est
tout ce spectacle, amèrement beau, qui a inspiré le
poëte ; de la blessure qu'une telle vue lui a causée sont
nés à l'instant et, pour ainsi dire, ont ruisselé ses vers.
On n'avait rien rapporté jusqu'à ce jour, en notre poésie, d'aussi abondamment naïf et fidèle de cette contrée
tant parcourue. M. de Lamartine, dans de fort belles
méditations et dans son dernier chant de *Childe-Harold*,
avait peint à merveille les grands traits des horizons et
des paysages, l'idéal en quelque sorte élyséen de ce

ciel, de cette mer de Naples, de cette éternelle enchanteresse au sein de laquelle l'auteur des *Martyrs* nous avait déjà introduits un moment avec saint Augustin, Jérôme et Eudore; mais dans ces harmonieux tableaux de M. de Lamartine, les hommes avec leurs variétés et leurs contrastes, les monuments avec leurs caractères, n'étaient pas touchés : la nature envahissait tout, et encore la nature dans sa plus vague plénitude, sans contours arrêtés, sans détails curieux et distincts, telle en un mot qu'elle se réfléchit dans un cœur que remplit l'amour; ce n'étaient que chauds soleils, aubes blanchissantes, comme dans Claude Lorrain, firmaments étoilés, murmures, vapeurs et ombrages. Le poëme de M. de Lamartine nous rendait la pure lumière du ciel d'Italie; mais les autres points plus solides de la réalité, tout ce qui était marbre, figures peintes ou hommes vivants, nous ne l'avions pas. M. Casimir Delavigne, dans ses secondes *Messéniennes,* entreprises de propos délibéré, avait marqué plus d'effort et d'estimable étude que de facilité féconde. Un autre poëte moins connu, mais digne pourtant de souvenir, M. Jules Lefèvre, le même qui a combattu naguère sous Varsovie, dans un poëme intitulé *le Clocher de Saint-Marc,* publié il y a environ sept ans, avait essayé une peinture sincère, expressive, mais que trop de labeur avait trahie et que les souvenirs récents de Byron avaient surchargée; les personnes, enfin, qui épient attentivement le progrès de la chose poétique, savaient que M. Antony Deschamps avait composé sur Rome et Naples plusieurs pièces de vers intitulées *Italiennes,* dont on vantait le

ton grandiose, naturel, même un peu cru : mais ces
morceaux ne sont pas encore maintenant publiés.

On voit donc que ce n'était pas chez nous une matière banale, un sujet usé à traiter que l'Italie. M. Barbier l'a embrassé dans son entier. Son poëme se divise
en quatre masses principales ou chants : 1° le *Campo
Santo* à Pise ; c'est le vieil art toscan catholique au
Moyen-Age que l'auteur y ranime dans la personne et
dans l'œuvre du peintre Orcagna, contemporain de
Dante ; 2° le *Campo Vaccino*, ou le Forum romain ;
solitude, dévastation, mort ; la majesté écrasante des
ruines encadrant la misère et l'ignominie d'aujourd'hui ;
3° *Chiaia*, la plage de Naples où pêchait Masaniello :
c'est un mâle dialogue entre un pêcheur sans nom, qui
sera Masaniello si l'on veut, et Salvator Rosa ; les espérances de liberté n'ont jamais parlé un plus poétique
langage ; 4° *Bianca,* ou Venise, c'est-à-dire cette divine
volupté italienne que l'étranger du nord achète et
profane comme une esclave. — Telle est la distribution
générale du poëme, à laquelle il faut joindre, pour en
avoir l'idée complète, un prologue et un épilogue, puis,
dans l'intervalle de chaque chant, un triple sonnet sur
les grands statuaires, peintres et compositeurs, Michel-
Ange, Raphaël, Cimarosa, etc.; l'ordonnance en un
mot ne ressemble pas mal à un palais composé de
quatre masses ou carrés (les quatre chants), avec un
moindre pavillon à l'extrémité de chaque aile (prologue
et épilogue), et avec trois statues (les sonnets) dans
chaque intervalle des carrés, en tout neuf statues.
Cette manière de traduire en architecture le plan du

poëte, toute singulière qu'elle peut paraître, le **fait
mieux** comprendre que ne le pourrait une plus longue
analyse.

L'ancien art catholique, et l'art plus varié des écoles
qui se succèdent; la religion, aujourd'hui sans vie, ré-
duite à des formes encore augustes dans leur inanité;
l'arène de l'antique politique foulée çà et là par quelque
vieux prélat, quelque moine sale, par des pâtres velus
ou des mendiants en guenilles ; la liberté qui peut toutefois sortir jusque des filets du pêcheur napolitain ;
ce que retrouverait alors d'enchantement et de génie
cette belle captive ressuscitée : voilà donc les idées
vraiment grandes qui ont tour à tour passé de l'âme du
poëte dans ses chants. Nous recommandons plus particulièrement à ceux que la pensée politique préoccupe,
et qui aiment à voir le talent des artistes s'en faire
l'auxiliaire et l'organe, cette troisième partie où sous
le nom de Salvator, le génie mécontent, sinistre et découragé, est repris, remontré par l'homme du peuple
en ces termes magnanimes :

Du peuple il faut toujours, poëte, qu'on espère,
Car le peuple, après tout, c'est de la bonne terre,
La terre de haut prix, la terre de labour;
C'est ce sillon doré qui fume au point du jour,
Et qui, rempli de séve et fort de toute chose,
Enfante incessamment et jamais ne repose.
C'est lui qui pousse aux cieux les chênes les plus hauts;
C'est lui qui fait toujours les hommes les plus beaux.
Sous le fer et le soc, il rend, outre mesure,
Des moissons de bienfaits pour le mal qu'il endure.
On a beau le couvrir de fange et de fumier,

Il change en épis d'or tout élément grossier.
Il prête à qui l'embrasse une force immortelle;
De tout haut monument c'est la base éternelle;
C'est le genou de Dieu, c'est le divin appui;
Aussi malheur! malheur! à qui pèse sur lui!

Il y a une profonde et consolante vérité à nous présenter ainsi le peuple comme certain de lui-même,
sentant sa vigueur croissante et son avénement prochain; à lui faire donner une sévère leçon au poëte
qui trop souvent en nos jours, lui qui devrait diriger,
s'égare, s'exaspère, n'entend que la voix de l'orgueil
blessé, au lieu de répondre d'une lyre sympathique à
l'appel fraternel des hommes, et farouche, inutile, manquant de foi au lendemain, s'enfuit comme Salvator
dans les montagnes (1).

L'épilogue du poëme, où l'Italie est comparée à
Juliette au cercueil, à Juliette assoupie et non pas
morte, prophétise la résurrection tant désirée : la
plainte immense, *il pianto,* se termine par un cri d'espoir. Le poëte, en des vers pleins de tendresse, conjure
cette belle contrée, alors qu'elle pourra renaître, de ne
s'adresser jamais qu'à ses enfants :

Dans tes fils réunis cherche ton Roméo,

et il repousse d'elle avec effroi toute intervention de

(1) On sent ici chez le critique (et je n'ai pas à en rougir) quelque chose des doctrines qui circulaient dans l'air à ce lendemain
de juillet 1830, comme un souffle ému de saint-simonisme, de
socialisme, de sainte-alliance des peuples. Cet article fut inséré
dans *le National* le 21 janvier 1833.

l'étranger, du *barbare*, comme il dit, dans cette délivrance sacrée :

> Car ce qui n'est pas toi ni la Grèce ta mère,
> Ce qui ne parle pas ton langage sur terre,
> Et tout ce qui vit loin de ton ciel enchanteur,
> Tout le reste est barbare et marqué de laideur.

Les vers sont exquis et mélodieux : le sentiment d'où
ils découlent ressemble à cette exclusive prédilection
dont les mères jalouses environnent une fille nubile et
chérie. Je pardonnerais de grand cœur au poëte de
nous ranger, Gaulois ou Germains, parmi les barbares :
pourtant n'y aurait-il pas eu plus de vérité à la fois et
de pensée progressive ou même inspiratrice à montrer
cette main noblement suppliante que l'Italie nous tend,
que l'égoïsme de nos gouvernants a lassée jusqu'ici,
mais que nous irons étreindre un jour d'une main de
frères? Ne l'oublions pas : si l'Italie a pour elle sa
beauté, le don inné des arts et le génie impérissable
de sa race, nous ne sommes pas déshérités non plus,
nous avons l'action, le foyer ardent et les lumières.
Dans la famille des peuples que la liberté doit bénir,
le mot de *barbare* n'a point de sens; il n'y a plus de
laideur. Les canuts de Lyon ont-ils donc quelque chose
de moins héroïque au front que la jeunesse de Modène?
Ce n'est pas à l'auteur de *la Curée*, au peintre de la
Liberté des barricades qu'il faut rappeler cela. Plus
nous irons, et plus l'art gagnera à se dépouiller de
toute chimère. A côté du gracieux mensonge, que
M. Barbier s'est permis dans son épilogue, il y avait

une grande pensée d'alliance humaine que ce mensonge lui a dérobée. Avec plus de vérité, je le crois, il aurait pu trouver à répandre tout autant de charme.

Le style du poëme est large, abondant, et jaillit comme d'une source, en débordant quelquefois. Les défauts sont de rapidité, d'oubli, de hasard, jamais de système. La versification proprement dite n'est pas toujours assez strictement observée; les images en foule sortent d'elles-mêmes à tous les points d'un si riche sujet, et décorent comme en se hâtant une pensée vive, continuelle, qui s'échappe au travers et que rien n'empêche. Le *Pianto* de M. Barbier, en un mot, porte une empreinte originale et prend sa place tout d'abord entre les plus éclatantes productions de notre poésie contemporaine.

———

— Je reviendrai sur Brizeux dans un des volumes suivants; je n'aurai pas à revenir sur M. Auguste Barbier. Qu'a-t-il fait depuis l'heure où il lançait ainsi ses jets magnifiques et grandioses un peu à l'aventure? Il s'est tu, il s'est laissé oublier; puis, après quelque vingt ans et plus, on a vu paraître sous le nom d'Auguste Barbier, dans la *Revue Française* et ailleurs, de petits vers hésitants, faiblets, puérils, gentillets, florianesques et tout à fait naïfs : c'était à jurer que ce n'était ni du même poëte ni du même homme. Quelques-uns ont pu dire, en se reportant aux *Iambes* et en les voyant de loin debout comme une colonne de Juillet : « Ce n'est pas lui qui a fait ça! » — L'explication de ce curieux phénomène de physiologie biographique serait à rechercher. L'originalité de M. Barbier, dans le principe, était sans doute beaucoup moins grande qu'elle n'avait paru et dû paraître à ceux qui ne suivent pas de très-près ces choses de poésie. André Chénier, pour les *Iambes*, lui avait fourni à la fois le rhythme et le style, la forme et le ton : ce qui ne veut pas dire que Barbier n'y eût pas apporté une grande verve et une ardeur sincère : il avait reçu en plein le coup de soleil de Juillet. Comme un fils de bourgeois poussé et

jeté hors des gonds, il avait eu, on l'a dit, son heure d'héroïsme,
son jour de « sublime ribote. » Cette ribote de poésie ne s'est
jamais plus retrouvée depuis ce jour-là. Dans ses vers même sur
l'Italie, et malgré de très-beaux passages, il se trahissait déjà
beaucoup d'incertitude et d'indécision : Vigny disait à propos du
Pianto : « C'est beau, mais ce n'est déjà plus lui. » Il m'est arrivé
à moi-même de le comparer dès lors à un homme qui marche
dans un torrent et qui en a jusqu'au menton ; il ne se noie pas,
mais il n'a pas le pied sûr : il tâtonne et vacille comme un homme
ivre. Musset, dans une bambochade inédite (*le Songe du Reviewer*),
donne aussi l'idée de Barbier comme d'un petit homme qui marche entre quatre grandes diablesses de métaphores qui le tiennent
au collet et ne le lâchent pas :

> Et quatre métaphores
> Ont étouffé Barbier !

— Or, voilà que depuis peu, à trente-cinq ans d'intervalle, ses
amis se sont avisés, un matin, de réveiller son nom comme celui
d'un poëte candidat naturel à l'Académie : il a certes pour cela
les titres suffisants ; c'est un général qui, au début de sa carrière,
a remporté une victoire : comme Jourdan devenu bonhomme en
vieillissant, il a eu sa journée de Fleurus. Ce qu'il y a de piquant,
c'est que la plupart des académiciens, quand on leur parla d'Auguste
Barbier, ne l'avaient pas lu et ne distinguaient que confusément
son nom de celui de ses homonymes : l'un des quarante, et des
plus au fait, M. de Montalembert, soutenait même qu'il était mort.
Mais en le lisant, en s'étonnant bien un peu de cette veine énergique, à outrance, de ces rimes débraillées, toutes rutilantes d'un
beau cynisme, qui sortent violemment de la gamme du classique
et qui éclatent à la face du lecteur comme un honnête et vertueux
engueulement, on s'est aperçu pourtant qu'il avait lancé à la rencontre une de ses plus rudes apostrophes et invectives au *Corse à
cheveux plats :*

> Je n'ai jamais chargé qu'un homme de ma haine,
> Sois maudit, ô Napoléon !

Cette seule vue a tout raccommodé ; retour et vicissitudes bizarres
des opinions humaines ! il a maudit l'homme du premier Empire :
tout péché lui est à l'instant remis ; toute justice est rendue au
poëte : il sera nommé, il est mûr.

PAUL HUET[1].

1830.

Diorama Montesquieu.

Ce Diorama, dont il a été déjà parlé ici (2), renferme
la vue d'une rue de Rouen, par M. Colin, celle de la

(1) La critique de la jeune école, en 1829-1830, ne s'en tenait
pas seulement aux poëtes et aux littérateurs : les peintres novateurs étaient nos frères, et la lutte que nous engagions pour nous-
mêmes, nous la soutenions aussi pour eux. J'ai toujours paru ne
me préoccuper d'art qu'incidemment ; j'en ai rarement écrit, bien
persuadé que, pour être tout à fait compétent en ces matières, il
faut y passer sa vie ; mais je n'ai cessé tant que j'ai pu de voir et
de regarder, et je n'ai pas laissé l'occasion de dire mon mot et de
donner mon coup de collier à ma manière. Ainsi faisais-je pour
Paul Huet au lendemain de la Révolution de Juillet 1830. Je pu-
bliai dans *le Globe* du 23 octobre l'article que je reproduis ici, et
qui retrouve à mes yeux un triste à-propos dans la mort trop soudaine du paysagiste, notre ami, survenue le 9 janvier 1869. La
veille encore, à cinq heures du soir, cet ami de quarante ans était
assis à mon coin du feu, causant, non sans quelque ombre de
tristesse, de toutes ces choses qui nous étaient communes et
chères, idées d'art et de philosophie sociale, souvenirs du passé,
perspectives un peu sombres et voilées de l'avenir. Paul Huet
n'était pas seulement un pinceau et un talent, c'était une intelligence. Et ceux qui l'ont connu de près ajouteront : c'était un cœur
droit, orné des plus douces vertus.

(2) Dans le journal *le Globe*.

ville de Rouen tout entière prise du haut du Mont-aux-Malades, par M. Huet; le château d'Arques, par le même, et une perspective du tunnel, par M. Martin. Nous ne reviendrons aujourd'hui que sur l'impression que nous ont causée les deux paysages de M. Huet, celui du château d'Arques en particulier.

Nous avions déjà vu deux ou trois paysages de M. Huet, exposés à la galerie Colbert, et dans tous un même caractère nous a frappé, à savoir l'intelligence sympathique et l'interprétation animée de la nature. L'homme ne joue guère de rôle dans cette manière d'envisager les lieux et de les reproduire : le groupe d'usage n'y est pas; la pastorale et l'élégie y sont sacrifiées; point de ronde arcadienne autour d'un tombeau; point de couples épars et de nymphes folâtres et d'amours rebondis; point de kermesse rustique, de concert en plein air ou de dîner sur l'herbette; pas même de romance touchante, ni de chien du pauvre, ni de veuve du soldat : c'est la nature que le peintre embrasse et saisit; c'est le symbole confus de ces arbres déjà rouillés par l'automne, de ces marais verdâtres et dormants, de ces collines qui froncent leurs plis à l'horizon, de ce ciel déchiré et nuageux, c'est l'harmonie de toutes ces couleurs et le sens flottant de cette pensée universelle qu'il interroge et qu'il traduit par son pinceau. A peine si çà et là, le long de quelque rampe tortueuse d'un coteau lointain, on aperçoit, pareil à un point noir, un voyageur qui gravit. La nature avant tout, la nature en elle-même et avec toutes ses variétés de collines, de pentes, de vallées, de clochers à distance

ou de ruines, la nature surmontée d'un ciel haut, profond et chargé d'accidents, voilà le paysage comme
l'entend M. Huet; et son exécution répond à cette pensée. De larges teintes, une plénitude de ton qui pousse
à l'impression de l'ensemble, des ondées de lumière et
d'ombre, des nuances uniques dans l'épaisseur des
feuillages et dans la profondeur des lointains, nuances
devinées et pressenties, qu'un œil vulgaire ne discer-
nerait pas dans la nature, qui ne se révèlent qu'à la
prunelle humide de larmes, et qui nous plongent en
de longues et ineffables rêveries durant lesquelles nous
nous mêlons à l'âme du monde. Hoffmann, en son
admirable conte de *l'Église des Jésuites,* à l'endroit où
le peintre Berthold, ce pauvre génie incomplet, s'épuise
dans ses paysages à copier textuellement la nature, introduit à son côté un petit Maltais ironique, espèce de
Méphistophélès de l'art, qui lui frappe sur l'épaule et
lui donne de merveilleux conseils : on dirait que
M. Huet en a profité d'avance; dans sa manière d'envisager et de peindre la nature, il serait tombé tout à
fait d'accord avec Hoffmann et avec le petit Maltais;
voici le passage : « Saisir la nature dans l'expression
« la plus profonde, dans le sens le plus intime, dans
« cette pensée qui élève tous les êtres vers une vie
« plus sublime, c'est la sainte mission de tous les arts.
« Une simple et exacte copie de la nature peut-elle
« conduire à ce but? — Qu'une inscription dans une
« langue étrangère, copiée par un scribe qui ne la
« comprend pas et qui a laborieusement imité les ca-
« ractères inintelligibles pour lui, est misérable, gauche

« et forcée ! C'est ainsi que certains paysages ne sont
« que des copies correctes d'un original écrit dans une
« langue étrangère. — L'artiste initié au secret divin
« de l'art entend la voix de la nature qui raconte ses
« mystères infinis par les arbres, par les plantes, par
« les fleurs, par les eaux et par les montagnes. Puis
« vient sur lui, comme l'esprit de Dieu, le don de
« transporter ses sensations dans ses ouvrages. Jeune
« homme, n'as-tu pas éprouvé quelque chose de sin-
« gulier en contemplant les paysages des anciens maî-
« tres ? Sans doute tu n'as pas songé que les feuilles
« des tilleuls, que les pins, les platanes étaient plus
« conformes à la nature, que le fond était plus vapo-
« reux, les eaux plus profondes ; mais l'esprit qui plane
« sur cet ensemble t'élevait dans une sphère dont l'éclat
« t'enivrait. » Or c'est précisément cet esprit d'ensemble
qui respire dans les paysages de M. Huet, et en fait des
ouvrages tout à fait originaux auprès de tant d'autres
paysages maniérés, superficiels et factices ; de lui aussi
on peut dire en ce sens ce que nous disions. il y a
quelques jours, d'un autre jeune artiste philosophe,
de M. Quinet (1), qu'il a entendu la voix de la végétation, et qu'il lui a été donné de comprendre « le génie
des lieux. » Si nous revenons maintenant à la vue de
la plaine et du château d'Arques qui nous a suggéré
tout ceci, nous y trouverons une application heureuse
de cette faculté de paysagiste expressif et intelligent.

(1) Dans *le Globe* du 12 octobre 1830. (Voir plus loin ce morceau dans une note de l'article sur M. Quinet.)

Rien sur le premier plan, hormis quelques vêtements laissés : une blouse, des instruments de travail, une chèvre couchée auprès; puis, au premier fond, derrière le monticule du premier plan, une espèce de ravin fourré d'arbres, et, dessous, quelque paysan qui sommeille; plus haut, la côte du château, blanche, nue, calcaire, avec les ruines sévères qui la couronnent; mais à droite, cette côte blanche s'amollissant en croupes verdoyantes, souples, mamelonnées, et au sommet de l'une de ces croupes, des génisses qui paissent, et un rayon incertain de soleil qui tombe et qui joue. A gauche, au pied de la montée, commence la plaine : le village est là avec son enclos de verdure, et sa flèche qui domine; on distingue en avant les sillons des pièces labourées et les plans potagers des jardins, mais au delà du village la plaine fuit en s'élargissant; les fermes et les enclos s'y effacent; la rivière y serpente comme un filet; le ciel est voilé, bien que spacieux, et de grands nuages échevelés le parcourent, venus de l'Océan; pourtant çà et là il est crevé en azur, et quelque rayon effleure par places le lointain de la plaine : une fumée montante anime le fond et se détache en tournoyant sur l'uniformité bleuâtre des horizons redoublés qui se confondent avec le gris plus foncé des nuages. Oh! c'est bien là, du côté de la Picardie et près de la mer, cette Normandie grasse et féconde, ouverte et reposée, sans beaucoup d'éclat, sans transparence, mais non sans beauté ni sans grandeur; c'est bien elle avec ses ruines sévères, son ciel variable, sa forte terre de labour et sa végétation ni

folâtre ni sombre, mais un peu uniforme dans sa verdure; c'est bien la plaine d'Arques avec ses souvenirs
d'Henri IV et de sa petite armée valeureuse, armée
plus serrée et solide que brillante, sur laquelle la soie
et l'or se voyaient moins que le fer; héroïque tous les
matins à la sueur de son front, et combattant pour un
but lointain, mais sans perspective trop sereine.

JULES LEFÈVRE.

Confidences, poésies, 1833.

Si ce volume, qui ne doit pas contenir moins de six
mille vers, tombait aux mains de lecteurs qui aiment
peu les vers, et ceux d'amour en particulier ; si, d'après
la façon austère et assez farouche qui essaye de s'introduire, on se mettait aussitôt à morigéner l'auteur sur
cet emploi de sa vie et de ses heures, à lui demander
compte, au nom de l'*humanité* entière, des huit ou dix
ans de passion et de souffrance personnelle que résument ces poëmes, et à lui reprocher tout ce qu'il n'a
pas fait, durant ce temps, en philosophie sociale, en
polémique quotidienne, en projets de révolution ou de
révélation future, l'auteur aurait à répondre d'un mot :
qu'attaché sincèrement à la cause nationale, à celle
des peuples immolés, il l'a servie sans doute bien moins
qu'il ne l'aurait voulu ; que des études diverses, des
passions impérieuses, l'ont jeté et tenu en dehors de
ce grand travail où la majorité des esprits actifs se
pousse aujourd'hui ; qu'il s'est borné d'abord à des
chants pour l'Italie, pour la Grèce ; mais qu'enfin,

grâce à ces passions mêmes qu'on accuse d'égoïsme, et puisant de la force dans ses douleurs, en un moment où tant de voix parlaient et pleuraient pour la Pologne, lui, il y est allé ; qu'il s'y est battu et fait distinguer par son courage ; que, s'il n'y a pas trouvé la mort, la faute n'en est pas à lui ; qu'ainsi donc il a payé une portion de sa dette à la cause de tous, assez du moins pour ne pas être chicané sur l'*utilité* ou l'*inutilité* sociale de ses vers.

M. Jules Lefèvre a commencé de prendre rang parmi nos poëtes vers 1822 environ. Il est de ceux qui ont le plus vivement senti alors et embrassé avec le plus de conscience et de labeur l'œuvre d'une régénération poétique en France. Doué d'un génie intérieur qui rencontre difficilement son expression, il s'est de bonne heure voué à d'immenses travaux préparatoires, et, pour arriver à un but élevé, il n'a pas craint les longs et pénibles détours. Tandis qu'avec une aisance pleine de grâce, et d'un vol qui plane nonchalamment, M. de Lamartine s'élançait aux plus hautes régions qu'on eût jusqu'alors tentées, M. Jules Lefèvre, méditant ses poëmes du *Parricide* et du *Clocher de Saint-Marc*, s'appliquait aux langues, aux littératures étrangères ; tout ce qu'il y a de poëtes anglais, allemands, italiens et espagnols, lui devenait familier ; il ne s'en tenait pas aux illustres, il s'inquiétait même des plus obscurs et des plus oubliés, comme M. Chasles ou tel autre critique érudit aurait pu faire. M. Lefèvre remontait aussi aux poëtes français du seizième siècle ; il notait chez eux les vers dignes de mémoire, les expressions qui méritaient de revivre. Aucun de nos poëtes novateurs n'avait tant lu ni mieux lu que lui.

Si nous ne savions d'ailleurs ces détails, le volume des *Confidences* suffirait pour nous les faire deviner. Cette multitude d'épigraphes en six ou sept langues, ces expressions empruntées au vocabulaire des diverses sciences, ces fragments d'un grand poëme didactique qui devait s'intituler *l'Univers,* tout ce luxe d'astronomie, de botanique, d'étymologies grecques, attestent surabondamment les recherches et les fouilles que le poëte a entreprises en mille points. Quel que soit le jugement définitif qu'on porte à ce propos, il faut rendre hommage à tant de conscience et d'étude dans un homme qui est, du reste, évidemment poëte, qui a un sentiment profond des choses, l'amour de la gloire, et le foyer des fortes passions.

Mais tout poëte qu'est M. Jules Lefèvre, tout poëte éminent et rare qu'il est par le dedans, certaines qualités de l'artiste lui manquent; il est de ceux qui sentent mieux qu'ils ne rendent, qui possèdent et gardent plus qu'ils ne donnent. Son palais intérieur a de grandes richesses amoncelées; les chambres du milieu ont à leurs parois des peintures émouvantes qui ne demandent que le jour du soleil pour se manifester aux yeux; mais les vitres par où ce jour pénètre, et au travers desquelles il nous est permis de regarder, ces vitres sont ternes et grises, elles ne nous laissent saisir que des reflets brisés et des lambeaux. L'œuvre du poëte, comme la maison du Romain, doit être de cristal, afin que rien n'y dérobe jamais la pensée. — Ce livre des

Confidences, dont il s'agit, est un des livres de poésie les plus substantiels que je connaisse; l'auteur, malgré la science qu'il déploie, habite véritablement dans sa passion; il y est, pour ainsi dire, en plein milieu; mais il y est tantôt dans un brouillard épais, tantôt dans un marais sans rivage, quelquefois comme enchaîné dans un bloc immense; ce qui lui manque essentiellement, c'est le *style,* selon l'acception la plus large du mot, le style qui choisit, qui détermine, qui compose, qui figure et qui éclaire. Je voudrais rendre toute ma pensée, sans diminuer en rien l'expression de l'estime que je fais du livre de M. Lefèvre; car il y a dans ce livre autant de fonds et de précieuse matière poétique qu'en aucune publication, même célèbre, de ce temps-ci. Son œuvre, en style de lapidaire, peut assez bien se comparer à un diamant d'une bonne grosseur, d'un fort poids, d'une matière riche, mais non pas d'une belle eau; sans transparence et sans limpidité; avec de chauds éclairs intérieurs qui ont peine à jaillir par une surface embrouillée et grenue. Pour qui sait lire les poëtes et se rendre compte avec soin, l'ouvrage de M. Lefèvre est, sous ce point de vue du style, un des plus instructifs exemples à consulter; les défauts, les taches continuelles, qui s'y allient sans remède à une inspiration toujours réelle et sincère, font bien nettement comprendre le mérite du facile et du simple : les beaux vers purs, qui se détachent çà et là isolés, entretiennent ce sentiment de regret.

En commençant on ne peut s'empêcher d'être frappé, avant tout, de cette multitude d'épigraphes dont j'ai parlé; l'auteur a cru devoir dire à ce sujet, dans son ingénieuse préface : « Je ne pense pas qu'on m'accuse « d'avoir abusé des épigraphes. Cela se pourrait pour- « tant, car on les a déjà blâmées sur parole. La seule « excuse que je puisse alléguer, c'est que le soin de « les choisir est le seul plaisir qui m'ait dédommagé « de l'ennui de les imprimer. C'est, à la tête de chaque « pièce, une sorte de préface anthologique qui vaut « mieux que ce qu'elle annonce. Si je me suis cherché « des échos dans plusieurs langues, pour me donner « la singulière consolation de voir que l'on souffrait « partout, il me semble qu'il y aurait de la dureté à « m'en faire un reproche. N'y a-t-il pas, d'ailleurs, « quelque modestie à mettre tant de pierres précieuses « en regard de sa pauvreté? » Je ne chicanerai pas le poëte sur cette prétendue modestie, qui pourrait sem- bler à plusieurs une très-innocente et très-excusable vanité; je serais fâché d'être dur, en insistant sur un simple caprice de cœur souffrant. Cette bigarrure d'épi- graphes n'a de valeur, à mes yeux, que parce qu'elle dénote une des circonstances les plus caractéristiques de la création et de la composition chez M. Jules Le- fèvre. Avant d'arriver, en effet, à l'expression directe du sentiment qui l'émeut, le poëte érudit fait volon- tiers le grand tour; il se souvient de tout ce qu'il a lu en diverses langues de plus ou moins analogue à ce qu'il sent; il traverse laborieusement cette infinité de réminiscences; il y réfracte mainte et mainte fois sa pensée primitive, et elle ne nous parvient, quand il l'exprime, que déjà détournée de sa route et dépouillée

de son rayon. J'attribue, sauf erreur, à cette habitude
d'esprit, une partie des défauts de M. Jules Lefèvre.
Il aura beau dire que les épigraphes ne sont choisies
qu'après sa pièce composée, et comme un simple enjo-
livement du titre, je reconnais souvent, dans le cours
même du poëme, la traduction des vers et des pensées
que m'avait offerts la *petite préface anthologique*. Il me
semble alors que l'inspiration première de chaque
pièce est comme une source qui, à son origine, serait
obligée de se faire jour à travers un grand nombre de
bateaux, et qui, ne pouvant les porter, ne gagnerait, à
cet encombrement, que plus de lenteur et beaucoup
de vase.

Mais, en laissant parler M. Jules Lefèvre, hâtons-
nous de prouver que, si nos conjectures sur sa science
et son labeur ne sont pas tout à fait vaines, il est bien
poëte pourtant et inspiré au milieu de ses efforts. Je
voudrais pouvoir citer *tout* le morceau intitulé *Décep-
tion;* c'est un des plus irréprochables; en voici le
début :

> Quoique bien jeune encor, j'ai longtemps, loin du bruit,
> Des langages du monde interrogé la nuit,
> Et, de leur mine abstraite explorant les merveilles,
> Ma lampe curieuse a pâli dans les veilles;
> Mais lorsque, sous mes pas, ses lumineux secours
> Des sentiers de l'étude éclairaient les détours,
> Je n'ai pas, de la gloire évoquant la richesse,
> Vu son manteau de pourpre *en* cacher la rudesse.
>
>   .   .   .   .
>
> Ces sœurs qu'à nos chagrins le génie accorda,
> Clémentine, Imogen, Clarisse ou Miranda,

Ces êtres fabuleux qu'adopte la misère,
Et qui, sans exister, peuplent pourtant la terre,
Semblaient, tous confondus sous un nom gracieux,
Me dicter un roman qui m'approchait des cieux.
Je m'étais fait d'un rêve une vague patrie,
Et je ne vivais pas : je préparais la vie.
Je croyais quelquefois sentir, étincelants,
Des yeux mystérieux surveiller mes élans.
Il me semblait si doux, pour une âme oppressée,
De pouvoir dans une autre envoyer ma pensée,
Que, d'une ingratitude eussé-je dû périr,
J'aurais, pour tout donner, voulu tout conquérir.
Comme en hiver l'abeille attend la fleur prochaine,
De mon printemps futur, moi, j'attendais la reine,
Non pas pour lui ravir les parfums qu'elle aurait,
Mais pour lui prodiguer ceux qu'elle m'envierait.

Dans ses descriptions de la nature, le poëte a souvent de l'éclat, des traits vifs et nouveaux : mais parfois, pour vouloir trop rajeunir la peinture éternelle, il tombe dans une manière étrange. Ainsi, selon lui, le soleil *de ses lettres de feu blasonne les coteaux;* la lune, glissant à travers le feuillage, *d'une dentelle errante estampe les gazons;* ainsi, démontrant à Maria les richesses du ciel, il parle de ces tableaux qui, dans les nuages,

Changent à chaque instant leur magique hypallage.

Cela doit ressembler un peu à Lycophron, que je n'ai guère lu ; mais à coup sûr Du Bartas n'inventait pas d'image plus abstruse. En d'autres endroits, ce sont les nuages qui s'en vont *tout brodés des vœux du poëte;* la femme est appelée *l'abrégé rougissant de tous les phénomènes* de Dieu. L'*euphuïsme* de la cour d'Élisabeth ou de l'hôtel Rambouillet n'a jamais été au delà. Comment la même plume peut-elle tremper dans ces fadeurs surannées, et traduire tout à côté, ainsi qu'elle l'a fait, le mâle épisode du *Guillaume Tell*, de Schiller?

En avançant dans la lecture de ces poëmes élégiaques qui composent une espèce de roman à l'intention de *Maria,* on s'aperçoit de plus en plus que M. Lefèvre ne puise en son âme de poëte et d'amant qu'avec un talent incomplet d'artiste; que son talent ne domine pas son âme de manière à la réfléchir selon la loi d'harmonie, et qu'au sein d'une réalité orageuse et profonde il lutte convulsivement et sans beauté. Dans la première moitié du volume, tant que la passion n'en est qu'aux tristesses, aux espérances, aux pressentiments qui envahissent toutes les âmes ainsi affectées, on regrette que de ce fonds un peu confus, étalé devant nous en longs épanchements, le poëte n'ait pas su tirer des scènes plus distinctes, plus détachées, plus parlantes aux yeux, de ces tableaux qu'on pourrait peindre sur la toile et qui vivent dans la mémoire. Théocrite, Pétrarque ou André Chénier ont toujours figuré leurs sentiments par des tableaux. Mais lorsque le poëte, s'enfonçant fatalement dans une passion qui lui devient un supplice et une colère, ne se borne plus à reproduire par son procédé métaphysique des sentiments assez éprouvés de tous, lorsqu'il en vient aux invectives et à ce qu'il intitule ses *agonies,* alors, au lieu d'un simple regret et d'une fatigue, le lecteur qui persiste se soumet à la violence la plus pénible; ce n'est pas une douleur enveloppée de chants, ce n'est pas même une blessure vivement entr'ouverte qu'il a devant lui ; c'est une plaie toute livide, un râle d'agonisant, quelque chose qui ressemble aux symptômes d'un empoisonnement physique. Les mots de *poison*, de *venimeux, vénéneux, envenimé,* reviennent à tout propos avec une âcreté qu'on déplore :

> Misérable affranchi, *carié d'esclavage,*
> Je roule dans mon sang sa *venimeuse image.*

Plus loin, il est question d'un *joug venimeux.* Je trouve encore l'*escarre du chagrin*, l'*anévrisme des larmes*, un culte qu'on *galvaude, égruger le reste de mes jours ; la ration de fiel dont vous gorgez mes jours ; un nom perdu, trahi, trimballé dans la boue ;* toutes les limites de la langue, du goût, de l'art, et de la douleur exprimable, sont franchies. On souffre de voir un fils de Pétrarque se porter à ces extrémités et répandre à toute force ses entrailles sur la lyre.

Il y a dans cet excès autre chose encore que de la colère d'amour : il y a du désespoir de poëte. M. Jules Lefèvre est vraiment poëte, avons-nous dit ; et aucune de nos critiques sévères ne va jusqu'à démentir en nous cette conviction. Il est poëte, il le sent, et il sent aussi mieux que nous peut-être ses défectuosités nombreuses. Il en gémit, il s'en irrite ; il revient souvent sur l'idée de la gloire, tantôt pour la repousser, la maudire avec amertume, tantôt avec regrets et remords pour tâcher de la ressaisir. Ausone a dit ingénieusement à propos de la métamorphose de Daphné :

Laurea debetur Phœbo, si virgo negatur;

ce qui revient à dire (avec Waller, je crois) que le poëte à la fin se console toujours, pourvu que l'amante rebelle se change pour lui en laurier. Oh! s'il en était ainsi de la Daphné fugitive de M. Lefèvre, de sa Laure coquette et insensible! certes, alors il blasphémerait moins. Le pire, il le sent bien, c'est que l'outrageuse amante, en s'enfuyant, ne laisse entre ses bras qu'un houx épineux, au lieu du vrai rameau. Quelque part ce vers douloureux lui a échappé :

Il est dur d'être seul à sentir son génie.

Mais non; malgré les grandes parties de génie qui lui manquent, M. Jules Lefèvre ne sera pas seul désormais à sentir les autres grandes parties qu'il a. Plusieurs apprécieront le fonds vaste et sérieux de cette nature, et les efforts pourtant ingrats qu'il a dû y consumer ; on le plaindra, on l'estimera à l'égal des plus nobles blessés; il ne sera pas méconnu. J'ignore si ce peut être un adoucissement pour les défaites du poëte; mais je sais qu'en le lisant on se console de ne pas obtenir la gloire dans les arts, lorsqu'on voit combien ont souvent de génie enfoui et rebelle, combien de laborieuses douleurs subissent ceux même qu'elle ne devra pas couronner.

Septembre 1833.

(Dans *Sir Lionel d'Arquenay*, très-remarquable roman qu'il a publié depuis les *Confidences*, M. Jules Lefèvre, quoique plus à

son avantage, se montre bien le même que dans ses poésies et
dans la préface qu'il y avait jointe. On retrouve toujours l'amant
de *Maria*; Marguerite de Cérisy est la même que la coquette des
Confidences, la femme sans cœur. D'ailleurs force esprit, de jolis
mots, surtout dans le premier volume (le second est plus franchement passionné), une ironie froide, un sourire prolongé et *humou-
ristique*. L'auteur affecte le genre de Swift, de Jean-Paul surtout;
il exalte celui-ci et a le style blasonné de la sorte; mais combien
c'est pire en français! On y voit dès l'abord des *pleurs qui em-
piètent sur la joie*. En parlant d'une femme qui rend tour à tour
son amant ou stupide ou spirituel : « Qu'elle dise au plomb de
« devenir de l'or! *Le plomb ne se fera pas prier.* » En parlant des
entretiens d'amour où peut survenir un tiers importun : « Quand
« un tiers est continuellement suspendu *sur la tête d'un aveu*, etc. »
Ce sont, comme dans ses vers, des *hypotyposes*, des *analectes épistolaires*. L'amant dort sur un oreiller *gonflé d'alarmes, et rem-
bourré des perfidies* de sa maîtresse. On est dédommagé par un
bon nombre de justes et piquantes observations, présentées d'ordinaire sous forme d'ironie; ainsi ce mot : « Lorsqu'on est heu-
« reux, il ne faut pas trop se demander pourquoi. Il n'y a pas de
« félicité qui résiste à un interrogatoire. Par contre, il faut tou-
« jours aller au fond de ses peines; le temps qu'on emploie à les
« peindre est autant de pris sur nos larmes. » J'ai noté un endroit
où l'auteur se juge lui-même avec une parfaite sévérité dans la
personne de son héros; il s'agit des lettres de celui-ci dont le style
est *lourd et contourné, trop souvent bariolé d'ornements para-
sites*. Sir Lionel se plaint de la difficulté qu'il éprouve à manier
le français, quoique ce soit sa langue maternelle (Lionel, né en
France, a été élevé et naturalisé en Angleterre). En effet, M. Jules
Lefèvre écrirait probablement mieux en anglais qu'en français.
Son style ressemble assez à une traduction soignée et empesée
d'un bon roman d'outre-mer; on dirait parfois d'une page de
Shelley ou d'Hazlitt qu'il aime tant à citer. Dans les lettres de
sir Lionel à Marguerite, la quatrième sur Pétrarque est admirable
de vérité).

M. Jules Lefèvre est mort le 13 décembre 1857 : il avait,
dans les dernières années, changé son nom en celui de Le-
fèvre-Deumier; Mme *Deumier*, sa tante, l'ayant fait héritier

d'une grande fortune, il ajouta ce nom au sien par reconnaissance, ce qui acheva de dérouter la notoriété qui était déjà en retard avec lui. Ce poëte distingué, et qui ne put jamais complétement percer, avait eu dans sa vie des phases successives où l'on reconnaîtrait à peine le même homme. Il avait débuté, comme on l'a dit, au premier rang et à la première heure de la jeune école poétique; il en eut toutes les ambitions et tout le courage, et il semblait des mieux munis, par son érudition poétique étendue et forte, pour la lutte et pour la conquête. Il parut être dévoyé bientôt et jeté de côté, comme sur le flanc, par une de ces passions malheureuses que le poëte doit sentir, mais pas trop profondément, ni à ne pouvoir s'en déprendre. L'objet de cet amour désespéré, qui a marqué toute sa jeunesse, était, assure-t-on, la très-spirituelle sœur de Mme de Girardin, la comtesse O'Donnell. On ajoute que ce fut cet amour malheureux qui le poussa à son aventure guerrière en Pologne pendant l'insurrection de 1831. Cependant d'autres poëtes, ses égaux d'âge ou plus jeunes, s'étaient déjà emparés de la renommée. Timide et fier, et même un peu sauvage, il ne laissait pas d'en souffrir. « Dans sa droiture et dans sa fierté, » nous dit quelqu'un qui l'a bien connu, « il avait un tel éloignement « de tout ce qui ressemble à l'intrigue, qu'il poussait cette « aversion jusqu'à se refuser les plus simples démarches et « relations qui pouvaient contribuer à la célébrité de son nom « et de ses ouvrages. Ce n'était pas modestie vraie ou fausse « de sa part, car il reconnaissait assez haut dans la conver- « sation sa valeur et ses supériorités : on peut dire qu'il « avait l'orgueil de son œuvre et l'insouciance du succès. Un « détail curieux, c'est que, ses poésies se vendant très-peu, « il était encore, pour ainsi dire, avare de ses exemplaires, « qu'il aimait mieux enfouir chez lui que de les distribuer « et de les donner, et cela dans la crainte seule d'avoir l'air « de demander quelque chose à qui que ce fût, dans l'intérêt « de ses productions. Cet excès de timidité, qui avait sa « noblesse, avait aussi ses grands inconvénients, et de là en

« partie le peu de retentissement qu'ont obtenu son nom et
« ses livres. »

A le voir en ces années avec son beau et large front sillonné de pâleur, sa figure fine, sa réserve silencieuse, et un
certain air de malheur répandu sur toute sa personne, on
eût pu le croire envieux et malade du succès des autres.
Victor Hugo disait de lui en ce temps-là : « Jules Lefèvre a
été mordu par Latouche. » Il donnait l'idée de quelqu'un
qui a bu d'un breuvage vénéneux et qui n'en peut ni guérir
ni mourir. Il avait fait ce vers, traduit, je crois, de l'anglais,
et qui exprimait bien sa propre nature :

> La rose a des poisons qu'on finit par trouver!

Les années changèrent totalement cette disposition. Je
n'avais fait que l'entrevoir sous sa première forme, et je ne
l'ai revu ensuite que tard, quand l'âme était calmée, adoucie,
quand le volcan était éteint et que la lave s'était recouverte
de terreau, de plates-bandes et d'allées sablées. Il était alors
secrétaire particulier du Prince-Président; il devint ensuite
bibliothécaire de l'Élysée et des Tuileries. Il avait toujours
son beau et vaste front, mais avec un sourire particulièrement
aimable; homme du meilleur monde, amateur lettré et de la
plus gracieuse indulgence. La grande fortune dont il avait
joui pendant quelques années, et dont il faisait si bien les
honneurs à ses amis dans ses soirées de la place Saint-
Georges ou à sa charmante campagne de l'abbaye du Val,
près l'Ile-Adam, avait été presque toute engloutie après les
événements de Février 1848. Son humeur sereine, ses douces
relations d'amitié, ses habitudes de travail assidu n'en reçu-
rent aucune atteinte. Il mourut avec la fermeté d'un stoïque
dans les opérations de la pierre.

Son intime ami Émile Deschamps, à qui nous devons
quelques-uns de ces détails particuliers, l'a défini ainsi, tel
qu'il était dans son meilleur temps et dans la saison des
espérances. « Génie poétique, cœur ingénu, ayant du bel
esprit dans la région du sublime. »

15.

M. LOUIS DE CARNÉ.

1833.

Vues sur l'histoire contemporaine (1).

Dans les dernières années de la Restauration, quelques jeunes hommes, attachés à ce régime par leur naissance, leur éducation et leurs premières doctrines, mais aussi empreints, à un certain degré, de l'esprit du siècle, ou du moins comprenant et appréciant cet esprit avec une impartialité remarquable, fondèrent, sous le titre de *Correspondant,* un journal qui, avec moins d'éclat et d'influence, suivit, dans l'école religieuse et royaliste, une ligne assez analogue à celle du *Globe* dans i'école libérale et philosophique. Un grand bon sens, joint à des convictions religieuses très-sincères et

(1) 2 vol. in-8°. — Cet article fut inséré dans *le National* du 31 mai 1833. Je le reproduis ici pour montrer que nous n'étions pas seulement attentifs alors aux poëtes, aux peintres, aux artistes, mais aussi aux politiques de notre âge et de notre génération, et que nous avions les yeux ouverts de plus d'un côté. Ç'a été le constant effort de ma critique et le devoir qu'elle s'imposa dès le premier jour : signaler le nouveau, de quelque part qu'il vînt. Nous n'étions pas des romantiques étroits, pas plus que des libéraux exclusifs.

à des affections monarchiques très-profondes ; beaucoup d'études, beaucoup de modération, quoique dans
la première et fervente jeunesse, une probité pleine de
désintéressement et même d'esprit de sacrifice, à un âge
et dans des situations facilement accessibles aux vues
ambitieuses : tels étaient les mérites et la physionomie
bien rare de cette école du *Correspondant,* qui poursuit
encore aujourd'hui ses honorables travaux dans la *Revue
européenne.* Ses défauts étaient une grande timidité,
une pâleur indécise dans les conclusions, des vues de
l'esprit en contradiction souvent avec les sympathies et
les liaisons antérieures, et celles-ci, dans les cas urgents, paralysant quelquefois les autres ; rien d'aboutissant ni d'incisif ; un certain ton ironique et peu
flatteur dans l'acceptation même des faits devenus désormais nécessaires ; des concessions de détail à une
position et à des alentours dont on ne pouvait ni ne
voulait se dégager, et sur lesquels il s'agissait principalement d'influer avec lenteur. Ce dernier point con-
stituait, à proprement parler, le seul but pratique de
cette école. Elle ne s'adressait pas au gros du siècle, à
la masse de la jeunesse et de la population, que des
affections et des croyances contraires entraînaient bien
au delà ; mais, au sein du parti religieux et royaliste,
elle cherchait à convaincre quelques esprits moins
immobiles, moins irrémissiblement voués à l'entière
tradition du passé, quelques âmes élevées et judicieuses,
pures d'ambition, amoureuses de la vérité, et ne désespérant pas de la Providence, même dans des voies un
peu nouvelles. Sous la Restauration, cette école, on le

conçoit, dut avoir une bien insensible influence là où elle s'adressait ; les engagements étaient pris, les intérêts et les passions en jeu ; au milieu de ces clameurs aigres et retentissantes du parti, de ces voix de vieillards incurables et fanatiques, il y avait peu de place pour les calmes conseils de quelques jeunes hommes. Seulement, dans l'ombre, en province, çà et là se ralliaient à cette nuance quelques autres jeunes hommes comme eux. Depuis Juillet, la position de l'école du *Correspondant* est devenue meilleure et plus vraie ; elle se dessine plus nettement dans la *Revue européenne,* où nous regrettons toutefois de trouver par instants des restes de superstition dynastique qui nuisent, sans y tenir, à la réalité des doctrines. Cette école, dans sa nuance exacte, ne se rattache directement ni à M. de Chateaubriand, ni à M. de La Mennais, ni à la tentative de la *Gazette de France.* Elle est bien autrement de bonne foi et véridique que cette dernière, qui, suivant nous, stipule sciemment sur un mensonge et sur une falsification perpétuelle. Elle est bien moins audacieuse dans sa portée, moins sympathiquement plébéienne et fraternelle que l'illustre rédacteur de *l'Avenir,* quoiqu'elle adhère, sur presque tous les points, à la manière féconde dont il envisage socialement le christianisme. Enfin, si elle cite toujours avec orgueil et louange le beau nom de M. de Chateaubriand, elle a trop de circonspection, de sagesse et d'amour du vrai en lui-même pour suivre dans ses déportements d'éloquence et d'imagination cet aventureux génie (1). Le livre de M. de

(1) Les noms propres définiront encore mieux ces nuances d'é-

Carné, qui nous fournit l'occasion de ces remarques, met parfaitement en lumière toutes les pensées politiques, les jugements, les espérances et les doutes de cette école dont il est l'un des principaux soutiens. Nous aimons de tels ouvrages, parce que, s'il en naissait beaucoup de cette sorte dans des rangs qui ne sont pas les nôtres, ce serait une preuve qu'après bien des luttes et des déceptions cruelles, et même avec des dissidences d'affection persistantes, les générations nouvelles pourraient enfin s'entendre sur le terrain d'une vraie et pratique liberté.

Comme toute la politique du *Correspondant* et comme celle de la *Revue européenne,* le livre de M. de Carné s'adresse particulièrement aux hommes qui formaient le *parti de droite;* c'est d'eux surtout et des lumières propres à les ramener qu'il se préoccupe; c'est à leurs préjugés historiques ou théoriques qu'il oppose, en chacune de ses pages, une plus juste raison des faits ou une argumentation qui tend à concilier avec les grands principes de la tradition catholique et romaine les résultats acquis de la civilisation moderne et de la

coles et d'opinions. Le principal rédacteur du *Correspondant* était M. Edmond de Cazalès, qui n'entra dans les Ordres que bien plus tard; il y avait encore M. Franz de Champagny, l'historien des Césars; un homme excellent et droit, M. Wilson, qui, sous son nom anglais, n'était autre qu'un fils de Mme d'Aumale, né pendant l'émigration. — M. de Montalembert n'appartenait point à ce groupe; plus jeune de quelques années, il était aussi plus tranchant, plus acerbe, et une goutte du fiel de La Mennais pénétra de bonne heure sa nature éloquente et hautaine, qui en est restée imprégnée jusqu'à la moelle. Les autres étaient modérés; lui, il ne le fut jamais.

révolution de 89. La tâche, on le voit, est ardue, et nous devons dire que M. de Carné la remplit jusqu'au bout avec un bon sens, une bonne foi et un talent que doivent apprécier surtout ceux qui, résolvant plus hardiment le problème politique dans un sens analogue, le conçoivent d'après des données moins complexes et moins inconciliables en apparence.

Une réserve générale, qu'il nous convient avant tout de faire avec M. de Carné pour être ensuite plus à même de l'examiner dans ses conclusions et de le louer, c'est qu'il n'a évidemment été nourri à admirer et à aimer que bien peu des choses et des hommes qui pour nous, enfants de la Révolution ou de l'Empire, ont ravi notre admiration première. Ce sentiment contradictoire entre lui et nous, qui affecte le ton général de l'ouvrage et percé en mille détails, n'est pas fondamental pourtant, puisqu'il n'empêche pas sa raison de rencontrer aux endroits capitaux la nôtre ; mais nous en avertissons expressément, parce que des lecteurs peu attentifs pourraient prendre le change et repousser à première vue, sur quelques mots blessants, un livre où il y a beaucoup à gagner pour toutes les classes d'esprits sérieux et sincères. M. de Carné, en certains endroits, qualifiant l'Opposition non parlementaire et non légale sous la Restauration, se sert des locutions *esprit révolutionnaire* et *jacobinisme* (voir t. 1er, page 280) presque dans le sens mystique et apocalyptique qui avait cours parmi les écrivains de droite, et que ne saurait accepter une plume aussi ferme et aussi historique que la sienne. Quand il veut apprécier le talent ou la portée

des journalistes ou orateurs libéraux, les expressions
de *vulgaire,* de *médiocre,* et autres duretés rapetissantes,
tombent volontiers sur des noms qui, rencontrés en
leur lieu, méritent plutôt des témoignages d'estime, et
les recherches délicates de la louange vont particulièrement chercher des hommes ou des ouvrages d'une
portée assez contestable, comme lorsque M. de Carné
vante beaucoup trop, selon nous, cette *Histoire de
l'Expédition d'Espagne,* par M. de Martignac. Il est un
personnage surtout, depuis cinquante ans, vénérable
aux amis de la liberté, et que M. de Carné n'aborda
jamais qu'avec une sorte d'ironie méprisante qui sied
mal à une intelligence si grave, si morale, et si faite
pour honorer tant de constance dans une grande cause.
Comme M. de La Fayette pour nous n'est pas un de
ces hommes qu'on discute ni qu'on justifie, nous citerons simplement à M. de Carné, pour réfuter son dédain, ces deux versets d'un chant tout récent du poëte
polonais Mickiewicz : « Et les peuples se corrompaient
« de plus en plus, et il ne se trouva plus parmi eux
« qu'un seul homme citoyen et soldat. —Et cet homme
« conseillait de cesser de combattre pour l'intérêt, et
« de défendre la liberté du prochain ; et il est allé lui-
« même combattre pour elle dans la terre de la liberté,
« en Amérique. Cet homme s'appelle La Fayette, et il
« est le dernier des anciens hommes de l'Europe en
« qui vit encore l'esprit de sacrifice, débris de l'esprit
« chrétien. »

Dans le livre de M. de Carné, bien que le fond et le
tissu en soient véritablement historiques et politiques,

l'idée religieuse domine et rabat souvent les autres
considérations à un ordre tout secondaire. « Plus les
« événements marcheront, dit-il, et mieux on com-
« prendra que la question purement politique perd
« chaque jour de son importance, qu'elle s'amoindrit à
« vue d'œil, à mesure que se dessine et grandit la
« question de la régénération morale. » L'auteur s'est
attaché surtout à démontrer que la réforme de 89 *fut
chrétienne dans son principe,* bien qu'elle ne dût malheureusement s'accomplir qu'à travers une apostasie, au
moins temporaire, du dogme religieux. Ses vues à ce
sujet concordent entièrement avec celles que M. de Lamartine avait émises, il y a deux ans, dans sa brochure
intitulée *de la Politique rationnelle.* Cet ordre de considérations générales, sur lequel la critique a peu de
prise, parce qu'à cette hauteur, du moment qu'elle
n'accepte pas l'élément mystérieux qui dirige, elle n'a
plus qu'à tenir terre et à se déclarer incompétente ;
cette réduction du problème politique de la société au
problème religieux et moral, cet effort et ce retour vers
un même but par un côté réputé supérieur, sont devenus assez familiers dans ces derniers temps à beaucoup d'esprits ardents, élevés ; et, pourvu que l'indifférence politique et une sorte de quiétisme transcendant
n'en résultent pas dans la pratique et les luttes du citoyen,
il n'y a rien à redire à cette manière de coordonner et
d'étager les questions. Si les solutions générales du problème religieux faisaient naître, comme corollaires, des
solutions politiques opposées à celles qui ressortent du
fait social réel et de l'observation immédiate et sensée,

il faudrait s'élever contre, en montrer le faux et les ruiner ; mais, du moment qu'il y a concordance sur les résultats pratiques, le champ des motifs est libre et indéfini. Dans la république de l'avenir où nous tendons, les raisons secrètes ou avouées, les motifs égoïstes, intéressés, philosophiques ou mystiques, pour lesquels les institutions vraiment libres seront acceptées et pratiquées d'un chacun, offriront sans doute, surtout au début, beaucoup de variété et de bigarrure ; mais il suffira qu'on se rallie en fait à trois ou quatre grands points jugés indispensables. Et c'est ce qui ne nous paraît pas très-éloigné entre les hommes comme M. de Carné et nous.

Voici la profession de foi politique du siècle, suivant M. de Carné, et nous la ratifierions en tout point, sous la réserve de l'expliquer et de la préciser : 1° Tout pouvoir tire sa légitimité de sa conformité à la loi morale et à l'utilité du plus grand nombre : son droit est subordonné à cette utilité reconnue par les corps politiques auxquels le pays a confié mission de la constater ; 2° aucune classification permanente de la société n'est désormais possible, et une aristocratie mobile et personnelle tend à remplacer l'aristocratie héréditaire légale ; 3° les idées tendent, selon les progrès graduels des mœurs, à faire prévaloir le principe électif pour les fonctions publiques ; 4° la publicité est désormais la condition essentielle du pouvoir, en même temps qu'elle deviendra son principal appui. Sous cette rédaction générale et très-circonspecte, en la pressant un peu, on ne saurait méconnaître toutes les solutions qui, depuis 89, sont en train de se faire jour, de se

dégager des accidents qui les ont tour à tour compromises, et de régner souverainement chez nous et ailleurs. C'est ce que M. de Carné exprime formellement
en maint endroit. Son Introduction contient, sur le
principe de la souveraineté du peuple, une discussion
simple et lumineuse qui répond à bien des objections
déclamatoires. Si son mode de raisonnement et de distinction, dans lequel domine toujours quelque chose de
mixte, paraît se ressentir, chemin faisant, de la méthode
doctrinaire, M. de Carné, du moins, ne tombe jamais
dans les abstractions finales et l'espèce d'équation sans
issue où s'est enfermée cette école. Son christianisme
actif le sauve peut-être en cela de quelques-unes des
tendances de son esprit; il croit avec ferveur au progrès
social, au travail ininterrompu de l'esprit divin dans
l'humanité; il énumère sans ambiguïté les résultats ou
instruments acquis et déjà victorieux, la presse, le jury,
le principe électif. « Je suis tellement convaincu, » s'é-
crie-t-il quelque part, « du triomphe définitif des prin-
« cipes de 89, que je ne les considérerais pas comme
« compromis pour longtemps, quand, par suite de
« vicissitudes placées en dehors de nos prévisions, je
« verrais les Prussiens campés de nouveau dans la cour
« du Louvre, et les chevaux de l'Ukraine se désaltérer
« aux bassins de marbre des Tuileries. »

Historiquement, et en tout ce qui concerne le mouvement, les phases et les hommes de la Restauration,
les jugements de M. de Carné nous semblent approfondis et satisfaisants, du moins dans leur ensemble et eu
égard à son point de vue. Il comprend et expose à

merveille comment la Charte a été et a dû être une
ambiguïté, une contradiction et presque un malentendu
perpétuel ; mais il approuve beaucoup trop à notre sens
cette incertitude introduite à dessein par Louis XVIII,
et ce qu'il appelle le *vague heureux* des dispositions. Il
croit d'ailleurs que, provisoire et transitoire de sa nature, cette Charte qui a subsisté seize ans, et qui,
mieux ménagée, aurait pu durer un peu plus, était
pourtant destinée tôt ou tard à une lacération violente ;
qu'en un mot la Restauration en France était une expérience finalement impossible et ruineuse. La session
de 1815 forme la partie historique la mieux traitée et
la plus instructive du livre : les personnes honnêtement
royalistes, qui se sont laissé prendre aux théories et
à l'ancien droit français de la *Gazette*, ne pourront
guère s'y maintenir après avoir lu le chapitre de M. de
Carné. Les autres portions historiques sont moins précises, moins complètes, quoique semées de vues sagaces
et neuves. M. de Villèle se trouve personnellement
traité par l'auteur avec une indulgence qu'expliquent
jusqu'à un certain point l'ineptie, les frénésies ou les
fourberies de ses successeurs avant et après Juillet ;
mais M. de Carné, n'étant pas de ceux qui suppriment
la morale et le témoignage de la conscience publique
en histoire, n'a pu parler que par une étrange inadver-
tance de cette page *honorable* qui serait réservée dans
les annales de ce temps au ministre le plus effrontément
madré et le plus corrupteur.

Comme style et talent d'écrivain, il y aurait à signaler plus d'un beau passage. Si la diction, dans sa gra-

vité, a parfois des formules un peu ternes et des pesanteurs, une imagination noble et sévère vient à propos la relever, l'éclaircir et lui prêter un lustre vrai qui ajoute à la solidité. L'auteur, n'étant pas astreint par la nature de son sujet à un cadre rigoureux, intervient en quelques digressions avec chaleur et d'un ton ému, presque lyrique, qui va à l'éloquence. Je citerai surtout l'endroit où, discutant la loi du sacrilége de 1825, il se met lui-même en scène par un brusque mouvement, et se peint tel qu'il était alors sur ces matières avec les agitations de son esprit et les perplexités de sa conscience. Or, c'est là le point remarquable, ne pouvant résoudre ses doutes directement, ni par la logique ni par la conscience, il s'en tirait à l'aide de l'imagination ; il se figurait en idée un grand spectacle, une représentation lugubre de ce que serait le châtiment du sacrilége, et, reculant bientôt épouvanté, il criait *non* de toutes ses forces à cette loi sanglante qu'il avait presque invoquée d'abord sous sa forme abstraite. Je citerai encore, comme beauté du même genre et naïve expansion d'une nature croyante qui confesse ses plus chères illusions, tout le passage de l'*utopie* rêvée durant *l'année Martignac*. Il est curieux et profitable pour nous et les jeunes hommes de notre bord, qui n'avons rien senti de cela, mais qui avons passé également par nos rêves, d'étudier ce côté nouveau, primitivement inhérent à des convictions adverses qui sont en train de nous revenir aujourd'hui. On ne saurait se mettre en rapport par trop d'aspects avec les âmes intelligentes et généreuses.

MÉMOIRES DE MIRABEAU

ET DE L'ÉTUDE DE M. VICTOR HUGO

A CE SUJET.

1834

Ce qu'il y a d'excellent surtout, selon moi, aux vrais mémoires des vrais grands hommes, c'est que déjà connus par leurs œuvres publiques, par des actes ou des productions hors de ligne et qui resteraient des fruits un peu mystérieux pour le gros du genre humain, ces hommes nous apparaissent dans leurs mémoires par leur lien réel avec la nature de tous. On avait leur cime, on jouissait de leur ombre, on recevait les fruits tombés des altiers rameaux ; mais l'arbre sacré était de l'autre côté du mur, dans un verger plus ou moins inconnu, et dont la superstition pouvait faire un Éden privilégié. La connaissance des vrais mémoires d'un grand homme, c'est la chute de ce mur de séparation, c'est la vue du héros, de l'orateur, du poëte, non plus dans son unité apparente et glorieuse, mais dans son

unité effective, plus diverse et à la fois plus intelligible ;
on saisit les passions, les affections premières, les tour-
nures originelles de ces natures qui, plus tard, ont dominé ; en quoi elles touchent au niveau commun, et
quelques parties des racines profondes. La forte séve
qui, plus haut, s'en va mûrir et se transformer merveilleusement sous un soleil dont les rayons ne viennent
pas également à chacun, on la voit sortir et monter de
cette terre qui est notre commune mère à tous. En ce
sens, les mémoires des grands hommes sont des titres
de famille pour tous les hommes qui reconnaissent en
ceux qu'ils admirent des frères seulement plus favorisés ou plus bénis, ou plus rudement éprouvés.

Depuis quelques années déjà, il s'accrédite des opinions bien fausses, selon moi, sur la nature, la qualité
et le droit des grands hommes. L'idée morale n'entre
plus dans le jugement qu'on porte sur eux, ni dans le
rôle qu'on leur assigne. On les fait grands, très-grands,
des instruments de fatalité, des foudres irrésistibles,
des voix commandées dans l'orage ; rien ne les limite,
ce semble, que leur pouvoir et leur succès même. On
est revenu sur ce point à une idolâtrie, du moins en
paroles, qui rappellerait celle des premiers âges ; ce ne
sont que demi-dieux toujours absous, quoi qu'ils fassent, et toujours écrasants. Bonaparte a gâté le jugement public par son exemple, et les imaginations ne
sont pas guéries encore des impressions contagieuses
et des ébranlements qu'il leur a laissés.

L'ancienne société offrait un certain nombre de positions à part qui investissaient d'un caractère divin et

redouté les hommes heureusement pourvus par la naissance. La noblesse, celle du sang royal surtout, marquait au front ses élus d'un signe qui ne semblait pas appartenir à la race d'Adam. Sous Louis XIV, le culte du monarque était devenu une démence universellement acceptée qui étonne encore par son excès, même la sachant à l'avance, chaque fois qu'on ouvre les témoins de ce temps, les beaux esprits ou les naïfs, les distingués ou les vulgaires, Mme de Sévigné ou l'abbé de Choisy, l'abbé Blache ou Boileau. Il faut dire pourtant que sous Louis XIV, à part ce soleil monarchique qui absorbait en lui toutes les superstitions et les apothéoses, le génie et sa fonction étaient noblement conçus, et dans des proportions vraiment belles. Parmi les guerriers, on n'en voyait pas de plus enviables et de plus grandement famés que les Turenne ou les Catinat; et dans l'ordre des productions de l'esprit, la supériorité admise et admirée ne dépassait jamais le cercle des facultés humaines; c'en était le couronnement et la fleur, *flos et honos,* l'enchantement, la décoration et la grâce. Les grands esprits n'étaient pas alors, pour la société, des guides reconnus; ils étaient encore moins des foudres errants, déchaînés, et des météores.

Au xviiie siècle, la royauté, la noblesse, la religion, pâlissent, et l'esprit humain, dans la personne de ses chefs, pousse sa conquête et aspire à régner. En un sens ce xviiie siècle, impie et révolté, ne tend qu'à réaliser et à fonder dans la pratique civile les maximes de fraternité chrétienne et d'égalité des hommes devant Dieu. Les quatre ou cinq grands chefs qui servirent à cette époque l'esprit humain dans son immortelle entreprise, Montesquieu, Voltaire, Rousseau, Buffon, Diderot et autres, n'abusèrent pas trop à leur profit de la popularité qu'ils acquirent et des acclamations confuses par lesquelles on les salua libérateurs. Ils ne se démentirent pas dans le succès, ils ne s'enivrèrent pas dans leur gloire, comme Alexandre à Persépolis. Ils furent rois sans doute : Voltaire en fut un, plein de licence et de caprices ; Montesquieu en fut un qui se souvenait trop de sa robe et d'être président à mortier, et Buffon avait sa morgue et sa plénitude qui l'isolaient à Montbard. Mais, en somme, peu de libérateurs ont été aussi fidèles jusqu'au bout à leur mission que ces quatre ou cinq hommes illustres. Bien des jugements faux, inexacts, légers et passionnés, outrageux pour d'anciens bienfaiteurs du genre humain, ont été portés par eux, et ont longtemps altéré l'opinion, qui s'en affranchit à peine d'aujourd'hui ; mais le but moral, bien que souvent poursuivi à faux, leur demeura toujours présent ; la commune pensée humaine, la sympathie fraternelle, fut religieusement maintenue.

Cette idée morale, au milieu des exagérations et des égarements qu'elle eut à traverser, se conserva de la sorte jusqu'au commencement de l'Empire. Mais il y eut là une solution de continuité, une altération, une interruption profonde dans la manière de juger les hommes et les choses. Les précédentes notions furent ébranlées ou détruites, et des habitudes nouvelles d'un ordre tout opposé s'introduisirent. L'éclat, la force, l'ordre et la grandeur matérielle substituèrent leur as-

cendant à celui des idées morales qui semblaient à
bout, ayant passé par toutes les phases de fanatisme et
de sophisme. Je n'ai pas la prétention de juger ici en
quelques mots un personnage comme Bonaparte, qui
offre tant d'aspects, et dont la venue a introduit dans
le monde de si innombrables conséquences; mais pour
rester au point de vue qui m'occupe, j'oserai dire qu'il
est l'homme qui a le plus *démoralisé* d'hommes de ce
temps, qui a le plus contribué à subordonner pour eux
le droit au fait, le devoir au bien-être, la conviction à
l'utilité, la conscience aux dehors d'une fausse gloire.
Bonaparte n'était ni bon ni méchant; il n'aimait ni ne
haïssait les hommes; il ne les estimait guère qu'en tant
qu'ils pouvaient lui nuire ou le servir. Si l'on essaye
d'énumérer la quantité d'hommes honnêtes, recom-
mandables par le talent, l'étude et des vertus de citoyen,
que 89 avait fait sortir du niveau, qui avaient traversé
avec honneur et courage les temps les plus difficiles,
que la Terreur même n'avait pas brisés, que le Direc-
toire avait trouvés intègres, modérés et prêts à tous
les bons emplois; si l'on examine la plupart de ces
hommes tombant bientôt un à un, et capitulant, après
plus ou moins de résistance, devant le despote, accep-
tant de lui des titres ridicules auxquels ils finissent
par croire, et des dotations de toutes sortes qui n'étaient
qu'une corruption fastueusement déguisée, on comprendra le côté que j'indique, et qui n'est que trop incontestable. L'éclat tant célébré des triomphes mili-
taires d'alors, cette pourpre mensongère qu'on jette à
la statue et qui va s'élargissant chaque jour, couvre

déjà pour beaucoup de spectateurs éblouis ces hideux
aspects, mais ne les dérobe pas encore entièrement à
qui sait regarder et se souvenir. Napoléon n'estimait
pas les hommes à titre de ses semblables; il était aussi
peu que possible de cette chair et de cette âme communes aux créatures de Dieu : c'était un homme de
bronze, comme l'a dit Wieland, qui le sentit tel aussitôt
dans un demi-quart d'heure de conversation à Weimar;
égoïste, sans pitié, sans fatigue, sans haine, un demi-
dieu si l'on veut, c'est-à-dire plus et moins qu'un
homme; car, depuis le Christianisme, il n'y a rien de
plus vraiment grand et beau sur la terre que d'être un
homme, un homme dans tout le développement et la
proportion des qualités de l'espèce. Les demi-dieux,
les héros violents et abusifs tiennent de près aux âges
païens, à demi esclaves et barbares ; quand ils triomphent dans nos sociétés modernes, quelles que soient
d'ailleurs leur opportunité et leur nécessité passagère,
ils introduisent un élément grossier, arriéré, qui pèse
après eux et qui a son influence funeste.

Napoléon disparu et ce qui résultait immédiatement
de son action politique étant à peu près apaisé, son
exemple a passé dans le domaine de l'imagination, de
la poésie, et y a fait école et contre-coup. Et ici non
plus tout n'a pas été mal, nous sommes bien loin de
le prétendre. A la contemplation de ces scènes voisines
et déjà fabuleuses qui se confondaient avec nos premiers rêves du berceau, l'imagination s'est enrichie de
couleurs encore inconnues ; d'immenses horizons se
sont ouverts de toutes parts à de jeunes audaces pleines

d'essor; en éclat, en puissance prodigue et gigantesque, la langue et ses peintures et ses harmonies, jusque-là timides, ont débordé. Mais ce que je veux noter, ce qui me semble fâcheux et répréhensible, c'est qu'en passant à la région de pensée et de poésie, l'idée obsédante du grand homme a substitué presque généralement la force à l'idée morale comme ingrédient d'admiration dans les jugements, comme signe du beau dans les œuvres. Deux autres grands hommes parallèles à Napoléon, et dont l'influence sur nous a été frappante, quoique moindre, ont aidé certes dans le même sens. Byron et Gœthe, l'un par son ironie poignante et exaltée, l'autre par son calme également railleur et plus égoïste peut-être, ont autorisé ce changement d'acception du mot *génie* et ont prêté aux apothéoses fantastiques qu'on s'est mis à faire des grands hommes. Mais la puissance audacieuse et triomphante de Napoléon a surtout dominé; elle a provoqué ces constructions sans nombre, et la plupart de ces statues et idoles de bronze dont on a peuplé sur son modèle les avenues de l'histoire. Tout ce qui a paru fort et puissant dans le passé a été absous, justifié et déifié, indépendamment du bien et du mal moral. La philosophie éclectique de la Restauration avait déjà, malgré ses réserves sur tant de points, proclamé la théorie du *succès* et de la *victoire,* c'est-à-dire affirmé que ceux qui réussissent dans les choses humaines, les heureux et les victorieux, ont toujours raison en définitive, raison en droit et devant la Providence qui règle le gouvernement de ce monde. On laissait aux enfants et aux écoliers cette pieuse parole que le poëte a mise à la bouche du héros, compagnon d'Hector :

Disce, puer, virtutem ex me verumque laborem,
Fortunam ex aliis. , ...

Le Saint-Simonisme bientôt alla plus loin dans la théorie des hommes providentiels qui ont toujours raison, en qui l'origine et la fin justifient les moyens, et qui marchent sur la terre et sur les eaux en vertu du droit divin des révélateurs. Sous une forme religieuse, et derrière le velours du prêtre, c'était encore la même préoccupation dévorante, le même plagiat de Bonaparte, l'effet réfléchi de la fascination exercée par cette grande figure. Il y avait bien d'autres choses neuves et considérables dans le Saint-Simonisme ; mais ce souci que j'indique a usurpé beaucoup de place. Il y a donc eu, et il y a en ce moment abus dans l'ordre de la parole et de l'imagination, comme auparavant dans l'ordre civil et politique. Il y a éloquence, poésie surabondante, comme il y a eu prodiges de valeur et coups d'éclat; mais c'est la force encore qui tient le dé et qui gradue les jugements. Qu'on ait marqué d'abord, qu'on ait été puissant et glorieux à tout prix en son passage, et l'on n'aura en aucun temps été plus absous ; on vous trouvera, à défaut de vertu personnelle, une vertu plus haute, une utilité et moralité providentielle qui est l'ovation suprême aujourd'hui. Cette disposition a pénétré dans les jugements de l'histoire, elle prévaut dans l'art; **mais je ne saurais y voir qu'un retentissement de** l'époque impériale, une imitation involontaire, développée sur la fin des loisirs de la Restauration et se poussant parmi beaucoup de pressentiments plus vrais de l'art de l'avenir.

Dans ses volumes récemment publiés sur l'histoire de France, M. Michelet a senti en un endroit cette absence de soin moral qui caractérise le moment présent, si animé d'ailleurs, si intelligent et si vivement poétique ; il a exprimé son regret et son espoir en paroles ardentes qu'on est heureux d'avoir pour auxiliaires : ne pourrait-on pas les lui opposer à lui-même quelquefois ? C'est à propos des conseils pieux, donnés par saint Louis à son fils, et qui rappellent le mot tout à l'heure cité d'Énée à Ascagne : « Belles et touchantes paroles ! dit l'historien, il est difficile de les lire sans être ému. Mais en même temps l'émotion est mêlée de retour sur soi-même et de tristesse. Cette pureté, cette douceur d'âme, cette élévation merveilleuse, où le christianisme porta son héros, qui nous la rendra ?... Certainement la moralité est plus éclairée aujourd'hui ; est-elle plus forte ? Voilà une question bien propre à troubler tout sincère ami du progrès... Le cœur se serre quand on voit que dans ce progrès de toute chose la force morale n'a pas augmenté. La notion du libre arbitre et de la responsabilité morale semble s'obscurcir chaque jour. Chose bizarre ! à mesure que diminue et s'efface le vieux fatalisme de climats et de races qui pesait sur l'homme antique, succède et grandit comme un fatalisme d'idées. Que la passion soit fataliste, qu'elle veuille tuer la liberté, à la bonne heure ! c'est son rôle, à elle,

Mais la science elle-même, mais l'art... *Et toi aussi mon
fils !...* Cette larve du fatalisme, par où que vous met-
tiez la tête à la fenêtre, vous la rencontrez. Le symbo·
lisme de Vico et de Herder, le panthéisme naturel de
Schelling, le panthéisme historique de Hégel, l'histoire
de races et l'histoire d'idées qui ont tant honoré la
France, ils ont beau différer en tout; contre la liberté
ils sont d'accord. L'artiste même, le poëte qui n'est
tenu à nul système, mais qui réfléchit l'idée de son
siècle, il a de sa plume de bronze inscrit la vieille cathédrale de ce mot sinistre : *Ananké.* »

M. Michelet espère pourtant que cette lumière de
liberté morale, toute vacillante qu'elle semble, n'est pas
destinée à périr, et nous l'espérons comme lui. C'est
d'ailleurs le propre de la liberté morale de ne pas céder
à la vogue, à l'entraînement, à l'opinion, et de vivre en
protestant contre ce qui voudrait l'accabler. Je ne saurais dire pour mon compte à quel point je me suis
senti souvent rebuté, choqué, jusque dans les plus
belles pages d'amis bien éloquents, en voyant cet abus
extrême qu'on fait aujourd'hui des grands hommes et
tous ces demi-dieux despotiques qu'on inaugure en
marbre ou en bronze sur le corps saignant de l'humanité qu'ils ont foulée. Au nom de cette classe intermédiaire, de plus en plus nombreuse, qui flotte entre les
admirateurs aveugles et les admirés déifiés, qui n'est
plus le vulgaire idolâtre et qui ne prétendra jamais au
rang des demi-dieux, qui devra pourtant accorder sa
juste estime et son admiration à qui méritera de la ravir, on est tenté de redemander quelques-uns de ces

beaux et purs grands hommes dont les actes ou les œuvres sont comme la fleur du sommet de l'arbre humain, comme l'ombre bienfaisante qui s'en épanche, comme le suc mûri qui en découle. Lassé de ces bruits sonores et des statues de tout métal debout sur leurs socles démesurés, on se rejette avec une sorte de faiblesse en arrière et, comme Dante en ses cercles sombres, on réclame un guide compatissant et à portée de la main : O Virgile, Térence, Racine, Fénelon, grands hommes et si charmants, pris au sein même et dans les proportions de l'humanité, où êtes-vous ? mais il en est un du moins qui vous représente (1). L'admiration, pour s'épanouir avec bonheur, doit se sentir aller vers des mortels de même nature, de même race que nous, quoique plus grands. Je veux, même dans ceux que le génie couronne, reconnaître et saluer les premiers d'entre mes semblables.

Et voilà pourquoi les vrais mémoires des grands hommes me paraissent avoir tant de prix. C'est que presque toujours les personnages qu'on s'est habitué à considérer d'après des types fantastiques et de convention, ou d'après les statues historiques qu'on leur a dressées, s'y montrent à nous sous un autre jour plus intérieur et souvent satisfaisant, meilleurs d'ordinaire que leur renommée, bons, ou tâchant par moments de l'être, avec leurs doutes, leurs variations, leurs infirmités, étant des nôtres à beaucoup d'égards, et, comme

(1) C'est une allusion à Lamartine, — au Lamartine d'alors. — Voir précédemment au tome Ier, pages 286 et 287.

tels, des moules à imperfections et à sentiments contraires et sincères. Cela ne les rapetisse pas à nos yeux,
mais nous les explique et les ancre par bien des coins
au cœur de la même nature. Ainsi Byron nous est
clairement apparu à travers ses mémoires mutilés,
mais véridiques encore (1). Ainsi la correspondance
avec Mlle Voland nous a fait accepter presque sans mélange l'excellent Diderot. Ainsi Mirabeau sortira plus
homme, et non moins grand homme à notre gré, de
l'épreuve de cette nouvelle lecture.

La publication des lettres écrites du Donjon de
Vincennes avait déjà révélé Mirabeau dans la pleine
frénésie des passions et des sens, sous un jour romanesque, mais vrai, et que la postérité aisément pardonne. Ç'avait été, jusqu'à cette heure, le grand et inépuisable document où les biographes avaient fouillé
pour reconstruire la vie privée antérieure de ce personnage toujours orageux. Au milieu des inexactitudes et
des lacunes inévitables d'un tel mode de reconstruc-
tion, surtout avec une édition si fautive et si incohé-
rente que celle qu'avait donnée Manuel du manuscrit
de Vincennes, il n'en résultait pas moins pour l'ensemble de la jeunesse et de la première vie de Mirabeau
une impression assez juste, sentimentale plutôt qu'ir-
récusablement motivée; on voyait un homme dont les

(1) Ainsi Gœthe, que je jugeais trop sévèrement tout à l'heure
d'après des documents incomplets, s'est dessiné plus ample, plus
accueillant et tout à fait meilleur comme génie, à la lumière des
nombreux témoignages biographiques familiers qui ont entouré et
éclairé à nos yeux sa vieillesse.

malheurs étaient plus grands que les torts, et les torts plus méchants que le fond. Quant à sa vie publique, beaucoup de révélations successives avaient été faites, et avec un résultat assez inverse du précédent, c'est-à-dire que si, en y regardant bien, on l'avait trouvé meilleur au fond que ses divorces, ses rapts et ses adultères, on le trouvait au rebours, dans la vie politique, plus léger et plus vain, moins scrupuleux en opinion, plus à la merci d'une belle inspiration du moment ou d'un mauvais discours qu'un de ses faiseurs lui avait apporté le matin, et finalement, pour tout dire, plus vénal que son génie, son influence et le développement majestueux de son âge mûr ne le donnaient à penser. Parmi les documents récents qui se rapportent à cette vie publique, il convient de rappeler *les Souvenirs sur Mirabeau* par Étienne Dumont (de Genève), livre de bonne foi et de sens, écrit par un homme bien informé, sans prétention ambitieuse, quoi qu'on en ait dit ; livre qui n'atteint en rien le génie propre à Mirabeau et ne cherche point à lui dérober ni à lui soutirer son tonnerre, mais qui a replacé l'homme et le génie dans quelques-unes des conditions réelles moins grandioses. Ces explications, telles que Dumont les précise, n'atténuent aucunement le génie de l'orateur ni même la capacité du politique, et bien au contraire elles les font d'autant plus ressortir ; mais l'autorité morale, la conscience sérieuse et l'aplomb du caractère en reçoivent quelque atteinte. Ce livre de l'honnête et spirituel Dumont a été accueilli ici avec une légèreté moqueuse et une boutade d'Athéniens qui ne veulent pas être contredits sur

l'idole à la mode. On avait fait de Mirabeau de brillantes et fantastiques peintures; Dumont venait qui
remettait deux ou trois verrues à leur place sur ce grand
visage, et il a été honni.

Quoi qu'il en soit, le jugement total de la vie publique et privée de Mirabeau laissait l'idée de quelque
chose de grand mais d'énormément souillé, d'une gros-
sière débauche avec des éclairs de passion divine, d'une
souveraine et libre parole avec des besoins cupides; et sa
mémoire comme son corps, tantôt au Panthéon et tantôt
sur la claie! Or, maintenant, voici le fils adoptif (1) de
Mirabeau, M. Lucas-Montigny qui vient, après trente
années de soins, d'examen pieux et de collations scru-
puleuses, instruire de nouveau ce grand procès, en appeler des jugements antérieurs, et, avec une quantité
de pièces précieuses en main, tenter la réhabilitation de
cette renommée qui est pour lui domestique. Ce point
de vue de réhabilitation et de plaidoyer continu pourra
sembler dès l'abord bien étroit et contraire à l'informa-
tion entière et impartiale de l'équitable postérité. Mais
M. Lucas-Montigny ne saurait être pour Mirabeau cette
postérité froidement curieuse et assez indifférente aux
conclusions; il ne faut pas le blâmer d'un effort et d'un
but auquel on devra et l'on doit déjà nombre de pièces
authentiques et de détails inconnus, puisés au trésor
qu'il a pris peine à réunir; de plus indifférents n'eussent pas fait ainsi, et ils auraient sans doute fait beaucoup moins. Les deux volumes, qui composent la pre-

_____

(1) C'est un mot poli pour dire « le fils naturel. »

mière livraison des Mémoires, traitent de la vie privée
de Mirabeau durant les trente et une premières années
jusqu'en 1780, et le laissent au milieu de sa captivité
de Vincennes. Les papiers de famille dont M. Lucas-
Montigny a fait usage, et notamment une correspondance ininterrompue entre le marquis et le bailli de
Mirabeau, le père et l'oncle du nôtre, donnent à toute
cette partie biographique un caractère d'authenticité et
de nouveauté qui est pour le lecteur une vraie découverte. Souvent même, devenu exigeant avec l'estimable
biographe qui ne tire de son trésor que ce qui se rapporte assez directement au récit, le lecteur voudrait
plus d'excursions, plus de prodigalités de citations et
d'extraits ; ou plutôt il voudrait tout, il lui faudrait
toutes ces familiarités et ces divagations de correspondance. Lui, qui hier encore était tout rassasié de Mirabeau et ne croyait avoir rien d'important à apprendre
sur cet homme si controversé ; lui, lecteur, qui hier ne
connaissait le marquis économiste que par quelques
ennuyeux volumes ou quelques épigrammes, et ne connaissait pas du tout le bailli, le voilà tout d'un coup
épris d'eux, altéré de leur vie, de leurs opinions, de
leur langage ; le voilà qui se fâche presque contre
M. Lucas-Montigny qui ne nous introduit qu'avec discrétion dans ces archives domestiques ; il rudoie l'honnête descendant, il le gourmande de sa parcimonie
bourgeoise et de ses réticences, il est prêt à tout dévorer.
Et le lecteur a raison, et M. Lucas-Montigny aussi, nous
l'espérons bien, n'aura pas tort en publiant cette collection de lettres que tous les échantillons cités nous font

juger inappréciables. Pénétré de la gravité et de la moralité du devoir, de la dette qu'il acquitte, le biographe s'est interdit ce que tant d'autres en sa place eussent estimé une bonne fortune, et il n'a rien ajouté, quoique cela en deux ou trois endroits paraisse lui avoir été facile, à la liste déjà bien suffisante des aventures amoureuses de Mirabeau. En fait de scandale privé, M. Lucas-Montigny a eu pour principe de n'en mettre au jour aucun qui eût été nouveau, et il ne s'est exprimé que sur les échappées déjà notoires. Tout en prenant peu de goût à cette sobriété filiale par ce coin de curiosité maligne et oblique qui est dans chacun, nous ne saurions en faire un sujet de reproche à l'écrivain consciencieux. Nous trouverons seulement qu'il s'est quelquefois exagéré la gravité et la noblesse du genre biographique, lorsque, par exemple, il rejette expressément hors du texte et dans une note des citations de lettres qui ne lui font l'effet que d'une causerie légère et piquante (tome I, page 378) : il faudrait donc à ce taux imprimer toutes les lettres de Mme de Sévigné en notes, comme indignes de la majesté d'un texte. Dans le récit, ou plutôt dans la discussion à laquelle il se livre, des amours de Mirabeau et de Sophie, nous craignons que M. Lucas-Montigny ne se soit grossi les inconvénients de certains détails nouveaux, et que ses idées sur la dignité du genre n'aient ajouté un peu trop de rigueur à sa louable morale : « Nous pourrions, dit-il, donner une relation très-circonstanciée de l'emploi du temps passé follement aux Verrières, de la route suivie par les deux amants quand il se furent décidés à s'éloigner, de tous les accompagnements de cet acte de démence et de désespoir; mais un tel récit serait mélangé d'incidents scandaleux que nous rejetterons toujours, parce qu'ils sont indignes de l'histoire, parce qu'ils la dégradent, parce que même ils la font mentir, puisqu'elle doit peindre les grands faits et non les passagers accidents de la vie des personnages dont elle s'occupe, les traits saillants de leur physionomie et non les difformités secrètes. » De telles maximes crûment énoncées par un biographe sont elles-mêmes la critique la plus sévère du procédé qu'il suit : nous ne nous arrêterons pas à les réfuter. M. Lucas-Montigny s'appuie en un endroit, sans en rien citer, d'un cahier de *Dialogues* dont Mirabeau parle souvent dans ses lettres du donjon de Vincennes. Ces dialogues, qu'il avait écrits pour se repaître, ainsi que Sophie, du souvenir des premiers jours de leur liaison, sont aux mains du biographe qui n'en donne aucun extrait. Et pourtant ces souvenirs des commencements doivent être pleins de pureté et de charme, lorsque le prisonnier de Joux, jouissant d'une demi-liberté, venait à Pontarlier chez le vieux marquis de Mounier dont la maison lui était ouverte, lorsqu'il racontait devant lui et sa jeune femme les malheurs et les fautes qui l'avaient conduit là, et qu'elle, comme Desdemona aux récits d'Othello, comme Didon aux récits d'Énée, comme toutes les femmes qui écoutent longuement des exploits ou des malheurs, pleurait et l'aimait pour ce qu'il avait fait et subi, pour ce qu'il avait souffert. On y verrait, dans ces dialogues, d'après ce qu'avance M. Lucas-Montigny, que ces étincelles de première passion ne furent pas chez Mirabeau sans combat, qu'il cherchait même par un attachement peu sérieux et assez subalterne à détourner l'orage qu'il sentait naître, et à faire avorter son périlleux amour. Certes, de tels dialogues, pour peu qu'ils répondent à l'idée qu'on s'en figure, seraient la justification la plus insinuante et la plus naturelle de l'éclat désastreux et de la ruine qui survinrent : nous voudrions que M. Lucas-Montigny se laissât fléchir (1).

M. Lucas-Montigny se plaint amèrement de Manuel, l'ancien procureur de la Commune, qui, en publiant le recueil des lettres à Sophie, a négligé quelques suppressions faciles, quelques arrangements de convenance et de morale, qui auraient suffi pour rendre cette lecture irréprochable, ou du moins attrayante sans mélange. Nous sommes de son avis en cela, et il nous semble qu'en ce qui touche les portions toutes romanesques de la vie des grands hommes, s'il y a peu à faire pour les rendre plus complètes et harmonieuses, il est permis de l'oser; mais un goût parfait, une discrétion extrême, devraient présider à ces légères et chastes atteintes. En lisant les admirables lettres de Diderot à sa Sophie (car c'était aussi le nom de Mlle Vo-

---

(1) Il s'est laissé fléchir en effet : j'ai pu, bien des années après, grâce à son obligeance, écrire pièces en main de complets articles sur ce sujet : *Mirabeau et Sophie.* (Voir au tome IV des *Causeries du Lundi.*) — On trouvera dans le même tome IV d'autres articles sur la Correspondance de Mirabeau et du comte de La Marck, publication capitale, avant laquelle Mirabeau politique n'était qu'imparfaitement connu : on en parlait un peu à l'aveugle et sans savoir le dessous des cartes.

land), j'ai regretté vers la fin d'y trouver les détails de
ces indigestions fréquentes dont se plaint un estomac
qui vieillit : il y a dans les lettres de Mirabeau à Sophie
des pages qui désenchantent bien plus encore. Je con-
cevrais qu'un art délicat, sans le dire, eût altéré, omis,
et quelque peu arrangé cette fin des choses. Faute de
quoi, et tout en sautant de son mieux les délices sen-
suelles de l'un, en oubliant les indigestions finales de
l'autre, on demeure encore reconnaissant pour de telles
lectures.

La publication des Mémoires de Mirabeau a été pour
un grand poëte l'occasion d'écrire une étude développée sur le grand orateur. L'écrit de M. Victor Hugo,
imprimé et vendu à part, grâce à la susceptibilité honorable, peut-être excessive, de M. Lucas-Montigny, a
été déjà lu de tout le monde. C'est un morceau grandiose, tout à effets et à mouvements, plein de tableaux ;
l'orateur y est traduit sous vos yeux entouré de ses
mille tonnerres et de quelques fanfares ; c'est un de
ces morceaux d'éclat où l'on marche d'imprévu en imprévu, où l'image toujours éblouissante et nouvelle
surgit à chaque pas, plus soudaine, plus en armes que
les légions de Pompée ; c'est une de ces sorties de talent qui gagnent des victoires, au moins de surprise,
sur les plus incrédules ; qui marquent que les lions au
gîte (pour parler le langage du sujet) ont des ressources et des bonds qu'on n'attendait pas, et qu'il est
des natures invaincues qu'on peut bien vouloir traquer,
mais qu'on ne décourage guère. Beaucoup de gens
s'apitoyaient récemment sur M. Victor Hugo ; les suc-

cès fatigués de ses derniers drames s'interprétaient en chutes ou du moins en échecs; la critique avait eu contre son œuvre, contre sa personne, depuis quelques mois, de presque unanimes et vraiment inconcevables clameurs. C'était un hourra contre lui; c'était un accablement pour lui, on pouvait le croire. Point. Voilà qu'en une brochure écrite en huit jours reparaît ce talent puissant dans son allure, j'ai presque dit dans sa crinière la plus superbe. Ces sortes de natures opiniâtres et vigoureuses vont, trébuchent, s'accrochent, se relèvent, et donnent de perpétuels démentis à ceux qui en désespèrent.

Au commencement de sa brochure, M. Hugo indique sa sympathie vive pour ces grands et opiniâtres caractères du marquis et du bailli de Mirabeau, grands caractères en effet, transmis de père en fils dans la race, depuis les Arrighetti gibelins, émigrés de Florence en 1268; Mirabeau, le plus célèbre des Riqueti, était de tous (qu'on en juge) le plus dégénéré. C'est chez M. Lucas-Montigny qu'il faut lire les preuves de ces tempéraments indomptables et de ces vertes intelligences. Le marquis de Mirabeau, en 1778, écrivait au bailli son frère : « Sitôt qu'un mien désir n'est pas combattu par ma conscience, j'ai des ressources pour en venir à bout... Quand on m'exaltait tant, on me faisait hausser les épaules (il dit ailleurs : *rire des épaules*), mais quand on voudrait m'humilier, le sentimen* intime résiste et contient le poids de toute la colonne d'air extérieur. Je sais que je suis, à les en croire, le Néron du siècle; que les femmes veulent me

traiter comme Orphée, et les avocats comme Romulus ;
mais que m'importe? Si j'étais sensible au toucher,
il y a longtemps que je serais mort. Qu'importe qu'ils
essayent de me déchirer dans ma cuirasse d'honneur,
désormais trop dure et trop cicatrisée pour que de pareils coups puissent pénétrer? Le public n'est point
mon juge. Je foule aux pieds ses jugements ignorants
et précipités par des passions d'emprunt...; et tant que
santé et volonté me dureront, je serai Rhadamanthe,
puisque Dieu m'y a condamné. » Ainsi parlait de lui-
même, en style de Saint-Simon, ce représentant du
XVIe et du XVIIe siècle dans le XVIIIe, cette nature d'homme
à la Montluc et à la d'Aubigné, vénérable jusque dans
sa cruauté patricienne, cette volonté de fer dans un
corps de fer. M. Hugo a tout d'abord tendu la main à
ce haut et grave vieillard ; c'est ainsi qu'il les aime,
qu'il les peint et qu'il les rêve : don Ruy Gomès de
Sylva, dans *Hernani,* n'est pas d'une autre souche; et
lui-même, poëte, il m'a fait souvent l'effet de représenter cette sorte de type inflexible, transporté, dépaysé dans la littérature et dans l'art de nos jours :
de là en partie, j'imagine, ce qu'il y a de faussé dans
sa puissance.

En parlant de Mirabeau, il était difficile qu'une imagination amante des gloires sombres et fortes, qui
s'était attaquée déjà à Cromwell, à Richelieu, à Charles-
Quint, à Louis XI, à Napoléon, ne se prît pas au côté
purement et simplement grand, et n'y sacrifiât point
les considérations autres qui tempèrent et corrigent,
qui agrandissent les fonds du tableau, mais diminuent

la hauteur de la principale figure. M. Hugo, selon nous,
n'a pas évité cet écueil, et peut-être, quand cela lui
aurait été possible, ne l'aurait-il pas voulu. Ce qui l'a
frappé avant tout dans Mirabeau, c'est le contraste de
cette jeunesse persécutée, flétrie, verrouillée, et de son
merveilleux avénement politique ; c'est le contraste de
cette vie si dure de tribune et de combats journaliers
avec l'inauguration unanime d'un cercueil : ce qu'il a
épousé tout d'abord dans Mirabeau, c'est la question
personnelle (1) du génie, du génie méconnu, du génie
envié et du génie triomphant : « Grands hommes, voulez-vous avoir raison demain? s'écrie-t-il; mourez aujourd'hui. » Et plus loin, en termes exprès : « Quelques
reproches qu'on ait pu justement lui faire, nous croyons
que Mirabeau restera grand. Devant la postérité, tout
homme et toute chose s'absout par la grandeur. »

Suivant ou accompagnant Mirabeau depuis les fonts
baptismaux du Bignon où il naquit, jusqu'au Panthéon
où il entra le premier, M. Hugo juge que, comme tous
les hommes de sa trempe et de sa nature, il était *pré-
destiné,* et qu'un tel enfant ne pouvait manquer d'être
un grand homme. Le poëte, en touchant quelques-uns
des anneaux, même les plus obscurs, de cette existence
inégale, les fait tous luire à nos yeux, et veut les con-

(1) Aussi plusieurs critiques ont-ils reproché à M. Hugo de s'être
trop préoccupé dans le portrait de Mirabeau de sa propre question
personnelle et de s'être vu, miré et copié lui-même, en quelque
sorte, dans cette figure toute marquetée et couturée, comme dan
un miroir à mille facettes. — Lamartine, depuis, a fait de même
dans ses *Girondins.* Il est difficile à ces puissantes *organisations
subjectives* de se détacher de soi.

vertir en une chaîne divine. Oui, certes, les grands
hommes qui aboutissent sont marqués, je le crois, par
la Providence et peuvent se dire en ce sens prédestinés;
mais toutes les graines de grands hommes n'éclosent
pas, ou du moins toutes ne viennent pas dans les circonstances propres à les faire valoir. Mirabeau lui-
même, écrivant à une personne à laquelle il ne parlait
que le langage de la plus sincère conviction, disait :
« Mon père a autant de supériorité sur moi par le génie,
qu'il en a par l'âge et le titre de père. » Après un admirable récit de la vie de son grand-père, Jean-Antoine,
récit composé dans une captivité au château d'If sur
les notes de son père, il termine par ces mots : « Ceux
qui seraient étonnés des couleurs que nous avons osé
employer pour peindre un homme qui n'est resté ni
dans les fastes des cours qu'on appelle histoire des nations', ni dans les recueils mensongers des gazettes,
auraient tort, à ce qu'il nous semble... Nous n'imaginons
pas que personne mette en doute que partout et dans
tous les temps il ne vive et ne meure loin de tout
éclat une multitude d'hommes supérieurs à ceux qui
jouent un rôle sur la scène du monde, etc. » Peut-être
il n'a manqué à Mirabeau lui-même qu'un peu plus de
vertu, de discipline, et un cœur moins relâché, pour
rester et vivre inconnu ou du moins médiocrement
connu, et simplement notable à la manière de ses
pères. Nous voudrions que cette idée fût présente à
l'esprit quand on célèbre les grands hommes ; tous les
grands hommes qui arrivent sont prédestinés sans
doute; mais tous les grands hommes n'arrivent pas. Il

y a dans cette pensée de quoi tempérer humainement l'apothéose des génies.

Lorsqu'on pousse trop loin l'idée de la prédestination des grands hommes, il arrive qu'on est amené, sans y prendre garde, à être sévère et injuste pour une foule d'hommes secondaires, mais estimables, qui dans leur temps et au nom de leur bon sens ou de leur vertu, et aussi de leurs passions, ont osé contredire sur quelque point et retarder un moment les triomphateurs. « A quarante ans, dit le poëte, il se déclare autour de Mirabeau, en France, une de ces formidables anarchies d'idées où se fondent les sociétés qui ont fait leur temps. Mirabeau en est le despote. » Et plus loin, çà et là, en raison de ce despotisme de Mirabeau, voilà que l'Assemblée constituante entière, ce faisceau d'hommes éminents et purs, lui est mise sous les pieds. Volney n'a que de la mauvaise emphase littéraire, lui qui avait fait déjà l'excellent *Voyage en Syrie*; Roland est un *zéro dont sa femme est le chiffre,* chiffre qui, selon moi, eût couru risque de valoir dix fois moins sans l'honnête zéro. Sieyès devient un songe-creux que Mirabeau pénètre en un clin d'œil, Sieyès qui, avant sa corruption, méritait d'être proclamé l'un des hommes les plus éclairés, les plus hardis et les plus sainement métaphysiques de l'époque, Sieyès qui du moins, devant la postérité, conservera l'honneur d'avoir le premier répondu à la question : « *Qu'est-ce que le tiers état?* » comme Mirabeau a répondu à M. de Brézé. Ailleurs c'est Buzot et Pétion qui sont peints l'un comme plus *dévorant,* l'autre comme plus *bref d'es-*

prit, qu'on ne les a jamais vus. Necker, ministre intègre, homme éclairé et bon dans sa roideur, de qui Mirabeau disait : « *C'est une horloge qui retarde;* » Lavater, homme excellent, observateur ingénieux dans ses conjectures, sont entassés sur la charrette des charlatans côte à côte avec Calonne et Cagliostro. Le poëte, sans songer à mal, insulte au hasard, en passant, du haut de son char de feu. Je suis fort heureux pour mon pauvre et spirituel Dumont (de Genève) que le poëte ne l'ait pas pris à partie; il l'aurait, je le crains, assez pulvérisé. Tout cela tient uniquement à une manière qu'on a trop aujourd'hui, historiens et poëtes, d'envisager et de construire les grands hommes. Je me suis permis déjà ailleurs de critiquer, dans le Tableau du xviiie siècle par M. Lerminier, quelques conséquences de ce procédé et la décapitation impitoyable de Roland, d'Holbach et autres, au profit des plus grands. Tout le génie d'écrivain, tout l'éclat des couleurs, ne sauraient me décider à en passer par là : arcs de triomphe pour quelques-uns, et pans de murailles abattus; puis, au-dessous d'une certaine taille, fourches caudines pour le grand nombre, pour tout ce qui n'est pas la foule du cortége (1)!

(1) On retrouvera dans le passage suivant, sous une forme un peu plus voilée, quelques-unes des mêmes pensées qui nous sont très-familières : « La première partie, disions-nous, de l'ouvrage de M. Lerminier sur le xviiie siècle contient quatre portraits, ou plutôt quatre statues, Montesquieu, Voltaire, Diderot, Rousseau, qui n'ont jamais apparu avec plus de jeunesse radieuse et de dégagement. M. Lerminier, après avoir dû au préalable méditer ses sujets en philosophe et en penseur, s'en est emparé tout d'un coup

Et le grand homme une fois conçu dans cet esprit, voyez quelle est la nécessité à son égard ; on veut le

en artiste ; l'enthousiasme de Diderot semble avoir passé dans celui qui le célèbre et qui célèbre les trois autres ; ces quatre chapitres sont comme un poëme, en quatre hymnes, qui s'adressent tour à tour à chacun des membres de ce *quaternaire* sacré de la philosophie. A Montesquieu, l'histoire renouvelée ; à Voltaire, la propagation du déisme, du bon sens et de la tolérance ; à Diderot, le résumé encyclopédique des connaissances humaines ; à Jean-Jacques, la restauration du sentiment religieux, des droits de l'homme, tant individuel que social, et le grand principe de la souveraineté démocratique : tels sont les titres généraux que leur reconnaît M. Lerminier dans ce glorieux inventaire. Mais leur vêtement habituel idéalisé, les traits rassemblés de leur physionomie, leur pose, leur allure, se joignent étroitement à l'idée et font revivre, en le rehaussant, le personnage. M. Lerminier a l'art d'exceller en ces sortes de statues qu'il dresse ; l'orateur, on le sent par lui, s'adresse volontiers aux masses comme le statuaire ; la solennité, l'ampleur, le sacrifice des détails, l'exagération poussée au colossal, leur vont à tous deux et sont conformes à leurs fins. Dans cette grande route humaine où il marche, dans cette voie sacrée qu'il affecte, l'orateur, comme un héraut d'armes, salue à droite et à gauche les groupes de marbre sur leur piédestal, il a besoin d'apostropher des statues de demi-dieux ; il fait faire place à l'entour ; il crie *au large* aux hommes *médiocres* qui empêchent de mesurer les grands ; il écrase un peu les uns ; pour les autres est l'apothéose ! M. Lerminier n'a pu s'empêcher de faire ainsi, et nous ne lui en voulons pas ; cette perspective, selon laquelle il dispose et il étage ses hommes, perspective qui n'est pas tout à fait la nôtre, est peut-être celle du lointain et de l'avenir. Béranger, le poëte, me disait un jour qu'une fois que les hommes, les grands hommes vivants, étaient faits types et statues (et il m'en citait quelques-uns), il fallait bien se garder de les briser, de les rabaisser pour le plaisir de les trouver plus ressemblants dans le détail ; car, même en ne ressemblant pas exactement à la personne réelle, ces statues consacrées et meilleures deviennent une noble image de plus offerte à l'admiration des hommes. A part Fénelon, qu'il s'est trop complu (je ne sais pourquoi) à saisir au

maintenir en tout point à cette hauteur forcée, et,
comme dans les panégyriques d'Empereurs romains, il

point de vue biographique et caustique de Saint-Simon, M. Lerminier procède dans ce large sens envers les figures qu'il rencontre.
Aussi nous ne lui en ferons pas un sujet de reproche, tant qu'il
se contente d'augmenter et de rajeunir les immortalités révérées;
nous lui passerons même quelques impétueux éloges qui veulent
trop prouver sur le côté faible des modèles, comme lorsqu'il dit
de Voltaire : « Voltaire pouvait parler de Dieu, car *il l'aimait ar-*
« *demment.* » Nous lui concéderons son éloquent enthousiasme
pour Frédéric, bien que nous doutions un peu qu'à la fin des âges
ce nom doive se trouver dans *le plus pur froment des mérites de
l'humanité.* Nous ne prendrons pas partie pour les anecdotes de
ce pauvre Étienne Dumont, qui, avec tant de circonspection et
d'honnêteté, a essayé malencontreusement de remettre à leur place
quelques simples grains sur le visage presque auguste de Mirabeau. Comme, après un certain laps de temps, la vérité minutieuse
et toute réelle est introuvable, comme elle l'est même souvent déjà
entre contemporains, il faut ou se condamner à un scepticisme
absolu et fatal, ou se résigner à cette grande manière qui nous
reproduit bien moins l'individu en lui-même que les idées auxquelles il a contribué et qu'on personnifie sous son nom. Mais, si
nous admirons en M. Lerminier ce talent de personnification en-
flammée et d'apothéose, il nous a semblé dur, sans assez de proportion, contre certaines renommées secondaires qui gênaient le
piédestal des hautes statues. Mably a été immolé sans pitié aux
pieds de Rousseau; l'auteur l'a chargé, comme un bouc émissaire,
de tout ce qu'il y avait eu de mauvaises idées spartiates et cré-
toises à la Convention, en réservant à Jean-Jacques toute l'influence salutaire et rien que la salutaire : « Mably a été plus
« qu'inutile; il a été dangereux. » D'Holbach surtout se trouve
outrageusement anéanti, pour que Diderot apparaisse plus pur,
plus serein et plus dominant. Je sais que c'est une défense peu
avantageuse à prendre que celle du *Système de la Nature* et de
cette faction holbachienne; mais je ne veux soutenir d'Holbach
ici que comme un homme d'esprit, éclairé quoique amateur, sachant beaucoup de faits de la science physique d'alors, n'ayant pas
si mal lu Hobbes et Spinosa, maltraité de Voltaire qui le trouvait

n'y a plus rien de lui qui ne devienne surnaturel, étrange. *Quelquefois il riait. Quelquefois il souriait.* S'il a rappelé une fois dans une parenthèse que l'amiral Coligny était *son cousin,* cela se change en *sublime,* au lieu de paraître un simple trait de vanité. En un endroit, le poëte ne peut s'empêcher d'admirer que Mirabeau ait été populaire sans être plébéien : « Chose rare, s'écrie-t-il, en des temps pareils ! » Chose bien com-

---

un fort lourd écrivain et un fort ennuyeux métaphysicien, mais estimé de d'Alembert, de Diderot, et dont l'influence fut grande sur Condorcet et M. de Tracy. Les *extravagances* de d'Holbach se rapprochent beaucoup des *extravagances* qui fourmillent dans la tête et les écrits de ces autres philosophes si indulgemment acceptés. L'*Examen critique des Apologistes du Christianisme,* la *Lettre de Thrasybule,* ces livres clandestins que M. Lerminier ne juge pas indignes de Fréret, appartiennent plus probablement à la fabrique de d'Holbach. Condillac, qui n'eut guère qu'une réputation posthume et que M. Lerminier, par des motifs, généreux sans doute, de réparation, surfait un peu selon nous, a été souvent invoqué par des métaphysiciens plus forts que lui et qui se disaient en toute occasion ses disciples, tandis qu'ils l'étaient peut-être plus réellement de d'Holbach. C'est que d'Holbach avait une exécrable réputation d'athéisme, tandis que Condillac, abbé, n'ayant jamais écrit contre l'âme ni contre Dieu, était un maître ostensible plus avouable, en même temps que doué de mérites suffisants. D'après ce procédé trop absolu qu'il suit de sacrifier le moyen au grand, M. Lerminier a dit en parlant de Mme Roland : « Cette femme de génie *assujettie* « *à un homme médiocre.* » Or, M. Roland, sans être un homme de génie, était un esprit rare et un plus rare caractère. Ses écrits nombreux sur les matières économiques, son *Voyage en Italie,* attestent beaucoup de justesse, de finesse et de connaissances ; ses descriptions de machines dans l'Encyclopédie méthodique surpassent, assure-t-on, en précision élégante celles de Diderot. Enfin, l'on sait par quel héroïque suicide M. Roland a fini, comme Valazé, comme Condorcet : est-ce donc de ce seul mot rapetissant qu'il convenait de payer sa digne mémoire ? »

mune au contraire! on trouve de tout temps en tête des partis populaires un patricien dissolu et brillant, qui renie sa caste et gagne la faveur de la foule : à Rome Catilina, César; des exemples sans nombre dans les républiques italiennes; les Guises en France, Retz et Beaufort, D'Orléans, Mirabeau.

Le côté esthétique et poétique de Mirabeau orateur a été surabondamment exprimé par M. Victor Hugo; jamais notre langue n'avait rendu tant de chocs et d'éclairs; jamais le despotisme du génie tribunitien n'avait été inauguré dans une telle pompe ; jamais *cette sorte de bête fauve,* comme l'écrivain l'appelle, ne s'é- tait montrée si puissamment déchaînée : nous regret- tons un certain souffle moral que nous n'avons nulle part senti circuler. Quant à l'appréciation politique et à ce qui constitue Mirabeau homme d'état, le poëte s'en est naturellement moins occupé. Il a surtout vu dans Mirabeau le destructeur de l'ancien édifice, le Samson échevelé, et comme il l'a dit, *la massue.* Mirabeau était autre chose encore. Sans doute il ne suivit aucun plan général dans ses attaques, et ne les gouverna souvent qu'au gré de ses passions ou même de ses besoins ; et c'est en ce sens surtout qu'il est vrai de dire que sa mémoire publique, sa mémoire de grand citoyen a reçu d'irréparables atteintes; mais il eut de rares et lumineuses *inspirations* sur l'état social profond et l'a- venir où l'on se précipitait. Il eut sa période d'arrêt et de retour après sa période d'invasion ; il ne crut pas en politique à l'efficacité absolue de la logique, de la théorie, ni des constitutions faites de toutes pièces; il conçut, plus qu'aucune tête à cette époque, l'élément historique et vital des sociétés. L'exemple de l'Angleterre lui faisait entendre à quel point cet être complexe qu'on appelle nation peut vivre, se maintenir et prospérer, au milieu de mille irrégularités peu géométriques, et selon une harmonie plus occulte et bien supérieure. Il essaya à diverses reprises, mais sans suite et sans possibilité, de faire respecter le vieux chêne croulant, où l'un des premiers il avait mis la hache. Sous cet aspect, sa prévoyance et, comme l'a dit très-exactement Dumont, son étendue d'horizon politique, n'ont jamais été si évidentes qu'aujourd'hui, où, après tant d'efforts et d'épuisements, on s'aperçoit qu'on n'a presque fait que tourner dans un cercle douloureux. Pour tout résumer de l'opinion actuelle sur Mirabeau, — comme homme privé, il est jugé plus indulgemment, plus affectueusement même à travers ses désordres; — comme renommée de grand citoyen, il a déchu, ou plutôt il a été dégradé : — comme tête politique, il a grandi.

Comme écrivain, M. Hugo a sévèrement et pittoresquement caractérisé Mirabeau. En nous montrant ce revers de style *pâteux, mal lié, mou aux extrémités des phrases, avec des mosaïques bizarres de métaphores peu adhérentes,* en nous offrant en regard le cachet du grand prosateur et la substance particulière dont est fait le grand style, souple et molle d'abord, et puis figée, lave d'abord, et puis granit, il a peint lui-même sa manière, il a donné l'empreinte et le moule de son procédé. Ne l'a-t-il pas pourtant trop généralisé ? tous

les styles *des grands prosateurs nés,* ou plutôt de ceux
qui deviennent grands prosateurs, sont-ils et doivent-
ils être une lave durcie en granit? Cette substance
intime dont se compose l'expression de la pensée et
des *sentiments* ne varie-t-elle pas comme les organisations elles-mêmes? ici, chair palpitante et solide,
musculeuse et colorée sans excès ; là, tout nerf, là,
toute flamme ; parfois semblable à une eau vive et lim-
pide qui court, parfois à une robe de femme qui se
déploie ; tour à tour rayon de lune ou ambroisie ! Nommer Rousseau, Pascal, Voltaire, Bernardin de Saint-
Pierre ou Fénelon, c'est assez rappeler ces analogies
délicates à qui doit les sentir mieux que nous.

Si inférieur et inégal que semble le style de Mirabeau, le morceau le plus curieux des deux premiers
volumes publiés par M. Lucas-Montigny est peut-être
encore une notice fort détaillée, écrite par Mirabeau
lui-même sur ses ancêtres et en particulier sur son
grand-père, Jean-Antoine, qui servit longtemps en
qualité de colonel dans les guerres de Louis XIV. On
ne saurait, avant d'avoir lu cette notice, se faire une
idée d'une race telle et si bien conservée que la postérité de ces proscrits de Florence, devenus Provençaux
et Français. Le grand Florentin Farinata degli Uberti,
ce type du magnanime orgueilleux, que Dante a placé
dans son *Enfer,* n'a rien qui surpasse en idéal de grandeur les descendants et chefs successifs de cette lignée
des Arrighetti qu'il put bien avoir en son temps comme
rivale dans les factions civiles de Florence. Le marquis
Jean-Antoine en fut chez nous le Bayard et le Dugues-

clin. Pour les détails de sa vie et de ses aventures guer-
rières, il fallut à son fils beaucoup de soin et d'attention à se les procurer : car ce n'était pas un homme
qu'on questionnât, fier, imposant à tous, de près de
six pieds, la tête haute et soutenue par un col d'argent
qui remplaçait des muscles hachés, « un de ces hommes
qui ont le ressort et, pour ainsi dire, l'appétit de l'impossible, et à qui la nature a déféré le commande-
ment. » Dans sa vieillesse, même quand il racontait
ses guerres, il ne parlait jamais de lui que pour désigner à l'occasion le jour et le combat où, disait-il, *il
avait été tué.* Au combat de Cassano, en effet, sous
M. de Vendôme, il avait été blessé à la défense d'un
pont ; et l'armée ennemie lui avait passé sur le corps ;
sa tête n'échappa que grâce à une marmite de fer que
son vieux sergent *Laprairie,* en fuyant, lui avait jetée
à tout hasard pour le protéger. Depuis lors il quitta le
service et resta privé de l'usage de son bras droit, la
tête soutenue d'un collier d'argent. Il ne se maria
qu'après cet accident, à quarante ans passés, et c'est
d'un homme si mutilé que sortit encore cette génération de fer, le marquis et le bailli. Tant qu'il resta au
service, il était de ceux dont on pouvait dire comme
de Boufflers : « Les neiges et les glaces étaient les
tapis favoris de cet homme indomptable. » Après sa
retraite, et à demi ruiné de fortune, il se cantonna
dans un lieu très-âpre, sur un roc escarpé qui barre
une double gorge sans cesse battue des vents du nord;
il y vécut dans les travaux de défrichement, changeant
le roc en verger d'oliviers, adoré mais craint de ses

vassaux, et la terreur des traitants et commis à la ronde. Ceux-ci n'osaient venir toucher leurs redevances, et ils attendirent qu'il fût mort pour réclamer de sa veuve les arrérages qui montèrent à 50,000 francs à la fois. Ses fils le voyaient à peine et ne l'interrogeaient pas ; ils n'auraient pas même osé lui adresser un culte direct : « Je n'ai jamais eu l'honneur, dit le marquis, père de Mirabeau, de toucher la chair de cet homme respectable. » Sa femme, par nature ou par obéissance, avait contracté les mêmes mœurs. Ayant perdu par accident un fils aîné, déjà officier, ils continrent toute marque d'affliction. En ces conjonctures, les graves époux s'enfermaient dans leur oratoire, et ils reparaissaient ensuite avec une pleine et entière sérénité. Ajoutez à ces traits une tournure d'humeur et de gaieté française, des saillies et des brusqueries plaisantes, non pas à la façon de Roquelaure ou de Rabelais, mais d'une haute dignité et grandeur comique, ainsi qu'il convenait à un Alceste demeuré féodal et antique baron. On conçoit qu'au fils d'un tel père Mirabeau captif ait écrit, et fait écrire, et entassé les suppliques en vain, sans rien arracher que des mots de cette sorte : « Cuirassé de cicatrices comme je le suis, disait le marquis inexorable, et ne m'effrayant pas de si peu, je considère de telles admonestations à un homme de poids et d'âge, comme des leçons de serinette à un éléphant. » Qu'y faire et que lui dire? cet homme-là n'avait jamais touché la chair de son père.

Et cet homme avait mille qualités sensibles, profondes, compatissantes, et par moments l'éloquence sublime du cœur, comme le prouvent ses lettres adressées au conseil des prud'hommes qu'il avait fait élire à ses vassaux; il avait des accents de morale riante ; il appelait La Fontaine son vrai père de l'Église; il aimait les champs, la vie agreste et simple, les coups de chapeau des fermiers, la gaieté diligente des faneuses, ou la mélancolie des automnes prolongés; et chaque soir, en mettant la main au premier bouton de son habit pour se déshabiller, il se disait: « Voilà la démission d'un des jours qui te furent donnés : qu'en as-tu fait? » C'est là l'homme complexe, ou *bonhomme* ou rigide jusqu'à la cruauté, et toujours vénérable, dont M. Lucas-Montigny nous doit l'entière correspondance.

- La notice de Mirabeau sur son aïeul est d'un style qui diffère de celui de ses autres ouvrages, d'un style plus ancien, plus pareil à celui de son père, plus *grand-seigneur*, comme dirait M. Victor Hugo, plus abondant et d'une plus riche étoffe que dans la suite; il l'a écrite en effet à vingt-quatre ans, imbu des notes et de l'esprit du marquis, par ses ordres, pour lui complaire, et tout repu encore de cette franche nourriture domestique.

Février 1854.

M. EDGAR QUINET [1].

1836.

— *Napoléon,* poëme. —

Depuis six ans environ, il s'est fait un assez bon
nombre de tentatives poétiques pour sortir du genre
qu'on pourrait appeler élégiaque, lyrique, individuel,

[1] Ce n'était pas la première fois que je parlais de M. Quinet :
annonçant, dans *le Globe* du 12 octobre 1830, son livre *De la
Grèce moderne et de ses rapports avec l'Antiquité,* je disais : « Cet
ouvrage, qui doit être demain mis en vente, est dû au jeune et
remarquable écrivain qui nous a donné déjà, il y a deux ans, la
traduction des *Idées* de Herder, et qui l'avait enrichie d'une Introduction si pleine et, pour ainsi dire, si grosse de philosophie
et de poésie. Membre de la commission envoyée par le gouvernement en Morée, il publie aujourd'hui le résultat de son voyage,
et, après tout ce qui a été dit et raconté de la Grèce, nous pouvons dire que le livre de M. Quinet n'en aura pas moins originalité
et nouveauté. Antiquaire par son érudition allemande, poëte et
philosophe par ses vues profondes et intimes sur l'histoire de
l'humanité, familier avec les idées des Niebühr et des Gœrres,
épris de l'imagination pittoresque de l'auteur de *l'Itinéraire,* il
aborde la Grèce et l'interroge par tous les points, sur son antiquité, sur ses races, sur la nature de ses ruines, sur les vicissitudes de ses États, sur ses formes de végétation éternelle; il saisit,

du genre de l'art pour l'art, de ces deux cercles voisins l'un de l'autre et où se dessinent hautement Gœthe et Byron. Il y a eu nombre de tentatives épiques, napoléoniennes, sociales, saint-simoniennes, palingénésiques, humanitaires (tous ces mots ont été employés). Le public, qui ne lit pas ces ébauches plus ou moins téméraires et malheureuses, ne sait pas ce qu'il en coûte pour arriver jusqu'à lui, et dans ces marches forcées de l'intelligence, pour un qui atteint

il entend, il compose tous ces objets épars; il les enchaîne et les anime dans un récit vivant, fidèle, expressif, philosophique ou lyrique par moments, selon qu'il s'élève aux plus hautes considérations de l'histoire des peuples, ou selon qu'il retombe sur lui-même et sur ses propres émotions; c'est une œuvre d'art que ce récit de voyage : le sens historique et le sens des lieux y respirent et s'y aident l'un l'autre; l'harmonie y règne; le souffle du dieu Pan y domine; l'interprétation du passé, depuis les époques cyclopéennes et homériques jusq'à la féodalité latine, y est d'un merveilleux sentiment, et elle pénètre de toutes parts dans l'âme du lecteur, sinon toujours par voie claire et directe, du moins à la longue par mille sensations réelles et continues, comme il arriverait à la vue des ruines mêmes et sous l'influence du génie des lieux. M. Quinet dit quelque part dans son livre : « La nature « d'elle-même vous renvoie toujours à l'impression des âges les « plus lointains de l'histoire. En vain, des races se sont mêlées ou « renouvelées; sitôt qu'elle retombe dans la solitude, elle reprend, « comme si rien ne s'était passé, le début de son ancien poëme, et « recompose incessamment le premier tableau de l'épopée. » Or c'est précisément ce début de l'ancien poëme pélasgique, ce tableau si obscurci de l'épopée primitive dont on retrouve à tout moment les vestiges confus, mais certains, et les débris parlants, si l'on suit le voyageur au mont Ithôme, au mont Lycée, à Tyrinthe. Aujourd'hui nous ne voulons que citer, extraire, pour donner une idée du livre, et certes les pages à choisir ne nous manqueront pas... »
(*Suivaient les citations.*)

au but ou qui obtient du moins d'être nommé et discuté, combien d'autres tombent obscurément le long du chemin, sans une mention, sans un regard. Les critiques, à qui toutes ces productions hasardées arrivent régulièrement, se taisent le plus souvent, par embarras, par prudence, par certitude de mécontenter tout le monde, s'ils parlent, et de paraître à la fois trop indulgents aux yeux des indifférents, trop sévères au gré des nobles et orgueilleux blessés. J'ai eu entre les mains, sous le titre de *Première Babylone,* un poëme tout à fait bizarre, par un homme de cœur, M. Desjardins. Plus récemment, j'ai hésité à parler de *la Cité des Hommes,* poëme incomplet, par un homme de talent, M. Adolphe Dumas. Ce dernier poëme, qui est précédé d'une préface philosophique très-remarquable, dans laquelle l'auteur se porte comme le disciple libre et le continuateur à sa manière des Vico, Condorcet, Bonnet, Fabre d'Olivet, Ballanche, Saint-Simon, etc., ce poëme auquel on ne peut refuser élévation et imagination, réunit en lui toutes les difficultés conjurées de l'idée, de la langue et du rhythme, tous les mélanges de l'individuel et du social, du réel, du mythique et du prophétique ; c'est comme une cuve ardente où bouillonnent, coupés par morceaux, tous les membres d'Éson. L'auteur, qui a plus d'un rapport de ressemblance avec M. Quinet dont nous parlerons tout à l'heure, appartient comme lui à cette génération infatigable et généreuse, pure, avide d'espérance, insatiable de beaux désirs, de laquelle lui-même il a dit en un endroit :

> Toute une nation puissante qui s'éprend
> Pour le bien, pour le bon, pour le beau, pour le grand;
> Et toute une jeunesse ardente et sérieuse,
> Qui pâlit de travail, et, les larmes aux yeux,
> Cherchant son avenir, au plus profond des cieux
>   Suit l'étoile mystérieuse.

On hésite à faire l'aumône d'une louange restreinte, mais sentie, et d'un regret compatissant (lorsqu'elles échouent), à ces vastes ambitions poétiques qui demandent du premier coup un monde tout entier nouveau, qui voudraient doter de leur poésie, comme d'une religion, l'univers, et à qui le rameau de Dante semblerait parfois trop léger. Qu'offrir, en retour de leurs labeurs et de leurs vœux, à ceux qui vous disent, comme M. Adolphe Dumas :

> Quand on s'est mis en tête une idée éternelle,
> Qu'on y tient, à son flanc, comme on tient à son aile,
> Cela n'est plus possible ! — Un moi mystérieux
> Nous pousse; alors on prend la vie au sérieux :
> Plus de jeux dans les prés, plus de frais sous le saule,
> Le soir plus de moments perdus en doux propos;
> Il faut douze combats, et puis, pour le repos,
>   La peau de lion sur l'épaule!

> Le monde ne sait pas les sublimes ennuis
> Des rêves éveillés qu'on fait toutes les nuits;
> Il ne sait pas, tandis qu'il voue une génisse,
> Ce qu'un vers sibyllin coûte à la pythonisse;
> Tandis que le tribun parle et qu'on bat des mains
> Au forum, et qu'on lève et le poing et la chaîne,
> Elle écrit de son sang, sur ses feuilles de chêne,
>   Vos grandes annales, Romains!

Si M. Adolphe Dumas avait écrit toujours ainsi, son
poëme serait classé autrement qu'il l'est. Jeune au
reste, et non découragé, qu'il se venge par de nouveaux et meilleurs efforts! Ce qui fait, selon moi, la
différence entre l'excellent artiste et l'artiste qui
manque son coup, est souvent peu de chose au fond,
quoique ce soit capital pour le résultat et pour l'effet.
Dans les deux vases, le liquide semble le même ; c'est
presque le même poids, la même quantité et la même
nature de sels ; à quoi tient-il qu'ici le cristal devienne
parfait et de diamant, que là au contraire la cristalli-
sation soit confuse? Cette comparaison doit donner de
la modestie aux poëtes qui réussissent, à l'égard de
leurs généreux frères qui échouent ; mais elle doit
donner aussi à penser à ces derniers : dans les arts,
dans la poésie, rien ne dure, rien n'est véritablement
beau, sans la qualité de *finesse*.

Ahasvérus, que M. Magnin a si bien analysé autrefois dans la *Revue des Deux Mondes*, et que dernièrement M. Enfantin, dans sa lettre à M. Heine, n'a pas
mal caractérisé d'un mot en disant que ce n'était
qu'*un grand espoir, Ahasvérus* me semble appartenir
à l'espèce de ces poëmes confus dont je parle ; il les
résume suffisamment, il en dispense presque, il est le
seul qui ait réussi et que le public connaisse. A l'aide
de cette courante et fantastique tradition, M. Quinet
qui, jusque-là, voyageur panthéiste et rêveur, s'était
un peu abîmé en présence de la nature, transporta
dans la vue des temps et de l'histoire sa pensée amie
des interprétations et des symboles. En abordant au-

jourd'hui Napoléon, c'est-à-dire le plus grand des individus de ce temps-ci, il cherche, par une éclatante et courageuse épreuve, à confirmer et à continuer l'idée métaphysique qu'il a conçue du développement historique de l'humanité. Nous nous bornerons à examiner le *Napoléon*, comme poëme, comme épopée littéraire.

Napoléon est-il un personnage d'épopée? Première question importante, que l'auteur discute dans sa préface, et qu'on peut discuter avec lui, avant de voir comment il l'a résolue dans son poëme. Tous les grands conquérants, les illustres guerriers fondateurs d'empire, ont été dans tous les temps matière à épopée, c'est-à-dire à des récits plus ou moins merveilleux, lesquels, accueillis, grossis par la bouche des peuples, colportés par des chanteurs toujours écoutés :

> Pugnas et exactos tyrannos
> Densum humeris bibit aure vulgus,

se sont quelquefois résumés et fixés en œuvre durable sous la main d'un poëte de génie. Achille, Alexandre, dans l'antiquité; dans le moyen âge Attila, Charlemagne, sont dans ce cas. César à Rome, Louis XIV chez nous (1), ont échappé à cette légende épique qui tend à se former, comme un nuage, autour du front des grands dominateurs ou conquérants, pour les hausser encore. La raison en est manifeste : ces grands individus, venus à des époques très-éclairées, se sont

(1) J'omets Henri IV, dont le renom populaire tenait surtout du jovial, du galant, et prêtait plus à la chanson ou à la comédie qu'à l'épopée.

trouvés de toutes parts entourés et suivis de récits
exacts, circonstanciés, de mémoires, de commentaires.
Or, Napoléon, parmi nous, n'est-il pas précisément
dans cette situation de Louis XIV et de César? M. Quinet, il est vrai, dit à merveille dans sa préface :
« L'époque la plus riche assurément que l'histoire
« romaine ait présentée à l'épopée est celle où le monde
« antique parvint à sa plus haute unité sous la puis-
« sance du premier des Césars. Que l'on essaye de se
« figurer, dans la langue prophétique du viᵉ livre de
« l'*Énéide,* tous les intérêts du monde antique rassem-
« blés sur la limite de l'antiquité et des temps mo-
« dernes, tant de peuples encore primitifs se groupant,
« avec leurs cultes et leur génie, autour de la louve
« romaine, dans l'attente du christianisme ; les Gau-
« lois, les Bretons, les Germains nouvellement décou-
« verts ; en Orient, les Parthes, les Numides, les vieux
« et nouveaux empires ; et au faîte de tout cela,
« César, à l'œil de faucon, portant dans son génie ré-
« fléchi tout le génie des temps modernes ; et que l'on
« dise si l'épopée ne s'est pas trouvée là. Lucain en eut
« le pressentiment ; par malheur, il fut embarrassé
« par la guerre civile. La ville lui cacha le monde. »
Observons, en passant, qu'un autre inconvénient, tout
opposé à celui où se heurta Lucain, serait que l'univers cachât trop l'individu. Quoi qu'il en soit, quand
on ne veut pas faire une épopée historique et classique dans le genre de Lucain, mais une épopée qui
ait en soi du sacré, du merveilleux et du populaire,
essayons de voir quel parti on peut tirer de Napoléon.

Il faut avouer d'abord que le tour des imaginations est plus favorable en ce qui concerne Napoléon qu'il ne l'a jamais été par rapport à César et à Louis XIV. Le génie des Romains, comme celui des Français au xviie et au xviiie siècle, avait un caractère positif qui se prêtait mieux à la politique, à l'histoire, à la philosophie, qu'à la poésie lyrique ou épique. Mais la France, depuis les ébranlements de la Révolution et de l'Empire, a semblé acquérir, du côté de l'imagination et du penchant au merveilleux, une faculté nouvelle. Déjà, en ce qui touche Napoléon, l'admiration fertile des générations survenantes surpasse les bornes de ce qu'on aurait cru possible. Le merveilleux se forme très-vite et à vue d'œil, pour ainsi dire, autour de cette statue posée d'hier. La légende de toutes parts semble déjà commencer et prendre. Les Arabes du désert le saluent sous le nom de Bounaberdi, et en font, dit-on, une espèce d'apparition mystérieuse qui se détache pour eux dans la grande ombre de leur prophète. Un voyageur, qui est allé récemment aux confins de la Norwége la plus reculée, rapporte que, pour ces bons paysans, *France* et *Napoléon* ne font qu'un ; ils demandent à tout Français, quel que soit son âge, s'il a servi sous Napoléon ; s'il est vrai que les Anglais l'ont tenu prisonnier dans des souterrains et des cavernes assez pareilles à celles dont il est question dans l'*Edda :* s'il est vrai enfin que tous ses lieutenants eussent rang de roi. Voilà la *saga* qui commence. En France même, plus d'un vieux matelot ou d'une vieille paysanne a là-dessus son récit que les jeunes écoutent et croient. On

cite un matelot de Dunkerque qui, étant sorti pour la
pêche en juillet 1830, et revenant après quelques
jours, s'écria à la première vue du pavillon tricolore
qui avait remplacé le blanc : « Eh! bien, Jean, je te
« l'avais bien dit qu'*il* n'était pas mort. » *Il* c'était
Napoléon, le Napoléon populaire, celui de la grand'mère
champenoise dont il est parlé dans Béranger. On saisit
très-bien, dans ces faits qu'on pourrait aisément rendre
plus nombreux, des indications et comme des vestiges
de ce qui se serait formé en d'autres temps, où *le Mo-
niteur,* les mémoires, l'histoire, n'auraient pas été là
pour rogner les ailes chaque matin à la légende populaire. On voit par là comment les pèlerins du moyen
âge ont cru et fait croire au voyage de Charlemagne à
Jérusalem, comment un chanoine espagnol a fabriqué
naïvement la chronique dite de Turpin, et un moine
du midi le livre appelé *Philomela.* Mais mon objection
est celle-ci : pour Napoléon, de pareils essais d'imagination populaire ne doivent-ils pas toujours rester à
l'état d'indications, comme de simples vestiges d'une
disposition romanesque qui tend à se reproduire, mais
qui n'aboutira plus. Il y a des organes développés chez
l'enfant qui ne laissent plus qu'une trace légère, curieuse à discerner, mais stérile, dans l'organisation de
l'homme. Compter sur cette disposition, la croire féconde, s'y fonder pour développer hâtivement là-dessus
une épopée populaire, qui peut-être (quoique j'en doute
fort) se composera lentement d'elle-même avec le
temps, n'est-ce pas vouloir faire croître en deux ans
toute une forêt de chênes? n'est-ce pas faire un peu

comme le Saint-Simonisme qui voulut opérer en une ou deux années une transformation religieuse, laquelle, dans tous les cas, demanderait des demi-siècles?

Il y a, dans cette portion populaire et légendaire de la gloire de Napoléon, de quoi défrayer au plus quelques chansons merveilleuses, comme l'a fait Béranger dans ses *Souvenirs du Peuple,* comme il se dispose, dit-on, à le tenter encore dans un cadre habilement choisi. J'attends cette épopée en chansons, et je me fie, pour tempérer le conte et l'exagération populaire, à l'auteur du *Roi d'Yvetot,* à celui qui a vu le conquérant à son midi et qui ne s'est pas soucié de servir sa gloire désastreuse.

Pourtant je conçois une épopée sur Napoléon, du genre de celle que M. Quinet a si bien indiquée dans sa préface à propos de César. Napoléon aurait toujours ce désavantage, en comparaison de César, d'avoir violé, méconnu, brutalisé l'intelligence (1). Du reste, dans cette épopée, la partie d'imagination populaire serait remise à sa place ; elle pourrait se faire jour par endroits, ou circuler dans le tout avec art, mais sans masquer jamais les événements réels et les situations historiques. Il faudrait, en un mot, que le Napoléon de M. de Talleyrand y trouvât son compte aussi bien que le Napoléon de la chaumière champenoise. Ce mélange d'imagination et d'histoire, d'enthousiasme et de sévérité, de récit idéal et de prophétie sensée, de personnification symbolique en Napoléon et de réalité vivante, de

---

(1) Ce qui faisait dire à M. Royer-Collard de ce même César par opposition à Napoléon : « César était un homme *comme il faut.* »

carnage des camps, de ruse dans les conseils et d'équité démocratique, demanderait, pour être réduit en œuvre et conduit à bien, la vie entière d'un Virgile, d'un Dante ou d'un Milton.

Une telle épopée, on le sent, aurait le caractère des épopées dans les sociétés et les littératures civilisées, c'est-à-dire qu'elle serait d'un homme et non de tous, qu'elle ne se prêterait pas à être remaniée, fondue dans quelque rédaction postérieure. « Pourquoi, » dit M. Quinet en sa préface, « ne reverrait-on pas autour de ce « grand objet de l'amour et de la haine de tous une « nouvelle lutte de rapsodes ou de trouvères? » Cette concurrence, qui fait peut-être le prix des thèmes et poésies populaires, est médiocrement favorable, nous le croyons, aux monuments des génies individuels, vastes et consommés; dans tous les cas, elle cesse du moment qu'un de ces génies a pris possession de l'œuvre et l'a consacrée de son sceau. Mais le temps n'est pas venu évidemment pour qu'une œuvre définitive de ce genre ait pu surgir. La quantité de préludes que nous entendons, la riche matière poétique qu'on broie à l'envi sur ce sujet, au lieu de préparer l'œuvre finale, ne la rendent-ils pas plus difficile?

Placé entre l'épopée à la Lucain, qu'il ne voulait pas recommencer, et ces indications un peu confuses d'épopée chevaleresque, carlovingienne, vers laquelle, il penche par ses études et le tour de son talent, M. Quinet a donné carrière à ses sympathies de moyen âge, en les relevant et les rachetant par ses vues philosophiques sur l'avenir du monde, sur la guerre dont

il voit en Napoléon le dernier grand représentant, et
sur la démocratie dont il le considère également comme
le héros : « La poésie, dit-il, n'a pas seulement pour
« but de représenter Napoléon tel qu'il s'est montré
« aux contemporains. Autrement elle rentrerait dans
« l'histoire et s'abdiquerait elle-même. Entre Napoléon
« et nous surgit un élément dont il est impossible de
« ne pas tenir compte. Cet élément, c'est le temps qui
« nous sépare de lui. Napoléon nous apparaît néces-
« sairement aujourd'hui dans une tout autre perspec-
« tive qu'il n'apparaissait aux contemporains. Pour
« nous, qui ne l'avons pas vu, nous ne pouvons pas
« nous replacer au lieu précis de la génération qui
« nous a devancés, sans que nous mettions l'archéo-
« logie à la place de la poésie. Les formes sous les-
« quelles le passé apparaît aux hommes de notre
« temps, voilà pour le poëte la vraie réalité. » Il semblerait, d'après ce passage, que nous soyons autre
chose que les très-proches contemporains de Napoléon.
Quoi? il s'est écoulé depuis sa mort quelque chose
comme une douzaine ou une quinzaine d'années ! on
a beau dire que ces années sont des siècles : nous tous,
gens de trente ans, nous l'avons vu. Or, est-il possible,
à une si courte distance, d'idéaliser déjà si absolument
sa figure? est-il possible de dire (et ce n'est pas seulement ici à M. Quinet, mais à toute une classe d'esprits
élevés que je m'adresse), est-il donc permis de s'écrier:
« à *Napoléon la démocratie;* Napoléon, c'est le peuple ! »
A-t-on droit de transfigurer ainsi à bout portant les
hommes historiques en symbole? Comme ces empe-

reurs romains que la mort incontinent faisait dieux, suffit-il à nos personnages historiques de mourir pour être faits tout aussitôt *idées*?

Je discute avec M. Quinet quelques-unes des théories sur lesquelles il s'est fondé dans la composition de son poëme, avant d'en venir aux beautés réelles et d'un ordre supérieur que j'aurai à signaler en plus d'un point de l'exécution. Dans ses remarques sur la versification et le rhythme, l'auteur explique comment il a cherché à approprier graduellement les vers de diverses sortes aux diverses parties du poëme, mesurant la familiarité ou la solennité du chant à celle du sujet. Ses réflexions sur cette matière technique, et qui lui était tout à fait étrangère avant l'ouvrage actuel, sont pleines de finesse et d'intention d'artiste. Je n'y contredirai qu'un endroit : « L'harmonie entrecoupée « qu'appellent d'elles-mêmes l'ode et l'élégie ne fe-« rait, dit-il, qu'énerver le vers héroïque. Le dés-« ordre des assonances dans l'ode de Malherbe con-« vient au trouble réel de la poésie lyrique ; mais le « vers épique doit avoir une tout autre constitution ; « il doit pouvoir atteindre à tous les effets du dithy-« rambe sans se permettre aucun trouble apparent ; il « faut qu'il ressemble à ces héros qui ne portent ja-« mais sur leurs visages la marque des combats inté-« rieurs. » La distinction est bien ingénieusement exprimée ; mais il m'est impossible de voir dans l'ode de Malherbe autre chose qu'un ordre majestueux et harmonieux, un concours d'avance réglé de justes consonnances. Quoi qu'il en soit, l'auteur dans ses

vers a très-vite trouvé son rhythme, son allure, et,
en quelque sorte, le trot ou le galop qui conviennent
à sa rapide pensée. Il y a des passages (toute la ballade de *la Bohémienne*) d'une mélodie simple, naïve,
monotone, chantante; mais le plus souvent c'est une
rapidité fougueuse, infatigable, effrénée, comme une
course des chevaux de l'Ukraine. Le poëte n'a pas inventé, comme on l'a dit, des rhythmes nouveaux; il
n'a imprimé à la versification française aucune modification technique, comme l'ont fait Ronsard, Malherbe,
et de nos jours M. Hugo; mais dans son poëme, au
milieu de nombreux hasards et de quelque inexpérience, il a mainte fois monté avec bonheur le char
ailé qui se formait de lui-même sous lui.

Des deux grands poëtes qui ont jusqu'ici chanté
Napoléon, à savoir Béranger et Victor Hugo, si M. Quinet n'a pas, à beaucoup près, atteint le premier dans
le sentiment discret, et justement saisi, de la renommée populaire de son héros, il n'a pas non plus égalé
le profil si net, si ferme, si vivement taillé en ivoire
ou en airain, qu'en a souvent tracé le second. Il est
vrai qu'il faut lui tenir compte, en le comparant avec
l'un, du souffle et de l'ampleur continue qu'il déploie;
et en le comparant avec l'autre, de la pensée et de la
moralité idéale, qui, bien que parfois nuageuse, tend
toujours à racheter ces imperfections de forme. Le
Napoléon de M. Quinet a plus d'un beau mouvement
cornélien, comme quand il dit :

> Deux mondes sont ici, qu'en tout je vois paraître;
> Ou Brutus, ou César, lequel vaut-il mieux être?

C'est là tout le débat. Brutus, homme de bien ;
César, âme du monde : il en est le lien.
César n'a point d'égal ; Brutus n'a point de vices.
Qu'en penses-tu, mon âme? Il faut que tu choisisses.

Brutus est la victime et meurt avec sa foi ;
César est le tyran et fait vivre sa loi.
Brutus est la vertu ; César est la puissance.
Mon âme, achève donc, et quitte la balance.
Brutus est le mortel qui survit par hasard;
César le dieu sur terre... Ah! je serai César.

Mais, malgré ces simples et graves moments, le Napoléon de M. Quinet est un peu nuageux de profil; il a quelque chose des héros d'Ossian, ou encore d'un héros de l'Orient nous arrivant par les *Niebelungen* (1). On ne sait pas bien *physiquement* où il se termine, où l'homme, l'individu existe véritablement, et à partir de quel endroit le tourbillon d'idées environnantes imite et continue l'image. Je sais qu'on peut dire la même chose de la Béatrix de Dante; on ne sait trop où la personne, l'amante bien-aimée finit en elle, et où la Théologie commence. Mais pourtant, avec quelle précision italienne, avec quelle netteté lumineuse elle est peinte ! Et aussi, Napoléon était plus positif que Béatrix; et tout en fondant savamment les vues accessoires et idéales avec la réalité, il aurait fallu que le principal du dessin portât sur celle-ci. Or, d'une part, ce Napoléon a beaucoup du héros féodal ; la multitude

(1) Non pas que le livre des *Niebelungen* ait rien de vague, pris en lui-même; mais le vague a lieu par rapport aux personnages historiques qui y figurent. A quel point, par exemple, Etzel est-il Attila, et Dietrich Théodoric?

d'images de chevalerie qui parsèment la peinture, les termes de fauconnerie qui escortent son aigle impériale, nous figurent plutôt un baron, un conquérant du moyen âge. D'une part, il se dore à l'excès des lueurs fantastiques de l'Orient et se brode à cet endroit d'arabesques sans nombre. Et puis, tout aussitôt, l'idée sociale, prophétique, l'apothéose future de la démocratie en sa personne, se met à percer et à s'étendre. Entre ces trois reflets comme entre trois arcs-en-ciel radieux et pluvieux, entre Charlemagne ou Siegfrid, Bounaberdi et le peuple fait homme, le Napoléon réel, vivant, qu'on a vu, qu'ont connu et admiré ceux de l'Institut d'Égypte, ceux du Conseil d'État et de l'État-major, ce Napoléon-là disparaît trop. L'application détaillée qu'on pourrait faire de ces critiques, en analysant le poëme, se conçoit aisément sans que nous nous y livrions.

Ce qui constitue le mérite, la vie de ce poëme, ce qui place M. Quinet tout d'abord au plus honorable rang parmi les poëtes en vers de nos jours, c'est, après la grandeur de l'entreprise et la longueur de la carrière dont il faut tenir compte, une poésie générale, mouvante, puissante, qui circule dans tout cela, comme l'air sur de vastes plateaux élevés, ou comme l'esprit sur les eaux; c'est de plus un certain nombre de morceaux très-beaux qui semblent lui assurer une manière. M. Quinet est de tous les hommes celui chez lequel le système que nous avons en partie critiqué nous apparaît le plus identifié avec la nature intime, avec la vie habituelle, avec le tour de la pensée et de l'imagination. Une individualité qui se peint dans ce poëme, peut-être à l'égal de celle de Napoléon, ne serait-elle pas celle même du poëte : poëte généreux, ingénu, au front éclairé et noyé de nobles lueurs, à la poitrine palpitante, à l'imagination inépuisable? Je vois en lui un neveu errant et quelque peu sauvage de Corneille et de Schiller, de ce dernier surtout, un élève lyrique de Gœrres, qui, pour nous Français, a sans doute trop vécu sur le Rhin, sous les balcons de Heidelberg, et qui n'a pas assez cuvé parmi nous cette première ébriété poétique, laquelle vaut mieux pourtant qu'une clarification trop glacée. *La coupe de ma victoire, le vin de mon combat,* ces fameuses images reviennent souvent dans ses vers et accusent précisément l'excès de chaleur de cette poésie généreuse, de cette *muse inculte et brave,* dit quelque part André Chénier. — Vers 1813, en Prusse et bientôt par toute l'Allemagne la jeunesse teutonique confédérée eut ses poëtes patriotes, ses Tyrtées. La pensée la plus fixe, la douleur de M. Quinet, c'est qu'en 1814 et en 1815 la France n'ait pas eu ainsi sa levée, ses soldats-poëtes. Il a rendu à merveille son patriotique regret dans le beau chant d'invective appelé *Aiguillon.* Une idée dominante chez le poëte, et celle peut-être qui l'inspire le mieux dans son poëme, est donc le ressentiment de l'invasion, de la double plaie de 1814 et de 1815. Ce mal de faiblesse, d'indifférence, parfois de lâcheté, dans le caractère politique, dont semble travaillé le pays; ce mal, dont 1814 et 1815 ne furent qu'une des circonstances les plus aggravantes, et dont les causes profondes

remontent à des crises bien antérieures, et jusqu'en
91, en 93, au 18 fructidor, au 18 brumaire, etc.; ce
mal-là se concentre tout entier pour M. Quinet dans
la double invasion du territoire; une telle violation lui
paraît infamante, presque irréparable. Or, le poëte
guerrier que la France n'a pas eu alors, ce *teutonique*
gaulois à opposer aux Uhland et aux Kœrner, c'est
M. Quinet; il se révèle aujourd'hui, et Napoléon est son
chant. Ses vers me semblent une levée en masse, indis-
ciplinée, orageuse, ardente; même lorsqu'il triomphe,
c'est par le nombre et l'impétuosité, par la bravoure
du talent plutôt que par l'art, à la manière d'une invasion d'Arabes quand il est brillant, d'une invasion
de Huns ou de Hulans quand il est sombre : ce ne sont
pas des victoires romaines.

Trois morceaux me semblent, entre autres, très-
beaux dans ce poëme, où il serait aisé de relever un
grand nombre de traits éclatants et de noter aussi
ces défauts de bien des sortes. *La Bohémienne* est
une véritable ballade, comme nous en avons très-
peu en notre langue, comme il n'en faudrait pas
faire beaucoup, mais franche, naturelle, fortement
composée de dessin, et sachant être noble, touchante
et grandiose, sur le ton de la complainte. Le second morceau, très-beau à mon sens, est le *Te Deum*
des morts après Marengo, dans cet intervalle des deux
siècles et après la signature de cette courte paix.
Rien de mieux imaginé et de mieux senti qu'un tel
chant pacifique, miséricordieux et pieux, dans la bouche des morts, tandis que les vivants ignorent ces

choses, ne croient à rien, et vont de nouveau s'entre-
déchirer :

« Seigneur, fais que ton nom jusqu'à nous retentisse!
Sous les pas des chevaux que l'herbe reverdisse!
     Relève les épis foulés.
Donne, donne aux vivants ce que les morts possèdent ;
De frères nouveau-nés qui l'un l'autre s'entr'aident
     Remplis les états dépeuplés.

Fais désormais, grand Dieu, les nations jumelles.
Que leur joug soit léger à leurs têtes rebelles,
     Comme nos couronnes de fleurs!
Et nous, dans notre nuit, grand Dieu, Dieu des armées,
Nous bénirons ton sceau sur nos lèvres fermées,
     Et ta blessure dans nos cœurs. »

Enfin, comme autre exemple heureux et large de la
poésie de M. Quinet, j'indiquerai l'*Incendie de Moscou*.
La peinture de cette barbarie demi-orientale, en proie
aux flammes et aux hurlements, ces minarets croulants
qui, la veille, sous leurs turbans de neige, rêvaient au
Bosphore, la grande tour de Saint-Ivan qui, en brûlant
et fondant, se tord comme une sorcière penchée sur la
chaudière immense, ce sont là de reconnaissables
images, des marques solennelles qui sacrent au front
le poëte.

Toutefois, Français de la tradition grecque et latine
rajeunie, mais non brisée, ami surtout de la culture
polie, studieuse, élaborée et perfectionnée, de la poésie
des siècles d'Auguste, et, à leur défaut, des époques
de Renaissance, le lendemain matin qui suit le jour de
cette lecture, je reprends (tombant dans l'excès con-

traire sans doute) une ode latine en vers saphiques de
Gray à son ami West, une dissertation d'Andrieux sur
quelques points de la diction de Corneille, voire même
les remarques grammaticales de d'Olivet sur Racine ;
et aussi je me mets à goûter à loisir, et à retourner en
tous sens, au plus pur rayon de l'aurore. le plus cris-
tallin des sonnets de Pétrarque.

Février 1836.

— C'était la mode alors chez tous nos poëtes de préconiser le
premier Empire et de faire l'apothéose de Napoléon ; Béranger,
Hugo, M. Thiers à sa manière, n'y ont pas manqué. Dernièrement
un spirituel écrivain, M. Prevost-Paradol (dans le *Journal des
Débats* du vendredi 4 décembre 1868) a soutenu la thèse que *tout
ce concert d'éloges*, y compris le rappel des cendres de Sainte-
Hélène, n'avait été pour rien ou presque rien dans le réveil napo-
léonien du second Empire. Il est permis de douter de cette assertion si absolue ; mais assurément elle peut s'appliquer au *Napoléon*
de M. Quinet. Ce poëme, malgré la bonne volonté de l'auteur, fut
à peu près comme non avenu ; il est innocent de tout ce qui a
triomphé depuis et que l'auteur a été des premiers à réprouver et
à maudire. C'est pourtant singulier et piquant que nous qui, en
1836, étions si peu chaud pour les souvenirs du premier Empire,
nous ayons si franchement accepté le second, non point par enthousiasme sans doute, mais par bon sens, et comme la solution pratique la meilleure aux difficultés où était alors engagée la France,
et que nous nous trouvions aujourd'hui si à distance des poëtes
qui n'avaient cessé, durant toute leur jeunesse, de préconiser et
de chanter, que dis-je ? de hurler et de mugir sur tous les tons et
à tue-tête la gloire de Napoléon. Ce qui peut diminuer peut-être
l'étonnement, du moins en ce qui nous concerne, c'est qu'à l'exemple de la grande majorité de la France nous n'avons si vivement
épousé le second Empire que parce qu'il s'annonçait dès son début
comme devant différer notablement du premier.

M. DE BALZAC.

1834.

(La Recherche de l'Absolu.)

Il est temps d'en venir, dans cette galerie qui sans
cela resterait trop incomplète, au plus fécond, au plus
en vogue des romanciers contemporains, au romancier
du moment par excellence, à celui qui réunit en si
grand nombre les qualités ou les défauts de vitesse,
d'abondance, d'intérêt, de hasard et de prestige, que
ce titre de conteur et de romancier suppose. M. de
Balzac n'est ainsi devenu célèbre que depuis quatre
années. Son *Dernier Chouan,* en 1829, l'avait fait remarquer pour la première fois, mais sans le tirer encore
de la foule ; sa *Physiologie du Mariage* lui avait acquis
la réputation d'un homme d'esprit, observateur sans
scrupules, un peu graveleusement expert sur une matière plus scabreuse que celle dont avait traité Brillat-
Savarin ; mais c'est à partir de *la Peau de Chagrin*
seulement que M. de Balzac est entré à pleine verve

dans le public, et qu'il l'a, sinon conquis tout entier, du moins remué, sillonné en tout sens, étonné, émerveillé, choqué ou chatouillé en mille manières. Et il faut reconnaître que dans ce rapide succès, à part les coups de trompette du commencement aux environs de la mise en vente de *la Peau de Chagrin,* la presse parisienne n'a été que médiocrement l'auxiliaire de M. de Balzac ; qu'il s'est bien créé seul sa vogue et sa faveur auprès de beaucoup, à force d'activité, d'invention, et chaque nouvel ouvrage servant, pour ainsi dire, d'annonce et de renfort au précédent. M. de Balzac a surtout dès l'abord mis dans ses intérêts une moitié du public très-essentielle à gagner, et il se l'est rendue complice en flattant avec art des fibres secrètement connues. « La femme est à M. de Balzac, » a dit quelque part M. Janin ; « elle est à lui dans ses atours, dans « son négligé, dans le plus menu de son intérieur ; il « l'habille, la déshabille (1). » M. de Balzac, mettant en œuvre comme romancier et conteur la science de sa *Physiologie du Mariage,* s'est introduit auprès du sexe sur le pied d'un confident consolateur, d'un confesseur un peu médecin ; il sait beaucoup de choses des femmes, leurs secrets sensibles ou sensuels ; il leur pose en ses récits des questions hardies, familières, équivalentes à des privautés. C'est comme un docteur encore jeune

---

(1) En partant de la même idée, on a dit encore : « Balzac en ses romans, c'est une marchande de modes, ou mieux c'est une marchande à la toilette. » Et en effet que de belles étoffes chez lui ! mais elles ont été portées ; il y a des taches d'huile et de graisse presque toujours.

qui a une entrée dans la ruelle et dans l'alcôve; il a
pris le droit de parler à demi-mot des mystérieux détails privés qui charment confusément les plus pu-
diques (1). Il a heureusement rencontré, pour s'insinuer
avec ses contes et ses romans auprès de la femme, le
moment où l'imagination de celle-ci était le plus
éveillée, après l'émancipation de Juillet, par les peintures et les promesses saint-simoniennes. Il y a eu
évidemment, sous le coup de Juillet 1830, quelque
chose, en fait d'étiquette, qui s'est brisé et a disparu
dans la condition de la femme. Rien n'a changé au
fond sur ce point, mais l'attention y a été portée, et
l'on a parlé plus crûment. Le Saint-Simonisme, M. de
Balzac pour sa part, l'illustre écrivain qui s'intitule
George Sand pour la sienne, ont été instruments et
organes de ce changement survenu, non pas dans les
mœurs, mais dans l'expression des mœurs. En province surtout où les existences de quelques femmes
sont plus souffrantes, plus étouffées et étiolées que dans
e monde parisien, où le désaccord au sein du mariage
est plus comprimant et moins aisé à éluder, M. de
Balzac a trouvé de vifs et tendres enthousiasmes; le

(1) Cette pensée, pour devenir tout à fait vraie, ne doit pas
craindre de s'énoncer avec plus d'énergie, et je risque ici la variante
qu'un ami plus sévère que moi (j'ai toujours cet ami-là à mes côtés)
me souffle à l'oreille : « Balzac romancier est un médecin, quelque
peu suborneur, de maladies cutanées ou sous-cutanées, de maladies lymphatiques secrètes, — quelque chose entre Alibert et Cul-
lerier. — Il a des arts secrets, de certains tours de main, comme en
a l'accoucheur, le magnétiseur. Bien des femmes, même honnêtes,
y sont prises. On l'eût traduit en jugement autrefois pour maléfice. »

nombre y est grand des femmes de vingt-huit à trente-
cinq ans, à qui il a dit leur secret, qui font profession
d'aimer Balzac, qui dissertent de son génie et s'essayent, plume en main, à broder et à varier à leur tour
le thème inépuisable de ces charmantes nouvelles, *la
Femme de trente ans, la Femme malheureuse, la Femme
abandonnée,* c'est là un public à lui, délicieux public
malgré ses légers ridicules, et que tout le monde lui
envierait assurément. Crébillon fils en son temps eut
aussi une telle prise sur l'imagination de certaines
femmes, qu'une jeune dame anglaise, dit-on, s'affolant
de lui après une lecture de je ne sais quel roman,
accourut tout exprès pour l'épouser. Faut-il qu'on
puisse raconter de Crébillon fils la même flatteuse
aventure qu'on raconte, bien que par erreur, du
plus chaste et du plus divin de nos poëtes (1)! Quant
à M. de Balzac, il lui arriverait immanquablement
quelque bonheur pareil, si les femmes qu'il émeut
n'étaient mariées déjà, malheureuses et désabusées
dans le mariage. Une des raisons qui expliquent encore
la vogue rapide de M. de Balzac par toute la France,

---

(1) **Lamartine.** — Le dramaturge Mercier, qui, pour l'exubérance, les inégalités et les hasards de talent (bien qu'avec moins
de finesse), n'est pas sans rapport avec M. de Balzac, eut en son
temps une vogue presque semblable. Après la première représentation du *Déserteur,* il reçut des suppliques de toutes les belles
dames sensibles de Paris, qui réclamaient la grâce de l'intéressant
malheureux : « J'en suis bien fâché, répondait-il de son ton d'oracle,
je suis et je serai inflexible ; il faut qu'on lui casse la tête. » Ce
dénoûment était en effet nécessaire à la moralité qu'il voulait
qu'on en tirât.

c'est son habileté dans le choix successif des lieux où il établit la scène de ses récits. On montre au voyageur, dans une des rues de Saumur, la maison d'Eugénie Grandet; à Douai probablement, on désigne déjà la maison Claës. De quel doux orgueil a dû sourire, tout indolent Tourangeau qu'il est, le possesseur de La Grenadière! Cette flatterie adressée à chaque ville où l'auteur pose ses personnages lui en vaut la conquête; l'espérance qu'ont les villes encore obscures d'être bientôt décrites dans quelque roman nouveau prédispose pour lui tous les cœurs littéraires de l'endroit : « Il n'est pas fier au moins, celui-là! il n'est pas « exclusivement Parisien et de sa Chaussée-d'Antin! il « ne dédaigne pas nos rues et nos métairies! » De la sorte, en trois années au plus, le vaste drapeau inscrit au nom de M. de Balzac s'est trouvé arboré de clocher en clocher, au midi et au nord, en deçà et au delà de cette Loire maternelle, de cette Touraine qui est son centre d'excursion et son lieu de retour favori. Dans Paris, au contraire, le succès a été moindre, bien que fort vif encore; mais on a contesté plusieurs mérites à l'auteur. Comme poëte, comme artiste, comme écrivain, on a souvent rabaissé sa qualité de sentiment, sa manière de faire; il a eu peine à se pousser, à se classer plus haut que la vogue, et malgré son talent redoublé, malgré ses merveilleuses délicatesses d'observation, à monter dans l'estime de plusieurs jusqu'à un certain rang sérieux. De longs antécédents littéraires malheureux et obscurs ont été relevés comme une objection péremptoire à la réalité de ses perfectionnements ré-

cents. Bien des femmes aussi ont été plus difficiles de
goût qu'en province, et ne lui ont point passé ses familiarités d'intérieur ou ses invraisemblances, par intérêt
pour les principales situations. A ces reproches plus
ou moins fondés, à ces dégoûts ou à ces dédains, trop
souvent justifiables, M. de Balzac n'a répondu que par
une confiance croissante en son imagination et une
exubérance d'œuvres dont quelques-unes ont trouvé
grâce aux yeux de tous, et ont mérité de triompher.
L'auteur de *Louis Lambert* et d'*Eugénie Grandet* n'est
plus un talent qu'il soit possible de rejeter et de méconnaître. Nous tâcherons de l'analyser avec quelque
détail, et, même dans nos plus grandes sévérités de
jugement, de marquer l'attention qu'on doit à un écrivain actif, infatigable, toujours en effort et en rêve de
progrès, qui nous a charmé mainte fois, et dont nous
saluons volontiers en bien des points la supériorité
naturelle.

M. *Honoré Balzac* (1), à le prendre au complet, dans
sa vie inégale et diverse, dans ses habitudes et ses accidents d'humeur, dans ses conversations non moins que
dans ses écrits, nous présente une des physionomies
littéraires les plus animées, les plus irrégulières de ce
temps, et telle qu'avec ses nombreuses originalités et
ses contrastes elle ne pourrait être vivement exprimée

---

(1) Je mets son nom exact au moins une fois dans tout l'article.
M. de Balzac, par son affectation nobiliaire ridicule improvisée du
jour au lendemain, a l'un des premiers mis à la mode cette manie
de tant d'hou.mes de notre génération et qui depuis n'a fait que
croître et embellir, — de se donner pour ce qu'on n'est pas.

que par quelque curieux collecteur d'anecdotes et d'his-
toriettes, par quelque Tallemant des Réaux, amateur
de tout dire. Et certes, si en parlant du lyrique Malherbe et surtout de l'autre Balzac, solennel pourtant,
et si savant en beaux mots, le bon Tallemant a trouvé
moyen d'amasser tant de traits piquants de caractère,
d'enregistrer tant d'indiscrétions de langage, tant de
superstitions fastueuses d'auteur et de jactances naïves,
que n'aurait-il pas à moissonner d'abondant autour de
chacun des nôtres! Mais nous n'aborderons M. de Balzac
que par les côtés qui touchent le plus immédiatement
ses écrits que nous jugeons. Il est né à Tours, le 20 mai
1799. A le lire, à l'entendre, on le croirait davantage
du midi, plus voisin d'Angoulême et des contrées de
son célèbre homonyme. Mais dans un de ses jolis contes,
après avoir peint délicieusement sa Touraine voluptueuse et molle, cette abbaye de Thélème, comme il
l'appelle, cette Turquie de la France, il a pris soin
d'observer que le Tourangeau transplanté développe
souvent les qualités les plus actives, et il cite à l'appui
Rabelais et Descartes, Béroalde de Verville et Paul-Louis
Courier. M. de Balzac fut donc transplanté de bonne
heure; ce ne fut pourtant qu'après avoir fait ses premières études au collége de Vendôme probablement,
car j'aime à croire que son récit de *Louis Lambert* n'est
en rien une fiction, et qu'il a été lui-même cet ami
inséparable du pauvre et sublime enfant extatique. En
ce cas, l'enfance et la première jeunesse de M. de Balzac
au collége se rapportent bien à ce qu'on pourrait con-
jecturer : une imagination active, spirituelle ; de l'ébul-

19.

lition, du désordre et de la paresse; des lectures avides, incohérentes, à contre-temps ; l'amour du merveilleux ; les études mal suivies ; un mauvais écolier sans discipline, *semper aliud agens,* que ses maîtres chargent de *pensums* et que ses camarades appellent du sobriquet de *poëte.*

En parlant des facultés extraordinaires de son jeune ami Lambert, M. de Balzac a dit : « J'ai longtemps ignoré la poésie et toutes les richesses cachées dans le cœur et sous le front de mon camarade. Il a fallu que j'arrivasse à trente ans, que mes observations se soient mûries et condensées, qu'un jet de lumière les ait même encore éclairées, pour que je pusse comprendre toute la portée des phénomènes dont j'ai été le témoin ignorant. » Il fallut peut-être à M. de Balzac, pour éveiller et ressusciter cet ancien Lambert enseveli en lui, qu'un éclair lui vînt, tombé du front d'Hébal, ce noble frère de la même famille. Quoi qu'il en soit, ce que M. de Balzac confesse à l'article du souvenir de Lambert est vrai en général de tous les heureux souvenirs dont se nourrit et s'empare son imagination d'aujourd'hui : il lui fallut arriver à plus de trente ans pour découvrir, pour exploiter la mine fertile que son esprit enfermait à son insu, ses impressions d'enfance en Touraine, ses originaux de province, ses chanoines célibataires, son malin teinturier de Vouvray dans *Gaudissart;* tout cela dormait je ne sais où auparavant. Lambert enfant s'était écrié un jour devant lui, en se frappant le front : « Je serai célèbre ! — Et toi aussi, avait-il ajouté vivement ; nous serons les alchimistes de la pensée! » Ce mot de Lambert est comme la clef de M. de Balzac (1). Il me semble exactement en effet un magnétiseur, un alchimiste de la pensée, d'une science occulte, équivoque encore malgré ses preuves, d'un talent souvent prestigieux et séducteur, non moins souvent contestable ou illusoire. Comme les alchimistes, il a passé des années entières en tâtonnements, à travers la fumée et la cendre, les sédiments et les scories, avant d'arriver à la transmutation tant désirée : aussi, quelle joie bien légitime et quelle ivresse étourdissante le jour où il vit dans le creuset son mercure se fixer en or!

De 1821 à 1829, époque où M. de Balzac commença de se faire remarquer par la publication du *Dernier Chouan,* qu'a-t-il tenté? qu'a-t-il publié? quels furent ses débuts littéraires, et les tâtonnements multipliés et infructueux dont ses anciens amis nous parlent tant depuis qu'il est devenu célèbre? M. de Balzac, dit-on, a chez lui une collection complète de tous ses premiers romans qui ne forment pas moins d'une trentaine de volumes ; il les conserve magnifiquement reliés, comme le berger-ministre conservait dans un coffre précieux son hoqueton et sa houlette, et il les appelle ses *études.* Études ou non, défroque plus ou moins pastorale, il aurait tort d'en trop rougir, puisque c'est pour lui un subsistant témoignage de ce que peuvent la constance, le travail et une opiniâtre confiance aux ressources de sa propre imagination. Dans le temps d'ailleurs qu'il

(1) Quelqu'un a dit : « Balzac est le Paracelse du roman. »

publiait ces productions de troisième ordre, productions peu authentiques, où il ne trempait souvent que comme collaborateur et auxquelles il n'attacha jamais son nom, M. de Balzac ne s'en exagérait pas la valeur, et trouvant un jour un de ses récents volumes aux mains d'un ami qui le lisait : « Ne lisez pas cela, lui dit-il ; j'ai bien dans la tête des romans que je crois bons, mais je ne sais quand ils pourront sortir. » Nous avons eu la curiosité de retrouver et de feuilleter la plupart de ces romans oubliés, espérant y saisir quelque trace du brillant écrivain d'aujourd'hui. Ce n'a pas été sans adresse que nous avons dû remonter à travers ce dédale croisé de pseudonymes, le long de ces sources assez peu limpides qui se perdaient ou changeaient de nom à chaque pas. La *Bibliographie romancière* en main, nous étions ballotté de M. Horace de Saint-Aubin, bachelier ès-lettres, à M. de Viellerglé, de M. de Viellerglé de Saint-Alme à lord R'Hoone. Enfin nous avons eu la satisfaction de dresser une filiation aussi complète qu'il nous a été possible, bien que nous y sentions encore beaucoup de lacunes : *les Deux Hector, le Centenaire,* 1821 ; *le Vicaire des Ardennes,* 1822, et, durant cette même année, *Charles Pointel, l'Héritière de Birague, Jean-Louis, le Tartare ou le Retour de l'Exilé, Clotilde de Lusignan* ; en 1823, *la dernière Fée, Michel et Christine, l'Anonyme* ; en 1824, *Annette et le Criminel* ; en 1825, *Wann-Chlore* ; en 1827, *le Corrupteur* ; cela ne nous mène pas loin du *Dernier des Chouans* et de 1829, moment où la vie littéraire de **M. de Balzac se produit au grand jour. Nous avons été** peu payé, avouons-le, de notre indiscrète recherche, en parcourant ces volumes de M. de Viellerglé, que *le Miroir* du temps rapprochait, quant au choix des sujets, des romans de Pigault et de Rétif, et que le libraire Pigoreau classait parmi les *romans gais* en opposition aux *romans noirs,* aux histoires de brigands et de fantômes. C'est tout ce qu'on en peut dire de mieux (1). J'ai été frappé dans la préface du *Vicaire des Ardennes* de ce que l'auteur annonce délibérément au public qu'ils ont longtemps à se voir et à se connaître l'un l'autre, ayant, dit-il, trente ouvrages consécutifs à faire paraître. Un trait du caractère de M. de Balzac, c'est, aussitôt qu'il écrit la première page d'un livre, d'avoir tout de suite trente autres volumes en idée devant lui, et de rêver ainsi des séries indéterminées qui doivent, en se rejoignant, former une œuvre immense (2). Au reste, malgré les trente ouvrages promis et donnés par l'auteur du *Vicaire,* aucune œuvre suivie n'entrait alors dans sa pensée ; il écrivait au hasard, à foison, sans but ni souci littéraire. *Wann-Chlore,* il

(1) Un homme d'esprit à qui je citais, comme singulier, ce rapprochement qu'on avait fait des premiers écrits de M. de Balzac avec Pigault, n'en parut pas étonné : « Mais encore maintenant, me dit-il, voyez! n'est-il pas vraiment, à beaucoup d'égards, un Pigault-Lebrun de salon, le Pigault-Lebrun des duchesses? »

(2) Cette prétention l'a finalement conduit à une idée des plus fausses et, selon moi, des plus contraires à l'intérêt, je veux dire àfaire reparaître sans cesse d'un roman à l'autre les mêmes personnages, comme des comparses déjà connus. Rien ne *nuit* plus à la curiosité qui naît du nouveau et à ce charme de l'imprévu qui fait l'attrait du roman. On se retrouve à tout bout de champ en face des mêmes visages.

est vrai, se distingue des précédents ouvrages par un
ton plus soutenu et des mœurs plus relevées, pour ne
pas dire moins basses; mais qu'est-ce encore? *Le Dernier des Chouans* offre seul pour la première fois du
pittoresque, de l'entente dramatique, des caractères
vrais, un dialogue heureux; par malheur, l'imitation
de Walter Scott et de Cooper est évidente. L'auteur a
jugé ce roman digne d'être revu et reconnu, et il ouvre
sa carrière ostensible à dater de là. J'ai lu aussi vers
1829, dans les *Annales romantiques* du temps, des
vers signés du nom de Balzac, harmonieux et bien
rhythmés, et qui se rapprochent du faire de M. de Latouche. M. de Balzac à cette époque ne se contentait
plus d'écrire; son esprit d'entreprise l'avait poussé à
des opérations de librairie et d'imprimerie; les *Annales
romantiques,* où il insérait les vers dont je parle, étaient,
je crois, imprimées par lui, et il publiait une édition de
La Fontaine à laquelle il ajoutait une notice. Pourtant
le non-succès de sa tentative industrielle le rendit vite
à la seule littérature, mais sur un tout autre pied que
devant. « L'imprimerie, dit-il, m'a pris tant de capital,
il faut qu'elle me le rende; » et redoublant d'activité,
révélant enfin son talent, il a tenu son dire. Pour résumer notre idée sur la première période presque
clandestine d'une existence littéraire désormais si en
évidence, voici ce qui nous semble : M. de Balzac,
jeune, au sortir des bancs, *bachelier ès-lettres,* mena,
comme il en convient dans *Lambert,* une vie passionnée et aventureuse. Par nécessité et en suivant
sa pente, il se livra, de moitié avec de joyeux com-

pagnons, à cette facilité d'imaginer et d'écrire que
la littérature inférieure d'alors réclamait à si peu de
frais, et il dépensa de la sorte une portion de l'effervescence fiévreuse dont sa jeunesse dut être plus secouée qu'une autre. Un homme de vif esprit qui l'a
beaucoup connu et qui lui a servi quelquefois de
conseil, M. de Latouche, pourrait seul, s'il le voulait
sans trop d'ironie, raconter en détail et éclairer ces
origines contemporaines qui déjà se dérobent; il
pourrait animer d'anecdotes caractéristiques toute
l'arrière-scène obscure de l'atelier littéraire de ce
temps-là. Pour nous, qui n'avons plus qu'à passer
l'éponge sur ces produits inconnus, incertains, désa-
voués, nous en venons à M. de Balzac qui se réveille
un matin, sachant beaucoup du monde et des femmes,
saisissant les tendresses, les ridicules, et débrouillant
à la hâte au dedans de lui-même tout ce qu'il n'y avait
point soupçonné jusqu'alors.

La *Physiologie du Mariage* est une macédoine de
saveur mordante et graveleuse, dans le goût drolatique, et qui annonce un compatriote bien appris de
Rabelais, ou du moins de Béroalde de Verville. L'auteur
y rajeunit à la moderne un sujet usé; il n'échappe
pourtant pas toujours à des plaisanteries devenues
vulgaires. La morale scrupuleuse en est exclue dès le
titre, et il n'en faut pas parler. Certains côtés délicats
et sensibles auraient pu être touchés avec art; mais
l'écrivain, pur épicurien, n'y est pas arrivé encore.
Ainsi, plus tard dans le conte du *Rendez-vous,* M. de
Balzac nous peindra Julie d'Aiglemont au retour de

cette soirée brillante où elle a reconquis à force de coquetterie et de triomphe la fantaisie passagère de son mari ; il nous la peindra cédant une dernière fois par bonté et par calcul à l'égoïste faveur dont M. d'Aiglemont l'honore ; puis tout aussitôt, dès qu'elle se retrouve à elle, nous la voyons sombre, sur son séant, dans le lit conjugal, près du mari endormi, rougissant et pleurant comme d'un crime de cette espèce de profanation calculée à laquelle elle s'est soumise : il y a là une page admirable de vérité et de douleur. Au lieu de ces peintures vivantes, nous avons dans la *Physiologie du Mariage* la *théorie du lit,* des *deux lits jumeaux* ou des *chambres séparées,* tout un étalage que rien n'ennoblit et ne rachète. *La Peau de Chagrin,* publiée en 1831, ouvre la nouvelle et la véritable série des romans de M. de Balzac. Le commencement en est vif, naturel, attachant ; mais l'intérêt se perd bientôt dans le fantasque et l'orgiaque. L'auteur s'est évidemment préoccupé d'Hoffmann qui faisait alors son apparition parmi nous. Le caractère de Fédora, de cette *Femme sans cœur,* indique pourtant le peintre déjà initié à demi. C'est dans ses *Contes de la Vie privée* qu'il devait tout entier se produire.

M. de Balzac a un sentiment de la vie privée très-profond, très-fin, et qui va souvent jusqu'à la minutie du détail et à la superstition ; il sait vous émouvoir et vous faire palpiter dès l'abord, rien qu'à vous décrire une allée, une salle à manger, un ameublement. Il devine les mystères de la vie de province, il les invente parfois ; il méconnaît le plus souvent et viole ce que ce genre de vie, avec la poésie qu'elle recèle, a de discret avant tout, de pudique et de voilé. Les parties moins délicates au moral lui reviennent mieux. Il a une multitude de remarques rapides sur les vieilles filles, les vieilles femmes, les filles disgraciées ou contrefaites, les jeunes femmes étiolées et malades, les amantes sacrifiées et dévouées, les célibataires, les avares : on se demande où il a pu, avec son train d'imagination pétulante, discerner, amasser tout cela. Il est vrai que M. de Balzac ne procède pas à coup sûr, et que dans ses productions nombreuses, dont quelques-unes nous semblent presque admirables, touchantes du moins et délicieuses, ou piquantes et d'un fin comique d'observation, il y a un pêle-mêle effrayant. Otez de ses contes *la Femme de trente ans, la Femme abandonnée, le Réquisitionnaire, la Grenadière, les Célibataires;* ôtez de ses romans l'*Histoire de Louis Lambert,* et *Eugénie Grandet,* son chef-d'œuvre, quelle foule de volumes, quelle nuée de contes, de romans de toutes sortes, drolatiques, philosophiques, économiques, magnétiques et théosophiques, il reste encore ! Je n'ose me flatter d'avoir tout lu. Il y a quelque chose à goûter dans chacun sans doute ; mais combien de pertes et de prolixités ! Dans l'invention d'un sujet, comme dans le détail du style, M. de Balzac a la plume courante, inégale, scabreuse ; il va, il part doucement au pas, il galope à merveille, et voilà tout d'un coup qu'il s'abat, sauf à se relever pour retomber encore. La plupart de ses **commencements** sont à ravir ; mais ses fins d'his-

toire (1) dégénèrent ou deviennent excessives. Il y a un
moment, un point où, malgré lui, il s'emporte. Son
sang-froid d'observateur lui échappe ; une détente lui
part, pour ainsi dire, au dedans du cerveau et enlève
à cent lieues les conclusions : ainsi dans sa *Recherche
de l'Absolu,* dont nous aurons tout à l'heure à parler ;

(1) **On** raconte à ce sujet une historiette assez piquante dont on
prête le récit à **M.** de Latouche : je la donne ici sans la garantir, et
uniquement à titre d'*apologue.* — Latouche donc disait un jour de
Balzac : « En vérité, je dois avoir bien de la reconnaissance pour
« Balzac, je serais un ingrat si j'oubliais jamais ce que je lui dois.
« Je lui avais rendu autrefois quelques petits services littéraires,
« des conseils pour ses romans, pour son style, que sais-je? il
« n'était pas encore le grand homme que nous savons ; il vint un
« matin chez moi et me dit : « Mon cher ami, il faut que vous me
« fassiez le plaisir d'accepter de moi quelque chose... » Je m'ex-
« cusais, il insista. — « A la bonne heure, » lui dis-je... — « Il faut,
« ajouta-t-il, que vous acceptiez mon cheval arabe... » — « Un che-
« val arabe ! mais y pensez-vous ? c'est impossible ; je n'ai pas d'é-
« curie d'ailleurs ; et puis un cheval de tel prix ! » — « Il le faut,
« ou nous nous brouillerons. Comment ! vous n'accepteriez pas
« d'un ami comme moi ce gage d'affection ! Je ne vous reverrai de
« ma vie si vous ne consentez. » — Vaincu à la fin par ces paroles
« et par bien d'autres, j'acceptai, continue Latouche. Vous voyez
« donc que je dois à Balzac une grande reconnaissance. Il est bien
« vrai que, cette scène une fois passée, je n'ai oncques vu paraître
« de cheval, arabe ni autre ; mais enfin son intention était si
« bonne, si sincère, son insistance si vive, que je serais un grand
« ingrat si je ne lui demeurais très-obligé. » — Or (et voici ma
conclusion), nous tous lecteurs, nous sommes un peu avec **M.** de
Balzac dans le cas de **M.** de Latouche. Il commence si bien chaque
récit, il nous circonvient si vivement, qu'il n'y a pas moyen de
résister et de dire *non* à ses promesses ; il nous prend les mains, il
nous introduit de gré ou de force dans chaque aventure. Il est
vrai que le *cheval arabe* n'arrive jamais ; gare le dénoûment ! mais,
grâce à l'entrain et à l'obligeance des débuts, on ne lui doit pas
moins une assez grande reconnaissance.

ainsi dans ces excellents *Célibataires,* où son chanoine
Troubert se grossit et s'exagère vers la fin au point de
nous être donné comme un petit Richelieu. Le hasard
et l'accident sont pour beaucoup jusque dans les meilleures productions de M. de Balzac. Il a sa manière,
mais vacillante, inquiète, cherchant souvent à se
retrouver elle-même. On sent l'homme qui a écrit
trente volumes avant d'acquérir une manière; quand
on a été si long à la trouver, on n'est pas bien certain
de la garder toujours. Aujourd'hui il enluminera un
conte rabelaisien, et demain il nous déduira son *Médecin de Campagne.* Pour en revenir à ma comparaison
de M. de Balzac avec un alchimiste, je dirai que, même
après la transmutation trouvée, cet alchimiste, qui n'a
pas eu pleine connaissance de son procédé heureux,
rétrograde parfois et revient à ses anciens tâtonnements; qu'il retombe dans les scories et les dépenses
infructueuses; qu'il fait en beaucoup d'opérations de
l'or très-mêlé ou faux. On doit au reste en prendre son
parti avec M. de Balzac, et l'accepter selon sa nature et
son habitude. Il ne faut pas lui conseiller de se choisir,
de se réprimer, mais d'aller et de poursuivre toujours :
on se rattrape avec lui sur la quantité. Il est un peu
comme ces généraux qui n'emportent la moindre position qu'en prodiguant le sang des troupes (c'est l'encre
seulement qu'il prodigue) et qu'en perdant énormément de monde. Mais, bien que l'économie des moyens
doive compter, l'essentiel après tout, c'est d'arriver
à un résultat, et M. de Balzac en mainte occasion est
et demeure victorieux.

Il l'a été principalement dans *Eugénie Grandet,* et il
s'en faut de bien peu que cette charmante histoire ne
soit un chef-d'œuvre, — oui, un chef-d'œuvre qui se
classerait à côté de tout ce qu'il y a de mieux et de
plus délicat parmi les romans en un volume. Il ne
faudrait pour cela que des suppressions en lieu opportun, quelques allégements de descriptions, diminuer
un peu vers la fin l'or du père Grandet, et les millions
qu'il déplace et remue dans la liquidation des affaires
de son frère ; quand ce désastre de famille l'appauvri-
rait un peu, la vraisemblance générale ne ferait qu'y
gagner. La conclusion et la solution fréquente des embarras romanesques où M. de Balzac place ses personnages, c'est cette mine d'or dont il a la faculté de les
enrichir ; ainsi dans l'*Absolu,* ainsi dans *Eugénie Grandet,*
ainsi dans le conte du *Bal de Sceaux* où l'or de M. de
Longueville est le ressort magique, le *Deus ex machina.*
A voir les monceaux d'or dont M. de Balzac dispose en
ses romans, on serait tenté de dire de lui comme les
Vénitiens de Marco-Polo à son retour de Chine : *Messer
Miglione.* Il faudrait encore dans *Eugénie Grandet*
amoindrir l'inutile atrocité d'égoïsme du jeune Charles
à son arrivée d'Amérique ; il est à la fois trop ignoble
de la sorte envers sa cousine, et trop naïf aussi de
n'avoir pas deviné la grande fortune de son oncle ; le
résultat mieux ménagé pourrait être d'ailleurs absolument le même, et l'admirable Eugénie, au milieu des
Des Grassins et des Cruchotins, près de sa fidèle Nanon,
ne perdrait rien ni en pâleur mortifiée, ni en sensibilité
profonde et rétrécie, ni en perpétuel sacrifice. Apaisez

en ce tableau quelques couleurs criardes ; arrivez, en
éteignant, en retranchant çà et là, à une harmonie plus
égale de ton, et vous aurez la plus touchante peinture
domestique.

Je veux même entrer ici dans quelques détails de
style et de diction, parce que M. de Balzac, tout abondant et inégal qu'il est, ne néglige pas ces soins, et
bien au contraire s'en préoccupe beaucoup. M. de Balzac n'a pas le dessin de la phrase pur, simple, net et
définitif ; il revient sur ses contours, il surcharge ; il
a un vocabulaire incohérent, exubérant, où les mots
bouillonnent et sortent comme au hasard, une phraséologie physiologique, des termes de science, et toutes
les chances de bigarrures. Je lis, dès la première page
d'*Eugénie Grandet*, cette phrase : « S'il y a de la poésie
dans l'atmosphère de Paris où tourbillonne un *simoun*
qui enlève les cœurs, n'y en a-t-il donc pas aussi dans
la lente action du *sirocco* de l'atmosphère provinciale,
qui détend les plus fiers courages, relâche les fibres et
désarme les passions de leur *aculesse?* » Ailleurs, dans
Louis Lambert, non loin des brûlantes et simples lettres
du jeune homme, ce sont des expressions de *mnémo-
technie pécuniaire*, un *enfant dont je partageais l'idiosyn-
crase* ; dans *les Célibataires*, je trouve *une raison coefficiente
des événements*, des *phrases jetées en avant par les tuyaux
capillaires du grand conciliabule femelle*, etc. Souvent la
phraséologie flexible, où il se joue, entraîne M. de Balzac, et il nous file de ces longues phrases sans virgules
à perdre haleine, comme on en peut reprocher parfois
à la plume savamment amusée de Charles Nodier. La

phrase suivante fait tache à mes yeux dans la première lettre de Louis Lambert à Mlle de Villenoix : « J'ai dû comprimer bien des pensées pour vous aimer malgré votre fortune, *et pour vous écrire en redoutant ce mépris si souvent exprimé par une femme pour un amour dont elle écoute l'aveu comme une flatterie de plus parmi toutes celles qu'elle reçoit ou qu'elle pense.* » M. de Balzac a fréquemment, et à son insu peut-être, l'image lascive, le coup de pinceau vagabond et sensuel. Il comparera tout d'abord la voix du chaste enfant Louis Lambert à *une voix qui prononce un mot d'amour, au matin, dans un lit voluptueux*; il abusera, en peignant Mme Claës, des *projections fluides dans les regards*. Volontiers, du milieu de ses beaux salons, il nous reporte sans goût à des objets, à des termes tout à fait répugnants, désobligeants ; il lui revient, et il nous revient à nous, en ces moments, comme une forte odeur de sa première manière : Crébillon fils se ressouvient de Rétif (1). Enfin, il y a en grammaire une faute insoutenable qu'il pratique constamment et par système ; au rebours des écrivains d'aujourd'hui qui ont mis le *son, sa, ses,* partout, qui disent à propos d'un fait et d'une observation *lui* et *elle,* M. de Balzac ne connaît que le *en :* ainsi, dans *les Célibataires,* toutes les fois que l'abbé Birotteau était entré chez le chanoine Chapeloud

---

(1) C'est ce qui fait dire au sévère ami que je cite quelquefois : « C'est drôle! quand j'ai lu ces choses-là (certaines descriptions sales et minutieusement ignobles de Balzac), il me semble toujours que j'ai besoin de me laver les mains et de brosser mon habit. »

il *en* avait admiré l'appartement et les meubles. Dans *la Grenadière,* le jeune Louis ne se contente pas des assurances de bonne santé que lui donne sa mère, il *en* étudie le visage, etc. En un mot, cet *en* est partout employé à faux par M. de Balzac; il y trouve je ne sais quelle particulière douceur, et l'introduit jusque dans certaines locutions qui n'en ont que faire. Au lieu de dire, par exemple : il y va de la vie, de la fortune, il ne manque pas de dire : *il s'y en va de la vie.* Nous adressons ces chicanes de détail à M. de Balzac, parce que nous savons qu'elles ne sont pas perdues avec lui, et que, malgré toutes les incorrections par nous signalées, il soigne son style, corrige et remanie sans cesse, demande jusqu'à sept et huit épreuves aux imprimeurs, retouche et refond ses secondes et troisièmes éditions, et se sent possédé du louable besoin d'une perfection presque chimérique. Il a même, selon nous, à se garder dans ces remaniements successifs d'altérer quelquefois une première rédaction plus franche et plus simple. Ses efforts pourtant sont heureux en mainte circonstance. Il y avait dans la première édition de *la Femme abandonnée,* publiée par la *Revue de Páris,* une charmante page qui, à l'aide de quelques retouches habiles, est devenue tout à fait belle dans une édition suivante. Je la citerai ici pour montrer à M. de Balzac un excellent modèle en certaines parties de lui-même, et pour dédommager le lecteur de ces querelles de langue par une plus gracieuse image. Il s'agit de la première visite du jeune M. de Neuil à Mme de Beauséant, et du trouble incertain qu'il en rapporte : « A l'âge de vingt-trois

« ans, dit M. de Balzac, l'homme est presque toujours
« dominé par un sentiment de modestie. Les timidités,
« les troubles de la jeune fille l'agitent. Il a peur de
« mal exprimer son amour ; il ne voit que des diffi-
« cultés et s'en effraye ; il tremble de ne pas plaire ; il
« serait hardi s'il n'aimait pas tant. Plus il sent le prix
« du bonheur, moins il croit que sa maîtresse puisse le
« lui facilement accorder ; d'ailleurs, peut-être se livre-
« t-il trop entièrement à son plaisir, et craint-il de n'en
« point donner. Lorsque par malheur son idole est im-
« posante, il l'adore en secret et de loin : s'il n'est pas
« deviné, son amour expire. Souvent cette jeune pas-
« sion, morte dans un jeune cœur, y reste brillante
« d'illusions. Quel homme n'a pas plusieurs de ces
« vierges souvenirs qui, plus tard, se réveillent, tou-
« jours plus gracieux, apportant l'image d'un bonheur
« parfait ; souvenirs semblables à ces enfants perdus
« à la fleur de l'âge, et dont les parents n'ont connu
« que les sourires ? »

La Recherche de l'Absolu, dernière publication de
M. de Balzac, n'est pas un de ses meilleurs romans :
mais, à travers des circonstances fabuleuses et injusti-
fiables, cette histoire a beaucoup de mouvement, de
l'intérêt, et c'est une de celles où l'on peut le plus étudier à nu la manière de l'auteur, sa pente et ses défauts. M. Balthazar Claës, qui unit les richesses de
l'antique Flandre à la plus haute noblesse espagnole,
habite à Douai une maison où se sont accumulées
toutes les merveilles héréditaires de ces ménages opu-
lents. Jeune, il est venu à Paris, vers l'an 1783 ; il

s'est fait présenter dans les meilleures sociétés, chez Mme d'Egmont, chez Helvétius, qui pourtant était mort depuis plusieurs années ; mais peu importe l'anachronisme. Il a même étudié la chimie sous Lavoisier, et ne s'est retiré du tourbillon mondain que pour épouser Mlle de Temninck, avec laquelle il vit dans un long et fidèle bonheur. Mais, à partir de 1809, les manières de Balthazar s'altèrent graduellement ; une passion secrète le saisit et l'arrache bientôt à tout, à la société, aux tulipes, même aux joies domestiques dont il se repaissait avec candeur. Il redevient chimiste : ses premiers travaux chez Lavoisier renouvellent tout leur attrait et le sollicitent à poursuivre : un officier polonais, qui passe à cette époque par Douai et qui cause avec Balthazar, provoque en lui cette subite révolution. M. de Balzac semble croire qu'il n'y a qu'un pas entre le goût de l'alchimie et les leçons de Lavoisier, tandis qu'il y a un abîme ; c'est comme si l'on devenait astrologue après avoir été disciple de Laplace. Quoi qu'il en soit, Claës se livre, à partir de ce moment, à la recherche de l'*absolu,* ce qui veut dire pour lui la transmutation des métaux et le secret de faire de l'or ; il s'y oublie, il s'y acharne ; il tue de chagrin sa femme ; il s'y ruine, ou du moins il s'y ruinerait, si l'imagination du romancier ne venait sans relâche au secours de cette fortune qui se fond dans le creuset, et si la fille aînée de Claës ne réparait à temps chaque désastre, comme une fée qui étend coup sur coup sa baguette d'or. Cette *maison Claës* est d'ailleurs une véritable *Casauba,* et l'auteur y a, dès l'abord, enfoui toutes les ressources qu'il n'a fait que disperser çà et là en échantillons dans ses autres romans. Si, dans *le Bal de Sceaux,* les héritages à flots ne lui coûtent rien; si, dans *les Célibataires,* les meubles de Boulle, les *Vierges* de Valentin et les *Christs* de Lebrun se trouvent tout à propos mêlés au mobilier du chanoine Chapeloud pour faire péripétie vers la fin et révéler trop tard leur valeur au pauvre Birotteau dépossédé, ce ne sont là que des bagatelles et des pauvretés au prix de ce palais des *Mille et une Nuits,* de cette maison Claës et de ce qu'elle enferme. Ici les tableaux des maîtres, les tulipes introuvables, les meubles d'ébène et les boiseries dignes de Salomon sont dès l'avance disposés. Les solives et les poutres elles-mêmes recèlent de l'or : l'or *ruisselle et pétille* dans les parloirs, suivant l'expression du romancier enivré, de même que la dentelle *bouillonne* autour de la longue pèlerine de Mme Claës. Au milieu de toutes ces merveilles qu'il gaspille, de ces trésors qu'il dissipe en fumée, Balthazar Claës, qui croit se mettre au courant de la science moderne en poursuivant le but mystérieux des Nicolas Flamel et des Arnauld de Villeneuve, est proclamé à tout instant homme de génie, et ses actes déréglés ou même cruels envers sa famille nous sont donnés comme la conséquence inévitable d'une intelligence supérieure en désaccord avec ce qui l'entoure. M. de Balzac, en effet, prodigue volontiers à ses personnages les termes de génie, comme il leur prodigue les trésors; il ne laisse pas d'alternative entre le génie et tous les défauts. On rencontre fréquemment chez lui des sentences du genre de celle-ci, dans *les Célibataires* : « Il n'y a qu'un homme de génie ou un intrigant qui se disent : J'ai eu tort. » Et dans *la Recherche de l'Absolu*, dès les premiers chapitres, à propos de Claës : « Les gens d'esprit sont variables autant que des baromètres, le génie seul est essentiellement bon. » Mais il est temps de le dire, à travers toutes ces chimères de l'alchimiste et du romancier qui semblent ne faire qu'un, ce qui ressort à merveille, c'est l'insatiable espoir de l'adepte ; ce qui règne et palpite, c'est sa fièvre ardente, incurable, une fièvre d'avide crédulité. On s'impatiente de l'entendre louer pour son génie ; on le traite de fou délirant ; on accuse la faiblesse de ses proches qui ne l'ont pas fait enfermer déjà : on tremble quand on voit sa fille aînée lui obtenir, pour l'arracher à son laboratoire, une caisse de recette générale au fond de la Bretagne ; on froisse la page sous sa main, mais on y revient ; on est ému enfin, entraîné, on se penche malgré soi vers ce gouffre inassouvi. Quel mélange singulier et contradictoire dans le romancier que nous voudrions juger ici, sans faire notre parole plus sévère que notre pensée, — quel mélange d'observation souvent maligne, de réalité prise sur le fait comme par un clin d'œil de malin Tourangeau, de gaieté de bon aloi et digne de Chinon, — quel mélange de tout cela, et encore de situations domestiques si fréquemment attendrissantes, avec tant d'écarts divagants et d'incroyables fantaisies ! Mme Claës est une de ces femmes comme le romancier les affectionne, une laide presque contrefaite et pourtant séduisante, une femme de qua-

rante ans, de plus en plus adorable et rajeunissante.
Combien de lectrices, en lisant ce portrait, se sentent tout bas flattées et comme magnétisées par l'auteur (1)! Cette figure de Mme Claës, où *les hésita-
tions magnétiques* et *les projections fluides des regards*
sont prodiguées, de même que le sont dans le portrait
de Balthazar *les idées dévorantes distillées par un front
chauve,* m'a bien fait concevoir le genre de portraits de Vanloo et des autres peintres chez qui des
détails charmants et pleins de finesse s'allient à une
flamboyante et détestable manière, à une manière sans
précision, sans fermeté, sans chasteté. « Les personnes
contrefaites qui ont de l'esprit ou une belle âme, dit
M. de Balzac à propos de son héroïne peu régulière,
apportent à leur toilette un goût exquis. Ou elles se
mettent simplement, en comprenant que leur charme
est *tout* moral ; ou elles savent faire oublier la disgrâce
de leurs proportions par une sorte d'élégance dans les
détails qui divertit le regard et occupe l'esprit. » Il est
impossible de plus délicatement observer et de mieux
dire. Mme Claës nous touche encore quand, voyant dans
les premiers temps son mari qui lui échappe, sans en

(1) Je sais une femme qui a pour mari un homme de génie ou
qu'elle croit tel (ce qui revient au même), et dont elle craint de
n'être pas assez aimée; cette femme a été séduite à Balzac par
Mme Claës. Aussi mon sévère ami, que ce sujet met volontiers en
humeur, disait : « Henri IV a conquis son royaume ville à ville :
M. de Balzac a conquis son public maladif infirmités par infirmités. Aujourd'hui les femmes de trente ans, demain celles de
cinquante; après-demain les chlorotiques; dans *Claës,* les contrefaites. Nulle part il n'est question de dents, etc. »

comprendre la cause, « elle attend un retour d'affection et se dit chaque soir : — Ce sera demain ! en traitant son bonheur comme un absent. » Mais ce qui
choque bientôt et ce qui revient indiscrètement à plusieurs reprises, ce sont les allusions directes aux secrets
de l'alcôve, et à des situations conjugales, aisément
déplaisantes, qui rappellent trop le théoricien de la
Physiologie du Mariage.

Le dernier roman de M. de Balzac nous a fourni
l'occasion de lire une brochure dont le sujet est le
même, mais qui contient une histoire vraie et bien
récente. Nul doute que, si M. de Balzac avait connu
ce petit écrit, il n'eût donné à son livre le cachet de
réalité qui y manque, et ne se fût garanti de beaucoup
d'*à peu près* qui sont faux. Un alchimiste de nos jours
(car, de nos jours, il y a çà et là répandus et cachés
un assez grand nombre d'alchimistes encore) a fait
imprimer en 1832, chez Félix Locquin, rue Notre-
Dame-des-Victoires, le récit de ses tribulations et de
sa découverte, sous le titre d'*Hermès dévoilé.* L'auteur
de ce récit, qui ne se nomme pas, est évidemment un
homme vertueux, d'une parfaite bonne foi, sensible de
cœur et pénétré de la vérité de ce qu'il raconte. Nous
citerons le début : « Le Ciel m'ayant permis de réussir
à faire la pierre philosophale, après avoir passé trente-
sept ans à sa recherche, veillé au moins quinze cents
nuits, éprouvé des malheurs sans nombre et des pertes
irréparables, j'ai cru devoir offrir à la jeunesse, l'espérance de son pays, le tableau déchirant de ma vie,
afin de lui servir de leçon, et en même temps de la

détourner d'un art, etc. » En effet, l'honnête alchimiste, bien qu'il ait trouvé le secret de la transmutation, conserve jusque dans son triomphe un sentiment
si profond de son infortune passée, qu'il voudrait
détourner les jeunes gens des périls de cette science
hermétique, au moment même où il la leur dévoile
obscurément. Ses épreuves, pauvre homme! furent
grandement amères; Bernard de Palissy n'en eut pas
en son temps de si lamentables. Marié jeune, devenu
père d'une nombreuse famille, l'alchimiste, qui ne se
désigne lui-même que comme l'infortuné Ci..., dissipe
la dot de sa femme, voit mourir de misère et de chagrin tous ses enfants; mais il prend à toutes ces douleurs qui l'entourent une part de sympathie bien autrement active et humaine que Claës; ce sentiment de
bienveillance pour les hommes et de compassion pour
les siens, qui se mêle à une si opiniâtre recherche, est
un trait naturel que le romancier n'a pas assez deviné
ni ménagé. Chaque ligne de ce petit écrit annonce un
travailleur longtemps séquestré du monde, ignorant
naïvement le train des choses, et en parlant avec une
sorte d'enfance. Mais le plus touchant et le plus inimitable endroit est celui où il raconte sa découverte, et
les sensations inouïes qui l'agitèrent sitôt que le mercure brilla fixé en or sous ses yeux : « Que ma joie fut
vive et grande! j'étais hors de moi-même, je fis comme
Pygmalion, je me mis à genoux pour contempler mon
ouvrage et en remercier l'Éternel. Je me mis à verser
un torrent de larmes; qu'elles étaient douces! que
mon cœur était soulagé! Il me serait difficile de pein-

dre ici tout ce que je ressentais, et la position où je
me trouvais. Maintes idées s'offraient à la fois : la
première me portait à diriger mes pas près du roi-
citoyen et à lui faire l'aveu de ma découverte ; l'autre,
à faire un jour assez d'or pour former divers établisse-
ments dans la ville qui me vit naître ; une autre idée
me portait à marier le même jour autant de filles qu'il
y a de sections à Paris, en les dotant ; une autre idée
me portait à me procurer l'adresse des pauvres hon-
teux, et à aller moi-même leur distribuer des secours
à domicile. Enfin je commençai à craindre que ma joie
ne me fît perdre la raison. Je sentis la nécessité de me
faire violence et de prendre beaucoup d'exercice en me
promenant à la campagne, ce que je fis pendant huit
jours consécutifs. Il ne se passait pas quelques heures
sans que j'ôtasse mon chapeau, et, levant les yeux au
Ciel, je le remerciais de m'avoir accordé un pareil bienfait, et je versais d'*abondantes pleurs* (1). Enfin je par-
vins à me calmer, et à sentir combien je m'exposerais
en faisant de pareilles démarches. Après avoir réfléchi
mûrement, je pris la résolution de vivre au sein de
l'obscurité sans éclat, et de borner mon ambition à faire
des heureux en secret, sans me faire connaître. » C'est
le jeudi saint 1831, à 10 heures 7 minutes du matin,
que l'alchimiste avait opéré seul la transmutation ; il a
noté le jour et l'heure comme Dante et Pétrarque ont
fait pour le jour et l'instant béni où ils virent leurs

(1) Le bon alchimiste oublie dans son transport que *pleurs* n'est
pas du même genre que *larmes*.

divinités, et la page que je viens de citer du bon alchimiste me semble presque rappeler en naïve allégresse
certains passages de la *Vita Nuova*. L'alchimiste remit
d'opérer la transmutation devant sa femme au lundi
de Pâques; il fit emplette d'une branche de laurier et
d'une tige d'immortelle, pour lui annoncer dignement
cette nouvelle heureuse; toute cette conclusion domestique est pleine de simplicité, d'attendrissement et de
sagesse : la réalité ici fait envie au roman. L'alchimiste, possesseur du merveilleux secret, vit de peu,
répand les bienfaits sans bruit et se souvient de ses
malheurs. Belle leçon à nous tous poëtes, romanciers
et hommes! Heureux qui, dans sa vie laborieuse et du
fond mélangé de ses œuvres, sait réaliser un peu d'or
pur! qu'il se tienne satisfait de son sort et remercie
les Dieux!

Novembre 1834.

(Cet article qui, maintenant que je le relis, me semble encore
modéré et même respectueux, excita, au moment où il parut, la
colère de M. de Balzac, qui, depuis ce jour, me poursuivit plus
d'une fois à outrance, soit dans sa critique, soit même dans certains de ses romans. Je le lui ai peut-être moi-même rendu à l'occasion. Quoi qu'il en soit, c'est un besoin pour moi d'indiquer que,
vers l'époque de sa mort, j'ai parlé de lui (*Constitutionnel* du
2 septembre 1852) sous un point de vue plus général et en embrassant de mon mieux l'ensemble de son œuvre, que je ne suis point
cependant arrivé à admirer autant que je le voudrais. On peut voir
cet article au tome II des *Causeries du Lundi*.)

— Jules Sandeau m'a plus d'une fois raconté qu'il était auprès
de Balzac au moment où cet article de la *Revue des Deux Mondes*
lui arriva. Le grand romancier, qui comptait sur un article tout

laudatif et tout favorable, se mit lui-même à le lire tout haut. Les premières pages ne le choquèrent pas trop, et il continuait d'assez bonne humeur sa lecture. Mais bientôt son visage se rembrunit : il jeta la *Revue* et s'écria dans sa colère : « Il me le payera; je lui passerai ma plume au travers du corps. » Et il ajouta pour complément de vengeance : « Je referai *Volupté*. » Ce dernier roman venait de paraître.

M. VILLEMAIN.

1836.

Un sentiment qui semble naturel à la plupart des
écrivains, critiques ou poëtes, après le premier moment où l'on s'élançait avec union et enthousiasme
dans la carrière, c'est la crainte d'être gêné dans sa
libre expansion, d'être frustré dans sa part de louange
par les hommes supérieurs qui continuent de nous pri-
mer, ou par les hommes distingués qui s'élèvent à côté
de nous et nous pressent. Ce sentiment, qui paraît être
excité surtout aux époques de grande concurrence et
de plénitude, au second ou au troisième âge des littératures très-cultivées, sentiment utile et bon, à vrai
dire, en tant qu'il n'est qu'avertissement et aiguillon,
devient faux s'il renferme une crainte sérieuse et une
tristesse jalouse. A moins de venir à quelque époque
encore brute, inégale et demi-barbare, à moins d'être
un de ces hommes quasi fabuleux (Homère, Dante,...
Shakspeare en est le dernier) qui obscurcissent, éteignent leurs contemporains, les engloutissent tous et
les confisquent, pour ainsi dire, en une seule gloire;
à moins d'être cela, ce qui, j'en conviens, est incom-

parable, il y a avantage encore, même au point de vue
de la gloire, à naître à une époque peuplée de noms et
de chaque coin éclairée. Voyez en effet : le nombre, le
rapprochement, ont-ils jamais nui aux brillants champions de la pensée, de la poésie, ou de l'éloquence?
Tout au contraire ; et, si l'on regarde dans le passé,
combien, sans remonter plus haut que le règne de
Louis XIV, cette rencontre inouïe, cette émulation en
tous genres de grands esprits, de talents contemporains, ne contribue-t-elle pas à la lumière distincte
dont chaque front de loin nous luit! Au siècle suivant
de même. Et si, à un horizon beaucoup plus rapproché, et dans des limites moindres, nous regardons
derrière nous, a-t-il donc nui aux hommes qui président à cette ouverture de l'époque de la Restauration,
à cette espèce de petite Renaissance, et qui composent
le groupe de l'histoire, de la philosophie, de la critique et de l'éloquence littéraire, à cette génération qui
nous précède immédiatement et dans laquelle nous
saluons nos maîtres, leur a-t-il nui d'être plusieurs,
d'être au nombre de trois, rivaux et divers dans ces
chaires retentissantes, dont le souvenir forme encore
la meilleure partie de leur gloire? Et ailleurs, dans
la critique courante, dans la poésie, combien n'a-t-il
pas servi aux esprits d'être en nombre, en groupes
opposés! et comme cela aide plutôt à la figure qu'à
cette courte distance ils font déjà! On est, en effet,
tous contemporains, amis ou rivaux, dans son époque,
comme un équipage à bord d'un navire, à bord d'une
aventureuse *Argo*. Plus l'équipage est nombreux, bril-

lant dans son ensemble, composé de héros qu'on peut nommer, plus aussi la gloire de chacun y gagne, et plus il est avantageux d'en faire partie. Ce qui, de près, est souvent une lutte et une souffrance entre vivants, est de loin, pour la postérité, un concert. Les uns étaient à la poupe, les autres à la proue : voilà pour elle toute la différence. Si cela est vrai, comme nous le disons, des hautes époques et des *Siècles de Louis XIV,* cela ne l'est pas moins des époques plus difficiles où la grande gloire est plus rare, et qui ont surtout à se défendre contre les comparaisons onéreuses du passé et le flot grossissant de l'avenir par la réunion des nobles efforts, par la masse, le redoublement des connaissances étendues et choisies, et, dans la diminution inévitable de ce qu'on peut appeler proprement *génies créateurs,* par le nombre des talents distingués, ingénieux, intelligents, instruits et nourris en toute matière d'art, d'étude et de pensée, séduisants à lire, éloquents à entendre, conservateurs avec goût, novateurs avec décence.

Entre les hommes de notre temps, celui dont le nom attire à lui et nous peint, nous réfléchit le mieux toutes ces louanges, est sans contredit M. Villemain. Par l'ordre de sa date, par le rang éminent où il s'est placé d'abord, par la vive influence qu'il a longuement exercée, par le progrès et l'accroissement où il n'a pas cessé de se tenir, en même temps qu'il reste pour nous du trèspetit nombre des maîtres illustres, il est de ceux dont l'autorité continue de vivre, et qu'on est certain, en avançant, de toujours et de plus en plus retrouver.

M. Abel Villemain, né à Paris vers la fin de 91 ou au

commencement de 92 (1), d'une mère que tous ceux qui ont l'honneur de la connaître savent d'humeur si spirituelle et si marquée, fit de ces bonnes et excellentes études classiques, qu'il eût, en tout cas, réparées avec sa rare promptitude si elles avaient été insuffisantes, mais dont l'heureuse et précoce facilité eut une grande part dans sa tournure littéraire. Sans être trop assujetti à une discipline régulière et rigoureuse qui alors n'existait pas (car il y avait quelque chose de très-libre et de paternel dans les études renaissantes), il se trouva en pension chez un maître bien connu, qui savait parfaitement le grec, M. Planche; et le jeune Villemain dut au secours qu'il rencontra, d'acquérir

(1) On voit que je n'étais nullement sûr de la date de la naissance. Dans un livre, intitulé *Victor Hugo et la Restauration* (1869), M. Edmond Biré, qui s'est amusé à recueillir, à collectionner nombre de petites inexactitudes des auteurs contemporains, m'apprend que M. Villemain est né le 10 juin 1790. Je répéterai ici ce que j'ai déjà dit ailleurs : ces Portraits n'étaient point précisément des biographies; je tâchais d'être exact autant que possible sur les points biographiques et bibliographiques que je rencontrais sur ma route; mais il faut se souvenir qu'on n'avait point alors sous la main tous les instruments qu'on a eus depuis, le *Quérard* achevé, le *Vapereau*, etc. Ayant à passer le premier sur beaucoup de sujets, je ne visais dans les parties accessoires et secondaires qu'à une exactitude approximative et provisoire. J'aurais cru manquer de goût que d'aller m'adresser directement à M. Villemain pour lui demander, au moment où je m'occupais de son Portrait, son acte de naissance : cet homme d'esprit, qui était une coquette, m'aurait jugé là-dessus et m'eût répondu par une plaisanterie. Ces Portraits, dans lesquels je cherchais surtout la ressemblance et la fidélité par la mesure des dons naturels et du mérite, par le juste rapport des tons et des couleurs, étaient souvent une surprise pour le modèle lui-même qui avait posé sans s'en douter.

d'abord et sans peine ce fonds exquis, si favorable ensuite à toute culture. Vers l'âge de douze ans, il jouait
la tragédie en grec à sa pension, dans les exercices de
la fin de l'année ; il sait encore et récite aujourd'hui à
nos oreilles un peu déconcertées tout son rôle d'Ulysse,
de la tragédie de *Philoctète.* Geoffroy avait été invité à
l'une de ces représentations qui ne rappelaient pas
mal, dans l'Université renaissante, les thèses en grec
de MM. Rollin et Boivin le cadet, si fameuses dans l'ancienne Université, ou mieux encore les exercices de
MM. Le Peletier fils et du jeune abbé de Louvois.
Émerveillé de ce qu'il venait d'entendre, il fit, au sortir de là, un article intitulé *le Théâtre d'Athènes.* Ces
libres mais fortes études prédisposaient avec bonheur
l'esprit de l'enfant à ce qu'il devait être dans la suite,
en lui ouvrant facilement et pour toujours les grandes
et limpides sources primitives. M. Villemain, dans ses
appréciations des écrivains et des poëtes, remarque
souvent, et il en a le droit plus que personne, l'importance durable de ces jeunes et antiques études, de ces
études qu'avaient, en se jouant, Racine et Fénelon, qui
eussent si bien contenu et affermi le beau génie de
Lamartine, que M. de Chateaubriand se donna à force
de vouloir, mais que si peu ont le courage ou la ressource de réparer, et que doivent regretter avec larmes
ceux qui en chérissent le sentiment et à qui elles ont
fait faut*.* Racine, dans la prairie de Port-Royal, lisait
et savait par cœur *Théagène* en grec, comme nous écoliers, aux heures printanières, nous lisions *Estelle* et
Numa ; mais, le livre jeté ou confisqué, il lui restait de

plus le grec qu'il savait à toujours, l'accès direct et
perpétuel d'Euripide et de Pindare.

Le jeune Villemain, indépendamment de ses exercices
à la pension de M. Planche, suivait les cours du Lycée
impérial (Louis-le-Grand) : il y rencontra, pour professeur de rhétorique latine, M. Castel, et de rhétorique
française, Luce de Lancival, deux universitaires qui
passaient pour poëtes, deux maîtres du moins assez
fleuris et assez mondains, dégagés de la vieille rouille.
Lui-même, son cours d'études étant terminé avec éclat,
sans prix d'honneur pourtant (en quoi ses camarades
disaient qu'on l'avait triché), il donna des leçons au
Lycée impérial, tandis que d'ailleurs il entamait le Droit
avec zèle et facilité, comme toutes choses. La connaissance qu'il en prit dès lors ne lui fut pas inutile plus
tard dans les discussions de lois et d'affaires auxquelles
il fut mêlé. Mais l'Université et la littérature l'attirèrent
bien vite et se l'approprièrent. Ayant eu occasion de voir
chez M. Luce l'abbé des Renaudes, et par suite de connaître M. Roger et M. de Fontanes, ce dernier lui donna
une chaire de rhétorique à Charlemagne. Un petit discours, prononcé sur la tombe de Luce, fit admirer chez
le naissant orateur le talent de bien dire, dont alors
les moindres témoignages, dans le silence de la presse
et de la tribune, étaient si curieusement relevés et
sentis. Comme écrivain, il allait s'annoncer à tous.
L'*Éloge de Montaigne,* écrit en huit jours par ce jeune
homme de vingt ans (1812) et couronné par l'Académie
dans un concours auquel prenait part le redoutable
Victorin Fabre, en possession jusque-là assurée du

triomphe, fut un événement littéraire très-vif. Parmi les vaincus, outre Victorin Fabre, qui obtint dans le rapport une mention singulière, on remarque plus d'un nom connu : Droz, Biot, etc. L'ouvrage, qui ravit avec tant d'aisance un prix si disputé, est demeuré un morceau précieux et charmant, sans trace aucune de hasard ni d'inexpérience. Toutes les grâces naturelles et vives du talent de M. Villemain s'y sont du premier coup rassemblées.

J'ai nommé Victorin Fabre, et cet écrivain honorable, qui s'annonçait avec tant de promesses, que tant de bons juges désignaient sans hésiter à la gloire, et qui s'est éteint tout entier oublié, mérite bien un mot de moi.

Né dans le Midi, venu à Paris dans les premières années du siècle, et disciple studieux, ardent, de l'école républicaine et philosophique, de Garat, Ginguené, Chénier, il présente avec le jeune et facile rival qui, pour coup d'essai, le détrôna, des contrastes frappants, et dont tous n'étaient pas à son désavantage. Victorin Fabre est exactement sorti du xviiie siècle ; il en a les convictions (en tant que déisme), l'inspiration politique, les habitudes d'analyse, les procédés d'écrire laborieux, fermes et raisonnés. Il a décomposé la phrase de Rousseau et de Buffon, il en a mesuré les nombres ; il remonte par eux à Bossuet ; il remonte à travers Condillac à Fénelon. Pareillement pour les anciens ; comme Marie-Joseph Chénier, son maître, c'est à travers l'antiquité latine qu'il atteint la Grèce. Tacite et Sénèque sont plus voisins de lui que le chœur des

Troyennes. Il s'applique, il analyse; rien de vague,
d'effleuré d'abord, rien dont il ne veuille scrupuleuse-
ment se rendre compte. L'*Éloge de Corneille,* par lequel
il débuta en 1808 aussi brillamment que M. Villemain
en 1812 par celui de Montaigne, présente ce genre de
qualités et de formes, à un moindre degré pourtant
que ses *Éloges de La Bruyère* et *de Montaigne,* morceaux
approfondis et d'un grave caractère. Victorin Fabre
subit, par malheur, tous les inconvénients de l'école à
laquelle il se voua, et de la manière qu'il ne sut pas
renouveler. Vaincu dans le concours de *Montaigne,* il
ne tarda pas à quitter Paris et l'arène, comme fait le
taureau noblement jaloux, qui cède le champ au jeune
vainqueur. Retiré dans sa province méridionale où l'en-
chaînaient d'honorables devoirs fortement compris, où
le refoulaient des douleurs patriotiques et républicaines
qu'il est beau à lui d'avoir exagérées, il perdit assez
vite le sentiment vrai des choses, il fit fausse voie dans
sa destinée. Des entreprises de grands ouvrages le tentèrent; à force de creuser, il tomba dans l'abstrus, il
s'y obéra. Il y a, je me le suis dit souvent, un jour
décisif et fatal après la première jeunesse, après les
premiers triomphes; il s'agit de réaliser les espérances,
de pousser sa conquête, d'asseoir sa seconde et définitive destinée. Cela est plus difficile et on y réussit souvent bien moins qu'aux premiers abords, déjà si difficiles à surmonter. Au sortir donc des gorges et des
rampes étroites où nous avons gravi longtemps, où
nous avons fini par triompher et nous acquérir quelque
nom, nous nous trouvons, grâce à notre succès même,

portés sur le plateau, dans la plaine; il s'agit de faire
bonne figure au soleil et devant tous dans cette nouvelle position, et de tenir décemment la campagne. Ce
qui semblait tout à l'heure un gros de troupes à notre
suite n'est souvent plus alors qu'une poignée. Combien de talents pleins de promesses ont succombé à
l'épreuve! combien peu ont su gagner leur bataille!
C'est ce jour-là qu'on distingue celui qui n'était qu'un
hardi et brillant partisan, de l'homme qui va être, sinon un conquérant de génie, du moins un esprit d'é-
tendue, d'habileté et de ressources. Victorin Fabre se
trompa; les convictions enracinées, le besoin d'ap-
profondir, toutes ces choses honorables lui devinrent
funestes.

Quand il revit Paris dix années après son départ,
le monde avait changé, et, en se rencontrant l'un
l'autre, ils ne se reconnurent plus. Je l'ai visité, je
l'ai entendu quelquefois alors; la science et la bienveillance respiraient en lui; mais la blessure était
grande. Dans l'illusion de ses regrets, il parlait de 1811
et des concours glorieux comme d'hier. Il avait presque
dîné la veille avec le cardinal Maury, et il ne faisait
que quitter M. Suard. Son jeune rival, qui depuis ce
temps avait beaucoup vu et entendu, et qui s'était
renouvelé sur bien des points, me fait, par rapport à
lui retardataire et laissé sur le chemin, le même effet
que le glorieux René dépassant de mille stades Oberman immobile et oublié. J'admire, je salue la gloire,
et les génies, les talents qui la justifient et la remplissent; mais je plains et j'aime aussi ces hommes

dont le vœu et souvent la force étaient plus larges que
la gêne du sort (1).

M. Villemain, à la différence de Victorin Fabre, se
rattachait au XVIIIᵉ siècle littéraire et philosophique
aussi peu qu'il était possible à un jeune homme de
son temps. Nourri des Grecs, des anciens, préférant
en style parmi les modernes Pascal et Fénelon, il était
frappé et choqué surtout, dans les écrivains sérieux,
déjà nommés, que nous avait légués le XVIIIᵉ siècle, de
certaines phrases lourdes, chargées, abstraites, et trop
dénuées de l'analogie rapide et naturelle. Il ne se sentait attiré avec charme que vers cette première fleur
du beau siècle de l'éloquence. La tradition des prin-

(1) Quelques observations nous ont été adressées au sujet et à
l'encontre de ce jugement sur Victorin Fabre. On nous a rappelé
qu'il avait été absent de Paris six ans consécutifs et non pas dix;
qu'après un voyage dans le Midi en 1811, il était revenu à Paris
en 1812, avait publié dans le courant de cette année son *Éloge de
Montaigne*, et n'était reparti pour son long séjour en province qu'en
1815. Au sujet de cet *Éloge de Montaigne,* on nous a fait valoir le
jugement de Ginguené dans *le Mercure* et les concessions de Dus-
sault même dans *les Débats*. Garat, de plus, avait promis à M. Jay
des articles pour le *Journal de Paris :* ces articles, à mesure qu'il
les écrivait, devinrent peu à peu, sous sa plume fertile, tout un
volume, comme cela lui arriva aussi pour Suard; mais le volume
sur Montaigne est, par malheur, resté dans ses papiers. Quant à
l'ouvrage considérable entrepris par Victorin Fabre et qui traite de
la société politique et civile, il n'est pas, nous a-t-on dit, aussi
inachevé que nous l'avions craint, et pourra même quelque jour
être publié. (Note de 1836.) — Les OEuvres de Victorin Fabre ont
depuis été publiées en effet, et j'ai écrit à cette occasion deux articles qui résument toute ma pensée à son égard (*Revue de Paris,*
11 juin 1844 et 8 février 1845). On les retrouvera dans l'un des
volumes suivants de ce recueil de *Portraits contemporains.*

cipes philosophiques et de l'enthousiasme politique, par où débutèrent tant de jeunes esprits d'alors, ne lui arriva point. Bien des anecdotes piquantes de Suard et de Fontanes lui offrirent, avant tout, des coins d'arrière-scène et quelque dessous de cartes, plus qu'elles ne lui inspirèrent le culte de certains hommes et de certaines idées. Ce qu'il connut bien vite, ce qu'il goûta et saisit aisément du xviiie siècle, ce fut le côté mondain, la façon spirituelle, sceptique, convenable toujours, l'aperçu vif, court, net, délibéré, léger quelquefois, sensé en courant, moqueur avec grâce ; en un mot, M. Villemain de bonne heure entendit causer et causa. Sur ce point, une part de l'héritage de Delille est en lui. Le comte Louis de Narbonne l'avait pris en grande amitié ; chez lui, chez la princesse de Vaudemont, dans ce monde, le jeune *écolier* qu'on savait si docte, qu'on trouvait de propos si étourdi et si piquant, était fort goûté et n'avait qu'à recueillir des succès dus tout entiers à l'esprit. Lorsqu'il fut devenu aide de camp de l'Empereur, M. de Narbonne voulut lui être un protecteur actif. Il alla un jour l'entendre à une des conférences de l'École normale. En 1813, l'éloge de Duroc fut commandé à M. Villemain, comme celui de Bessières à Fabre : « Puisqu'il ne veut rien, avait dit l'Empereur de ce dernier, au moins il ne me refusera pas cela (1). » M. Villemain, qui cédait de meilleure grâce à

_____

(1) On a dans la *Correspondance* de Napoléon la lettre par laquelle l'Empereur ordonnait ces deux Éloges ; elle est adressée au prince Cambacérès, archichancelier de l'Empire, et datée de Dresde, 22 juin 1813 : « Mon cousin, conformément à la désigna-

la faveur, ne gardait pas moins sa liberté de saillie et sa
capricieuse allure. Un jour M. de Narbonne lui parlait
de quelques mots jetés à l'Empereur sur l'éducation du
Roi de Rome; une autre fois, il lui touchait une idée
qu'avait l'Empereur de réformer les auteurs classiques,
semés de maximes et de principes qu'il faudrait éla-
guer avec art : « Dites-lui donc, » répliquait le jeune
homme de goût, « que César ne s'avisa jamais de
« donner d'édition abrégée de Cicéron. » Et il ne fut
plus reparlé de cela. A M. de Fontanes attristé en 1813
et prédisant déjà le retour de l'anarchie au bout du désastre de l'Empire : « Eh bien! non, répondait-il; nous
aurons la liberté anglaise. » Il aimait dès lors et pres-
sentait le genre d'éloquence anglaise, parlementaire,
par instinct d'orateur et par besoin d'une honnête liberté dans la parole. Fontanes reprenait : « Mais que
« reste-t-il de vos orateurs anglais? pas une page. » Et,
lui, répondait : « Il reste l'Amérique. » Il est vrai que
l'Amérique n'était pas et n'est pas encore une page bien
littéraire, ce qu'appréciait le plus Fontanes.

Bref, il y a deux manières principales de débuter
dans la jeunesse : par la croyance, par la passion, par
l'excès, par l'assaut livré aux choses, comme les amants,
les poëtes, les enthousiastes et systématiques en tous
genres ; ainsi, à côté de M. Villemain, débutait si puis-

« tion de M. le comte de Fontanes, chargez les sieurs Villemain et
« Victorin Fabre de faire l'oraison funèbre, l'un du duc de Frioul
« et l'autre du duc d'Istrie. Il n'y a pas besoin de prêtres. » — Les
journées de Dresde, Culm et Leipzig, dérangèrent la cérémonie qui
s'annonçait, on le voit, comme très-prochaine.

samment M. Cousin en philosophie ; ainsi, d'un âge un peu moindre, toute cette partie stoïque et puritaine de l'École normale, les Jouffroy, Dubois, etc...; ainsi plus jeune nous-même, à la suite de nos amis, avons-nous fait en notre temps. Puis cela tombe; on s'atténue, on se réduit; trop souvent, si l'on ne s'entête pas, on se rabat trop. Et il y a l'autre manière de débuter, gaie, vive, insouciante de l'impossible, d'ailleurs éveillée à tout, tournant court à temps, capricieuse sans passion, curieuse avec intelligence, un peu timide d'abord, un peu superficielle sur bien des points, mais qui, au lieu de s'atténuer, s'accroît, se fortifie chaque jour, profite des fautes mêmes et des pertes des autres, et est moins sujette ensuite au désabusement des revers. Ainsi nous avons vu, à plusieurs égards, Bayle, sauf une petite fausse pointe de quelques mois (1) ; ainsi M. Villemain au milieu des chaleureux et systématiques de son âge; ainsi eût été parmi ses contemporains plus ardents M. Saint-Marc Girardin, s'il consentait à être davantage et tout à fait ce qu'il est surtout, un homme de lettres.

J'expose et mets en regard ces deux manières sans avoir la prétention de les juger, ni d'assigner la préférence à l'une ou à l'autre. Ce sont les individus qui, dans le degré et la mesure où ils en jouissent, les font plus ou moins préférables et supérieures. Si dans le dernier cas, devant cette raison mobile, trempée de moquerie, chatouilleuse de bon sens et de sens malin,

---

(1) C'est ce qu'on a pu lire au tome Ier des *Portraits littéraires* dans l'article sur Bayle. Cet article avait été inséré dans la *Revue des Deux Mondes* un mois avant l'Étude sur M. Villemain.

détachée du fond, aisément fuyante si on la presse,
quelques efforts méritants, quelques nouveautés qui
avaient leur prix s'émoussent, et quelques vérités non
essayées se découragent, combien aussi de fausses vues
opiniâtres viennent échouer! Et quand une nouveauté
valable trou e grâce auprès de ce bon sens aiguisé qui
la dépouille et la châtie, quand une idée véritablement
neuve fait son avénement dans un esprit éminent de
cette famille, oh! alors, s'il la saisit de son propos
clair et débarrassé, élégant et court (comme disait Vau-
gelas, comme faisait Voltaire); s'il l'arme de finesse,
s'il la revêt de plus d'une flatteuse imagination et
d'éclairs lumineux (*lumina orationis*); si surtout il la
colore d'une sorte de passion sentie et la fait renaître
à chaque instant avec originalité; oh! alors l'idée, incontestable en même temps qu'attrayante, a perdu tout
aspect outré, tout jargon d'école et de système; elle
se multiplie, se féconde, s'illustre d'exemples en tous
sens, s'étaye de comparaisons et de rapports; elle a
percé enfin, elle se sécularise.

Le jeune panégyriste de Montaigne, disions-nous,
débuta sans témoigner de passion dominante; je me
trompe, il avait celle de la belle littérature, le culte de
l'imagination, l'amour des grands écrivains et de leurs
formes immortelles. Dans ses trois morceaux académiques couronnés, l'*Éloge de Montaigne,* le *Discours
sur la Critique,* l'*Éloge de Montesquieu,* ce sentiment
domine. Toutes les parties, même philosophiques et
politiques, sont traitées convenablement; l'appréciation
littéraire est déjà consommée et supérieure. Ces dis-

cours, par leur façon nette, leste, piquante, et leur tour d'imagination dans la louange, rappelleraient assez le genre de Chamfort, n'était ce sentiment exquis d'admiration littéraire que le xvIII^e siècle n'eut jamais. La Harpe était d'un ton plus uni, moins relevé en saveur que cela.

A propos du style de Montaigne qui, parlant avec image des abeilles et de leur miel composé de mille fleurs, ajoute : « Ce n'est plus ni thym ni marjolaine ; » le panégyriste s'écrie : « Voilà tout Montaigne! » C'est que lui-même il est de ces esprits doués comme l'abeille; il va tout d'abord au point odorant, il extrait d'emblée la chose flatteuse. Ce n'est pas sa manière naturelle, à lui, d'entrer dans les choses par les épines; il lui faut, pour y venir, être averti, poussé du dehors. Sa pente serait plutôt celle du poli brillant, celle des routes *gazonnées et doux fleurantes*. Mais ne vous hâtez pas de juger : il se fortifie avec son siècle; il a vaincu, réparé cette disposition première contre laquelle il est en garde; il ne lui est resté que l'agrément. Cet agrément consiste, au milieu de tant d'autres qualités sérieuses, à ne pouvoir toucher la science, traverser l'érudition, la grammaire, aucun coin aride de la critique, sans l'égayer à l'instant d'un reflet animé. Si dans Tycho-Brahé qu'il effleure, dans Leibnitz, dans Gibbon, n'importe où, à côté de lui, il y a un mot, un détail qui prête à l'imagination, à l'émotion du critique, soyez sûr qu'il ne le manque pas; il le dégage comme le point à faire saillir et à éclairer. Avec lui jamais d'ennui ni de pesanteur.

Le Discours sur la Critique montre à quel degré le
jeune écrivain en avait déjà le génie pour toute la partie
du style et des convenances. Il y loue, il y distingue
Marmontel et La Harpe, en homme qui au début les
égale en ne leur ressemblant pas, et qui doit les faire
oublier. Shakspeare y est nommé avec des restrictions,
mais avec une bienveillance précoce; c'est un germe
déposé que plus tard, la saison aidant, il développera.
Delille, qui vient de mourir, y reçoit de fines critiques
s'exhalant dans des hommages, et cet habile et inexprimable mélange dénotait bien celui qui saurait, sans
refuser l'admiration, maintenir la dignité et la malice
délicate de la critique devant les poëtes. M. Villemain,
qui avait lu deux ans auparavant quelque chose de son
Éloge de Montaigne à une séance de l'Académie, en
présence de Delille, lut, en 1814, un morceau de son
Discours sur la Critique, dans une séance à laquelle
assistaient les souverains alliés. Il se ressouvint hcno-
rablement, en 1824, de cette circonstance, le jour où
dans sa chaire il éleva la voix pour son éloquent col-
lègue (M. Cousin), alors prisonnier de la Prusse. Ainsi
chez M. Villemain, même dans l'ordre des sentiments
publics et nationaux, gradation par nuances avec les
années, acquisition croissante sans rupture, modification
en mieux sans disparate et sans oubli.

L'enthousiasme littéraire, le seul que nous remar-
quons d'abord en lui, cette espèce de religion du beau,
qui de plus en plus, en avançant, se fondera sur l'histoire, sur la comparaison des littératures, sur l'expérience des hommes et de la politique, ce premier

enthousiasme eut quelques inconvénients, quelques superstitions, comme tous les cultes. Je me hâte, comme on voit, d'entasser sur cette première période de M. Villemain toutes les critiques possibles, parce qu'en effet plus tard, bientôt, sa manière parfaite et achevée va échapper au jugement pour ne laisser que le charme. Un de ces inconvénients, c'est, en écrivant sur les auteurs ou en touchant certaines idées religieuses, sociales, d'être trop tenté de prendre les personnes ou les choses par leur surface embellie, par l'expression convenable et consacrée selon laquelle elles se produisent. On peut dire à certains égards qu'il y a deux littératures, comme dans les antiques écoles il y avait deux doctrines : une littérature officielle, écrite, conventionnelle, professée, cicéronienne, admirative; l'autre orale, en causeries du coin du feu, anecdotique, moqueuse, irrévérente, corrigeant et souvent défaisant la première, mourant quelquefois presque en entier avec les contemporains. M. Villemain, plus que personne en ce temps, possède les deux. Dans sa première manière, il s'est gardé soigneusement de faire rien passer de l'une dans l'autre. Bayle et Voltaire n'en agissaient pas si discrètement. Bayle, il est vrai, qui, suivant la remarque de M. Villemain, exerçait sa critique sur l'érudition et sur la philosophie plus que sur le goût, n'y regardait pas de bien près en délicatesse, et Voltaire, par passion, se permettait souvent d'étranges familiarités. Toutefois, dans sa première manière, M. Villemain poussait trop loin le scrupule. L'habitude des discours académiques, qui consiste à revêtir, selon le précepte de Buffon, les choses particulières de termes généraux, se retrouve, à l'absence de certains détails, jusque dans le grand morceau sur Pascal des premiers *Mélanges*. L'anecdote de la conversation de Pascal avec M. de Saci, et celle de la roulette résolue pendant un violent mal de dents, sont indiquées par allusion et noblement, au lieu d'être expressément racontées; ce qui pourtant mordrait bien mieux sur l'esprit du lecteur. Plus tard, dans d'admirables biographies, telles que celle de Fénelon déjà et celle de Byron enfin, dans ses cours animés d'intéressantes et nombreuses figures, dans ses deux leçons, par exemple, sur Bernardin de Saint-Pierre, M. Villemain n'a pas craint la propriété et le relief du détail; il a semblé tout concilier. Après cela, un reste de convenance traditionnelle l'emporte encore par instants et continue de masquer certains endroits. Il s'est ressouvenu ainsi plus d'une fois qu'il parlait *en Sorbonne* (comme il disait), et il s'est détourné spirituellement là où son tact pouvait tout oser. Dans sa belle et récente biographie de Byron, il a évité de sonder chez le poëte la corruption du cœur et s'est rejeté vite sur la licence d'imagination, quand cette corruption trop certaine, plus approfondie, eût mieux donné à connaître, ce semble, l'abîme mystérieux du génie et les alliances contradictoires de la nature humaine. Peut-être a-t-il bien fait, et son goût supérieur l'a-t-il mieux guidé, après tout, que ne l'eût fait un amour insatiable de la réalité, lequel a aussi ses illusions et ses subtilités plus trompeuses que des explications simples. Peut-être encore est-ce devoir de ne pas tout dire sur les grands écrivains, de voiler un côté faible, petit, inutile, humain, contraire à la statue. Certes l'admiration, cette âme vivifiante de la critique et qu'il importe grandement de transmettre, y gagne; la religion du génie n'est pas violée. Souvenons-nous que c'est dans un recueil dont la moitié appartient à la corruption et aux divulgations honteuses, que l'épigramme antique a pu dire : *Hominem pagina nostra sapit.*

La première partie de la carrière littéraire de M. Villemain s'étend assez naturellement jusque vers 1823 ou 1824, époque où il reprit son cours à la Faculté des lettres après diverses interruptions. En 1814, il avait quelque temps été suppléant de M. Guizot pour l'histoire moderne et avait professé sur le xve siècle. En 1815, il eut la chaire de littérature française et d'Éloquence. Le titre de sa chaire fut tout d'abord justifié par lui; il introduisit dans la critique la vivacité, l'imagination, la biographie, l'histoire; plus ses études s'élargirent et ses idées se fortifièrent, plus son élégante et vive parole, toujours passionnée du culte de l'esprit, grandit véritablement à l'éloquence. On n'a rien conservé des leçons de ces années. Le premier discours d'ouverture imprimé est une revue du xvie et du xviie siècle, de 1822. Engagé dans la politique avec M. Decazes, chargé en 1819 de la division des lettres au ministère de l'intérieur, et maître des requêtes, M. Villemain sortit des affaires avec son patron et donna des preuves alors de cette honorable fidélité à des amitiés politiques, qui est devenue bientôt de la fidélité à des principes (1). Il ne perdit pourtant sa position de maître des requêtes qu'en 1826, destitué pour cause de manifestation au sein de l'Académie touchant la loi de la presse. Nommé conseiller d'État après la chute du ministère Villèle, il donna sa démission au 8 août. Il dut à cet apprentissage précoce des affaires sous M. Decazes ce que le grand usage du monde avait commencé de lui donner, cette merveilleuse faculté de garder, au milieu des distractions et des emplois divers, et à travers mille occupations graves ou épineuses, un esprit vif, alerte, détaché, toujours présent, jamais obscurci, tout au plus capricieux par moments et fugitif; c'est, à lui, sa seule manière d'être préoccupé et appesanti. Ainsi rompu à tous les exercices d'intelligence et se jouant sous des contentions de divers genres, on le voit aujourd'hui à la Chambre des Pairs, au Conseil d'État, au Conseil de l'Université, dans l'administration du personnel qui lui est confié, à l'Aca-

(1) Je glisse ici un jugement qui se rapporte bien à cette date et à ces années; s'il est sur un autre ton et d'une familiarité plus vive que l'article, il n'en est pas moins vrai pour cela : « Il faut avoir connu Villemain dans le temps où, jeune, il avait tout son succès, où il sentait qu'il conquérait par son esprit une position plus grande qu'il n'aurait pu d'abord espérer, et où il avait à monter encore. Il avait le vent en poupe, et il voguait à pleines voiles. Son amour-propre comblé, quoiqu'il n'ait jamais été satisfait, ne le rendait pas alors aussi malheureux que depuis et le tenait constamment en haleine. Il eut là de beaux jours, de brillantes et merveilleuses soirées. *Il faisait sentir l'éloquence dans la conversation*, et cela sans excès, sans passer la mesure. (Ce dernier mot est de Salvandy.) »

démie enfin, être actif et suffire à tout, sans perdre une pointe de son agrément ni la moindre fraîcheur de sa littérature. Pour peu qu'on y pense, cette fleur gardée intacte n'est pas moins prodigieuse que la fermeté d'esprit d'un Cuvier écrivant de la science et de l'anatomie entre deux affaires. Chez les anciens, Cicéron, Sénèque et Pline le Jeune nous offrent seuls des exemples comparables d'une littérature à la fois si abondante et si délicate dans de pareils empêchements : *frigidis negotiis*, disait Pline, *quæ simul et avocant animum et comminuunt*. Mais Pline disait cela avec regret, avec doléance; M. Villemain ne s'en plaint qu'à la légère, et sa littérature sans effort se joue de l'obstacle bien autrement que celle de Pline.

M. Villemain avait publié *Cromwell* en 1820 ; il fut reçu en 1821 à l'Académie (1), y remplaçant à vingt-neuf ans M. de Fontanes. Mais c'est au pied de sa chaire que nous avons hâte de venir. Il y avait été suppléé dans ses absences par M. Jules Pierrot qui professait le seizième siècle avec sérieux et succès, et dont les leçons analysées ont été dans le temps recueillies. Une fois rentré dans ses fonctions d'enseignement, M. Villemain y demeura jusqu'en 1830. Des trois premières années, on n'a qu'un discours d'ouverture de 1824, imprimé; vers 1826-1827, d'ingénieuses et transparentes analyses

---

(1) On a vu là dedans une épigramme, comme qui dirait : « Il eut un *non-succès* en 1820, et cela lui mérita l'Académie l'année suivante. » Je n'y avais pas mis tant de malice, et il n'y avait de ma part qu'une légère erreur, car le *Cromwell* était de 1819, et non de 1820.

dans *le Globe* par M. Patin, et des souvenirs. On a
gardé celui des brillantes excursions du professeur
dans la littérature italienne, dans les jardins du Tasse,
et, entre autres leçons, d'un dialogue supposé entre
deux Italiens, dont l'un était académicien de la Crusca.
M. Berryer assistait à cette plaidoirie d'un nouveau
genre, et applaudissait à ces rôles singulièrement animés, à ces répliques piquantes et subtiles que se donnait tour à tour la même éloquence.

Vers 1827, par le silence à peu près absolu des
autres chaires et la disette de toute parole publique
dont on était affamé, par la gravité des circonstances
qui allaient jusqu'à menacer l'expression de la pensée
littéraire, et par les développements croissants du professeur, le Cours de M. Villemain avait pris une
influence immense; chacune de ses leçons était un
événement et une fête. C'est peu après qu'on se mit à
les recueillir par la sténographie. On en a cinq volumes,
deux sur le moyen âge, trois sur le XVIIIᵉ siècle; un
sixième volume qui complète ce siècle et en retrace
le commencement, va paraître, refait de souvenir par
l'auteur (1). Chacun, dans cette lecture, peut apprécier la marche du critique, le procédé savant des
tableaux, la nouveauté expressive des figures, cette
théorie éparse, dissimulée, qui est à la fois nulle part
et partout, se retrouvant de préférence dans des faits
vivants, dans des rapprochements inattendus, et comme

---

(1) Au lieu d'un seul volume, l'auteur en a donné deux (1838),
et il en a fait son chef-d'œuvre.

en action; cette lumière enfin distribuée par une multitude d'aperçus et pénétrant tout ce qu'elle touche.
Mais, malgré la révision de l'auteur, combien de qualités mobiles, de composés pour ainsi dire instantanés,
ont disparu, ou du moins se sont modifiés en se fixant,
et dont ceux qui ont assidûment entendu le maître
peuvent seuls rendre aujourd'hui témoignage! Il y a
l'accent qui insinuait, le geste qui achevait, la saillie
qui osait, qui se reprenait et s'apaisait aussitôt, qui,
comme une vague échappée et prête à faire écume, ren-
trait tout à coup au sein du discours avec grâce, et la
nuance de plaisir et de pensée, et l'impression née de
cet ensemble; il y a l'orateur, la merveille elle-
même, comme disait moins poliment le rival vaincu
du grand Athénien.

L'originalité de M. Villemain dans sa critique professée, ce qui lui constitue une grande place inconnue
avant lui et impossible depuis à tout autre, c'est de
n'avoir pas été un critique de détail, d'application
textuelle de quatre ou cinq principes de goût à l'examen
des chefs-d'œuvre, un simple praticien éclairé, comme
La Harpe l'a été à merveille dans les belles parties de
son Cours; c'est de n'avoir pas été non plus un *historien*
littéraire à proprement parler, et dans ce vaste pays
mal défriché, dont on ne connaissait bien alors que
quelques grandes capitales et leurs alentours, de ne
s'être pas choisi un sujet circonscrit, tel ou tel siècle
antérieur, y suivant pied à pied ses lignes d'investigation, y élargissant laborieusement son chemin, y
instituant une littérature historique, scientifique en

quelque sorte, ne reculant pas devant l'appareil de la dissertation, comme fait M. Fauriel pour prendre un excellent exemple, comme doivent faire et font les jeunes et savants professeurs qui, succédant dans la carrière à M. Villemain, veulent être originaux et utiles après lui. Son procédé est autre et tout complexe. M. Dubois dans *le Globe* (1) l'avait déjà très-bien démêlé. M. Villemain, nourri de l'histoire, de l'antiquité et des littératures modernes, de plus en plus attentif à n'asseoir son jugement des œuvres que dans une étude approfondie de l'époque et de la vie de l'auteur, et en cela si différent des critiques précédents qui s'en tiennent à un portrait général au plus, et à des jugements de goût et de diction, ne diffère pas moins des autres appliqués et ingénieux savants; sa manière est libre en effet, littéraire, oratoire, non asservie à l'investigation minutieuse et à la série des faits, plus à la merci de l'émotion et de l'éloquence. L'histoire, chez lui, prête sa lumière à l'imagination, le précepte se fond dans la peinture. Cette admirable position, qu'il a tenue pendant six années ininterrompues, était singulièrement appropriée au cadre même de la Restauration, à ces générations mixtes, brillantes, excitées en tous sens, à cette jeune croisade empressée d'érudition hâtive et renaissante, d'imagination pleine d'espoir et de générosité trop tôt satisfaite ou déçue. M. Villemain, dans le domaine infini de sa connaissance littéraire, mena à sa suite et à côté de lui cette rapide jeunesse, ouvrant

(1) 7 mai 1828 et ailleurs.

pour elle dans la belle forêt trois ou quatre longues
perspectives, là même où les routes royales des grands
siècles manquaient; mais ces perspectives, si heureusement ouvertes par lui et qui suffisent à marquer son
glorieux passage, se refermeraient derrière, si de nouveaux venus ne travaillaient à les tenir libres, à les
limiter et à les paver pour ainsi dire : c'est l'heure
maintenant de ne plus traverser la forêt, comme Élisabeth à Windsor, comme François Ier en chasse brillante dans celle de Fontainebleau, mais de s'y établir
en ingénieurs, hélas! et presque en géomètres, d'en
mesurer les côtés et toutes les lignes.

Quel art chez M. Villemain construisait à chaque
moment, soutenait et rendait vivante cette composition
d'enseignement toujours libre et renouvelée? comment
cet assemblage indéfinissable de tant d'éléments
divers et fugitifs ne faisait-il jamais faute, et, pareil
aux divins trépieds, s'animait-il de lui-même? comment
se recréait-il sans cesse avec nouveauté et fraîcheur,
après la sixième année comme au premier jour, aux
regards émerveillés? C'est là l'incomparable talent, le
génie propre de M. Villemain, son *art* et son *œuvre*
dans un sens aussi vrai qu'on le peut dire des poëtes.

M. Villemain, quand il écrit, gagne sans doute en
perfection, en poli, en pensée plus nourrie et mieux
ménagée, mais il y a quelque chose qu'il n'a plus; quand
il est lui écrivain, il n'est pas lui orateur. Le dirai-je?
il songe peut-être à trop de personnes en écrivant; en
voulant tout concilier, il se tient lui-même en échec, il
s'émousse à dessein quelquefois. Le vif et le mordant

de ce rare esprit, sa liberté tout entière ne se déploie
ou que dans le tête-à-tête, ou que devant tous. Devant
tous l'instinct l'emporte, la verve s'en mêle, le mot
jaillit. Dans cette chaire où il monte avec une négligence
qui, pour être extrême, n'est pas disgracieuse, dans
cette chaire où il se courbe, sur laquelle il frappe, avec
un manque apparent de gravité qui donne le démenti
aux préceptes de Cicéron, et qui brave le *deformitas
agendi* interdit à l'orateur, écoutez-le! sa voix sonore et
chantante avec agrément, mélodieuse et sachant les
nombres, a dès l'abord tout racheté. Il se penche, il
s'avance des lèvres vers l'auditoire : si le premier banc,
légèrement reconnu, ne le préoccupe pas trop, ne le
gêne point par quelques figures peu compatibles et contradictoires, sa parole se lance; il s'inquiète encore de
son auditoire sans doute, mais c'est de tous alors et
non de quelques-uns. Son esprit alerte et souple donne
sur tous les points à la fois de cette demi-circonférence
qui ondule et frémit d'une rumeur flatteuse autour de
lui; il ne se tient pas serré au centre, ferme et *ramassé*
en soi, comme Bossuet l'a dit quelque part de l'abbé de
Rancé; — non; — il ne ramène pas à lui impérieuse-
ment son auditoire sur un point principal, autour de la
monade *moi,* comme faisait dans sa manière différem-
ment admirable M. Cousin : mais penché au dehors,
rayonnant vers tous, cherchant, demandant alentour
le point d'appui et l'aiguillon, questionnant et, pour
ainsi dire, agaçant à la fois toutes les intelligences,
allant, venant, voltigeant sur les flancs et comme aux
deux ailes de sa pensée; quel spectacle amusant et

actif, quelle étude délicieuse que de l'entendre! quelle
révélation, pour qui sait les saisir, sur les secrets de
naissance de la pensée littéraire! Et là où il faut se
souvenir, sa mémoire vaste, distincte, actuelle, et qui
a un certain tour d'invention, devient un nouvel éton
nement. De même que son érudition classique est sans
calepin, sa mémoire d'orateur porte tout avec elle; elle
égale, je le parierais, celle d'Hortensius; elle n'a pas
l'air, je vous assure, de se rattacher du tout aux com-
partiments du plafond, comme Quintilien le raconte de
Métrodore. Si le passage de l'auteur à citer ne se trouve
pas assez tôt sous la main, elle le sait tout entier et
le récite; elle est inexorable aussi pour les mauvaises
phrases et les citations moqueuses; dans l'entraînement de la parole, à force de présence d'esprit, elle
lui a joué plus d'une malice : car son irrésistible naturel
s'échappe alors; il a ce que les anciens appelaient les
jeux de l'orateur (*dicta, sales*), l'anecdote aiguisée, la
sortie imprévue, que son masque expressif et spirituel
accompagne; et si la saillie est trop forte, trop hardie
(jamais pour le goût!), si elle a trop porté, il la ressaisit
au vol, il la retire, et elle échappe encore; et c'est
alors une lutte engagée de la vivacité et de la prudence,
un miracle de flexibilité et de contours, et de saillies
lancées, reprises, rétractées, expliquées, toujours au
triomphe du sens et de la grâce (1).

(1) M. Villemain me paraît assez exactement appartenir à cette
classe d'orateurs que Cicéron caractérise, à divers endroits de ses
œuvres de rhétorique, par ces expressions : « *Tenues, acuti, om-*
« *nia docentes et dilucidiora facientes, subtili quadam et pressa*

M. Dubois, caractérisant dans *le Globe* cette sorte d'éblouissement causé par la parole de M. Villemain, ajoutait avec sa vivacité pittoresque de critique : « Mais « lorsqu'on est aguerri au feu, si j'ose ainsi parler, « c'est alors qu'on est frappé de la fécondité, de la « sagacité, de l'étendue et de la justesse des vues du « professeur. » Benjamin Constant, dans un charmant portrait de femme, a parlé de ces traits d'esprit, qui sont comme des coups de fusil tirés sur les idées, et qui mettent la conversation en déroute. S'il fallait s'aguerrir au feu spirituel et éblouissant de M. Villemain afin de bien saisir ce qui était derrière, l'idée et le sens du discours n'en souffraient jamais. Pour le prendre au complet et embrasser à fond toute l'étendue de ses ressources dans ce genre de composition oratoire si mobile et si mélangé, notons quatre points principaux, et comme quatre grands camps de réserve qu'il avait su asseoir à distances convenables et où il puisait sans cesse. Déjà maître de l'antiquité et des sources grecques si mal fréquentées en général, ayant derrière lui pour fond de scène ces cimes sacrées, il s'était fait dans l'étude des Pères un autre fonds d'antiquité plus rapproché, et d'une comparaison plus neuve. Introduit pour la première fois à cette lecture à l'occasion d'un *Essai sur l'Oraison funèbre,* qui complète l'*Essai sur les Éloges* de Thomas, il était tout d'abord allé, selon la nature de son esprit d'abeille, au miel contenu dans

---

« *oratione limati,... faceti, florentes etiam et leviter ornati,... in* « *narrando venusti.* » Il a l'*acumen* plutôt que le *lenitas* ou le *vis,* ce qui, suivant Cicéron, rend surtout propre à enseigner.

le tronc de ces vieux chênes. Il nous en a donné
un extrait précieux dans d'éloquentes pages sur les
Pères du Christianisme; mais en ne cessant de les
relire et de les étudier, il y découvrait chaque jour
davantage, et peut-être une histoire *des premières so-
ciétes chrétiennes* en pourra plus tard sortir. Voilà déjà
deux belles et puissantes positions occupées par M. Villemain, l'antiquité classique et l'antiquité chrétienne :
la troisième fut l'Angleterre, Milton, Shakspeare et les
orateurs anglais. Ce nouveau choix est habile. L'Allemagne convenait peu à M. Villemain, il n'a pas mal
fait de l'ignorer ou du moins de ne la savoir que par
ouï-dire; les questions sur ce terrain mouvant sont peu
commodes à aborder; on se perd dans des restes de
Forêt-Noire. L'esprit net et concis du grand professeur
y répugnait et avec raison. En transportant le débat
en Angleterre, sur un sol circonscrit et autour de monuments irréguliers quelquefois, mais mesurables et
visibles par tous les points, il pourvoyait à sa supériorité de critique, à sa sécurité de juge. Eh! quel plus
beau rendez-vous de discussion, quelle plus dominante
vue sur les tournois littéraires du jour que les balcons
de Shakspeare! S'il n'y avait eu alors les Auger, Arnault
et quelques autres, je pourrais ajouter : Quelle plus
inviolable tour pour assister de haut et pour ne se
mêler qu'à son heure au combat! Enfin, comme quatrième et essentielle position, M. Villemain se porta
au cœur du moyen âge par ses études sur Grégoire VII.
La gloire historique, qui, d'après l'exemple d'Augustin
Thierry, le tente noblement, et qui est en effet le seul

vœu d'agrandissement légitime qu'il ait à former, lui suggéra ce sujet et ces travaux, d'où il retira incidemment tant de profit pour sa critique littéraire. On conçoit donc qu'avec ces quatre réserves ainsi ménagées sur une base étendue, M. Villemain, critique et professeur, pût se procurer à tout instant, de quoi qu'il s'agît, le secours de maintes comparaisons, de maints rapports piquants ou lumineux : sa célérité volait d'un camp à l'autre; il s'y repliait sans peine au besoin, et, pour dire un mot qui n'est guère de sa langue choisie, il s'y ravitaillait toujours. Chez beaucoup de critiques de coup d'œil ferme d'ailleurs et pénétrant, les spécialités trop isolées ou trop ramassées ne donnent pas autant de champ et d'horizon. Si sur quelques-uns de ces points isolés, d'art principalement, M. Villemain ne nous semble ni assez prompt, ni assez formel, c'est que le parfait critique, comme Cicéron l'a dit de l'orateur, est impossible à trouver.

Dans le plein du succès de M. Villemain, un jour d'été de 1827, vers la fin du ministère Villèle, un auditeur s'était glissé dans la foule, quelques instants avant l'entrée du maître; mais il s'était mal dérobé aux regards, en s'asseyant bien vite sous la statue de Fénelon. M. de Chateaubriand entendit M. Villemain parler de Milton, de ce *Paradis Perdu* qu'il traduit aujourd'hui, et qu'on attend. Une ou deux allusions bien naturelles et inévitables jaillirent du front du grand aveugle biblique et vinrent en plein se refléter sur celui du chantre des chrétiennes amours. Des applaudissements inextinguibles solennisèrent ce mo-

ment, où tant de jeunes yeux brillaient d'étincelles **et**
de larmes; c'était aussi un serment de liberté et d'a-
venir. La salle entière se leva, la statue de Fénelon
dénonçait l'idole. Fontanes, de quelque endroit du
plafond, regardait ses deux amis, **et** jouissait, mais
s'étonnait de tant d'audace.

M. Villemain n'est pas poëte; il a probablement fait
autrefois de jolis vers latins. Je ne sais de lui que deux
vers français, et encore, comme c'est un début en vers
croisés, ils ne riment pas. Mais *comme tous les grands*
critiques, il a son poëte, et ce poëte c'est M. de Chateaubriand. Après l'antiquité grecque ou chrétienne, après son
moyen âge et Shakspeare, il est un lieu où M. Villemain,
professeur, a toujours aimé toucher vers la fin du discours, comme on arrivait avec joie près du temple de
Delphes, sur ce terrain sacré où cessaient les guerres.
Tout ce culte de l'imagination, qui est la vertu, la foi,
l'éloquence du critique, il le transporte, parmi les contemporains, sur M. de Chateaubriand. M. de Lamartine seul a partagé quelquefois les honneurs de ces
citations toujours certaines et applaudies. M. Villemain
aime donc M. de Chateaubriand, et c'est un trait de son
talent de critique. On est heureux, dit-il, de le connaître,
de vivre de son temps. On comparait je ne sais plus quel
style de nos jours à celui-là : « Oh! ne touchez pas, »
s'écria-t-il, « aux armes de Roland. » Après quelque
intervalle, quelque refroidissement peut-être, dû à la
politique, à la première rencontre, en entendant de
nouveau des accents de cette *prose cadencée* dont parla
si bien Fontanes, tout est oublié, tout se ravive; l'ad-

miration refleurit plus jeune. Il dirait volontiers, comme
Pline : « Mais ne serait-ce pas une indignité, qu'on
« ne pût admirer à son aise et tout haut un homme
« digne d'admiration, parce qu'il nous arrive de le voir,
« de le connaître et de le posséder? »

Je ne crois pas inutile de noter quel fut le rapport
exact de M. Villemain avec les jeunes écoles dites *romantiques*, qu'il côtoya sans trop les coudoyer jamais,
et en les accostant quelquefois. *Le Globe*, par M. Dubois et quelques autres, épousait tout à fait M. Villemain, et paraissait s'entendre avec lui sur la mesure
des renouvellements et le maintien de l'art. Mais
M. Villemain se détachait nettement de ceux du *Globe*
qui parlaient avec peu de révérence de la langue *cour-
tisanesque* de Louis XIV, qui traitaient cavalièrement
le grand style de Bossuet, et faisaient bon marché de
l'originalité française. Il les a réfutés plus d'une fois
indirectement, et, dans ses belles leçons sur le xvııᵉ
siècle, il fut constamment préoccupé de parer à la
familiarité de leurs paradoxes. Sa méthode en ces occasions était merveilleuse d'habileté et de goût : il avançait toujours en paraissant n'être que sur la défensive.
Ses bons alliés les classiques n'ont jamais fait tant de
chemin en un jour que quand il tient pour eux. Mais
ses adversaires n'y gagnaient pas; sa critique avisée
et flexible s'emparait, se prévalait avec tant de célérité de ce qu'il y avait d'incontestable alentour, qu'elle
semblait l'avoir pensé en même temps; sa concession
se dérobait derrière une objection presque toujours
évidente et qui portait coup. J'ai remarqué cela ail-

leurs encore, dans sa causerie, à propos surtout des discussions du romantisme poétique. Quand il vous combat, magicien habile qu'il est, par un aimant secret et invisible, il attire à lui tout l'or de votre armure; il ne vous reste, si vous n'y prenez garde, que l'étain et le cuivre. Toute la part de bonnes raisons que vous aviez a passé chez lui, tant il est prompt à entendre, à devancer, et vous êtes réduit à l'assertion absurde. Cette école du romantisme poétique ne fut d'ailleurs qu'à peine touchée dans son Cours; il l'éluda dans sa charmante et judicieuse leçon sur André Chénier. Il l'a éludée depuis dans son article sur M. Nisard, où la question revenait se poser. Il fut d'ordinaire, à l'égard de cette tentative, non répulsif, attentif plutôt, bienveillant, légèrement douteur, ou même moqueur avec grâce. S'il lui arrivait de s'écrier comme Pline, dont j'aime à citer le nom près de lui : « *Magnum proventum poetarum annus hic attulit*. Cette année a fourni une ample moisson de poëtes, » ce serait avec un sourire d'aimable raillerie, et non en homme qui se pique de faire et de réciter à son tour des hendécasyllabes. La suite n'a pas donné tort à sa justesse prudente : mais n'aurait-il pu cependant se prononcer un peu plus sans mécompte? Au reste, ce rôle de critique actuel, de *journaliste* contemporain, siérait mal à un maître illustre; il a mieux à faire qu'à s'employer à ces fatigues d'éclaireur, à ces hasards d'avant-garde. Quand il a écrit dans les journaux, soit en littérature, soit en politique, il y a moins réussi qu'en tout autre genre. Il improvise en parole, mais il

n'improvise pas au courant et à la pointe de la plume.
Bien que la facilité d'exécution soit un des caractères
de ses pages les plus achevées, la négligence forcée, et
l'audace agressive, et le diagnostic décisif et souvent
scabreux de la polémique politique ou de la critique
littéraire courante, ne sont pas son fait. A lui la richesse qui ne trompe pas. Son inspiration, sa gloire,
c'est d'étudier, de ranimer et d'éclairer les monuments
accomplis des âges.

Je lui reprocherai pourtant, dans les belles routes où
il marche, et sur un exemple récent, cette inclination
partiale à guider son cortége vers les génies les plus
fréquentés, et son faible de consulter d'avance, et de
ne jamais étonner ni redresser, dans ses jugements sur
les poëtes, les sentences de la faveur populaire. En son
bel article sur Byron, déjà cité, il offense, il évince
presque en deux mots du rang des vrais poëtes le
tendre et profond Cowper, le sublime Wordsworth; il
les rejette négligemment parmi les esprits *singuliers et
maladifs,* êtres sans puissance sur l'imagination des
autres hommes. Pour nous, aux yeux de qui Byron, si
nettement saisi par M. Villemain, ne semble pas moins
singulier qu'eux et moins bizarre, nous souffrons d'une
dispensation si inégale de la part du critique fait pour
donner la loi à ces Ombres flottantes du public des
poëtes, encore plus que pour la suivre. Non, l'auteur
de *Michaël* ou du *Vieux Mendiant du Cumberland* (pour
prendre au hasard de courts et enchanteurs poëmes)
n'est pas inférieur à Byron en génie simple, en peinture naturelle et profonde, comme il l'est en gloire.

Non, dans les arts, dans la poésie, non plus qu'en diverses matières humaines, le succès n'est pas la bonne mesure, et l'applaudissement soudain, décerné à bon droit à quelques-uns, ne prouve pas contre la lutte ou l'isolement prolongé de quelques autres. Les beaux-arts et la poésie, dans toute une partie essentielle, sont et doivent être des industries singulières et par un coin secrètes, des initiations, à certains égards, d'esprits merveilleux, des *savoir-faire* dédaliens, où n'atteint pas le grand nombre, mais à quoi il finit par croire, sur la foi de son impression sans doute, mais de son impression dirigée et quelquefois créée par les critiques et connaisseurs. A cela M. Villemain, entre autres raisons plausibles, aura à répondre que de telles distinctions, en les supposant quelque peu vraies, sont du cabinet et de l'atelier bien plus que de la large scène de l'enseignement, et qu'elles s'adaptent mal au point de vue de la critique distribuable à tous et de l'amphithéâtre.

J'en finis avec ces chicanes qui ne portent, on le voit, que sur des détails très-secondaires dans le développement et l'œuvre si riche de M. Villemain. A qui conviendrait-il mieux d'en reconnaître l'influence et le profit, qu'à nous en particulier, qui de plus, dans notre faible rôle, l'avons rencontré toujours si ami, si indulgent? Combien de fois, au temps même de ces Cours nourrissants où nous nous rafraîchissions avec toute la jeunesse, vers 1829, encore émus de sa parole que nous venions de quitter si éloquente, ne l'avons-nous pas retrouvé, esprit tout divers et inépuisable de

grâce dans des causeries nouvelles? J'ai souvenir de
quelques promenades d'alors et de bien des discours
sensés, fleuris, mélancoliques un peu, car il était
triste, par ses yeux souffrants encore, par les désirs
contrariés d'un bonheur qu'il a depuis trouvé dans le
mariage, par les circonstances publiques enfin. Ce n'é-
tait ni verve ni saillie éblouissante, mais quelque
chose de plus doux; une pensée perpétuelle sans effort,
de l'animation sans fumée ni flamme, la proportion
juste des idées, chaque objet saisi à son point et avec
détachement, tout le nonchaloir des loisirs. Des souvenirs bien assortis, des citations piquantes ornaient le
sérieux sans le rompre. Rencontrait-on en passant des
roses odorantes, il lui échappait quelque distique de
Martial sur les roses (1), et l'entretien reprenait, assez
pareil, je me figure, si on avait su y donner la réplique, à
ces belles formes de conversations morales, entremêlées
aussi de vers, qu'affectionne Cicéron, pendant les intervalles du Forum, pendant les heures tristes de la patrie.

M. Villemain n'a pas fondé d'école, à proprement
parler. Ce mélange, cette construction élégante et savante d'idées, de faits nombreux, d'aperçus et de rapprochements, n'avait d'unité qu'en lui, et s'est comme

---

(1) C'était peut-être ce passage-ci : *Ut rosa delectat, metitur
quæ pollice primo;* ou cet autre : *Sutilibus sertis omne rubebat
iter;* ou peut-être enfin :

> Rara juvant; primis sic major gratia pomis :
> Hibernæ pretium sic meruere rosæ;

à moins que ce ne fût quelque chose, non de Martial, mais des
Roses d'Ausone.

dispersée au moment où il s'est tu. Mais tous ceux qui
en étaient dignes y ont participé par quelque endroit
précieux, et quiconque l'a entendu est son élève. Parmi
les hommes qui, presque contemporains de M. Villemain, semblent briller d'une nuance radoucie de son
talent, je ne veux pourtant pas oublier ici un maître
bien goûté de ceux qui l'approchent, et qui soutient
une partie du difficile héritage. M. Patin, qui analysait
le Cours de M. Villemain dans *le Globe*, qui débuta
après lui par des couronnes académiques, a porté dans
la poésie latine qu'il professe un sel délicat et rare,
une urbanité élégante et simple, une aménité de parole
où l'art disparaît, pour ainsi dire, dans une décence
naturelle. On peut apprécier par lui certaines qualités
fines de M. Villemain, qui se trouvent là comme séparées. Pour se dire combien M. Villemain tranche par sa
critique avec la manière et le fond de l'école philosophique du xviiie siècle, qu'on essaye de comparer un
moment M. Patin, dans sa fleur de Grèce et de Fénelon,
avec les procédés et les inspirations de Victorin Fabre,
dernier élève sérieux de l'autre école (1).

(1) Le dernier maître de l'école du xviiie siècle, et certes le plus
sagace, le plus docte de tous en diction, M. Daunou, a quelquefois examiné les ouvrages de M. Villemain; un tel jugement n'est
pas sans intérêt à consulter. (Voir dans *la Tribune*, fondée par
MM. Fabre vers 1828, des articles non signés sur le Cours de
M. Villemain, et dans le *Journal des Savants* de 1823 l'examen de
la traduction de *la République*.) J'indiquerai aussi, pour qu'on
puisse compléter ces jugements l'un par l'autre, un article appro-
fondi du critique allemand Neumann. (Écrits de Neumann; Ber-
lin, 1834, dans le premier volume.)

Le discours que M. Villemain a mis en tête du Dictionnaire de l'Académie touche à une infinité de questions, les pose et les retourne sans avoir la prétention de les vider : ce n'est pas à dire pour cela qu'il les éclaire moins. Ce discours devra donc fournir matière à plus d'une discussion approfondie dont nous ne nous sentons pas ici le goût ni la force. Les uns trouveront que l'auteur a trop peu accordé aux conjonctures politiques dans la fixation d'une langue, et trop à un certain sens intérieur, à une âme formatrice, non définie. Les autres lui contesteront la préférence décidée qu'il décerne à la prose du xviie siècle sur celle du xviiie, et en général au premier grand siècle des littératures sur le second. Il y en a qui lui reprocheront d'avoir trop médit du fond actuel de la langue, de s'être trop mélié de ses ressources, d'avoir fait trop facile part à une dure nécessité de décadence. On pourra trouver encore qu'il s'est complu à élever un péristyle bien svelte et bien gracieux, en tête d'un Dictionnaire qui, par sa nature, est plutôt un produit et un meuble volumineux d'utilité qu'un monument. Ce qui demeure pour nous certain, c'est que si M. Villemain n'a pas fait une dissertation, mais un composé, comme l'est en général sa critique, de vues, de traits choisis, d'anecdotes significatives, d'inductions arrêtées à temps, il n'a jamais réussi mieux, et n'a nulle part plus ingénieusement combiné les connaissances de tous genres, les ménagements intelligents et les prévisions insinuantes. Il y a dans ce petit chef-d'œuvre quelque chose du secret des artistes, l'arrangement qui échappe à toute décomposition, cet enchâssement créateur que les anciens comparaient volontiers au bouclier de Minerve. L'impression que je tire de cette lecture, c'est que, quand le fond de la langue est chaque jour remué, grossi, déplacé, quand la synonymie inutile y abonde, quand les disparates de tous genres et mille affluents peu limpides s'y dégorgent, qu'importe? l'exception est toujours possible, et il y a raison de plus, aux esprits qui ont le sentiment éveillé, de se garantir près des sources, et de combattre, non en prêchant, mais en pratiquant. Dix justes sauvaient une ville : un pareil nombre de bons, et, s'il se peut, d'excellents écrivains, ne suffirait-il pas à sauver une époque? Travaillons donc, selon notre mesure, à approcher de ceux-là; travaillons à en être, à garder l'art, le style, le bien-dire. C'est une belle tâche à remplir encore, sentant sur soi, comme on fait, le poids du passé, autour de soi la confusion et la cohue du présent, puis hors de là, en avant, au loin, les incertitudes d'un avenir également inquiétant et redoutable, soit qu'il aille en cela à un déclin qui saura mal discerner, soit qu'il doive ressaisir une gloire nouvelle qui éteindra son aurore.

Janvier 1836.

M. ULRIC GUTTINGUER.

— *Arthur*, roman; 1836. —

La poésie, pour les esprits qui la savent goûter, a
cela, entre autres choses, de séduisant, qu'à la fois
c'est dans cette sphère qu'on a le très-grand, et aussi
que le simplement *distingué* n'y est jamais perdu ni
confondu. Le commun seul y répugne et y est honni.
Non pas qu'il n'essaye, Dieu merci! assez fâcheusement
et abondamment de s'y introduire; mais on s'y laisse
moins prendre qu'ailleurs; on l'y sent tout aussitôt
sous les déguisements et les emprunts qu'il tente; on
le rejette avec dégoût, ou plutôt il va naturellement au
fond; et, tandis que, sous l'écorce de la prose, bien
des talents équivoques en qualité surnagent, tandis
qu'ils atteignent à une contrefaçon assez difficile à démêler, et qu'avec le travail, l'instruction, l'imitation
de ce qu'on lit, la répétition assez bien débitée de ce
qu'on entend, avec tous ces mérites surchargés, on
parvient souvent à une sorte de compilation de fond
ou de style, décente, et qui fait fort honnête contenance, en poésie la qualité fondamentale se dénote
aussitôt, la substance des esprits s'y fait toucher dans

le plus fin de l'étoffe ; aussi *très-peu* suffit pour qu'on ait rang, sinon parmi les grands, du moins entre les délicats, et qu'on soit, comme tel, distingué de la muse, de cette *muse intérieure* qui console : ce qui, j'en conviens, n'empêche pas d'être parfaitement ignoré du *vulgaire*, comme disent les poëtes, c'est-à-dire du public. Nous craignons que ce ne soit là un peu le cas de l'auteur du roman d'*Arthur*. M. Guttinguer, vraie nature délicate et poétique, a été jusqu'ici fort apprécié de ses amis ; et, quoique nous pensions depuis longtemps de lui ce que nous allons en écrire, nous ne l'aurions peut-être jamais exprimé publiquement sans l'occasion de ce roman d'*Arthur*, de peur d'un semblant de complaisance. Mais cet *Arthur*, qu'un hasard heureux, une saison plus recueillie, a laissé écrire avec plus de soin et de suite à un homme du monde redevenu chrétien ; ce roman, bien fait pour plaire à beaucoup, nous permet de parler, selon notre cœur et notre goût, d'un poëte aimable, d'un des naturels les plus charmants de ce temps-ci, et auquel il n'a manqué que le travail et l'haleine.

M. Ulric Guttinguer, par son âge et ses débuts, remonte aux premiers temps de notre réveil poétique. Très-Français et très-Normand malgré l'origine allemande de son nom, lecteur d'Oswald et de René, il était de ces âmes que l'élégie et la romance de Millevoye attiraient plus que les joyaux de l'abbé Delille, et auxquelles la voix de Lamartine et de Victor Hugo est venue apprendre ce qu'elles pressentaient, ce qu'elles soupiraient vaguement. Il s'est trouvé tout aussitôt au courant de cette inspiration nouvelle qu'il n'aurait pas découverte, mais qu'il a saluée du cœur et reconnue pour sienne. Il a peut-être à se plaindre du sort, d'être venu ainsi un peu trop tôt et de n'avoir pas formé son talent selon une seule et même veine. Au reste, homme du monde, et très-semblable à ce que les lecteurs pourront voir dans *Arthur,* le travail et l'idée de la gloire ne furent que des éclairs dans une vie donnée plutôt aux sentiments et aux émotions. Poésie et amour se confondirent toujours à ses yeux, et c'est de lui, dans une Épître à Victor Hugo, que sont ces vers que j'aime à citer comme la devise du poëte élégiaque, et qui le peignent lui-même tout entier :

Il est aussi, Victor, une race bénie
Qui cherche dans le monde un mot mystérieux,
Un secret que du Ciel arrache le génie,
Et qu'aux yeux d'une amante ont demandé mes yeux.

Tout ce qu'il a écrit avant ce roman d'*Arthur* pourrait se renfermer dans cette épigraphe de Lamartine :

Ce qu'on appelle nos beaux jours
N'est qu'un éclair serein dans une nuit d'orage,
Et rien, excepté nos amours,
N'y mérite un regret du sage.

Compatriote et de cette famille poétique de Vauquelin de La Fresnaye, de Racan et de Segrais, il aurait aimé du premier, s'il l'avait connu, le tendre sonnet de *Damète* et d'*Amaranthe;* la paresse élégante et le goût sans travail du second lui semblaient dévolus, et il

eût bien été capable de dire en une idylle, si Segrais
ne l'avait fait déjà :

> O les discours charmants! ô les divines choses,
> Q₁ un jour disait Amire en la saison des roses!
> Doux Zéphirs, qui régniez alors dans ces beaux lieux,
> N'en portâtes-vous rien aux oreilles des Dieux?

Il a publié en divers temps plusieurs recueils de
vers. Si quelques notes s'en retiennent, ce sont celles
qui s'échappent des cordes du sentiment. Ainsi à
propos de Jumiéges et des souvenirs galants qui se
rattachent à ces abbayes normandes :

> . . . .
> Oh! non, c'est le nom d'une femme,
> D'une femme et de ses amours;
> Antique faiblesse de l'âme,
> Que l'âme retrouve toujours (1).

Un volume de *Mélanges poétiques* de M. Guttinguer
parut en 1824, avec une Épître de M. de Latouche,
qui servait d'épilogue. Le spirituel et malicieux intro-
ducteur, dans cette pièce, une des meilleures qu'il ait
écrites, disait :

> Qui? moi! du crayon rouge, attribut d'un censeur,
> De vos vers nonchalants affliger la douceur!
> Sur des rimes sans faste et sans art enlacées,
> Laisser tomber, pédant, la règle aux mains glacées !

(1) Allusion à Agnès Sorel, dont le cœur était conservé à Jumiéges.
— Une romance de M. Guttinguer, *La Suissesse au bord du lac,*
est devenue tout à fait populaire à Lausanne et aux environs; il y
a quinze ans, toutes les demoiselles vaudoises la chantaient dans
sa primeur : il est vrai que la musique aussi en est charmante.

Vos accents imparfaits savent-ils émouvoir,
Plaisent-ils? vous savez tout ce qu'il faut savoir.
Vos vers sont comme vous, à la gêne indociles,
Volant près des amours sur des routes faciles.
Laissez-les, croyez-moi, sans trouble et sans tourments,.
Grandir sous les lambris de vos châteaux normands.

. . . .

Comme un pommier ses fruits, laissez tomber vos vers.
Ils ont, demi-formés des mains de la tendresse,
La grâce et les défauts, enfants de la paresse.
Allez flatter Agnès de couplets caressants,
Les échos neustriens rappellent vos accents;
Et le soir, suppliant au seuil de la coquette,
Sommeillez sous le myrte, et rêvez-vous poëte.
Nos journaux vous font peur? Eh! qui va s'informer
Qu'un amateur de plus s'abandonne à rimer?

. . . .

Publiez-les vos vers, et qu'on n'en parle plus (1)!

Je ne sais si l'on parla beaucoup de ces vers, mais le
poëte, mais son âme, encore plus que ses écrits, était
connue et goûtée des maîtres. Nodier, Hugo, de Vigny,
l'appréciaient comme un de ces confrères choisis qui
nous sont à eux seuls un public aimé, comme un
de ces trouvères heureux qui sentent toujours, qui
expriment quelquefois. Il me fit surtout l'effet, quand
je le connus, de l'homme sensible (*the man of feeling*),
égaré dans les voies romanesques, pratiquant l'élégie
et en ayant tous les accents :

Du besoin du passé notre âme est poursuivie,
Et sur les pas du temps l'homme aime à revenir.

(1) Millevoye a dit beaucoup moins bien la même chose en
quatre vers, — mais il l'avait dite avant Latouche.

Il manque au jour présent de la plus belle vie
    L'espérance et le souvenir.

C'était dans la poésie comme un talent de femme, le talent ne survivant jamais à l'émotion, le début toujours vrai et parfois puissant, des traits faciles, et bientôt la fatigue, et le vers libre pour se soulager, et pas de conclusion. Plus d'une de ses élégies peut se rapprocher de celles de Mme Desbordes-Valmore. Ceci est surtout vrai d'un mince recueil imprimé (1), mais inédit, distribué et non vendu, sans titre, in-8°, sur grand papier, vrai idéal d'impression comme en doit souhaiter pour ses *Arcana cordis* tout poëte amoureux, délicat et dédaigneux. Le nôtre y avait réuni un certain nombre d'élégies qui composaient l'histoire d'une passion, alors encore brûlante : il y en a de belles, et d'admirables surtout au début, — comme un cri :

Ils ont dit : « L'amour passe, et sa flamme est rapide;
« Le plaisir le plus doux, toujours suivi du vide,
    « Laisse au cœur un vague tourment! »
Et nous, qui dans l'amour consumons nos journées,
Nous, qui de nos regards vivrions des années,
    Nous disons : Ce n'est qu'un moment!

Et lorsque du départ vient l'heure inexorable,
Plus épris, plus brûlants de l'ivresse adorable
    Où l'amour longtemps nous plongea;
Indignés et surpris du temps qui nous réclame,
Sortant comme d'un rêve avec la mort dans l'âme
    Tous les deux nous disons : Déjà!...

(1) Chez Fournier, 1829.

As-tu des mots, dis-moi, pour ce bonheur immense?
Moi je n'en trouve pas! Un son confus s'élance,
    Stérile, hélas! et sans vigueur.
Alors, désespéré, je garde le silence,
    Mais l'hymne est au fond de mon cœur!

Là se disent des chants inconnus à la terre,
Des chants trop forts pour l'homme, et que l'homme doit taire,
    Des chants que le Ciel envirait!
Celui qui, les sachant, trahirait leur mystère,
    Sans doute, en les disant, mourrait!

Tout ce que la parole invente de tendresse,
Ce que disent les yeux et leur vive caresse,
    La voix, le sourire et les pleurs,
De ce divin langage et des mots qu'il t'adresse
    N'égaleraient pas les douceurs.

Que de regrets, ô ciel! si tu ne peux comprendre,
Hélas! que par des mots, ce langage si tendre
    Et cet hymne consolateur!
Mais non; car sur ton sein j'ai cru souvent entendre
    Les mêmes accents dans ton cœur.

Et cet autre début d'explosion passionnée :

Oh! pourquoi dans tes yeux cette douleur rêveuse,
    Ce trouble en tes discours?
Tu m'aimes, je t'adore, et tu n'es pas heureuse!
    Qu'ai-je fait de tes jours?

Nous passons dans le monde étrangers à sa joie,
    L'un vers l'autre attirés;
De crainte, d'espérance incessamment la proie,
    Unis... et séparés!

La pièce intitulée *les Étoiles*, qui n'a d'ailleurs rien

de commun que l'objet éthéré avec la méditation de
Lamartine, est un chef-d'œuvre d'élégie idéale, sauf une
faute de grammaire au milieu qu'il serait bien aisé de
corriger : notre tendre poëte sait mieux en effet la guitare que la grammaire, et il s'est mépris à la règle
des *quelque* (1).

(1) Je prends sur moi de corriger la faute, et je cite la pièce
que le désireux lecteur ne saurait où trouver :

LES ÉTOILES.

Tandis que la nuit embaumée
Nous dérobe aux yeux des humains,
Viens, regarde, ô ma Bien-aimée,
Ces Cieux, livre de nos destins.
A travers ces limpides voiles
Que l'ombre jette autour de nous,
Vois-tu ces riantes étoiles?
Autrefois j'en étais jaloux.
Car, dans les songes de ma vie,
J'ai vu des Anges dans l'azur,
Et contemplé d'un œil d'envie
Ce Ciel et si grand et si pur!
Aujourd'hui la terre est trop belle,
Je n'en détache plus les yeux,
Je t'y vois, et crois dans ces lieux
Commencer la vie immortelle.
Dans leur immense majesté
Lis-tu quelque profond mystère?
Sens-tu, comme moi, qu'à la terre
Ton destin n'est pas arrêté?
Crois-tu qu'une race inconnue
Peuple ces mondes radieux?
Sont-ce des Anges ou des Dieux?
Et toi! duquel es-tu venue?
Du plus beau, je n'en doute pas!
De quelque éclat que Dieu l'honore
Des yeux t'y cherchent ici-bas,
Chère Amour, on t'y pleure encore!
De quelques fleurs qu'il soit paré,
Si riantes que soient ses voies,

Aisément lié par sa promptitude de cœur, sa dévotion pour la poésie et sa jeunesse d'imagination, avec les générations survenantes, M. Guttinguer a mérité, vers 1830, de son ami Alfred de Musset, ce poétique hommage qui commence magnifiquement ainsi :

Ulric, nul œil des mers n'a mesuré l'abîme,
Ni les hérons plongeurs, ni les vieux matelots :
Le soleil vient briser ses rayons sur leur cime,
Comme un guerrier vaincu brise ses javelots!

Ainsi nul œil, Ulric, n'a mesuré les ondes
De tes fortes douleurs, etc.

Moi-même, entré dans ses confidences d'alors, ému de ses souvenirs plus que des miens, j'ai rêvé avec lui, près de lui, sous ces ombrages qu'Arthur sait si bien décrire, un grand roman poétique et qui était déjà commencé, quand Juillet est venu pour toujours l'interrompre : c'était un de ces romans de loisir et que la Restauration seule pouvait encadrer. Je demande d'en citer un passage (prose et vers), qui me semble fidèlement reproduire l'impression élégiaque sous laquelle j'avais conçu le héros. Ce héros, qui n'était autre qu'Arthur, qu'Ulric lui-même, s'exprimait ainsi dans

Il doit à ses célestes joies
Manquer ton regard adoré.
Détourne, oh! détourne la vue
De ton étincelant berceau,
De peur qu'une voix dans la nue
Ne rappelle un Ange si beau.
Ta carrière n'est point remplie;
Mon sort est toujours dans tes yeux :
Attends, et que le Ciel t'oublie
Quelque temps encor dans ces lieux!

23.

le prélude du récit de cette passion dernière qui l'allait envahir, mais qui se dérobait encore comme sous un léger rideau de saules, au bord de son beau fleuve normand :

« L'avouerai-je pourtant? je n'étais pas malheureux
« alors ; je commençais à me fatiguer du tourbillon
« où mon inconstance m'avait entraîné, et à croire
« qu'il était temps de songer à une demi-retraite... Je
« me plaisais à mes maux, à mes pleurs, au faible
« murmure de mon repentir. Mon léger dégoût des
« choses était presque un plaisir de vanité pour moi,
« parce qu'il semblait m'avertir que j'avais tout goûté.
« Sage comme je m'imaginais l'être, je n'avais plus
« d'autre vœu qu'une société choisie et moins éparse,
« ma famille, la campagne sans l'isolement, quelques
« livres, surtout la poésie, celle qui répondait à mes
« besoins, à mes sentiments, et çà et là encore, non
« loin de moi, quelque liaison délicate et tendre, pour
« achever d'aimer. Voilà ce que me faisait inventer de
« chimérique, comme réforme et premier retour au
« bien, une morale riante et mondaine, rigide en hon-
« neur, en amitié, mais sur le reste accommodante et
« fragile. Je trouve, dans les poésies que je laissais
« échapper alors, une pièce qui me paraît exprimer à
« merveille cette situation de mon âme, et que, pour
« cela, je veux placer ici :

STANCES.

« Par ce soleil d'automne, au bord de ce beau fleuve,
Dont l'eau baigne les bois que ma main a plantés,

Après les jours d'ivresse, après les jours d'épreuve,
Viens, mon Ame, apaisons nos destins agités ;

Viens, avant que le temps dont la fuite nous presse
Ait dévoré le fruit des dernières saisons,
Avant qu'à nos regards la brume qu'il abaisse
Ait voilé la blancheur des vastes horizons,

Viens, respire, ô mon Ame, et, contemplant ces îles
Où le fleuve assoupi ne fait plus que gémir,
Cherche en ton cours errant des souvenirs tranquilles
Autour desquels aussi ton flot puisse dormir.

Dépose le limon qu'a soulevé l'orage ;
L'abîme est loin encore, il nous faut l'oublier ;
Il nous faut les douceurs d'une secrète plage :
J'attache ma nacelle au tronc d'un peuplier.

Hélas ! dans ces jardins dont j'aime le mystère,
Que de jours écoulés, sereins ou nuageux !
A midi sur ce banc s'assoit encor mon père ;
Mes filles ont foulé ces gazons dans leurs jeux.

Sous ces acacias, les pieds dans la rosée,
J'ai quelquefois, dès l'aube, égaré la beauté :
L'oiseau chantait à peine, et la fleur reposée
Assemblait un parfum chargé de volupté.

Après bien des détours dans l'ombre et sur la mousse
L'aurore avec le jour amenait les adieux :
En me disant *demain,* que sa voix était douce
Que loin, en la quittant, je la suivais des yeux !

Puis je m'en revenais, solitaire et superbe,
Recevant le soleil et l'air par tous mes sens,
Cueillant le frais bouton, ramassant le brin d'herbe,
Et le cœur inondé d'harmonieux accents.

Voici toujours les lieux, les places trop connues,

Et l'ombre comme hier flottant dans ce chemin.
Vous toutes, seulement, qu'êtes-vous devenues?
Et quelle autre, à mon bras, doit y marcher demain?

Je n'ai point passé l'âge où l'on plaît, où l'on aime;
Mes cheveux sont touffus et décorent mon front;
Les regards de mes yeux ont un charme suprême,
Et, bien longtemps encor, les âmes s'y prendront.

Mais que pour cette fois ce soit une belle âme,
Tendre et douce à l'amour, et légère à guider,
Qui de jeunes baisers rafraîchisse ma flamme,
Me couvre de son aile et me sache garder;

Qui des rayons de feu que lance ma paupière
Réfléchisse en ses pleurs la tremblante clarté,
Et, sans orage au ciel, sans trop vive lumière,
Se lève sur le soir de mon rapide été!

Que l'oubli du passé me vienne à côté d'elle;
Que, rentré dans la paix, je craigne d'en sortir...
Que cet amour surtout, bien que noble et fidèle,
Au cœur pieux des miens n'aille pas retentir (1)! »

(1) Puisque j'ai remué des feuilles oubliées, j'en tirerai encore
un seul passage qui servira à encadrer une autre élégie : la passion qui va saisir le héros en est déjà aux préliminaires ; c'est lui
toujours qui raconte :
  « ... Le dimanche, elle recevait volontiers du monde de la ville;
« j'y fus invité, par un petit mot de sa main, pour le second di-
« manche qu'elle y passa : il ne devait y avoir que moi, m'écri-
« vait-elle. Je n'étais jamais allé à Crosey, ou du moins je n'avais
« fait qu'entrevoir la maison à travers la grille, et côtoyer le parc,
« en m'en revenant à cheval de chez un de mes amis qui demeu-
« rait dans les environs. Toujours j'avais admiré la solitude du
« lieu, l'épaisseur du bois, et, plus d'un soir, descendant au pas
« le sentier couvert qui mène au vallon, respirant les parfums de
« seringat qui m'arrivaient par bouffées avec la brise, il m'était

Pour achever ces indiscrétions sur l'auteur d'*Arthur,*
je dirai que, si celui de *Volupté* l'avait connu, il sem-

« venu à l'idée sous ces ombrages un roman selon mon cœur. De-
« puis que j en connaissais l'habitante, ces souvenirs m'avaient
« repris avec plus de vivacité, et, la veille du fortuné dimanche,
« ils ne me laissèrent pas un moment de cesse que je n'eusse écrit
« les vers suivants :

> Eh quoi? ces doux jardins, cette retraite heureuse,
> Qui des plus chers désirs de mon âme amoureuse
> > Enferme les derniers;
> Beaux lieux dont je n'ai vu que l'enceinte, bordée
> De mélèzes en pleurs et d'arbres de Judée
> > Et de faux ébéniers;
>
> Bosquets voilés au jour, secrètes avenues,
> Dont je n'ai respiré les odeurs inconnues
> > Que par la haie en fleur;
> Au bord desquels poussant mon alezan rapide,
> J'ai souvent en chemin cueilli la feuille humide
> > Pour la mettre à mon cœur;
>
> Quoi! ces lieux de son choix, ces gazons qu'elle arrosa,
> Ces courbes des sentiers dont à son gré dispose
> > Un caprice adoré;
> Ce plaisir de ses yeux, son bonheur dès l'aurore;
> Tout ce qu'elle embellit et tout ce qu'elle honore,
> > Demain je le verrai?
>
> Je verrai tout : déjà je sais et je devine,
> Je suis sous les berceaux sa démarche divine
> > Et son pas agité;
> Je l'imagine émue, en flottante ceinture,
> En blonds cheveux, plus belle au sein de la nature,
> > O Reine, ô ma Beauté!
>
> Oh! dis, en ces moments de suave pensée,
> Lorsqu'au pâle rayon dont elle est caressée
> > L'âme s'épanouit,
> Comme ces tendres fleurs que le soleil dévore,
> Que le soir attiédit, et qui n'osent éclore
> > Qu'aux rayons de la nuit;

blerait avoir songé à lui expressément dans le portrait de *l'ami de Normandie.*

Quand loin de moi, sans crainte et plus reconnaissante,
Tu nourris de soupirs cette amitié naissante
    Et ce confus amour;
Quand sur un banc de mousse, attendrie et pâlie,
Tu tiens encor le livre et que ton œil oublie
    Qu'il n'est déjà plus jour;

Quand tu vois le passé, tous ces plaisirs factices,
Tous ces printemps perdus comparés aux délices
    Qui germent dans ton cœur;
Combien pour nous aimer nous avons de puissance,
Mais que, même aux vrais biens, le mensonge ou l'absence
    Retranchent le meilleur;

Oh! dis, en ces moments d'abandon et de larmes,
Sens-tu tomber tes bras et se briser tes armes
    Contre un amant soumis?
Sens-tu fléchir ton front, et ta rigueur se fondre,
Et tes gémissements essayer de répondre,
    Quand de loin je gémis?

Oh! dis, sous la fraîcheur du plus charmant ombrage,
Dans tes loisirs sans fin, toujours et sans partage
    Suis-je en ton souvenir?
Dis; songeant au réveil que dans ta chère allée,
Sous l'arbre confident de ta plainte exhalée,
    Demain je dois venir,

As-tu ce matin même, as-tu revu les places,
As-tu peigné le sable où se verront tes traces
    Et les miennes aussi;
As-tu bien dit à l'arbre, aux oiseaux, à l'abeille,
Au vent, — de murmurer longtemps à mon oreille:
    « C'est ici, c'est ici!

« Ici qu'elle est venue, ici que, solitaire,
S'est lentement en elle accompli ce mystère
    Qui nous change en autrui;
Ici qu'elle a rêvé qu'elle s'était donnée,
Ici qu'elle a béni le jour, le mois, l'année
    Qui l'uniront à lui! »

C'est qu'en effet les idées religieuses, qui sont *l'amour* encore, *l'amour* rectifié et éternisé, vinrent à cette âme voluptueuse et sensible. Ce négligent et tendre poëte d'élégies, jeté dans la retraite des champs, lut l'Évangile, les Pères du désert, le théosophe Saint-Martin, le *Paroissien,* et, de cette semence bien distribuée de lectures, sortit chez lui une dernière et meilleure moisson. C'est là tout *Arthur,* auquel il est temps d'arriver.

Le roman, tout roman (il faut bien le dire) est plus ou moins contraire au sévère christianisme, parce que tout roman renferme en soi et caresse plus ou moins un idéal de félicité sur terre, ou un idéal de douleurs. Depuis le bon évêque de Belley, Camus, qui a fait tant et de si pauvres romans chrétiens, jusqu'à ceux qu'on renouvelle de nos jours, je sais que les auteurs ont cherché à éluder, à se déguiser l'inconvénient; mais il est dans le fond et la nature des choses, et on peut au plus le dissimuler et le diminuer en s'avertissant. Et

Vœu sacré ! — Mais au moins, pour demain, belle Élise,
N'est-il pas, n'est-il pas, vers cette heure indécise
　　　Où tout permet d'oser,
N'est-il pas un sentier dans le myrte et la rose,
Un bosquet de Clarens où le ramier se pose,
　　　Où descend le baiser?

« Je les lui remis un peu après mon arrivée, dans un moment « où nous étions seuls. Elle se retira quelque temps sous une allée « pour les lire, et reparut bientôt confuse et glorieuse, avec un « attendrissement marqué. Mais la compagnie nous était survenue, » et, elle-même, se défiant de son émotion, elle prit garde pour « le reste du jour de ne pas prêter à un nouveau tête-à-tête; il « n'y eut donc point à Crosey de bosquet de Clarens : *ce baiser ne* « *descendit pas;* et, à vrai dire, il était déjà tout descendu... »

c'est ce qui suffit après tout, un roman ne devant
jamais être un livre d'oraison, une règle de conduite,
mais une inspiration passagère qui mérite indulgence
et faveur si elle est relativement bonne à quelques-uns
et les pousse même vaguement au bien. L'auteur
d'*Arthur,* au chapitre *des femmes et de l'amour,* se pose
l'objection, la discute à merveille, et, toutefois, s'en
tire peut-être incomplétement dans l'application. Mais
peu importe; il suffit que le mal ne puisse sortir de sa
confession, et qu'il y ait presque à toute page d'admirables instincts et élancements de pur amour. *Arthur*
se compose d'une première partie toute en mémoires,
en lettres et en récit, et d'une seconde partie presque
toute en citations, en extraits de lectures, et qui n'est
pas la moins intéressante ni la moins originale, tant
le malade attendri a su animer, commenter naïvement,
mouiller de ses pleurs, reproduire et continuer dans
ses accents les pages choisies dont il s'environne. Quelques lettres finales éclairent et apaisent le lecteur sur
la situation où on laisse Arthur converti.

Arthur est écrit comme on n'écrit plus depuis l'abbé
Prévost, et, osons le dire, depuis Laclos. L'auteur, qui
ne se montre pas seulement ici un homme sentimental,
comme il l'était dans ses élégies, mais qui sait le
monde, qui a le ton de la raillerie, l'aperçu exquis des
ridicules, des travers, des médisances, et tout ce bon
goût rapide et chatouilleux que donne, hélas! une
corruption élégante, l'auteur, qui est *auteur* aussi peu
que possible, écrit en prose comme on ferait dans des
lettres charmantes à un ami. C'est court, net, vif,

cursif, mêlé d'allusions promptes et frappantes, d'élans tendres et modérés. On sent une nature très-délicate et très-vite dégoûtée, qui a pris la fleur de mille choses et n'a pas appuyé. Il y a toutes sortes de grâces dignes du dix-septième siècle, d'un Bussy-Rabutin, moins bel esprit et plus poëte, et racontant à ses fils ses erreurs, son retour, avec repentance, avec goût ; il y a beaucoup du vicomte de Valmont, qui serait sincèrement devenu chrétien.

Les lettres de madame d'Émery sont de dignes sœurs de celles de la marquise de Merteuil, mais cela si naturellement arrêté à temps, si bien coupé de conclusions et de remarques morales, utiles, pénétrantes ! L'ironie est tout juste assez pour montrer combien ce converti, ce cœur dévot et tendre, sait le monde, combien il était remuable à ses moindres souffles ; et, s'il y a vengeance ou coquetterie à lui à faire connaître qu'il le sait si bien et que, s'il pardonne les malices, ce n'est pas qu'il les ignore, cette coquetterie, cette vengeance est bien fine et bien vite passée, et fait à la lecture un délicieux contraste avec l'onction qui d'ailleurs déborde.

Arthur nous raconte son enfance, la maison paternelle, celle de son oncle curé, mais sans puérilité, sans s'appesantir. La Terreur est touchée en quelques grands traits : Bonaparte et le Consulat éblouissent en passant ; on voit sous quels rayons, sous quels romanesques prestiges ces souvenirs historiques se sont reflétés et nuancés dans une adolescence si vive où toutes les parties non sévères se hâtaient d'éclore. Dans un roman dont je n'ai pas parlé, et que M. Guttinguer avait publié vers 1828, *Amour et Opinion*, les mœurs de l'époque impériale, celles de 1815, étaient déjà bien exprimées : élégie de fin d'Empire, écrite par un ex-garde d'honneur, où les personnages sont de beaux colonels et des généraux de vingt-neuf ans, de jeunes et belles comtesses de vingt-cinq ; où la scène se passe dans des châteaux, et le long des parcs bordés d'arbres de Judée et de Sainte-Lucie : en tout très-peu de Waterloo. — Mais *Arthur* est le vrai, le seul roman de M. Guttinguer, et dispense de lire l'autre.

Arthur marié, puis veuf et libre avec une grande fortune, devient la proie d'une passion qu'il ne fait qu'indiquer en éclairs énergiques, sinistres, d'une de ces passions tardives dont Properce disait :

Sæpe venit magno fœnore tardus Amor,

et qui le laisse dans un état de consternation et de ruine morale, sujet de ce livre : nous assistons aux diverses phases de la réparation, de la guérison.

La moquerie méchante de ces femmes du monde chez la baronne de Trün, lorsque Arthur essaye d'aller s'y distraire, est peinte comme nul de nos jours ne le ferait. M. de Balzac, qui a sur ces points tant de qualités et de parties d'observation heureuse, devra admirer cette sobriété, cette précision de trait, qui est le goût suprême du genre. De ce château de la baronne de Trün, Arthur se réfugie au rivage de Normandie, à quelque auberge de la côte, non loin de cette forêt solitaire qu'il se mettra bientôt à embellir et à créer comme demeure. Ici commencent des tableaux naturels merveilleusement saisis. Je recommande la lettre v^e, d'Arthur à Louise de..., comme un de ces paysages, une de ces marines normandes franches, légères, transparentes, tout à fait enlevées.

La circonstance mystérieuse, et cependant naturelle, qui fait qu'Arthur retrouve Julie et son enfant, introduit le léger intérêt romanesque qui, avec la conversion, compose la seule action de ce livre où pourtant l'attrait ne cesse pas.

L'histoire de Julie, de la femme de chambre, en rappelant à ceux qui l'ont lu le joli et pathétique roman d'*Adèle,* de Nodier, s'en distingue par cette réalité, cette clairvoyance constante d'observation et de récit, que la passion traverse, mais ne rompt pas. Comme l'intérieur de la mère de Julie, de ces *petites maisons* élégantes et fragiles, est touché avec relief, avec émotion, et par quelqu'un qui les a trop vues!

Il faudrait transcrire (car sans cela je n'ose assez le louer) le récit d'Arthur, lettre xie, ce départ en automne par un temps triste, sur une *route boueuse*, ces misères du cantonnier qui casse son caillou du matin au soir, ces jurements et ces coups de fouet du roulier, ce réveil hideux d'une diligence qu'on rencontre, toute cette saleté, ce dégoût, cette nausée du mal dont est saisi l'oisif et le voluptueux, lui-même dévoré dans son cœur. Ces pages-là, si vraies de couleur et de sentiment, sont surtout belles par la philosophie élevée où elles aboutissent : cela commence par l'aquarelle et finit par le rayon d'Emmaüs.

Oh! oui, Arthur a raison : tout est souffrant, tout est mauvais, tout est corrompu; les uns plus tôt, les autres plus tard, chacun à sa manière; la vue même du mal rend mauvais, la simple connaissance de la corruption corrompt, quand on n'a pas l'aromate immortel.

Pourtant, en général, dans *Arthur,* le cœur est de beaucoup plus fort que la raison, que la pensée; celle-ci, en maint endroit, est exclusive, dédaigneuse, aristocratique, légère, prenant trop ses répugnances ou ses affections pour la règle du possible, pour la mesure du vrai. Il y a évidemment réaction chez l'auteur; il ne sait pas tenir en présence, en échec, une idée avec une autre idée qu'il s'agit, non d'anéantir, mais de modifier, de réconcilier. Il penche tout d'un côté. C'est donc le cœur qu'il faut demander chez *Arthur* et que nous y louerons sans réserve comme plein d'aspirations adorables.

Ainsi, dans la seconde partie, lorsque Arthur, après un court éloignement, après cette rencontre si mémorable et si simple du vieillard sous les oliviers près d'Avignon, revient à sa terre, l'embellit, s'ouvre de toutes parts à travers sa forêt, comme à travers ses souvenirs, des perspectives vers le ciel, et remercie à genoux l'Auteur de ces biens; lorsqu'il nous donne le journal de ses promenades, l'extrait de ses lectures, comme un bouquet champêtre assorti pour la parure de l'autel le jour de la fête de la patronne; lorsqu'il nous raconte *un des derniers jours d'octobre,* ou sa belle **cathédrale de Rouen, ou le salut de la Sainte-Catherine,** ou le gazon frais des calvaires, l'effusion abonde, la charité coule par ses lèvres, se répand sur tous, et l'éternel christianisme des âmes tendres rajeunit et multiplie ses plus chers accents. Je donne au long un seul de ces chapitres affectueux :

UN DES DERNIERS JOURS D'OCTOBRE.

— Me voici depuis quelques jours occupé du défrichement d'une portion de terre hérissée de ronces et de buissons, sur laquelle je rêve déjà des pommiers et des cerisiers en fleur, une herbe fraîche et ces *tranquilles* marguerites, comme les appelle Oberman dans une de ses bonnes inspirations.

La beauté des derniers jours de l'automne favorise ce travail difficile, et diminue de quelque chose la fatigue des terrassiers, que, du reste, je n'entends jamais murmurer, ni se plaindre.

La plupart se lèvent avant le jour, pour arriver à l'heure où commence le travail. Une distance assez longue les sépare de mon habitation ; des chemins toujours difficiles et souvent impraticables, qu'il faut reprendre le soir après de rudes fatigues. Plusieurs ont des femmes ou des enfants malades, qui consument ce peu d'argent qu'ils gagnent avec tant de peine !

Mais tous sourient à ce beau temps inespéré des jours avancés de l'automne ; leurs conversations, plus animées que de coutume, renferment, entre autres, une phrase que j'entends depuis quelques jours avec un attendrissement inexprimable ; elle est répétée, commentée sur tous les tons, de toutes les manières, avec des inflexions de voix qui me vont à l'âme :

« Quel beau temps pour *nos blés !* — Précieux temps ! — « Monsieur, voilà un bien beau temps pour nos blés ! »

Pauvres gens ! ils m'émeuvent et m'instruisent profondément.

En les regardant, en les écoutant, je suis arrivé à goûter une indicible joie, rien qu'à voir rayonner ce beau et doux soleil sur un arbre que j'ai planté, et à trouver le strict nécessaire proprement servi sur ma table; rien qu'à jouir du silence, de la retraite, de la lecture, ou d'une innocente occupation; et je m'écrie vingt fois le jour, comme les Pères des déserts : « Seigneur, c'est assez! je mourrai de douceur si vous ne modérez ma joie. » Mais eux disaient cela après avoir bu de l'eau du désert et mangé des racines; il est vrai que c'était aussi après avoir prié. — Nourriture céleste et abondante qui donne à tout une exquise saveur! — Comme cet ordre de pensées et ce genre de vie calment et réparent l'âme! Que le silence de ces bois dépouillés, mais tranquilles sous le soleil d'automne, est pénétrant et instructif! Que de tableaux attachants, fertiles pour l'âme en sainte espérance et en confiance infinie aux bontés de Dieu!

Les jours les plus riants de la belle saison, tout splendides qu'ils sont de fleurs ou de fruits, n'ont pas ce charme des jours de labeur protégés par des temps cléments et favorables. Le travail de l'homme, s'unissant aux soins de la Providence, a quelque chose de saint, d'attendrissant, qui ne saurait se rendre.

Dans les beaux jours, tout est bien; mais on oublie souvent comment cela est venu; le mot de *nature* semble exprimer tout; mais, aux jours mêlés de l'automne, on voit avec reconnaissance et un intérêt qui améliore le cœur, ce qu'il en coûte à l'homme pour rendre la terre riante et féconde. Rien n'élève et n'ennoblit davantage. C'est là aussi une union sainte avec Dieu.

Dieu et l'homme travaillant ensemble, cela est sublime. — Le mal paraît endormi ou vaincu.

Ces jours sont assez rares; ils pénètrent de leur harmonie et de leur douceur; tous, jusqu'aux animaux, sont paisibles et soumis, et je n'entends ni imprécations ni jurements.

J'arrête souvent mon cheval au milieu des chemins ruraux que je traverse de préférence, et je demeure attendri jusqu'au fond du cœur des tableaux qui s'offrent à moi : Voici les charrues actives qui passent sous les pommiers jaunis; le sac de bon grain est debout au milieu du champ, que parcourt en tous sens la herse traînée par de bons jeunes et vieux chevaux, qu'on a soin d'atteler ensemble, image de la vigueur et de l'expérience unies. La terre destinée à la semence a un aspect d'ordre qui est une véritable beauté.

Demain, ces blés seront faits, *bien faits,* comme on dit. Le laboureur prendra quelque repos. Jusque-là, il ne se donnera point de trêve : ce sera l'occupation et l'entretien de tous ses moments.

Peu de jours sont passés, et déjà ces blés, comme les gazons d'un parc anglais, s'étendent au loin avec des nuances et des ombres variées jusqu'aux bords des chemins et le long des haies des fermes. Il y en a des plaines immenses qui sont la part des riches, et de petits coins qui sont le trésor du pauvre, et qu'il entoure et veille avec un soin plein d'affection. Tout auprès on sent le parfum des pommes qu'on récolte dans les enclos, et qui tombent sur l'herbe verte encore, parmi les larges feuilles sèches qui s'échappent des arbres secoués, comme des pluies d'or.

O Semences du Seigneur, levez et mûrissez! et, quand vos grains recueillis seront devenus le pain des familles, ce pain que nous autres, insensés des villes, mangeons avec tant d'indifférence et d'oubli, le pauvre, toujours chrétien, lui, n'entamera pas sa nourriture unique, la vie de ses enfants, sans faire, avec la pointe de son couteau, cette croix dont il salue le jour et la nuit, et tous les actes de son existence laborieuse; il remerciera Dieu du bienfait accordé à ses peines; il lui demandera de bénir encore les travaux auxquels il s'apprête et pour lesquels il se fortifie.

Aliments de l'homme, vous êtes d'abord la parure et la beauté de sa demeure!

Vous renfermez de grands mystères! Ils devraient souvent y songer, ceux qui vivent dans la fange des villes, dans leur corruption, dans leurs révoltes : à voir ce qu'il faut d'ordre, de résignation, de peines, pour féconder la terre et faire vivre ceux qui l'habitent, ils deviendraient plus calmes peut-être, et meilleurs.

C'est avec ces pensées que j'arrive jusque dans ma retraite, et qu'environné des livres saints dont je me suis fait comme une barrière je m'écrie : « Jours de bénédiction, beau temps, air doux et pur qu'on n'espérait plus ; herbe verte et si belle sous ces rayons qui ne la brûlent plus et qu'elle reçoit avec amour ; solitude, silence, éloignement du bruit et des passions des hommes ; délices de l'homme contemplatif et apaisé ; qu'ai-je fait pour vous goûter avec cette plénitude et ces transports ?... »

Et je suis tenté de tomber à genoux à toutes les places ; et mon cœur n'est qu'une prière continuelle. Un chant de reconnaissance arrive de mon cœur à mes lèvres. C'est comme une tendresse infinie qui m'inonde de je ne sais quels sentiments pleins d'émotion qui se forment de tout ce qu'il y a de beau, de bon, de noble dans la créature déchue, mais pardonnée ; exilée du ciel, mais remise dans la voie qui le fait retrouver. Je ne sais rendre ce que j'éprouve que par ce cri sublime de saint François de Sales :

« Mon cœur, mon cœur ! Dieu est ici !!! »

Arthur, qui n'est pas un ouvrage composé, ni qui sente le talent de profession, *Arthur,* qui n'est guère peut-être qu'une suite de débris, de soupirs, de souvenirs et d'espérances, mais où le souffle est le même d'un bout à l'autre, et où l'esprit, vrai parfum, unit tout, sera, nous le croyons, une lecture propice et saine, et reposante, à bien des âmes fatiguées, à bien des palais échauffés, un correctif, au moins d'un moment, à tant de talents plus brillants que sincères, à tant d'enthousiasmes dont la flamme est moins au cœur qu'au front ; *Arthur,* si l'amitié et trop de conformité intime ne nous abusent, *Arthur* vivra et conservera le nom de son auteur, qui n'a plus à se repentir littérairement de ses écarts, de sa venue hâtive, de ses plaisirs distrayants et de ses faiblesses paresseuses, puisque, de tant d'imperfections éparses, il lui a été donné un jour (ô nature douée avec grâce!) d'assembler un volume délicieux, que d'autres, plus studieux, plus forts, n'auraient jamais écrit.

15 décembre 1836.

— Ulric Guttinguer est mort à Paris le 21 septembre 1866. Il avait plus de quatre-vingts ans. Ses dernières années se sont passées dans les mêmes sentiments, dans les mêmes regrets et les mêmes fluctuations morales qu'il avait éprouvés de tout temps : seulement les craintes et les regrets, ou même les remords chrétiens surnageaient de plus en plus. Il avait précédemment, et pendant la direction de M. de Lourdoueix, collaboré à la *Gazette de France*. Il ne pouvait s'empêcher presque chaque fois, dans ses articles très-peu critiques, de revenir à la poésie et aux souvenirs émus de ses jeunes années, aux principaux noms romantiques qui lui étaient restés chers : mon nom, à moi-même, y trouvait souvent son compte, et son amitié pour moi, à travers l'éloignement et l'absence, n'a jamais varié. Sa plume eut le tort cependant de trop s'acharner, pour les critiquer, aux derniers écrits de Victor Hugo, ce qui ressemblait trop de sa part à une méconnaissance de leur ancienne liaison si familière et tout agréable. Il m'a légué en mourant un *dernier cahier* pour en faire l'usage que je jugerais à propos. Il y épanchait en paroles brisées et sans suite ses tristesses, ses défaillances, ses mélanges perpétuels et ses amalgames de religion, d'amour et de poésie, ses citations et réminiscences de Hugo, de De Vigny et d'autres encore : la femme, la *Dalila* y reparaissait jusqu'à la fin. En un mot l'aimable, le faible, le volage, le tendre Ulric vieilli, *Arthur* octogénaire, est mort ce qu'il avait toujours été.

———

P. S. Je me reproche pourtant de n'avoir pas tout indiqué ni tout dit. Le côté le plus curieux et le plus original d'Ulric Guttinguer, si l'on creusait un peu à fond, serait assurément sa relation avec Alfred de Musset. Elle n'en était pas restée longtemps au ton du début, quand Alfred de Musset lui parlait comme un jouvenceau à un Byron : *Ulric, nul œil des mers*, etc. Les choses se passèrent bientôt avec plus de laisser aller. Ulric, tout faible et fragile qu'il était, se prenait aisément à avertir et, qui plus est, à prêcher dans leurs fougueux entraînements ses jeunes amis, Musset et son inséparable Alfred Tattet ; il leur parlait en censeur onctueux et indulgent, mais sans se garder assez du ton dévot, et comme quelqu'un qui sort de s'entretenir avec les *Pères du Désert :* on peut juger des hauts cris et des rires qu'il provoquait à de certaines heures. J'ai sous les yeux une querelle en vers engagée à Bury (près Montmorency), maison de campagne de Tattet, entre Ulric et les deux Alfred. Cela pourrait s'appeler *Un après-déjeuner d'août 1838, dans la forêt de Montmorency.* Ce n'est pas seulement Alfred de Musset qui se mêle de répondre ; Alfred Tattet, que je ne savais pas si poëte, est censé lui-même riposter par les rimes les plus satiriques, les plus irrévérentes. Elles rappellent assez bien celles qui devaient s'échanger à toutes les époques dans les folles parties de jeunesse, du temps de Théophile comme du temps de Bussy, dans les après-midi sous la tonnelle, à la butte Saint-Roch, entre Chaulieu, La Fare et le chevalier de Bouillon. C'est de la poésie *en manches de chemise.* Oh ! qu'il devrait donc bien y avoir, à chaque biographie de poëte, un petit chapitre secret et réservé, à l'usage des seuls bons esprits capables de porter la vérité, toute la vérité, sans la prendre de travers ni en abuser ! Du temps d'Horace on eût osé écrire ce chapitre ; on n'ose plus maintenant.

HISTOIRE

DE

SAINTE ÉLISABETH DE HONGRIE

PAR M. DE MONTALEMBERT.

Je ne sais si notre temps sera aussi fondateur et créateur qu'on a pu, à certains moments, l'espérer sans trop d'invraisemblance ; mais, à coup sûr (ce qui d'ailleurs n'est pas une incompatibilité avec la force de création), il est un temps de *renaissance* par l'étude et par l'entente intelligente de ce qui a précédé. M. Ampère, dans son cours d'ouverture du dernier mois (1), reprenant l'histoire des lettres en France à l'époque de Charlemagne, distinguait, avec cette vue lumineuse et ingénieuse qu'on lui connaît, trois renaissances, en quelque sorte graduelles : celle de Charlemagne, celle du XIIᵉ siècle, et celle enfin des XVᵉ et XVIᵉ, qu'on est habitué à désigner particulièrement sous ce nom. On peut dire qu'après le règne plus régulier et composé des XVIIᵉ et XVIIIᵉ siècles, nous sommes revenus, retombés, à quelques égards, dans un état analogue à

(1) Décembre 1836.

celui du xvie, pour la confusion, la multiplicité. Nous sommes une sorte d'époque de renaissance aussi, avec tout ce que cette situation entraîne, à ses retours, de mêlé, de diffus, de riche peut-être. Cette renaissance, qui n'a plus à s'appliquer à la lettre de l'antiquité, va au fond, à l'esprit des temps, remonte plus haut que la Grèce, ne s'arrête plus à la décadence de Rome : en particulier, elle a pour objet le moyen âge, toute cette époque dont l'oubli et le rejet avaient été une condition de la renaissance aux xve et xvie siècles. Nous voilà donc, embrassant par l'esprit et par l'étude, toute la série des âges qui ont précédé, nous faisant miroir le plus étendu et le plus varié qu'il est possible, reproduisant chaque chose à sa manière et à la nôtre ; une époque alexandrine et trajane au complet ; une espèce de musée de Versailles où tout a place, depuis les groupes mythologiques d'Apollon et de Latone jusqu'au bon maréchal de Champagne et à Boucicault ; une renaissance, encore un coup, par tous les points et sur tous les bords.

Et ceci ne laisse pas d'être une originalité qui aurait bien son prix, et qu'il ne faudrait pas trop mépriser, à défaut d'autres. Je me figure quelquefois le jeune Siècle comme un aventureux jeune homme qui s'est mis en route de bonne heure pour faire son tour du monde, pour y bâtir un temple de Delphes ou une cathédrale de Reims incomparables. Seulement il veut choisir l'emplacement le plus beau ; il veut tout voir auparavant, afin, plus tard, de tout surpasser. Il va donc, regarde, apprend, étudie, fait des plans de temple et les défait, et marque, le long du chemin, tous les marbres les plus précieux qui lui doivent servir. Hélas! le temps se passe, des difficultés surviennent, des troubles à l'intérieur du pays; et puis, la diffusion de l'esprit nuit à l'œuvre, la science opprime un peu le nerf de l'art. Bref, le jeune Siècle, déjà un peu vieilli, s'en revient, rapportant... quoi? des échantillons de tous ces beaux marbres qu'il a vus, des plans, des *fac-simile* de toutes ces belles cathédrales qu'il voulait surpasser, et il forme un cabinet de dessins parfaits, de reliefs d'ivoire, ou encore un cabinet de minéralogie, d'où il résulte aussi toutes sortes de lumières. Eh bien! n'y a-t-il pas là un trésor, ce trésor même de la fable de La Fontaine, que recommandait le père mourant à ses fils? Le trésor, c'est que le champ ait été en tout sens labouré. Mais il y a plus. M. Cousin a très-bien remarqué, dans sa préface du *Sic et non,* que le propre de la renaissance du XIIe siècle avait été, pour la philosophie, d'être excitée déjà suffisamment, et non opprimée encore, comme le XVIe, par l'antiquité. Cela eut lieu aussi pour l'art chez Dante. Laissant aux futurs génies de nos temps le souci de se tirer à leur tour, par un coup d'aile sublime, de tant d'études croissantes et de tout ce fardeau du passé, et en prenant les choses comme elles se présentent aujourd'hui, notons déjà le bienfait. Ce n'est pas une étude morte et purement savante, que celle à laquelle notre époque s'est vouée. Elle a de toutes choses l'étude colorée et vivifiée, l'intelligence et l'amour. Elle l'a d'elle-même d'abord; car, comme elle n'omet rien dans son regard, elle ne saurait

24.

s'omettre, elle aussi, la première, dans cette analyse et cet amour. Elle est donc lyrique, non plus primitivement lyrique comme Alcman et Alcée, mais avec réflexion, comme René, Byron, Lamartine. Et puis elle est essentiellement historique, soit comme Walter Scott dans l'art encore, soit comme tant d'historiens que chacun nomme, dans l'histoire pure et sévère. Ainsi, poésie lyrique personnelle et esprit des temps! A travers toute la bagarre de fabrique littéraire qui, par moments, rompt la vue; au milieu de toute cette boue fréquente, hideuse, qui nous éclabousse les pieds, et que l'avenir, j'espère, ne verra pas, voilà des signes originaux qui distingueront peut-être assez noblement ce siècle, si préoccupé entre tous de son ambitieuse destinée.

L'*Histoire de sainte Élisabeth de Hongrie,* par M. de Montalembert, provoque bien naturellement ces considérations : c'est une légende exacte de sainteté, une pièce d'onction et d'art du moyen âge, écrite en toute science et bonne foi par un homme de nos jours. Au commencement du siècle, l'art allemand du moyen âge fut en quelque sorte découvert, éclairé, restitué, grâce à de beaux travaux d'archéologie auxquels les frères Boisserée de Cologne attachèrent leur nom. L'école catholique allemande se fonda successivement dans la philosophie, la poésie, la peinture. Stolberg, Frédéric Schlegel, Novalis, Gœrrès, Brentano, Overbeck, etc., forment déjà une chaîne assez complète et brillante. Munich est devenu le principal centre de cette influence. M. de Montalembert s'y rapporte par cette œuvre. Très-jeune, plein de foi, d'abord un des collaborateurs de *l'Avenir,* et disciple de M. de La Mennais, après s'être dévoué avec noblesse, puis s'être séparé avec simplicité, il alla passer deux ans de réflexion, de douleur et d'étude en Allemagne. Il faut, dans son introduction, l'entendre raconter lui-même comment, en arrivant à Marbourg, il vit l'église gothique dédiée à sainte Élisabeth, l'admira, s'enquit de la sainte, s'éprit envers elle de tendresse pieuse, et résolut d'écrire sa vie. Ainsi Guido Gœrrès a écrit la vie de Jeanne d'Arc. Le souvenir d'une sœur de ce nom d'Élisabeth, morte à quinze ans, s'y mêla par une religion touchante. Dès ce moment, études, voyages sur les traces de la sainte, manuscrits à consulter, renseignements et traditions populaires à recueillir, l'auteur fervent ne négligea rien ; il embrassa cette chère mémoire : il se fit le desservant, après des âges, de cette gloire séraphique oubliée. Il voulut en elle relever aux regards l'exemple adorable de ces figures accomplies du XIIIᵉ siècle, grandes et humbles, et la placer dans une perspective heureuse entre saint François d'Assise et saint Louis. Il suffit de jeter les yeux sur le magnifique volume, sur le luxe typographique et l'étendue des pages, sur les dessins qu'il renferme, pour voir que l'intention de l'auteur a été complète, qu'il n'a rien ménagé à son offrande, et qu'il a voulu que le beau, en cette image, ne fût pas séparable du saint.

L'ouvrage s'ouvre par une introduction majestueuse sur le XIIIᵉ siècle, apogée du développement catholique : avant d'en venir à étudier et à démontrer la chapelle et la châsse de la sainte, le pèlerin croyant s'arrête devant l'Église tout entière pour la contempler. Ce tableau a de la grandeur et de la solennité en ce qui regarde les figures d'Innocent III, de Grégoire IX et de l'empereur *Frédéric II*; *il a de la beauté et de la grâce* en ce qui touche saint Louis, saint François d'Assise, le culte de la Vierge alors dans toute sa fleur, les épopées chevaleresques et religieuses dans leur premier et chaste épanouissement. Pourtant, je ne me permettrai ni de l'accepter ni de le contredire sous le point de vue de la vérité historique. Pour le contredire, il faudrait avoir soi-même étudié de très-près et aux sources, seule manière en pareil cas d'avoir conviction et de se sentir autorité. Bien des opinions considérables et plausibles sont différentes de celles de l'auteur sur l'aspect de ces guerres entre le sacerdoce et l'empire, entre Simon de Montfort et les Albigeois. Son opinion, à lui, est dominée, et, en quelque sorte, donnée par sa croyance. L'étude, qui vient à l'appui, a pu vérifier pour lui cette opinion, mais elle n'a pas contribué seule à la faire naître. C'est *un inconvénient dans la science de l'histoire.* J'aimerais assez, si c'était possible, qu'on fît pour l'étude de l'histoire ce que Descartes a tenté de faire pour l'étude de soi-même, *table rase* de ses opinions antérieures. L'effort seul, fût-il incomplet, deviendrait une garantie de prudence. Mais l'esprit, je le sais, qu'une foi absolue possède, mourrait plutôt que de s'en laisser un instant séparer. Au reste, dans une introduction comme celle-ci, l'inconvénient n'existe qu'assez secondaire : ces tableaux généraux ont besoin d'une perspective ; celle que l'auteur trouvait tout na-

turellement tracée et éclairée par sa foi était la plus
magnifique qu'il pût offrir.

En commençant l'histoire de sa *chère sainte,* comme
il dit, M. de Montalembert s'est fait écrivain légendaire, et, durant tout le cours du récit, il est resté
fidèle à ce rôle qu'il n'interrompt que rarement par
des retours sur nos temps mauvais, retours inspirés
toujours de l'onction et des larmes du passé, ou ra-
nimés d'une espérance immortelle. Dans l'histoire de
cette sainte, morte à vingt-quatre ans, fille de rois, mariée enfant au jeune landgrave de Thuringe et de Hesse
qu'elle appelle jusqu'au bout du nom de frère, et qui
la nomme sœur, bientôt veuve par la mort de l'époux
parti à la croisade, persécutée, chassée par ses beaux-
frères, puis retirée à Marbourg au sein de l'oraison,
de l'aumône, et mourant sous l'habit de saint François;
dans cette histoire si fidèlement rassemblée et réédi-
fiée, ce qui brille, comme l'a remarqué l'auteur, c'est
surtout la pureté matinale, la virginité de sentiment, la
pudeur dans le mariage, toutes les puissances de la
foi et de la charité dans la frêle jeunesse. Comme les
anges toujours jeunes de visage, cette sainte nous apparaît toujours adolescente. Ces qualités, que l'auteur
croit retrouver exprimées jusque dans les formes de
l'église dédiée à sainte Élisabeth, il les a lui-même
portées dans son récit. Malgré la difficulté d'être vraiment naïf, en sachant si bien ce qu'on veut et ce qu'on
fait, il a laissé échapper sur presque toutes les pages la
candeur, que sa piété n'a pas perdue, la facilité à l'enthousiasme, le bonheur d'admirer, d'adorer, la docilité,

l'élancement, la simplicité de cœur, toutes ces belles qualités du disciple et du jeune homme, si rares de nos jours à rencontrer, si perverties le plus souvent et si exploitées là où elles essayent de naître. Aussi, dès qu'on y entre soi-même avec quelque simplicité, ce long et lent récit prend un grand charme. On assiste à tous les détails de l'enfance et des fiançailles de la jeune Élisabeth, à ses ruses innocentes parmi ses compagnes pour se mortifier à leur insu et prier, à ses premières joies si courtes et qu'on sent qui vont s'évanouir : « Ainsi Dieu, dit l'auteur, donne à sa créature « cette rosée matinale, pour qu'elle sache résister ensuite « au poids et à la chaleur du jour. » — « Élisabeth, » raconte-t-il plus tard en un endroit, « aimait à porter « elle-même aux pauvres, à la dérobée, non-seulement « l'argent, mais encore les vivres et les autres objets « qu'elle leur destinait. Elle cheminait, ainsi chargée, « par les sentiers escarpés et détournés qui condui- « saient de son château à la ville et aux chaumières « des vallées voisines. Un jour qu'elle descendait, ac- « compagnée d'une de ses suivantes favorites, par un « petit sentier très-rude que l'on montre encore, por- « tant dans les pans de son manteau du pain, de la « viande, des œufs, et d'autres mets pour les distri- « buer aux pauvres, elle se trouva tout à coup en face « de son mari qui revenait de la chasse. Étonné de la « voir ainsi ployant sous le poids de son fardeau, il lui « dit : « Voyons ce que vous portez ; » et, en même « temps, ouvrit, malgré elle, le manteau qu'elle serrait, « tout effrayée, contre sa poitrine ; mais il n'y avait

« plus que des roses blanches et rouges, les plus belles
« qu'il eût vues de sa vie; cela le surprit d'autant plus
« que ce n'était plus la saison des fleurs. Voyant
« le trouble d'Élisabeth, il voulut la rassurer par ses
« caresses, mais s'arrêta tout à coup en voyant appa-
« raître sur sa tête une image lumineuse en forme de
« crucifix : il lui dit alors de continuer son chemin
« sans s'inquiéter de lui, et remonta lui-même à la
« Wartbourg, en méditant avec recueillement sur ce
« que Dieu faisait d'elle, et emportant avec lui une de
« ces roses merveilleuses qu'il garda toute sa vie. » Ce
miracle des roses rend avec suavité le parfum que l'ensemble du livre exhale.

L'auteur d'ordinaire termine ses chapitres par quelque vocation élevée, quelque réflexion affectuese, ni
sur le *don des larmes* qu'on avait en ces temps, et qui
semble de jour en jour tarir; sur les mariages chrétiens à la fois si passionnés et si chastes, et dont celui
d'Élisabeth et du landgrave est comme un type accompli; sur ce que le souvenir de Luther, au château même
de la Wartbourg a détrôné celui de l'humble Élisabeth,
dont le nom toutefois est resté à une fleur des champs.
Ces fins de chapitres sont charmantes d'accent et
comme harmonieuses, relevées d'une poésie toujours
née du cœur.

Pourtant, en avançant dans la vie, même dans une
vie qui doit se clore à vingt-quatre ans, la lutte devient plus sombre, les grâces du début se décolorent,
le mal qu'il faut combattre apparaît et fait tache sur
les devants du tableau. Élisabeth, après la mort de son

époux, est chassée, persécutée, honnie. Il faut bien se
figurer ceci pour être dans le vrai de la réalité historique : de tout temps, les facultés diverses de l'esprit
humain ont été représentées au complet, bien qu'en
des proportions variables, et, de même que, dans les
plus saintes âmes, il y a des moments d'éclipse, de
doute, d'angoisse, enfin des combats, de même, dans
les siècles réputés les plus orthodoxes, le gros bon sens
ou la moquerie ont eu leur voix, leurs échos, pour protester contre ce qui semblait une folie sainte. Élisabeth
l'éprouva au XIIIe siècle, tout comme au XVIIe la mère
Angélique, quand elle révolta le monde et sa famille
par la réforme de son abbaye. Ce que les lecteurs mondains diraient de nos jours en lisant le détail des mor-
tifications et de certains excès, un grand nombre parmi
les contemporains des personnages le disaient également et presque par les mêmes termes. La meilleure
réponse à faire à ces objections dont quelques-unes, il
faut l'avouer, n'évitent pas de s'offrir trop naturellement à l'esprit non encore régénéré, c'est qu'avec ces
bonnes raisons on n'arriverait jamais à la charité dont
les miracles s'enfantent, au contraire, dans cette route
escarpée qui, pour ainsi dire, offense. Il y a d'affreux
détails dans ce que l'auteur raconte de la charité d'É-
lisabeth, notamment lorsqu'elle boit cette eau (p. 213),
pour se punir d'un dégoût. On rencontre de pareils
détails dans la vie de presque tous les saints. Moi-
même, dans un exemple assez rapproché, je trouve
que, quand la jeune Angélique entreprit sa réforme à
Port-Royal, elle commença par rejeter le linge confor-

mément à la règle, et par garder jour et nuit des vêtements de laine qui eurent bientôt mille inconvénients.
Mais souvenons-nous que Volney, qui place si haut la
propreté dans l'échelle des vertus, était aisément le
plus sec et le plus égoïste des hommes. Si pourtant je
n'avais affaire chez M. de Montalembert qu'à l'artiste,
j'eusse désiré dans son tableau quelque omission sur
ces points, ou du moins quelque ombre. Un poëte a
dit :

> La Charité fervente est une mère pure
> (Raphaël quelque part sous ses traits la figure) ;
> Son œil regarde au loin, et les enfants venus
> Contre elle de tous points se serrent froids et nus.
> Un de ses bras les tient, l'autre bras en implore ;
> Elle en presse à son sein, et son œil cherche encore.
> Quelques-uns, par derrière, atteignant à ses plis,
> Et sentis seulement, sont déjà recueillis.
> Jamais, jamais assez, ô sainte Hospitalière !
> Mais ce que Raphaël en sa noble manière
> Ne dit pas, c'est qu'au cœur elle a souvent son mal
> Elle aussi, — quelque plaie à l'aiguillon fatal ;
> Pourtant, comme à l'insu de la douleur qui creuse,
> Chaque orphelin qui vient enlève l'âme heureuse !

Mais cet ulcère que la Charité a quelquefois au sein et
que Raphaël n'indique pas, il suffit d'avertir qu'il
existe sans qu'il faille pourtant le faire toucher. J'en
dirai autant du chapitre de maître Conrad et du détail
de ses duretés révoltantes. Cela gâte. Ce vilain côté me
rappelle le bourreau qui, durant le noble combat des
poëtes à la Wartbourg, se tenait, corde en main, pour
pendre, séance tenante, le chantre vaincu. L'auteur,

s'il n'était qu'artiste, s'il n'avait traité que poétiquement son sujet, et même, dans *tous les cas*, sans fausser le vrai, aurait pu *indiquer plus* brièvement ce rôle de maître Conrad, et l'effet céleste du visage et de l'attitude de la sainte, devant nos yeux mortels, y aurait gagné. Mais l'âme, à la fin du chapitre, est du moins abondamment rafraîchie et satisfaite par ce baiser d'union que la reine Blanche, la mère de saint Louis, donne à sainte Élisabeth sur le front du jeune fils de celle-ci, qui lui était présenté. La mort de la sainte et ces anges sous forme d'oiseaux qui lui chantent sa délivrance, la canonisation et ses splendeurs, et ses sereins et magnifiques tonnerres, achèvent divinement et glorifient le récit de tant de souffrances, de tant d'humbles vertus. Les reliques de sainte Élisabeth sont dispersées à l'époque de la Réforme, et sa chapelle reste sans honneur; mais son cœur, déposé à Cambrai, va y attendre celui de Fénelon.

Le style de ce livre est grave, nombreux, *élevé*, *élégant*; il prend, par moments, avec bonheur, les accents de l'hymne. J'y relève à peine quelques incorrections, quelques locutions impropres qui font tache légère. Ainsi, dans ce style de couleur exacte et simple, le château de la Wartbourg ne devrait jamais être désigné, ce me semble, comme *le centre du mouvement politique et administratif du pays :* je n'aime pas non plus voir sainte Élisabeth *jeter les bases de la vénération dont ces beaux lieux sont entourés.* Je remarque, page 172, deux *elle* qui, ne se rapportant pas à la même personne, font amphibologie; page 190, dans une note, deux *son* rapprochés qui ne se rapportent pas au même objet, et dont l'un est improprement employé. C'est ainsi encore qu'à la page 256 une faute de ce genre se reproduit : « Cette mère dénaturée, au lieu d'être tou-« chée de tant de générosité, ne songea qu'à spéculer « sur *sa* prolongation... » Le soin que je mets à signaler en détail ces points inexacts montre combien ils sont peu nombreux; mais il importe qu'il n'y en ait pas trace dans un si beau et si pur talent d'écrivain.

Un sentiment supérieur à l'idée de louange, et qui se formait en moi à cette lecture, est le respect qu'inspirent de semblables travaux pour la jeune vie, d'ailleurs si ornée, qui s'y consacre avec ardeur. De tels écrits, qui ne sont pas seulement des œuvres d'étude et d'érudition poétique, mais des prières et des actes de piété, portent avec eux leur récompense. L'auteur, nous dit-on, a déjà trouvé la sienne. Pour couronne de ce livre qu'il dédiait à la mémoire de sa sœur, il a rencontré dans un mariage chrétien, par une découverte aussi imprévue que touchante, une noble fleur issue de la tige même d'Élisabeth.

Ce n'est presque pas sortir de ce sujet que d'y joindre quelques mots sur un livre extraordinaire, publié en Allemagne par un poëte catholique, M. Clément Brentano, et traduit chez nous par un homme de la même foi et d'un talent bien connu, M. de Cazalès. Les visions de la sœur Emmerich sur la passion de Jésus-Christ semblent, à la lettre, un fragment détaché d'une légende du moyen âge. Il arrivait fréquemment, en ce temps, que des personnes pieuses exaltées par l'oraison, par le jeûne, eussent des visions, des communications suivies avec la Vierge ou les saints. Ainsi sainte Élisabeth, dont nous venons de parler, avait, au dire de son biographe, des conversations régulières avec saint Jean l'évangéliste et avec la Vierge, et elle en rendait au réveil un compte exact, qu'on a pu noter. Mais c'était le drame de la Passion, dans toutes ses circonstances, qui devenait particulièrement l'objet de ces préoccupations mentales, de ces représentations intérieures. Indépendamment de toute explication surnaturelle, il y a ici un grand fait psychologique à remarquer : la singulière et puissante *faculté dramatique* que nous possédons tous en dormant, même quand, durant la veille, nous en serions fort dénués. Combien de fois, en rêve, une personne se présente, cause avec nous, trouve ses expressions à merveille comme une âme distincte de nous, nous étonne par ce qu'elle dit, nous apprend souvent un secret graduellement, et nous qui écoutons, nous passons par toutes les alternatives d'attente et de surprise, comme si cela ne s'agitait pas en notre esprit et par notre esprit, auteur du drame!

C'est cette faculté, chez nous en jeu dans le moindre rêve, qui, chez les saintes du moyen âge (Brigitte, Élisabeth, etc.), se dirigeant tout à fait sur la Passion de Jésus-Christ, et comme éclairée alors de faveurs singulières, amenait tant de tableaux exacts, vivants, qui la reproduisaient dans des détails infinis.

La sœur Emmerich, née dans l'évêché de Munster en 1774, morte au couvent d'Agnetenberg, à Dulmen, en 1824, est la dernière des saintes âmes mystiques qui jouirent de tels spectacles. Fille de paysans, sans éducation, elle ne pouvait composer ses tableaux de mémoire; sa bonne foi d'ailleurs, sa simplicité parfaite, sa piété ardente, sont attestées par les hommes les plus éclairés qui la visitèrent. Un poëte connu, M. Clément Brentano, venu là comme curieux, y est resté comme croyant, et a passé des années à recueillir, presque sous la dictée de l'humble fille, les paroles et descriptions en bas allemand, qui ne tarissaient pas sur ses lèvres. Un tel livre ne s'analyse point. Depuis la dernière cène de Jésus-Christ avec ses disciples jusqu'après la résurrection, toute la série des événements de l'Évangile s'y trouve développée, variée, *illustrée*, comme par un témoin oculaire, dans un minutieux et touchant détail de conversation, de localité, de costume. En un mot, c'est à la fois, pour les chrétiens, un admirable exemple de la persistance d'une faculté sainte et d'un don qui semblait retiré au monde; pour les philosophes, un objet d'étonnement sérieux et d'étude sur l'abîme sans cesse rouvert de l'esprit humain; pour les érudits, la matière la plus riche et la plus complète d'un *mystère*, comme on les jouait au moyen âge; pour les poëtes et artistes enfin, une suite de cartons retrouvés d'une Passion, selon quelque bon *frère* antérieur à Raphaël.

15 janvier 1837.

—Par cet article sur l'*Histoire de sainte Élisabeth*, on voit (ce qui surprendra peut-être bien des gens) que j'ai été l'un des parrains littéraires de M. de Montalembert. Je suis loin de m'en prévaloir ou de m'en vanter. Quoique j'aie beaucoup vécu au temps de ma jeunesse à côté de M. de Montalembert et dans quelques-unes des mêmes sociétés, je n'ai jamais contracté avec lui de liaison particulière et encore moins d'amitié véritable : c'était assez de le côtoyer sans le coudoyer. J'ai marqué la sorte d'estime respectueuse que m'inspirait cette jeune existence si sérieuse et si dévouée à quelques idées générales; mais je ne me suis jamais dissimulé un défaut, selon moi capital, qui a présidé à toute la formation intellectuelle de ce beau talent, et que les années survenantes et la renommée établie ont plutôt masqué aux yeux qu'effacé en réalité : M. de Montalembert, comme esprit, n'a pas d'originalité; il est disciple ; il l'a été de M. de Maistre en religion, et de M. de La Mennais plus particulièrement, de Victor Hugo en architecture et en admiration du gothique; et quand il était disciple en un sens, il allait tout droit devant lui, il ne regardait ni à droite ni à gauche, il renversait tout. Je retrouve dans des notes, écrites pour moi seul, le portrait suivant qui, si je ne me trompe, doit être le sien quand il avait vingt-cinq ans :

« *Phanor* est honnête, élevé de cœur, il a du talent, mais point d'originalité vraie; et quelle suffisance! Dès le premier jour où il arrive dans une maison, il se lance dans un sujet, il parle — fort bien, — pendant une heure, sur l'Italie, sur Rome, sur les cathédrales : imprimé, ce serait mieux encore. Des hommes distingués, considérables, sont là qui l'écoutent bouche close, sans qu'il leur soit possible de glisser un mot. Pendant qu'il parle ainsi sans discontinuer, d'une voix claire, les yeux baissés, une espèce de sourire vague à sa bouche (assez gracieux dans son dédain) annonce cette profonde et douce satisfaction, cette intime et parfaite certitude qu'il a de lui-même. Par bonheur, *Phanor* est religieux, catholique, il croit : sa foi est un beau voile à sa suffisance. *Phanor* a toujours été disciple de quelqu'un; il l'a été de La Mennais pour son catholicisme politique, de Hugo pour ses cathédrales. De qui l'est-il aujourd'hui? Il vient d'Allemagne. Qui a-t-il vu? Je ne sais. Mais qu'importe le nom de son maître? soyez sûr qu'il en a un. *Phanor* est né disciple. » (1836.)

Ce défaut n'avait nullement échappé à ses meilleurs amis. Je ne sais s'il est vrai qu'au sortir d'une conférence de Lacordaire M. de Montalembert se soit laissé aller à dire : « Quand on vient d'entendre de ces choses, on sent le besoin de réciter son *Credo;* » mais il est bien certain qu'après avoir entendu un discours ou lu quelque écrit de M. de Montalembert, l'abbé Lacordaire disait :

« Cet homme sera donc toujours le disciple de quelqu'un! » Un grand talent, comme une riche draperie, dissimule et cache bien des lacunes ou des défauts, et M. de Montalembert orateur avait de plus en plus fait preuve d'un de ces talents magnifiques qui éblouissent même par instants les opposants et les adversaires. J'avais eu, lors de mon séjour en Belgique en 1848, et à mon arrivée à l'Université de Liége, à demander à M. de Montalembert un bon office que je ne crains pas de rappeler et qu'il me rendit avec bonne grâce. A mon retour en France, et lorsque j'entamai ma série des *Lundis*, l'un des premiers articles (5 novembre 1849) fut consacré à *M. de Montalembert, orateur.* J'essayai, sans le flatter, de le dépeindre par les meilleurs côtés, et les plus acceptables, de sa brillante et militante éloquence : si l'on veut bien se reporter au moment et songer que c'était dans *le Constitutionnel* que paraissait cet article à son sujet, on y verra doublement le désir de lui être agréable. J'eus soin d'ailleurs de m'y maintenir dans cette ligne de neutralité littéraire que j'aime à observer, surtout en face de doctrines tranchées et absolues. L'article lui agréa en effet, et il voulut bien me le témoigner de la manière la plus délicate en associant à son remerciement la personne qui avait le droit d'être la plus difficile et la plus exigeante à son sujet. Je reçus à cette occasion les deux lettres suivantes :

« Je trouve, monsieur, que vous m'avez pris trop au mot. Je vous avais supplié de ne pas me peindre uniquement d'après nature : mais voici un portrait où je puis à peine me reconnaître, tant il est flatté ! Il ne me déplaît pas d'ailleurs de passer à la postérité sous l'habit que vous m'avez fait, et dont je vous remercie cordialement. Mais je fais des vœux très-sincères pour que l'avenir, en me rendant à l'étude et au silence, me permette de ne pas démentir le pronostic trop favorable que vous tirez sur moi. J'ai envoyé *le Constitutionnel* d'hier à Mᵐᵉ de Montalembert, qui vous en saura encore plus de gré que moi, et dont je vous offre d'avance les remerciments, en y joignant l'expression de mes sentiments dévoués et distingués,

« CH. DE MONTALEMBERT

Ce 6 novembre 1849. »

A peu de jours de là, je recevais cette lettre de Mᵐᵉ de Montalembert :

« Villersexel, 11 novembre 1849.

« Monsieur,

« Me permettrez-vous de ne point résister au désir que j'éprouve de vous dire ma très-vive jouissance et ma sincère reconnaissance du charmant article que je viens de lire avec tant de bonheur dans *le Constitutionnel?* Je n'y ai rien trouvé que de vrai je dois et je puis, il me semble, oser en toute simplicité vous le dire, monsieur ; mais cette impression ne diminue en rien celle que j'ai reçue de la bienveillance si bien sentie et si visible qui accompagne tout un portrait qui m'a été si doux à lire. Si je pouvais espérer vous rencontrer à l'un de mes premiers voyages en Belgique (*Mme de Montalembert me croyait encore en Belgique, où je n'étais plus de puis quelques mois*), j'aimerais à vous réitérer moi-même cette expression de la grande jouissance que vous m'avez fait éprouver.

« Veuillez en agréer ici la bien sensible assurance, ainsi que celle de ma considération très-distinguée,

« MÉRODE DE MONTALEMBERT. »

J'en étais là avec M. de Montalembert, lorsqu'à une séance particulière de l'Académie, quelques années après le 2 décembre, j'eus le regret d'avoir à le contredire directement et avec une certaine énergie. Je raconterai peut-être un jour cette séance qui n'a laissé de trace nulle part et qu'on chercherait vainement dans les procès-verbaux. J'avais cependant pu espérer, depuis, qu'il m'avait pardonné ce qui avait été de ma part un acte de conviction et, j'oserai dire, de sagesse, lorsque j'ai cru m'apercevoir que sa plume ardente avait bien envie en quelques occasions de m'atteindre, et quand je dis atteindre, il faudrait dire de me *flétrir*, car la plume de M. de Montalembert, en fait d'attaques, n'y va jamais à demi. Ce qu'il affectionne le plus, en effet, dans sa polémique, c'est de pouvoir dire à ses adversaires qu'ils ont *renié* leur passé, qu'ils sont des renégats, et que, par conséquent, ils sont méprisables et vils. Sa rhétorique dévote s'accommode de cette accusation de Judas lancée à la face de l'adversaire, en même temps que sa hauteur et son dédain de nature y trouvent leur compte. Par malheur pour l'ardent polémiste, il pourra difficilement me prendre en flagrant délit de ce côté. Dans ma vie intellectuelle, sujette à bien des variations, un heureux instinct plus encore que la prudence a su me garder à temps et m'empêcher de prendre de ces engagements absolus, qu'il est ensuite pénible de rompre : M. de Montalembert aura donc beau dire, il ne fera pas de moi un renégat (au sens où il le voudrait), — ni un renégat du catholicisme, malgré des liaisons anciennes et chères, et dont je m'honore, — ni un renégat du libéralisme, malgré la vivacité de **quelques-uns de mes coups de plume, quand je servais en volon-**

taire dans ce camp et sous ce drapeau (1). Me permettra-t-il de le lui dire? les années, les souffrances, les échecs et les humiliations de l'amour-propre, tout ce qui aurait dû rabattre de son habitude agressive n'a fait au contraire qu'irriter en lui ce besoin, cette rage d'insulte et d'invective qu'il semble avoir retenus de son premier maître La Mennais et qui fait tache dans son noble talent. Je me rappelle avoir entendu, il y a bien des années, Alexis de Saint-Priest, un jour que Montalembert développait dans un salon, de cet air d'enfant de chœur qu'il garda longtemps et de sa voix la plus coulante, une de ses théories inflexibles et absolues, lui dire avec gaieté : « Montalembert, vous me rappelez la jeunesse de Torquemada. » Passe pour la jeunesse! mais pourquoi la vieillesse, en approchant, ne lui inspire-t-elle donc pas un peu plus d'indulgence? Catholique de pied en cap, pourquoi ne trouve-t-il pas dans son cœur une seule petite fibre chrétienne un peu adoucie? Hier encore (mai 1868), il m'insultait sans nécessité, sans motif suffisant (2); il ne se disait pas que j'étais son confrère, que je l'avais toujours salué et respecté en public; que j'avais allumé le premier un cierge à sa chapelle de sainte Élisabeth; que je l'avais célébré orateur dans *le Constitutionnel*,

(1) Carrel lui-même, une des dernières fois que je le vis, me le disait avec un retour amer sur lui-même : « Vous êtes heureux, vous! vous n'êtes pas engagé. »

(2) C'est dans un article du *Correspondant*, de mai 1868, sur *la Liberté de l'enseignement*, que M. de Montalembert, s'emparant d'une phrase d'un de mes discours au Sénat, m'accuse de *renier* la liberté, et, poussant selon sa tactique les choses à l'extrême, de reprendre à mon compte la *souveraineté du but* proclamée par Barbès en 1848, « époque, ajoute-t-il, où M. Sainte-Beuve s'était réfugié en Belgique, pour échapper à la simple menace des conséquences très-atténuées de ses doctrines actuelles. » Cette petite allusion à mon séjour en Belgique est une délicatesse de la part de M. de Montalembert, qui a pu savoir mieux que personne, puisqu'il m'a rendu alors un bon office, à quelle fin j'allais en Belgique. Il est faux que je me sois *réfugié* en Belgique; ce qui est vrai, c'est que sans fortune, ayant donné ma démission d'une place de bibliothécaire, je suis allé, au mois d'octobre 1848, c'est-à-dire sept ou huit mois après le 24 février, professer à l'Université de Liege et y vivre de ma littérature, puisque pour le moment cette littérature n'avait plus cours en France. Je ne vois pas ce que les théories de Barbès ont à faire là dedans : on était plus près alors du Falloux que du Barbès. Il n'est pas très-honnête à M. de Montalembert de traduire et de falsifier ainsi les faits, au gré de sa colère et de sa haine du moment.

journal habituel des voltairiens ; que, si hautain et aristocratique de nature qu'on soit, un peu de sympathie envers les bonnes gens d'une autre étoffe que nous n'est jamais un tort ; que si, depuis quelques années, il est éprouvé, je le suis aussi, et que cela peut-être devait faire un lien ; que là où la Providence a jugé à propos de le frapper douloureusement, la nature aussi m'a affligé presque de la même manière ; que nous sommes à quelque degré compagnons de maux... Mais M. de Montalembert répondra qu'il sévit au nom des principes. — Les principes, soit ; mais à la condition qu'ils ne se séparent jamais de l'humanité !

L'humanité ! j'ai touché le point faible, le défaut de la cuirasse de cet esprit tout féodal, aristocrate dès le berceau, et qui est resté tel malgré tout, sous son vernis et son glacis de libéralisme (1). Il ne faut pas demander aux hommes de transformer leur nature. M. de Montalembert a eu de bonne heure tout son talent : il gardera tous ses défauts jusqu'à son dernier soupir. Les véhémences et les splendeurs de ce talent, il les a autant que jamais et au même degré ; son théâtre oratoire lui manquant, il les a retrouvés et ressaisis par sa plume ; il les applique diversement et avec une vigueur égale dans ses grands morceaux de considérations politiques et dans ses livres. Son *Histoire des Moines d'Occident*, si éloquente qu'elle soit, montre d'ailleurs à quel point il sait se passer de critique. En le lisant, on n'entend jamais qu'une cloche et qu'un son. Il célèbre d'un bout à l'autre, ou il dénigre ; panégyrique ou philippique, il n'y a pas de milieu. Esprit de hauteur, de surface et d'éclat, il n'est jamais entré dans les replis de rien. Ses livres peuvent attirer et forcer l'admiration pendant quelques pages, mais bientôt leur monotonie fatigue ; car ils sont le contraire de ces écrits chers à Montaigne, pleins de suc et de moelle intérieure, pétris d'expérience et d'indulgence, qui gagnent à être exprimés et pressés, et qui de tout temps ont fait les délices des hommes de sens, des hommes de goût, des hommes vraiment humains...

Au résumé, c'est un militant ; il l'est en tout et partout ; comme tel, il laissera dans l'histoire des guerres politiques et religieuses de ce temps une trace lumineuse : Lacordaire et lui,

---

(1) « Pour populariser l'erreur, il abusait du vocabulaire de la liberté. » C'est le mot de quelqu'un qui l'a bien connu, d'un de ses anciens collègues et compagnons d'armes à la Chambre des pairs, le comte d'Alton-Shée.

deux lieutenants de La Mennais, et qui ont continué de tenir brillamment la campagne après que leur général avait passé à l'ennemi. Mais le grand déserteur, dans son absence même, les domine et demeure présent à leur pensée, à la pensée de tous : ils ne sont que de premiers lieutenants.

DE LA

LITTÉRATURE INDUSTRIELLE [1].

1839.

De loin la littérature d'une époque se dessine aux
yeux en masse comme une chose simple; de près elle
se déroule successivement en toutes sortes de diversités
et de différences. Elle est en marche : rien n'est encore
accompli. Elle a ses progrès, ses écarts, ses moments
d'hésitation ou d'entraînement. Il y a lieu de les noter
à l'instant, de signaler les fausses routes, les pentes
ruineuses ; ce n'est pas toujours en vain. On fait partie
d'ailleurs du gros de la caravane, on s'y intéresse forcément, on en cause autour de soi en toute liberté : il
est bon quelquefois d'écrire comme on cause et comme
on pense.

C'est un fait que la détresse et le désastre de la
librairie en France depuis quelques années; depuis
quelques mois le mal a encore empiré : on y peut voir

[1] On n'a pas hésité à glisser dans l'intervalle de ces portraits
quelques articles de pure critique et même de polémique, tels que
celui-ci, qui furent écrits dans la *Revue des Deux Mondes*, pour
répondre à des besoins ou parer à des dangers du moment.

surtout un grave symptôme. La chose littéraire (à comprendre particulièrement sous ce nom l'ensemble des productions d'imagination et d'art) semble de plus en plus compromise, et par sa faute. Si l'on compte çà et là des exceptions, elles vont comme s'éloignant, s'évanouissant dans un vaste naufrage : *rari nantes*. La physionomie de l'ensemble domine, le niveau du mauvais gagne et monte. On ne rencontre que de bons esprits qui en sont préoccupés comme d'un débordement. Il semble qu'on n'ait pas affaire à un fâcheux accident, au simple coup de grêle d'une saison moins heureuse, mais à un résultat général tenant à des causes profondes et qui doit plutôt s'augmenter.

Lorsqu'il y a tout à l'heure dix ans une brusque révolution vint rompre la série d'études et d'idées qui étaient en plein développement, une première et longue anarchie s'ensuivit; dans cette confusion inévitable, du moins de nouveaux talents se produisirent; les anciens n'avaient pas péri; on pouvait espérer dans un ordre renaissant une marche littéraire satisfaisante au cœur et glorieuse. Mais voilà qu'en littérature, comme en politique, à mesure que les causes extérieures de perturbation ont cessé, les symptômes intérieurs et de désorganisation profonde se sont mieux laissé voir. Je m'en tiendrai ici à la littérature.

Sous la Restauration on écrivait sans doute beaucoup et de toute manière. A côté de quelques vrais monuments, on produisait une foule d'ouvrages plus ou moins secondaires, surtout politiques, historiques. L'imagination n'était guère encore en éveil que chez les talents d'élite. A cette quantité d'autres écrits de circonstance et de combat, une idée morale, une apparence de patriotisme, un drapeau donnait une sorte de noblesse et recouvrait aux yeux du public, aux yeux des auteurs et compilateurs eux-mêmes, le mobile plus secret. Depuis la Restauration et au moment où elle a croulé, ces idées morales et politiques se sont, chez la plupart, subitement abattues; le drapeau a cessé de flotter sur toute une cargaison d'ouvrages qu'il honorait et dont il couvrait, comme on dit, la marchandise. La grande masse de la littérature, tout ce fonds libre et flottant qu'on désigne un peu vaguement sous ce nom, n'a plus senti au dedans et n'a plus accusé au dehors que les mobiles réels, à savoir une émulation effrénée des amours-propres, et un besoin pressant de vivre : la littérature industrielle s'est de plus en plus démasquée.

Pour ne pas s'effrayer du mot, pour mieux combattre la chose, il s'agit d'abord de ne se rien exagérer. De tout temps la littérature industrielle a existé. Depuis qu'on imprime surtout, on a écrit pour vivre, et la majeure partie des livres imprimés est due sans doute à ce mobile si respectable. Combinée avec les passions et les croyances d'un chacun, avec le talent naturel, la pauvreté a engendré sa part, même des plus nobles œuvres, et de celles qui ont l'air le plus désintéressées. *Paupertas impulit audax,* nous dit Horace, et Le Sage écrivait *Gil Blas* pour le libraire. En général pourtant, surtout en France, dans le cours du xviie et du xviiie siècle, des idées de libéralité et de désintéressement s'étaient à bon droit attachées aux belles œuvres.

Je sais qu'un noble esprit peut, sans honte et sans crime,
Tirer de son travail un tribut légitime,

disait Boileau en faveur de Racine, et c'était une manière de concession. Lui-même, Boileau, faisait cadeau de ses vers à Barbin et ne les vendait pas. Dans tous ces monuments majestueux et diversement continus des Bossuet, des Fénelon, des La Bruyère, dans ceux de Montesquieu ou de Buffon, on n'aperçoit pas de porte qui mène à l'arrière-boutique du libraire. Voltaire s'enrichissait plutôt encore à l'aide de spéculations étrangères que par ses livres, qu'il ne négligeait pourtant pas. Diderot, nécessiteux, donnait son travail plus volontiers qu'il ne le vendait. Bernardin de Saint-Pierre offrit l'un des premiers le triste spectacle d'un talent élevé, idéal et poétique, en chicane avec les libraires. Beaumarchais, le grand corrupteur, commença à spéculer avec génie sur les éditions et à combiner du Law dans l'écrivain. Mais, en général, la dignité des lettres subsistait, recouvrait toute cette partie matérielle secondaire, et maintenait le préjugé honorable dans lequel on nous secoue si violemment aujourd'hui. Sous l'Empire, relativement, on écrivit peu ; sous la Restauration, en écrivant beaucoup, on garda, je l'ai dit, de nobles enseignes. Il est donc arrivé qu'au sortir de nos habitudes généreuses ou spécieuses de la Restauration, et avec notre fonds de préjugés un peu délicats en cette matière, aujourd'hui que la littérature purement industrielle s'affiche crûment, la chose nous semble beaucoup plus nouvelle qu'elle ne l'est en effet : il est vrai que le manifeste des prétentions et la menace d'envahissement n'ont jamais été plus au comble.

Ce qui la caractérise en ce moment cette littérature, et la rend un phénomène tout à fait propre à ce temps-ci, c'est la naïveté et souvent l'audace de sa requête, d'être nécessiteuse et de passer en demande toutes les bornes du nécessaire, de se mêler avec une passion effrénée de la gloire ou plutôt de la célébrité, de s'amalgamer intimement avec l'orgueil littéraire, de se donner à lui pour mesure et de le prendre pour mesure lui-même dans l'émulation de leurs exigences accumulées; c'est de se rencontrer là où on la supposerait et où on l'excuse le moins, dans les branches les plus fleuries de l'imagination, dans celles qui sembleraient tenir aux parties les plus délicates et les plus fines du talent.

Chaque époque a sa folie et son ridicule; en littérature nous avons déjà assisté (et trop aidé peut-être) à bien des manies; le démon de l'élégie, du désespoir, a eu son temps; l'art pur a eu son culte, sa mysticité; mais voici que le masque change; l'industrie pénètre dans le rêve et le fait à son image, tout en se faisant fantastique comme lui; *le démon de la propriété littéraire* monte les têtes, et paraît constituer chez quelques-uns une vraie maladie pindarique, une *danse de saint Guy* curieuse à décrire. Chacun s'exagérant son importance se met à évaluer son propre génie en sommes rondes ; le jet de chaque orgueil retombe en pluie d'or. Cela va aisément à des millions, l'on ne rougit pas de les étaler et de les mendier. Avec plus d'un illustre, le discours ne sort plus de là : c'est un cri de misère en style de haute banque et avec accompagnement d'espèces sonnantes. Marot, tendant la main *au Roy pour avoir cent escus* dans quelque joli dizain, y mettait moins de façon et plus de grâce (1).

(1)
> Plaise au Roy ne refuser point
> Ou donner, lequel qu'il voudra,
> A Marot cent escus apoinct,
> Et il promet qu'en son pourpoint
> Pour les garder ne les coudra...

Je conseille de relire les dizains charmants *au Roy de Navarre :*

> Mon second Roy, j'ay une haquenée, etc.;

et *à la Royne de Navarre :*

> Mes créanciers, qui de dizains n'ont cure, etc.

Dans l'épître *au Roy pour avoir esté desrobé,* il épuise tous les tours et toutes les gentillesses de la requête; il ne ressemble pas à tant de gens insatiables, dit-il, il ne veut plus rien demander :

> Mais je commence à devenir honteux,
> Et ne veux plus à vos dons m'arrester;
> Je ne dy pas, si voulez rien prester,
> Que ne le prenne. . . . .
> Et savez-vous, Sire, comment je paye?
> . . . .
> Je vous ferai une belle cedule
> A vous payer (sans usure s'entend)
> Quand on verra tout le monde content;
> Ou si voulez, à payer ce sera
> Quand votre loz et renom cessera.
> . . . .
> Advisez donc si vous avez desir
> De rien prester : vous me ferez plaisir;
> Car puis un peu, j'ai basti à Clement

Sur ce point comme sur presque tous les autres qui touchent à la littérature, il ne s'élève pourtant aucun blâme, aucun rire haut et franc : la police extérieure ne se fait plus. La littérature industrielle est arrivée à supprimer la critique et à occuper la place à peu près sans contradiction et comme si elle existait seule. Sans doute pour qui considère les productions de l'époque d'un coup d'œil complet, il y a d'autres littératures coexistantes et qui ne cessent de pousser de sérieux et honorables travaux : par exemple la littérature qu'on peut appeler d'Académie des Inscriptions, et qui reste fidèle à sa mission de critique et de recherche en y portant un redoublement d'activité et en y introduisant quelque jeunesse ; il y a encore la littérature qu'on peut appeler d'Université, confinant à l'autre, et qui par des enseignements, par des thèses qui deviennent des ouvrages, est dès longtemps sortie de la routine sans perdre la tradition. Mais, il faut le dire, avec toute l'estime qu'inspirent de semblables travaux, l'entière gloire littéraire d'une nation n'est pas là ; une certaine

> Là où j'ay fait un grand desboursement,
> Et à Marot qui est un peu plus loing :
> Tout tombera, qui n'en aura le soing.

Gasconnade pour gasconnade, cette dernière, par l'espièglerie, n'en vaut-elle pas bien d'autres? Quant au fond de la requète, il est le même chez nous; mais que le ton a changé! « Certes, si la France « exerce une prépondérance si incontestable et si transcendante « en Europe, elle le doit à dix ou douze hommes éminents, hommes « d'art, d'intelligence, de poésie et de cœur..., parmi lesquels je « suis. » Voilà le début nouveau de toute complainte : c'est à son de trompe qu'on entonne désormais sa pétition ; j'aimais mieux le flageolet de Marot.

vie même, libre et hardie, chercha toujours aventure
hors de ces enceintes : c'est dans le grand champ du
dehors que l'imagination a toutes chances de se déployer. Or, ce champ libre qui a formé jusqu'ici le
principal honneur de la France, qu'en a-t-on fait? Sa
condition d'être commun et ouvert à tous l'a sans doute,
à chaque époque, laissé en proie à tous les hasards des
esprits. Les différentes formes du mauvais goût, les
modes bigarrées, les bruyantes écoles, y ont passé; les
fausses couleurs y ont fait torrent. Ce champ, en un
mot, a été de tout temps infesté par des bandes; mais
jamais il ne lui arriva d'être envahi, exploité, réclamé
à titre de juste possession, par une bande si nombreuse,
si disparate, et presque organisée comme nous le
voyons aujourd'hui, et avec cette seule devise inscrite
au drapeau : *Vivre en écrivant!* Dédain ou intimidation,
on se tait et cela gagne; des esprits sérieux et qui ho-
norent l'époque, renfermés dans leurs vocations spéciales, gardent le silence sur des excès qu'ils ne sauraient comment qualifier. Cependant de grands et hauts
talents, obsédés ou aveuglés, cèdent au torrent et y
poussent, imitent et encouragent les déportements dont
ils croient pouvoir toujours se tirer eux-mêmes sans dés-
honneur. Quelques plumes sages protestent çà et là, à la
sourdine; mais la digue n'est nulle part. La connivence
éteint tout cri d'alarme. On en est réduit (le croirait-on?)
sur certaines questions courantes et vives, à n'avoir
plus pour sentinelle hardie que l'esprit et le caprice de
M. Janin, qui dit ce matin-là, avec un bon sens pétu-
lant et sonore, ce que chacun pense. Jamais on n'a

mieux senti, au sein de la littérature usuelle et de la
critique active, le manque de tant d'écrivains spirituels, instruits, consciencieux, qui avaient pris un si
beau rôle dans les dernières années de la Restauration,
et qui, au moment de la révolution de Juillet, en passant brusquement à la politique, ont fait véritablement
défection à la littérature. Quelque hauts services que
puissent penser avoir rendus à leur cause les anciens
écrivains du *Globe* devenus députés, conseillers d'État
et ministres, je suis persuadé qu'en y réfléchissant,
quelques-uns au moins d'entre eux se représentent
dans un regret tacite les autres services croissants
qu'ils auraient pu rendre, avec non moins d'éclat, à
une cause qui est celle de la société aussi : il leur suffisait d'oser durer sous leur première forme, de maintenir leur tribune philosophique et littéraire, en continuant, par quelques-unes de leurs plumes, d'y pratiquer
leur mission de critique élevée et vigilante ; aux temps
de calme, l'autorité se serait retrouvée. Leur brusque
retraite a fait lacune, et, par cet entier déplacement de
forces, il y a eu, on peut l'affirmer, solution de continuité en littérature plus qu'en politique entre le régime
d'après Juillet et le régime d'auparavant. Les talents
nouveaux et les jeunes espoirs n'ont plus trouvé de
groupe déjà formé et expérimenté auquel ils se pussent
rallier ; chacun a cherché fortune et a frayé sa voie au
hasard ; plusieurs ont dérivé vers des systèmes tout à
fait excentriques, les seuls pourtant qui offrissent quelque corps tant soit peu imposant de doctrine. Beaucoup, en restant dans le milieu commun, exposés à

cette atmosphère cholérique et embrasée, sur ce sol peu sûr, en proie à toutes les causes d'excitation et de corruption, ont été plus ou moins gâtés, et n'ont plus su ce que c'était que de l'être. De là, une littérature à physionomie jusqu'à présent inouïe dans son ensemble, active, effervescente, ambitieuse, osant tout, menant les passions les plus raffinées de la civilisation avec le sans-façon effréné de l'état de nature ; perdant un premier enjeu de générosité et de talent dans des gouffres d'égoïsme et de cupidité qui s'élargissent en s'enorgueillissant ; et, au milieu de ses prétentions, de ses animosités intestines, n'ayant pu trouver jusqu'ici d'apparence d'unité que dans des ligues momentanées d'intérêts et d'amours-propres, dans de pures coalitions qui violent le premier mot de toute harmonie morale.

Je n'exagère pas. En province, à Paris même, si l'on n'y est pas plus ou moins mêlé, on ignore ce que c'est au fond que la presse, ce bruyant rendez-vous, ce poudreux boulevard de la littérature du jour, mais qui a, dans chaque allée, ses passages secrets. En parlant de la presse, je sais quelles exceptions il convient de faire ; politiquement j'en pourrais surtout noter ; mais littérairement, il y en a très-peu à reconnaître. La moindre importance qu'on attache probablement à une branche réputée accessoire a fait que sur ce point on a laissé aller les choses. Il en est résulté dans la plupart des journaux, chez quelques-uns même de ceux qui passeraient volontiers pour puritains, un ensemble d'abus et une organisation purement mercantile qui fomente la plaie littéraire d'alentour et qui en dépend.

Une première restriction est pourtant à poser dans le blâme. Il faut bien se résigner aux habitudes nouvelles, à l'invasion de la démocratie littéraire comme à l'avénement de toutes les autres démocraties. Peu importe que cela semble plus criant en littérature. Ce sera de moins en moins un trait distinctif que d'écrire et de faire imprimer. Avec nos mœurs électorales, industrielles, tout le monde, une fois au moins dans sa vie, aura eu sa page, son discours, son prospectus, son *toast,* sera *auteur.* De là à faire un feuilleton, il n'y a qu'un pas. Pourquoi pas moi aussi? se dit chacun. Des aiguillons respectables s'en mêlent. On a une famille, on s'est marié par amour, la femme sous un pseudonyme écrira aussi. Quoi de plus honorable, de plus digne d'intérêt que le travail assidu (fût-il un peu hâtif et lâché) d'un écrivain pauvre, vivant par là et soutenant les siens? Ces situations sont fréquentes : il y aurait scrupule à les déprécier.

De nos jours, d'ailleurs, qui donc peut se dire qu'il n'écrit pas un peu pour vivre (*pro victu*), depuis les plus illustres? Ce mobile va de pair même avec la plus légitime gloire. Pascal, Montaigne, parlant des philosophes qui écrivent contre la gloire, les montrent en contradiction avec eux-mêmes et la désirant. Et moi qui écris ceci, ajoute Pascal... Et moi-même qui écris ceci, doit-on se dire lorsqu'on écrit sur ceux qui écrivent un peu pour vivre.

Mais, ces avertissements donnés, ces précautions prises, et profitant à notre tour de cette audace qu'appuie la nécessité aussi, et de cette inspiration âpre et libre d'une vie de plus en plus dégagée, on est en position et en droit de dire le vrai comme on l'entend sur un ensemble dont l'impression n'est pas douteuse, dont le résultat révolte et crie de plus en plus. L'état actuel de la presse quotidienne, en ce qui concerne la littérature, est, pour trancher le mot, désastreux. Aucune idée morale n'étant en balance, il est arrivé qu'une suite de circonstances matérielles a graduellement altéré la pensée et en a dénaturé l'expression. Et, par exemple, M. de Martignac a légué, sans s'en douter, un germe de mort aux journaux par sa loi de juillet 1828, loi relativement libérale, mais qui, en rendant à certains égards les publications quotidiennes ou périodiques plus accessibles à tous, les greva de certaines conditions pécuniaires comme contre-poids, et qui, en les allégeant à l'endroit de la police et de la politique, accrut en leur sein la charge industrielle. Pour subvenir aux frais nouveaux, que ferons-nous? disaient les journaux. — Eh bien! vous ferez des annonces, leur répondait-on. — Les journaux s'élargirent; l'annonce naquit, modeste encore pendant quelque temps; mais ce fut l'enfance de Gargantua, et elle passa vite aux prodiges. Les conséquences de l'annonce furent rapides et infinies. On eut beau vouloir séparer dans le journal ce qui restait consciencieux et libre, de ce qui devenait public et vénal : la limite du *filet* fut bientôt franchie. La *réclame* (1) servit de pont. Comment condamner à deux

(1) Pour ceux qui l'ignorent, nous dirons que la *réclame* est la petite note glissée vers la fin, à l'*intérieur* du journal, d'ordinaire payée par le libraire, insérée le même jour que l'annonce ou le

doigts de distance, qualifier détestable et funeste ce qui se proclamait et s'affichait deux doigts plus bas comme la merveille de l'époque? L'attraction des majuscules croissantes de l'annonce l'emporta : ce fut une montagne d'aimant qui fit mentir la boussole. Afin d'avoir en caisse le profit de l'annonce, on eut de la complaisance pour les livres annoncés; la critique y perdit son crédit. Qu'importe! l'annonce n'était-elle pas la partie la plus productive et la plus nette de l'entreprise? Des journaux parurent, uniquement fondés sur le produit présumé de l'annonce : alors surtout la complaisance fut forcée; toute indépendance et toute réserve cessèrent.

Cette malheureuse annonce n'a pas eu une influence moins fatale sur la librairie; pour sa bonne part, elle a contribué à la tuer. Comment? L'annonce constitue, après l'impression, un redoublement de frais qu'il faut prélever sur la première vente, avant d'atteindre aucun profit; mille francs d'annonces pour un ouvrage nouveau; aussi, à partir de là, les libraires ont-ils impitoyablement exigé des auteurs deux volumes au lieu d'un, et des volumes in-8° au lieu d'un format moindre; car cela ne coûte pas plus à annoncer, et, les frais d'annonce restant les mêmes, la vente du moins est double et répare. De cascades en cascades, je n'aurais pas de sitôt fini sur l'*annonce,* qui demanderait toute une histoire : Swift, d'une encre amère, l'aurait tracée.

lendemain, et donnant en deux mots un petit jugement flatteur qui prépare et préjuge celui de l'article.

La situation des journaux a notablement empiré depuis l'introduction de la presse dite à quarante francs : je ne m'attache à juger que du contre-coup moral. Le personnage trop célèbre et d'une capacité aussi incontestable que malheureusement dirigée, qui a eu cette idée hardie, prétendait tuer ce qu'on appelait le monopole de quelques grands journaux ; mais il n'a fait que mettre tout le monde et lui-même dans des conditions plus ou moins illusoires, et où il devient de plus en plus difficile, à ne parler même que de la littérature, de se tirer d'affaire avec vérité, avec franchise. Les journaux, par cette baisse de prix, par cet élargissement de format, sont devenus de plus en plus tributaires de l'annonce ; elle a perdu son reste de pudeur, si elle en avait. Maintenant, quand on lit dans un grand journal l'éloge d'un livre, et quand le nom du critique n'offre pas une garantie absolue, on n'est jamais très-sûr que le libraire ou même l'auteur (si par grand hasard l'auteur est riche) n'y trempe pas un peu. Il est très-fâcheux qu'à l'origine de cette espèce d'invasion de la presse dite à quarante francs, les conséquences morales et littéraires n'en aient pas été présentées avec vigueur et netteté par quelqu'une des plumes alors en crédit. Une voix pourtant, celle de Carrel, avait commencé à s'élever, quand elle s'est tue. Les autres journaux étaient trop intéressés sans doute dans la question, et le *Vous êtes orfévre* eût diminué l'autorité de leur résistance. Malgré cette défaveur de position, certains faits auraient pu ressortir avec évidence et certitude. Je crois, par exemple, que ç'a été une faute au *Journal des Débats,* resté

après tout à la tête de la littérature quotidienne, d'o-
béir en cette crise à son système de prudence, et de ne
pas protester tout haut. Mais comment alors, dans le
gouvernement, des hommes d'État sérieux et vertueux
ont-ils pu prêter appui à la légère, et dans des vues
toutes momentanées, à des opérations qui n'ont jamais
présenté aucune chance de succès légitime et qui entraînaient visiblement à une corruption immédiate?
Ce qui est certain (et en réduisant toujours notre point
de vue), c'est que la moralité littéraire de la presse en
général a baissé depuis lors d'un cran. Si l'on peignait
au complet le détail de ces mœurs, on ne le croirait
pas. M. de Balzac a rassemblé, dernièrement, beaucoup
de ces vilenies dans un roman qui a pour titre *Un Grand
Homme de Province,* mais en les enveloppant de son
fantastique ordinaire : comme dernier trait qu'il a
omis, toutes ces révélations curieuses ne l'ont pas
brouillé avec les gens en question, dès que leurs intérêts sont redevenus communs.

Au théâtre, les mêmes plaies se retrouveraient; les
mœurs ouvertement industrielles y tiennent une place
plus évidente encore. Il en fut ainsi en tout temps :
mais, dans une histoire du théâtre depuis dix ans, on
suivrait le contre-coup croissant et désordonné de ce
mauvais régime littéraire. L'exigence des auteurs en
vogue augmente et souvent ne ressemble pas mal à de
la voracité. Pour se les attacher on a, par exemple,
l'appât des *primes* : aussitôt une pièce de l'un d'eux lue
et reçue, une somme est donnée, cinq mille francs, je
crois, si la pièce a cinq actes. Quand la pièce réussit,

quand les engagements se tiennent avec quelque fidélité, tout va au mieux, mais l'ordinaire n'est pas là. Les
théâtres s'en tirent parfois pourtant mieux que le reste.
Leur plaie réelle a toujours été dans la rareté des bonnes pièces et dans celle des bons sujets, des bons acteurs. Une seule bonne fortune en ce genre répare bien
des pertes. Passons.

C'est à la littérature imprimée, à celle d'imagination
particulièrement, aux livres auparavant susceptibles de
vogue, et de degré en degré à presque tous les ouvrages nouveaux, que le mal, dans la forme que nous dé-
nonçons, s'est profondément attaqué. Depuis deux ans
surtout, on ne vend plus : la librairie se meurt. On a tant
abusé du public, tant mis de papier blanc sous des volumes enflés et surfaits, tant réimprimé du vieux pour du
neuf, tant vanté sur tous les tons l'insipide et le plat,
que le public est devenu à la lettre comme un cadavre. Les cabinets de lecture achètent à peine. On a vu
dernièrement un auteur réclamer tout haut contre l'u-
sage de quelques-uns de ces cabinets qui, pour ne pas
se ruiner en doubles achats, découpent dans les journaux et font relier les romans qui paraissent en feuilletons ; l'auteur dénonçait avec indignation cette mesure
économique : c'est heureux qu'il n'ait pas déféré le cas
au procureur du roi. Mais qu'attendre aussi d'un livre
quand il ne fait que ramasser des pages écrites pour
fournir le plus de colonnes avec le moins d'idées? Les
journaux s'élargissant, les feuilletons seiment, l'élas
indéfiniment, l'élasticité des phrases a dû prêter, et
l'on a redoublé de vains mots, de descriptions oiseuses,

d'épithètes redondantes : le style s'est *étiré* dans tous ses fils comme les étoffes trop tendues. Il y a des auteurs qui n'écrivent plus leurs romans de feuilletons qu'en dialogue, parce qu'à chaque phrase, et quelquefois à chaque mot, il y a du blanc, et que l'on gagne une ligne. Or, savez-vous ce que c'est qu'une ligne ? Une ligne de moins en idée, quand cela revient souvent, c'est une notable épargne de cerveau; une ligne de plus en compte, c'est une somme parfois fort honnête. Il y a tel écrivain de renom qui exigera (quand il condescend aux journaux) qu'on lui paye *deux francs* la ligne ou le vers, et qui ajoutera peut-être encore que ce n'est pas autant payé qu'à lord Byron. Voilà qui est savoir au juste la dignité et le prix de la pensée. Il se rencontre des entrepreneurs charlatans qui consentent à ces excès de prétention pour avoir au moins un article et se parer d'un nom : cela se regagne sur l'actionnaire. Des hommes ignorants des lettres, envahissant la librairie et y rêvant des gains chimériques, ont fait taire les calculs sensés et ont favorisé les rêves cupides. Ainsi chacun est allé tout droit dans son égoïsme, coupant l'arbre par la racine. Chacun, en y passant, a effondré le terrain sous ses pas : qu'importent les survenants? après nous le déluge! L'écrivain ayant mis son cerveau en coupe réglée, il y a eu des mécomptes; bon an, mal an, comme on dit : les livres vendus et payés d'avance n'ont pu toujours être faits. De scandaleux procès ont trop souvent éclairé ces misères. Quoi donc d'étonnant que la librairie, ainsi placée entre toutes les causes de ruine, entre son propre charlatanisme, les exigences des auteurs, les exactions des journaux, et enfin la contrefaçon étrangère, ait succombé? Car il n'y a plus de librairie en ce moment que celle d'université, de droit, de médecine, de religion, précisément parce qu'en ces branches spéciales elle est restée à peu près soustraite aux diverses atteintes.

J'ai nommé la contrefaçon étrangère, et je l'ai nommée la dernière parce qu'en effet elle ne vient qu'en dernier lieu dans ma pensée, et qu'il y a bien d'autres causes mortelles avant celle-là. Tel ne paraît pas l'avis de beaucoup d'intéressés, et c'est à la contrefaçon étrangère presque uniquement qu'auteurs et éditeurs s'en sont pris dans la dernière crise. Je crois pourtant qu'eux-mêmes les premiers ont fait beau jeu à la contrefaçon belge, qui se fonde avant tout sur le débit de volumes gros de matière et à bon marché (1). Mais sans prétendre diminuer l'idée du tort immense qu'apporte la contrefaçon extérieure, on n'y peut rien directement : il faudrait là une intervention du Gouvernement, une négociation internationale. On fait bien d'appeler et de provoquer l'attention du pouvoir sur ce point ; le pouvoir a fait semblant de s'en occuper, comme il fera toujours désormais de ce qui lui sera déféré avec bruit et grand concert d'intérêts en souffrance : mais tout s'est borné à des démonstrations. Qu'on le pousse toutefois, qu'on le prêche et qu'on l'édifie là-dessus, s'il y a moyen:

(1) Le succès des diverses petites *Bibliothèques* publiées en format dit anglais prouve que de bons livres remplis et peu chers garderaient toutes chances : et encore n'a-t-on pas toujours été scrupuleux dans les choix.

rien de mieux, et, avec de la constance et quelque cinquante ans de lutte, nos Wilberforce, qui ont comparé la contrefaçon étrangère à la traite des nègres, pourront l'emporter. Mais, encore un coup, il n'y a rien là sur quoi l'on ait prise immédiate, et cela est si vrai que la société récemment fondée à l'occasion même du débat, la *Société des Gens de Lettres,* après avoir posé le principe général, a dû appliquer son activité vers des détails plus intérieurs.

L'idée première de cette Société est due à un écrivain d'esprit, M. Desnoyers, qui a su conserver dans la mêlée la plus active des intentions droites et des habitudes élevées de caractère. Dans ce que je me permettrai de dire de l'association naissante, je m'enquerrai moins de son objet positif et financier que des conséquences littéraires probables et de certains abus (il s'en glisse partout, et surtout dans les corps) qui pourraient s'entrevoir déjà. Rien de plus légitime assurément que des gens de lettres s'associant pour s'entendre sur leurs intérêts matériels et s'y éclairer. A défaut de la contrefaçon étrangère qu'on ne peut atteindre, il y a des manières de contrefaçon à l'intérieur, sinon pour les livres, du moins pour les feuilletons : il y a des journaux voleurs qui vous citent et vous copient. Quelques auteurs entichés pourraient s'en trouver purement et simplement flattés ; de plus aguerris et de plus stricts useraient du droit de répression, requérant en justice dommages et intérêts : le plus sûr et le plus fructueux est d'amener par transaction ces journaux à payer tribut pour leur reproduction, et à s'abonner, en

quelque sorte, à vous. Régulariser en un mot ce genre
de contrefaçon à l'intérieur, voilà un résultat. Comme
l'homme de lettres isolé a peu de force, de loisir, et
souvent peu d'entente de ces chicanes, un agent spé-
cial, un comité permanent, veilleront pour lui et plaide-
ront son intérêt. Rien de mieux jusque-là. Il y a toujours à prendre garde cependant de trop aliéner les
droits de l'individu dans le pouvoir du comité. Si en
traitant, par exemple, avec chaque membre de la Société, un éditeur se trouvait avoir affaire à une Société
plus réellement propriétaire de ses œuvres à quelques
égards que lui-même, ce serait un inconvénient, une
entrave, une vraie servitude. Si une Revue (pour préciser encore mieux), qui paye un article à un auteur, se
trouvait presque aussitôt dépossédée de cet article par
quelque journal payant tribut régulier de reproduction
à cet auteur, ce serait une piquante façon d'être leurré :
on serait contrefait à bout pourtant, à l'aide de ce qui
aurait été fondé précisément contre la contrefaçon. Mais
je laisse là ces questions, qui appartiennent au plus
subtil du Code de commerce ; je ne sais jusqu'à quel
point la légalité s'en accommodera ; les tribunaux, mis
en demeure de prononcer dans quelques cas, paraissent
jusqu'ici peu y condescendre, et les vieux juges, ouvrant
de grands yeux, n'y entendent rien du tout. On conçoit
cependant, je le répète, une Société de gens de lettres
s'entendant de leur mieux pour s'assurer le plus grand
salaire possible de leurs veilles, si leur force unie se
contient dans des termes d'équité et ne va jamais jusqu'à la coaction envers les éditeurs : car il ne faudrait

pas tomber ici dans rien qui rappelât les coalitions d'ouvriers; on a bien crié contre la *camaraderie*, ceci est déjà du *compagnonnage*.

Premier résultat moral pourtant. Quelle que soit la légitimité stricte du fond, n'est-il pas triste pour les lettres en général que leur condition matérielle et leur préoccupation besogneuse en viennent à ce degré d'organisation et de publicité? Je m'étais figuré toujours, pour ce qu'on appelle la propriété littéraire, quelque chose de plus simple. On écrit, on achève un livre; on traite de la vente avec un libraire; on remplit ses conditions et lui les siennes; après quoi l'on rentre dans sa propriété. Si l'on est contrefait en Belgique dans l'intervalle, malheur et honneur! Le libraire n'est pas d'ailleurs tout à fait sans l'avoir prévu. Au lieu d'un livre, est-ce de simples articles qu'on écrit : on traite avec un journal, on remplit mutuellement ses conditions. Si l'on est contrefait, copié par une feuille voleuse, c'est l'affaire du journal de défendre son bien, et de poursuivre, s'il lui plaît. L'auteur reste dans l'ignorance de ce détail et se lave les mains du procès. C'est là sans doute une économie politique bien élémentaire et bien mesquine en fait de propriété littéraire; elle doit faire pitié à bien des illustres; il y a particulièrement de quoi faire hausser les épaules à plus d'un de nos *douze maréchaux de France*, comme les appelle le président actuel de la *Société des Gens de Lettres* dans une lettre récemment publiée (1); car un

(1) M. de Balzac. — Voir *a Presse* et *e Siècle* des 18 et 19 août (1839).

maréchal de France en littérature, c'est un de ces hommes, sachez-le bien, qui *offrent à l'exploitation une certaine surface commerciale*. Notre chétive et frugale théorie de propriété littéraire n'a qu'un avantage : tant qu'elle a régné dans les lettres, on n'y jetait pas un éclat de financier aux yeux des passants, on ne les attroupait pas non plus autour de ses misères.

Mais la *Société des Gens de Lettres* nous paraît recéler d'autres inconvénients littéraires, si elle n'y prend garde. Dans de telles associations, la majorité décide; et qu'est-ce que la majorité en littérature? La Société s'engage (c'est tout simple) à aider ses membres, à procurer le placement de leurs travaux, à aplanir aux jeunes gens qui en font partie l'entrée dans la carrière. Mais où sont les conditions littéraires et les garanties de l'admission? Tout le monde peut se dire *homme de lettres* : c'est le titre de qui n'en a point. Les plus empressés à se donner pour tels ne sont pas les plus dignes. La Société songera-t-elle au mérite réel dans l'admission? peut-elle y songer? où sera l'expertise? Dans les compagnonnages des divers métiers, on ne reçoit que des ouvriers faits et sur preuves; mais, en matière littéraire, qui décidera? Voilà donc une Société qui recevra tous ceux qui s'offriront pour gens de lettres, et qui les aidera, et qui les organisera en force compacte; et dans toutes les questions, les moindres, les moins éclairés, les moins intéressés à ce qui touche vraiment les lettres, crieront le plus haut, soyez-en sûr. Les bons esprits que renferme l'association ont dû y réfléchir déjà, et par expérience. Que

serait-ce qu'une Société qui, comprenant la presque
totalité des littérateurs du jour à tous les degrés de
l'échelle, deviendrait pour eux une espèce d'assurance
mutuelle contre la critique et pour la louange? Je
signale un écueil lointain, mais non pas toutefois sans
qu'il y ait des signes avant-coureurs. Ne voit-on pas
des journaux, coalisés sur ce point, s'entendre à merveille au milieu des injures qu'ils se lancent par d'autres endroits? *Le Siècle* répétait l'autre jour la lettre
du président de la Société, et l'empruntait courtoise-
ment à *la Presse*, en ajoutant, sans rire, que cette
lettre *soulevait de graves questions*. Je crains que le
spirituel *Charivari* n'ait aussi, cette fois, oublié de
rire. Les journaux politiquement s'attaquent, s'in-
jurient, se font avanie et guerre : les feuilletons fra-
ternisent. On correspond d'une place à l'autre par le
bas, par le rez-de-chaussée, par les caves.

Mais que fais-je en ce moment? Et n'est-ce pas courir de grands risques que de parler ainsi? Car un des
inconvénients d'une telle Société, si encore elle n'y
prend garde, ce serait l'intimidation. Quand on se
croit la force en main, on en abuse aisément. L'autre
jour, il est arrivé à une personne de notre connaissance,
à l'ancien gérant de cette *Revue*, d'être accusé d'un
mot inouï : il se serait plaint, en plaisantant, d'avoir
affaire à deux sortes de gens les plus indisciplinables
du monde, les comédiens et les gens de lettres. Le propos eût été leste, et je ne puis croire que M. Buloz l'ait
tenu (1). Quoi qu'il en soit, une note se trouva insérée

(1) On racontait, en effet, que M. Buloz, qui cumulait les soins

dans deux ou trois journaux, dans ceux-là mêmes qui s'attaquent tous les matins en politique, mais qui s'entendent si cordialement en littérature ; note qui avait une tournure vraiment officielle, et qui relatait qu'à la nouvelle du propos scandaleux le Comité de l'association s'était transporté chez le mauvais plaisant pour recevoir son désaveu *formel*. On a inséré tout cela sans rire. Il n'est donc peut-être plus permis de dire que les gens de lettres sont, non pas indisciplinables, mais trop disciplinés, et que la coalition en ce sens aurait d'étranges conséquences. Il y a peut-être, à l'heure qu'il est, des personnes qui se croient les représentants uniques et jurés de la littérature française, prêts à vous demander compte des bons ou méchants mots, et à vous citer par-devant eux pour la plus grande dignité de l'Ordre. Ce serait une liberté de plus que nous aurions conquise, et semblable à beaucoup d'autres en ce siècle de liberté : Boileau le satirique et le portraitiste La Bruyère auraient eu meilleure condition en leur temps. Au reste, nous parlons d'autant plus à l'aise de cette *Société des Gens de Lettres,* que, le grand nombre nous en étant parfaitement inconnu, une portion suffisante du moins nous semble offrir, par les noms, toute sorte de garanties. Nous sommes persuadé

de directeur de la *Revue des Deux Mondes* et les fonctions de commissaire royal près le Théâtre-Français, ayant été reçu en audience par Louis-Philippe, et celui-ci, selon son habitude peu royale, s'étant mis à se plaindre et à gémir sur les difficultés qu'il rencontrait à gouverner, M. Buloz lui aurait répondu : « Et à qui dites-vous cela, Sire ? à moi qui ai affaire aux deux sortes de gens les plus indisciplinables, les comédiens et les gens de lettres ! »

qu'une quantité de membres sont de notre avis au fond, et qu'ils sauront, au besoin, résister aux tentatives d'envahissement immodéré. S'il faut quelque audace pour cela, ils l'auront. Comment n'en serions-nous pas persuadé, quand, pour citer un illustre exemple, nous trouvons que le membre qui a le premier présidé la Société est M. Villemain? Je ne puis m'ôter de la pensée que le spirituel académicien n'avait accepté cette charge que pour avoir occasion, avec ce bon goût qui ne l'abandonne jamais et avec ce courage d'esprit dont il a donné tant de preuves dans toutes les circonstances décisives, de rappeler et de maintenir devant cette démocratie littéraire les vrais principes de l'indépendance et du goût. Il est dommage que d'autres fonctions suprêmes l'aient enlevé avant qu'il ait pu exprimer ce qui dans sa bouche aurait eu une autorité charmante. Mais tant que cette espèce de courage ne manquera pas aux hommes de talent haut placés, il y aura de la ressource contre le mal (1).

M. de Balzac, qui a été nommé président à l'unanimité en remplacement de M. Villemain, aidera peut-être au même résultat par des moyens contraires. Homme d'imagination et de fantaisie, il la porte trop aisément en des sujets qui en sont peu susceptibles, et il pousse, sans y songer, à des conséquences fabuleuses dont chaque œil peut redresser de lui-même l'illusion. Sa lettre sur la propriété littéraire, que nous avon

(1) Tout ceci est sensiblement ironique. Le *courage d'esprit* est ce qui a toujours manqué le plus essentiellement à cet homme de tant de talent et de faiblesse, M. Villemain.

déjà indiquée, est faite par ce genre d'excès pour remettre les choses au vrai point de vue : elle ne tend à
rien moins qu'à proposer au Gouvernement d'acheter
les œuvres des *dix ou douze maréchaux de France,* à
commencer par celles de l'auteur lui-même qui s'évalue
à *deux millions,* si j'ai bien compris. Vous imaginez-
vous le Gouvernement désintéressant l'auteur de la
Physiologie du Mariage, afin de la mieux répandre, et
débitant les *Contes drolatiques* comme on vend du papier timbré? Des conséquences si drolatiques sont très-
propres à faire rentrer en lui-même le démon de la
propriété littéraire, dont M. de Balzac n'a peut-être
voulu, après tout, que se moquer agréablement.

Non ; quel que soit à chaque crise son redoublement
d'espérance et d'audace, la littérature industrielle ne
triomphera pas ; elle n'organisera rien de grand ni de
fécond pour les lettres, parce que l'inspiration n'est pas
là. Déjà en deux ou trois circonstances notables, depuis
plusieurs années, elle a échoué fastueusement. Elle
avait rallié des noms, des plumes célèbres, sans lien
vrai ; elles les a compromises, décréditées plutôt en
détail, sans en rien tirer de collectif ni de puissant.
Déjà on l'a vue à l'œuvre dans cette entreprise gigantesque qui s'intitulait *l'Europe littéraire,* une autre fois
dans *la Chronique de Paris* renouvelée, une autre fois
et plus récemment dans la presse à quarante francs.
Au théâtre, elle a eu à sa dévotion la scène de *la Renaissance :* qu'en a-t-elle fait? Grâce aux promptes rivali-
tés, aux défections, aux exigences, cet instrument dé-
routé se réfugie dans la musique et se sauve, comme

il peut, par des traductions d'opéras italiens. Le drame industriel a eu, à d'autres moments, d'autres théâtres encore, la Porte-Saint-Martin, l'Odéon, les *Français* même, qui, pour n'en pas subir les conditions ruineuses, ont dû bientôt l'éloigner ou ne s'y ouvrir qu'avec précaution. Cette littérature en un mot, qu'on est fâché d'avoir tant de fois à nommer industrielle quand on sait quels noms s'y trouvent mêlés, a eu le vouloir et les instruments d'innovation, les capitaux et les talents, elle a toujours tout gaspillé : l'idée morale était absente, même la moindre ; la cupidité égoïste d'un chacun portait bientôt ruine à l'ensemble.

Pourtant, à chaque reprise de tentative, c'est pour tous ceux qui aiment encore profondément les lettres le moment de veiller. De nos jours le bas-fond remonte sans cesse et devient vite le niveau commun, le reste s'écoulant ou s'abaissant. Le mal sans doute ne date pas d'aujourd'hui ; mais tout est dans la mesure, et aujourd'hui on la comble. Les ressources sont grandes, mais elles tournent aisément en sens contraire si on ne les rallie. Entrez dans les bibliothèques : quelle émulation ardente ! que de jeunes gens étudient, et dans une bonne direction, ce semble ! Mais qu'il faut peu de chose à travers ces nobles efforts pour les faire dévier et avorter ! Il est donc urgent que tous les hommes honnêtes se tiennent, chacun d'abord dans sa propre dignité (on le peut toujours), et entre eux, autant qu'il se pourra et quel que soit le point de départ, par des convenances fidèles et une intelligence sympathique. C'est le cas surtout de retrouver le courage d'esprit et de savoir braver. Que cette littérature industrielle existe, mais qu'elle rentre dans son lit et ne le creuse qu'avec lenteur : il ne tend que trop naturellement à s'agrandir. Pour conclure : deux littératures coexistent dans une proportion bien inégale et coexisteront de plus en plus, mêlées entre elles comme le bien et le mal en ce monde, confondues jusqu'au jour du jugement : tâchons d'avancer et de mûrir ce jugement en dégageant la bonne et en limitant l'autre avec fermeté.

1er septembre 1839.

DIX ANS APRÈS

EN LITTÉRATURE ^(I).

1840.

Et comme notre poil, blanchissent nos désirs.

MATHURIN REGNIER.

Il y a des temps décisifs dans la vie des individus, où leur constitution physique ou morale subit de graves changements et se fonde comme derechef, où l'on refait bail, pour ainsi dire, sur un certain pied et à de certaines conditions avec ses idées, avec ses moyens; il y a, enfin, des années critiques, *climatériques*, comme disaient les anciens médecins, *palingénésiques*, comme disent de modernes philosophes. Cela semble aussi se reproduire assez fidèlement dans la vie d'une époque. Il y a des moments où le cours général des choses amène de certains aspects naturels, et où il se

(1) Cet article, qui avait pour but de rallier à la *Revue des Deux Mondes* un groupe d'écrivains et de critiques, présente sur la plupart des personnages littéraires une suite d'aperçus qui tiennent au courant et qui sont comme des *appoints* aux précédents portraits.

dispose de certains retours, de certaines inclinaisons, vagues sans doute, mais que l'activité humaine bien dirigée et agissant avec quelque concert peut saisir, déterminer et achever. Ne sommes-nous pas, sous l'aspect littéraire et moral, à l'un de ces moments dont il y aurait à tirer parti ? On dirait que le tempérament littéraire de l'époque sommeille, attend, se refait sourdement, qu'il passe par l'un de ces lents efforts de recomposition intérieure dans lequel il y a lieu d'agir, et plus lieu assurément qu'à aucun des instants qui ont couru durant ces dix dernières années.

Il semble qu'après dix ans les dispositions littéraires se rejoignent plus qu'elles n'avaient fait dans l'intervalle, qu'elles se rapprochent du moins ; on ne revient pas au point de départ sans doute, et le cercle ne se ferme pas ; mais il y a une sorte de correspondance, comme d'un cercle à l'autre dans la spirale. On revient, après dix ans, en vue des mêmes idées, non plus pour y aborder, mais pour les juger ; si on y revient ensemble, il y a de quoi se consoler peut-être. On a l'ardeur et la rapidité de moins, on a l'expérience de plus.

Le mouvement littéraire de la Restauration était au plus plein de son développement et au plus brillant de son zèle, quand il fut brisé et comme licencié par le coup d'État de Juillet, et par les journées qui s'ensuivirent. Un grand nombre des plus éminents et des plus actifs champions de cette croisade si animée passèrent immédiatement à la politique pratique, et parurent cesser d'être gens de lettres. Ceux qui n'étaient ni aussi à portée des choses ni aussi mûrs, qui n'avaient pas épuisé leurs vingt-cinq ans ni leur chimère, ne s'abattirent pas et essayèrent de continuer. De cette persévérance sortit plus d'une œuvre imprévue. Il se manifesta chez la plupart de ceux qui tinrent la campagne une seconde phase (et pas toujours progressive) de leur talent : il y eut bien des coups de vent dans les bannières. Cependant un petit nombre de nouveaux venus prirent rang avec éclat; mais, depuis dix ans, ces nouveaux venus eux-mêmes ont eu le temps d'en venir à leurs phases secondes. La politique, à son tour, ayant graduellement épuisé ses ardeurs, a rendu quelque loisir, au moins de coup d'œil, à ceux qui s'y étaient d'abord absorbés. Plusieurs même, et des plus éminents, se remettent à écrire, avec lenteur et discrétion sans doute, mais enfin ils s'y remettent. On se rencontre, on se retrouve sur un terrain un peu neutre; mais c'est quelque chose de se retrouver. Et ceux qui étaient encore en feu il y a dix ans, et ceux qui se sont produits et déjà fatigués depuis, et ceux qui ressaisissent aujourd'hui de bons éclairs d'une ferveur littéraire longtemps ailleurs détournée, tous ne sont pas si loin de s'entendre pour de certaines vues justes, de certains résultats de goût, de sens rassis et de tolérance. Si l'on excepte quelques illustres incurables, auxquels les années n'ont guère rien appris, la plupart, d'un côté ou d'un autre, sont arrivés à un fonds commun ; ce que j'appelle les secondes phases du talent a tourné chez presque tous à l'expérience. Bref (puisqu'il faut articuler le mot fatal), le jeune Siècle, ou du moins ce qui se nommait le jeune Siècle encore il y a dix ans, a aujourd'hui, l'un portant l'autre, quarante ans à peu près : grand âge climatérique pour les tempéraments littéraires comme pour les autres. Cela rend possibles bien des accords.

Cela les rend urgents aussi. C'est l'âge ou jamais, on en conviendra, pour l'ensemble des générations suffisamment contemporaines qui se sont longtemps laissé intituler le jeune Siècle, de prendre un dernier parti. La figure qu'on fera devant ces autres générations survivantes et toujours assez peu bien disposées, l'idée générale qu'on laissera de soi et la considération définitive qu'on ménagera à ses vieux jours littéraires, dépendent beaucoup de la façon dont on va se comporter et se poser en ces années où tant de féconds emplois sont possibles encore. Les laissera-t-on échapper et se dissiper, ce qui est en train de se faire? N'aura-t-on eu décidément que de beaux commencements, un entrain rapide et bientôt à jamais intercepté, cette verve courageuse d'esprit que donne la jeunesse? N'aura-t-on à livrer à l'œil du jaloux avenir que des phénomènes individuels, plus ou moins brillants, mais sans force d'union, sans but, même secondaire, sans accord, même spécieux et décent? Ne sera-t-on en masse, et à le prendre au mieux, qu'une belle déroute, un *sauve qui peut* de talents enfin? Ou bien, méritera-t-on de compter parmi les siècles qui ont eu quelque consistance, qui ne se sont pas hâtés eux-mêmes de se dissoudre, qui ont lutté avec honneur sur les pentes dernières de la littérature, de la langue et du goût? Aura-t-on à présenter, sous les phénomènes excentriques éclatants qui illustrent et compromettent aussi une époque, et dans l'entre-deux de ces hasards de génie aussi souvent insensés que glorieux, un fonds plus sage, un corps de réserve et d'élite encore, rebelle à entamer, sensé, judicieux, fin, mesurant applaudissement ou sentence sur ce qui joue et brille ou s'égare devant lui? La question est posée; chacun peut la retourner à son gré, en étendre ou en resserrer les termes. Le moment me semble extrêmement favorable pour la laisser envisager dans toute sa clarté : si bien qu'il dépend peut-être de dix ou douze hommes dont les noms se pourraient dire, et qui au talent qu'ils ont joindraient un peu du zèle qu'ils ont eu, de la résoudre favorablement aujourd'hui.

Nous qui avons prêché autrefois plus d'une croisade, et pas toujours des plus orthodoxes assurément, qui avons poussé, je le crains, à de trop vives aventures, au rapt d'Hélène et à l'imprudent assaut, nous venons donc (dût-on nous accuser de prêcher à tout propos et un peu par manie), nous venons conseiller comme urgent, opportun et pas trop difficile, cet acte de seconde union, cette espèce de mariage de raison, pour tout dire, entre les talents mûris. Chacun aurait ses réserves pour de certains apanages propres et auxquels on tient chèrement tout bas; mais on entrerait en communauté et en concert sur bien des points de critique positive et de travaux qui s'appuieraient.

Cet accord s'essaye et subsiste plus ou moins déjà; c'est la pensée et le vœu de cette *Revue* même, et c'est parce que la chose est en train de se faire qu'elle

devient possible, et qu'il y a lieu d'insister, d'achever
et de s'exhorter. — Un coup d'œil sur l'ensemble de la
littérature et sur les phases de ses principaux personnages depuis dix ans éclairera encore mieux notre idée
et la modération de notre désir.

M. de Chateaubriand, qu'il faut toujours nommer
d'abord (*ab Jove principium*), non-seulement comme le
prémier en date et en rang, mais aussi comme le plus
durable, comme l'aïeul debout qui a vu naître, passer
et choir bien des fils et petits-fils devant lui; M. de
Chateaubriand, après s'être dégagé avec honneur de la
politique et s'être voué uniquement à sa grande composition finale, aux vastes bas-reliefs de son monument,
a eu cela de remarquable et de progressif de s'établir
dans une existence plus calme, plus sereine et véritablement bienséante à tant de gloire. Son rare bon sens,
qui, dans ses éloquents écrits, se revêt si souvent et
s'arme ou se voile d'éblouissants éclairs, n'a jamais
paru plus élevé, plus net, mieux discernant, aux yeux
de tous ceux qui ont l'honneur de l'approcher. Si une
conciliation entre toutes les parties généreuses et saines
peut sembler possible au sein de la littérature moderne, c'est surtout en contemplant celle qui s'est faite
avec les années dans ce haut esprit de plus en plus
étendu, attentif et accueillant.

Les organes les plus en vue, les chefs de file tout à
fait considérables du mouvement historique, philosophique et littéraire, aux dernières années de la Restauration, MM. Guizot, Cousin et Villemain, ont dû cesser
un peu brusquement cette activité de rôle. Ils n'ont

27.

pourtant pas renoncé à assister aux suites, à y présider même par leur esprit; ils ont donné de leur présence constante des témoignages trop rares sans doute pour ceux qui les admirent et auraient voulu les suivre encore, mais des témoignages suffisants pour maintenir leur influence supérieure et leur nom. M Guizot a donné *Washington,* M. Cousin *Abélard,* et M. Villemain deux volumes d'une littérature exquise et consommée. De leur côté, enfin, il y a plutôt quelque chose qui favorise et rien qui gêne ; ils ont gardé chacun leur rang, et la place est laissée à d'autres qui tous ne sont pas venus.

C'est ce qu'on peut dire aussi de plusieurs éminents historiens ou philosophes, .M. Augustin Thierry, M. Thiers, M. Jouffroy. La fatigue d'une organisation délicate chez l'un, le torrent des affaires chez l'autre, et pour le premier des infirmités, hélas ! qui n'ont pas du moins entamé l'ardeur, ont paru ralentir les productions; mais rien n'est tari, mais la ligne n'est pas brisée, mais les suites se retrouvent encore. M. Thiers a repris la plume : ne va-t-il pas la quitter de nouveau (1)? M. Thierry ne l'a jamais laissée oisive à la main fidèle (2) qui retrace sa pensée. Il doit nous en donner sous peu de jours des preuves rassurantes. Là donc encore il y a lieu de s'appuyer à des frontières connues et d'espérer même des alliés dans les maîtres.

L'imprévu, l'extraordinaire, depuis dix ans, a surgi à

(1) Il était à la veille de rentrer au ministère.
(2) Mme Augustin Thierry, qui servait de secrétaire à son mari.

d'autres endroits et a jailli par d'autres noms. C'est à
M. de La Mennais, à M. de Lamartine, à ces talents
tout ouverts, l'un si impétueux et l'autre si fécond, qu'il
faut demander surtout cette surprise de déploiement et
cet éclat d'aventure. Ils ont, en un sens, passé toutes
les espérances et aussi laissé derrière eux toutes les
craintes ; tous les hasards d'idées déchaînées dans les
hautes régions ont soufflé en eux à pleines voiles, et les
ont fait vibrer sur toutes les cordes selon leur mode
particulier de véhémence ou d'harmonie. Certes, s'il
ne s'agit que d'apprécier les ressources et la portée du
génie individuel, l'étendue de ressort qu'on lui pouvait
supposer, les applications plus ou moins larges qui
s'en pouvaient faire, nous dirons que M. de La Mennais
dans son ordre, et M. de Lamartine dans le sien, ont
témoigné une flexibilité, une vigueur ou une grâce,
une amplitude en divers sens, que leurs premières
œuvres ne démontraient pas. *Jocelyn* d'une part, de
l'autre les *Paroles d'un Croyant* et les *Affaires de Rome,*
sont, à ne voir que l'écrivain même, d'admirables et
riches preuves de puissance et de fertilité. Mais, contradiction singulière, et qui est un des caractères de ce
temps ! avec plus de produit dans le talent et avec un
dégagement à tout prix, le résultat de l'œuvre a été
moins beau que d'abord : la loi de l'ensemble, l'unité,
a été violée ; le fonds entier s'est vu compromis. Il y a
eu étonnement, bouleversement en définitive et ravage
dans les impressions résultantes. Ces grands exemples
n'ont pu être utiles qu'en tant qu'ils ont quelque peu
effrayé et ont fait rentrer en soi par leur excès. On y

chercherait en vain à quoi se rallier directement, mais ils ont prêté beaucoup à qui sait considérer et s'instruire.

Si la noble, accueillante et expansive nature de M. de Lamartine, et qui semblait tellement faite pour être de celles qui concilient, a manqué jusqu'ici à ce rôle par une trop grande facilité d'ouverture et d'abandon, une autre nature bien haute de talent s'y est refusée par une roideur singulière que rien n'a fléchie. En ces dix ans qui s'achèvent, M. Hugo a donné à la fois les plus belles marques de son génie lyrique dans *les Feuilles d'Automne*, et de son talent de prosateur dans sa *Notre-Dame de Paris*; *Marion Delorme* aussi (une œuvre dramatique véritable) n'a paru à la scène que depuis 1830. Mais on est tenté d'oublier ces portions magnifiques quand on songe à tant d'autres récidives simplement opiniâtres, à cette absence totale de modification et de nuance dans des théories individuelles que l'épreuve publique a déjà coup sur coup jugées, à ce refus d'admettre, non point en les louant au besoin (ce qui est trop facile), mais en daignant les connaître et en y prenant un intérêt sérieux, les travaux qui s'accomplissent, les idées qui s'élaborent, les jugements qui se rassoient, et auxquels un art qui s'humanise devrait se proportionner. On peut dire que le genre de déviation propre à M. Hugo depuis dix ans, c'est sa persistance. Est-il disposé à le sentir aujourd'hui? Ces sortes de natures si entières se corrigent-elles jamais, et ne mettent-elles pas leur point d'honneur à être ou à paraître jusqu'au bout invincibles? Quoi qu'il en soit, ce n'est pas la faute de cette *Revue* en particulier, si M. Hugo est resté isolé d'elle, et si cet isolement s'est traduit bientôt en lignes si tranchées et a entraîné des conséquences sévères. Mais la première condition de toute communauté littéraire, c'est l'égalité morale, toute part faite à la supériorité des talents. Dans ce mouvement de retour, dans cette combinaison modérée que nous invoquons, M. Hugo, jusqu'à présent inaccessible, demeure naturellement en dehors; il reste un des grands exemples qu'on admire en partie, qui éclairent par réflexion, à distance, et qui hâtent la maturité de ceux qui en sont capables.

Ceux-ci, par bonheur, sont assez nombreux; ils subissent humblement la loi intime de changement : qu'ils y joignent le travail, l'effort régulier, et cela pourra s'appeler progrès. Mais avant de compter avec eux, avant d'essayer de leur persuader ce que nous concevrions de leur concours, il est bon de voir ce qui ne saurait s'en séparer, ce qui s'est produit de tout à fait nouveau en littérature depuis Juillet 1830, et de postérieur aux talents éclos déjà sous la Restauration.

Il s'en est produit très-peu de nouveaux et d'entièrement nets au soleil : dans l'ordre de l'imagination, M. de Balzac, George Sand; dans l'ordre politique, M. de Tocqueville. En fait de grosse idée, il y a eu le Saint-Simonisme, et ce genre de doctrines plus ou moins avoisinantes, desquelles est sortie l'*Encyclopédie* de MM. Leroux et Reynaud. On aurait à citer encore quelques noms de poëtes, de romanciers, de critiques ; mais ce serait entrer dans le détail, et un coup d'œil d'ensemble (ce qui est singulier à dire) ne fournit guère rien

que cela. Je ne parle toujours que de ce qui n'était **pas**
déjà en train de luire sous la Restauration.

M. de Balzac est **né** depuis, en effet, malgré les cinquante romans qu'il avait publiés d'abord ; nous voudrions ne pas ajouter qu'il a déjà eu le temps de mourir,
malgré les cinquante autres qu'il s'apprête à publier
encore. Il a tout l'air d'être occupé à finir comme il a
commencé, par cent volumes que personne ne lira. On
n'aura vu de sa renommée que son milieu, comme le
dos de certains gros poissons en mer. Il a eu pourtant
son éclair bien flatteur, bien chatoyant, son moment de
sirène :

Subdola quum ridet placidi pellacia ponti.

Ce moment-là ne pouvait venir qu'entre deux vagues,
dans un intervalle de mélange et de confusion. Il a
saisi à nu la société dans un quart d'heure de déshabillé
galant et de surprise ; les troubles de la rue avaient fait
entr'ouvrir l'alcôve, il s'y est glissé ; mais si de pareils
hasards sont précieux, il ne faut pas en abuser, on le
sent, ni les prolonger outre mesure, sous peine de faire
céder le charme au dégoût. Or, depuis ce temps-là,
cette malheureuse alcôve est restée entr'ouverte, que
dis-je ? ouverte à deux battants ; on y entre, on en sort,
on y décrit tout ; ce n'est plus le poëte dérobant les fins
mystères, c'est le docteur indiscret des secrètes maladies. — A défaut de M. de Balzac, qui ne semble pas
en mesure de modifier la verve croissante de ces entraînements, et en se garant surtout du ruisseau impur

des imitateurs, c'est à tels ou tels de ses disciples rivaux et de ses héritiers vraiment distingués qu'on voudrait demander parfois l'œuvre agréable dans laquelle le choix de l'expression, le soin du détail, quelque art littéraire enfin, se joindraient à toutes les veines délicates qu'ils ont (1).

La plus manifeste, la plus originale et la plus glorieuse apparition individuelle qui se soit dessinée depuis dix ans, est assurément George Sand, et tout ce qui se rattache à ce nom. Ici l'on n'a qu'à se féliciter. Avec bon nombre de ces qualités qui peuvent à bon droit sembler souveraines, il ne s'est rien rencontré (exception bien rare!) d'exclusif contre ce qui entoure, rien de littérairement chatouilleux sur soi-même ni sur les autres; mais, au contraire, une sorte d'insouciance généreuse et de courage d'esprit qui ne demande qu'à toujours aller. Des phases nombreuses se sont déjà succédé ou plutôt croisées dans ce talent d'écrivain de plus en plus élargi. Aux purs chefs-d'œuvre du roman, auxquels, lorsqu'on y réussit à ce point, nul genre (il est bon de le maintenir) ne saurait être dit supérieur, il s'est mêlé des essais plus ambitieux dans des sphères moins définies, de ces recherches qu'une pensée ardente et immortelle n'a pas le droit non plus ni le pouvoir de s'interdire. Qu'il aille donc ce talent à la plume si sûre, qu'il épuise çà et là ses fougues d'essor, mais que surtout il revienne encore souvent au naturel et charmant récit. Dans ces hautes influences philosophiques qu'il ne

(1) Le nom de Charles de Bernard se sous-entendait naturellement ici : talent charmant et déjà mûr, trop vite enlevé!

se refuse pas, il est, par rapport à tous, une simple précaution à garder : c'est de songer parfois à ceux qui sondent à d'autres points la sphère infinie, ou qui même, lassés, ne la sondent plus, et de se rappeler aussi que l'actuel espoir, l'impétueux désir des fortes âmes n'est pas le but trouvé.

Si quelque regret tempère la satisfaction et le respect qu'inspirent les doctes et courageux travaux de l'école encyclopédique de MM. Leroux et Reynaud, c'est à cause de l'aspect parfois exclusif et répulsif que se donne dans l'expression une doctrine si vaste, si patiente au fond, si faite en définitive pour comprendre et tolérer. Qu'elle consente à se relâcher un peu de l'absolu de la forme et de la rigueur affirmative, à s'interdire envers les adversaires une chaleur de réfutation trop facile, et qui déplace toujours les questions ; qu'elle permette autour d'elle à bien des faits de détail de courir plus librement sous le contrôle naturel d'un empirisme éclairé, et elle aura permis qu'on s'appuie souvent avec avantage sur elle sans s'y ranger nécessaire- ment ; elle aura fourni un contingent utile à une œuvre pratique d'intelligence et d'indépendance qu'elle est digne d'apprécier ; car chez elle aussi, si je ne me trompe, et derrière ces grands développements de croyances, la maturité personnelle et l'expérience se- crète sont dès longtemps venues (1).

Un des plus clairs résultats des doctrines vagues qui se rattachent au mot de Saint-Simonisme a été négatif,

(1) Cet éloge s'adressait surtout dans notre pensée à M. Rey- naud.

comme cela arrive souvent : elles ont eu pour effet de neutraliser, de couper chez beaucoup de jeunes esprits la fièvre flagrante du libéralisme, et de les placer dans une habitude plus calme, plus pacifique, plus ouverte aux idées et aux combinaisons véritablement sociales. Si le sentiment moral s'est parfois trouvé affaibli sous le coup de cette transformation profonde, c'est là un mal à combattre, à réparer ; mais il y a eu, à d'autres égards, de l'avantage : il s'est répandu dans toute l'atmosphère des esprits un certain mélange dont l'intelligence et la tolérance ont profité. Il s'agirait d'y rendre aujourd'hui, sous l'empire d'un sentiment moral tout pratique, le mouvement, le concert et l'action.

Une quantité de talents déjà nés sous la Restauration, mais qui ont développé depuis lors des secondes phases complètes, semblent merveilleusement s'y prêter pour le fond ; il leur manque seulement que l'impulsion leur en vienne de quelque part ; ils sont exactement disponibles : quel souffle donc les pourrait remuer et, si peu que ce fût, rassembler ?

Qui n'a vu dans une de ces soirées encombrées, dans un de ces *raouts* où se figure si bien notre époque, tous les talents, tous les noms divers dont une littérature de loin s'honore, et qui, si on les lorgne de Vienne ou de Saint-Pétersbourg, ont l'air d'être groupés, grâce à la distance, et qui ne le sont pas ? qui ne les a vus se presser, se heurter, se croiser ? On se rencontre, on se salue de l'œil ou du geste, ou mieux on se serre la main, et l'on passe, et tout est dit. La vie d'une littérature est-elle là ?

Un symptôme pourtant se prononce, et il appartient à chacun de l'aider. Nul groupe sans doute n'existe, nulle école imposante, nul centre doctrinal, comme on dit, et à quelques égards je ne m'en plains pas : variété et liberté, c'est quelque chose. Mais, ainsi que je l'ai posé en commençant, depuis trois ou quatre années, les choses politiques s'étant graduellement apaisées ou affaissées en ce qu'elles avaient d'habituellement imminent et absorbant, on a le loisir, on se regarde; rien ne s'est recomposé littérairement et avec le feu des premières œuvres; du moins les individus se retrouvent, s'essayent; il y a une sorte de retour des uns à leurs anciens travaux, il y a persistance et perfectionnement chez d'autres, un peu de désabusement chez tous, mais en somme une disposition assez favorable et qui s'intéresse avec assez de sincérité. Le ralentissement de ceux-ci, l'échouement de ceux-là, la difficulté des vents pour les heureux même, les ont à peu près tous jetés en vue des mêmes rivages : ce n'est plus certes le navire Argo qui peut voguer d'une proue magique à la conquête de la toison d'or; mais de toutes ces nefs restantes, de tous ces débris d'espérances littéraires et de naufrages, n'y aurait-il donc pas à refaire encore une noble escadre, un grand radeau?

La critique surtout (hélas! c'est le radeau après le navire), la critique, par épuration graduelle et contradiction commune des erreurs, tend à se reformer et à fournir un lieu naturel de rendez-vous. La critique est la seconde face et le second temps nécessaire de la plupart des esprits. Dans la jeunesse, elle se recèle sous

l'art, sous la poésie ; ou, si elle veut aller seule, la poésie,
l'exaltation s'y mêle trop souvent et la trouble. Ce n'est
que lorsque la poésie s'est un peu dissipée et éclaircie,
que le second plan se démasque véritablement, et que
la critique se glisse, s'infiltre de toutes parts et sous
toutes les formes dans le talent. Elle se borne à le
tremper quelquefois ; plus souvent elle le transforme
et le fait autre. N'en médisons pas trop, même quand
elle brise l'art : on peut dire de ce dernier, même lorsqu'il est brisé en critique, que les morceaux en sont
bons. Fontenelle nous est un grand exemple : il n'avait
été qu'un bel esprit contestable en poésie, un fade novateur évincé ; il devint, sous sa seconde forme, le plus
consommé des critiques et un patriarche de son siècle.
Il y a ainsi, au fond de la plupart des talents, un pis
aller honorable, s'ils savent n'en pas faire fi et comprendre que c'est un progrès. Il faut tôt ou tard, bon
gré, mal gré, y consentir : la critique hérite finalement
en nous de nos autres qualités plus superbes ou plus
naïves, de nos erreurs, de nos succès caressés, de nos
échecs mieux compris. Tout y pousse et contribue à la
hâter de nos jours. L'instituer largement et avec ensemble en littérature, l'appuyer à des exemples historiques positifs qui la fassent vivre et la fertilisent, la
mêler, sans dogmatisme, à une morale saine, immédiate, décente, ce serait, dans ce débordement trop général d'impureté et d'improbité, rendre un service
public et, j'ose dire, social.

Je croirais presque qu'il en est ici de la littérature
comme de la politique. Si j'avais l'honneur d'être con-

servateur à quelque degré et de tenir à la société par quelque coin essentiel (et qui donc n'y tient pas un peu en avançant?), je penserais que c'est le moment ou jamais, pour tous les hommes qui ont cette conservation à cœur et qui ne sont pas disposés à se confier immédiatement aux ressources de l'inconnu, — que c'est le moment pour eux de s'unir, de comprendre que la chose publique s'en va dans un morcellement misérable d'intrigues, dans une diminution sans terme de tous les pouvoirs et de toutes les fonctions. Il me semblerait, en leur place, que la distance de quelques points de départ divers devrait s'évanouir et se confondre dans un but désormais commun de recomposition et de salut. Parmi les écoles conservatrices et non pourtant ennemies du progrès, celle qui a le plus de confiance en elle-même (1), et qui n'est pas encore guérie de croire à l'efficacité absolue de certaines formes et de certaines distinctions plus théoriques que vraies, a dû, ce me semble, se guérir au moins de tout dédain envers ceux qui n'ont à apporter au concours des choses publiques qu'un empirisme équitable, modéré, et qui a sa philosophie aussi dans l'histoire. Et qui donc, dans de certains rangs où l'expérience a soufflé, en pourrait être aux exclusions et aux dédains aujourd'hui? Il les faut laisser à l'orgueil des générations survenantes, qui ont encore à parcourir en leur propre nom tout le cercle des erreurs. Voilà ce que je me hasarderais à penser de la politique de conservation, en idée du salut du

(1) L'école doctrinaire, ou ce que, par habitude, on continuait d'appeler ainsi.

pays, si toutefois je m'étais accoutumé d'assez longue
main à concevoir le salut et l'honneur du pays sous ces
sortes d'aspects.

Eh bien! cette tolérance, cette union conservatrice,
cette ligue de bon vouloir et de bon sens, si regrettable
et si loin de nous en politique, il est plus facile de
provisoirement l'établir en littérature; et si les symptômes ne nous trompent, et pour peu que quelque activité y aide, on serait à même, à l'heure qu'il est, de
l'accomplir. Il ne faut qu'un léger effort et comme un
clin d'œil de correspondance pour cela. Le départ du
mauvais s'est fait de lui-même : les excès se sont tirés
sur chaque ligne et jusqu'à leurs dernières et révoltantes conséquences : l'industrialisme, la cupidité, l'orgueil, ont atteint d'extravagantes limites qui font un
camp à part et bien large à tous les esprits modérés,
revenus des aventures, amis des justes et bienfaisantes
lumières. On est plus qu'un groupe, on est près de
devenir une cité par le fait même de ces débordements
et brigandages qui ont rendu le reste du pays littéraire
inhabitable, qui ont refoulé et rapproché les honnêtes
esprits.

Une critique nouvelle, et sans prétention de l'être,
faisant digue au mal, refaisant appui aux monuments,
peut naître de là; elle est toute née par la force des
choses; elle existe déjà de formation naturelle plutôt
que de propos délibéré; c'est la meilleure : on en voit
déjà les caractères.

J'en signale seulement l'esprit général et la tendance;
je ne m'aviserai pas d'en aller préciser d'avance les

points, d'en dresser les formules et le programme. Le premier caractère de cette critique serait précisément d'être revenue des programmes. Ce n'est que dans une collaboration un peu étroite et continue qu'un beau jour ce programme, s'il prenait envie de le déduire, se pourrait à toute force préciser : et qu'aurait-il besoin de se tant préciser jamais, puisqu'il se pratiquerait avant tout et qu'il vivrait?

Décidément, la littérature qui a suivi l'ordre de choses du 8 août (1) ne paraît pas, non plus que la politique, devoir se marquer par quelques grandes influences centrales, glorieuses, qui dominent le reste, et autour desquelles tout se subordonne avec plus ou moins d'harmonie en monument. Il est des noms éclatants qui font pointe à part et qui s'échappent le plus qu'ils peuvent hors de l'orbite; mais ils n'entraînent et ne rangent rien autour d'eux. S'il est vrai que les rois s'en vont, il ne l'est pas moins que le règne des demi-dieux littéraires, du moins pour le quart d'heure, est passé. Que reste-t-il donc? une multiplicité de chefs de partis, mais surtout des individus notables, distingués, des talents réels et variés, qui, à divers titres, peuvent se croire égaux. Qu'ils suivent chacun leur ligne pour les œuvres individuelles, et consentent à coexister dans de certains rapports de communauté et de confins dans les jugements; qu'on pratique ainsi la vraie égalité et indépendance, l'estime mutuelle du fond avec les réserves permises : voilà des mœurs littéraires de juste

---

(1) C'est-à-dire de l'établissement de la monarchie de Juillet.

et saine démocratie, ce semble, et qui seraient d'un
utile exemple à offrir aux jeunes hommes survenants,
lesquels ne trouvent rien où se rattacher, que l'ambition illimitée égare ou déprave, dont quelques-uns
tombent du second jour aux vices littéraires, les plus
bas de tous, et dont on voit quelques autres plus généreux rôder dans la société comme de jeunes Sicambres,
des Sicambres plume en main et sans emploi.

Les générations prennent, à mesure qu'elles avan-
cent, des teintes plus uniformes, de certaines couches
générales de lumière qui les différencient en masse
d'avec celles qui suivent, et en font ressembler davantage entre eux les individus. C'est là une indication
extérieure, et comme un avertissement de s'unir effec-
tivement au dedans. Je ne craindrai pas d'éclaircir ma
pensée avec trois noms : vers 1829, M. de Carné était
au *Correspondant,* journal catholique, M. Saint-Marc
Girardin aux *Débats,* M. de Rémusat au *Globe.* Des différences tranchées séparaient les points de départ, les
origines de ces esprits distingués; l'un n'aurait pu
écrire indifféremment là où écrivait l'autre; il y avait
barrière. Dix ans se sont écoulés, et ces mêmes esprits
développés, rapprochés, peuvent, quand on les lit,
sembler unis en une large nuance commune, qui ne
laisse guère subsister d'essentiellement différent que
ce qui tient au talent propre, à la manière, à la
finesse.

Dans l'art, c'est moins apparent, c'est pourtant un
peu ainsi. Les talents qui en sont à leurs secondes
phases, et qui les ont eues meilleures que les premières,

se trouvent rapprochés par une certaine harmonie plus proportionnée des œuvres. En somme, chacun, sur ce terrain commun que nous tâchons bien plutôt d'indiquer et de fixer que de définir, y gagnerait précisément de ne pas négliger, de reconnaître au contraire et de suivre les parties de son emploi les moins contestables et les mieux agréées. Qu'Alfred de Musset laisse courir ces charmantes comédies qui ont déridé même les classiques sévères, que Quinet écrive sur Strauss avec une imagination tempérée par les faits, tout le monde applaudit.

Mais une grande part du présent appel (pourquoi ne pas le déclarer?) s'adresse encore plus particulièrement dans notre pensée à ces anciens amis qui, longtemps groupés au *Globe,* ne se sont plus retrouvés depuis en littérature, ou ne s'y sont rencontrés qu'un peu au hasard et pour se montrer la brèche déserte, pour regretter les lacunes des absents. Ils sont là tous encore, pourtant, debout, dans la maturité vigoureuse de l'esprit. Qu'attendent-ils? la politique, dont c'est plus que jamais le cas de déplorer les soubresauts déconcertants et les perpétuelles coupures, ne les absorbe pas tellement aujourd'hui, qu'il n'y ait de leur part bien des idées qui se perdent en chemin vers les nôtres. Pourquoi ne pas les rejoindre? Que M. Dubois, qui fut l'éloquent journaliste par excellence, ressaisisse donc encore, comme par secousses, sa vive plume acérée; qu'au sortir de ces contentions dont la vivacité surpasse trop le résultat, M. Duvergier de Hauranne, si net et si fin en littérature, nous parle, comme autrefois,

de l'Irlande; que M. Vitet nous parle encore des beaux-
arts avec cet enthousiasme que son érudition nourrit
et justifie. Mêlés aux nouveaux, ils rejoindraient et
exciteraient ceux d'autrefois qui n'ont pas quitté. Un
retour, ne fût-il qu'assez rare de la part d'un chacun,
s'il est réel et suivi, peut suffire à renouer le lien et à
maintenir les lignes.

Sans doute il y aura des différences, des dissidences
qui subsisteront; mais, en avançant, et par un triste
bienfait des années, tant de portions âpres sont dé-
pouillées déjà : ne serait-il pas temps de se rabattre
vers les vues semblables, d'insister sur les endroits de
la trame qui se fortifient en se croisant? C'est par là
surtout qu'on peut valoir encore. Des séries de travaux littéraires sur des sujets positifs, ces travaux animés d'un reflet d'expérience morale, et plus ou moins
attristés de regrets chez les uns ou colorés d'espérances
chez les autres, offriraient, rouvriraient à tous un
champ sûr, agréable, fructueux.

Des existences ainsi ne se dissiperont pas, d'autres
se régleront; de nobles esprits retrouveront de ces
emplois dont l'effet durable, après des années, se revoit
aux moments de réflexion avec le plaisir du sage. Tout
serait gagné s'il venait à y renaître un certain souffle
de désintéressement qui ne se peut espérer que dans
les travaux en commun. Et certes, un sentiment moral
et patriotique, ami des lettres, ami du pays qui a été
si offensé dans cette chère portion de lui-même, est
bien fait aussi pour devenir une inspiration à l'égal de
quelque conviction plus jeune et plus absolue. Est-ce

donc se montrer naïf que de s'y adresser tout haut et d'y croire?

Le fait est que c'est l'heure pour les générations qui ont commencé à briller ou qui étaient déjà en pleine fleur il y a dix ans, de se bien pénétrer, comme en un rappel solennel, qu'il y a à s'entendre, à se resserrer une dernière fois, à se remettre en marche, sinon par quelque coup de collier trop vaillant, du moins avec quelque harmonie, et, avant de se trouver hors de cause, à fournir quelque étape encore dans ces champs d'études qui ont toujours eu jusqu'ici gloire et douceurs.

1er mars 1840.

PENSÉES ET FRAGMENTS [1].

Chaque publication de ces volumes de critique est une manière pour moi de liquider, en quelque sorte, le passé, de mettre ordre à mes affaires littéraires. Je sauve ce que je puis du bagage avarié : je voudrais que ce que j'en rejette pérît tout à fait et ne laissât pas trace. Par malheur il n'en est point absolument ainsi; ce qu'on recueille dans de gros volumes n'est pas sauvé par là même, et ce qui reste dans des feuilles éparses n'est pas tellement perdu que cela ne pèse encore après vous pour surcharger au besoin votre démarche littéraire et, plus tard, votre mémoire (si mémoire il y a), de mille réminiscences traînantes et confuses. Ces volumes de *Critiques et Portraits* renferment du moins tout ce que j'ai fourni d'un peu complet dans ma collaboration à la *Revue de Paris* d'abord, et ensuite à la *Revue des Deux Mondes,* ma patrie depuis déjà longtemps. Précédemment, bien jeune, et sous l'inspiration première et les conseils de M. Dubois, un de mes maîtres, j'avais écrit au *Globe*, dès la fondation, en 1824; l'émancipation est venue par degrés. J'ai tiré de cette collaboration ce qui s'en pouvait extraire et reproduire (2). Après *le Globe* saint-simonien, que je n'avais pourtant pas tout aussitôt déserté, je suis entré au *National* par suite d'obligeantes ouvertures de Carrel. J'y ai donné d'assez rares articles littéraires, dont quelques-uns se trouvent recueillis dans les précédents volumes; quelques autres que je pour-

---

(1) Je reproduis ici ces anciens extraits qui avaient trouvé place dans 'édition de mes *Critiques et Portraits*, en 5 vol. in-8°, ainsi que l'avertissement qui les accompagnait à la fin du tome V.

(2) Je me propose pourtant, si je vis, de donner dans un volume à part la suite de mes articles au *Globe;* on me dit que ce ne serait pas sans intérêt, et je me suis laissé persuader.

rais regretter sont empreints d'une personnalité assez vive pour que je les y laisse. Un des inconvénients de ces collaborations dans des feuilles d'opinions tranchées et de parti est d'assujettir insensiblement la pensée à une manière de voir qui s'impose même en littérature et qui exclut l'entière impartialité. Un inconvénient matériel, mais qui a des désagréments littéraires, est que, dans ces publications hâtives, qu'on ne dirige pas, votre pensée arrive souvent au public tout altérée et méconnaissable par des fautes. Ceux qui ont le sentiment de l'exactitude littéraire sont très-sensibles à ces taches déshonorantes, dont le gros des lecteurs ne se doute même pas ; ceux qu'on a surtout accusés d'incorrection, de barbarie, et qui ne sont coupables que de chercher des raffinements de pureté et des rajeunissements d'élégance, ont presque droit de s'en alarmer. Telle phrase absurde, dont on n'est pas responsable, peut demeurer seule contre vous un jour, comme échantillon de vos folles tentatives. A mon premier article du *National* sur Boerne, s'il m'en souvient), on me fit dire que *l'Angleterre et l'Amérique* étaient des *reliques,* de saintes *reliques* de liberté : j'avais écrit des *contrées.* — Il convient donc de ne répondre littérairement que de ce qu'on a admis, et, sans avoir à désavouer le reste, de le rejeter au fond. En un mot, quand on a souci de l'avenir, quand, sans avoir la vanité de croire à rien de glorieux, on se sent du moins le désir permis d'être en un rang quelconque un témoin honorable de son temps, on a toutes les précautions à prendre : on ne saurait trop faire *navire* et clore les flancs, pour traverser, sans sombrer, les détroits funestes. J'y tâche de plus en plus. J'ai réuni, dans les pages qui suivent, quelques fragments de jugements et quelques pensées qui pourront servir à éclaircir, à modifier d'autres points de vue antérieurs.

SUR ANDRÉ CHÉNIER.

André Chénier, publié en 1819 par les soins de M. de Latouche, a exercé, sur la littérature et la poésie du xixe siècle, une influence qu'il n'aurait jamais eue sur celle de la fin du xviiie, lors même qu'il eût été

connu à cette dernière époque. S'il avait survécu à la
Terreur, c'était bien différent : il est à croire que le
côté politique, qui fait la moindre portion et comme
un accident de son œuvre actuelle, se fût de beaucoup
accru et développé; que nous aurions eu de lui plus
d'ïambes et de nobles invectives, des hymnes guer-
rières et tyrtéennes, quelque grande et romaine poésie du
Consulat. Hoche, Marceau, Desaix, eussent été magnifiquement pleurés dans de martiales élégies. La Gironde,
déjà bien immortelle, eût été idéalisée comme dans un
groupe du plus pur marbre antique. Mme Roland et sa
robe de fête de l'échafaud eussent été chantées, comme
Charlotte Corday avait pu l'être. Nous aurions eu aussi
une *Promenade à Saint-Cloud* par le frère de Marie-
Joseph, car André eût été le partisan, ce me semble,
de l'ordre sans l'usurpation, de la gloire sans la tyrannie, *des lauriers soumis aux lois.* Mais quand même,
chez lui, les idées d'ordre eussent pris davantage le
dessus, ses opinions philosophiques, et un peu païennes
en religion, se fussent mal prêtées, j'imagine, au Con-
cordat, au rétablissement du culte. En un mot, si
André Chénier eût vécu, je me figure qu'il aurait pu
être le grand poëte régnant depuis 95 jusqu'en 1803 ;
réaliser admirablement ce que son frère, et Le Brun, et
David dans son genre, tentèrent avec des natures d'artiste moins complètes et avec une sorte de sécheresse
et de roideur; exprimer poétiquement, et sous des
formes vives de beauté, ce sentiment républicain à la
fois antique et jeune, qui respire dans quelques écrits
de Mme de Staël à cette époque, et surtout dans sa

Littérature considérée par rapport à la Société. André Chénier, vivant, eût été le grand poëte français, immédiatement antérieur à M. de Chateaubriand, lequel date du Christianisme renaissant, du culte restauré, et d'un ordre de sentiments spiritualistes que le génie d'André n'eût sans doute pas accueillis. Ils eussent eu de commun pourtant, et d'étroitement rapproché, l'adoration du beau antique et quelque chaste draperie des muses de Sophocle et d'Homère. Mais la destinée d'André Chénier fut autre ; la hache intercepta cette seconde moitié de sa vie. Ce qu'il avait écrit dans la première et au sein d'une retraite d'étude et d'intimité ne parut que trente ans plus tard, et il se trouva, par son influence au milieu de la Restauration, contemporain de Lamartine, de Victor Hugo, de Béranger. Grâce à cet anachronisme qui eût glacé tant d'autres, les Poésies d'André Chénier, nées comme à part de leur siècle, ne pouvaient tomber plus à propos, et elles se firent bien vite des admirateurs d'élite qui les poussèrent au premier rang dans l'estime.

Les plus grandes places de poëtes sont dues, à coup sûr, à ceux qui ont mis de puissantes facultés d'imagination, de sensibilité et d'intelligence, au service des intérêts et des sentiments d'un grand nombre de leurs concitoyens et de leurs contemporains ; qui les ont soutenus, animés, récréés, ennoblis ; qui les ont aidés à pleurer, à espérer, à croire, soit dans un ordre purement héroïque et humain, soit par rapport aux choses immortelles. Les plus apparents à bon droit et les plus vénérés dans le groupe des poëtes ont rempli par leurs chants quelque fonction religieuse ou sociale; ils ont été, ou la voix éloquente et palpitante du présent, ou l'écho lamentable d'un passé détruit, ou l'ardente trompette des espérances et des menaces de l'avenir. Mais à côté, en dehors de ces grands rôles, il y en a d'autres qu'il ne faut pas cesser de revendiquer et de maintenir, parce qu'ils sont modestes, qu'ils sont vrais, qu'ils réfléchissent des nuances précieuses dont les autres ne tiennent pas compte, et parce qu'ils expriment, avec plus de distinction et de curiosité attentive, des sentiments et des délicatesses, pourtant éternelles, de l'âme humaine civilisée. Après Dante, Pétrarque a son triomphe : Vauvenargues existe à côté de Voltaire. Il est toutefois, dans la vie des nations, des moments d'ardeur et d'orage où l'on ne conçoit guère ces rôles à part; la masse alors absorbe toutes les nuances; le foyer commun appelle à lui toutes les étincelles; la mêlée convoque tous les poëtes. André Chénier, comme nous l'avons dit, s'il eût survécu à la Terreur, serait devenu un chantre des émotions publiques, et ses idylles à la Théocrite, ses élégies éperdument amou- reuses, ses Camille et ses Lycoris se fussent voilées; les soupers de Barras eussent guéri cette muse des molles orgies d'autrefois. Toute sa poésie depuis 89 jusqu'en 94, depuis son *Jeu de Paume* jusqu'aux vers inachevés du dernier ïambe, autorise cette conjec- ture. Mais, dans les premières années du règne de Louis XVI, à l'aurore des améliorations lentes tentées par Malesherbes et Turgot, le jeune ami des Trudaine avait conçu un rôle littéraire plus calme, plus recueilli, plus d'accord avec un loisir d'ailleurs assez voluptueux, une régénération de la poésie énervée du xviiie siècle par l'étude approfondie de l'antique, un embellissement ferme et gracieux de la langue, et une peinture naïve des passions et des faiblesses du cœur dans des cadres nouveaux. Son époque était déjà, comme la nôtre, une époque de *diffusion* et d'universalité. La poésie, en se faisant simple auxiliaire à la suite des idées philosophiques, avait perdu ses qualités éminentes les plus énergiques et les plus châtiées ; Voltaire, son dernier représentant illustre, avait été son plus grand corrupteur. L'entreprise de Chénier fut une œuvre d'étude et de long silence, pleine de secrets labeurs au sein d'une vie de plaisirs, et animée d'un profond amour de cette France, qu'il voulait doter de palmes plus rares. Or, un tel rôle était beau dans des circonstances encore paisibles et au milieu de cette espérance unanime de progrès ; c'était, avec plus de candeur d'âme et avec plus d'efforts aussi et d'artifice de talent, quelque chose du rôle d'Horace introduisant dans la langue latine le génie lyrique de la Grèce et enrichissant le Capitole.

Lorsque les Poésies d'André Chénier parurent, sous la Restauration, les circonstances étaient fort différentes de celles au milieu desquelles il avait écrit, mais elles n'en étaient que plus propices au succès du poëte. La Restauration fut une halte, entrecoupée sans doute de tiraillements et quelquefois de convulsions, mais enfin une halte où il ne se fit pas d'ébranlement général, en avant ni en arrière, durant quinze années. Littérairement, et après le bouillonnement écumeux de sa première moitié, la Restauration peut être comparée à une espèce de lac artificiel, qui cessa du moment où les écluses s'ouvrirent, mais qui se prêta assez longtemps aux illusions et aux jeux de l'art, de la philosophie, de la poésie ; on y voguait à la rame, l'été ; on y patinait agréablement l'hiver. Au milieu de l'espèce de lac, il y avait un grand courant, un Rhône qui traversait, qui ébranlait la masse et qui finit par la précipiter ; sur ce courant du milieu, s'agitaient des orateurs, des guerriers, la jeunesse à la nage, le peuple, un poëte libéral, un seul vrai, Béranger avec sa lyre ! Hors de là, vers les rives, aux endroits plus calmes et sur une surface assez immobile ou animée de contre-courants peu rapides, il y avait des raisonneurs qui expliquaient aux autres le spectacle, et pourquoi cela était ainsi de toute nécessité, et pourquoi cela devait être toujours ; il y avait, rangés derrière deux ou trois grands noms, sur les traces de Lamartine, harmonieusement ravi en ses tendresses sublimes, sur les pas de Victor Hugo, de plus en plus occupé à ses chauds horizons, et à portée de voix de quelques autres, il y avait des peintres de vieilles ruines, qui étudiaient les débris gothiques le long des bords, des psychologues qui se miraient au sein des eaux, des nacelles de rêveurs dont le front regardait perpétuellement le ciel, des essais de colonie littéraire et d'abri poétique autour d'agréables îles et dans les Délos nées d'hier. C'est de ce côté que le volume d'André, à peine publié, échoua, et qu'il fut recueilli avec bonheur, avec une admiration vraiment filiale.

L'influence d'André Chénier fut grande et, selon moi,

presque toujours heureuse. Elle fut nulle sur M. de Lamartine, chantre tout d'abord de sensibilité et d'âme, qui méconnut longtemps le naturel d'André sous la science des formes, mais qui lui rend justice aujourd'hui, de même qu'il apprécie la tournure exquise de Pétrarque, après l'avoir, dans le principe, peu goûté. Cette influence n'atteignit pas non plus Béranger, dont les moules merveilleux étaient déjà fondus et les refrains de toutes parts voltigeants; mais, s'il ne profita pas des perfectionnements de l'artiste, nul mieux que lui n'était fait pour entendre ce mélange d'étude et de passion, d'élaboration ingénieuse et d'enthousiasme (1). Sur M. Victor Hugo, l'action du novateur exhumé dut être très-réelle, quoique indirecte et difficile à saisir, comme il convient à tout grand écrivain qui passe à son creuset ce qu'il emprunte. M. de Vigny avait dans le talent des sympathies étroites avec André Chénier, que son *Stello* nous a reproduit si poétiquement. J'omets quelques autres qui, venus plus tard, se ressentirent naturellement davantage de l'apparition d'André. On voit que l'influence posthume du poëte eut lieu sur les artistes plutôt que sur le public. Je comparerais volontiers cette influence et cette renommée à celle de M. Ingres, quelque chose d'isolé, de sincère, de pénétrant à la longue, de chaste en beauté, d'un peu froid par rapport au

(1) La vérité est que Béranger, non-seulement n'a jamais goûté André Chénier, mais s'est obstiné jusqu'à la fin à croire que c'était en grande partie une invention de Latouche. Lamartine aussi n'est guère revenu, à l'égard d'André, sur ses préventions premières.

temps présent, mais, au fond, empreint de qualités
impérissables.

André Chénier, disons-nous, aida beaucoup à l'école
de l'art sous la Restauration. Aujourd'hui cette école
est dissoute; on se montre, on s'est montré même autour de nous (1) bien sévère pour elle, par des raisons
judicieuses qu'il serait possible, je crois, d'atténuer
plutôt que de détruire. Elle a eu ses excès, ses prétentions exclusives, son ivresse de demi-victoire; mais
il y aurait à prendre garde aussi de lui imputer ce
qui n'est pas d'elle, et de lui demander compte de cette
dissolution littéraire du moment, qu'elle n'a ni préparée ni voulue, et contre laquelle protesteraient au besoin les tendances dédaigneuses et restrictives qu'on
lui a tant reprochées. La cause de cette dissolution
passagère est plus générale et tient à l'état de la société
elle-même, après une grande secousse politique mal
dirigée. Les nobles et vigoureux talents s'en sauveront;
les œuvres nombreuses, que leur virile jeunesse promet
à l'avenir, se remettront en harmonie avec une époque
dont le sens plus diffus et plus immense est aussi plus
glorieux à comprendre. De nouveaux talents viendront
et s'annoncent déjà, qui se préoccupent grandement
des destinées humaines, et en tourmentent éloquem-
ment le mystère. Et puis, comme l'art a mille faces
possibles, et qu'aucune n'est à supprimer quand elle

(1) Voir l'article *Littérature* de M. Carrel, au *National* du 2 janvier 1834. (Je ne le trouve pas recueilli dans les *OEuvres politiques et littéraires* d'Armand Carrel, dont tous les soins des éditeurs ne sont parvenus qu'à faire un recueil ennuyeux.)

correspond à la nature, il y aura toujours lieu à des talents et à des œuvres qui exprimeront des sentiments plus isolés, plus à part des questions flagrantes, et s'inquiéteront, en les exprimant, de la beauté calme et juste, de la perfection de la pensée et de l'excellence étudiée du langage : ce seront ceux de la même famille qu'André.

AU LENDEMAIN DU SAINT-SIMONISME.

Un des traits les plus caractéristiques de l'état social en France, depuis la chute de la Restauration, c'est assurément la quantité de systèmes généraux et de plans de réforme universelle qui apparaissent de toutes parts et qui promettent chacun leur remède aux souffrances évidentes de l'humanité. Il semble que la chute définitive de l'ancien édifice, qu'on s'obstinait à restaurer, ait, à l'instant, mis à nu les fondements encore mal dessinés de la société future que les novateurs construisaient dans l'ombre. Pris ainsi au dépourvu par l'événement, les novateurs se sont crus obligés de finir en toute hâte ce qu'ils avaient jusque-là essayé avec plus de lenteur ; et sur quelques fondements réels, sur quelques faits ingénieusement observés, ils ont vite échafaudé leur monde ; ils ont bâti en un clin d'œil temple, atelier, cité de l'avenir. Si l'humanité n'a pas encore fait choix d'un abri, ce n'est certes pas faute d'être convoquée chaque matin en quelque nouvelle en-

ceinte. Mais, toute souffrante qu'elle est incontesta-
blement, tout exposée qu'on la voit aux fléaux de la
nature et à l'incurie de ses guides, cette pauvre humanité ne paraît pas empressée de courir à l'un plutôt
qu'à l'autre de ces paradis terrestres qu'on lui propose.
Elle attend ; elle se sent mal, et accepterait avec reconnaissance tout soulagement positif qu'on lui voudrait
apporter ; mais, pour la convaincre, il ne faut pas trop
lui promettre ; elle n'en est plus aux illusions de l'enfance ; et, sans prendre la peine d'examiner longuement, il lui suffit d'opposer aux magnifiques avances
de ses bienfaiteurs cette réponse de simple bon sens,
que *qui prouve trop ne prouve rien.*

DE LA LITTÉRATURE DE CE TEMPS-CI, A PROPOS DU
« NÉPENTHÈS » DE M. LOÈVE-VEIMARS (1833).

Je ne sais quel effet la littérature de ce temps-ci fera
dans l'avenir à ceux qui la regarderont à distance respectueuse ; il est à croire que, moyennant les inclinaisons de la perspective, et un peu de bonne volonté et
d'illusion chez les spectateurs, tout cela prendra une
tournure, une configuration générale et appréciable, une
sorte de simplicité. La ville où l'on séjourne a beau être
embrouillée, inégale, tortueuse, sans ordre et sans plan,
pleine de carrefours, de tréteaux de charlatans, de passages et de ruelles, de monuments inachevés dont le

pierres encombrent les places, d'arcs de triomphe sans
chars ni statues de vainqueurs, de clochers et de cou-
poles sans croix : quand le soleil est couché, quand, du
haut des collines prochaines, le voyageur qui n'est pas
entré dans cette ville, et qui n'y a pas vécu, l'aperçoit
à l'horizon dessinant sa silhouette déjà sombre sur le
ciel encore rougi du couchant, il la voit toute différente ;
il y distingue des étages naturels, des accidents domi-
nants, des masses imposantes et combinées ; les édi-
fices, que la distance et l'obscurité achèvent et idéali-
sent à ses yeux, lui apparaissent selon des hauteurs
bien diverses. Ce voyageur qui passe, et qui n'a pas le
temps de s'approcher ni d'entrer, a-t-il donc tout à fait
tort dans l'idée qu'il emporte de cette ville? Est-ce pure
rêverie de sa part? Non, à coup sûr; mais il n'a pas
entièrement raison toutefois ; il l'a vue de trop loin, de
même que ceux qui y vivent et meurent sans en sortir
la voient de trop près. C'est un peu là l'histoire de
notre littérature et de l'effet qu'elle nous produit, à nous
citadins et casaniers, et de l'effet, certainement différent, bien qu'impossible à déterminer, qu'elle produira
sur nos neveux, voyageurs hâtés qui retourneront un
moment vers nous leurs regards du haut de leurs collines. Quoi qu'il advienne de ce jugement vénérable et
suprême, pour ce que nous savons et voyons directement nous avons bien le droit de dire que le caractère de notre littérature actuelle est avant tout la diversité, la contradiction, le pour et le contre coexistants,
accouplés, mélangés, l'anarchie la plus inorganique,
chaque œuvre démentant celle du voisin, un choc, un

conflit, et, comme c'est le mot, un *gâchis* immense. Précisément à cause de cela, dès qu'on veut assigner un caractère un peu précis à la littérature de ce temps, elle est telle qu'à l'instant même il devient possible d'alléguer des exemples frappants du contraire. Dites que notre littérature est sans choix, désordonnée, impure, pleine de scandales, d'opium et d'adultères : et l'on va vous citer des œuvres pures, voilées, idéales même avec symbole et quintessence, des amours adorablement chrétiennes, des poëtes qui ont l'accent et le front des vierges. Dites que cette littérature est ignorante, sans critique, se jetant à l'étourdie à travers tout, pleine de méprises, de quiproquos et de bévues que personne ne relève, ne prenant les choses et les hommes graves du passé que dans un caprice du moment; s'en faisant une contenance, un trait de couleur, un sujet de charmante et folle fantaisie; et quand il s'agit d'être érudite, l'étant d'une érudition d'hier, toute de parade, soufflée et flatueuse : et voilà qu'on peut vous nommer, même dans les jeunes, des esprits patients, analytiques, circonspects, en quête de l'antique et lointaine érudition, de celle à laquelle on n'arrive qu'à travers les langues, les années et les préparations silencieuses d'un régime de Port-Royal. Dites que notre littérature s'est gâté le style, qu'elle s'est chargée d'abstractions genevoises et doctrinaires, de métaphores allemandes, de phraséologie drolatique ou à la Ronsard : et quatre ou cinq noms qu'à l'instant tout le monde trouvera vous rappelleront les écrivains les plus vifs, les plus sveltes et dégagés, qui aient jamais

dévidé une phrase française. Dites que l'art de nos
jours est sans but, sans foi en lui-même, sans suite et
sans longue haleine en ses entreprises : et l'on vous
objectera, parmi nos poëtes, le plus célèbre et le plus
opiniâtre exemple, toute une vie donnée à la restauration de l'art. Dites encore avec M. Loève-Veimars, en sa
spirituelle préface : « La littérature actuelle est toute
« d'improvisation ; c'est là son caractère, et il est bon
« d'avoir un caractère, quel qu'il soit. Je crois pouvoir
« affirmer que tout écrivain qui a ce qu'on appelle du
« succès, c'est-à-dire qui réunit des lecteurs autour de
« son œuvre ; que tout homme qui est assez heureux,
« assez malheureux veux-je dire, pour être en butte à
« l'admiration, aux éloges, à la haine et aux critiques,
« n'a pas un moment laissé reposer sa plume sur ses
« compositions... Dans mon enfance on m'a montré,
« comme un glorieux témoignage du génie de Bernar
« din de Saint-Pierre, la première page de *Paul et Vir-*
« *ginie,* écrite quatorze fois de sa main. Janin envoyait
« à l'imprimerie, sans les relire, les pages de la *Confes-*
« *sion* et de *Barnave,* à mesure qu'il les laissait tomber
« de sa plume. » Eh bien ! dites que c'est là le trait
distinctif de la littérature de ce temps, et plus d'un
écrivain qu'on lit non sans plaisir et qui vous paraît
facile vous avouera, s'il l'ose, qu'il corrige, qu'il rature
et qu'il *recopie* beaucoup. Charles Nodier, que certes on
ne récusera pas comme l'un des types les plus actuels
et les plus contemporains, assure qu'il a besoin de remettre au net même de simples articles de journal. En
un mot, à chaque fait un peu général que vous cher-

chez à établir touchant cette pauvre littérature, l'exception se lève aussitôt et le ruine; quelque caractère
particulier et déterminé que vous tâchiez d'indiquer, il
se trouve toujours à côté autre chose d'assez imposant
et d'aussi légitime que le reste, qui vous répond :
« Non, la littérature de notre temps n'est pas cela. »
C'est toute la définition que j'en veux donner aujour-
d'hui.

<hr />

A PROPOS DE CASANOVA DE SEINGALT.

Il ne faut pas avoir beaucoup vécu et observé, pour
savoir que, s'il est de nobles êtres en qui le sentiment
moral domine aisément et règle la conduite, il y a
une classe assez nombreuse d'individus qui en sont
presque entièrement dénués et chez qui cette absence
à peu près complète permet à toutes les facultés brillantes, rapides, entreprenantes, de se développer sans
mesure et sans scrupule. Nous ne voulons pas dire que
cette dernière classe soit nécessairement vouée au vice,
à l'intrigue, à la licence des aventures. Sauf un petit
nombre d'exceptions mystérieuses et de véritables
monstruosités morales, l'homme est libre, bien que
plus ou moins enclin ici ou là; il peut lutter, bien qu'il
lutte trop peu; il peut (1) s'appuyer sur certains prin-

(1) Je ne réponds pas de la rigoureuse exactitude philosophique
de cette manière de voir et de dire; je ne parlais là qu'en littéra-
teur et d'après l'opinion spécieuse généralement reçue.

cipes qu'il sait bons et utiles, nouer alliance avec ses facultés louables contre ses penchants plus dangereux, bien que d'ordinaire ce soit pour ceux-ci qu'il se déclare. Mais en fait, d'après la loi de l'infirmité et de la lâcheté humaine, dans le manque d'éducation forte et de croyance régnante, ce sont les instincts naturels qui décident en dernier ressort et qui font l'homme. Ceux donc qui ont reçu en naissant la fermeté, la vénération, l'estime d'eux-mêmes, ces nobles et gouvernantes facultés, que la nature, à ce que pensent les phrénologistes, aurait placées au sommet du front comme un diadème moral, ceux-là agissent avec suite, se maintiennent purs dans les vissicitudes, et opposent aux déchaînements les plus contraires une auguste permanence. Un certain nombre, qui ne possèdent ces hautes facultés qu'inégalement ou selon une mesure assez moyenne, sont favorisés dans leur honorable ténacité, par le peu de tentation que leur donnent à droite ou à gauche les facultés mobiles et divertissantes, presque nulles chez eux. Quant aux personnages spirituels, aventureux, pleins de ressources et de souplesse, que ces derniers penchants tout extérieurs emportent sans contre-poids à travers la vie, rien n'est plus rare que de les voir unir la moralité et la véracité rigoureuse à une curiosité si courante et si dissipée. Même quand ils ne deviennent ni des fripons, ni des escrocs avilis, ni des hableurs impudents, quand quelque chose de l'honnête homme leur reste, et qu'on peut leur donner la main, il ne faut pas s'attendre à beaucoup de scrupules de leur part ; leur sens moral, chatouilleux peut-

être et intact sur un ou deux points, vous paraîtra fort
aboli et coulant pour tout le reste. La vertu en ce bas
monde, à cause du rebours trop habituel, consiste
presque entièrement à s'abstenir, à sacrifier ; à assister,
sans y participer, aux choses, et à leur dire *non* en
face bien souvent. Les anciens Perses dans leur mythologie appellent l'Esprit du mal *Celui qui dit toujours
non*; eh bien ! dans la réalité pratique de la vie, ce
rôle est en grande partie dévolu à l'homme de bien.
Or, l'homme habile, à expédients, le génie à méta-
morphoses, le Mercure politique, financier ou galant,
l'aventurier en un mot, ne dit jamais *non* aux choses;
il s'y accommode, il les prend de biais, il a l'air parfois
de les dominer, et elles le portent parce qu'il s'y livre
et qu'il les suit; elles le mènent où elles peuvent;
pourvu qu'il s'en tire et qu'il en tire parti, que lui importe le but? Gil Blas et Figaro sont les admirables
types de ce personnage qui vit d'action plutôt que de
conviction. Dans la réalité, Grammont, Law, Marsigli,
Bellisle, Bonneval, Beaumarchais lui-même, Dumou-
riez, etc..., s'en rapprochent plus ou moins par quelques traits. Un sentiment d'honneur, et même une sorte
de tendresse d'âme, sont compatibles, il faut le dire,
avec cette facilité bizarre, comme cela se voit chez
l'abbé Prévost dans sa jeunesse, chez l'abbé de Choisy,
chez Gil Blas. Casanova de Seingalt rentre tout à fait
dans cette famille; c'en est un des fils les plus prodi-
gues et nés le plus complétement coiffés...

QUELQUE TEMPS APRÈS AVOIR PARLÉ DE CASANOVA,
ET EN ABORDANT LE LIVRE DES « PÈLERINS POLO-
NAIS » DE MICKIEWICZ.

La condition de la critique, en ce qu'elle a de journa-
lier, de toujours mobile et nouveau, la fait ressembler un
peu, je l'éprouve parfois, à un homme qui voyagerait
sans cesse à travers des pays, villes et bourgades où
il ne ferait que passer à la hâte, sans jamais se poser ;
à une sorte de Bohémien vagabond et presque de Juif
errant, en proie à des diversités de spectacles et à des
contrastes continuels. Aujourd'hui, c'est un coin politique et historique ; demain, une poésie ou une rêverie
mélancolique ; après-demain, quelque roman sangui-
naire ou licencieux, puis tout d'un coup une chaste et
grave et religieuse production ; il faut que la pauvre
critique aille toujours à travers cela, il faut qu'elle
s'en tire, qu'elle s'en teigne tour à tour, qu'elle voie
assez de chaque objet pour en jaser pertinemment et
d'un ton approprié. L'acteur qui change chaque soir
de costume, de visage et de rôle, doit éprouver quelque
chose de semblable. Et qu'on ne dise pas que, si la
critique avait un point de vue central, si elle jugeait
en vertu d'un principe et d'une vérité absolus, elle
s'épargnerait en grande partie la fatigue de ce mouvement, de ce déplacement forcé, et que, du haut
de la colline où elle serait assise, pareille à un roi
d'épopée ou au juge Minos, elle dénombrerait à l'aise

et prononcerait avec une véritable unité ses oracles. Il n'est à ma connaissance, par ce temps-ci, aucun point de vue assez central pour qu'on puisse embrasser, en s'y posant, l'infinie variété qui se déroule dans la plaine. D'estimables journaux et recueils, qui, comme *le Semeur* ou la *Revue européenne,* échappent, autant qu'ils le peuvent, à l'empirisme de la critique, n'y parviennent qu'en restreignant souvent par là même, beaucoup plus qu'il ne faudrait, le champ pratique de leur observation. En ce qui concerne la littérature de ce temps, est-ce donc un si grand mal, dira-t-on, que de s'arranger d'avance pour en négliger et en ignorer une bonne partie? Je n'oserais affirmer le contraire, et pourtant, du moment qu'on en veut juger en toute connaissance de cause, comme c'est la prétention de la critique, voilà l'interminable voyage qui recommence. J'ai lu quelque part une belle comparaison à ce sujet, qui a de plus le mérite d'une extrême justesse. L'art qui médite, qui édifie, qui vit en lui-même et dans son œuvre, l'art peut se représenter aux yeux par quelque château antique et vénérable que baigne un fleuve, par un monastère sur la rive, par un rocher immobile et majestueux; mais, de chacun de ces rochers ou de ces châteaux, la vue, bien qu'immense, ne va pas à tous les autres points, et beaucoup de ces nobles monuments, de ces merveilleux paysages, s'ignorent en quelque sorte les uns les autres; or la critique, dont la loi est la mobilité et la succession, circule comme le fleuve à leur base, les entoure, les baigne, les réfléchit dans ses eaux, et transporte avec facilité, de l'un à l'autre, le voyageur qui les veut connaître. La comparaison jusqu'ici est fort belle, mais elle n'est juste encore que si l'on suppose la critique, dans toute sa profondeur et sa continuité, s'appliquant aux grands monuments des âges anciens. De plus, en poursuivant l'image, en supposant le fleuve détourné, brisé, fatigué à travers les canaux, les usines, saigné à droite et à gauche, comme le Rhin dans les sables et la vase hollandaise, on retrouve la critique telle exactement que la font les besoins de chaque jour, dans sa marche sans cesse coupée et reprise. Tout cela est bien long pour dire qu'ayant parlé l'autre fois de quelque ouvrage assez peu grave nous avons à donner aujourd'hui un mot sur une œuvre de patriotisme et de piété, et pour demander pardon d'être la même plume qui passe d'un Casanova au livre des *Pèlerins polonais...*

« Moi, disait Diderot, mon métier est celui de cri-
« tique, métier comme celui d'homme d'affaires,
« d'avoué, d'avocat consultant et plaidant, de méde-
« cin. J'ai des clients dont je suis les affaires, les ta-
« bleaux, les livres : il me vient plus d'affaires que je
« n'en puis plaider. Je fais mon métier avec conscience,
« avec goût même; mais il y a des moments où les
« tracas de cette boutique me font regretter, comme
« le barreau à Cicéron, les champs, le loisir des Muses
« et les entretiens d'amis à Tusculum. Sedaine me
« disait hier : « Oui, mais, votre métier, vous le faites

« avec sensibilité, vous y mêlez votre âme. » — Je ne
« nie pas que le métier ne gagne à cela, mais moi j'y
« perds. Vous autres poëtes, vous employez votre sen-
« sibilité à faire l'amour, à créer des êtres. Moi, cri-
« tique, qui la fourre dans mes jugements et sentences,
« je fais comme un pauvre chirurgien qui soigne ses
« malades, panse, saigne et tranche avec une sensibi-
« lité qui s'y dépense douloureusement et stérile-
« ment. Je soigne les enfants des autres, et je n'en
« fais pas. »

SONNET D'HAZLITT (1).

Oh! ne me blâmez pas de ma critique active!
Tout lendemain d'article emporté vaillamment
A pour moi son réveil matinal et charmant,
Tant la pensée afflue et tant l'image arrive!

Au clairon de la veille, à ce pressant *qui vive*,
Maint beau rêve lointain, et sans cela dormant,
S'arme, accourt, mais trop tard, et voit l'endroit fumant,
Et se met avec l'aube à chanter sur la rive.

Après les lents écrits, après les longs combats,

---

(1) Je crois bien que ce sonnet attribué à Hazlitt, comme le propos précédent à Diderot, n'a été pour moi qu'une manière indirecte d'exprimer,
sous le couvert d'un nom autorisé, mes propres sentiments de critique.
J'ai voulu surtout, dans le sonnet dit *d'Hazlitt*, rendre l'espèce d'entrain que
accompagne et suit ces fréquents articles *improvisés* de verve et lancés
à toute vapeur. On s'y met tout entier; on s'en exagère la valeur dans le
moment même, on en mesure l'importance au bruit, et si cela mène à mieux
faire, il n'y a pas grand mal après tout.

A-t-on si fol essor, si joyeuses recrues,
Tant d'oiseaux babillards panachés en soldats?

— Le *steam-boat* a passé : les vagues accourues
Se dressant comme au bruit de flottes apparues,
S'ébattent à grand'aise et rêvent d'*Armadas*.

———————

Ayant à juger, non sans quelque délicatesse particulière de situation, un confrère et successeur en poésie, M. Théophile Gautier, qui occupe aujourd'hui (1839) un des premiers rangs dans l'école des images et de *l'art pour l'art,* dans l'école prolongée et renouvelée de M. Hugo, je disais, après quelques mots sur sa *Comédie de la Mort* (15 septembre 1838) :

... Voilà pour l'éloge; mais, à peine sorti de cette pièce, et en continuant la lecture du volume à travers les autres pièces de tous les tons qui le composent, on ne tarde pas à s'apercevoir que le procédé de l'auteur ne se conforme pas toujours au sujet, n'est pas, tant s'en faut, proportionné à l'idée ou au sentiment, qu'il y a parti pris dans le mode d'expression exclusivement tourné à la couleur et à l'image. C'est bien autre chose si de ses vers on passe à sa prose, à ses romans; la forme y va encore plus indépendante du fond, encore plus exorbitante par rapport au sentiment; et il résulte de cette lecture prolongée que l'*affecté* de l'ensemble reflète sur le *sincère* même et en compromet l'effet.

L'ensemble! l'effet de l'ensemble! voilà ce à quoi ne pensent pas assez nos poëtes, et c'est là précisément la grande infériorité des œuvres d'aujourd'hui, même les plus brillantes, en regard des chefs-d'œuvre du passé. On a le talent, l'exécution, une riche palette aux couleurs incomparables, un orchestre aux cent bouches sonores; mais, au lieu de soumettre tous ces moyens et, si j'ose dire, tout ce merveilleux attirail à une pensée, à un sentiment sacré, harmonieux, et qui tienne l'archet d'or, on détrône l'esprit souverain, et c'est l'attirail qui mène.

Quand je dis que M. Théophile Gautier adopte un procédé exclusif d'expression et qu'il s'y laisse conduire, je ne prétends pas qu'au sein de ce procédé même il n'ait aucune variété; s'il est sinistre et horriblement funèbre dans *la Comédie de la Mort,* il fait preuve de grâce dans maint sonnet et mainte *villanelle.* Mais, dans sa grâce comme dans son horreur, le procédé est un : c'est de n'exprimer la pensée que moyennant *image.*

Que le style poétique soit naturellement fertile en images, qu'il les permette nombreuses et les exige souvent, ce n'est pas ce qui fait doute; mais la question ne se pose pas dans ces termes avec M. Théophile Gautier : en prose comme en vers, est-ce l'image qui est de droit commun? est-ce l'image qui fait loi? Voilà la question qui ressort d'une lecture prolongée de ses vers et de sa prose.

Du moment que l'esprit, le talent, se tournent vers ce système de tout dire en image et de tout peindre en couleurs, ils peuvent aller très-loin et faire de vrais tours de force; mais le vrai centre est déplacé. Le procédé propre à l'art du style est d'emprunter à tous les arts, soit pour les couleurs, soit pour la forme, soit pour les sons, mais sans se borner à aucun de ces moyens, et surtout en les dominant et les dirigeant tous par la pensée et le sentiment, dont l'expression la plus vive est souvent immédiate et sans image. Je ne parle pas, bien entendu, des vers de Voltaire; mais, dans sa prose, combien de ces mots sans image apparente, et qui sont la pensée même en son plus vrai mouvement! Et chez La Fontaine, quels vers à tout moment délicieux et d'une image insensible! on y puise à même de l'âme, pour ainsi dire, comme en une eau courante. Ici, chez M. Gautier, l'eau ne court que sous une surface glacée et miroitante au soleil; il a trop oublié que lui-même, quelque part, a dit heureusement :

> Que votre poésie, aux vers calmes et frais,
> Soit pour les cœurs souffrants comme ces cours d'eau vive
> Où vont boire les cerfs dans l'ombre des forêts.

Entre vous et le sentiment, au lieu du libre cours s'interpose cette glace (d'images) ininterrompue et peinte en mille tons, de *smalt*, d'*outremer*, que sais-je encore? diaprée, striée, moirée, nacrée en mille façons : c'est quelquefois un beau cristal; s'il n'y avait qu'une ou deux places bien prises, ce pourrait paraître un diamant; mais, à la longue, cela fait trop l'effet d'une verroterie.

Dans une petite pièce intitulée *l'Hippopotame,* le poëte nous retrace le terrible habitant des marais défiant paisiblement, grâce à sa cuirasse épaisse, les boas, les tigres, et les balles des Indous; il ajoute :

Je suis comme l'hippopotame ;
De ma conviction couvert,
Forte armure que rien n'entame,
Je vais sans peur dans le désert.

Mais cette conviction si entière rend le style trop conforme à elle-même. Le style dans ce procédé constant,
si par bonheur on n'y dérogeait pas quelquefois, n'aurait plus rien de la souplesse naturelle et du libre mouvement de la vie ; il ne serait plus qu'un vernis, qu'un
émail, qu'une écaille universelle.

Il nous est arrivé à nous-même (je n'ai garde de l'oublier), en parlant de certaine beauté, d'oser dire qu'elle
avait *l'épaule nacrée*. Hélas ! cette épaule *nacrée* a bien
gagné depuis ; la voilà qui a envahi tout le corps.
Quand le cœur bat désormais, c'est grand hasard, à
travers cette roideur brillante de l'enveloppe continue,
qu'on le voie tout naturellement palpiter.

Je m'arrête à préciser le procédé, parce que là se
rencontrent, sur une limite indécise, à la fois l'originalité louable et l'excès inadmissible du talent de M.
Théophile Gautier. Certes, s'il n'avait fait que traduire
en vers, comme il y a si bien réussi en général, le beau
tableau du *Triomphe de Pétrarque* de M. Louis Boulanger, ou l'étrange et admirable *Melancholia* d'Albert
Durer ; s'il n'avait pas commis tout à l'entour trop d'é-
normités pittoresques (comme sa *Bataille du Thermo-
don*), il aurait pu ajouter quelque chose pour sa part à la
faculté d'expression de notre langue poétique ; il aurait
pu arriver, à force de discrétion dans l'audace, à recu-
ler d'une ligne ou de deux la bordure de ce grand

cadre presque inflexible. Mais le ménagement a manqué; l'innovation, par moments, est allée jusqu'à la gageure; il semble que le poëte se soit amusé à outrer les coups. On n'est pas gagné à sa forme; on ne sait plus s'il y a lieu le moins du monde d'être touché du fond.

Je ne suis pas devenu, grâce à Dieu, de ceux qui disent qu'une barrière dorénavant ferme l'arène et qu'il faut s'arrêter. S'il y a une loi générale selon laquelle les littératures et les poésies, arrivées à un certain point de perfection et de maturité, dépérissent en se raffinant, il y a toujours moyen, pour les individus d'élite, de faire exception, et c'est surtout l'exception qui compte dans les arts. Depuis quelque temps, on établit en poésie un grand chemin à pente inévitable de Virgile à Lucain et de Lucain à Claudien. C'est là, j'ose le dire, un *pont aux ânes* un peu trop commun et trop simple; je demande la permission de n'y point passer. Les poëtes savent les sentiers par instinct; ils en découvrent sans cesse d'inconnus dans leurs courses buissonnières: *per avia solus.* Le critique qui, pour les attendre à son aise, s'assoit sur quelque pierre milliaire de la voie romaine, pourra bien attendre longtemps. En raisonnant ainsi, on oublie même ce qui s'est passé chez les Latins. Pour trois ou quatre poëtes qui nous sont restés d'eux, combien d'autres n'a-t-on pas perdus, et qui n'étaient pas inférieurs en renommée! On nous parle toujours de Lucain, de Stace; mais Properce n'est-il pas un peu dur, un peu érudit, un peu obscur? et pourtant il passe pour être du bon siècle, et il en est; il imite Callimaque, Philétas, et cela nous reporte aux Alexandrins. Si nous savions tous ces Alexandrins, nous aurions bien des exemples de la manière ingénieuse d'échapper à cette décadence inévitable dont on exagère la loi. Une décadence dont s'accommodaient Virgile et les meilleurs des Latins pour en faire leur profit me conviendrait assez, faute de mieux, et nos critiques soi-disant classiques, s'ils y réfléchissaient, se verraient forcés de modifier, dans leur plan de campagne, la ligne droite et courte qui est leur fort. Pour revenir à M. Théophile Gautier, ce n'est donc ni la légitimité ni la possibilité de l'innovation que je lui conteste; j'aperçois même, dans la voie particulière où il s'est jeté, un sentier étroit qu'il aurait pu tenir, qu'il a tenu par endroits, mais qu'il a comme détruit à plaisir aussitôt en l'outre-passant. Je conçois un talent de peintre passé à la poésie, et s'en repentant, et par moments regrettant son premier art à la vue de l'inexprimable beauté :

Artistes souverains, en copistes fidèles
Vous avez reproduit vos superbes modèles!
Pourquoi, découragé par vos divins tableaux,
Ai-je, enfant paresseux, jeté là mes pinceaux
Et pris pour vous fixer le crayon du poëte,
Beaux rêves, obsesseurs de mon âme inquiète,
Doux fantômes bercés dans les bras du désir,
Formes que la parole en vain cherche à saisir!
Pourquoi, lassé trop tôt dans une heure de doute,
Peinture bien-aimée, ai-je quitté ta route?
Que peuvent tous nos vers pour rendre la beauté?
Que peuvent de vains mots sans dessin arrêté,
Et l'épithète creuse, et la rime incolore?

> Ah! combien je regrette et comme je déplore
> De ne plus être peintre, en te voyant ainsi
> A *Mosé,* dans ta loge, ô Julia Grisi!

Voilà le sentiment parfaitement rendu par M. Gautier lui-même; mais, pour y rester fidèle jusqu'au bout et le remplir, pour se faire, à titre de peintre dépaysé, un coin de poésie à soi, pour le marquer d'une heureuse et singulière culture et l'enrichir de fruits à bon droit plus colorés qu'ailleurs, pour y réaliser, comme Andromaque exilée en Épire, le petit Xanthe et le Simoïs de l'éclatante patrie, combien il eût fallu d'efforts religieux et purs, de mesure scrupuleuse, de tact moral sous-entendu et, je le dis au sens antique, de chasteté!

M. Théophile Gautier en manque trop souvent dans sa poésie et surtout dans ses romans. En indiquant *Fortunio* qui vient de paraître, je ne prétends certes pas en donner l'analyse ni en parler longuement. L'esprit y abonde; mais qu'en dire de plus? Si l'auteur a voulu faire la critique des orgies du jour et montrer l'esclave ivre au jeune Lacédémonien, il a trop bien réussi :

> Pour vos petits boudoirs il faut des priapées.

S'il a voulu railler le jargon pittoresque à la mode et pousser à bout ce travers littéraire d'aujourd'hui qui paraîtra bientôt aussi inconcevable que le bel esprit de Mercutio, ou celui des *Précieuses,* ou celui encore de Crébillon fils, son pastiche a de quoi faire illusion, et il épuise le genre. Quelle que soit l'abondance de saillies de l'écrivain *humouriste,* son ironie prolongée, dans l'absence de toute passion, ne saurait défrayer un volume et n'y sauve pas la froideur, en même temp que l'excessif ragoût du style engendre vite le dégoût. C'est bien en lisant ce volume qu'on sent à nu l'inconvénient d'un système dans lequel le but et le sentiment sont si disproportionnés à l'expression, d'un art exagéré chez qui la forme surmonte, écrase si étrangement le fond, et qui, en ses jours de débauche, édifierait volontiers une église de Brou comme catafalque au moineau lascif de Lesbie.

J'aime infiniment mieux M. Gautier dans ses vers. Là du moins la forme est plus à sa place, et puis le sentiment n'en est jamais absent comme en prose. Je n'ai pas dit de ses Poésies tout ce qu'elles suggéreraient dans les détails; il y en a de charmants, ou qui le seraient si quelque trait à côté n'y faisait tache, ou s'ils n'étaient en général compromis et comme enveloppés par le reflet, une fois reconnu, de l'ensemble.

On a tant renchéri de nos jours sur les couleurs; cn a, ce semble, oublié tout à fait les odeurs. Il y a tel défaut de goût, tel point de sentiment gâté, qui comme une petite odeur pernicieuse gagne l'œuvre entière, et en corrompt tout le plaisir.

... On aurait à louer chez M. Gautier quelques heureuses innovations métriques, par exemple l'importation de la *terza rima,* de ce rhythme de la *Divine Comédie* qui n'avait pas reparu dans notre poésie depuis le xvie siècle, et qui a droit d'y figurer par son caractère gravement approprié, surtout quand il s'agit de sujets toscans. — Tout à côté, on peut admirer à la loupe une fine miniature chinoise sur porcelaine de Japon. L'auteur est maître en ces jeux de forme et de contraste.

Et toutefois, de même qu'après la lecture de quelque poëme humanitaire un peu vague, je me hâterai de reprendre Pétrarque, c'est-à-dire la goutte de cristal et la perle de l'art, qu'il me soit permis, après ces poésies à mille facettes et comme taillées dans le corail, de m'en revenir, tout altéré, au bon La Fontaine, à cette source naïve et courante qui s'oublie parfois, mais qui ne s'incruste jamais (1).

EN TÊTE DE QUELQUE BULLETIN LITTÉRAIRE.

Le public demande de la critique, et il a raison puisqu'il n'y en a plus guère ; mais il ne sait pas combien

---

(1) M. Théophile Gautier, à la date où j'écrivais ceci, n'avait point donné encore son recueil de *Poésies complètes* (1845), où il a inséré quantité de charmantes petites pièces, élégies et fantaisies, qui sont d'un bien véritable et bien ingénieux poëte. Il n'avait point encore porté sa prose descriptive à ce degré de perfection qui tient de la merveille. — Il n'est que juste, après ces extraits d'articles un peu chagrins et un peu rogues, d'indiquer, au tome VI de mes *Nouveaux Lundis,* les articles que j'ai faits sur Théophile Gautier, envisagé au complet et dans son dernier développement. J'avais mis d'abord de la résistance à le suivre dans son procédé d'artiste, et je n'y étais pas entré *de droit fil.* Cela arrive souvent aux devanciers par rapport à leurs successeurs ; ils sont sur la défensive, en méfiance, grondeurs tout d'abord et comme grognons. L'*oncle* a depuis rendu plus de justice au *neveu,* et le *neveu* a pardonné à l'*oncle.*

ce qu'il demande est difficile, et, osons le dire, impossible presque aujourd'hui, pour une multitude de causes qui tiennent à l'état même de la société et à la constitution de la littérature. Depuis huit ans, c'est-à-dire depuis la révolution de Juillet, les écoles littéraires se sont trouvées dissoutes comme les partis politiques, et il ne s'en est pas refait d'autres. Des individus remarquables, des talents nouveaux se sont produits, mais sans appartenir à aucun groupe existant, sans représenter aucune opinion, aucune doctrine fixe et saisissable. Les talents plus anciens, et des plus éminents, qui appartenaient à des groupes et à des doctrines considérables sous la Restauration, se sont trouvés tout d'un coup sans protection et comme jetés hors de leur cadre : ils n'ont plus su se tenir, et, en voulant continuer à se déployer, ils sont vite arrivés à n'être plus eux-mêmes. Ceux qu'on croyait des chênes, tant qu'il y avait dans la société des murs de clôture qui semblaient les gêner, n'ont plus été en plein vent que des arbres bientôt pliés et brisés. Ainsi M. de La Mennais, qui, lorsqu'il était encore à *la Chesnaye,* voulait prendre pour cachet un *chêne brisé par le tonnerre,* avec cette devise : *Je romps et ne plie pas,* a vu réaliser son défi ; et cette haute, cette noble nature peut méditer aujourd'hui autour de son chêne en éclats. Il s'est passé, chez M. de Lamartine, depuis peu d'années, une révolution intérieure, semblable et analogue à celle qui a eu lieu dans M. de La Mennais : c'en est l'exact pendant, si l'on tient compte de la différence de leurs talents et de leurs natures. Le cadre de la Restauration avait été et

semblait devoir être à tout jamais celui de M. de Lamartine. Les rayons étaient réciproques : le poëte semblait à l'aise et y était doucement maintenu. Ce cadre
venant à lui manquer, il s'est dilaté outre mesure, sans
plus de limites, et à la manière des gaz élastiques dont
il se rapproche par l'éthéré de sa poésie (1). Il est curieux de remarquer, sur ces deux grands talents légués
par la Restauration, l'influence et la réaction des deux
talents les plus remarquables entre ceux de formation
plus récente. Le rapprochement philosophique et littéraire de l'auteur des *Paroles d'un Croyant* et du
peintre magnifique de *Lélia* n'a rien eu de plus inat-
tendu, de plus caractéristique par rapport à l'époque,
que le soudain et profond reflet que vient de jeter la
manière de M. de Balzac sur toute une partie souter-
raine de la *Chute d'un Ange* par M. de Lamartine. Tout
ceci est pour dire que les écoles littéraires sont dissoutes depuis huit ans, que les limites et les garanties de
caractère autour des plus nobles talents ont cédé brusquement ou graduellement à je ne sais quelle force
de choses confondante et dissolvante. Cette confusion et
ce tourbillon sont le signe même de la nouvelle période
littéraire. Ce qui manque dans les œuvres, le point d'appui et d'arrêt, où donc la critique le trouverait-elle ?

(1) Ceci devra sembler en contradiction avec ce qui est dit, tome I,
page 311, au début de l'article sur *Jocelyn* : je donne l'un pour
correctif de l'autre. C'est, après tout, l'observation du même fait,
mais dans un sentiment différent. Je n'aurai que trop occasion d'y
revenir et de reprendre cet aperçu, au point de vue de la résistance. Qu'y faire? la jeunesse est passée, hélas! et ses amours; le
nuage tombe : le sens critique reparaît.

Sans doute, le bon sens élevé a toujours moyen de juger : même à défaut d'œuvres bien assises et harmonieuses, on pourrait se prononcer, regretter, désirer, indiquer son blâme ou son espérance. Dans la conversation, on le faisait souvent : la critique, sous cette forme, ne cesse pas. D'où vient qu'on ne la recueille pas sincèrement, qu'on hésite, qu'on recule, et qu'il y a souvent si loin entre ce qui se dit de judicieux, de vivement senti, et ce qu'on imprime ?

C'est que, pour la critique imprimée et publiée, il faut certaines conditions extérieures indispensables, indépendamment même du jugement formé qu'on peut avoir *in petto*. Nous les rangerons un peu au hasard : il suffit que nous les fassions rapidement apprécier. Et d'abord le critique intègre, indépendant, a besoin de l'anonyme, non pas pour en abuser contre les auteurs, mais pour que les auteurs n'abusent pas de lui. Or, les nécessités du prospectus, de la gloriole littéraire combinée avec l'industrie et avec la concurrence, ont conduit à signer de tous les noms et prénoms les plus minces jugements.

Le critique a besoin de n'être pas isolé, de n'être pas seul à sa table, plume en main, au premier carrefour venu ; il a besoin d'être dans un ordre de doctrines, au sein d'un groupe uni et sympathique qui le couvre, dans lequel il puise à tout instant la confirmation ou la rectification de ses jugements ; car souvent il ne fait autre chose pour les sentences qu'il rend qu'aller autour de lui au scrutin secret, en dépouillant toutefois les votes avec épuration et intelligence. Or, il arrive qu'en fait, le critique, depuis huit ans, cherche à grand'peine un tel groupe conseiller et protecteur. Le journal de la Restauration dans lequel s'est faite la meilleure, la plus intelligente et la plus loyale critique, *le Globe*, présentait essentiellement cet avantage d'un groupe uni par la même éducation philosophique, par les mêmes antécédents et les mêmes impulsions d'esprit. La *Revue des Deux Mondes,* venue à un moment où cette faculté de jeune et active union était déjà perdue, a essayé du moins d'en ressaisir et d'en sauver les débris. Elle y a réussi, ce semble, avec quelque honneur : à l'unité plus étroite qui n'était point possible, elle a cherché à substituer, comme dédommagement, la conciliation et l'étendue. Au milieu de tout ce qu'on croit avoir obtenu de résultats louables en ce sens, la critique à proprement parler, on l'avoue, n'a pas toujours eu assez de place ni de suite. On n'a pas jugé toutes choses : on a choisi souvent, on a évité. Quand on a abordé quelque écrivain, on s'est attaché parfois à le peindre plutôt qu'à critiquer ses ouvrages. Il y a eu pourtant à cela bien des exceptions fermes, énergiques, et plus d'un auteur ne serait pas, je le crois bien, de cet avis, qu'il n'y a pas eu assez de critique jusqu'ici dans la *Revue des Deux Mondes.*

Quoi qu'il en soit, si on n'en a pas donné constamment, selon le désir du public, c'est (pour revenir aux difficultés des conditions) qu'en ce qui concerne la littérature proprement dite le rôle de juge va se compliquant singulièrement. Les poésies, les romans sont arrivés à un tel degré d'*individualité,* comme on dit, à un tel déshabillé de soi-même et des autres ; — le style, à force d'être tout l'homme, est tellement devenu non plus l'âme, mais le *tempérament* même, — qu'il est à peu près impossible de faire de la critique vive et vraie sans faire une opération inévitablement personnelle, sans faire presque de la physiologie à nu sur l'auteur et parfois de la chirurgie secrète ; ce qui frise à tout moment l'offensant.

Et puis l'industrie, qu'on retrouve de nos jours à chaque pas sous une forme ou sous une autre, intervient, se glisse entre chaque article, solliciteuse ou menaçante. Pour mieux m'expliquer là-dessus, je n'ai qu'à transcrire les lignes suivantes que je trouve dans un volume inédit de *Pensées :* « Quand on critique au-
« jourd'hui un auteur, un poëte, un romancier, il semble
« qu'on lui retire le pain, qu'on l'empêche de vivre de
« son industrie honnête, et l'on est près de s'attendrir
« alors, de ménager un écrivain qui ne produit que pour
« le *vivre* et non pour la *gloire.* Mais, au moment même
« où l'on adoucit la critique et où l'on essaye quelque
« éloge mitigé, ce mendiant si humble se relève et
« veut la gloire, — oui, la gloire, et la première, la su-
« prême, pas la seconde, car il se croit *in petto* le gé-
« nie de son siècle. Qu'est-ce donc? pauvre critique!
« que faire? Critiquer un auteur, voilà que c'est à la
« fois comme si l'on cassait les vitres à la boutique
« d'un industriel, et comme si l'on frappait avec in-
« sulte la grotte de cristal d'un dieu! »

On continuerait encore longtemps sur ces difficultés et ces épines de la critique, mais nous nous en tiendrons là, d'autant que ce dernier point nous mène assez droit à la récente publication de M. de Balzac...

Les talents poétiques et littéraires d'aujourd'hui (sans parler des autres, politiques et philosophiques), sont soumis à de redoutables épreuves qui furent épargnées aux beaux génies du siècle de Louis XIV, et il est bien juste de tenir compte, en nous jugeant, de ces difficultés singulières qu'on a à subir. Si Racine, dans les vingt-six années environ qui forment sa pleine carrière depuis *les Frères ennemis* jusqu'à *Athalie,* avait eu le temps de voir une couple de révolutions politiques et littéraires, s'il avait été traversé deux fois par un soudain changement dans les mœurs publiques et dans le goût, il aurait eu fort à faire assurément, tout Racine qu'il était, pour soutenir cette harmonie d'ensemble qui nous paraît sa principale beauté : il n'aurait pas évité çà et là dans la pureté de sa ligne quelque brisure.

Un critique distingué, ayant à parler assez récemment d'Horace et de Virgile, et de l'espèce de royauté qu'ils se fondèrent en regard, à l'abri et à l'appui de la monarchie impériale d'Auguste, a fait remarquer la convenance et la nécessité de ces deux royautés parallèles, produites à la fois par une double anarchie, dans un temps où la faiblesse de l'État d'une part, et de l'autre *le trop facile usage de formes poétiques devenues la propriété commune,* favorisaient toutes les entreprises de l'ambition politique, toutes les prétentions de la médiocrité littéraire (1). Ce qui est vu à merveille pour l'époque d'Auguste ne me paraît pas sans application à la nôtre. Je laisse tout d'abord le côté politique qui, comme on sait, n'a nul rapport avec notre peu d'ambition et d'intrigue : Dieu me garde de trouver la plus lointaine ressemblance! Dieu me garde de croire, vingt-cinq ans après Napoléon, qu'un nouveau despote, à quelque titre et sous quelque forme que ce fût, pût jamais asservir de nouveau et réduire cette foule émancipée de grands citoyens qui (nous en sommes les témoins édifiés) se précipitent bien loin de toute flatterie et de toute servitude, et qui, en ce moment même, ne flagornent plus aucune puissance! — Mais littérairement, poétiquement, en quelle anarchie sommes-nous? C'est ce qu'il est permis de considérer. En restreignant la question à la poésie même, le rapport avec certaines époques antérieures est frappant. Depuis dix ans, la main-d'œuvre poétique s'est divulguée ; les procédés que la nouvelle école avait cru rendre plus rares et plus difficiles ont été saisis du second coup par une foule de survenants qui, à chaque saison, pullulent. La forme et le style poétique sont encore une fois tombés, en quelque sorte, dans le domaine public ; il coule devant chaque seuil comme un ruisseau de couleurs ; il suffit de sortir et de tremper. Prenez le *Journal de la Librairie :* relevez chaque semaine le nombre de volumes de vers qui se publient; prenez le chiffre par mois, par saison, par année. Il y aurait là une statistique curieuse,

_____

(1) M. Patin, Discours d'ouverture de 1838.

une loi de progression numérique, un mouvement et un cours à *coter*. Un de mes amis, bibliothécaire dans un étε blissement public, a eu l'idée de ranger à la suite toute cette branche particulière de littérature trop fleurie : c'est une quantité de beaux volumes jaunes et blancs, morts avant d'avoir vu le jour, que personne n'a connus et qui sont ensevelis dans leur premier voile nuptial :

> Hélas ! que j'en ai vu mourir de jeunes filles!

Avec un peu d'habitude, on s'y endurcit; et mon ami, bien qu'il ait le cœur poétique et tendre, en est venu à ne plus mesurer ce champ d'oubli qu'à la toise. Tant de pieds par saison. Mais y a-t-il jamais eu, dira-t-on, une telle exubérance stérile de productions à aucune époque précédente? Assurément. Il nous arrive un peu comme au XVIᵉ siècle, lorsque les procédés mis en circulation par les chefs de l'école, par Du Bellay et Ronsard, furent devenus familiers à tous et que chaque jeune cœur *au renouveau* se crut poëte. On a une lettre piquante de Pasquier à Ronsard là-dessus; il se plaint des encouragements que celui-ci donnait à cette multitude croissante de poëtes, à qui il suffisait, pour se croire le baptême du génie, d'avoir touché la robe du maître. Mais Ronsard ne pouvait qu'y faire; et il demeura quasi noyé dans le torrent des imitateurs qu'il avait soulevés, à peu près comme *l'élève du sorcier* par les eaux une fois débordantes : il fut noyé dans le flot des imitations lyriques pour n'avoir pas su se renfermer dans un véritable monument. Là, en effet, est la question prochaine. Les élans lyriques ne suffisent pas. A Rome, on commençait à s'y perdre après Catulle, et à user dans tous les sens le pastiche mythologique, quand Virgile vint à propos asseoir son double édifice des *Géorgiques* et de l'*Énéide,* non loin duquel Horace put adosser son Tibur. De notre temps, les débuts ont été vifs et beaux; mais c'est encore le monument qui manque. Il est vrai qu'une littérature poétique a malaisément deux grands siècles. Or, nous avons le siècle de Louis XIV à dos, ce qui est toujours peu commode à l'audace : c'est là un lourd cavalier en croupe que nous portons. Par instinct de cette situation diffuse, et pour y porter remède, j'ai de bonne heure désiré que, parmi nos poëtes de talent, il s'élevât, je l'avoue, une sorte de dictature; que les deux plus grands, par exemple, et que chacun nomme, prissent le sceptre par les œuvres et, sans avoir l'air de rien régenter, remissent chaque chose à sa place par de beaux modèles. Ce désir n'a pas été rempli. Les œuvres, seul instrument légitime de cette dictature effective à la fois et modeste, n'ont pas répondu à la grande attente. Aucun monument véritable, aucune pièce étendue et exemplaire, n'a suivi les admirables préludes que leurs auteurs n'ont pas surpassés; la perfection du genre n'est pas venue. M. de Lamartine, qui peut sembler comme le prince des poëtes du jour, l'est dans un sens purement honorifique et pour l'ornement bien plus que pour l'exemple et la discipline. Avec sa généreuse et facile indulgence, il a favorisé à l'entour ce qu'il importait plutôt de restreindre, et,

30.

dans les propres développements de sa riche nature, il est allé, cédant de plus en plus lui-même à ce qu'il eût fallu repousser. M. Hugo, avec d'autres qualités et sous d'autres apparences régnantes, n'a pas plus fait pour s'acquérir réellement l'autorité incontestée des maîtres. Cette autorité, pourtant, ne pouvait dépendre que de poëtes ainsi haut placés, féconds et puissants; de leur part, un chef-d'œuvre dans l'épopée, des chefs-d'œuvre au théâtre, auraient mis ordre au débordement lyrique et assuré à notre mouvement littéraire sa consistance et sa maturité. On en est aux regrets; il faut se résigner, nous le croyons; l'Horace et le Virgile, le Racine et le Despréaux, ces suprêmes et légitimes dictateurs qui couronnent et consolident une grande époque littéraire, manqueront à une époque brillante, mais diffuse, mais anarchique poétiquement et démocratique de prétentions et de concessions sur ce point comme partout ailleurs. Une fois qu'on en a pris son parti, on retrouve dans le détail de quoi se distraire et se consoler. A défaut d'un grand siècle qui demande avant tout l'établissement, la gradation et l'harmonie dans l'ensemble, on est une fort belle chose secondaire, une spirituelle et chaude entreprise très-variée, très-mêlée, très-infatigable, un coup de main, au moins amusant, dans tous les sens. Les talents surtout n'ont jamais été plus nombreux; c'est un devoir de la critique de ne pas se lasser à les compter, et d'en tirer avec soin et plaisir tout ce qui s'y distingue et qui s'en détache...

Romantisme, humanitarisme, ce sont là des formes de passions et comme de maladies, que les jeunes talents doivent presque nécessairement traverser ; ils deviennent d'autant plus mûrs qu'ils s'en dégagent plus complétement. On ne passe point indifféremment sans doute par ces divers systèmes, on en garde des impressions, des teintes, un pli ; mais enfin l'on en sort, quand on a un talent capable de maturité. Ce qui est bon à rappeler, c'est qu'on n'en sort jamais, après tout, qu'avec le fonds d'enjeu qu'on y a apporté, je veux dire avec le talent propre et personnel : le reste était déclamation, appareil d'école, attirail facile à prendre, et que le dernier venu, eût-il moins de talent, portera plus haut en renchérissant sur tous les autres.

La plus sûre manière de sortir du raisonnement systématique et de la fougue esthétique est de *faire,* de s'appliquer à une œuvre particulière ; on y entre avec le système qu'on veut vérifier et illustrer ; mais, si l'on a quelque talent propre, original, ce talent se dégage bientôt à l'œuvre, et, avant la fin, il marche tout seul, il a triomphé. L'imagination et la sensibilité, quand on les possède, ont vite reconnu leurs traces, et la vraie poétique est trouvée.

APPENDICE.

M. DE VIGNY, page 67.

Voici l'article sur *Cinq-Mars,* tiré du *Globe,* 8 juillet 1826 :

Pendant que Richelieu, vainqueur des grands et des cal-
vinistes au dedans du royaume, et de la maison d'Autriche
au dehors, poursuivait tout ensemble, dans cette triple voie
de l'organisation intérieure, de la religion et de la politique,
les plans *tour à tour conçus* et ébauchés par Louis XI contre la féodalité, par François Ier contre la réforme, et par
Henri IV *contre* la postérité de Charles-Quint, Louis XIII,
indolent et mélancolique, renfermé dans ses maisons de plai-
sance, cherchait à tromper son ennui par des jeux puérils ;
son goût le plus prononcé était d'élever et de dresser des
oiseaux. Comme toutes les âmes faibles et tristes, il avait le
continuel besoin d'un confident. Isolé par Richelieu des
objets les plus légitimes de son affection, privé de sa mère,
qui errait dans l'exil, et de son épouse, avec laquelle il fut
brouillé toute sa vie, il contait mystérieusement ses peines à
quelque favori en titre, qu'il ne conservait pourtant que sous
le bon plaisir du cardinal. On l'avait vu quelquefois, malgré sa timidité un peu gauche, accorder sa confiance à des
dames de la cour, telles que mesdemoiselles de Hautefort et
de La Fayette ; ces intimités n'étonnaient pas dans un prince

chaste et dévot, car on savait que *la sagesse du roi égalait
quasi celle des dames les plus modestes ;* et ces intrigues,
non moins innocentes que frivoles, ne ressemblaient pas mal
aux platoniques tendresses des romans de Scudéry, ou, si
l'on aime mieux, à des chuchotages entre les novices d'un
couvent. Pourtant la franchise courageuse de mademoiselle
de La Fayette donna à Richelieu quelque crainte d'un rapprochement entre le roi et la reine ; et, après la retraite de
cette noble fille, il résolut, pour plus de sûreté, de remplir
la place vacante par une créature de son choix. Il jeta donc
les yeux sur le jeune d'Effiat Cinq-Mars, plein de grâces et
d'éclat, fait pour toucher l'oisiveté du monarque. Cinq-Mars
manqua à sa mission ; favori officiel, il voulut bientôt l'être
pour son propre compte. Déjà grand écuyer, il aspirait à
devenir connétable, duc et pair, et Richelieu s'y refusa. Le
favori dès lors se rapprocha de la reine, de Monsieur et des
ennemis du cardinal. Le roi se prêta à tout ; mais, ne se
fiant pas entièrement à cette haute amitié, si souvent impuissante, Cinq-Mars, pour perdre le ministre, se laissa
persuader par le duc de Bouillon de traiter avec l'Espagne,
qui lui fournirait au besoin une armée. Richelieu était à
Tarascon et le roi à Narbonne, tous deux malades de la maladie dont bientôt après ils moururent. Au moment d'agir,
Cinq-Mars fut arrêté ; une copie du traité, livrée au cardinal et montrée par celui-ci au roi, avait arraché l'ordre :
convaincu d'avoir conspiré contre son premier ministre,
Louis XIII n'avait pu mieux témoigner sa repentance qu'en
livrant ses complices. Monsieur dut son pardon à sa lâcheté
et à sa naissance ; Bouillon paya Sedan pour sa rançon. De
Thou, fils de l'historien, ami de Cinq-Mars, fut saisi avec lui
pour n'avoir pas révélé le traité, que d'ailleurs il avait dés-
approuvé (1). Richelieu mourant remonta le Rhône, traînant

(1) L'intérêt qu'excite, même auprès de la postérité, la mémoire de De
Thou, ne doit pas faire oublier qu'il n'était point parfaitement innocent
des intrigues et des menées de Cinq-Mars. Une discussion s'est engagée

les deux prisonniers dans un bateau remorqué par le sien, et les fit exécuter à Lyon, en passant. La France entière regretta Cinq-Mars; sa jeunesse, sa bonne mine, son ambition si naturelle à cet âge et dans cette position, l'amour caché qu'on lui supposait pour une grande princesse (Marie de Gonzague), et qui conviait son cœur à de vastes desseins, tout répandait sur lui un charme que relevait encore l'atrocité du vieux prêtre moribond. Quant au roi, il tira sa montre vers l'heure de l'exécution, et dit nonchalamment à ses courtisans : « Je crois que *cher ami* fait à présent une vilaine mine. »

Certes, il y a bien là matière à un roman historique; ou plutôt il est tout fait dans les Mémoires de ce temps-là, et il ne s'agit que de l'en extraire. La plupart des époques ne présentent pas la vie réelle aussi artistement arrangée que dans cette cour romanesque et intrigante; elles ont toujours quelque chose de vulgaire et de trivial à quoi l'on est forcé de suppléer; et, pour les traduire en roman, il est besoin d'un fonds de fiction qui les anime et les soutienne. Ici, les frais de l'intrigue sont faits par l'histoire; le romancier n'a qu'à les recueillir. Voyez Mme de Genlis; grâce à cette bonne fortune, et en s'y laissant aller, elle a presque réussi une fois dans le genre de Walter Scott; elle a fait *Mademoiselle de*

là-dessus entre M. Avenel, l'éditeur de la *Correspondance du cardinal de Richelieu* et M. Moreau, l'éditeur des *Mazarinades* (voir la *Revue des Questions historiques*, cahier d'avril 1868). Cette Revue avait publié précédemment un important travail de M. Avenel : *le dernier Épisode de la vie du cardinal de Richelieu*, qui a été depuis recueilli en brochure et tiré à un petit nombre d'exemplaires. La question s'est de plus en plus précisée et resserrée en ce qui concerne De Thou. Les documents publiés au tome IV des *Mémoires* de d'Artigny prouvent sans doute qu'il a été entremetteur; mais, selon la remarque de M. Avenel, « il y a dans l'affaire de Cinq-Mars deux choses fort distinctes : une intrigue et un crime; une intrigue pour faire perdre au cardinal la confiance du roi, un crime dont le but était d'ouvrir la France aux ennemis. De Thou a-t-il été l'entremetteur du crime ou de l'intrigue? Là est toute la question. » — M. Avenel n'hésite pas à absoudre De Thou sur le premier chef, la complicité dans le traité de Madrid.

La Fayette. M. de Vigny aurait pu réussir de même sans doute ; le choix de l'événement est heureux ; les documents sont nombreux, faciles, et il montre assez qu'il les connaît parfaitement ; enfin son talent n'est pas vulgaire : qu'a-t-il donc fait pour gâter tant d'avantages ?

Tous les personnages qu'il emploie sont historiques ; c'était une loi, une nécessité, et même on pourrait croire un bonheur de son sujet. Quoi qu'il en soit, il fallait être sobre au milieu de tant d'abondance, n'user qu'avec circonspection de ces hommes empruntés et non inventés, et ne pas surcharger leur conduite ni leur caractère au gré de son imagination. Quand Scott, duquel M. de Vigny était évidemment préoccupé, s'amuse à faire grimacer ses figures, il ne prend guère cette liberté qu'avec des êtres fantastiques. Quoique le Père Joseph et le juge Laubardemont ne soient pas fort à respecter, encore n'est-il pas permis, ce nous semble, d'en agir avec eux aussi lestement que fait notre auteur. Le Père Joseph, qui écoute toujours caché derrière les portes, les tapisseries, et jusque dans le confessionnal, joue ici en sandales le rôle des petits nains du romancier écossais. Laubardemont, qui revient partout, et qui semble poursuivre Cinq-Mars, depuis que celui-ci l'a frappé au front d'un crucifix ardent dans l'affaire de Loudun, est un héros ignoble de mélodrame ; son fils devenu brigand et contrebandier, sa nièce religieuse devenue folle, cette scène entre tous les trois, la nuit, au milieu des Pyrénées, tout ce luxe de conceptions bizarres fait tort à la vérité. Que de tels hommes soient des monstres, à la bonne heure, mais qu'ils ne soient pas des caricatures. Il n'est pas jusqu'à l'abbé de Gondi qui ne quitte trop souvent sa soutane pour se battre en duel, aller à la brèche, au bal, ou se déguiser en menuisier ; et l'on souffre en voyant le sensé De Thou si enfoncé dans l'étude qu'au moment de la conspiration il ignore tout ce qui s'est passé en politique depuis trois mois, et qui pourtant se pique d'être au fait par amour-propre : ce ridicule est digne du *Dominus* de *Guy-Mannering*.

Mais ces défauts relèvent d'un autre plus général : M. de Vigny est resté au point de vue actuel, et n'a écrit qu'avec des souvenirs. Rien d'étonnant donc qu'il ait mis ainsi un masque par trop enluminé à ses personnages, puisqu'il ne les a vus qu'à distance. Il se complaît à nous rappeler cette fausse position, comme si elle n'éclatait pas assez d'ailleurs. S'il nous peint les rives de la Loire, ce sont bien les rives d'aujourd'hui, telles que les verrait un milord voyageur. A-t-il occasion d'observer que beaucoup de choses se passent en deux années, il cite en preuve la première Restauration, les Cent jours et la seconde Restauration. Anne d'Autriche salue-t-elle, du Louvre, le peuple mutiné, il voit déjà Marie-Antoinette au balcon. Le vieux Bassompierre et Bouillon prédisent, par sa bouche, la Révolution, parce qu'on abat la féodalité. Enfin, si Corneille et Milton (qui passa par Paris vers ce temps-là) se rencontrent, par hasard, sur la place Dauphine, ils ne se quitteront pas sans avoir deviné, Corneille le monument de Desaix, et Milton l'élévation de Cromwell encore inconnu. M. de Vigny a fait essentiellement une œuvre de mémoire qu'il a revêtue de formes dramatiques à l'aide de son imagination. Comme il n'a regardé que de loin, il n'a aperçu que les points saillants, qui se sont pour lui rapprochés et confondus; il rattache, par exemple, l'affaire de Loudun à celle de Cinq-Mars. Les personnages aussi lui ont paru plus voisins qu'ils ne l'ont réellement été, et, par de légers anachronismes, il est venu à bout de les grouper sans vraisemblance. Son roman entier est calculé comme une partie d'échecs : je n'en veux pour échantillon que cette soirée littéraire chez Marion Delorme, où, par une combinaison plus laborieuse encore qu'ingénieuse, il fait jouter ensemble Milton, Corneille, Descartes, Molière et les académiciens du temps. Milton y débite en anglais des morceaux du *Paradis perdu;* seulement on a eu la précaution de mettre sur la table une traduction à l'usage des académiciens. Quant aux individus, l'auteur les construit comme il construit ses scènes, avec d'autres souvenirs qu'il rapproche non sans effort. Loin que ces hommes-là soient fondus d'un seul **et** même jet comme dans la vie, ils se composent d'une suite de paroles qu'ils ont dites, d'actions qu'ils ont faites, auxquelles se joignent les intercalations trop peu graduées de l'auteur : ils ne sont guère, en un mot, que des pièces de marqueterie historique.

En jugeant M. de Vigny avec cette franchise sévère que nous paraît mériter son talent, nous ne prétendons pas méconnaître la profusion d'esprit qu'il a répandue dans son ouvrage : plus d'une fois sans doute il a réussi, quand l'esprit avec la mémoire suffisait. La scène de réception chez Richelieu, celle dans laquelle le roi, voulant se passer du cardinal, reçoit lui-même ses courriers et ne comprend rien a leurs messages, sont à la fois piquantes d'industrie et de vérité : ce sont là des scènes *à tiroir* qui ont du prix, quoique encore l'arrangement y perce un peu trop. M. de Vigny a une imagination de poète, et c'est une arrangeuse systématique à sa manière que l'imagination ; elle symétrise en se jouant, et de la vie elle a bientôt fait un drame. Le romancier n'est rien, au contraire, qu'un praticien consommé dans la science de la vie, s'accommodant à tout ce qu'elle offre d'irrégulier, et d'ordinaire s'y tenant. Sachons gré pourtant à M. de Vigny, même de ce dont nous l'accusons ; plus d'une fois il a été véritablement poète, quoique peut-être hors de propos, et ce défaut-là n'est pas si commun aujourd'hui qu'il faille tant s'en irriter. Je voudrais pouvoir citer le début du vingt-troisième chapitre, qui est d'un charme infini. Par malheur, le langage résiste souvent à la pensée et se plie avec peine à l'inspiration : de là quelque chose de prétentieux, ou, comme d'autres disent, de *romantique,* surtout dans les préambules où l'auteur parle en son nom, plusieurs fois même dans le dialogue ; lorsque Cinq-Mars et Marie de Gonzague s'entretiennent, on s'aperçoit trop que M. de Vigny est en tiers avec eux.

TABLE.

———

— Au tome 1er, à la page 75, de l'article sur *Chateaubriand*, une correction est à faire pour l'entière exactitude. J'y dis que ma première visite et ma présentation par M. Villemain à M. de Chateaubriand eut lieu dans l'été de 1829 à l'hospice Marie-Thérèse, et que nous y trouvâmes M. de Chateaubriand « qui allait partir pour son ambassade de Rome. » Il faut mettre : « qui allait partir, *ou plutôt repartir* pour son ambassade de Rome. » — En effet, M. de Chateaubriand était ambassadeur dès l'année précédente (1828); mais il était venu passer quelque temps à Paris dans l'été de 1829, et il comptait repartir pour Rome après un voyage dans les Pyrénées. C'est à ce moment de passage que je le vis. Il ne retourna point cependant à Rome, l'avènement du ministère Polignac l'ayant surpris pendant son séjour dans le Midi.

— A la page 287 du même tome 1er, article *Lamartine,* j'ai fait naître le grand poète en octobre 1791. Vapereau donne pour date de naissance le 21 octobre 1790. Nos grands hommes vivants, quand ils ne se rajeunissaient pas, se laissaient volontiers rajeunir, et pas un ne m'a relevé quand il m'est arrivé de me tromper sur ce point (Vigny, Villemain).

— Au tome II, page 154, quelques mots sont tombés à la fin des lignes dans une lettre citée de Mme Valmore; il faut les rétablir ainsi :

Ligne 15 : « Tu portais un beau châle de laine à palmes, *et je portais le* pareil, etc. »

Ligne 21 : « Le malheur, *le* luxe, etc. »

Ligne 22 : « Pour nos cœurs *de* feu, etc. »

Ligne 25 : « Aimes-tu *les* rubans. etc. »